(NICHT) DER RICHTIGE

DONNA ALAM

Ich wünsche nicht, dass Frauen die Macht über die Männer haben; sondern über sich selbst

~ MARY SHELLEY

1

MIRANDA

Zu Verkaufen

Ein Verlobungsring aus Platin mit Zwei-Karat-Diamant im Brillantschliff.
Nur drei Monate getragen, bevor ich herausfand, dass mein Verlobter ein fremdgehender, herumhurender Mistkerl und meine beste Freundin eine Schlampe ist.
Das Startgebot ist ziemlich niedrig, genau wie mein Selbstwertgefühl …

MEINE FINGER ZIEHEN sich von der Tastatur zurück, während ich über meine halbfertige, zum Teil scherzhafte und doch ernstgemeinte Anzeige auf *FleaBay* nachdenke. Normalerweise bin ich nicht so impulsiv, aber möglicherweise habe ich Ja gesagt, bevor er überhaupt vollständig auf ein Knie gegangen war. Zu diesem Zeitpunkt waren wir erst drei Monate zusammen gewesen. Drei Monate zusammen, drei Monate verlobt, drei Monate zusammengewohnt und jetzt, drei Monate nach unserer Trennung, bekomme ich langsam das

Gefühl, es überstanden zu haben. Der Schmerz ist nicht länger eine physische Sache, aber das soll nicht heißen, dass ich über die Erfahrung hinweg bin.

Aber ich bin über ihn hinweg.

Verrat. Das Schlimmste aller Wörter.

Und kein Verlobter ist besser als einer, der dich anlügt, wenn er sagt, dass er von der Arbeit aus direkt ins Fitnessstudio geht, weil er für die Flitterwochen gut aussehen will. Und er hat fantastische Muskeln bekommen; es ist nur eine Schande, dass er sein Training *auf Tamara* absolviert hat, meiner ehemaligen besten Freundin.

Heuchlerisch. Ein weiteres abscheuliches Wort.

Aber ich zwinge mich dazu, jeden Tag für das dankbar zu sein, was ich habe, und ich glaube daran, dass ein Mensch sich seiner Fehler und Vorzüge bewusst sein sollte, und an der Spitze der Liste meiner Schwächen steht es, immer meinem Herzen zu folgen.

Hinterlistig. Ein weiteres Wort, das aus dem Sprachgebrauch verbannt werden sollte.

Der Punkt ist, dass es an der Zeit ist, weiterzuziehen, und das meine ich nicht körperlich. Das habe ich bereits an dem Tag getan, an dem ich sie erwischt habe. *Es war ausgeschlossen, dass ich jemals wieder in diesem Bett schlafen würde.* Die Wohnung gehörte ihm, und da wieder zu Hause einzuziehen keine sehr reizvolle Option war, arbeite ich seither für eine Haustierbetreuungsagentur. Es ist nichts für die Ewigkeit, nur etwas, um mir beim Sparen für eine eigene Wohnung zu helfen, aber ich bin es leid, aus dem Koffer zu leben, weshalb der Ring dran glauben muss. Nicht, dass ich mich aufgrund deplatzierter Sentimentalität daran festgeklammert hätte. Er mag finanziell gesehen vielleicht Tausende wert sein, aber was die Symbole der Liebe und Treue angeht, ist er wertlos. Ich bin mir nur nicht sicher, wo ich gesetzlich stehe. Laut Camerons zunehmend verzweifelten Nachrichten bedeutet eine gelöste Verlobung, dass der Ring – bei dem es sich um ein Familienerbstück handelt – rechtmäßig ihm gehört. Und laut meiner Antworten kann er sich intensiv mit seinem Knie beschäftigen. *Ja, ein riesiges, großes ‚Fick dich ins Knie'.* Aber ich will nicht vor Gericht enden. Außerdem ist mir gerade auch nicht danach, mich mit einem Anwalt auseinanderzusetzen, um nach Rat zu fragen, während ich erkläre, wo genau ich in meinem Leben auf Abwege gekommen bin.

Vielleicht sollte ich einfach auf ‚Laden' klicken, ihm den Link zu *FleaBag* schicken und fertig.

Geschähe ihm recht.

Es ist eine Art der Rache, nehme ich an.

Als die typischen Geräusche des Büros wieder an meine Ohren dringen, lasse ich meine Finger zurück auf die Tastatur sinken. Es ist ironisch, dass ich inmitten meines Herzschmerzes in einem Dating-Start-up arbeite. Aber auf der anderen Seite konnte ich wohl kaum in meinem alten Job bleiben. Nicht, wenn *sie* dort arbeitet.

„Kaffee?" Heather, meine jüngere Cousine, greift ohne auf eine Antwort zu warten über meinen Tisch nach meiner leeren Tasse. Sie hat vor kurzem ein Sommer-Praktikum hier bei E-Volve angefangen, bevor sie zur Uni geht. Sie ist vier Jahre jünger als ich und wir standen einander nie nah, bis sie vor kurzem die Rolle der Freundin übernommen hat.

„Ich glaube nicht, dass ich noch eine weitere Tasse von diesem Mist ertrage." Es ist so unfair. Nicht nur hat mir Tamara meinen Verlobten gestohlen, sie durfte auch das schicke Büro in der Stadt und dessen noch schickere Kaffeemaschine behalten.

„Ich könnte schnell in die Bäckerei gehen und dir einen Cappuccino holen?"

„Danke, Süße, aber mir geht's gut."

„Wie wäre es mit Happy-Hour-Cocktails nach der Arbeit?"

Ich schüttle den Kopf. „Was soll das schon bringen? Ich habe aktuell das Talent, die Happy Hour alles andere als ‚happy' zu machen." Es ist gänzlich möglich, durch die eigene Anwesenheit gelangweilt zu sein. Warum sollte ich mich dazu entscheiden, das anderen anzutun?

„Komm schon, Zwei-zum-Preis-von-einem-Cocktails machen alles lustig."

Ich entscheide mich für eine Ablenkung, weshalb ich meinen Zeigefinger unter meinen Computerbildschirm schiebe und ihn drehe, sodass Heather die Anzeige sehen kann.

Ihre Augen werden größer, bevor ihr Blick auf meinen trifft. „Dann gehen die Drinks auf dich?"

„Ich habe die Anzeige noch nicht hochgeladen." Ich richte meine Aufmerksamkeit wieder auf meinen Bildschirm, als ich ihn zurück zu mir drehe. Ich will nicht wirklich, dass sie das lächerliche Geschwätz liest.

„Aber das wirst du, oder? Es wird langsam Zeit", fügt sie finster hinzu.

„Ich weiß."

„Ernsthaft, Mir. Nach dem, was er dir angetan hat? Ich hätte ihn in die Themse geworfen und fertig."

„Aber der Ring hat seiner Großmutter gehört. Er ist unersetzlich." Ich drehe mein Handy um und starre seine letzte Nachricht mit der Androhung gerichtlicher Schritte an. Scheint, als wäre seine Bettelphase vorbei.

„Du kannst seine Nummer blocken, weißt du", sagt Heather und zeigt auf mein Handy. „Blocke ihn, dann wirf das Ding weg. Vielleicht lernt er dann, dass Menschen wichtiger sind als materieller Besitz."

„Er bekommt ihn nicht zurück, nicht, wenn ich es verhindern kann. Scheiß auf ihn und die Schlampe, die er geritten hat." Ich muss nur wissen, dass ich nicht im Gefängnis enden werde.

„Hurra! Oh, warte ... was war das?" Mit aufgerissenen Augen legt sie eine Hand an ihr Ohr. „Ich glaube, ich kann einen Margarita hören, der zur Feier des Tages deinen Namen ruft."

„Heth, ich wäre heute Abend wirklich schlechte Gesellschaft."

„Ja, aber *ich* werde dir wesentlich bessere Gesellschaft bieten als ein weiterer Becher Ben & Jerry's-Eiscreme. Und ich bin wesentlich besser für die Oberschenkel."

„Willst du sagen, dass ich fett werde?"

„Ich will sagen, dass Ben, Jerry und Marmaduke, der rotbraune Kater, mir mein Gebiet streitig machen."

„Marmaduke war letzte Woche. Meine pelzigen Aufträge diese Woche heißen Pawdry Hepburn und David Meowie." Zu den Namen kommt auch die Einstellung von A-Promis hinzu.

„Du verarschst mich."

„Oh, ich wünschte, es wäre so."

„Menschen sind seltsam."

„Und reiche Menschen sind noch seltsamer."

„Genau. Was stimmt denn nicht mit Namen wie Fluffy oder Spot?"

„Na ja, Sphinx-Katzen haben weder flauschiges Fell noch Punkte. Obwohl David Meowie diese seltsame Warze an seinem –"

„Genug! Das reicht. Hier ist eine Intervention nötig. Keine vierbeinige Gesellschaft für dich heute Abend“, sagt sie, wobei sie mit einem Finger in meine Richtung zeigt. „Du gehst mit mir aus; Ende der Diskussion.“

„Oh, strenge Heather-feather.“

„Nein, ernste Heather-feather. Du wirst mit mir ausgehen, ansonsten erzähle ich beim nächsten Familientreffen, dass du mit zehn eine Nase voll von der Asche unseres Großvaters eingeatmet hast.“

„Das würdest du nicht tun.“

„Wetten?“, gibt sie zurück, die Hand in ihre plötzlich zur Seite gedrückte Hüfte gestemmt.

„Das habe ich dir im Vertrauen gesagt.“

„Nein, das hast du mir stockbesoffen gebeichtet.“ Zu meiner Verteidigung, ich war auf der Suche nach Keksen. Er war in einer Urne, und für eine Zehnjährige ist das eine Art Keksdose. Und jemand hatte sie auf dem Küchentisch stehen lassen. Wie hätte ich es wissen sollen?

„Du hast Opa geschnieft“, sagt sie mit einem abfälligen Kopfschütteln. „Oder wäre das eher geblasen?“ Das niederträchtige Biest tippt sich nachdenklich mit dem Finger ans Kinn.

„Du bist ein schrecklicher, *schrecklicher* Mensch.“

„Und du gehst mit mir aus. Und du wirst Spaß haben. Erinnerst du dich an Spaß? Dieses andere Wort mit *S*.“

2

MIRANDA

„KOMM HER, Miez, Miez ... Aua! Verdammt!"

„Was? Was ist?", zischt Heathers Stimme aus meinem Handy, als es mir aus der Hand rutscht und auf dem Boden landet, glücklicherweise mit dem Bildschirm in Richtung des Abendhimmels.

„Also *das* war nicht spaßig", murmle ich und drücke mich mit schlurfenden und unbeholfenen Bewegungen von meinen Knien hoch. Ich verziehe das Gesicht, während ich mir winzige Steinchen von meinem schmerzenden Knie streiche. Beim Aufrichten taumle ich ein wenig nach links und fange mich an der Wand ab. Ich torkle dorthin, wo mein Handy im Mondlicht liegt.

„Ich bin über einen verdammten Blumentopf gefallen", sage ich, als ich das Handy wieder an mein Ohr hebe.

„Gott, du bist so ein Milchtrinker."

„Bin ich nicht. Ich bin nur aus der Übung", antworte ich ein wenig empört.

„Das passiert, wenn du dich aus der Gesellschaft

zurückziehst. Es sei denn, du entscheidest dich für den *Wodka in deinen Cornflakes*-Ansatz, nehme ich an."

„Ich habe gar nicht so viel getrunken." Meine Absätze klackern auf den Pflastersteinen, als ich weitergehe.

„Vielleicht hätte ich mit dir zurückkommen sollen."

„Ha! Das wäre ungefähr wie ... eine blinde Blindenführerin gewesen, nur für Betrunkene. Außerdem hast du mich für einen Kerl abserviert." Zusammen mit dem Grund, aus dem ich auf der Suche nach einer entlaufenen Katze durch die Dunkelheit schleiche, sind die Cocktails auch dafür verantwortlich, dass Heather dem Londoner Transportsystem zu dieser Stunde die Stirn bietet, nur weil ihr irgendein Prolet aus Acton ein wenig Spaß im Schlafzimmer versprochen hat.

Aber ich bin nicht wirklich betrunken. Nur ein wenig betäubt.

„Wo bist du?"

„Ich bin im Garten, auf der Suche nach dieser Katze. Deine Schuld, übrigens."

„Wie bist du zu diesem Schluss gekommen?" Ihre Frage trällert durch ein ungläubig klingendes Kichern.

„Weil mir das verdammte Ding nicht über das Bein gesprungen und dann durch die offene Hintertür gerannt wäre, wenn ich nicht telefoniert hätte."

„Na ja, wenn du nicht entschieden hättest, dass du heimlich eine Zigarette rauchen musst, dann wäre die Hintertür nicht offen gewesen."

Ich atme scharf ein, da mein (sehr gelegentliches) geheimes Laster offenbart wurde.

„Woher weißt du das?"

„Ich habe dich einmal beim Rauchen erwischt, als wir Kinder waren."

Eine Erinnerung kommt zu mir zurück; ich sitze auf

der Fensterbank und puste Rauchringe durch das geöffnete Fenster, ganz die sechzehnjährige Kennerin. Heather steht an meiner offenen Schlafzimmertür und trägt ihren „Ich werde dich verpetzen"-Ausdruck.

„Ich wäre vor Schock beinahe aus dem Fenster gefallen." Ich dachte, ich hätte die Tür abgeschlossen. „Ich habe dir in den Arm gekniffen."

„Ja, aber ich war eine kleine Petze. Diesmal sind keine Drohungen nötig. Dein Geheimnis ist bei mir immer noch sicher."

„Ich kann nicht glauben, dass du es weißt." Meine Worte sind zum Teil ein verlegenes Stöhnen. „Ich meine, wie?"

„Du siehst immer verschlagen aus, wenn du heimlich eine geraucht hast. Verstohlen, als hättest du etwas Ungezogenes getan."

„Ich kann an einer Hand die Zigaretten abzählen, die ich diesen Sommer geraucht habe", erwidere ich, plötzlich ein wenig gekränkt. Niemand wird gern bei etwas erwischt, das er lieber verbergen würde. „Ich hatte ein paar sehr stressige Monate, weißt du."

„Weißt du, was besser für die Stressbewältigung ist? Orgasmen."

„Ja, aber es ist gesellschaftlich weniger akzeptabel, vor den Pub zu gehen, um sich die Hand in die Hose zu stecken."

„Igitt. An diesem Satz ist so viel falsch."

„Sagt das Mädchen, das soeben eine ganz und gar unpassende Nachricht geschickt hat."

„Ja, aber es wird ihn dir ein paar Tage vom Hals halten, oder nicht? Cameron wird *so* beschäftigt sein, dass er keine Zeit haben wird, dir gemeine Nachrichten und E-Mails zu schicken."

„Weißt du, wie viele Oxfam-Second-Hand-Läden es in London gibt?"

„Und denkt er wirklich, dass er den Ring in einem von denen zurückbekommen wird?"

„Na ja, nein, denn er ist immer noch in meinem Schmuckkästchen." Wir brechen beide in Gelächter aus.

„Es wird dem Blödmann eine Lehre sein, dass er dir keine zunehmend bedrohlichen Nachrichten schicken soll, nachdem er dich so beschissen behandelt hat. Wie auch immer, selbst wenn du ihn versehentlich in eine Tüte mit gespendeten Klamotten und Schnickschnack hättest fallen lassen, würde er ihn trotzdem nicht zurückbekommen. Ich nehme an, dass die alten Damen, die an diesen Orten ehrenamtlich arbeiten, die besten Sachen herauspicken. Als ob sie sich den Ring durch die Finger gehen lassen würden."

Oh Mann, sie hat recht. Das war wirklich, was ich heute Nacht gebraucht habe.

Dampf ablassen und ein wenig Spaß haben.

„Heather, ich bin so froh –"

„Wie auch immer", sagt sie und ignoriert meine Empfindungen, bevor sie überhaupt ausgesprochen sind. „Wenn du nicht darauf bestanden hättest, die ganze Fahrt über mit mir zu reden, dann würdest du nicht immer noch telefonieren, und Zigarette hin oder her, die Katze wäre vermutlich immer noch im Haus."

„Und wenn du nicht entschieden hättest, ans andere Ende von London zu fahren, würden wir nicht immer noch telefonieren, da ich mich nicht vergewissern müsste, dass es dir gut geht. Okay?"

„Mir, wie würde es mich denn bitte davor bewahren, entführt zu werden, wenn du die ganze Zeit mit mir redest?"

„Du könntest ein Foto deines Angreifers machen. Ich würde es der Polizei schicken."

„Also nehme ich meinen Mord auf?"

„Sei nicht so makaber. Ich kann nicht anders, als mir Sorgen um dich zu machen."

„Geht mir ebenso", antwortet sie mit einem Seufzen, führt es aber glücklicherweise nicht weiter aus, da wir zugestimmt haben, nicht mehr über frischen Herzschmerz zu reden. „Noch keine Spur von Marilyn Meow-row?"

„Es ist David Meowie, und nein. Ich suche als Nächstes im Nachbarsgarten."

„Der Garten des heißen Nachbars?" Ich lächle trocken über die Änderung ihres Tonfalls.

„Du meinst den Nachbar, auf den du den ganzen Samstag über geil warst?"

Ich verpasse den Anfang ihrer Antwort, da die Leitung einen Moment unterbrochen wird, nachdem ihr Zug vermutlich durch ein Funkloch fährt.

„ ... ist gut."

„Ja, mir geht es gut. Danke."

„Was?"

„*Ohhh.* Ich dachte, du würdest fragen, ob es *mir* gut geht."

„Ha. Nein", erwidert sie mit einem Kichern. „Warum machen Cocktails alles lustiger?"

„Aus demselben Grund, aus dem sie das Brennen bei einem abgeschürften Knie verringern, nehme ich an."

„Nicht thematisch relevant", antwortet sie mit einem Prusten. „Vielleicht sollte ich fragen, warum sie einen so geil machen."

„Oder warum sie ein Mädchen dazu bringen, seinen Eltern zu sagen, dass es bei seiner Cousine ist, während es in Wirklichkeit mit dem Versprechen einer kurzen Nummer auf dem Weg ans andere Ende der Stadt ist, hmm?“

„Ich weiß aus zuverlässiger Quelle, dass Brent nicht schnell ist“, sagt sie mit einem schmutzigen Kichern. „Er ist sehr, sehr gründlich.“

Ich stöhne aus Protest, als ich das Tor zwischen den beiden Häusern öffne und mich auf den Weg in den Nachbarsgarten mache. Wir mögen vielleicht miteinander arbeiten und sogar Zeit miteinander verbringen, aber sie ist meine kleine Cousine. Manchmal ist es schwer, sie nicht als Teenager zu betrachten. Ich muss definitiv nichts über ihr Sexleben wissen. Unwissenheit ist ein Segen? Ich glaube nicht, dass das zählt, wenn man bedenkt, dass ich ihr widerwilliges Alibi bin.

Ich bin übrigens nicht eifersüchtig. Bis auf das Kuscheln. Ich vermisse das Kuscheln.

„Ich habe mir gedacht, dass ich dieses Wochenende vielleicht wieder vorbeikomme.“

„Um wieder meinem heißen, vorübergehenden Nachbarn nachzugeiern?“ Das Tor quietscht, als ich es hinter mir schließe, und das Geräusch klingt am Abend im Dunkeln aus irgendeinem Grund wesentlich lauter.

„Nein, obwohl er ein sehr willkommener Bonus ist. Ich dachte, wir könnten uns einen Film ansehen, Kohlehydrate essen und unsere Beziehung weiter aufbauen.“

„Wenn wir unsere Beziehung noch weiter aufbauen, bist du an der Hüfte mit mir verbunden.“

Heather beginnt wieder zu lachen, was mich zum Lächeln bringt, aber mein Lächeln fällt, als ich realisiere, wie sehr ich sie vermissen werde, wenn sie in ein paar

Monaten zur Uni geht. Es mag manchen vielleicht seltsam erscheinen, dass wir uns immer noch miteinander unterhalten, obwohl wir den ganzen Tag lang in einem Büro zusammengearbeitet und dann den Abend miteinander verbracht haben, aber Tatsache ist, dass wir vermutlich selbst Unterwasser eine Unterhaltung fortführen könnten. Außerdem gefällt mir der Gedanke nicht, dass sie zu dieser Zeit allein unterwegs ist.

„Bist du noch da?“

„Ja.“ Ich steige vorsichtig über den nächsten Blumentopf, der vor Geranien geradezu überquillt.

„Du solltest in Bezug auf ihn definitiv etwas tun, während du dort bist.“

„Etwas tun? Was denn zum Beispiel?“

„Ich weiß nicht. Flirten. Lass dich von ihm dabei erwischen, wie du den Müll in deinem Pyjama rausbringst oder so.“

„Ha! Willst du, dass er wegläuft?“

„Natürlich nicht der Pyjama, in dem du schläfst. Du musst doch sicher einen haben, der attraktiver ist.“

„Du bist lustig.“

„Das war nicht meine Absicht. Ich meine es – es ist nicht so, als hättest du nicht selbst beim Anblick dieses heißen Körpers gesabbert.“

„Habe ich nicht“, gebe ich zurück. „Na ja, vielleicht ein wenig“, korrigiere ich. „Aber er ist nicht wirklich mein Typ.“

„Groß, gebräunt und ein Schwanz wie ein Hengst ist jedermanns Typ, Dummerchen. Ist er zu Hause?“, fügt sie ein wenig aufgeregt hinzu. Ich weiß bereits, dass er das nicht ist, werfe aber trotzdem einen Blick auf die dunklen Glastüren auf der Rückseite der viktorianischen Villa. „Was, wenn er dich für einen Einbrecher hält, der in seinem Garten herumschleicht und nach draußen kommt, um dich zu Boden zu werfen?“

„Dann werde ich mir vermutlich ein paar Tage freinehmen müssen, um mich zu erholen“, murmle ich und spähe unter eine kleine Formschnitthecke.

„Das würde ich angesichts seiner Größe auch behaupten. Erinnerst du dich daran, wie er letztens in nichts als diesen blauen Shorts auf dem Rasen trainiert hat? Mein Gott!“ Ich kann fast sehen, wie sie sich Luft zufächelt.

„Du meinst, als du darauf bestanden hast, deinen Kaffee oben zu trinken und ich dich an der Fensterbank gefunden habe, wo du deine Zunge förmlich gegen die Scheibe gepresst hast?“

„Ich meine mich zu erinnern, dass ich nicht die Einzige war.“ Ihr hämischer Tonfall wird ein wenig anzüglich, als sie hinzufügt: „Gott, diese Bauchmuskeln. Und diese Shorts, erinnerst du dich?“ Sie macht ein undeutliches Geräusch, während ich selbst ein wenig schwer schlucke. Denn ich erinnere mich definitiv. Wie könnte ich das auch vergessen? Besonders, da der weiche Stoff an einer sehr besonderen Stelle besonders eng saß. „Das Ding war breit wie eine Coladose! Und so ... *federnd*. Ich bin überrascht, dass er sich nicht selbst verletzt hat.“

„Ich kann nicht glauben, dass wir diese Unterhaltung führen, während du in einem öffentlichen Verkehrsmittel sitzt.“

„Beruhige dich, der Wagon ist leer. Aber du solltest dich ihm definitiv vorstellen“, fügt sie angeregt hinzu.

„Ja, klar.“ Ich schiebe die Spitze meines Schuhs in die Blumenbeete und schiebe die Flora auseinander, während ich nach verräterischen Spuren rosafarbener Katzenhaut suche, habe aber kein Glück.

„Ich meine es, er wäre der perfekte Lückenbüßer. Er ist offensichtlich single –“

„Nicht offensichtlich.“

„Wenn er nicht single ist, dann muss er eine sehr verständnisvolle Partnerin haben, wenn man die Reihen von Frauen bedenkt, die du bei ihm ein- und ausgehen gesehen hast.“

„Ich habe nicht gesagt, dass ich eine Reihe von Frauen aus seinem Haus habe kommen sehen. Ich sagte, dass er wie jemand aussieht, der es so handhaben würde.“

„Oh, Vera Vorurteil“, neckt sie mich.

„Man weiß nie, was hinter verschlossenen Türen vor sich geht“, erwidere ich ein wenig erhaben. „Außerdem bin ich überrascht, dass du vorschlägst, dass ich mit einer möglicherweise männlichen Hure schlafe, wenn man bedenkt, dass ich mehrere Monate mit einer solchen verlobt war.“

„Ah-ah. Kein Anprangern von Schlampen. Außerdem war Cameron keine Schlampe. Er war eine Schlange. Und wenn du mich fragst, ist ein Mann, der seine Gunst frei und ohne Erwartungen verschenkt, genau der richtige Typ für einen Lückenbüßer.“

„Vielleicht in der Theorie.“

„Apropos Theorien, hier ist eine für dich. Denkst du, dass die Bosslady wunderbaren Muskelkater als Grund für Krankheitsurlaub akzeptiert?“

„Ich werde auflegen, wenn du noch eine Anmerkung über deinen geplanten Abend machst.“

„Ich habe von dir gesprochen. Sagen wir, der heiße Nachbarskerl findet dich heute Nacht, wie du in seinem Garten unterwegs bist? Eine Jungfrau in Nöten, deren Muschi gerettet werden muss.“

Ich stöhne, als hätte ich Schmerzen. Und nicht von meinen aufgeschürften Knien.

„Was? Es ist ein berechtigtes Konzept und einer Überlegung würdig."

„Die einzige Muschi, an deren Rettung ich interessiert bin, ist die entkommene Katze des heutigen Abends. Außerdem muss ich mir wahrscheinlicher Urlaub nehmen, um mich von einer Gehirnerschütterung und ein paar angeknacksten Rippen zu erholen." Und knacksen ist genau das, was meine Knie tun, als ich mich wiederaufrichte, nachdem ich unter dem sehr modernen Tisch seiner Terrassenmöbel nachgesehen habe. „Denn wenn er mich erwischt, wie ich im Dunkeln in seinem Garten umherwandere, nehme ich an, dass er mich für einen Dieb halten und zu Boden werfen wird." Und die Coladose in seiner Hose ist nicht das einzig Große an ihm; der Mann muss mindestens eins achtzig groß sein. Und er ist muskulös. „Wie auch immer, soweit wir wissen, könnte er auch grottenhässlich sein oder abscheuliche Gesichtsbehaarung haben." Keine von uns beiden hat sein Gesicht gesehen, das bisher immer im Schatten des Ahornbaums lag, der auf seinem Rasen steht, oder er hat uns den Rücken zugekehrt. *Ich wusste nicht, dass ein Rücken so muskulös sein kann.*

„Ich persönlich mag Stoppeln."

„Wie sieht's mit Pornostar-Schnurrbärten oder buschiger Gesichtsbehaarung wie bei Yosemite Sam aus?"

„Mach es nicht schlecht, bevor du es probiert hast."

Ha! Die meisten Jungs in ihrem Alter sind noch nicht einmal über die Flaum-Phase des Bartwuchses hinaus.

„Mir, er hat Yoga im Garten gemacht. Denk daran, wie biegsam er sein muss."

„Das ist eine so unangemessene Unterhaltung",

murmle ich und stoße die Spitze meines Schuhs als Nächstes in das Ziergras.

„Ja, aber eine lustige. Was interessiert es dich, ob er hässlich ist oder einen Bart hat, solange er dich dazu bringt, vor Ekstase zu schielen?"

„Nur, weil er ordentlich was in der Hose hat, heißt das nicht, dass er ein Experte ist. Manchmal macht sie das faul. So habe ich es zumindest gehört."

„Nicht Brent."

„Ich *werde* auflegen", drohe ich.

„Komm von der Palme runter", sagt sie mit einem Kichern. „Ich würde eindeutig eine Gehirnerschütterung riskieren, um mich mit ihm ein bisschen im Gras zu rollen, wenn du weißt, was ich meine."

„Was ist denn in dich gefahren?" Heather ist gewöhnlich sehr nett, wenn auch gelegentlich ein wenig unbeholfen.

„Was soll ich sagen? Cocktails und Sexting bringen die ungezogene Heather zum Vorschein."

„Na ja, bring ruhig meine süße Cousine Heather-feather zurück, wann immer du willst", antworte ich und bediene mich ihres Kosenamens aus der Kindheit.

„Ich habe gehört, dass Brent diese Sache mit einer Feder macht, die –"

„*Lalalalalala!*"

„Vielleicht kann der heiße Nachbarskerl die ungezogene Miranda hervorlocken?"

„Vielleicht kannst du ihn fragen, wenn du das nächste Mal zu Besuch bist."

„Wirklich?"

„Nein, nicht wirklich", antworte ich und schiebe meine Hand in eine Wand aus hohem Bambus, wobei ich insgeheim bete, dass sich nichts darin versteckt –

natürlich bis auf die Katze – während ich mit zusammengekniffenen Augen in das dichte, dunkle Grün spähe. „Zum einen will ich nicht nur eine weitere Frau werden, die durch seine Haustür hinein- und hinausschlendert. Gott weiß, dass er nicht noch eine braucht. Und zum anderen –"

„Bist du ein riesiger Angsthase?"

„Bin ich nicht. Ich bin eher durchschnittlich groß."

Heather lacht, bevor sie hinzufügt: „Und zum anderen stehst du nicht auf den Adonis-Typ, da du deine Männer blond und leicht pummelig magst."

„Was?"

„Komm schon. Cameron war wohl kaum ein Fang."

„Er ist nicht pummelig! Er ist nur ... groß. Fest und männlich." Als ich mich auf den Weg zu einem großen Grill aus Edelstahl mache, der im Mondlicht unheimlich glänzt, frage ich mich flüchtig, ob ich ihn oder meinen Männergeschmack verteidige. *Eindeutig meinen Geschmack.* „Hier, Muschi, Muschi", rufe ich und spähe in die Dunkelheit.

„Fett. Plump. Und nicht deiner."

„Dessen bin ich mir bewusst." Ich richte mich schnell auf, wobei ich mir den Kopf an der Ecke des Dings anstoße. *Aua!*

„Komm schon, Mir. Du musst ihn hinter dir lassen."

„Das tue ich – habe ich!" Ich presse meine Hand auf die schmerzende Stelle, während meine Nase durch die sich anbahnenden Tränen, deren Ursache schwer zu bestimmen ist, zu kribbeln beginnt. Körperlicher Schmerz oder trunkene Emotionalität?

„Eine Sache noch, dann halte ich den Mund. Dieser Auftrag mit dem Katzen-Sitting ist bald vorbei, oder? Wenn du die Gelegenheit bekommst, dann unterhalte dich wenigstens mit dem Mann. Ich meine eine richtige *Erwachsenen*unterhaltung."

„Ich führe mit ihm keine Erwachsenenunterhaltung in meiner Unterwäsche, Heather."

„Ich bitte dich nicht darum, ihn zu belästigen. Sprich einfach mit ihm."

„Du gibst nicht auf, oder?"

„Nein. Wie auch immer, mein Zug fährt gerade in den Bahnhof ein, aber ich habe noch eine Sache zu sagen."

„Dann mal los." Mein Seufzen ist das Lied der lange Leidenden.

„Ich wette, Cameron hat Männerbrüste. Pummelige, kleine Dinger mit blassen Brustwarzen."

„Hat er nicht." Zumindest nicht sehr ausgeprägte.

„Und weißt du, wer keine Männerbrüste hat? Der heiße Nachbarskerl."

Ich werde durch den Anblick eines beunruhigenden, pinkfarbenen Etwas, das über die winzige Rasenfläche schießt, von einer Antwort abgelenkt.

„Da bist du, du pelziger Übeltäter! Er ist hier – David Meowie. Warte." Ich schiebe mein Handy in die Brusttasche meiner Bluse und meine Absätze sinken in die Erde, als ich der Katze über das Gras und die Terrasse folge, über den Tisch – zumindest ist es der Weg der Katze, ich gehe lieber darum herum. Ich folge dem Tier und ducke mich gerade rechtzeitig um die Hausecke, um seinen schlangenähnlichen Schwanz zu sehen, wie er durch eine mittelgroße Hundeklappe im Haus verschwindet.

„Ah, verdammt", murmle ich und ziehe mein Handy wieder aus meiner Tasche. „Heth, bist du sicher, dass er dort auf dich wartet?"

„Er steht am Bahnsteig, auf der anderen Seite der

Türen, mit einem Grinsen so breit wie ein halbes Wagenrad."

„Und er ist ein anständiger Mensch?"

„Na ja, er ist männlich", antwortet sie. „Manche würde das als irgendwie menschlich bezeichnen."

„Okay. Viel Spaß. Benutzt Kondome. Und ruf mich an, wenn du irgendetwas brauchst", sage ich, während ich auf der Terrasse auf die Knie gehe. „Ich muss los. Die Katze ist gerade im Haus des heißen Nachbarskerls verschwunden."

„Was wirst du tun?"

„Ihr folgen", antworte ich, als wäre es offensichtlich. Obwohl es nur offensichtlich wäre, wenn sie das sähe, was ich sehe; den Anblick einer teilweise geöffneten Hundeklappe.

„Sei nicht albern. Das ist Einbruch."

„Ich kann ihn nicht frei im Haus eines anderen herumlaufen lassen. Außerdem ist er eine preisgekrönte Sphinx-Katze. Wenn ich ihn verliere, bekomme ich nie wieder einen Auftrag. Wir sehen uns morgen."

„Warte – da spricht die betrunkene Miranda, nicht die vernünftige, übliche –"

„Nein, hier spricht die verzweifelte Miranda. Tu nichts, was ich nicht auch tun würde." Ich lege auf und entscheide, dass ich vielleicht doch ein wenig beschwipst bin. Beschwipst und verzweifelt, aber im Moment ist nur eine Sache wichtig: Kann ich so tun, als wäre ich ein Golden Retriever?

Ich drücke die Klappe mit einer Hand hoch, bevor ich meinen Kopf und meine Schultern irgendwie seitlich hineindrücke. Und da, in der Mitte des Küchentischs im Mondlicht, sitzt David Meowie mit einem Bein in der Luft, während er sich alles andere als elegant putzt.

„Komm schon, David. Wir wissen beide, dass du nicht die Eier dafür hast.“ Ich drehe mich nach vorn, die Handflächen auf den kühlen Küchenfliesen, dann arbeite ich mich mit wackelnden Bewegungen weiter voran und mein Vorwärtsschwung findet sein Ende, als ich meine Hüften erreiche. „Runter vom Glastisch des netten, heißen Kerls.“

Eine Sache, die ich an dem Leben in den Häusern der reichen Londoner nicht vermissen werde – abgesehen vom Beseitigen der Katzenhinterlassenschaften und dem Anrichten stinkenden Futters – ist das Entfernen von Abdrücken auf glänzenden Möbeln, die durch Katzenhintern entstanden sind. Sphinx-Katzen sind seltsame, seltsame Kreaturen.

Es lässt sich nichts machen. Ich werde mich wieder auf die Seite drehen und so hineingleiten müssen. Aber als ich es versuche, bleibt der Bund meines Rocks an etwas hängen.

„Verdammt.“

Und als ich versuche, meinen Oberkörper ein wenig zu drehen, um zu sehen, was es ist, wird aus dem verhakten ein reißendes Geräusch. Ich sitze nicht nur fest, sondern kann die Abendluft dort spüren, wo sie nichts zu suchen hat.

„Ach, Scheiße.“ Ich starre die hellen Fliesen an, während meine Schultern zusammen mit meiner Äußerung schlaff werden.

Bis ich Schritte irgendwo in dem riesigen Haus höre – männliche Schritte, glücklicherweise nicht begleitet von dem *Klack-klack* hoher Absätze. Von geschlagen zu hektisch übergehend, beginne ich, mich zu drehen und nach hinten zu drücken, wobei ich in meiner Eile das herzzerreißende Geräusch des Stoffes ignoriere. Und wenn es irgendetwas gibt, das einen garantiert schnell nüchtern werden lässt, dann ist es die Aussicht, bei etwas Illegalem erwischt zu werden. Und etwas Dämlichem. *Dämlich illegal?* Vielleicht sind das die Gründe, warum ich die Augen schließe, als der Raum in Licht getaucht wird und ich mich der Kleinkinderversion möglicher Bestreitbarkeit hingebe.

Vielleicht bin ich doch nicht so nüchtern.

„Schon wieder entwischt, hm?"

Seine Stimme ist tief, rauchig und ein wenig belustigt. Ich kneife meine Augen fester zusammen. Ich muss nicht hinsehen – wirklich, das muss ich nicht – und nicht aus Angst, einen Pornostar-Schnurrbart zu sehen. *Ist es nur ein halber Einbruch, wenn man uneingeladen zur Hälfte im Haus eines Fremden und zur Hälfte draußen ist?*

Es sind Schritte zu hören, die ins Stocken kommen, wobei seine Schuhsohlen ein schlurfendes Geräusch auf den Fliesen machen.

„Was haben wir denn da?" *Tief, rauchig, belustigt und ein wenig vornehm.*

Ich wappne mich, als ich meinen Kopf hebe. „Hallo. Sie scheinen da Ihre Hände auf meiner Muschi zu haben."

3

MIRANDA

Was Titel angeht, wird ihm *heißer Nachbarskerl wirklich* nicht gerecht.

Er ist sowas von kein Kerl, auch wenn er ein wenig amüsiert verlegen aussieht.

Blond, braungebrannt und groß, er hat keinerlei Schnurrbart – obwohl er mehr als alt genug ist, um sich einen wachsen zu lassen – und er ist attraktiv, auf herrlich weltgewandte Art. Und dem heißen halben Lächeln nach zu urteilen, das er mir gerade schenkt, ist er sich absolut bewusst, wie gut er aussieht. Schwarze Hose und ein weißes Hemd, das am Hals offensteht, die seidenen Seiten einer Fliege liegen auf dem Kragen und lassen in meinen Gedanken das Bild eines Geschenks auftauchen, das jemand ungeduldig öffnen wollte.

„Ich glaube nicht, dass ich bisher dieses Vergnügen hatte“, schnurrt er fast und korrigiert seinen Griff an David Meowie, der an seiner Brust lehnt und sich dort recht wohl zu fühlen scheint. Das von der Katze, die nichts anderes getan hat, als mich anzufauchen und die

Zähne zu fletschen, seit ich vor zehn Tagen angekommen bin.

Dieses Vergnügen oder *das* Vergnügen? Es ist eine seltsame Vorstellung, und eine, die mich dazu bringt, meine vorherige Aussage zu überdenken.

Sie scheinen Ihre Hände auf meiner Muschi zu haben.

Nein. Das kann ich nicht gesagt haben. Das Leben ist sicher nicht so grausam.

„Denn ich bin mir sicher, dass ich mich daran erinnert hätte."

Oh.

Verdammt.

„Warten Sie einen Moment." Ich hebe die Hand, obwohl ich mir nicht sicher bin, ob mir in meiner derzeitigen Position noch irgendetwas an Würde geblieben ist. „Lassen Sie mich das klarstellen. Sie finden eine fremde Frau, die zur Hälfte in Ihrem Haus und zur Hälfte draußen ist, und *das* ist Ihre Antwort?"

„Hm. Sie haben recht. Halbheiten machen keinen Spaß. Sind sie drin oder sind Sie draußen?" Er lässt seine Antwort wie eine Herausforderung klingen.

„Was ich bin, ist steckengeblieben." Sein Ausbruch tiefen Gelächters ist erschreckend, er hat den Kopf zurückgeworfen und das Licht im Raum betont die sandfarbenen Stoppeln auf seinem Kinn. Zumindest bis er mich wieder in gespieltem Ernst ansieht.

„Ich nehme an, das hier ist die Muschi, von der Sie sprechen?"

„Natürlich", antworte ich hochmütig. Obwohl ich mir nicht sicher bin, ob ich es hinbekomme, wenn man meine derzeitige Lage und die aktuellen Umstände bedenkt.

„Sind Sie sicher, dass diese Katze Ihnen gehört?"

„Ja."

„Dann sind Sie wohl ein Einbrecher auf Samtpfoten." Das Aufleuchten seines Lächelns ist beinahe beunruhigend. Seine Zähne sind weiß, gleichmäßig und nicht im geringsten haiähnlich, und doch … „Sollte ich die Behörden informieren?"

Als er seine Hand in seine Tasche gleiten lässt, plappere ich panisch: „Was? Nein!"

„Ah, aber sehen Sie, ich weiß, dass Ihnen diese Katze nicht gehört."

„Ihnen gehört sie aber auch nicht", gebe ich zurück, plötzlich genervt und nicht länger darüber besorgt, dass ich auf Händen und Knien bin und zur Hälfte in seiner Tür stecke. Wenn ich eine Diebin wäre, dann müsste ich die schlechteste in ganz London sein.

„Nein, aber sie ist in meinem Haus."

„Was das betrifft, das bin ich auch."

„Vielleicht gehören Sie mir dann auch."

„Äh, nein." Oder vielleicht ja, bitte. *Zum Teil.* „Aber da keiner von uns eingeladen war, werden Sie die Polizei auch auf ihn hetzen?" Ich zeige mit einem Finger auf David Meowie.

„Ich denke, es ist vielleicht besser, wenn wir diese Unterhaltung von Angesicht zu Angesicht fortführen."

„Na ja, das wäre wundervoll, bis auf die kleine Tatsache, dass ich *feststecke*."

Er scheint einen Moment lang darüber nachzudenken, offensichtlich immer noch von unserem Austausch amüsiert, bevor er die Katze auf den Glastisch setzt, wo sie sich auf einer Zeitung zusammenrollt. Die Küche, jetzt wo das Licht eingeschaltet ist und ich einen Moment habe, um mir alles anzusehen, ist mit Schränken aus Walnussholz, altmodischen, beigefarbenen Fliesen und antik aussehenden Akzenten eingerichtet. Ein altmodischer Teekessel – von der Art, die pfeift – steht auf dem Herd, daneben liegt ein geöffnetes Kochbuch.

Es klingt seltsam, aber er sieht wirklich nicht so aus, als gehörte er hierher. Es ist wie dieses Lied aus der *Sesamstraße*, bei dem Dinge nicht aussehen wie die anderen.

„Sehen wir mal, was wir da tun können." Bevor ich antworten kann, setzt er sich vor mir auf die Fersen. „Darf ich?"

Ich nicke und kann keine Worte finden, da seine Augen aus dieser Nähe in einem strahlenden Pfauenblau leuchten. Ich kann nicht sagen, dass ich jemals zuvor Augen in dieser Farbe gesehen habe, und es ist absolut unfair, dass Gott diesem Mann so dicke Wimpern schenkt, während ich auf einen teuren Mascara zurückgreifen muss, um eine ähnliche Wirkung zu erzielen. Es ist schwierig, sein Alter zu schätzen, aber er ist definitiv älter, wenn auch nicht alt. Anfang Dreißig, vielleicht? Seine Lippen verziehen sich zu etwas, das nicht ganz ein Lächeln ist, die Haut um seine Augen ist an den äußeren Winkeln leicht faltig, als würde er in allem Vergnügen finden. Obwohl ich annehme, dass an meiner aktuellen Zwickmühle allerhand Komisches zu finden ist. Nur ich kann mich in eine solche –

Der Gedanke bleibt unbeendet, als seine Hände die Seiten meiner Rippen streifen und zu meinem Rockbund wandern. Ich ziehe scharf den Atem ein und presse meine Lippen aufeinander, um das seufzende Ausatmen zurückzuhalten. Nicht urteilen, ich kann nichts dafür, dass ich sensorisch empfindlich bin und ein wenig unter Berührungsmangel leide.

„Hm. Ich sehe, wo das Problem liegt", ertönt seine

tiefe Stimme über mir. „Der Reißverschluss Ihres Rocks scheint am Scharnier festzustecken."

„Können Sie ihn herausziehen?"

„Ob Sie es glauben oder nicht, das ist nicht das erste Mal, dass ich das gefragt wurde." Seine Stimme ist so tief und vibrierend, dass ich mir nicht sicher bin, ob es für meine Ohren bestimmt war. Ich antworte trotzdem.

„Ich werde nicht nach dem Grund fragen."

„Vernünftiges Mädchen."

Ich werde nicht fragen, da ich es erraten kann, als ich mich an ... die Coladose in seiner Hose erinnere.

„Ich befürchte, er steckt fest. Wenn ich ziehe, dann muss ich fest ziehen."

„Ganz oder gar nicht, sage ich immer."

Wenn ich nicht länger angeheitert bin, warum sage ich dann immer noch so dämliche Dinge?

„Das beantwortet viele Fragen."

„Zum Beispiel?" Meine Antwort ist wenig mehr als ein Quietschen, als er einen Fuß gegen sein Knie austauscht und mir damit seine Coladose ins Gesicht drückt.

„Fast ... da. Geschafft! Ah." Letzteres wird vom Geräusch des reißenden Stoffes und der Empfindung von kühler Luft an einer Stelle meiner Haut begleitet, die nicht oft entblößt wird. „Wie gern haben Sie diesen Rock?", fragt er vorsichtig.

„Er ist von Michael Kors. Und ich trage ihn erst zum zweiten Mal."

„Oh je." Lustig, dass er gar nicht so klingt, als täte es ihm leid.

„Aber ich nehme an, es ist nicht so, als könnte ich ewig hierbleiben."

„Nein. Ich nehme an, Sie haben irgendwo einen

Freund, der sich eventuell fragen würde, was mit Ihnen passiert ist."

„Genau." Keine direkte Lüge, mehr eine Andeutung. Sollte ich mir darüber vielleicht Gedanken machen? „Er wird vielleicht sogar nach mir suchen." Weitere Lügen. Die einzige Person, die mich zumindest eine Woche lang vermissen würde, wäre Heather, die sich vermutlich zu Tode lachen wird, wenn ich ihr hiervon erzähle.

„Und in welcher Position er Sie dann finden würde." Außerdem, warum fühle ich mich enttäuscht, dass er überhaupt nicht verärgert über die Aussicht zu sein scheint, dass ich einen Freund habe? „Moment, das könnte ..."

„Was?", plappere ich, als er sich aufrichtet. Plötzlich bin ich mir der kühlen Abendluft und meiner Vorliebe für Cartoon-Unterwäsche sehr bewusst. „Wo gehen Sie hin?"

„Ich bin gleich wieder zurück."

„Gehen Sie nicht da raus!", kreische ich fast, als er durch die Küche auf die Türen an der anderen Seite des Raumes zugeht.

„Ich glaube nicht, dass ich Sie darauf aufmerksam machen muss, dass Sie mich nicht wirklich aufhalten können." Als sich das Schloss öffnet, landen David Meowies Pfoten auf dem Fliesenboden. „Es sei denn, Sie planen, den Rest Ihrer Tage auf allen vieren zu verbringen."

In dieser Aussage liegen so viele Andeutungen, aber ich beiße nicht an.

„Lassen Sie ... einfach nur die Katze nicht raus." Aber er hat recht. Ich kann nicht hierbleiben, selbst wenn das bedeutet, dass er einen Blick auf Garfield, die Glücksbärchis, Betty Boop oder eben den Cartoon bekommt, der heute meine Unterwäsche dekoriert. Aber es ist nicht so, als wäre ich nicht bereits vollständig gedemütigt.

„Die Katze?"

„Die Katze ist diejenige, die mich überhaupt in diesen Schlamassel gebracht hat."

Er hält mit der Hand auf der Türklinke inne. „Das bezweifle ich nicht." Sein Lächeln ist ein verruchtes Strahlen von Zähnen am anderen Ende des Raumes. „Diese Muschi hat definitiv eine Art, Sie dazu zu bringen, Dinge zu tun, die Sie normalerweise nicht tun würden."

Äh ... was?

Die Sohlen seiner Schuhe sind auf dem Pflaster zu hören und schlurfen ein wenig, als er stehenbleibt. Hat er eben gelacht?

Ich versuche, meine Taille nach unten zu drücken, in der Hoffnung, dass es den Reißverschluss aus dem Scharnier löst. *Keine Chance.* „Wenn ich Ihnen schon meine Unterhose zeige, sollte ich wenigstens Ihren Namen wissen."

„James. Ich freue mich sehr, den Hintern von ...?"

„Miranda, und Sie können jetzt aufhören, zu lachen. Das ist nicht sehr lustig."

„Ich denke, das hängt von der Perspektive ab, aus der man es betrachtet."

„Was?", frage ich und drehe meinen Kopf über die Schulter, als könnte ich ihn durch die Holztür sehen. „Wollen Sie sagen, dass ich einen lustigen *Hintern* habe?" Hat dieses Wort je zuvor so prüde geklungen? Wenn dem so ist, dann kam es nicht von meinen Lippen. Aber mein Tonfall ist nicht als Reaktion auf irgendeine Verletzlichkeit, die ich empfinde, sondern mehr aufgrund eines Gefühls der Demütigung. Welcher Idiot folgt einer Katze in das Haus eines Fremden?

„Im Gegenteil. Sie haben einen entzückenden –" Ich höre den Rest seines Kompliments nicht, da ich aufgrund meiner vollständigen Demütigung laut stöhne.

„Und so bezaubernde Unterwäsche."

Also *das* habe ich gehört, zusammen mit seinem tiefen Lachen.

„Sie ist nicht bezaubernd. Es sind Boxershorts, und ja, sie sehen irgendwie wie Omas Unterwäsche aus. Aber sie sind lustig. Und ich brauchte eine Aufmunterung, also habe ich ein Dutzend alberner Unterhosen gekauft, in Ordnung?"

„Perfekt. Normalerweise tendiere ich dazu, Slips zu bevorzugen, die ein wenig ... wie kann ich das ausdrücken? Knapper sind. Aber Ihre Wahl ist absolut ... bezaubernd."

„Sie genießen das viel zu sehr."

„Wie bitte?"

„Ich sagte, dass ich Ihnen unendlich dankbar wäre, wenn Sie mir mit diesem dämlichen Reißverschluss helfen könnten."

Der Reißverschluss wird gelöst, und mit dem plötzlichen Schwung nach vorn ist das Einzige, was mich davon abhält, durch das quadratische Loch zu schießen, meine Hüfte.

„Uff!"

Natürlich ist meine Demütigung noch nicht vollständig, denn jetzt muss ich mich herauswinden. Ich entscheide mich dazu, das zu bewerkstelligen, indem ich ein wenig rückwärts krieche, bevor ich mich auf die Seite drehe. Dann schlängle ich mich in die Küche, denn die Aussicht, dass er mir dabei zusieht, wie ich mich wie ein

Wurm *hinaus*schlängle, ist sogar noch peinlicher. Als ich aufstehe, bemerke ich jedoch, dass ein paar sehr wichtige Kleidungsstücke draußen zurückgelassen habe. Meine Schuhe, und noch wichtiger, meinen Rock. Aber mir bleibt nichts anderes übrig, als die Katze zu nehmen, die Hintertür zu öffnen und so schnell wegzulaufen, wie mich meine nackten Füße tragen.

„Entschuldigen Sie die ganze, äh …" Ich wedle mit der Hand in die Richtung der Hundeklappe. „Und nochmals danke für Ihre Hilfe." Nachdem die Höflichkeiten erledigt sind, reiße ich die Tür auf und drehe mich ein wenig zur Seite, um mich an ihm vorbeizudrücken. Ich habe völlig unterschätzt, wie groß er ist, aber ich nehme an, dass es schwer ist, das festzustellen, wenn das Gesicht ans Schlafzimmerfenster gepresst ist oder man kniend zu ihm aufsieht. „Mir tut, na ja, alles leid. Und danke." Ich will den Rest meines Rocks aus seiner Hand nehmen, als er diese wegzieht.

„Nicht so schnell. Wir haben noch nicht festgestellt, was Sie hier überhaupt getan haben."

„Doch, haben wir. Ich habe das hier verfolgt!" Alles andere als begeistert darüber, als Requisite verwendet zu werden, setzt David Meowie zur Flucht an und vergräbt seine Krallen in meinem Unterarm. „Aua! Du kleiner –"

„Darf ich?" Er nimmt mir den Haufen aus Haut und Krallen aus den ausgestreckten Armen, als ich versuche, mich vor weiteren Verletzungen zu bewahren, und presst ihn fest an seine Brust.

„Sie sagten?"

„Ich glaube nicht, dass ich irgendetwas gesagt habe. Ich glaube, ich habe alles gesagt, was es zu sagen gibt." Außerdem glaube ich nicht, dass ich diese Unterhaltung im Mondlicht und in nichts als einer entsetzlichen grünschwarzen Batman-Unterhose und meiner Bluse führen werde.

Aber es hätte vielleicht schlimmer sein können. Gestern habe ich eine Unterhose mit den Teenage Mutant Ninja Turtles darauf getragen, glaube ich.

„Sie wollten mir gerade sagen, warum Sie keine Katzendiebin sind und warum Sie zu glauben scheinen, dass die heißgeliebte Katze meines Nachbars Ihnen gehört."

„Sie haben mich erwischt. Ich habe ihn geklaut – für einen Katzen-Kampfring im Untergrund." Ich bücke mich und hebe meine Schuhe auf. „Ich bin die Katzen-Sitterin, um Himmels willen. Ich habe telefoniert, die Katze ist abgehauen und ich habe sie, mehr oder weniger, in Ihre Küche verfolgt, wo ich in der Hundeklappe stecken geblieben bin. Sie sind gekommen und haben mich gerettet. Hurra!" Ich wedle mit meinen Schuhen in der Luft, als wären sie Pompoms. „Also, geben Sie mir die Katze zurück, oder was?"

„Ich denke ... oder was."

„Bitte?"

„Vergeben Sie mir meine Vorsicht, aber ich würde gern sichergehen, dass Sie diejenige sind, für die Sie sich ausgeben. Außerdem denke ich, es wäre vielleicht vernünftig, sie zurückzubegleiten, angesichts Ihrer derzeitigen ... Bekleidung." Mein Blick folgt seinem meine nackten Beine hinab. „Sie haben sich die Knie aufgeschürft."

„Nein. Na ja, ja, aber vorhin. Ich bin über einen Blumentopf gefallen."

„Sie hatten einen interessanten Abend", antwortet er belustigt. „Wollen wir?" Er tritt zur Seite und erlaubt mir, an ihm vorbeizugehen.

Oh, was soll's, ich nehme an, ich bekomme eine Begleitung. Oder einen Betreuer. Es ist schwer zu sagen.

Wir sprechen nicht, als ich sein Gartentor öffne, über das Kopfsteinpflaster gehe und dann das Öffnen des Tors an dem Ort wiederhole, den ich diese Woche mein Zuhause nenne. An der Hintertür drücke ich auf die Klinke, öffne sie aber nicht.

„Jetzt gehe ich hier rein, durch die Hintertür. Fast so, als würde ich hier wohnen, oder?"

Seine Hand bedeckt meine, und die Empfindung seiner Haut auf meiner breitet sich wie ein Lauffeuer aus. „Kommen Sie", sagt er und stößt die Tür weit auf. Er greift nach dem Lichtschalter, dessen Position er sich sehr sicher ist. „Ich werde Ihnen zeigen, wo der Erste-Hilfe-Kasten ist."

„Was?"

„Sie sagen das schrecklich oft." Seine Worte folgen ihm, während er selbstsicher in die Küche geht und David Meowie auf einem Küchenstuhl absetzt, bevor er an der anderen Seite des Raumes verschwindet. „Machen Sie die Tür zu, ja? Sie wollen ihn doch nicht erneut jagen müssen."

„Hey!" Verspätet beginne ich ihm zu folgen, und meine Bewegungen sind nicht ganz so flüssig, da die Verletzungen an meinen Knien sie langsam steif werden lassen. „Kommen Sie zurück – Sie können nicht einfach durch das Haus eines Fremden – oh. Ich wusste nicht, dass dort noch ein Zimmer ist." Durch eine schmale, getäfelte Tür hindurch entdecke ich ihn in einem hell erleuchteten Raum von kleinem Ausmaß. Schränke, die zu denen in der Küche passen, befinden sich entlang einer Wand, unter einem Fenster ist ein tiefes

Waschbecken, die gegenüberliegende Wand ist von Regalen bedeckt, die vom Boden bis zur Decke reichen.

„Es ist die Spülküche. Ein Rückblick in die Zeiten, als man das Familiensilber der Verlockung der Hausangestellten entreißen musste.“ Bevor ich auf diese kleine Beleidigung reagieren kann, fährt er fort. „Marjorie hat den Erste-Hilfe-Kasten immer in einem der Regale aufbewahrt. Ah, da ist er.“

„Sie kennen dieses Haus? Und die Besitzer?“

„Wenn man bedenkt, dass ich hier als Kind ungefähr genauso viel Zeit verbracht habe wie nebenan, ja. Kommen Sie. Kümmern wir uns um Ihre Knie.“

„Ehrlich, die sind in Ordnung“, protestiere ich, als er an mir vorbeigeht und sich wieder in die Küche begibt. Und ehrlich gesagt habe ich nicht wirklich Lust, in meiner Unterhose vor ihm herumzulaufen. Und doch folge ich ihm. Was soll ich sonst tun?

In der Küche hat er mir den Rücken zugewandt und packt den Inhalt des großen Erste-Hilfe-Kastens auf dem Küchentisch aus, während ich auf der anderen Seite des Raumes stehe, meine nackten Beine jetzt durch die Schränke abgeschirmt.

„Es sieht aus, als hätte sie einiges hiervon bereits seit Eamon und ich auf unseren Skateboards gefahren sind“, sagt er und hebt eine bekannte braune Flasche hoch, als würde er nach dem Ablaufdatum suchen. „Ich bin mir sicher, dass dieses Zeug nicht abläuft.“

„Ich bin mir sicher, dass es egal ist, da Sie es nicht bei mir anwenden.“ Ich zeige auf die Flasche antiseptischer Flüssigkeit, die meine Großmutter bei Schnitten und Kratzern verwendet hat. „Es stinkt. Und es brennt schlimmer als ein Peitschenschlag.“

Er lacht schallend, während ich erwäge, zurück in die Spülküche zu gehen, um mir eine Auszeit zu nehmen. „Ich würde sagen, dann haben Sie es nicht richtig gemacht."

„Kein wirklicher Klaps auf den Hintern", gebe ich vorsichtig zurück und gehe um die Anrichte herum, um ihm die Flasche aus der Hand zu nehmen. „Und hören Sie auf, zu lachen. Das habe ich nur so gesagt."

„Eine Frau, die riskieren würde, wegen Einbruchs angeklagt zu werden, hätte vor ein wenig Brennen keine Angst."

„Haben Sie eine Ahnung."

Er antwortet nicht, zieht aber mit übertriebener Geste einen Küchenstuhl heraus und bedeutet mir, mich hinzusetzen.

„Sind Sie auf dieselbe Schule der Schikane gegangen wie meine Großmutter?" Ich verschränke die Arme und bleibe an Ort und Stelle stehen. „Bei ihr hat das auch nie funktioniert." Eigentlich habe ich als Kind recht viel geweint. Besonders, wenn ich diese grausame alte Fledermaus besucht habe.

Das Kind sollte nie auf die Toilette müssen, hat sie sich immer wortreich beschwert, *so wie es immer weint.*

Ich habe Jahre gebraucht, um zu verstehen, was sie meinte. Es ist nicht so, als könnte ich etwas dafür, einfach sehr emotional veranlagt zu sein. Erst nach Jahren habe ich es geschafft, nicht wegen der kleinsten Dinge in Tränen auszubrechen. Und was bringt ein Kind noch mehr zum Weinen? Wenn dafür gesorgt wird, dass es sich wegen besagten Weinens wie ein Idiot fühlt.

„Ich nehme an, Sie könnten auch einfach darauf warten, dass Sich die Kratzer infizieren, sich Ihr Knie entzündet, Sie Fieber bekommen und Ihr Bein letztendlich abfällt. Das ist auch eine Art, es zu behandeln, denke ich."

„Damit kann ich leben."

„Whisky?"

„Ich bin mir nicht sicher, ob diese Art Alkohol hier aufgetragen werden sollte."

„Ich meinte zum Trinken. Sie sagten, Sie bräuchten eine Aufmunterung."

„Nein, habe ich nicht", gebe ich mit zusammengezogenen Augenbrauen zurück.

„Vielleicht sollte ich es mit der albernen Unterwäsche versuchen." Plötzlich lässt er sich recht schwer auf den Stuhl fallen, den er für mich herausgezogen hat. „Erfüllt sie für gewöhnlich ihren Zweck?"

„*Gott*." Ich bedecke mein Gesicht mit den Händen. „Können wir aufhören, über die Wahl meiner Unterwäsche zu reden? Das ist normalerweise kein übliches Gesprächsthema, wissen Sie?"

„Das war eigentlich eine ernst gemeinte Frage. Wenn sie Sie aufmuntert, dann versuche ich es vielleicht mal." Er streckt seine langen Beine aus, überkreuzt sie an den Knöcheln und verschränkt dann die Hände hinter dem Kopf, wie das Bild männlicher Entspannung und Selbstsicherheit. Irgendwie kann ich ihn mir nicht in Glücksbärchis-Unterhosen vorstellen. „Und ob Sie glücklich sind oder nicht, ich könnte nach dem Abend, den ich hatte, einen Drink vertragen."

„Hören Sie, ich habe gesagt, dass es mir leidtut. Es ist nicht so, als hätte ich geplant, dort steckenzubleiben."

„Ihr Erscheinen hat den Abend eindeutig verbessert. Es passiert nicht jeden Tag, dass ich nach Hause komme und ein schönes Mädchen in meiner Küche feststeckt." Er lehnt sich recht plötzlich nach vorn und fährt sich mit einer Hand über das Gesicht, als wollte er ein Seufzen unterdrücken. „Ich könnte einen Drink und ein wenig Gesellschaft vertragen. Ihre vorherige Zwickmühle ist der einzige Grund, aus dem ich noch nicht zur Flasche gegriffen habe."

„Ich kann Ihnen keinen Drink anbieten." Ich zucke die Achseln. „Das ist nicht mein Haus."

„Die Wahrheit kommt immer ans Licht", antwortet er verschlagen. „Genau wie ich dachte."

„Was? Dass ich ein Haus besetze? Nur weil es nicht mein Haus ist, heißt das nicht, dass ich nicht hier wohne. Ich habe Ihnen bereits gesagt, dass ich die Katzen-Sitterin bin", füge ich mit einem Schulterzucken hinzu. Ein Schulterzucken, um mein Unbehagen vor diesem unglaublich heißen Mann zu verbergen. „Also kann ich Ihnen keinen Drink anbieten. Tut mir leid."

„Alles klar." Er reibt sich mit den Händen über die Oberschenkel, und die Bewegung ist beinahe hypnotisch. „Ich verstehe, was Sie meinen." Er springt auf die Füße, und ich bin sofort, wenn auch unerklärlicherweise, hektisch. Das war's – er wird gehen und wir werden uns nie wiedersehen. Ist das eine Chance, die ich ergreifen sollte? Der perfekte Lückenbüßer? Im Bruchteil einer Sekunde steht er wieder an der Hintertür. „Ich werde nach Hause gehen und eine Flasche holen", sagt er und dreht sich um, wobei sein Blick in einer Begutachtung auf mir landet, die alles andere als kühl ist. „Ich würde vorschlagen, dass Sie diesen Moment vielleicht nutzen wollen, um etwas Bequemeres anzuziehen, aber ..." Mein Blick fällt auf meine nackten Beine.

Ah, verdammt.

4

MIRANDA

Ich kann nicht glauben, dass ich momentan meinen Koffer durchwühle, auf der Suche nach etwas Passendem zum Anziehen, das ich für einen Drink mit einem Fremden tragen kann. Mit einem Fremden im Haus eines Fremden.

Eigentlich stimmt das nicht. Ich kann nicht glauben, dass ich soeben mit einem Fremden gesprochen habe, während ich kaum mehr als meine Unterwäsche getragen habe.

„Ich muss wohl den Verstand verlieren“, murmle ich, während ich vorsichtig eine Yogahose anziehe, die auf einem Sessel neben dem sehr viktorianisch aussehenden Kamin gelegen hat. Ich erhasche einen Blick auf mich im Spiegel, der in der Mitte des Kleiderschranks hängt. Dieses Zimmer wurde zum letzten Mal irgendwann in den Siebzigern eingerichtet, so wie es aussieht. „Ich kann doch keine Bluse von der Arbeit und Yogahosen kombinieren.“ Einzeln ist jedes Kleidungsstück absolut funktionell. Zusammen lassen sie mich aussehen, als hätte ich Schwierigkeiten damit, mich anzuziehen. Aber warum mich das interessiert, ist ein Thema, das ich lieber nicht erörtern möchte. Denn ja, ich kann zugeben, dass der Mann als Lückenbüßer geeignet wäre, aber wenn ich es darüber hinaus bedenke, pinkle ich mich möglicherweise ein.

Ob aus Aufregung oder Angst sei dahingestellt.

Mach schon, tu es, flüstert die teuflische kleine Miranda, die auf meiner Schulter sitzt. Obwohl sie aussieht wie ich, klingt dieser kleine Teufel verdächtig nach Heather. Währenddessen macht sich der kleine Engel Miranda etwas vor. *Ein Drink ist das Mindeste, was du tun kannst, wenn dich der Mann davor gerettet hat, deinen Hintern der städtischen Wildnis zu zeigen.*

Ein Drink als Dankeschön.

Ja, so nennen wir es.

Ignorieren wir die Tatsache, dass es nach zweiundzwanzig Uhr an einem Dienstagabend ist und ich kurz davor bin, einen Gentleman als Gast in einem Haus zu empfangen, das mir nicht gehört – eine Tatsache, die mich zweifelsohne den Job kosten wird, wenn sie ans Licht kommt. Wie meine Großmutter vermutlich gesagt hätte; wenn schon, denn schon. Heather hat bereits hier übernachtet, also was macht noch eine solche Übernachtung aus, falls es wirklich dazu kommt?

Ich denke immer noch darüber nach, als seine tiefe Stimme die Treppe hinaufdringt.

„Also haben Sie mich nicht ausgesperrt."

Ich kann mir nicht vorstellen, dass er vielerorts ausgesperrt wird, vielleicht mit Ausnahme von Keuschheitsgürteln, die aufgrund des Beharrens besorgter Väter angelegt wurden. Nicht, dass mein Vater ein solches Interesse zeigt, Gott sei Dank. Eigentlich hat er seit dem vergangenen Jahr kaum noch Interesse an meinem Leben. Aber das ist eine Geschichte für eine Gelegenheit, die sich nie ergeben wird.

„Ich bin gleich unten", rufe ich zurück und nehme ein T-Shirt vom Stapel. Ich ziehe mir die Bluse über den Kopf, tausche sie gegen das T-Shirt aus und binde mir mein Haar in einen künstlerisch unordentlichen Knoten anstatt des aktuellen, der mich eher wie eine auf der Bank schlafende Obdachlose aussehen lässt. Ich wische mir mit den Fingern unter den Augen entlang, um die nuttigen Pandaaugen loszuwerden, bevor ich ein Loch im Knie der Hose bemerke.

„S-Scheibenkleister!" Ich falle beinahe hin, als ich sie wieder ausziehe, dann nehme ich das erste mehr oder weniger vernünftige Teil, das mir ins Auge fällt; einen Baumwollrock mit Blumenmuster, den ich vor ein paar Wochen an einem Stand auf dem Camden Market gekauft habe. Er hat Taschen! Dann beginne ich, mich vorsichtig auf den Weg nach unten zu machen, wobei ich zwischen Laufen und Hüpfen wechsle, abhängig davon, welches Knie ich beuge.

Als ich die Küche betrete, dreht er sich mit einer Flasche Whisky in der Hand um, deren Etikett die Marke *Macallan* zeigt. „Wasser oder Eis?"

„Eis, bitte, denke ich. Ich bin keine Kennerin, aber da ich mir nicht vorstellen kann, Wodka oder Tequila mit Wasser zu verdünnen, nehmen wir Eis. Obwohl es dieses eine Mal gab, als ich fünfzehn war und ein paar Freunde zu Besuch hatte, als meine Eltern nicht zu Hause waren. Ich musste Wasser in ihren Wodka und kalten Tee in die Brandy-Flasche gießen, nachdem meine sogenannten Freunde gegangen waren."

Oh Gott. Sei still! Sei still!

„Einfallsreich." Als er mir ein Glas reicht, wandert sein

Blick kurz über meinen Körper und seine Augenbrauen ziehen sich zusammen, bevor sich sein Gesichtsausdruck wieder fängt.

„Was? Ich habe jetzt Klamotten an." Ich blicke hinab, halb in der Erwartung, dass ich irgendwie vergessen habe, meinen Rock anzuziehen oder einen abscheulichen Fleck auf dem T-Shirt habe.

„Ich könnte nicht mehr zustimmen. Lassen Sie mich wissen, wenn Sie Hilfe brauchen", fügt er hinzu, als ich im selben Moment leise fluche.

Das ist nicht mein T-Shirt. Es gehört Heather. Sie muss es hiergelassen haben, als sie vergangenes Wochenende bei mir übernachtet hat. Heather hat ... recht radikale Ansichten, wenn es um die Unterschiede zwischen Frauen und Männern geht. Außerdem ist sie von etwas kleinerer Statur als ich. *Sagen wir ein A-Körbchen zu meinem C?* Dementsprechend platze ich mehr oder weniger aus einem T-Shirt, auf dem *Free the nipple* steht. Und als ob das nicht bereits schlimm genug wäre, wird diese Aussage von aufgestickten, überkreuzten Pflastern begleitet, die sich über meine Brustwarzen erstrecken. *Ein wenig ... neben den Brustwarzen, aber trotzdem.*

„Es gehört nicht mir." Ich stelle das Glas auf die Anrichte, um meine Hände zu befreien und den Stoff so gut wie möglich zu dehnen. „Und diese Nippel gehen nirgendwo hin."

„Sind Sie sicher? Heute Abend scheint der Abend der Kleidungsdefekte zu sein."

„Nicht für Sie." Obwohl er sich der Fliege entledigt und seine Ärmel bis zu den Ellbogen hochgerollt hat, sieht er immer noch so aus, als wäre er der Werbung für ein teures Aftershave in einem *GQ*-Magazin entsprungen. *Einfach köstlich.* Ich wende mich ab, da Starren nicht nur unhöflich ist, sondern auch alles andere als cool wirkt. Ich nehme meinen Drink, hebe ihn für einen zögernden Schluck an meine Lippen und bin entschlossen, besagtes *un*cooles Auftreten nicht zu verstärken, indem ich wegen des pfeffrigen Alkohols pruste. „Nicht schlecht.“ Überraschenderweise meine ich das ernst. Es ist ganz nett, sobald das Brennen auf meiner Zunge nachlässt und einen warmen, rauchigen Geschmack hinterlässt.

„Ich fordere jeden heraus, einen Single Malt nicht zu genießen.“ Als ich meine Position mit dem Rücken am Wandofen einnehme, oder dem Ofen, den zu beherrschen ich erst noch erlernen muss, lehnt er sich vor, einen Unterarm auf der Arbeitsfläche, das Glas in der anderen Hand. „Ist es das, was Sie beruflich tun? Auf Haustiere aufpassen?“ Ich freue mich, zu berichten, dass in seiner Aussage keinerlei Spur von Herablassung liegt.

„Nein. Tagsüber arbeite ich für ein Start-up. Im Marketing. Was ist mit Ihnen?“ Und warum hat mir noch nie jemand von Whisky erzählt? Und dass er nicht nur die Zunge und die Kehle aufwärmt, sondern auch alle inneren Organe. Und die Gliedmaßen. Bereits nach meinem dritten Schluck fühlen sich meine Muskeln irgendwie flüssig an.

„Ich bin in der Akquise tätig.“ Während er antwortet, gleite ich mit dem Hintern über die Anrichte und stütze mich mit den Händen darauf ab, bevor ich mich hochstemme, um mich hinzusetzen.

„Aua.“ Ich zucke zusammen und presse meine Hand über die Schürfwunden, in der Hoffnung, dass der Druck das Brennen reduziert.

„Sie würden sich wesentlich besser fühlen, wenn Sie mich das saubermachen ließen.“

„Ich denke, ich würde mich wesentlich besser fühlen,

wenn ich mir von Ihnen mein Glas nachfüllen ließe." Bei meiner Antwort strecke ich mein Glas aus.

„Sie sollen den eigentlich genießen." Seine tiefe Stimme vibriert, als er die Flasche nimmt und sich auf meine Seite der Küche begibt.

Es ist kein Wunder, das mein Herz einen Schlag aussetzt, als er mich erreicht und die gekorkte Flasche mit Souveränität öffnet. Ich wette, es gibt nichts, worin er nicht gut ist. Er ist vermutlich einer der wenigen, die mit gutem Aussehen und Glück gesegnet sind. Die noch nie auf die schlimmste Weise betrogen oder von ihrem besten Freund hintergangen wurden. Die nie Schweinchen in der Mitte zwischen geschiedenen Eltern spielen mussten, die, während sie im selben Haus wohnten, von arktischer Gleichgültigkeit zu rasender Wut wechselten.

Verzaubert. So sieht er aus, mit seinem Haar, das im Licht golden wirkt. Wie irgendeine verdammte mythische Gottheit.

„Sie scheinen tief in Gedanken versunken zu sein."

„Sie haben sich Ihrer Fliege entledigt."

„Ah, ja. Der Frack."

„Smoking steht Ihnen." Er zieht eine Augenbraue hoch, als ich meinen Fehler erkenne. Es würde nicht helfen, zuzugeben, dass ich ihm beim Trainieren in seinem Garten zugesehen hatte. „Oder was auch immer. Die meisten Männer sehen in Abendgarderobe gut aus."

Das ist nicht viel besser, aber ich merke, wie ich den Kopf seitlich drehe, um zur Bestätigung den Satinstreifen an der Naht zu sehen. Obwohl ich das nicht wirklich muss, nachdem wir uns zuvor bereits in nächster Nähe zueinander befunden hatten, als ich einen tollen Ausblick hatte.

Seine Antwort ist mehr ein Seufzen als eine Zustimmung.

„Ein schlechter Abend?“

„Ein langer Abend. Und einer, der mich recht viel Geld gekostet hat.“

„Zu schade.“ Ich hebe erneut mein Glas an den Mund, während er sich über mich beugt, augenscheinlich um die Flasche abzustellen, aber nicht einmal ich bin so naiv. Er riecht so gut, wie er aussieht, nach Bergamotte und Holz, mit einem Anflug von Leder.

„Er ist seither wesentlich besser geworden.“

„Sie sind wohl leicht zu unterhalten.“

„Ganz und gar nicht.“ Er wirft mir einen gerissenen Blick zu, und in seinen nächsten Worten liegt ein dunkler Unterton. „Eigentlich bin ich sehr anspruchsvoll.“

Das liegt so weit außerhalb meiner Komfortzone – so weit von lügenden Verlobten und Jungs, die alberne Spielchen spielen, entfernt, und obwohl meine Stimme vielleicht entspannt und mein Auftreten sehr ruhig sein mag, fühlt sich mein Herz an, als würde es aus meinem Brustkorb ausbrechen wollen, als er das Glas aus meiner Hand nimmt, um selbst einen Schluck zu trinken. Aber anstatt aus meinem Glas zu trinken, tut er etwas wesentlich Schockierenderes: Er schiebt seine Hand unter mein Knie. Mein Herz setzt einen Schlag aus, als er mein Knie anhebt und fast auf eine Höhe mit seiner Hüfte bringt, bevor er ein wenig der bernsteinfarbenen Flüssigkeit über die Schürfwunde tropft.

Ich versuche, nicht aufzuschreien und stoße stattdessen einen langen, harten Atemzug aus.

„Alles in Ordnung?“ Sein Tonfall ist gleichmäßig, aber in seinem Blick liegt etwas Verschmitztes.

„Sadist.“

„Vielleicht weiß ich einfach besser, was gut für Sie ist." Bevor ich eine Erwiderung formulieren kann, schürzt er die Lippen und pustet sanft auf meine Haut.

Ich ziehe scharf den Atem ein, als etwas in mir warm aufblüht.

„Ist das in Ordnung?" Sein Blick trifft meinen, blau, elektrisch und strahlend vor Herausforderung, als er ein weiteres Mal die Lippen spitzt und warme Luft auf meine erhitzte Haut trifft.

Wortlos nicke ich, dann befeuchte ich meine Lippen, da mein ganzer Körper plötzlich ausgetrocknet zu sein scheint und aus Durst nach ihm schreit. Nie in meinem Leben war ich so erregt wie in diesem Moment, in dem er, das Glas immer noch in der Hand, seinen kleinen Finger unter meinen Rock schiebt und den Saum kaum einen Zentimeter auf meinem nackten Bein hochschiebt, wobei sein warmer Atem der Bewegung folgt.

„Immer noch in Ordnung?"

Ich nicke erneut, als er seinen Griff leicht ändert, die Distanz zwischen meinen Beinen vergrößert und sein Atem auf meinen inneren Oberschenkel trifft. Alles in mir zieht sich fest zusammen, während ich leise zu keuchen beginne. Wenn ich einen Gedanken in meinem Kopf formulieren könnte, würde ich mich möglicherweise fragen, warum die Kante der Küchenanrichte unter dem Druck meines Griffs noch nicht zerborsten ist.

Weitere Teile meines blassen Oberschenkels werden entblößt, der Pfad seines Atems reicht höher und höher, bis ich vergesse, dass ich eigentlich ebenfalls atmen sollte. Es ist, als würde sein Ausatmen die Luft aus dem Raum nehmen, und jeder liebkoste Zentimeter ist wie eine neue Erfahrung.

„Gut?" Ich nicke, obwohl ich weiß, dass sein nächster

Atemzug kalt sein wird, wenn er auf meine feuchte Unterwäsche trifft. Ich beiße mir auf die Lippen, um ein erwartungsvolles Wimmern zu unterdrücken. „Ich stimme zu", murmelt er und lässt mein Bein sinken.

Moment, was? „Ein wenig Zucker lindert den Schmerz immer."

Er beugt sich erneut über mich und löst den Korken, bevor er Whisky in das Glas gießt. Als er sich aufrichtet, entfernt er sich nicht. Stattdessen dreht er das Glas in seiner Hand, fast so, als wolle er den Inhalt begutachten.

„Das ist ein fünfundzwanzig Jahre alter Single Malt. Aber weißt du", fügt er im Plauderton hinzu, „dass es ein fahler Ersatz für das ist, was ich eigentlich kosten will?" Eine Pause. *Meint er das, was ich denke?* „Du solltest mir sagen, ob ich das falsch interpretiere." Als er mir das Glas wieder in die Hand drückt, die Wimpern gesenkt, sieht er fast zerknirscht aus, aber ich wette, dass er in seinem Leben noch nichts bereut hat.

„Ich würde sagen, das hängt alles davon ab, was du planst."

„Und ich würde erwidern, dass ich das nicht verraten darf." Verrucht. Er sieht so verrucht aus, wie der Tag lang ist. „Was ist mit deinem Freund?"

„Was ist mit ihm?" Ich bin überrascht, dass meine Antwort so ungerührt klingt, wenn man bedenkt, wie nah er mir ist und dass meine Hand auf seiner Brust liegt. *Wie ist die da hingekommen?* Er legt seine Hände auf beide Seiten meiner Oberschenkel und wirft mir einen so intensiven Blick zu, dass ich spüren kann, wie ich rot werde.

Ich hatte Partner. Ich war verlobt. Ich habe mit mehr als einem Mann geschlafen. *Aber mit weniger als fünf.* Ich habe Dinge unter der Decke getan, an die ich nicht mehr denken möchte. Aber genau hier, genau jetzt? Meine Reaktion auf ihn ist so instinktiv, dass mein eigener Puls an einer Stelle pocht, an der er nichts verloren hat. Meine Brustwarzen drücken sich an meinen BH und ich glaube, dass meine Wangen ein tieferer Rotton ziert als je zuvor.

Ich glaube nicht, dass ich je vergessen kann, welche Gefühle er in mir auslöst.

„Schmuggelst du ihn ins Haus wie eine ungezogene Babysitterin, wenn deine kleinen Schützlinge schlafen?"

Erzähle ich ihm die Wahrheit oder lüge ich? Macht es einen Unterschied? Weiter diese niveauvolle und sehr erwachsene Femme Fatale spielen oder die Worte aussprechen, die mir im Hals stecken, die Worte, durch die ich mich schwach und wie eine Idiotin fühle? Denn ich bin nicht länger dieses Mädchen, das Mädchen, das auf Liebe und Männer hereinfällt.

„Der Freund, oder der aktuelle Mangel daran, mag vielleicht der Grund für meine Einkaufstour sein."

„Sag es nicht. Er hat ein Faible für alberne Unterwäsche."

„Er war mehr der Grund, aus dem ich eine Aufmunterung nötig hatte. Und der Grund, aus dem wir nicht länger zusammen sind." *Da. Das klang nicht so lahm.*

„Mein Beileid", murmelt er, als ich ihm zum zweiten Mal erlaube, mir das Glas aus der Hand zu nehmen. „Er muss sehr dumm sein."

„Oder sehr untreu. Aber ich will nicht mehr über ihn reden."

„Du willst nicht über ihn reden?", fragt er vorsichtig. „Oder willst du nicht mehr reden?"

Meine Großmutter hat an die erholsame Kraft des Whiskys geglaubt und es oft mit Magie verglichen. Und vielleicht hatte sie recht. Vielleicht ist Whisky eine eigene

Art von Magie, da ich die Vorderseite seines Hemds greife, um ihn an mich zu ziehen. Seine Wimpern werfen dunkle Schatten auf seine Wangenknochen, bevor sein Mund auf meinen trifft. Seine Lippen sind so voll und sanft, aber sein Kuss ist nicht zögerlich, obwohl ich angefangen habe. Eine Hand gleitet in meinen Nacken und seine Finger vergraben sich in meinem Haar, während er mich festhält. Unser Kuss vertieft sich in diesem Moment, und der Gedanke daran, von ihm *für* ihn gehalten zu werden, entfacht etwas tief in mir. Einen Urdrang, gegen ihn anzukämpfen. Ihn zu markieren. Ihn für mich zu beanspruchen. Zumindest für den Moment, als ich meine Zähne in seine pralle Unterlippe einsinken lasse.

Mein heißer Nachbar – ich kann ihn nicht James nennen, da wir keine Freunde sind, und aus irgendeinem Grund weiß ich, dass ich ihn nach heute Nacht nicht mehr wiedersehen werde – gibt ein männliches Stöhnen von sich, lehnt sich zurück und berührt mit seinen Fingern die brennende Stelle. Sofort wird sein Griff in meinem Haar fester und er flüstert mir heiser ins Ohr.

„Dafür wirst du bezahlen."

„Versprochen?" Meine Antwort ist voller Verlangen, und ich habe keine Ahnung, woher das kam, als er mein Ohrläppchen in seinen Mund zieht und mit seinen Zähnen testet. Mein Atem stockt, als er mit der Zunge darüberfährt, und mein Ausatmen ist zittrig, da er einen Arm um mich legt und meinen Rücken festhält.

„Wo ist dein Schlafzimmer." Es ist weniger eine Frage als eine Forderung.

„Oben." Als ich antworte, schiebe ich meinen Hintern von der Anrichte.

„Nicht so schnell. Ich bin noch nicht fertig damit, dich zu küssen." Und er hält mich dort fest, nimmt sich einfach

Zeit, küsst mich. Und küsst mich weiter. Wundervolle Lippen und eine sinnliche Zunge, bis ich verzweifelter und begieriger bin als je zuvor.

Nicht der Whisky ist der Grund, aus dem mir schwindelig wird, sondern er. Betrunken durch seine Küsse. Wer hätte gedacht, dass das überhaupt funktioniert?

Mein erster One-Night-Stand, flüstert der kleine Teufel. *Genieß es besser.*

„Die Dinge, die ich mit dir anstellen werde."

„Ich reagiere viel besser auf kinästhetisches Lernen als auf aurales."

„Du willst, dass ich es dir zeige, nicht erzähle?" Seine Belustigung ist in seinem samtigen Lachen zu hören. „Oder vielleicht war das deine Art, mir zu sagen, dass ich dich nicht oral befriedigen darf?"

Solch vulgäre Wörter in diesem feinen Akzent.

Ich stottere und verschlucke mich vielleicht sogar ein wenig. Noch nie hat ein Mann so etwas zu mir gesagt. Ich meine, mir wurden aus vorbeifahrenden Autos und von Betrunkenen in Clubs Obszönitäten zugerufen, aber noch nie ... aus nächster Nähe.

Noch schlimmer ist, dass ich glaube, es gefällt mir.

Werden alle Jungs zu Männern wie ihm? Männer mit der Macht, eine Frau bis zum Abgrund zu necken? Denn es ist eindeutig, dass ich noch nie einer solchen Macht unterlegen war.

„Du hast die Frage nicht beantwortet." Seine tiefe Stimme vibriert an meiner Wange, sein Gesicht ist an meines gepresst. „Ich glaube, ich kann fühlen, wie du rot wirst."

„Werde ich nicht." Sein Lachen ist ein Stoß warmer Luft an meinem Ohr und er legt seine Arme um meine

Taille, woraufhin meine Füße plötzlich den kalten Boden berühren und ich seine breite Brust anstarre. Ich weiß von seinem Training, dass der Mann durchtrainiert ist, und dass er groß und so gut gebaut ist. Aber direkt hier, wie er neben mir steht? Sich an mich drückt? Er ist wie eine Art braun gebrannter Gott.

Er greift nach meiner Hand. „Lass mich dich ins Bett bringen."

„Ich glaube, es ist eher andersherum", erwidere ich und führe ihn aus dem Zimmer.

Der Flur ist dunkel und voller Schatten, aber ich suche nicht nach dem Lichtschalter, nicht, als sich sein starker Arm um meine Taille legt, um meinen Rücken an seine Brust zu pressen. Seine freie Hand schiebt mein Haar sanft auf eine Seite, seine Finger an meinem Hals lassen mich bereits zittern. Ich schließe die Augen und unterdrücke ein Stöhnen, als er einen kleinen, saugenden Kuss auf meinen Hals drückt.

Mein Kryptonit.

„Ich dachte, wir gehen nach oben." Jeder weitere Protest, den ich haben könnte, löst sich auf, als seine Hand von meiner Taille zu meiner Brust wandert und er meine Brustwarze zwischen Daumen und Zeigefinger nimmt. Ein stotterndes Stöhnen entfährt meinen Lippen, mein Körper reagiert, als hätte er einen Stromschlag bekommen.

„Das gefällt dir, oder?"

„Wenn du fragen musst, dann machst du es nicht richtig."

Seine Antwort ist ein festes Zwicken, das mir fast die Knie weich werden lässt.

„Du wirst Spaß machen. Das weiß ich." Seine Worte mögen vielleicht kühl sein, aber seine Küsse sind zärtlich und heiß. *So heiß.* „Ich nehme an, dass das besser funktioniert hat.“ Wortlos nicke ich. Dann gleiten seine Hände meinen Körper hinab, lange Finger wandern unter den elastischen Bund meines Rocks. „Ziehen wir dir das hier aus.“

„Ein wenig verfrüht, findest du nicht?“ Gott steh mir bei, ich weiß nicht, wo diese Worte herkommen. Liegt es immer noch am Whisky?

„Eile ist nicht wirklich mein Ding. Ich ziehe es vor, mir Zeit zu lassen.“ Küsse an meinem Hals und ein heiseres Flüstern, das wie eine Drohung klingt. Ist es das, wovon diese Magazine schreiben, wenn sie von Männern sprechen, die das Spiel perfektioniert haben? Ich habe eindeutig das Gefühl, als würde mit mir gespielt. Und noch mehr, ich genieße es, als ich aus dem mit Blumen bedruckten Stoff steige. „Hoch mit dir.“ Mit beiden Händen auf meinen Pobacken schiebt er mich sanft in Richtung der Treppe.

Der Gedanke daran, dass er hinter mir ist, bringt mich dazu, die ersten Stufen hinauf zu joggen. Ich stelle mir vor, dass sich so eine von einem Löwen verfolgte Antilope fühlt.

„Langsam.“ Seine Hände auf meinen Hüften erschrecken mich. Ich drehe meinen Kopf über die Schulter, während mein Verstand versucht, eine Erwiderung zu formulieren. „Dieser Anblick ist viel zu schön, um ihn nicht zu genießen.“ Auf der dunklen Treppe halte ich seinem Blick einen Moment lang stand, bevor ich blinzle. Und da ich keine Antwort habe, die kein Wimmern oder Stöhnen beinhaltet, drehe ich mich wieder um und gehe die Treppe schicklicher hinauf.

Er will zusehen.

Meinen Kehrseite betrachten, während ich die Treppe hinaufgehe.

Während ich Batman-Unterw –

Mein Kopf wirbelt umher, als ich den Absatz erreiche, und seine Zähne drücken sich in meine Haut. Ich habe keine Zeit, um über die Handlung nachzudenken – auf die Handlung zu reagieren – da er mit wilder Geschwindigkeit zu mir aufschließt, mich umdreht und an die Wand vor uns presst.

„Du bist eine zu große Versuchung.“ Die Art, wie er mich ansieht, lässt meine Haut prickeln, als er den Kopf neigt und seine Lippen mit einem Stöhnen über meine streifen. Es ist ein Kuss, der mir den Atem stiehlt und mir dafür seinen gibt. Ein Kuss, der fast sofort fieberhaft wird, während meine Hände in seinem Haar landen, als wäre ich besorgt, dass er nicht real sein könnte. „Gehen wir ins Schlafzimmer.“

Ich nicke und lecke mir die Lippen, als sich sein Mund von mir löst, drehe mich gedankenlos in Richtung meines Zimmers – *hoffe ich* – als er wieder meine Hand nimmt.

Das Schlafzimmer ist dunkel und ich ziehe meine Hand aus seiner, damit ich die Nachttischlampe einschalten kann. Nachdem ich über ein Paar liegengelassene Schuhe gestolpert bin, erreiche ich schließlich mein Ziel. Gott sei Dank gibt es Energiesparlampen und lachsfarbene Lampenschirme, die dem Raum ganz langsam einen rosigen Schimmer verleihen.

Vielleicht verbirgt es meine Dummheit.

„Wirst du dich morgen früh an das hier erinnern?“ Seine Arme legen sich um meine Mitte, sein Mund ist in meinem Nacken, was mich dazu bringt, ein Schaudern zu unterdrücken.

„Ich nehme an, das hängt davon ab, wie denkwürdig du es machst."

„Eine Herausforderung von dem Mädchen mit dem unordentlichen Schlafzimmer." Ich kann das Grinsen in seiner Stimme hören, aber wenn er mich besser kennen würde, wüsste er, dass ich normalerweise beleidigt gewesen wäre.

„Ich habe keine Gäste erwartet." Die Worte werden von einem Seufzen begleitet, als ich den Kopf neige, um ihm besseren Zugang zu verschaffen. „Und ich bin übrigens nicht betrunken."

„Noch nicht, nein."

„Und ich bewahre keine Flasche Wodka als Teil meines Schlafenszeit-Rituals in meinem Nachttisch auf."

„Sextrunken. Die Art, die dich die Kontrolle über deinen Verstand und deine Beine verlieren lässt."

„Hah." Anstatt polarisierend ist meine Antwort wenig mehr als ein Quietschen, als seine Hände den Saum von Heathers zu engem T-Shirt greifen, bevor er es mir über den Kopf zieht. In einem sanften Kontrast fährt er dann mit der Rückseite seiner Finger über die Wölbung meiner Brüste. Und das Geräusch, das ich mache, als er eine Hand in meinen BH schiebt, zeugt keineswegs von Missfallen, während sich mein Körper instinktiv wölbt und seiner Berührung folgt.

„Ich kann es nicht erwarten, dich mit meinen Lippen zu berühren." Die Worte pulsieren tief in mir, während seine Fingerspitzen streicheln und necken. „Das gefällt dir. Die Dame darf wählen, wie sollen wir anfangen? Stehend? Kniend auf dem Bett? Oder sollen wir den traditionellen Weg einschlagen?"

„Du klingst sehr überzeugt."

„Ich verspreche nie etwas, das ich nicht halten kann,

reizende Miranda." Mein Name auf seinen Lippen ist eine Ablenkung, da mein BH plötzlich locker ist und die rosafarbenen Träger über meine Schultern rutschen. „Entledigen wir uns dieses hübschen Dings."

„Wenn er dir so sehr gefällt, lasse ich ihn dich vielleicht ausleihen." Er ist durchsichtig mit aufgestickten Punkten, und ich lasse das frivole Kleidungsstück zu Boden fallen.

„Er ist sehr reizend, wie seine Besitzerin. Und deren Batman-Unterwäsche." Als bräuchte ich den Beweis, presst er ein sehr großes und sehr hartes Etwas an meinen Hintern, genau dort, wo das große Batsignal zu sehen ist.

„Wenn du einen Witz darüber machst, die Bathöhle zu besuchen, schmeiße ich dich raus."

„Ich würde nicht einmal im Traum daran denken", schnurrt er anzüglich, was mich vermuten lässt, dass er das genaue Gegenteil meint.

„Nicht, dass ich – ich habe nie." Ich beiße mir auf die Lippen, während mein Verstand ‚Abbruch! Abbruch!' schreit. „Du weißt, wie es heißt." Weitere Worte in der Luft, ungehindert durch Gedanken. „Wenn sie passende Unterwäsche trägt, dann darfst du ihr an die Wäsche, weil *sie* es geplant hat."

„Ich bin mir nicht sicher, was das über diese Umstände aussagt."

„Vielleicht bist du heute Nacht mein glücklicher Zufall." Ein heller Fleck an einem Abend - oder besser mehrerer Monate - des Riesendurcheinanders.

„Du bist das Beste, was mir im ganzen Jahr passiert ist."

Ich habe keine Chance, über seine süßen Worte nachzudenken, da er meine Brüste in die Hände nimmt und seine Finger um meine Brustwarzen legt. Jede Faser meines Körpers singt, während er neckt und knetet, mein Atem stockt, als die langen Finger seiner anderen Hand beginnen, mein Bein hinaufzugleiten – eine weitere Ebene dieser köstlichen Folter.

Ich stöhne leise, als er zwischen meinen Beinen ankommt.

„Liebling, du bist so warm." Sein heiseres Flüstern ist ein reines Lob, als er einen Finger unter den Gummibund meiner Unterhose schiebt und mich berührt. „So feucht für mich."

Unter seinen Händen und seiner Aufmerksamkeit mache ich ein leises, verzweifeltes Geräusch, als er beginnt, meine Klitoris zu reizen und zu streicheln. Seine Küsse erforschen meinen Hals, bis mein ganzer Körper bebt. Gerade als ich glaube, es nicht länger ertragen zu können, dass ich mehr brauche, dreht er mich und drückt mich auf das Bett. Mein Körper federt auf der schrecklichen Matratze, seine Augen sind gierig, während er die Reaktion meines Körpers beobachtet. Oder während zwei besondere Körperteile federn.

„Typisch Junge", spotte ich und drücke mich auf die Ellbogen hoch, wobei ich mir die Haarsträhnen aus dem Mund und von den Wangen streiche.

„Jungs. Männer. Kleinkinder. Wir sind alle vom Selben besessen." Mit einem Lächeln, das pure Sündhaftigkeit ausstrahlt, lässt er sich auf mich fallen und sperrt mich mit seinen Gliedmaßen ein. „Und wer könnte denen hier widerstehen?"

Mein Rücken wölbt sich vom Bett, als er meine Brüste mit seinen Händen umfasst und meine Brustwarze in seinen Mund saugt, während er mich mit seinen Fingern neckt und das Ziehen seiner Lippen nachahmt. Ich fahre mit den Händen durch sein Haar und presse meinen

Körper gegen seinen. Das fühlt sich so gut an – sein Gewicht auf mir, das Licht in seinen Augen, als ich in nichts als meiner Unterhose auf dem Bett liege. Ich hatte fast vergessen, wie es sich anfühlt, begehrt zu werden und der Mittelpunkt der Aufmerksamkeit eines anderen zu sein. Ich hatte diese Verzweiflung vergessen und wie es sich anfühlt, jemandem so nah zu sein und doch nicht nah genug.

„Ja, schneller." Ich lasse seinen Kopf los, meine Forderungen sind begierig, als er sich zu lösen beginnt und seine Hände nach seinem Hemd greifen. „Du ... *summst* du?", frage ich plötzlich.

„Hmm?" Er kniet über mir und öffnet ein paar Knöpfe seines Hemds, bevor er es sich in einer fließenden Bewegung über den Kopf zieht. Ich kann nicht widerstehen, mit der Hand über seine Bauchmuskeln zu fahren und mich daran zu erfreuen, wie sie sich unter meinen Fingerspitzen anspannen. „Möglicherweise."

Ich hatte fast vergessen, dass ich ihm eine Frage gestellt habe, während ich fasziniert der Muskulatur folge, die in einem deutlichen V unter dem Bund seiner Unterwäsche verschwindet. Ich glaube, das ist das, was die Muskelprotze im Fitnessstudio meinen, wenn sie davon sprechen, bis in den kleinen Zeh durchtrainiert zu sein. Er knurrt, als ich sanft mit den Fingernägeln darüberfahre, wenn auch nicht mit dem Zeh.

Er knurrt, dann beginnt er erneut zu summen.

„Was *ist* dieses Geräusch?" Ich kichere tatsächlich, denn der Mann mag vielleicht wunderschön, gut gebaut sein und offensichtlich einiges in der Hose haben, aber er könnte keinen Ton halten, wenn sein Leben davon abhinge. Ich versuche, das tiefe, sich wiederholende Geräusch zu erkennen, während er seinen Geldbeutel aus seiner Gesäßtasche holt und ihn auf die Matratze fallen lässt, aber nicht, bevor er eine quadratische Plastikverpackung herausgeholt hat.

„Lästerst du über mein Gesangstalent?"

„Oh, du *singst*. Tut mir leid." Ich versuche, meinen Gesichtsausdruck neutral zu halten. „Es ist nicht nett, über das fehlende Talent anderer Leute zu lachen, oder?"

„Überhaupt nicht nett. Tatsächlich ist es sehr, sehr böse." Ich zittere. Ob als Reaktion auf seine neckenden Worte oder der Ecke der Folie, mit der er über meinen Körper fährt, weiß ich nicht. Er wirft das Kondom auf das Bett, entledigt sich seiner verbliebenen Kleidung und legt sich zwischen meine Beine. Immer noch summend.

„Ernsthaft." Ich stütze mich auf den Ellbogen ab. Sein Blick wandert meinen Körper hoch, während er seinen Mund tief auf meinen Bauch presst. „Was ist das für ein Geräusch?"

Die scharfen Kanten seines Gesichts wirken stärker ausgeprägt, als er mir ein flüchtiges, aber verruchtes Lächeln zuwirft, bevor er seine Finger in meine alberne Batman-Unterhose schiebt und sein klangloses Summen sich in Worte verwandelt.

„Lecker, lecker, lecker, lecker ... Batman!"

„Ich bin mir sicher, dass das nicht die Titelmelodie von Batman ist."

Aber es mag vielleicht der Schlüssel zu meiner Unterhose sein, da ich erneut auf dem Bett federe, woran diesmal mein Kichern schuld ist. Aber ich bin nicht lange belustigt, nicht, wenn mir meine Comic-Unterwäsche über die Beine gezogen wird. Und auch nicht, als er mit der Zunge durch meine Feuchtigkeit fährt und mir den Atem und die Sinne raubt, als er genau *dort* ausgedehnt und vibrierend summt.

„Tut mir leid. Was hast du gesagt?"

„Ja, genau so. Bitte hör nicht auf."

„Du bist ein herrisches kleines Ding." Ich winde mich, als er mich neckend in meinen inneren Oberschenkel beißt, bevor er über die Stelle leckt. Aber ich bin herrisch, und ein wenig verzweifelt, während ich mich unter ihm winde. Meine Orgasmen in den letzten Monaten entstanden durch meine eigene Hand, und mir wird klar, dass das Timing nicht wirklich an mir liegt.

Ich will es so sehr.

Aber dann spreizen seine großen Hände meine Oberschenkel und sein Blick ist pure, flüssige Hitze, bevor er stöhnend mit der Zunge über mich fährt.

Oh mein Gott, ja ...

Ich schreie auf, als er zwei Finger tief hineingleiten lässt. Das Eindringen ist so gekonnt und grandios, eine solche Erleichterung. Meine Hände ballen sich in den Laken zu Fäusten, als wollte ich mich an die Empfindung klammern, an den Moment, bis seine Lippen meine Klitoris umschließen. Seine Zunge, seine Lippen und seine Finger treiben mich zum Abgrund der Ekstase, während er die schmutzigsten Dinge flüstert.

„Du bist so rosa und so ... feucht ... und so verdammt perfekt."

„Ich bin so steif für dich. Kannst du es fühlen?"

Ich bin mir nicht sicher, ob One-Night-Stands so intensiv sein sollen, oder wie sein schmutziges Flüstern und sein kehliges Stöhnen genauso befreiend und notwendig sein können wie seine Berührungen, aber ich weiß mit Sicherheit, dass er recht hatte. Ich bin durch die Erfahrung betrunken, während er mich leckt, kostet und absolut genießt.

Bis er aufhört und die magischen Bewegungen seiner

Zunge, das betörende Kratzen seiner Stoppeln zwischen meinen Beinen sich entfernen. Ich bin kurz davor – so kurz davor – und schluchze beinahe, als er aufhört. Seine Lippen und sein Kinn sind feucht, seine Finger sind nicht länger tief in mir, sondern fahren nass mein Bein hinunter.

„Niemand mag Leute, die necken", gebe ich zurück, was mit einem tiefen Lachen seinerseits belohnt wird.

„Vielleicht will ich nicht, dass du mich magst. Vielleicht will ich nur, dass du bettelst." Seine Worte werden von einer köstlich dunklen Schärfe unterstrichen.

„Vielleicht will ich, dass *du* bettelst." Sein Körper beugt sich vor, als ich meine Hand um seine dicke Männlichkeit lege. Sein Stöhnen ist *das heißeste* Geräusch überhaupt. Mit seinem Kopf an meinem Hals vergraben, erkunde ich seine seidige Spitze mit meinen Fingern. Die breite Erhöhung der Spitze, sein Gewicht und Umfang, das satinartige Gefühl. *Satin über Stahl.*

„Ich muss in dir sein." Ich kann mich in seinen Küssen schmecken, als ich im dämmrigen Licht meine Hand auf seine Schulter drücke; eine Einladung für ihn, sich auf den Rücken zu drehen.

Welcher Mann würde dazu Nein sagen?

„*Fuck.*" Die Muskeln in seinen Oberschenkeln spannen sich an, als ich seine Erektion in meine Hand nehme und mit der Zunge über die Spitze fahre. Dann presse ich meine Lippen dort zu einem Kuss zusammen, bevor ich sie umschließe.

„Das ist gut. So verdammt gut." Seine Hände schieben mein Haar auf eine Seite und sein Blick ist verschleiert, während er mir dabei zusieht, wie ich ihn tiefer in den Mund nehme.

Das – dieser Akt – war noch nie mein Lieblingsteil.

Aber sein stockender Atem, sein angespanntes Stöhnen und die Art, wie er auf die leiseste Berührung reagiert, löst in mir den Wunsch aus, ihn ein wenig zu quälen. Löst in mir den Wunsch aus, ihn bis zum Abgrund zu treiben, bis er es nicht mehr ertragen kann.

„Mein Gott.“ Jetzt lege ich mich wirklich ins Zeug, stöhne, während ich meinen Kopf auf und ab bewege, mit den Fingern die Basis umschließe. Er lässt den Kopf zurückfallen, und einen Moment lang denke ich, dass *ich gewinne*. Aber wenn ich gewinne, verliere ich dann vielleicht auch?

Ich habe keine Zeit, den Gedanken zu verarbeiten, da er seine Hand unter meinen Arm schiebt und meinen Mund mit einem feuchten, saugenden Geräusch von sich löst.

„Komm hier hoch.“

Sofort liege ich flach auf dem Rücken, die Fersen in die quietschende Matratze gedrückt, da James mich so positioniert hat. Noch nie habe ich mich so entblößt gefühlt, noch nie wurde ich so schamlos gespreizt, aber ich habe keinen Moment, um zu protestieren, als seine Zunge zwischen meinen Beinen landet.

„Ich bin dran“, knurrt er gegen meine Haut, während er beginnt, meine Klitoris mit der Spitze seiner Zunge zu berühren. „Du schmeckst so gut.“

Der Kontrast zwischen seinem Akzent und der Derbheit seiner Worte ist wie eine Schicht der Lust zu viel, eine Schicht, die dazu führt, dass ich mich an seinen Mund presse.

„Genauso, Liebling, gib es mir.“

„Nicht quälen“, wimmere ich, während ich mich unter ihm wölbe.

„Ich erwidere nur den Gefallen.“

„Bitte, ich brauche –" Brauche etwas. Brauche alles.

„Du musst nur fragen", antwortet er mit einem leisen Knurren, wobei sein Blick von seiner Position zwischen meinen Beinen aus meinen Körper hinaufwandert. „Frag wie ein gutes Mädchen und ich mache es dir richtig gut." Sein Akzent, die Art, wie er mich ansieht. Ich will es festhalten – es wie einen Genie in eine Flasche stecken, um es immer und immer wieder zu erleben. Ich schließe die Augen, als ich meinen Kopf wieder auf das harte Bett fallen lasse.

„Bitte", flüsterte ich, den Blick auf die Decke gerichtet, die Finger verkrampft und die Zehen gekrümmt. „Bitte lass mich mit deinem Mund kommen."

„So ein braves Mädchen." Sein Stöhnen ist pure Männlichkeit. „So gute Manieren." Seine Finger spreizen mich, während er mich mit seiner Zunge bearbeitet, wie ich es nie für möglich gehalten hätte. Der Mann sollte einen Kurs unterrichten, um seine Gabe mit der Welt zu teilen. Wer hätte gedacht, dass es so sein kann? Und dann komme ich, hart, drücke mich in sein Gesicht, meine Hände auf seinem Kopf. Mein Orgasmus kriecht von meinen Oberschenkeln aus nach oben und explodiert wie eine Granate, deren Stift gezogen wurde.

Ich kann nicht protestieren als er sich bewegt, sein Körper auf meinem. Tatsächlich bin ich mir nicht sicher, ob ich mich je wieder bewegen werde, während er sich über mir erhebt und die Verpackung des Kondoms mit den Zähnen öffnet, bevor er sich recht fachmännisch in das Latex hüllt.

Ein weiterer Anblick, den ich zum erneuten Abspielen festhalten will.

„Du starrst."

„Du beschwerst dich nicht", gebe ich zurück, was

seinen Mund zucken lässt, bevor sein Blick dorthin fällt, wo ich feucht und gespreizt bin. Seine Finger fahren durch meine Feuchtigkeit, aber die Empfindung ist zu intensiv, weshalb ich ein Zischen von mir gebe – ein Zischen, das seinem männlichen Stöhnen entgegenhält, als er nach vorn fällt und sich neben meinem Kopf auf seiner Hand abfängt. In seiner anderen Hand hält er seine steife Erektion und presst sich bewusst an mich.

„Das fühlt sich ... *so gut* an.“ Der Muskel in seinem Bizeps zittert über meinem Kopf, bevor er sich senkt und seine Stirn auf meine legt. Vielleicht fordert seine Neckerei auch bei ihm Opfer?

Ich lege meine Hände in seinen Nacken und presse meinen Mund an sein Ohr. „Ich wusste, du hast sadistische Tendenzen.“

„Du hast ja keine Ahnung.“ Sein Mund verzieht sich zu einem sündhaften, verruchten Lächeln, woraufhin es tief in meinem Körper zu pulsieren beginnt.

„Aber du könntest es herausfinden.“

„Und wie bekomme ich dich dazu, mich zu verderben?“

„Du könntest damit anfangen, meinen Namen zu sagen.“ Und als wolle er mich ermuntern, stößt er meine Klitoris mit der Spitze an.

„James“, schnurre ich fast und verschränke meine Finger in seinem Nacken, um ihn für einen Kuss zu mir herunterzuziehen. „Hör auf, mich zu quälen. Bitte, nimm mich einfach.“ Denn ich glaube nicht, dass ich betteln kann.

Sein selbstgefälliges Grinsen bröckelt und seine Augen werden dunkel, als er erneut mit der Spitze seiner Erektion über mich fährt. Dann sehen wir beide zu, als er langsam in mich eindringt.

„Meine Güte. Das ist ein Anblick für die Götter“, schnauft er und sieht zu, wie mein Körper seinen aufnimmt, während sich mein Rücken in der stummen Bitte wölbt, dass er sich bewegen soll.

Aber ich antworte nicht, kann nicht, es sei denn, man zählt meinen Schrei, als er mich mit einem langen Stoß bis zum Anschlag ausfüllt. Ich verkrampfe meine Hände auf seinem Bizeps, als könnte ich ihn dort festhalten. Um die Empfindung zu behalten, so ausgefüllt zu sein.

„Ich –“ Ich habe nicht viele Penisse erlebt, aber keiner von ihnen hat derartige Gefühle in mir ausgelöst. Als könnte ich mich verletzen, wenn ich zu tief einatme. „Du bist so groß.“

„Aber nicht zu groß.“ Seine Antwort wird von einem verschmitzten Lächeln begleitet. Und als wollte er seinen Punkt beweisen, beginnt er sich zu bewegen, zuerst langsam, aber als mein Wimmern zu Schreien wird und diese Schreie lauter und ein wenig verzweifelter werden, erhöht er die Geschwindigkeit. Mit einem männlichen Grunzen gleitet er vom Ansatz bis zur Spitze, wechselt zu flachen Bewegungen; kleinen Stößen und Zuckungen seiner Hüfte.

Und ich liebe es. Liebe alles. Und obwohl ich keinerlei Erfahrung mit Dirty Talk habe, erregen mich seine Worte.

„Du bist so eng. Du fühlst dich an wie Samt. Jeder Zentimeter von dir.“ Seine Augen sind so dunkel, sein Ausdruck so intensiv, als er mich zurückzieht, um mit der Zungenspitze über meine beiden Brustwarzen zu fahren. Dann schiebt er seine Hände unter mich und hebt mich für eine bessere Position vom Bett, indem er mich auf seinen Schoß zieht. Und *ohhh.*

Oh. Mein. Gott.

Seine Arme sind um mich gelegt und unsere Lippen

treffen sich bei seinem nächsten Stoß nach oben, nur stockender Atem und gleitende Zungen.

„Du bist so verdammt köstlich“, flüstert er und vergräbt sein Gesicht an meinem Hals. „Ich will mich in dir vergraben.“

Mein Orgasmus erwacht durch seine kräftigen Stöße zum Leben. Alles in mir zieht sich fest zusammen, meine Wirbelsäule ist auf unmögliche Weise gekrümmt, als ich den Kopf in den Nacken werfe. Ich will zusehen, will ihn sehen, gebe mich aber mit seinen Bewegungen zufrieden, damit, wie er von mir Besitz ergreift. Er vögelt, wie er küsst – mit Herrschaft und Gewissheit – und ich mache den Ritt mit. *Wortwörtlich.* Es ist alles so viel, beinahe zu viel, als ich mich ihm ergebe – den Bedürfnissen meines Körpers nachgebe.

„Gott. Oh Gott. Ich – ich –“

Ich kann die Wellen der Lust nicht verarbeiten, die mich durchströmen, der Rausch der Empfindung und die Hitze sind überwältigend. Ich sehe Sterne. Ganze Universen entstehen. Der Urknall? *Erneut, mehr oder weniger wortwörtlich.*

„Ich kann dich fühlen“, grunzt er. „Ich kann fühlen, wie du kommst.“

Und mit dieser Aussage folgt er mir.

5

JAMES

Ich träume, dass ich brenne, dass meine Haut buchstäblich in Flammen steht. Was seltsam ist, aber nicht aufgrund der Tatsache, dass ich träume, sondern der, dass ich überhaupt eingeschlafen bin. Ich weiß, als ich wach werde, dass ich nicht zu Hause bin. Die Luft ist anders. Und es riecht nach Parfüm. Und obwohl ich nicht brenne, schwitze ich und erkenne auch bald, warum.

Ein Meer aus blondem Haar liegt auf meiner Brust und meinem Hals, eine Hand ruht auf meiner Taille und ein Bein ist hoch über meine Beine gezogen. Die Frau ist wie eine Klette und brennt mit tausend Grad. Ich bin mir nicht sicher, welchen Teil von ihr ich bewegen sollte, um nicht innerlich zu garen. Zunächst entscheide ich mich dafür, ihr Haar zusammenzunehmen und es aus meinem Gesicht zu heben.

Geht doch.

Abgesehen von dem Gefühl, dass der Teufel kurz davor ist, mir mit seinem Dreizack in den Hintern zu piksen, ist die Empfindung nicht gänzlich unangenehm. Es ist eine Weile her, seit ich mit einer Frau in meinem

Bett aufgewacht bin. Oder im Bett einer Frau aufgewacht bin, je nachdem. *Oder im Bett der Großmutter meines Kindheitsfreundes, die schon lange tot ist.* Ich gähne und fahre mir mit einer Hand über den Kiefer, während ich entscheide, dass das vermutlich der Ort ist, an dem ich mich gerade befinde.

Ich hebe meinen Kopf vom Kissen und begutachte den Raum, wobei ich zu der Erkenntnis komme, dass dieses Zimmer einst Eamons Großmutter gehörte und sich seither vermutlich nicht groß verändert hat. Nicht, dass ich je zuvor hier drin gewesen wäre, aber ich habe als Kind in diesem Haus fast genauso viel Zeit verbracht wie im Haus meiner Eltern nebenan. Blumige Tapeten, ein altmodischer Kleiderschrank und eine Kommode, ein Kaminsessel mit buntem Muster und ein schmales Bett mit einer fürchterlich quietschenden Matratze stellen das Mobiliar dieses Raumes dar.

Ich frage mich, ob sie in diesem Bett gestorben ist?

Ob sie das getan hat oder nicht ist bedeutungslos, da ich garantieren kann, dass dieses Bett noch nie so benutzt wurde wie in der vergangenen Nacht. Ich bin überrascht, dass es immer noch auf seinen vier Füßen steht, wenn man die Geräusche des Protests bedenkt, die es von sich gegeben hat, als die Federn geächzt haben und das Kopfende gegen die Wand gestoßen ist.

Ich unterdrücke ein weiteres Gähnen, das sich zu einem Lächeln verzieht. Nicht, weil der Gedanke daran, in einem Bett zu vögeln, in dem jemand gestorben ist, meine makabre Seite anspricht, sondern weil ich überrascht bin. Überrascht darüber, in diesem Zimmer aufzuwachen. Überrascht über die letzte Nacht.

Ich hatte nichts als Unannehmlichkeiten erwartet, als mein betagter Vater mich darum bat, auf seinen geliebten und ebenso betagten Labrador aufzupassen, während er in einen kurzen Urlaub fuhr. Rufus ist zu alt, um sich in einer Hundepension wohlzufühlen, und Dad würde niemanden außer mir im Haus tolerieren. „Es mag vielleicht für Marjorie nebenan mit ihren fürchterlichen Nacktkatzen passend sein, aber nicht für einen alten Soldaten wie Rufus", hatte er gesagt, und trotz der Tatsache, dass ich aktuell mehr Arbeit habe als meine Firma angenehm bewältigen kann, habe ich zugestimmt. Er ist mein Vater und der einzige Verwandte, der mir geblieben ist, also würde ich den verdammten Hund wie meinen Augapfel hüten, während ich arbeite, wenn das nötig wäre. Aber wie es aussieht, verbringt er dreiundzwanzig Stunden des Tages damit, in seinem Körbchen zu schlafen und ist mittlerweile stocktaub.

Also hatte ich Unannehmlichkeiten erwartet, und sicher nicht das entzückende Zwischenspiel, das jetzt neben mir liegt. Ich streiche ihr die blonden Strähnen aus der Stirn und fahre mit dem Finger über die elegante Krümmung ihrer Nase. Nach der letzten Nacht schläft sie vielleicht eine Woche lang. Das hätte ich vielleicht selbst auch getan, hätte meine innere Uhr nicht noch immer in der japanischen Zeitzone festgesteckt, nachdem ich erst vor ein paar Tagen aus Tokio zurückgekehrt bin.

Ich denke darüber nach, sie zu wecken, um mir Gesellschaft zu leisten – okay, um zu vögeln – entscheide aber, dass nicht jeder gern bei Sonnenaufgang aufwacht. Vielleicht ist sie für Morgensex ein wenig zugänglicher, wenn es eindeutig Morgen ist.

Einem geschenkten Gaul schaut man nicht ins Maul, heißt es doch so schön.

Nicht, dass mir Geschenke oder Pferde, oder was auch immer in dieser Analogie die Frauen repräsentieren soll, fremd sind. Ich bin nur nicht sehr spontan, und die weibliche Gesellschaft, die ich habe, ist gewöhnlich verschiedener Art und fast immer im selben Geschäft. Eine Künstlerin, die präsentiert werden will; eine Situation, in der ich mir nie sicher bin, wer wen benutzt, oder ansonsten eine Reihe von Frauen, die sich in denselben Kreisen zu bewegen scheinen. Partyhäschen und wenig bekannte Prominente, die sehen und gesehen werden wollen. Und dann die frisch Geschiedenen, die auf der Suche sind, manchmal nach Investmentmöglichkeiten für ihre Schlichtungen, manchmal auch nach ein wenig sexueller Anerkennung.

Ich kann nicht sagen, dass ich je über eine Frau gestolpert bin, die in einer Hundeklappe feststeckte, leider. Wenn ich gewusst hätte, welche Vergnügen einem dadurch bevorstehen, hätte ich vielleicht schon viel früher auf Rufus aufgepasst.

Wenn ich es mir recht überlege, ist es seltsam, dass mein achtzigjähriger, verwitweter Vater und Eamons verwitwete Mutter in ihren Sechzigern zur gleichen Zeit im Urlaub sind.

Gut für ihn, wenn dem so ist, entscheide ich.

Mit einem Lächeln greife ich nach meinem Handy auf dem Nachttisch – eine Angewohnheit, die ich mir an diesem Punkt in meinem Leben eigentlich abgewöhnen sollte. Aber keinen Kontakt zu haben bedeutet, dass ich Geschäfte verliere, und der Verlust von Geschäften bedeutet den Verlust von Geld, und das ist nichts für mich. Aber ich nehme an, dass ich, wenn ich letzte Nacht nicht im Besitz meines Handys gewesen wäre, nicht eine Stunde damit verbracht hätte, einen wahnsinnigen Konzeptkünstler zu beruhigen, und dann möglicherweise nicht mit dem Bedürfnis nach Ablenkung nach Hause gekommen wäre. Ehrlich gesagt ist dieses Geschäft ein wenig wie das Hüten von Katzen oder das Psychoanalysieren von hochgradig aufgedrehten Kleinkindern, zumindest, wenn es um den Umgang mit Künstlern geht. Gott rette mich vor künstlerischem Temperament.

Eine Woche mit Hundesitting zu verbringen hat eindeutig seine – Scheiße, der Hund! Ich sehe auf die Uhr – es ist kurz nach fünf.

Ich bin mir nicht sicher, ob ein pflichtbewusster Sohn seinen Schützling zugunsten eines Ficks zurücklassen würde, aber ich bin mir sicher, dass mein Vater es verstehen würde, auch wenn Rufus es nicht tut. Das altersschwache Ding schläft die Nacht durch, wird aber wie ein alter Mann mit Prostataproblemen in aller Herrgottsfrühe wach. Er muss gefüttert und mit seinen morgendlichen Tabletten versorgt werden, weshalb ich mich unter dem schlafenden Batgirl herauswinde und meine Hosen dort aufhebe, wo ich sie auf den Boden geworfen habe. Als sie sich auf den Rücken dreht, die Arme über dem Kopf, sieht sie wie die blonde Version von Modiglianis *Liegender Akt*.

Mit weniger Schambehaarung.

Zehn Minuten, entscheide ich. *Ein kurzes Schnuppern im Garten, seine Medikamente und sein Frühstück und ich bin wieder zurück im Bett, bevor sie überhaupt bemerkt, dass ich weg war.*

Denn ein solcher Anblick muss bewundert werden. Ich bin kein Künstler. Ich kann ihr Abbild nicht malen oder formen. Aber ich kann dieser Schönheit ein wenig Hingabe zeigen.

6

MIRANDA

„Ich bin nicht eingezogen, Heather. Es ist nur ein Job, und zwar Teilzeit, zusätzlich zu meinem Vollzeitjob.“ Und irgendwo, wo ich bleiben kann, ohne mich zu fühlen, als befände ich mich inmitten von *Der Rosenkrieg,* Teil zwei.

Ich blicke auf meinen Tisch hinab, meine Tastatur, die frei von Staub und Krümeln ist, die Papiere in ordentlichen Stapeln, die Bücher mit nach vorn gerichteten Buchrücken. Kugelschreiber und Stifte befinden sich fein säuberlich in meiner *For Fox Sake*-Tasse, daneben steht ein Pumpspender mit Erdbeer-Handdesinfektionsgel. Die Arbeit ist meine kleine Oase der Ruhe und Kontrolle. Der einzige Ort, den ich außerhalb des Chaos‘ meiner alltäglichen Existenz definieren kann.

„Katzen-Sitting kann man wohl kaum Arbeit nennen, Mir.“

„Ja, das dachte ich auch“, erwidere ich und begutachte meine blass lackierten Fingernägel, bevor ich meinen Ellbogen auf den Tisch stützte, das Kinn auf der Faust. „Aber wie sich herausstellt, ist das Betreuen verwöhnter

Höllenkatzen, die auf eine Flucht versessen sind, na ja, eher sogar eineinhalb Jobs."

„Manche von ihnen haben so lächerliche Namen. Kizzy Stardust war einer von ihnen, richtig?"

„David Meowie und Pawdry Hepburn, aber das war vor Wochen."

Jetzt passe ich auf fünf streitsüchtige, hochmütige Perserkatzen auf, die alle einer individuellen Diät und genau fünfzehn Minuten der „Einzelzeit" am Abend bedürfen. Zumindest ist es das, was in der Akte verfügt wird, die Bibel mit Anweisungen, die jeder Besitzer mit Richtlinien über ihr geliebtes Haustier und dessen Pflege hinterlässt. Ich bin im Allgemeinen recht gewissenhaft und tue mein Bestes, mich daran zu halten, aber es ist ausgeschlossen, dass ich meine Abende damit verbringe, mich mit Katzenhaar dekorieren zu lassen. Sie werden kurz gebürstet und sollten dankbar sein, dass ich nicht einfach einmal mit dem Staubsauger über sie fahre.

Aber die Pflege dieser zwei haarlosen Katzen scheint jetzt eine entfernte Erinnerung zu sein. Auch wenn es in Wirklichkeit erst letzten Monat war, dass der heiße Nachbar an diesem Abend meine inneren Organe mehr als einmal neu sortiert hat, bevor er sich statt als Gentleman als absoluter Kerl im schlimmsten Sinne herausgestellt hat. Es war eine Nacht der Enthüllungen, eine Erfahrung, die ich nie wieder wiederholen kann. Nach meinem fünften Orgasmus war ich erschöpft auf die Matratze gefallen, befriedigt in einer Weise, die ich nie für möglich gehalten hatte, wobei ich ein geheimes Lächeln in mein Kissen drückte, obwohl ich von einem bittersüßen Gefühl überkommen wurde. Es war fast wie der letzte Abend eines Urlaubs, wenn man nur widerwillig loslassen und wieder nach Hause fahren will.

Aber das soll nicht heißen, dass ich erwartet hatte, mit einem pinken Hintern auf dem Kissen neben mir aufzuwachen.

Überraschung: Es war nicht seiner.

Also ein Kerl. Und wir wissen alle, dass *der Kerl* nur auf eine kurze Bettgeschichte aus ist. Ich meine, das ist in Ordnung, ich verstehe das. Aber es wäre vielleicht nett gewesen, wenn er seine Absichten klargemacht hätte, bevor ich eingeschlafen bin. Es wäre vielleicht noch netter gewesen, wenn er die Schlafzimmertür hinter sich zugemacht hätte. Mit einem Katzenhintern im Gesicht aufzuwachen ist nicht gerade die angenehmste Erfahrung.

Es war vermutlich gut, dass die Agentur mich früh angerufen hatte, um mir zu sagen, dass die Hausbesitzerin an diesem Tag unerwartet zurückkehren würde. Sicher, dadurch eilte ich durchs Haus, um panisch die Beweise der vergangenen Nacht zu beseitigen, meinen Koffer zu packen und mich für die Arbeit fertigzumachen, aber zumindest hatte ich keine Zeit zum Nachdenken. Als die Putzfrau um sieben Uhr dreißig ankam, war der einzige Beweis dafür, dass er überhaupt im Haus gewesen war, die Flasche Single Malt, die er zurückgelassen hatte.

Und das angenehmen Ziehen zwischen meinen Beinen.

Trotzdem habe ich mich dazu entschieden, an die guten Aspekte des Abends zu denken. Diese breiten Schultern und harten Bauchmuskeln, die Art, wie sich sein Körper über meinem bewegt hat. Ich mag mich vielleicht dazu entschieden haben, nicht über seinen schnellen und gefühllosen Aufbruch nachzudenken, aber es gibt einige Dinge, bei denen ich die Gedanken nicht aufhalten kann, die sich im Dunkeln vor meinem geistigen Auge abspielen.

Es ist eine Frage der Neuinterpretation des Abends, denke ich.

Wir hatten Sex, die Art von bewusstseinsveränderndem, bebendem Sex, von dem man nur in Büchern liest. Oder den man vielleicht nur sieht. Pornografie hat ihren Sinn, das soll gesagt sein. Und ich kann ein auf Frauen konzentriertes Abonnement namens *Fast Girls* empfehlen. Wunderbar kuratierte Sachen – Sachen, die einem das Gefühl geben, nach dem Ansehen eine rauchen zu wollen. In gewisser Hinsicht, jedenfalls.

„Zumindest passt du filmreif auf Katzen auf."

„Was?" Heathers Stimme reißt mich aus meiner Grübelei, sowohl der schmutzigen als auch der anderen.

„*Notting Hill*, Liebes. Das Zuhause von William Thacker und Anna Scott." Sie täuscht einen feinen Akzent vor, ein wenig wie die Queen. Vielleicht noch vornehmer.

„Wer?"

„Du weißt schon, Hugh Grant und Julia Roberts? In den Rollen? Der gleichnamige Film und all das?"

„Oh. Ja. Das." Ich überkreuze die Beine und verziehe das Gesicht, da die Schürfwunde an meinem Knie hin und wieder noch ein wenig ziept. Aber ich weigere mich, an medizinisch angewandten Whisky oder sanften Atem auf meiner Haut zu denken.

„Ist dir kalt?"

„Nein. Warum?"

„Du hast eben gezittert. Wie auch immer, ich habe von Notting Hill gesprochen. Dieses lebhafte Nest in London, dem Ort voller Grün und endlosen Flächen. Der großen, mit Säulen versehenen Reihenhäusern und Straßen in allen Pastellfarben, wie Macarons."

„Notting Hill. Der Ort, an dem zu leben sich gewöhnliche Menschen nicht leisten können." Zumindest keine Menschen wie ich. Es ist nicht so, als käme ich aus einer verarmten Familie; mein Vater ist Zahnarzt und meine Mutter Lehrerin. Aber es gibt sehr wenige Zweiundzwanzigjährige, die in London in einem eigenen Zuhause leben. Mietwohnungen und Wohngemeinschaften sind mein unmittelbares Schicksal, es sei denn, ich entscheide, dass ich diesen Ring abstoßen kann.

„Aber wenigstens kannst du dort für eine Weile leben. Na ja, zumindest bis deine kleinen Muschis ihre richtige Mami zurückbekommen."

„Sprich dieses Wort nie wieder aus."

Sie lacht, während ich eine Seite meines Notizbuchs zerknülle und durch das Büro in Richtung ihres Schreibtischs werfe. Leider gerät Jorge in die Flugbahn, als er seine zehnte Wallfahrt zu der kleinen Gemeinschaftsküche beginnt. Aber wenn die Bosslady aus dem Haus ist, dann tanzen die Packesel auf dem Tisch, nehme ich an. Obwohl Jorge, laut Heather, seinen Computer kaum noch ansieht, seit Olivia, unsere Chefin, geheiratet hat. Eifersucht, wie wir beide annehmen.

Was Ehen betrifft, war die von Olivia und Beckett sehr plötzlich, und wenn ich ehrlich bin, ein wenig seltsam.

„Währenddessen", fährt Heather fort, „sitze ich am Arsch der Welt fest und muss in aller Herrgottsfrühe aufstehen, nur um ins Büro zu kommen."

„Ich kann nichts dafür, dass ich meilenweit entfernt bin." Ich versuche mein Bestes, sie zur Arbeit – und nach Hause – zu fahren, aber im Moment ist das einfach unmöglich. „Du weißt, dass ich dorthin gehe, wo mich die Agentur hinschickt." Ehrlich? Ich glaube, ich würde selbst nach Timbuktu gehen, um von meinen Eltern wegzukommen, während sie sich auf eine erbitterte

Scheidung vorbereiten. „Zumindest wirst du dafür bezahlt, ins Büro zu gehen.“ Eigentlich sollte sie diesen Sommer nur der Erfahrung wegen ein Praktikum machen, aber sie hat es geschafft, Olivia irgendwie einen Stundenlohn zu entlocken. „Besser harte, bare Münze, als nur mit Lob bezahlt zu werden.“

„Ja, Geld macht es einfacher, sich mit dem Kaffeeholen abzufinden.“ Sie wirft einen angewiderten Blick in Jorges Richtung, ihrem Büro-Erzfeind. Eigentlich ist er, was Gegner betrifft, nicht sehr herausfordernd. Mehr die pampige, stolzierende, feige Version eines Gegners.

Ah, die kniffligen Aufgaben eines Praktikanten. Eigentlich ist das nicht fair. Heathers Verständnis der sozialen Medien und der Algorithmen, die sie antreiben, ist ziemlich erstaunlich.

„Nein, das passt mir nicht.“ Unser beider Köpfe drehen sich in Richtung des widerhallenden Klangs von Olivias Stimme und des Klackens ihrer Absätze im Treppenhaus. Als sie in dem offenen Büro im Stil eines Lagerhauses erscheint, hat sie die Augenbrauen zusammengezogen. „Daran bin ich gerade nicht besonders interessiert.“ Abgesehen von den Augenbrauen ist nicht viel nötig, um zu erraten, mit wem sie telefoniert, wenn man ihren Tonfall und die Röte in ihren Wangen beachtet. „Ja, na ja, du weißt, wo du dir diesen Vorschlag hinstecken kannst. Nicht? Dort, wo die Sonne nie hinkommt, *Liebling*.“ Und damit legt sie mit selbstgefälligem Gesichtsausdruck auf.

Sie ist wirklich die seltsamste frischheiratete Person überhaupt. Man könnte fast meinen, dass sie ihren verdammt heißen Ehemann nicht leiden kann.

„Worüber lächelst du?“

„Ich?“, antwortet sie unschuldig, wobei sie sich eine Haarsträhne aus dem Gesicht streicht. „Nichts.“

„Erzähl das jemand anderem.“ Ich wende meine Aufmerksamkeit wieder meiner Tastatur zu. „Ich kaufe es dir nicht ab.“

„Ja, wir haben dieses böse, schurkische Lächeln schon mal irgendwo gesehen, oder?“

„Vermutlich bei meinem Mann“, murmelt Olivia mit einem Blick auf ihr Handy. Plötzlich hält sie inne, eine Hand auf ihrer Wange. „Vielleicht werde ich ihm immer ähnlicher?“

„Nein, Bosslady. Das ist nur bei Hunden so.“

Wir drehen uns beide zu Heather um, die keinen wirklichen Filter hat, und obwohl sie oft den ersten Gedanken auszusprechen scheint, der ihr in den Sinn kommt, liegt gewöhnlich ein Sinn dahinter. Irgendwie.

„Leute, die Haustiere haben. Die Haustiere werden ihnen immer ähnlicher oder umgekehrt. Ich bin mir sicher, dass ich irgendwo in der Zeitung etwas darüber gelesen habe. Aber nicht wirklich, weil die Leute ihre Tiere aufgrund eines Gefühls der Vertrautheit aussuchen. Genau wie bei Autos und so. Ein Mann mit kantigem Kiefer entscheidet sich mit großer Wahrscheinlichkeit für ein Auto mit breiten Kotflügeln. Ein Mädchen mit langen Locken entscheidet sich vermutlich für einen Pudel oder einen Portugiesischen Wasserhund oder so.“

„Interessant.“ Oder einfach nur improvisiert.

„Also, wenn ich so darüber nachdenke“, fügt Heather hinzu, die sich mit einem Stift an die Lippen tippt, „bin ich mir ziemlich sicher, dass der Artikel Parallelen dazu gezogen hat, wie sich Menschen ihre Partner aussuchen.“

„Also kann man mit dem bösen Grinsen auf ein anderes böses Grinsen schließen?“ Ich zwinkere Olivia zu.

„Willst du sagen, dass ich mich in Beckett verwandle?“

„Vielleicht hast du dieselben Qualitäten in ihm gesehen, die du von dir selbst kennst“, deutet Heather an.

„Ich stelle mich nicht gegen meine moralischen Werte“, sagt sie mit einem Prusten. Ihrem Ausdruck nach zu urteilen bereut sie ihre Antwort sofort. Aber ob es daran liegt, dass sie ihn angeprangert, als bösen Schurken offenbart oder geprustet hat, lässt sich schwer sagen. Vielleicht habe ich heute zu viel Zeit zur Verfügung.

„Die Rücksichtslosigkeit eines Mannes ist das, was eine andere Frau Hingabe und Antrieb nennt. Und was die Sache angeht, sich einen Partner allein basierend auf dem Aussehen auszusuchen, bist du ihm durchaus ebenbürtig, Bosslady.“ Als ich an ihr vorbeigehen will, lecke ich mir über den Zeigefinger und mache ein zischendes Geräusch nach, als ich ihn ihr auf den Arm drücke. *„Heiß!“*

Sie ist umwerfend, aber Beckett, ihr steinreicher Risikokapitalgeber-Ehemann ist der zweitheißeste Mann, den ich je getroffen habe. Der heiße Nachbarskerl schlägt ihn allerdings.

Ich frage mich, was er beruflich macht? Ich verbanne die Frage sofort, da das Büro nicht der passende Ort für Gedanken an ihn ist.

„Olivia?“

„Ja, Jorge?“ Sie hat ihm den Rücken zugewandt und verdreht die Augen, setzt aber ein Lächeln auf, als sie sich umdreht.

„Ich würde gern mit dir über den Zustand des Mitarbeiterkühlschranks sprechen.“

Jorge steht auf der anderen Seite des Büros, in seiner Großvater-Weste und seinen Wildleder-Quadratlatschen, die keineswegs ein ironisches Modestatement sind. Hat ihm niemand gesagt, dass Männer über Dreißig keine Skinny Jeans tragen sollten? Besonders, wenn sie ihn aussehen lassen, als hätte er seinen Hintern zu Hause vergessen? Mit einer *Star Wars*-Tasse an die Brust gepresst, sieht es fast so aus, als würde er erwarten, dass ihn die Besitzerin und Leiterin unserer Firma in die winzige Küche begleitet.

Ehrlich, er war schon eine Nervensäge, als ich hier angefangen habe, *der* größte Miesepeter, aber seit Olivia aus den Staaten zurückgekehrt ist und verkündet hat, mit dem Mann verheiratet zu sein, von dem sie uns zuvor zu überzeugen versucht hatte, dass sie ihn verabscheut, ist es, als hätte Jorge jegliche Freude aus dem Büro gesaugt.

„Vielleicht kannst du mir deine Bedenken in einer E-Mail schicken", antwortet sie fröhlich. „Ich habe heute einen ziemlich vollen Terminplan." Bevor er etwas erwidern kann, wirbelt sie zu mir herum und lehnt sich mit der Hüfte an meinen Tisch. „Wo stehen wir mit dem Speed-Dating-Abend?"

„Na ja, drei der *Lust Island*-Kandidaten aus dem letzten Jahr haben zugesagt."

„Ich bin von ihrer Teilnahme nicht wirklich begeistert." Sie verzieht das Gesicht. „Ich weiß, dass wir diese Unterhaltung schon mal geführt haben, aber ich glaube wirklich nicht, dass Kandidaten aus dem Reality-TV die richtige Atmosphäre mitbringen."

Bei diesem Thema geht es schon seit Wochen hin und her. Ich weiß, wo das Problem liegt; sie sieht sie als Repräsentation all dessen, was in der Dating-Welt falsch läuft. Und vielleicht hat sie in gewissem Maße recht. *Lust Island* ist eine Fernsehsendung, bei der die Kandidaten praktisch in einer Blase leben, isoliert von der Außenwelt. Sie kommen als Paare an, verlassen die Insel aber nicht immer mit derselben Person, da die Partner oft tauschen oder wechseln, wenn einer abserviert und Kandidaten aussortiert werden. Aber was Olivia zu übersehen scheint, ist die Tatsache, dass sie dann zu Personen von öffentlichem Interesse werden und unsere demografische Zielgruppe irgendwie von diesen Halbprominenten besessen ist. Wenn die Sendung läuft, sind die Einschaltquoten riesig. Gott und die Welt haben ein Paar, bei dem sie mitfiebern und den einen Kandidaten, den sie liebend gern hassen. Danach beschäftigen wir uns mit ihrem Leben, und dank ihnen ist die Anmeldeliste bei dieser Veranstaltung so lang.

„Aber sie sind alle single und offen für alles", singe ich zur Antwort.

„Das hilft nicht." Sie zieht die Augenbrauen zusammen, während sie sich mit dem Handy an ihr Kinn tippt. „Wir verkaufen bedeutsame Verbindungen, keine Bettgeschichten und Partnertäusche, wie sie in dieser Sendung gefeiert werden."

„Und wie ich bereits gesagt habe, führt etwas Zwangloses oft zu mehr, manchmal sogar sehr schnell."

„Sag es nicht." Sie hebt eine Hand. „Ich weiß, was du sagen willst, aber meine Ehe geht niemanden außer mich etwas an."

„Und Beckett", füge ich hinzu. „Und ob es dir gefällt oder nicht, die Tatsache, dass du ihn geheiratet hast, war gut fürs Geschäft. Die Leute interessieren sich auch für eure Beziehung."

„Ich verstehe nur nicht warum."

„Ist das wichtig? Du verkaufst ja nicht deine Seele. Es ist nur guter Geschäftssinn."

„Persönlich finde ich, dass *Lust Island* eine berechtigte Erforschung der Menschheit ist."

Olivia und ich wenden uns beide Heather zu, die ihr Gesicht von ihrem Laptopbildschirm abwendet.

„Ich dachte, du würdest es wegen all der harten, gebräunten und nackten Männerbrüste genießen?"

„Das ist nur ein Bonus." Heather winkt meine Worte ab. „Und Rache für Jahrhunderte der sexuellen Objektifizierung des weiblichen Körpers."

„Also ist es deine Pflicht als Feministin, lüstern zu sein, ja?"

„Ich mache meine Mittagspause", verkündet Jorge laut und stolziert aus dem Büro, als bräuchte er eine chromosomale Auffrischung der Sorte Y.

„Was ist denn mit dem los?", schnaubt Heather mit verschränkten Armen.

„Er will die Bosslady hier nur in einen engen Raum locken." Mein Tonfall mag vielleicht ein wenig anzüglich sein. Nur aus Spaß.

„Das ist nicht lustig", erwidert Olivia mit einem Anflug von Tadel in *ihrem* Tonfall.

„Du hast recht. Ist es nicht. Aber die Tatsache lässt sich nicht leugnen, dass der Mann dem nachtrauert, was hätte sein können. Er steht eindeutig immer noch auf dich, aber jetzt hat seine unerwiderte Liebe etwas Tragisches an sich."

„Es wird allerdings tragisch werden, wenn Beckett es herausfindet", fügt Heather mit einem Prusten hinzu.

„Beckett wird sich keinen Dreck darum scheren." Olivias Aussage ist unbekümmert, während sie ihr Handy in ihre Hosentasche schiebt.

„Es ist nicht so, als wäre Jorge eine Bedrohung für ihn, aber er wird trotzdem von dem Gedanken nicht sehr begeistert sein, dass dir einer deiner Mitarbeiter nachtrauert."

„Er trauert mir nicht nach. Jetzt zurück zum aktuellen Thema. Die *Lust Island*-Kerle."

„Hör mal, sie bringen eine anständige Menge an Publicity, und ob es dir gefällt oder nicht, sie haben eindeutig geholfen, Begeisterung zu wecken. Ich musste die Anmeldungen schließen. Es wollen mehr Leute teilnehmen, als wir Platz haben."

„Wirklich?" Ihre Augenbrauen kräuseln sich. „Warum? Was ist so reizvoll daran, mit einem Haufen selbstherrlicher, gebleichter und polierter Arschlöcher rumzuhängen?"

„Brutal, Bosslady, brutal. Außerdem", füge ich hinzu, „wissen wir nicht, ob sie ihre Arschlöcher bleichen."

„Und ich, für meinen Teil, habe keinerlei Absicht, es herauszufinden", kichert Heather.

„Fang gar nicht erst an." Olivia verzieht das Gesicht. Tatsächlich sieht sie ein wenig grün um die Nase aus. „Wie kann irgendjemand, der sich dazu anmeldet, sein Leben vor laufender Kamera zu verbringen, normal sein?"

„Die Öffentlichkeit will nicht, dass sie normal sind. Normal bekommen sie von der Person, die neben ihnen auf dem Sofa sitzt, sich in der Nase bohrt, furzt und noch schlimmere Dinge tut."

„Ich wusste nicht, dass du eine solche Romantikerin bist", gibt sie todernst zurück.

Ich lächle mit geschlossenem Mund, überwiegend um sicherzugehen, dass meine Lippen versiegelt bleiben. Sie hat einen Mann infolge einer stürmischen Romanze geheiratet, und obwohl er verdammt umwerfend ist, ist er trotzdem ein Mann. Ich gebe ihm noch einen Monat. Jeder furzt.

Bis auf die Leute im Fernsehen.

Und das auch nur, weil es aus den Rund-um-die-Uhr-Aufnahmen herausgeschnitten wird.

„Normal wird überbewertet. Außerdem, wer weiß denn schon, was in dieser wirren und chaotischen Pracht normal ist, die sich Welt nennt."

Heathers Antwort resultiert in einem verwirrten Ausdruck seitens Olivia.

„Ich mache niemandes Entscheidungen schlecht. Ich will nur sagen, dass ich Bedenken habe. Aber wenn die Veranstaltung ausverkauft ist ..."

„Wir haben eine Warteliste. Und die *Evening News* schickt einen Journalisten zusammen mit einem Fotografen. Es ist eine gewinnbringende Idee, das verspreche ich dir."

„Von einer gewinnbringenden Angestellten?"

„Na ja, wenn es irgendwelche Wettbewerbe gibt –"

„Wir wären vermutlich bei unentschieden", wirft Heather ein, deren Aufmerksamkeit immer noch auf ihr Laptop gerichtet ist.

„Ha, davon träumst du wohl, Teilzeitbeschäftigte. Aber wenn du eine liebe kleine Cousine bist, lasse ich dich meine Trophäe tragen. Es gibt doch eine Trophäe, oder?"

„Natürlich", sagt Olivia gedehnt. „Sie hat die Größe und Form einer Flasche Prosecco."

„Sie hat die Größe und die Form einer Flasche Prosecco." Ich kneife die Augen zusammen und lege nachdenklich eine Hand an mein Kinn, bevor mein Blick wieder auf Olivia landet. „Es ist Champagner, richtig?"

„Vielleicht. Aber nur, wenn der Abend problemlos abläuft."

„Entspann dich. Das wird er definitiv. Ihre

Pressesprecher sagen, dass sie sich riesig darauf freuen, teilzunehmen."

Olivia brummt missbilligend. Es ist ihre einzige Antwort.

„Wir sind die heißeste neue App auf dem Markt. Sie wollen mit unserer Marke gesehen werden." Noch etwas, das ich immer wieder wiederhole.

„Mein Ziel ist, E-Volve zum Champagner der Branche zu machen. Aber die Kandidaten von *Lust Island* sind eher wie ... billiges Bier."

„Brutal. Sie sind mehr wie Prosecco. Ein anständiger Kompromiss zu dem Zeug von bester Qualität."

„Eine Banane hat hundertfünfzig Kalorien, ein Glas Prosecco hat nur achtzig", wirft Heather ein, die sich auf ihrem Stuhl dreht, um uns anzusehen.

„Das Problem ist", sagt Olivia, „dass du nicht eine Banane schälst und am Ende sechs Stück isst. Und dann entscheidest, dass du gerade erst auf den Geschmack gekommen bist, bevor du noch weitere öffnest."

„Das stimmt schon, nehme ich an." Und auch wenn ich es nicht laut aussprechen würde, ist das eine ziemlich gute Analogie für die letzte Staffel von *Lust Island*.

7

MIRANDA

DAS LEBEN GEHT in seinem bekannten Rhythmus weiter und ich denke kaum an diese Nacht. Okay, manchmal denke ich schon daran. Überwiegend denke ich nur an ihn. James. Zu gewissen Zeiten. Diesen besonderen Zeiten *allein*.

Ich muss es nicht buchstabieren, oder?

Die *Lust Island*-Jungs sind genau das. Jungs. Und auch wenn ich sie vielleicht einmal als Material benutzt hätte, brauche ich keine Amateure, die meine besondere Zeit allein stören. Zumindest nicht seit meiner sehr gründlichen Belehrung über die Unterschiede zwischen Jungs und Männern. Selbst Männer, die die Batman-Titelmelodie summen …

Heute sind Heather und ich an einem Tisch am Fenster im Café nebenan versteckt, um den für die Jahreszeit ungewöhnlichen Wind zu meiden, der die Fußgänger die Straße entlang weht, während wir zu Mittag essen. Wir unterhalten uns nicht wirklich, aber die Stille ist angenehm. Bis sie ihr Missfallen für alle hörbar kundtut.

„Was denkst du, welche Laus ihm über die Leber gelaufen ist?"

„Was?" Ich höre auf, mit den Zehen den Rhythmus des Lieds im Radio zu tippen und sehe von der E-Mail auf, die ich auf meinem Handy lese, wobei ich instinktiv hinter mich blicke. Jorge steht am Tresen. Ich würde vielleicht lächeln oder winken, wenn da nicht die Tatsache wäre, dass er uns bewusst ignoriert. „Vielleicht hat er uns nicht gesehen." Oder vielleicht ist er auch nur ein Idiot.

„Oh, er hat uns gesehen. Ehrlich, sein Verhalten wird immer schlimmer."

„Vielleicht solltest du in Erwägung ziehen, den Kekskrieg zu beenden." Jorge neigt dazu, sich mit den Keksen anderer Leute vollzustopfen, während er seine eigenen in seiner Schreibtischschublade hortet. Eine Schreibtischschublade, aus der Heather sie befreit hat, um sie in die gemeinschaftliche Keksdose zu stecken und die verräterische Verpackungen verschwinden zu lassen.

„Vielleicht sollte er aufhören, so ein gieriger Griesgram zu sein", gibt sie zurück. „Er war noch nie besonders angenehm, soweit ich das beurteilen kann, aber seit Olivia aus den USA zurückgekehrt ist, zieht er ein Gesicht wie drei Tage Regenwetter." Sie sackt auf ihrem Stuhl zusammen und verschränkt die Arme vor der Brust. „Wie auch immer, ich habe vielleicht den ein oder anderen Plan auf Lager."

„Darf ich fragen?"

„Habe ich dir gesagt, dass ich letzte Woche ein Stück Klebeband auf die Unterseite seiner Computermaus geklebt habe?"

„Nein." Das Wort trifft in einem glucksenden Kichern auf die Luft. „Warum?"

„Nur um ihn zu ärgern. Es sorgt nicht dafür, dass seine Maus nicht mehr funktioniert. Es macht sie nur sehr unempfänglich und langsam."

„Oh, Mindfuck, du böses beinahe-Genie."

„Weißt du, wer auch kein Genie ist?" Zur Antwort nickt sie in Richtung des Tresens. „Für jemanden in der Software-Entwicklung ist er nicht sehr technikerfahren. Er hat das Ding einfach nur immer wieder geschüttelt und letztendlich durch den Raum gepfeffert."

„Missmutiger Jorge", erwidere ich tadelnd.

„Ich glaube, als Nächstes werde ich eine Glitzerbombe versuchen."

„Ah, Glitzer, der Herpes der Bastlerwelt."

„Und nie wieder wegzubekommen."

„Ich bin mir nicht sicher, ob das seine Gesellschaft angenehmer machen wird. Und wenn deine Glitzerbombe auch nur in der Nähe meines Tisches landet, werde ich nicht sehr glücklich darüber sein." Ich unterdrücke ein Schaudern, da Gedanken an das funkelnde, glitzernde Chaos Angstzustände in mir auslösen.

„Du bist so ein Putzteufel. Was machen schon ein paar glitzernde Erreger zwischen Cousinen?"

„Ich meine es ernst, du böses Ding. Vielleicht sollten wir ein wenig netter zu ihm sein. Er ist offensichtlich verstimmt darüber, dass Olivia geheiratet hat."

„Oh, komm schon! In welchem Universum hätte er bei ihr schon eine Chance gehabt? Sie ist nicht nur hübsch und ziemlich toll, sie ist auch seine Chefin."

„Das passiert", antworte ich mit einem leichten Achselzucken. „Menschen fangen immer wieder was mit ihrem Chef an."

„Dumme Menschen."

„Du kannst nichts dafür, in wen du dich verliebst."

„Davon weiß ich nichts", gibt sie gleichgültig zurück.

„Deine Zeit wird kommen." Hat sich das uralt angehört? Es klingt wie die Art Sache, die man von alten Damen im Bus zu hören bekommt, ob man es will oder nicht.

Deine Zeit wird kommen.

Die Jugend wird durch die Jungen verschwendet.

Finde einen netten jungen Mann.

Schlechte Jungs werden zu schlechten Männern.

Sitz nicht auf kaltem Untergrund, sonst kriegst du Hämorrhoiden.

Ich bin so froh, dass ich mittlerweile Auto fahre.

„Ich habe es nicht eilig", sagt sie mit einem Prusten. „Nach dem, was dir die Liebe angetan hat, kann die Liebe von mir aus Leine ziehen!" Um es zu demonstrieren, zeigt sie mit ihrem Daumen über ihre Schulter.

Ich lächle angespannt. Man kann Liebe und Verlust niemandem erklären, der sie noch nie am eigenen Leib erfahren hat. Ich will nicht sagen, dass ich immer noch trauere, denn das tue ich nicht. Ich will nur sagen, dass die Liebe verdammt wehtut, und ich beginne zu bezweifeln, ob sie es überhaupt wert ist. Ich meine, man sehe sich meine Eltern an. Achtundzwanzig Jahre der Ehe, und jetzt umkreisen sie einander wie Hunde, die bereit sind, dem anderen die Kehle herauszureißen.

Ich wische von der App weg, durch die ich gescrollt habe, und öffne stattdessen meine Mails. Dann schließe ich sie wieder, als ich Camerons neuestes Schreiben sehe, das der Betreffzeile nach zu urteilen *DRINGEND!!!* ist.

Nicht.

Ich lösche die Mail, ohne sie zu öffnen, und ausnahmsweise einmal spüre ich nicht dieses bekannte

Gefühl der Panik, besonders nach seiner letzten Nachricht, in der er die Frechheit besaß, sich über Heathers Scherz mit dem Second-Hand-Laden zu beschweren. Scheinbar hatte er die Hauptverwaltung von Oxfam angerufen. Als würde mich das interessieren. Wie auch immer, ich hatte seine Nummer blockiert, sodass es keine drohenden Anrufe oder Nachrichten mehr zu ignorieren gibt.

Welch Wonne!

„Wo wirst du dieses Wochenende sein?“

Bei ihrer Frage hebe ich den Blick und verziehe das Gesicht. „Zuhause. Die Agentur hat nichts für mich.“ Und der Sommer neigt sich dem Ende zu, weshalb ich etwas besorgt bin, da immer weniger Leute in den Urlaub gehen, was wiederum mehr Zeit für mich zu Hause bedeuten könnte.

Hmpf.

„Süße, verkauf einfach den Ring. Ich liebe deine Eltern, wirklich. Aber getrennt. Wenn sie ungefähr eine Meile voneinander entfernt sind.“

„Da stimme ich zu.“

„Sie waren mal goldig. Zusammen, meine ich.“

„Ja, und das vor nicht allzu langer Zeit. Aber jetzt geht es nur noch darum, wer den anderen mehr verletzen kann. Ich glaube, er hatte eine Affäre. Mein Vater, meine ich.“ Mein Blick wandert zum Fenster, auf dem ein einzelner Regentropfen landet. „Nicht jetzt, aber vielleicht früher mal. Niemand sagt etwas, aber irgendetwas zerreißt meine Mutter innerlich. Vielleicht hat sie es erst jetzt herausgefunden?“ Ich wende mich wieder Heather zu. „Was auch immer es ist, sie will es nicht rauslassen.“ Bis auf die giftigen Ausbrüche explosiven Hasses meinem Vater gegenüber. „Ich wünschte, sie könnten einfach das

Haus verkaufen und fertig. Ich kann nicht länger als ein oder zwei Nächte bei ihnen bleiben. Die Atmosphäre ist einfach so giftig."

„Du weißt, dass du bei mir bleiben kannst. Meine Eltern lieben es, dich da zu haben."

Ich nicke und versuche ein kleines Lächeln, denn auch wenn Heathers Eltern fantastisch sind, habe ich gerade einfach nicht die mentale Stärke, um „glückliche ältere Cousine" für ihre jüngeren Geschwister zu spielen.

„Verkauf ihn einfach. Lass es hinter dir. Zieh weiter. Scheiß auf ihn und seinen untreuen Penis. Nein warte, streich den letzten Teil."

„Ich würde seinen untreuen Penis nicht einmal mit Gummihandschuhen und Schutzanzug anfassen."

„Gibt es in Notting Hill irgendwelche heißen Nachbarskerle?", fragt sie, wobei sie den Rest ihres Kaffees in ihrer Tasse schwenkt.

„Wenn es sie gibt, dann habe ich keine gesehen." Ich müsste schon darauf achten, um sie zu erkennen. Und das habe ich nicht. Absichtlich.

„Ich nehme an, du wirst dich einfach darauf freuen müssen, die Kandidaten von *Lust Island* persönlich und hautnah kennenzulernen."

„Ehemalige Kandidaten", korrigiere ich. „Und was soll das alles mit mir? Du arbeitest an diesem Abend auch. Freust du dich nicht darauf, sie kennenzulernen?"

„Nah." Ihr Blick kehrt auf ihren Teller zurück, wo sie ihren Finger auf den Rand drückt und die Brotkrümel einsammelt, nur um sie auf der anderen Seite des Tellers zu verteilen.

„Aber du liebst diese Sendung."

„Ja, aber für mich geht bald die Uni los. Es gibt vieles, worauf ich mich konzentrieren muss. Ich habe keine Zeit, um an Jungs oder Männer zu denken. Nicht in diesem Sinne."

„Ist alles in Ordnung, Heth?" Normalerweise ist sie nicht so zurückhaltend.

„Ja, alles gut." Eine ihrer Schultern hebt sich und fällt wieder, bevor sie ihre Aufmerksamkeit darauf konzentriert, die Holzmaserung auf dem Tisch mit dem Finger nachzufahren. Aber sie kann mir trotzdem nicht in die Augen sehen.

„Dieser Kerl, mit dem du dich an diesem Abend in Acton getroffen hast." Der Abend des heißen Nachbarskerls. Der Abend, von dem sie nichts weiß. „Hast du ihn nicht wiedergesehen?" Ich versuche, nicht das Gesicht zu verziehen; ich bin mir nicht sicher, wie das Regelbuch für Booty Calls diese Art Treffen nennen würde. *Bettgeschichte?*

Sie schnaubt. „Ich bin nicht geblieben."

„Du bist wo nicht geblieben?"

„An diesem Abend. Ich bin nicht geblieben."

„Heth, ist etwas passiert?" Mein Herzschlag wird plötzlich schneller. „Es ist Wochen her – warum haben wir diese Unterhaltung noch nicht geführt?" Weil ich ein schlechter Mensch bin. Eine schlechte Cousine. Weil ich nur mit meinem eigenen Kummer beschäftigt war. Ich merke, wie ich es wiederhole, allerdings ist meine Stimme diesmal wesentlich höher als ihre, während mein Puls einen neuen Höchststand erreicht. „Ich schwöre, wenn irgendetwas passiert ist, dann werde ich diese Gummihandschuhe und den Schutzanzug brauchen. Zusammen mit einem Bolzenschneider."

„Nein. Ich habe es mir nur anders überlegt, das ist alles."

„Und dir kam nie der Gedanke, das zu sagen?" Ich

wusste, dass ich sie nicht hätte gehen lassen sollen. Ich hätte sie aufhalten und ihre Proteste ignorieren sollen, dass sie alt genug ist, um ihre eigenen Entscheidungen zu treffen. Ich glaube nicht, dass Alter den Schmerz für sich gepachtet hat. „Heth, er hat nicht ..." Ich kann mich nicht dazu durchringen, die Frage zu beenden. Ich hätte nicht so schnell auflegen sollen – ich hätte am nächsten Tag nach ihr sehen sollen. Ich war nur so damit beschäftigt, meine Sachen zu packen, bevor die Putzfrau kam, und dann war da das Wochenende, und es war schrecklich, und dann die Arbeit und dann –

„Nichts ist passiert", sagt sie leise. „Ich konnte es einfach nicht durchziehen."

„Aber er hat nicht ... er hat dir nicht hart zugesetzt oder so, oder?"

Eine Reihe von Emotionen huscht durch ihr Gesicht. „Nein. Na ja, sobald klar wurde, dass er mir nichts *Hartes* geben konnte, hat er aufgegeben. Aufgehört."

„Was aufgehört."

„Aufgehört, es zu versuchen. Aufgehört, sich darum zu scheren. Dann hat er wieder irgendwelchen Mist auf seiner PlayStation getötet."

„Gott, du hättest mich anrufen sollen", sage ich und lege eine Hand auf ihre.

„Warum? Du hattest genauso viel getrunken wie ich. Du warst nur wesentlich vernünftiger. Außerdem warst du vermutlich bereits im Bett und hast geschlafen. Oder bist darauf ohnmächtig geworden." Sie schenkt mir ein kleines Lächeln.

„Ich hatte nicht so viel getrunken." Ich war durch andere Dinge betrunken. „Aber ja, ich bin ziemlich schnell, nachdem ich die Katze zurückbekommen habe, ins Bett gegangen." Ich presse meine Lippen aufeinander, da ich ihr nicht sagen werde, dass ich nicht allein ins Bett gegangen bin. Aber ich bin mir nicht sicher, ob es an dem schlechten Timing oder an dem Risiko liegt, ein schlechter Einfluss zu sein.

„Ich kann nicht glauben, dass du durch eine Hundeklappe gekrochen bist."

„Bin ich nicht." Ich bin steckengeblieben. „Ich habe ihn mir einfach nur geschnappt." Ihn geschnappt. Mich auf ihn gelegt. Habe ihn geritten. Oh, der Spaß, den wir hatten ...

Natürlich nicht mit der Katze. Obwohl ich zu einem Zeitpunkt einen dieser arroganten Voyeure aus dem Schlafzimmer scheuchen musste. Es war ein wenig abschreckend, beobachtet zu werden, besonders von etwas, das so desinteressiert war, dass es nach kurzer Zeit aufgehört hat, um sich den Hintern zu putzen.

Ich lege eine Hand auf meine erhitzte Wange, während Heather fortfährt.

„Na ja, du warst definitiv vernünftiger als ich, denn ich habe letzten Endes ein ganzes Wochengehalt auf ein Taxi zurück nach Hause verschwendet. Und ich musste Danny zwanzig Pfund geben, damit er Mom am nächsten Tag nicht sagt, dass ich zu Hause war."

„Was? Warum?"

„Die kleine Ratte hat mich dabei erwischt, wie ich mich rausgeschlichen habe, um mich wieder reinzuschleichen. Ich sollte eigentlich mit dir nach Hause gehen, also musste ich mich reinschleichen, um in meinem eigenen Bett zu schlafen, und mich dann wieder rausschleichen, um offiziell zurückzukommen. Du weißt, wie sie sind. Sie hätten eine Million Fragen gehabt, und ich hätte dich den Wölfen zum Fraß vorwerfen und behaupten müssen, wir hätten uns gestritten oder so. Und dann hätten sie dich angerufen und wären dir mit ihrer ‚Hey Mann, lasst uns alle Freunde sein'-Nummer gekommen." Sie täuscht einen Akzent vor und macht Anführungszeichen mit den Fingern.

„So schlimm sind sie nicht", erwidere ich mit einem Kichern.

„Du musst nicht mit ihnen zusammenleben. Sie sind zu jung, um Hippies zu sein, aber das hält sie nicht davon ab, diese ganze Sache mit der freien Liebe zu leben. Es wäre nicht allzu schlimm, wenn sie ihre Liebe auf ihr Schlafzimmer beschränken würden."

„Frei? Oh mein Gott, Heather. Deine Eltern sind *keine* Swinger, oder?"

„Nein. Igitt, nein! Aber sie rammeln wie die Karnickel. Und sie verbergen es nicht. Es ist kein Wunder, dass sie sieben Kinder haben."

„Ich finde es wunderbar, dass sie immer noch verliebt sind."

„Ja, allerdings. Wenn sie nur aufhören würden, es in den gemeinschaftlichen Räumen des Hauses so offen zu zeigen. Wie auch immer, wegen dieses nutzlosen, kleinen skrotalen Bestandteils bin ich immer noch pleite. Er erpresst mich."

„Tut er das? Immer noch?"

„Das ist nicht lustig. Er ist ein kleiner Wichser."

„So spricht man nicht über seinen kleinen Bruder." Manchmal vergesse ich, dass sie erst neunzehn ist. „Du hättest ihnen die Wahrheit erzählen können."

„Ich würde lieber ein Schweigegelübde ablegen, als mit einem von ihnen mein Sexleben zu besprechen", erwidert sie ernst. „Und du weißt, wie gern ich rede. Außerdem würden sie Fragen stellen, deren Antworten ihnen nicht gefallen würden. Also habe ich mich rausgeschlichen, um mich wieder reinzuschleichen. Wenn ich mich nur an die Adresse des Hauses hätte erinnern können, in dem du gewohnt hast."

Ihr Erscheinen an diesem Abend wäre unangenehm gewesen – für uns alle drei.

„Ich bin nur froh, dass Louisa bereits ausgezogen war, bis ich mich rausgeschlichen habe, um mit Jungs abzuhängen." Meine ältere Schwester Louisa lebt in der immer sonnigen Stadt Sydney am anderen Ende der Welt. Es ist lustig, aber Heather hat auch drei ältere Brüder. Keiner von ihnen wohnt zu Hause, aber ich kann mir nicht vorstellen, dass sie froh gewesen wären, für ein paar Pfund den Mund zu halten. Große Brüder sollten eigentlich sehr beschützend sein, habe ich gehört.

Sie prustet unglücklich. „Das ist egal. Du und Louisa versteht euch viel zu gut, als dass ihr euch gegenseitig erpressen würdet. Außerdem bist du zu vernünftig, um nach mehreren Cocktails ans andere Ende von London zu latschen."

Wenn sie nur wüsste. Streichen wir das, ich bin froh, dass sie es nicht tut. Ich weiß, dass sie darauf aus war, den heißen Nachbarskerl zu meinem Lückenbüßer zu machen, aber sie ist zu jung, um es zu verstehen. Obwohl Reue für sie kein Fremdwort zu sein scheint. Nicht, dass ich diese Nacht bereue. Ich bereue, wie sie geendet ist, aber das lag nicht an mir. Es war gut, solange es hielt, selbst wenn es in mir dieses Bedürfnis nach menschlicher Nähe neu entfacht hat. Meine Güte, wie kann es sein, dass ich diese Schlampe Tamara mehr vermisse als Cameron? Das Seltsamste ist, dass sie verstehen würde, wie ich mich fühle. Sie würde vermutlich einen Arm um mich legen und mir sagen, ich solle auf ihn pfeifen – auf den Kerl pfeifen, weil er mich hat sitzenlassen, während ich geschlafen habe, und auf Cameron pfeifen, weil er ein verlogenes Arschloch ist.

Aber auf der anderen Seite hat sie sich für mich um Letzteres gekümmert, wenn auch nicht mit *pfeifen*.

Ich realisiere, dass Heather sich immer noch über ihren kleinen Bruder beschwert.

„Er ist so ein kleiner Mistkerl."

„Um fair zu sein, er ist erst dreizehn. Hoffen wir, dass sich das verwächst."

„Und manche kleinen Mistkerle wachsen einfach nur zu größeren Mistkerlen heran. Größere Mistkerle, die an nichts als ihre *Kerle* denken."

„Sprechen wir von diesem Abend?", frage ich vorsichtig.

„Nein. Da gibt es nichts zu besprechen. Ich bin hingegangen. Ich habe es mir anders überlegt. Ich bin weggegangen. Ende der Geschichte. Und wenn er schlecht über mich reden will, dann kann er das tun."

„Aber dir geht es gut?"

„Bis darauf, dass ich bis zum Zahltag pleite bin. Er knöpft mir zwanzig Pfund die Woche ab. Danke übrigens, dass du für das Mittagessen bezahlt hast."

„Kein Ding." Ich ziehe meine Handtasche auf meinen Schoß und hole meinen Notfall-Zwanziger aus der Innentasche. „Du kannst es mir zurückgeben, wenn du bezahlt wirst."

„Danke, Mir. Du bist eine Lebensretterin." Sie steckt das Geld schnell ein, fast so, als könnte ich es mir anders überlegen. „Kannst du mich nach der Arbeit nach Hause fahren?"

„Ja, sicher. Ich glaube, ich unterhalte mich besser mit Danny. Um ihm die Fehler seines Verhaltens vor Augen zu führen. Und um ihm zu drohen, ihn zu verraten."

„Ha. Viel Glück. Ich hole mir eine Flasche Wasser“, sagt sie und schiebt ihren Stuhl zurück. „Willst du irgendwas?“ Ich schüttle den Kopf und hole mir die Lokalzeitung, die auf dem Nachbartisch zurückgelassen wurde. Ich schlage sie auf und widme mich direkt den Rubriken für Unterhaltung und Lifestyle. Es kann nicht schaden, ein Auge darauf zu haben, was in London passiert, und es war beim Lesen dieses Provinzblatts, bei dem mir die Idee kam, die ein oder zwei Pressesprecher des *Lust Island*-Teams zu kontaktieren. Es wäre vielleicht nett gewesen, wenn ich auch ein paar Mädchen dazu hätte bringen können, mitzukommen, aber sie schienen alle Schwierigkeiten in ihren Terminplänen zu haben.

Ja, klar.

„Bist du fertig?“ Ich hebe meinen Blick von der Zeitung und meine Finger bereiten sich darauf vor, sie zu schließen, als etwas meine Aufmerksamkeit erregt.

Groß, blond und gutaussehend, dabei fotografiert, wie er vergangene Nacht eine Wohltätigkeitsgala verlässt.

Und ist das ... Hampton?

„Fertig?“

„Ich komme gleich nach.“ Ich sehe nicht von der Zeitung auf und breite sie stattdessen auf dem Tisch aus, um die winzige Bildunterschrift und dazugehörige Spalte unter einer Doppelseite von Promi-Blödsinn zu lesen. *Zwei Knalltüten* lautet die Zeile mit dem Namen des Verfassers unter Fotografien von einem Paar weiblicher Kolumnistinnen, die mehr wie zwei Partymädchen als wie seriöse Journalistinnen wirken.

„Wie du willst.“ Heather dreht den Deckel ihrer Wasserflasche auf, während sie sich abwendet.

Also lese ich.

Giselle Hampton strahlt in einem pinken Outfit, als sie den RFW-Wohltätigkeitsball mit einem namenlosen Date verlässt.

Giselle sah aus wie die baldige Millionärin, als sie die Veranstaltung im angesehenen Fortnum Club ganz in pinkem Gucci verließ. Das siebenunddreißigjährige ehemalige Model, das mittlerweile Schauspielerin ist und sich vor kurzem von ihrem milliardenschweren Textil-Magnat-Ehemann Johnno Hampton getrennt hat, wird vermutlich einen Vergleich in Rekordhöhe erhalten, wenn das Paar dieses Jahr vor Gericht geht.

Wir haben nach dem Namen ihrer Begleitung an diesem Abend gefragt, woraufhin Giselle, die Gerüchten zufolge bald in einem Film über Madonnas Leben mitspielen soll, nur rätselhaft lächelte.

Wir wissen nicht, wie es Ihnen geht, aber für uns sieht sie nicht so aus, als würde sie sich die Augen ausweinen!

Wer ist dieses Mädchen? Wohl eher, wer ist dieser Adonis! Senden Sie einen Tweet, wenn Sie es wissen, und Sie könnten fünfzig Pfund gewinnen!

Ich glaube, ich kenne diesen Blonden. Ich kenne diese Wangenknochen. Und ich kenne dieses verruchte Lächeln. Ich kann mir nicht zu hundert Prozent sicher sein, nicht, dass ich der Zeitung einen Tweet schicken würde, um mir eine Chance auf fünfzig Pfund zu sichern, aber er sieht dem heißen Nachbarskerl verdammt ähnlich.

James.

Und ich weiß nicht, was ich bezüglich des Artikels empfinde. Oder vielleicht möchte ich einfach nicht herausfinden, was ich empfinde, da es seltsam wäre, überhaupt etwas zu empfinden, oder? Ich meine, man nennt es nicht ohne Grund einen One-Night-Stand. Also, ich habe mit einem Mann geschlafen, der normalerweise mit Frauen schläft, die aussehen wie Giselle; eins fünfundsiebzig große Prachtweiber mit glänzendem, haselnussbraunem Haar und Beinen bis hoch zu den Achseln. Frauen, die sich in prominenten Kreisen bewegen, auf Saftkuren schwören und in St. Barts Urlaub machen.

Vielleicht war ihm in dieser Nacht nach etwas Gewöhnlichem zumute.

Ich unterdrücke den Gedanken sofort, bevor er in eine Abwärtsspirale gerät. Vielleicht waren wir nicht im Fortnum Club, in Abendgarderobe und mit Canapés, aber es ist nicht so, dass er in diesem seltsamen kleinen Schlafzimmer, das in ein Museum gepasst hätte, keinen Spaß gehabt hat.

Du bist so eng. Du fühlst dich an wie Samt. Jeder Zentimeter von dir.

Seine Hand auf meiner Brust und sein verruchtes Flüstern in meinem Ohr.

Ich mag vielleicht nicht Giselle sein, aber ich würde diese Nacht gegen nichts eintauschen.

8

JAMES

WENN ICH EINE Sendung planen müsste, bei der ich die letzte Woche als zentrales Thema verwende, würde ich sie *Mein Leben: Die Shitshow* nennen.

Gewöhnlich läuft das Geschäft zu dieser Jahreszeit ein wenig langsamer. Die mit viel Geld denken an Mustique, Monaco, Marokko oder sonstiges fremdes Klima, die Künstler selbst erholen sich von ihrem großen Tag, oder eher Abend, bei der wichtigsten Show. Ich hatte Monate voller Partys sowohl vorher als auch hinterher, Monate voller Ausstellungen, voller Honig ums Maul Schmieren und Händeschütteln. Die vorangegangenen Monate können erschöpfend, wenn auch lukrativ, sein, aber im August sollten sich die Dinge eigentlich entspannen.

Kunsthändler werden einem sagen, dass sie wegen der Liebe zur Kunst im Geschäft sind. Dass sie neue Talente fördern und ihnen das Aufblühen erlauben wollen, um zu helfen, es zu kultivieren und zu entwickeln. Das ist, meiner Erfahrung nach, Bockmist. Kunsthändler sind lediglich Güter-Makler für die Superreichen, und die Superreichen sind nicht am Talent eines Künstlers oder dem ästhetischen Wert dessen interessiert, wie das Werk an der Wand ihres Büros oder Esszimmers aussehen wird. Sie sind einzig an dem finanziellen Aspekt interessiert. Dem Wert der Kunst als Investment.

In vielerlei Hinsicht ist das, was ich tue, nicht anders als das, was ein Kapitalgeber tut. Die Konzentration auf das Geschäft und das Bieten von Zusicherung und Schätzungen des angesammelten Werts in der Zukunft.

Es geht nicht um die Kunst. Heutzutage nicht mehr.

Im Wesentlichen verdiene ich so mein Geld. Meine Galerie mag vielleicht die Transaktion zwischen Schöpfer und Investor erleichtern – natürlich für eine große Provision – aber ich investiere auch in Kunst. Ich kaufe heute das, von dem ich weiß, dass ich es morgen mit beachtlichem Aufschlag verkaufen kann. Und warum sollte ich das nicht tun? Ich repräsentiere neue Künstler. Finanziere ihre Arbeit. Biete ihnen Ateliers und Unterstützung. Ich umwerbe sie, fachsimple – Motive und Konzepte, der hochwichtige Prozess, Komposition und *Oeuvre*. Bla, bla, und nochmals bla.

Ich schätze Kunst, sowohl ästhetisch als auch finanziell, aber scheinbar habe ich keine künstlerische Seele. Manche würden argumentieren, dass ich gar keine Seele habe – besonders die, die ihre Seele nicht verkaufen wollen (hier komme ich ins Spiel), oder die, die einen Arm geben würden, um von mir repräsentiert zu werden, aber einfach nicht das haben, was nötig ist.

Für die in meinem Kader bin ich eine Art Dreifaltigkeit. Der Gott, ein gütiger Herrscher, der Vater, der Ernährer, und dann der heilige verdammte Geist, der Schrecken herabregnen lässt, falls es nötig sein sollte. Aber ich bin nicht vollkommen böse. Ich bin dafür bekannt, Entziehungskuren zu unterstützen und finanzieren. Ich verbringe eine beachtliche Menge Zeit damit, individuelle Persönlichkeiten aufzumuntern, wenn sie niedergeschlagen sind, und sie zu beruhigen, wenn sie sich am Rande des Wahnsinns wiederfinden, wodurch ich sie oft davon abhalte, Monate der Arbeit zu zerstören, wenn das Monster unter dem Bett – die Angst – seinen hässlichen Kopf hebt.

Und so beginnt *Mein Leben: Die Shitshow.*

An einem Dienstag. Dem montagigsten Dienstag überhaupt, an dem ich den Großteil des Abends damit verbracht habe, einem nervlich extrem angespannten Mittzwanziger aus einer Wohnsiedlung in Falkirk gut zuzureden, dass er sich, wenn er kein Talent besäße, nicht auf eine Ausstellung in London in wenigen Monaten vorbereiten würde. Dass ich absolutes Vertrauen in ihn hätte – genug Vertrauen für uns beide. Man stelle sich also meine Überraschung in der folgenden Woche vor, als ich herausfand, dass er zu einem meiner Rivalen übergelaufen war.

Dieser verdammte, undankbare Mensch.

Noch schlimmer, ich scheine nicht wirklich wütend darüber sein zu können. Verliere ich meine Bestform? Das glaube ich nicht. Allerdings verliere ich vielleicht den Verstand. Aufgrund eines Mädchens mit zerzaustem, blondem Haar und langen, blassen Beinen. Ein Mädchen namens Miranda.

Meine Konzentration ist gänzlich zerschossen, mein Verstand ist bei dieser verdammten Batman-Unterwäsche und dem Mädchen, das sie trägt, meine Gedanken sind mit Schnappschüssen diesen Abends und dem beschäftigt, was hätte sein können, wenn ich nicht zurück nach Hause gegangen wäre, um mich um einen alten Köter zu kümmern, bevor ich zu einem Telefonat mit einem Klienten in Tokio überredet wurde, um ihn daran zu erinnern, dass es Konsequenzen hat, ein Geschäft abzusagen. Vor allem ein millionenschweres Geschäft.

Denn als ich später am Morgen in das Haus zurückkehrte und sie nicht da war, hatte das die gleiche Wirkung wie ein Eimer eiskaltes Wasser über den Kopf zu bekommen. *Und in den Schritt.* Ich hatte beabsichtigt, das Haus in Erwartung ihrer Rückkehr zu beobachten, als Marjorie später am selben Tag wieder erschien.

Was darin resultierte, dass ich seither im Umgang wenig angenehm bin, und das zu einem Zeitpunkt, an dem meine Mitarbeiter eigentlich erleichtert aufatmen und sich auf eine Pause dieses Wahnsinns freuen dürfen. Bisher habe ich diese Woche meinen Ausstellungsleiter zur Schnecke gemacht, weil er den Verbleib einer Kiste, die aus New York kommt und von den Mitarbeitern des Flughafen Heathrow verlegt wurde, nicht nachvollziehen konnte – wenn sie tatsächlich verloren ist, werden Köpfe rollen, da der Künstler jetzt schon unter Reueanfällen leidet, weil er seine Form der Straßenkunst kommerzialisiert. Außerdem habe ich vielleicht angedeutet, dass der Empfangschef der Galerie ein Schwachkopf ist, weil er nicht rechtzeitig die Zollerklärungen vorbereitet hat, und dann habe ich eine der Galerieassistentinnen zum Heulen gebracht, weil sie ein wenig Kaffee auf dem Boden verschüttet hat. *Jeder, der darauf besteht, Minty genannt zu werden, verdient hin und wieder einen guten Anschiss. Sie ist kein Mundwasser, um Himmels willen, nicht, dass Araminta eine großartige Verbesserung wäre.*

„Treuhandfonds-Babys", murmle ich, während ich auf mein Laptop einhämmere, bevor ich auf ‚Senden' klicke. Ich breite meine Finger auf der glatten

Oberfläche meines Jugendstil-Tisches aus und folge der Maserung des Holzes, fast, als könnte es mich erden, während meine Gedanken wieder zu wandern beginnen.

Meine Bauchmuskulatur spannt sich mit der Erinnerung an ihre Finger an, die über meine Brust gleiten. Ihr leises Stöhnen spielt sich immer und immer wieder in meinem Kopf ab, zusammen mit dem Stocken ihres Atems, als ich ihre Beine gespreizt habe. Und mein Gott, wie sie schmeckt. Wie sie sich an mir gerieben hat. Der Klang ihrer fieberhaften Schreie. Es hat mich verrückt gemacht, und die Tatsache, dass mir einfach keine Lösung einfällt, um sie wiederzusehen, macht die Arbeit mit mir zu einem Albtraum.

Als würde es mich interessieren, was andere Leute denken.

Wenn sie ein Problem haben, dann können sie Maryam in der Personalabteilung anrufen.

Aber da ist eigentlich keine schlechte Idee, entscheide ich, als ich mein Handy in die Hand nehme. Ich rufe nicht Maryam an. Ich wüsste nicht, wie sie in meiner Zwickmühle helfen würde.

„Hey, Dad. Wie geht es dir?"

„Genauso wie am Wochenende, als du mich angerufen hast", antwortet mein Vater mild.

„Zweimal innerhalb einer Woche anzurufen ist einmal zu viel." Ich rezitiere es langsam, als würde ich es in meinem Notizbuch aufschreiben. „In Ordnung. Verstanden. Gut zu wissen."

„Ha. Sehr gut", tobt er. „Noch öfter und ich werde denken, ich wäre schon auf dem Weg zu Gottes Wartezimmer. Ich habe keinerlei Absicht, bereits den Löffel abzugeben – ich habe zu viel zu tun."

„Du weißt, dass Rufus dich einfach fressen wird, wenn du stirbst."

„Unsinn. Er hat nicht genügend Zähne. Was willst du, Sohn? *The Chase* kommt gleich im Fernsehen." Mein Vater, ehemaliger Brigadegeneral. Eine Führungsfigur. Ein Befehlshaber der Massen. Ein Anhänger von Quiz-Sendungen und des Tagesprogramms im Fernsehen.

„Ich habe mich nur gefragt –"

„Ho, ho." Er lacht schnaubend. „Diesen Tonfall habe ich schon lange nicht mehr gehört. Worauf bist du aus, hm?"

„Nur das Übliche. Geld. Macht. Die Herrschaft über meine Ecke der Kunstwelt. Volle Kontrolle über die nächste Ladung unbändig erfolgreicher, aufstrebender Künstler."

„Wie bitte?", fragt er ein wenig lauter. „Sprich lauter, ja?"

„Kunst", wiederhole ich. „Macht. Erfolg. Das Übliche."

„Dafür brauchst du meine Hilfe nicht, mein Junge", erwidert er recht fröhlich. „Und zu denken, dass ich dagegen war, dass du in die Kunst gehst."

Aus Angst, ich würde verweichlichen, wie ich meine. Aber daran werde ich ihn nicht erinnern.

„Die Alten haben einen klugen Krieger nicht den genannt, der nur gewinnt, sondern den, der sich darin hervortut, mühelos zu gewinnen." Außerdem liebt er es, Sun Tzu und *Die Kunst des Krieges* zu zitieren. „Dieser Absatz ist über dich. Und das hast du von deiner Mutter, nicht von mir. Eine eiserne Faust in einem Samthandschuh, diese Frau." Es entsteht eine Pause, in der er nicht sagen muss, wie sehr er sie vermisst. Das tun wir beide. „Wenn sie jetzt im Kabinett säße, dann ginge nichts dieses Brexit-Mists von statten. Sie hätte ihnen den Kopf gewaschen. Sie am Ohr aus dem Parlament gezerrt. Verdammte Politiker. Was wolltest du eigentlich?"

Unterhaltungen mit meinem Vater sind of umständlich.

„Ich habe bemerkt, dass Marjorie nebenan im Urlaub war, während du weg warst."

„Wann weg?"

„Juni, nein, Anfang Juli. Als ich auf den Köter aufgepasst habe. Komm schon, es war erst vor ein paar Wochen."

„Ah, ja", antwortet er gänzlich unschuldig. „Ja, natürlich. Sie war auch im Urlaub. Hat sie mir gegenüber vor einer Weile erwähnt."

„Ist sie an einem schönen Ort gewesen?"

„Keine Ahnung. Auf jeden Fall kein Wanderurlaub in den Fells, das kann ich dir sagen." Ich muss zugeben, dass ich sie mir nicht vorstellen kann, wie sie Wanderstiefel trägt und mit meinem Vater durch den Lake District stapft. „Vermutlich Spanien oder irgendwo, wo es sonnig ist, denke ich, aber du rufst nicht wegen Urlaubsempfehlungen an, oder?"

„Nein. Wegen einer anderen Art der Empfehlung. Ich habe gesehen, dass jemand bei ihr gewohnt hat, um auf die Katzen aufzupassen."

„Verdammt hässliche Dinger. Sie sehen aus wie die letzten Hühnchen, die bei Waitrose im Regal zurückbleiben. Was willst du wissen?", fügt er schroff hinzu.

„Einer der Mitarbeiter braucht den Namen eines anständigen Katzen-Sitters." Besagter Mitarbeiter bin ich, obwohl ich recht begierig darauf bin, dass sich diese Katzen-Sitterin gänzlich unanständig verhält. „Ich dachte, du könntest sie für mich nach dem Namen der Agentur fragen. Wenn es dir nichts ausmacht."

„Ich frage sie morgen früh. Ich rufe dich morgen wieder an. Meine Sendung fängt gleich an."

Und damit legt er auf.

Ich lehne mich auf meinem Stuhl zurück, während ich über meinen lächerlichen Plan nachdenke. Ich frage mich, ob ich anrufen und einen bestimmten Sitter buchen kann? Vielleicht kann ich einen der Galerieassistenten dazu überreden, in meinem Namen nachzufragen. Dann klingt es möglicherweise etwas weniger verdächtig.

Ich muss wahnsinnig sein. Selbst wenn ich sie ausfindig machen kann, kann ich mir nicht vorstellen, dass die reizende Miranda es sehr schätzen würde, wenn sie angestellt wird und beim Erscheinen an der Adresse feststellt, dass es sich weder um eine Katze noch um einen Hund handelt, der sich auf ein paar Streicheleinheiten freut.

Ich frage mich, wie das Vergehen auf einem möglichen Anklageprotokoll wohl lauten würde. Aufforderung zur Unzucht oder Stalking? Ich meine, sobald sie die Polizei gerufen hätte. Ich kann die Schlagzeilen schon beinahe sehen.

Kunsthändler aus Belgravia hält junges Mädchen als Geisel.

Mann protestiert, dass er nur am Bauch gekrault werden wollte.

„Scheiß drauf", murmle ich und stoße mich vom Tisch ab. Ich muss noch ein wenig darüber nachdenken.

9

MIRANDA

„DIESER ORT IST NICHT GERADE SUBTIL, oder?“

Ich folge Olivias Blick, als sie die Barmitarbeiter beobachtet, unsicher darüber, was sie damit meinen könnte. Das Thema? Ich meine, sicher, die Männer sind angezogen, als kämen sie direkt vom Set von *Peaky Blinders,* und die Frauen haben eine Art altertümlichen Glamour, aber es ist wesentlich besser als einige der Orte, die wir uns angesehen haben. Neon-Nylon, experimentelle Cocktails in einer Bar, die wie ein Highschool-Chemielabor aussieht und sogar ein Ort im Stil der Siebziger in Hampstead, der geschmackloser war als der Käsewürfel, der zusammen mit einem Klumpen Ananas auf einem Cocktailspieß serviert wurde.

„Mir gefällt es.“ Das ist mein Ding. Es ist außerdem auch mein Abend. Es mag vielleicht Olivias Firma sein, aber ich plane diese Veranstaltung seit Wochen; habe mögliche Veranstaltungsorte ausfindig gemacht und für Reklame gesorgt. „Und es hat dir gefallen, als wir letzte Woche zum Abendessen hier waren.“

„Ich weiß. Es ist nur ...“ Mit einer Hand in die Hüfte gestemmt legt sie sich die andere an die Stirn.

„Es ist cool. Irgendwie intim.“ Es hat eine unartige, sinnliche Atmosphäre mit samtbezogenen Bänken, Ohrensesseln und einer Wand voller alter Fotografien. Die Bar ist riesig und glänzend poliert, ein antiker Spiegel dahinter reflektiert den Glamour des Raumes. Und die Cocktail-Karte, wenn auch ein wenig kitschig, ist sehr umfangreich, mit alkoholhaltigen Likören und Tinkturen. Manche werden sogar in altmodischen Apothekerflaschen serviert.

„Ich bin mir nicht sicher“, erwidert sie mit einem Stirnrunzeln. „Ich bin mir nicht sicher, ob es der richtige Ort ist.“

Dafür ist es jetzt zu spät; nicht, dass es helfen würde, diesen Punkt jetzt zu betonen.

„Es sieht nicht aus wie ein Puff, wenn es das ist, was du meinst. Außerdem hast du den Ort gewählt. Und wir waren seither zweimal hier.“

„Sag mir, dass ich grundlos in Panik verfalle“, bittet sie, wobei sie sich zu mir umdreht und einen langen, nervösen Atemzug ausstößt.

„Absolut. Dieser Ort ist Bombe. Es ist genau das, wonach wir suchen. Es hat Atmosphäre und die Kunden werden es lieben.“

„Atmosphäre?“, wiederholt sie und sieht sich erneut um. „Ist es nicht vielleicht eine kultivierte Sittenlosigkeit?“

„Retro-Chic“, gebe ich zurück. „Ein Ort, an dem man erwartet, Gangster und ihre Nutten zu treffen. Nadelstreifenhosen und Jacketts mit breiten Aufschlägen, Federboas und rot lackierte Fingernägel, die dünne Zigarettenspitzen halten.“

„Unterwelt-Charme.“

„Es ist eine Bar, um Himmels willen. Es ist sexy. Genau die Art von Ort, mit der du in Verbindung gebracht werden willst. Wir verkaufen hier Romantik, oder nicht?“ Sie lächelt mich an, als ich hinzufüge: „Denk nur daran, wie die Fotos aussehen werden.“

„Du hast recht, ich stresse mich nur.“

Halleluja. Mein Gott, stressen trifft es nicht einmal annähernd. Die Frau könnte Valium vertragen!

„Was soll ich hiermit machen?“ Plötzlich erscheint Heather mit einem Dutzend kleiner Silbereimer, die an ihren Händen baumeln. Ich betrachte mit gerunzelter Stirn ihr T-Shirt, auf dem *Brains are the new tits* steht.

Das Manifest ist eindeutig.

„Stell einen auf jeden Tisch“, sage ich. „Dann leg die Karten in jeden hinein.“

Heather hat die Woche damit verbracht, ausgefallene Stichworte auszudrucken, die in die Eimer kommen, damit unsere Gäste einen Anfang haben.

Kennenlernfragen, nehme ich an.

Was machst du in deiner Freizeit?

Was machst du, um zu entspannen?

Erzähl mir etwas Faszinierendes über dich.

Ich nehme an, es könnte schüchterne Pärchen davor bewahren, sich vier Minuten lang nur anzustarren.

„Also, wenn sie hereinkommen, dann gebe ich ihnen eine dieser kleinen Punktekarten, richtig?“

„Vielleicht ist es besser, wenn wir sie nicht Punktekarten nennen“, erwidert Ols, obwohl wir sie im Büro bereits die ganze Woche über so bezeichnet haben. „Das ist keine Runde Minigolf.“

Nein, es ist wesentlich schmerzhafter als das.

„Aber wir geben jedem von ihnen einen Ministift, oder?“

„Ja, aber einen von denen mit Logo.“ Meine Idee. Gott, ich hasse Minigolf, aber es ist etwas, das sie mitnehmen können, zusammen mit ihren Erinnerungen an einen fabelhaften Abend. Was ich sonst noch hasse? Warten. Und aktuell warte ich auf einen Rückruf des Juweliers. Gestern habe ich mich spontan aus dem Büro geschlichen und den Ring zum nächstgelegenen Juwelier, *Joseph & Sons*, gebracht, um eine Werteinschätzung zu bekommen. Anscheinend wird es mich fünfunddreißig Pfund kosten und ich kann den Ring im Laufe des Nachmittags abholen, zusammen mit einem Zertifikat über den Wert, über den ich ihn versichern kann. Das habe ich dem Mädchen am Tresen erzählt. Nicht nötig, die ganze elende Geschichte mit ihr zu teilen.

Ich bin mir nicht ganz sicher, was ich tun werde, sobald ich dieses Zertifikat habe. Aber was ich weiß, ist, dass ich nicht viel länger bei meinen Eltern bleiben kann. Nicht, wenn ich den Verstand behalten will. Ich kann die explosive Wut, die verhaltene Stille und die Ausbrüche der Beleidigungen nicht mehr ertragen.

„Lasst sie uns Feedback-Karten nennen“, schlägt Olivia vor.

„Also bekommen sie einen kleinen Stift –“

„Und so viel kostenlosen Alkohol wie sie brauchen, um locker zu werden“, füge ich mit einem etwas wahnsinnig klingenden Kichern hinzu. Oh Gott. Ich brauche diesen Anruf, dann muss dieser Tag zu Ende gehen.

„Nein, sie bekommen ein Glas irgendeines Drinks, der zu Ehren dieses Abends gemacht wird.“ Olivia zeigt auf die Bar. „Und danach gibt es Prosecco und ein paar Flaschen Wein; rot und weiß. Das Letzte, was wir brauchen, ist ein Haufen betrunkener, geiler Singles.“

„Das klingt wie eine meiner besten Arbeiten.“ Die Worte sind ausgesprochen, bevor ich sie mäßigen kann, während das Bild des verruchten Lächelns des heißen Nachbarskerls in meinem Kopf auftaucht.

„Heather, es ist deine Aufgabe, die Punktekarten einzusammeln –“

„Feedback-Karten“, korrigiert sie.

„Ja, die. Du sammelst sie am Ende des Abends ein. Dann gleichen wir die Punkte ab, ich meine, die Informationen und melden uns bei den Teilnehmern über ihre die E-Mail-Adresse, die sie angegeben haben.“

„Und dann werden sich ein oder zwei der Paare wiedersehen, sie werden ein Date im Kino haben, dann lädt er sie zu einem netten Essen ein, sie gehen ein paar Wochen lang miteinander aus, dann treiben sie es und verlieben sich ineinander. Und dann kommt E-Volve erneut in die Zeitung. Tadaa!“

Beide Frauen sehen mich an, als würde ich den Verstand verlieren. Und ich glaube, vielleicht haben sie da nicht ganz unrecht.

„Ja, wir werden sehen“, sagt Olivia steif.

„Du scheinst dich immer noch nicht auf heute Abend zu freuen. Komm schon, entspann dich.“ Ich drücke beruhigend ihren Ellbogen. „Es wird ein großer Erfolg werden. Die Leute nehmen Speed Dating nicht allzu ernst. Es ist nur ein Weg, um zu lachen und ein bisschen was zu trinken, vielleicht ein paar coole Leute kennenzulernen oder nach einer Trennung wieder aufs Pferd zu kommen.“

Das habe ich bereits irgendwie auf meiner Liste abgehakt. Durch irgendeinen Kerl, der vermutlich mit seinen gepflegten Freunden darüber gelacht hat, dass er die Haustier-Sitterin gevögelt hat.

„Es ist nur so zum Spaß. Das ist alles."

„Wir sind aber nicht nur zum Spaß im Geschäft, oder?"

„Du spürst nur den Druck. Zuerst diese Sache im *Hiya*-Magazin und jetzt die *Evening News*. Aber das passiert, wenn man die eine Hälfte des heißesten Power Couples in London wird." Sie stöhnt, als hätte sie Schmerzen. „Bolivia." Schwere Betonung des B, da sie es so sehr liebt. *Beckett + Olivia = Bolivia.*

„Wisch dir das Grinsen vom Gesicht. Das ist so ein schreckliches Portmanteau-Wort."

„Port Mann was?"

„Bolivia ist ein Portmanteau-Wort aus Beckett und Olivia, weißt du das nicht?"

„Du meinst wie eine Mischung aus Namen?"

„Ja." Sie seufzt. „Genau so."

Dann sag das doch!

„Bolivia ist nicht so schlimm", erwidere ich. „Immerhin hätte es auch Olecket sein können."

„Fertig", verkündet Heather, die sich mit einem breiten Grinsen neben mich stellt. „Die Namensschilder sind neben der Tür, Steckbriefe und Stifte sind auf dem Tisch, die Kennenlernfragen sind in den Eimern. Was als Nächstes?"

„Ich weiß!", antworte ich. „Lasst uns mit dem Prosecco anfangen."

Ich habe beabsichtigt, nur ein Glas zu trinken; immerhin arbeite ich. Nachdem wir die drei Kerle von *Lust Island* begrüßt haben, die all sehr nette, höfliche Jungs aus den umliegenden Grafschaften zu sein scheinen und nicht die lauten, rüpelhaften Kerle, die Olivia befürchtet hatte, mache ich rundherum alle miteinander bekannt.

Olivia, unsere Dame der Romantik.

Reality-TV-Helden.

Die Crew der *Evening News.*

Ich biete Drinks an, zeige Letzteren, wo sie alles aufbauen können und gehe dann zu Heather, um ihr bei ihren Pflichten als Türsteherin zu helfen, als mein Handy klingelt.

„Gib mir zwei Minuten", sage ich zu ihr und gehe zum hinteren Teil der Bar, wo es ein wenig ruhiger ist. „Hallo?"

„Miss Jennings?" Die Stimme am anderen Ende der Leitung kommt mir nicht bekannt vor. Männlich, und dem leicht näselnden Unterton nach zu urteilen, recht alt. „Ich rufe wegen des Ringes an, den Sie heute einem meiner Kollegen übergeben haben."

„Ja. Der Diamantring. Kann ich ihn abholen?" Wäre es unpassend, schon am Telefon zu fragen, wie viel er wert ist?

„Ja." Er zieht das Wort mit einem besorgniserregenden Zögern über mehrere Silben hinweg.

„Ist etwas nicht in Ordnung? Sie wurden nicht ausgeraubt, oder?" Davon hört man gelegentlich – Juwelenraub oder Schaufenstereinbrüche. Der Laden schien keine großartigen Sicherheitsvorkehrungen zu haben. Außerdem sagte der Verkäufer, dass der Ring vielleicht zur Zweigstelle in der Stadt gebracht werden müsste, um ihn zu schätzen, da –

„Nein, nichts dergleichen. Es ist nur, na ja, ich befürchte, dass dieser Ring keinen Diamant besitzt."

„Haben Sie ihn verloren?", quietsche ich.

„Nein, der Ring befindet sich im selben Zustand wie zu dem Zeitpunkt, als Sie ihn uns übergeben haben."

„Dann bin ich mir nicht sicher, was Sie meinen. Es muss ein Fehler vorliegen.“ Vielleicht gab es heute zwei Kunden namens Jennings?

„Ich rede von dem antiken Solitär, der unter dem Namen Miranda Jennings abgegeben wurde, und das ist die korrekte Telefonnummer, die als Kontaktmöglichkeit hinterlegt wurde, ja?“

„Ja, das ist korrekt. Es ist ein antiker Ring, richtig? Es ist ein Familienerbstück.“

„Der Ring selbst ist ungefähr siebzig Jahre alt, aber ich befürchte, dass es so aussieht, als wäre der ehemalige Stein, was auch immer es war, durch einen Moissanit ersetzt worden. Vermutlich erst kürzlich.“

Die Geräusche des Speed-Dating-Raumes machen es mir plötzlich schwer, etwas zu hören. Ich drehe mich um und halte mein Handy näher bei der Wand, während ich mir den Zeigefinger auf das andere Ohr drücke, bevor ich den Mann darum bitte, seine Einschätzung zu wiederholen.

„Meine Liebe, dieser Ring hat keinen Diamant. Wie gesagt, es ist ein Moissanit.“

Nein. Das kann nicht sein. Ist das irgendeine Art von Betrug? Ich bringe einen Diamant und sie versuchen, mich mit Lügen abzuspeisen – oder noch schlimmer, ich bekomme etwas anderes zurück?

„Ich bin mir nicht sicher, was das ist, oder was Sie mir zu sagen versuchen.“ Das stimmt so allerdings nicht. Wie war das noch? Verleugnung ist die vorhersehbarste aller menschlichen Reaktionen.

„Wir können Ihnen Geld für das Gewicht des Goldes anbieten, aber –“

„Ich bin nicht daran interessiert, was das Gold wert

ist", kreische ich geradezu. „Was zum Teufel ist ein Moissanit?"

Es entsteht eine Pause, die in mir plötzlich die Befürchtung auslöst, dass er auflegen wird, aber bevor ich mich für meinen Tonfall entschuldigen kann, spricht der alte Mann wieder.

„Diamanten findet man natürlich, geformt aus dem härtesten Material, und sie besitzen eine außergewöhnliche Schönheit und ebensolchen Wert. Moissanite werden fast immer in einem Labor hergestellt, geformt durch Siliziumcarbid. Für das ungeschulte Auge mögen Moissanite wie Diamanten aussehen, aber das sind sie nicht."

„Sie wollen mir sagen, dass der Ring wertlos ist." Mein Herz fühlt sich an, als hätte man es aus großer Höhe fallen lassen. Ich weiß nicht, warum ich überhaupt frage, wenn ich die Antwort doch kenne. Und ich weiß, warum Cameron so verzweifelt versucht hat, das verdammt Ding zurückzubekommen.

„Nicht wirklich wertlos. Nur eben den Wert des Goldes wert, Sie verstehen."

„Aber es gibt keinen Markt für gebrauchte Moissanite."

„Nein, nicht wie bei Diamanten. Tut mir leid", fügt er freundlich hinzu. „Das ist offensichtlich ein sehr großer Schock für Sie."

„Das kann man so sagen, auch wenn es das vermutlich nicht sein sollte." Nicht nach dem, was er mir angetan hat. „Danke für Ihren Anruf. Und Ihre Erklärung. I-ich werde ihn morgen abholen."

„Passen Sie auf sich auf, meine Liebe."

Meine Hände fallen an meine Seiten und ich muss

meinen Rücken an die Wand pressen, da es sich so anfühlt, als würden meine Knie nachgeben.

Dieser Mistkerl. Dieses verdammte Ekel. Aber warum bin ich überrascht? Er hat mich so sehr geliebt, dass er mit meiner besten Freundin geschlafen hat, also wird er natürlich nicht lange fackeln, mir einen gefälschten Ring anzustecken. Ich habe ihm nichts bedeutet – das konnte ich gar nicht – denn so behandelt man nicht einmal seine Feinde, geschweige denn die Menschen, die man zu lieben behauptet.

Aber dann meldet sich eine kleine Stimme in meinem Kopf zu Wort. Es ist eine winzige Stimme, schwach. Ich käme auch ohne sie aus.

Du zitterst nicht, weil dich der Schwachkopf beschissen hat.

Du zitterst, weil er dir soeben deinen Überlebensplan genommen hat.

Ich habe diese Woche, diesen Monat – zum Teufel, dieses Jahr, satt! Und als einer der Barmitarbeiter mit einem Tablett der speziell gemixten E-Volve-Cocktails vorbeigeht, schnappe ich mir eines der Gläser.

„Cheers." Aber er ist bereits verschwunden, als ich mir den Inhalt in die Kehle schütte, ohne ihn überhaupt zu schmecken. Dann mache ich mich auf die Suche nach einem weiteren.

„Nicht gleich die Flinte ins Korn werfen, hol dir noch einen Drink und versuch einen anderen Tisch. Du wirst erstaunt sein, wie viel weniger du dich darum scherst." Mit einem Glas in der einen Hand, nehme ich der Frau vor mir den Zettel ab und drehe ihn hoch über meinem

Kopf. „Weg mit dir." Ich mache eine scheuchende Bewegung, meine Finger immer noch um das Glas gelegt, wodurch ich es beinahe fallen lasse.

„Die Männer sind diejenigen, die den Tisch wechseln", grummelt Olivia. „Wie viele Gläser Prosecco hast du getrunken?"

„Nur ein paar." Ein paar Gläser Prosecco und mehr als ein paar Cocktails. Während ich antworte, zucke ich die Achseln, unbeirrt und gleichgültig. Für sie ist es gut und schön, in ihrem großen Haus mit ihrem attraktiven Ehemann zu wohnen. Sie versteht nicht, wie es ist, von dem Mann verarscht zu werden, der behauptet hat, einen zu lieben – doppelt verarscht – und sie weiß nicht, wie es sich anfühlt, wenn einem das Leben durch die Finger gleitet und man nichts dagegen tun kann.

„Gib mir das", verlangt sie, wobei sie mir den Zettel aus der Hand nimmt.

„Was ist dein liebster Ort, um Sex zu haben?", liest Heather über meine Schulter.

„Das darf ich nicht verraten", sage ich. Denke ich jedenfalls. Oder ich denke, dass ich es denke? Es ist schwer zu sagen, da ich die Augen zusammenkneifen muss, um die beiden Heathers zu einer verschmelzen zu lassen.

„Es ist nicht so schlimm wie das letzte", sagt sie zur Bosslady.

„Nur, dass sie gesagt hat, seine Antwort sei *im Hintern* gewesen." Ich kichere und presse meine Lippen aufeinander, um das Geräusch zu unterdrücken. „Sein liebster Ort, um Sex zu haben, ist im Hintern. Kapiert?"

Olivia funkelt mich an, und Heather sieht aus, als wolle sie mich schütteln.

Scheiß drauf, mir ist es egal und ich zeige meine

Sorglosigkeit mit einem weiteren unbekümmerten Schulterzucken. Und möglicherweise einem kleinen Stolpern.

„Ich wette, es war einer der Kerle von *Lust Island*", sagt Ols.

„Sie scheinen den Humor von Vierzehnjährigen zu haben", fügt Heather hinzu.

Ah, Heather-feather. Weißt du nicht, dass Männer sich nie entwickeln? Sie werden älter, aber nicht erwachsen. Sie werden grausamer, aber nie ... Scheiße, ich kann mich nicht an das Wort erinnern, nach dem ich suche. Nicht, dass es wichtig wäre, da keine der beiden auf mich achtet.

Kleine Jungs. Die kleinen, großen, kleinen Jungs von Lust Island. „Sie sind heiß."

„Igitt, Mir! Einer von ihnen trägt eine pinkfarbene Hose, die nicht seine Knöchel berührt. Und weiße Schuhe. Er sieht aus wie ein Club Tropicana-Auswurf."

„Psst!" Ich wedle mit der Hand und schlage dabei versehentlich Olivia auf die Schulter. „Sie sind modisch."

Aus irgendeinem Grund blökt Heather mich an wie ein Schaf.

„Miranda, geh bitte und setz dich hin." Olivias Gesichtsausdruck ist streng und nur ein kleines bisschen wütend, als sie auf einen leeren Tisch am anderen Ende des Raumes zeigt.

Meinetwegen. Diese Schuhe bringen mich sowieso um.

Ich schlängle mich durch die Tische und bleibe hin und wieder stehen, um einen Blick auf die Dinge zu werfen, die die Teilnehmer auf ihre kleinen Punktekarten geschrieben haben, obwohl die Worte überwiegend unscharf sind.

„Oh, du meine Güte." Ich halte an einem Tisch an, an

dem ein Mädchen mit blauem Haar und ihr Vier-Minuten-Date sitzen, das ein Holzfällerhemd mit einem großen Aufkleber an der Seite trägt, auf dem „Chris" steht.

„Hey, Chris. Die vier Minuten sind fast um." Ich nehme die Karte vor ihm und schließe ein Auge, um sie zu lesen. „Das ist cool. Er mag dich." Ich zeige mit dem Finger auf die blauhaarige Frau am anderen Ende des Tisches, bevor ich mich vorbeuge und meinen Mund auf eine Höhe mit Chris' Ohr bringe. „Tut mir leid, Kumpel. Es sieht nicht aus, als würdest du heute Abend punkten", flüstere ich möglicherweise. Oder vielleicht zische ich es auch in normaler Lautstärke. „Nicht nach dem, was sie auf ihre Karte geschrieben hat." Zusätzlich deute ich mit dem Daumen auf seine Tischnachbarin. „Egal. Sie sieht sowieso aus wie ein Heidelbeer-Slurpee." Ich kichere, als ich mich wieder aufrichte, bevor ich einen Lippenstift-Kuss auf seinen Kopf drücke. „Und ich finde nicht, dass du wie ein gekochtes Ei aussiehst. Hoppla!" Ich schwanke ein wenig, als ich über meinen eigenen Schuh stolpere. Stühle kratzen über den Boden und Hände strecken sich mir entgegen, um meinen Sturz zu verhindern, aber seltsamerweise treffe ich nicht auf die dazugehörigen Menschen, da ich rückwärts taumle, als ich von Armen an etwas sehr Festes gezogen werde, dass sich ein wenig wie eine Brust anfühlt.

Ich drehe den Kopf, woraufhin mein Ohr weiche Lippen berührt.

„Hallo Batgirl. Dass wir uns hier treffen."

10

JAMES

DIE STERNE SIND mir gegenüber gnädig gestimmt!

Es ist nicht nötig, einen Hamster oder Goldfisch als Tarnung zu kaufen oder eine Anzeige wegen Stalkings zu riskieren, denn sie ist hier! Und betrunken. Irgendwo zwischen *Ich hatte ein Glas Champagner zu viel*-beschwipst und *Ich bin dank einer Flasche Belvedere absolut hinüber.* Aber es ist mir egal. Trunkenheit geht vorüber. Und weil sie hier ist. Das Mädchen, das mich in meinen Träumen verspottet.

Die reizende Miranda.

„James!"

Vom anderen Ende des Raumes aus schimmerte ihr ärmelloses und überwiegend sittsames blaues Kleid im Licht wie von einer eine Aura umgeben, während der Saum ihre Knie umspielt hat. Aus der Nähe gleitet mir der Stoff durch die Fingerspitzen, als sie ihre Finger in meinem Nacken verschränkt. Wie idiotisch wäre es, zu sagen, dass sich mein Körper an die Form ihres Körpers zu erinnern scheint? Scheiß drauf, es ist mir egal, denn genau das tut er.

„Hallo Miranda.“ Ich hatte vergessen, wie reizend sie ist, wie breit sich diese vollen Lippen ziehen, wenn sie lächelt. Wie himmlisch sie sich angefühlt haben, als sie sie um meine Erektion gelegt hat.

„Warum bist du so hübsch?“, fragt sie mit einem zufriedenen Seufzen. „Deine Augen haben dieselbe Farbe wie diese Disco-Hühner.“ Sie rümpft die Nase, während sie die Stirn runzelt. „Ich habe den Namen dieser Dinger vergessen.“

Disco-Hühner? Ich lache, obwohl mittlerweile offensichtlich ist, dass sie mehr *hinüber* und nicht nur ein wenig beschwipst ist.

„Du meinst Pfauen?“

„Du bist so klug. Komm her. Ich muss dir etwas sagen.“ Sie drückt meinen Kopf nah an ihren, wodurch ihre prallen Lippen mein Ohr berühren. „Rate mal? Ich habe deinen *Pfau* gesehen, wenn du weißt, was ich meine.“ Ihre Worte sind zum Teil gesungen, zum Teil ein gurgelndes Kichern. „Ich habe ihn gesehen.“

„Das hast du, oder?“ Also ist sie eine dieser süßen, amüsanten Betrunkenen, nicht so eine, die weinen oder angriffslustig werden. Ausgezeichnet.

Sie nickt. „Und es war der größte, den ich je gesehen habe.“ Ihre Augen werden weit wie Teller. *„So groß.“*

„Wenn du ein braves Mädchen bist, zeige ich ihn dir vielleicht nochmal.“

„Nein. Keine Wiederholungen. Das ist nicht erlaubt.“ Das werden wir sehen. Ich muss sie zuerst nur ein wenig ausnüchtern. „Woher wusstest du, dass ich hier sein würde?“

„Magie“, erwidere ich vernünftig. Aber dann fällt ihr Lächeln, als sie schnaubt und ihre Hände aus meinem

Nacken nimmt, um mich an der Brust zu stoßen. Es ist, als würde sie meine Anwesenheit plötzlich beleidigen.

„Jetzt erinnere ich mich daran, warum es keine Wiederholung gibt. Ich bin sauer auf dich."

„Oh? Ich bin mir sicher, dass wir das ändern können", antworte ich anzüglich und ohne nachzudenken. Nicht, dass es wichtig wäre. Sie beißt nicht an. Aber selbst als sich ihr glücklicher Gesichtsausdruck in Ekel verwandelt, ist sie immer noch absolut bezaubernd.

„Du hast mich im Bett zurückgelassen, ohne dich zu verabschieden." *Ah*.

„Es ist nicht ganz das, was passiert ist."

„*Pffft!* Ich bin nicht so betrunken." Sie stößt mir mit einem rosafarbenen Fingernagel auf die Brust. „Gevögelt und zurückgelassen." Drei weitere unterstreichende Stöße. „Hin und weg. So nennt ihr das doch, oder?"

„Wir?"

„*Männer*", faucht sie.

„Vielleicht hast du dich bisher mit den falschen Männern abgegeben." Ich nehme ihren Zeigefinger in meine Hand und drücke ihn an ihre Seite, während ich zu Beckett sehe und überlege, wie viel er von dort aus, wo er mit Olivia steht, hören kann. Beckett und seine Meinung können mich mal, aber das Mithören dieser Unterhaltung wäre nicht der beste der besten Eindrücke, den seine Frau von mir bekäme. Ich entweihe ihre Angestellte, bevor wir überhaupt Zeit zum Plaudern hatten. Glücklicherweise scheinen beide viel zu sehr miteinander beschäftigt zu sein, um zu bemerken, was um sie herum vorgeht. Ich lächle. Ehe und Beckett waren zwei Worte, die ich vorher nie zusammengesetzt hätte.

„Es ist nicht lustig." Hat sie wirklich gerade mit dem Fuß aufgestampft? „Es war eine richtig miese Nummer."

„Es tut mir leid, reizende Miranda."

„Das sollte es auch. Das sollte es wirklich, denn es war eindeutig dein Pech." Sie löst sich von mir und schüttelt den Kopf wie ein flatterhaftes Vollblutpferd.

„Und eines, das ich tief gespürt habe."

Wenn wir auch scheinbar nicht die Aufmerksamkeit unserer Freunde durch unsere mehr oder weniger lebhafte Unterhaltung auf uns gezogen haben, so doch eindeutig die Aufmerksamkeit der Menschen um uns herum. Die Teilnehmer des Speed Datings warten gierig auf die Fortsetzung.

„Komm und setz dich." Ich lasse meine Hand um ihre Hüfte gleiten, als sie die Hände über den Kopf hebt, um wie ein gefangener Fisch zu zappeln.

„Lass mich los. Du bist zu spät", gibt sie zurück, eine Hand in die Hüfte gestemmt, die andere auf die billigen Sitzmöglichkeiten gerichtet. „Du wirst deinen Spaß woanders suchen müssen."

„Ich bin nicht des Speed Datings wegen hier, Miranda. Ich bin wegen dir hier." Sie mag vielleicht nicht die eigentliche Ursache sein, aber jetzt ist sie eindeutig mein Fokus, während ich versuche, ihre Hand zu nehmen. „Setzen wir uns hin."

„Das schaffe ich ohne deine Hilfe." Mit gerecktem Kinn dreht sie sich auf den Zehenspitzen um und macht eine Art betrunkene Gleitbewegung zu einem Tisch am anderen Ende des Raumes. Ich halte einen vorbeigehenden Kellner an und gebe eine Bestellung auf. Dann lasse ich mich ein paar Sekunden später Miranda gegenüber, die ihre Stirn auf ihrem Handrücken abgelegt hat, auf die Bank gleiten. Ihre Ellbogen sind auf dem Tisch ausgebreitet und sie hebt den Kopf nicht, als ich mich setzte.

„Bist du wach?“

„Ich ignoriere dich“, ertönt ihre gedämpfte Antwort.

„Das ist wirklich nicht nötig. Es war alles nur ein recht bedauernswertes Missgeschick.“

Ihre Schultern zittern vor Lachen, das jedoch nicht sehr fröhlich klingt. „Großartig. Einfach fantastisch. Ein Fehler … ich bin ein Fehler.“

„Sei nicht albern“, gebe ich zurück. „Und setz dich auf. Ich weigere mich, mich mit deinem Pferdeschwanz zu unterhalten.“

„Das ist ein *Haarknoten*.“

„Es ist ein einziges Chaos.“ Ein Chaos, das sich wie Sonnenstrahlen auf den Kissen ausgebreitet hat. Ein Chaos, in dem ich immer noch meine Hände vergraben will.

„So soll es sein.“ Sie richtet sich mit finsterem Blick auf und ihre Hände fallen nach Art eines trotzigen Teenagers vom Tisch in ihren Schoß. „Man nennt es einen unordentlichen Haarknoten.“

„Das ist viel besser“, murmle ich und richte meine Manschetten. „Und hör auf, mich anzusehen, als hätte ich deinen Hund überfahren.“ Ich habe in dieser Nacht vielleicht ihre Muschi verunstaltet, aber ich kann spüren, dass es nicht der richtige Zeitpunkt für diese Unterhaltung ist.

„Was tust du hier?“

Bevor ich antworten kann, nähert sich ein Kellner, gekleidet wie ein Straßenhändler aus den Zwanzigern, dem Tisch mit einem gefüllten Tablett.

„Sie haben Kaffee bestellt?“ Es ist nicht wirklich eine Frage, da er bereits die Kaffeekanne in die Hand nimmt.

„Gott, nein“, murmelt Miranda mit einem sichtbaren Zittern. „Ich nehme einen E-Volve-Cocktail, wenn es davon noch welche gibt." Sie deutet mit einer trägen Hand in Richtung der Bar. „Oder einen –"

Der Kellner hält inne und lässt seinen Blick zwischen uns hin- und herwandern.

„Kaffee ist in Ordnung."

Ihr finsterer Blick wird mürrisch, als der Kellner die große, blumige Kanne auf dem Tisch abstellt, gefolgt von Tassen, Milch und Zucker.

„Und war das Panini für Sie?"

Ein rechteckiges, blasses Stück Brot liegt auf einem ebenso blumigen Teller. Ich habe um Toast gebeten, aber ich nehme an, ein Panini tut es auch. Ich nicke, sehe ihn aber bei meiner Antwort nicht an, denn als ich meinen Blick zu Miranda hebe, scheint sie mich zu einer Art Starr-Wettbewerb zu animieren.

„Und eine Flasche Wasser." Der Kellner richtet sich auf, das Tablett wie ein Schild an die Seite seines Körpers gepresst.

„Sonst noch was?"

„Nein, danke."

„Hast du?" Ihre rebellischen Worte vermischen sich und sie hickst, als er sich zurückzieht. „Heißhunger?"

„Nur einer von uns ist betrunken. Lässt du das zur Gewohnheit werden?"

„Das geht dich nichts an", erwidert sie schroff.

„Das tut es sehr wohl, wenn mich deine Arbeitgeberin darum bittet, einzuschreiten." War es unklug, das zu erwähnen? Vermutlich, und etwas, das mein Kumpel Griffin als eine miese Nummer bezeichnen würde. Aber wäre sie betrunken in meinem Büro erschienen, wäre sie wegen groben Fehlverhaltens sofort entlassen worden. *Egal, wie hübsch sie ist.* „Iss", murmle ich, in der Hoffnung, dass ich ein wenig freundlicher klinge, als ich den Teller in ihre Richtung schiebe und dann das San Pellegrino über das Eis im Glas kippe. „Und trink etwas Wasser."

„Ich habe keinen Hunger."

„Ich erinnere mich nicht daran, gefragt zu haben." Ihre scharfe Erwiderung schwindet aufgrund meines bezwingenden Blicks dahin und sie lässt ihren Blick sinken.

„Und ich erinnere mich nicht daran, dass du so herrisch bist", murmelt sie.

„Vielleicht hast du nicht richtig aufgepasst." Mein Kiefer spannt sich an, meine Augen sind schmal. Ich habe mich zurückgehalten, da nicht jeder die Dunkelheit erforschen will. Besonders nicht beim ersten Mal. „Wie geht es deinem Knie?" Und der Haut deines inneren Oberschenkels. Und wenn wir schon beim Thema deines köstlichen Körpers sind, wie geht es deiner süßen, süßen Weiblichkeit? Gut, sagst du? Vielleicht würdest du gern eine zweite Meinung hören. Rauf auf den Tisch und spreiz die Beine für mich.

Man kann einem Mann seine Tagträume nicht missgönnen.

„Du bist besser keiner von diesen Typen, die andere gerne mästen ", murmelt sie und zieht den Teller näher heran. Ich schließe meinen Mund, um ihr nicht zu sagen, was genau ich ihr gerne füttern würde. „Und das ist nur ein trockenes Panini", beschwert sie sich mit angewidertem Gesichtsausdruck, während sie den Kopf hebt, nachdem sie die aufgeschnittenen Hälften begutachtet hat.

„Herr, gib mir Kraft", murmle ich und verschränke die Arme.

„Wenn er zuhört, würde ich vorziehen, wenn er dich dafür bestraft, dass du ein herrisches Arschloch bist."

„Iss einfach ein wenig. Es wird einen Teil des Alkohols aufsaugen."

„Vielleicht will ich betrunken bleiben."

„Ich entschuldige mich nicht bei Betrunkenen."

„Also tut es dir leid?" Sie verschränkt die Arme vor der Brust, wobei sie ihre Brüste zusammendrückt. *Herr, gib mir Kraft.*

„Mir tun viele Dinge leid. Aber hauptsächlich tut es mir leid, dass ich nicht da war, als du aufgewacht bist. Denn die Pläne, die ich hatte, hätten dich den ganzen Tag beschäftigt."

„Oh ja?" Sie zieht eine Augenbraue hoch. „Welche Pläne? Und was hat dich von ihnen abgehalten?"

„Iss, dann erzähle ich es dir vielleicht."

„Gott, du bist so verdammt herrisch."

Noch etwas zu ignorieren, als ich uns beiden Kaffee einschenke, denn sie hat keine Ahnung, wie herrisch ich wirklich werden kann. Aber so, wie sie sich benimmt, könnte sie es letzten Endes doch noch herausfinden. Ich gieße ein wenig Milch in ihre Tasse und schiebe sie in ihre Richtung.

„Ich trinke nur fettarmen Milchkaffee." Sie zupft an dem getoasteten Brot herum, wodurch sie hauptsächlich den Teller vollkrümelt. „Ich bin eben einfach gestrickt."

„Du hast gar nichts Einfaches an dir", schieße ich zurück. „Du bist das absolute Gegenteil von unkompliziert." Es sei denn, sie ist einfach nur Trinkerin, aber das glaube ich nicht.

„Du versuchst nur, mir Honig um den Bart zu schmieren."

„Ja, weil betrunkene Mädchen immer so viel Spaß machen." Ich fühle mich plötzlich erschöpft. Was ist mit dem Mädchen aus der Küche passiert? Ich erinnere mich nicht daran, dass sie eine solche Göre war. „Trink den Kaffee. Dadurch wirst du dich ein wenig munterer fühlen."

„Ich bin plötzlich sehr munter, weil ich hier auf dich getroffen bin. Was *tust* du hier?" Sie drückt ihren Ellbogen auf die Tischplatte und stützt ihr Kinn auf ihrer Faust ab.

„Trink ein wenig Kaffee, dann erzähle ich es dir vielleicht."

„Gott, wie kannst du so hübsch und doch so verdammt nervig sein?"

„Wie seltsam, ich habe gerade dasselbe gedacht. Über dich."

„Du kannst mir nicht schmeicheln, nicht ein zweites Mal. Leg mich einmal herein, Schande über mich", sagt sie und wackelt mit einem Finger zwischen uns hin und her. „Leg mich zweimal herein und ich bin die Dumme."

Ich hebe meine Kaffeetasse an meine Lippen, als würde ich ihre Worte kaum erfassen.

„Oh, tut mir leid. Langweile ich dich?"

„Ungemein." Dem Wort liegt eine harte Schärfe bei.

„Meinetwegen, ich trinke deinen gottverdammten Kaffee." Die dunkle Flüssigkeit schwappt über den Rand, als sie sie zu sich zieht. Sie schluckt und verzieht immer noch das Gesicht, als die Tasse wieder auf den feinen Unterteller trifft. „Das ist widerlich." Ein Schaudern durchzieht ihren Körper. „Ich habe dir gesagt, dass ich nur Milchkaffee trinke."

„Gute Medizin schmeckt immer bitter."

„Denkst du, dass es das ist, was du hier tust? Dafür sorgen, dass es mir besser geht? Dann hör gut zu – ich fühle mich beschissen."

„Ich bin nicht hier, um irgendetwas zu heilen, aber es scheint, als gäbe es gerade niemand Besseren, der deinen

Babysitter spielen kann." Ich schiebe das elegante Milchkännchen und die dazu passende Zuckerdose in ihre Richtung.

„Meinetwegen", grummelt sie und nimmt es. „Ein Spritzer ‚Es ist mir scheißegal'." Sie gießt so viel Milch hinein, dass die Farbe nicht länger der von Kaffee ähnelt. „Ein Würfel oder drei ‚Leck mich doch'", murmelt sie, woraufhin sie als Nächstes drei Würfel Rohzucker hineingibt. „Rühren und ... fertig." Sie schiebt das Gebräu in meine Richtung. „Verschluck du dich daran."

Ich ziehe ihre Tasse näher heran und tausche sie mit meiner aus. „Du willst dich darüber unterhalten, warum ich morgens nicht da war, und ich habe bessere Dinge zu tun, als mich um alberne, betrunkene Mädchen zu kümmern. Ich komme zurück, wenn du ein wenig hiervon gegessen hast." Ich zeige auf den Teller. „Und die beiden hier getrunken hast. Vielleicht können wir die Sache dann wie Erwachsene besprechen."

Ich stehe vom Tisch auf und gehe ohne einen Blick zurück davon.

Ich schlängle mich erneut durch die Tische und halte dort an, wo Beckett und Olivia stehen. Im Grunde genommen führen wir Smalltalk, während wir darauf warten, dass der Abend zu Ende geht. Aber die ganze Zeit ist die Hälfte meiner Aufmerksamkeit auf das Mädchen am anderen Ende des Raumes konzentriert. Trotz ihres vorherigen Verhaltens sieht sie so verlassen aus, während sie ganz allein dort sitzt. Irgendetwas an ihr löst in mir den Drang aus, zu ihr zu gehen, sie in die Arme zu nehmen und ihr zu sagen, dass was auch immer sie betrübt, ich es besser machen kann, denn offensichtlich ist da etwas.

Aber das bin nicht ich – ich mag komplizierte Dinge nicht – also bleibe ich, wo ich bin.

Und sehe zu.

Die Menge der zukünftigen Paare löst sich langsam auf und nimmt ihre Drinks und weiteren Gespräche woanders hin mit, als sich drei Männer ihres Alters zu ihr an den Tisch gesellen, einer neben ihr und zwei gegenüber. Sie lächelt und ist höflich genug, um ihre Fragen zu beantworten, aber sie scheinen nicht zu bemerken, dass sie nicht in der Stimmung für Gesellschaft ist. *Keine Bekannten. Keine Freunde. Keine Geliebten.* Sie flirtet überhaupt nicht und ihre Körpersprache ist alles andere als entspannt. Die Kerle bekommen höchstens kleine, erzwungene Lächeln. Aber zumindest bekommen sie ihr Lächeln.

„Entschuldige, was hast du gesagt?" Ich wende mich Olivia mit etwas zu, von dem ich hoffe, dass es ein neutraler Gesichtsausdruck ist. „Ich war gedanklich woanders."

„Ich sagte, dass ich nicht weiß, was heute Abend in sie gefahren ist." Sie deutet in Mirandas Richtung. „Sie sieht aus, als wäre sie ein wenig nüchterner."

„Kohlehydrate, Kaffee und Wasser, in dieser Reihenfolge."

„Harry, du scheinst ein Mann zu sein, der sein Handwerk versteht." Dass sie den Spitznamen verwendet, mit dem Beckett mich vorgestellt hat, ist völlig normal. Niemand nennt mich James, es sei denn, ich stecke in Schwierigkeiten. Oder wenn es sich bei meinem Gegenüber um Miranda handelt.

„Ich bin mir sicher, dass wir das alle schon mal erlebt haben“, antworte ich monoton.

„Normalerweise ist sie so gefasst. Es sieht ihr einfach nicht ähnlich, so leichtsinnig zu sein.“

„Du glaubst doch nicht, dass jemand ihr möglicherweise etwas in den Drink getan hat?“ Mein Blick wandert zurück zum Tisch und meine Hände sind plötzlich so fest geballt wie die Faust, die mein Inneres zerquetscht.

„Was? Du meinst die Kerle von *Lust Island*? Das kann ich mir nicht vorstellen. Das wäre nicht gut für ihr Image.“

„Ich nehme an, sie sind eine Art Prominente?“

„Reality-TV“, erwidert sie mit einem entschuldigenden Achselzucken.

„Meiner Erfahrung nach neigen solche Leute dazu, sich über Dingen wie *gut* erhaben zu fühlen. Aber wenn ich es mir recht überlege, ist sie zu ansprechbar, um unter Drogen gesetzt worden zu sein.“

„Da stimme ich zu. Sie hat getrunken, aber sie ist nicht stockbesoffen.“ Ihr Gesicht verzieht sich. „Heather, unsere Praktikantin, hat gesagt, dass sie heute Abend einen Anruf bekommen hat und seither nicht mehr dieselbe war.“

„Interessant.“ Obwohl es das nicht sein sollte. Warum sollte ich mich einen Dreck darum scheren?

Sie ist nur irgendein Mädchen, an ... an das ich unentwegt denken muss.

„Natürlich wird das Disziplinarmaßnahmen nach sich ziehen.“ Beckett legt einen Arm um die Taille seiner Frau.

„Vielleicht würde es die geben, wenn du das Sagen hättest“, sagt sie und legt ihre Hand auf seine Brust, wobei sie ihm einen vernichtenden Blick zuwirft. „Aber da es meine Firma ist, denke ich, die Antwort lautet *Nein*. Oh, spar dir deine finsteren Blicke für jemanden, bei dem sie funktionieren", fügt sie hinzu, ihre Hand jetzt wie ein Stopp-Schild zwischen ihnen in der Luft. „Hör zum richtigen Zeitpunkt auf."

„Niemals." Er zieht sie enger an seine Brust und ihr Gesicht neigt sich in Erwartung seines Kusses nach oben. „Ich bin klug genug, um zu wissen, dass ich in deiner Nähe niemals etwas richtig mache."

Es scheint, als wäre das Biest gezähmt.

Und, als ich einen Blick auf Miranda werfe, es ist Zeit für mich, zu gehen.

„Es war reizend, dich kennenzulernen, Olivia." Und noch reizender zu hören, wo ich das Mädchen mit der Batman-Unterwäsche von Montag bis Freitag finden kann. Offensichtlich hat es wenig Sinn, heute Abend mit ihr zu reden, also werde ich den richtigen Augenblick abpassen. Und ich glaube nicht, dass ich mich verabschieden werde, nicht, während sie Publikum hat.

„Vielen Dank, dass du Mirandas Babysitter gespielt hast." Ihr Blick wandert von Miranda zu mir, warm und aufrichtig.

„Es war mir ein Vergnügen." Und verdammt, ich scheine mich nicht davon abhalten zu können, ihr noch einen letzten Blick zuzuwerfen.

War das Olivias Art, mir zu sagen, dass sie zu jung für mich ist? Sie kann nicht viel älter sein als Miranda selbst. Und sie hat ausgerechnet Beckett geheiratet.

Da sprich einer davon, sich das Leben schwer zu machen.

„Sie ist wirklich sehr süß", murmle ich, da ich nicht anders kann. Es ist ein allgemeines Kompliment, aber ich meine es auch so. Vielleicht nicht heute Abend, aber an diesem ersten Abend ... sie hat nach Seide und Honig geschmeckt, und ich habe noch lange nicht genug von ihr bekommen. Als ich gehe, schießt meine Zunge heraus, um meine Unterlippe zu befeuchten. Es ist fast so, als könnte ich sie noch immer kosten.

Mein Auto ist draußen geparkt, aber ich fahre nicht sofort los, da ich es bevorzuge, oder vielleicht auch nötig habe, sicherzugehen, dass mit Miranda alles in Ordnung ist.

Es würde mir natürlich recht geschehen, wenn sie mit einem dieser Möchtegern-Promis nach Hause ginge. Und wenn sie mit einem dieser Prominenten mitgeht, dann werde ich wahrscheinlich dafür verhaftet, ihm die Nase gebrochen zu haben. Betrunkene Mädchen sind leichte Beute, und ja, auch wenn sie an diesem Abend getrunken hatte – unserem Abend – war sie im Vollbesitz ihrer geistigen Fähigkeiten. Zumindest bis ich zwischen ihren Beinen lag.

Ich lehne meinen Kopf an die Kopfstütze und erlaube mir einen Moment lang, mich in einem der hunderten Schnappschüsse des Abends zu verlieren, die in meinem Kopf zu lauern und auf den unpassendsten Moment zu warten scheinen, um in meine Erinnerung zu strömen und mich meiner Sinne zu berauben.

Ich war über ihr, die Knie auf jeder Seite ihrer Oberschenkel balancierend, während sie wimmerte, ein Geräusch irgendwo zwischen Verzweiflung und Begierde. Ich hielt beim Anziehen des Kondoms inne, als ich erkannte, dass sie mich von unter ihren Wimpern heraus ansah und den Anblick meiner Erektion in meiner Hand genoss. Das Gefühl ihrer Fingerspitzen über dem rauen Haar meiner Oberschenkel lässt meine Muskeln dort heute noch zucken.

Ich greife nach unten und richte meine sich bemerkbar machende Erektion im Gefängnis meiner

Hose, als eine Bewegung vor mir meine Aufmerksamkeit erregt. Miranda und das jüngere Mädchen verlassen den Pub, glücklicherweise allein. Sie sind beieinander eingehakt, bis eine von ihnen die Tür eines schwarzen Taxis öffnet. Sie steigen ein und ich sehe zu, wie die Lichter des Taxis immer kleiner und kleiner werden, als es wegfährt. Als das Taxi an einer Ampel stehenbleibt, drehe ich meinen Schlüssel und der Motor des Aston Martin Vanquish erwacht mit einem kehligen Schnurren zum Leben. Aber was ich nicht erwarte, ist, dass Mirandas Begleitung die Straße hinunterrennt, wobei ihre Bewegungen durch ihren engen Rock behindert werden.

Ich steige aus dem Auto und treffe auf sie, bevor sie den Eingang zum Pub erreichen kann.

„Was ist los?" Der Blick des Mädchens gleitet über die Straße, die Augen so groß wie Untertassen. „Heather, richtig? Ich bin Harry, Becketts Freund." Ihr Gesicht beginnt sofort zu strahlen, als sie mich erkennt.

„Oh, Gott sei Dank. Ich wollte nicht reingehen. Beckett ist jetzt schon so sauer auf sie, und sie darf ihren Job nicht verlieren." Sie reibt sich mit einer Hand über die Stirn, in der anderen hält sie einen großen Rucksack.

„Miranda, meinst du? Ich dachte, ihr beide hättet ein Taxi genommen." *Warum seid ihr nicht auf dem Weg nach Hause? Was ist passiert?*, will ich hinzufügen.

„Das haben wir, wir sind in ein Taxi gestiegen. Aber an einer roten Ampel ist sie einfach ausgestiegen. Mitten auf der Straße!" Heather wedelt mit ihrem Arm in die Richtung, in die das Taxi gefahren ist. „Sie sagte, sie würde nicht nach Hause gehen, dass sie tanzen und all den Mist vergessen will, der heute Abend passiert ist. Ich habe versucht, sie zurück ins Auto zu ziehen – wirklich, das habe ich – aber sie hat sich einfach von mir losgerissen und auf der anderen Straßenseite ein anderes Taxi gerufen." Meine Hand reibt über die Stoppeln an meinem Kinn, während das junge Mädchen mit seinem verbalen Zusammenbruch fortfährt. „Ich kann ihr nicht hinterher; ich habe meinen Ausweis nicht dabei. Sie wollen mich nicht reinlassen. Und ich kann es Olivia nicht sagen, weil Beckett bereits einen Wutanfall hat. Aber sie sollte nicht allein sein, nicht in der Stimmung, in der sie ist. Ich weiß nicht, was zum Teufel ich tun soll!"

„Beruhige dich erst einmal." Ich halte das Mädchen an den Schultern fest, als sie den Kopf mit einem Schniefen zurückfallen lässt. Ihre Augen sind feucht und sie ist eindeutig überfordert.

„Ich bin ruhig. Ich *bin* ruhig." Sie reibt sich mit dem Handrücken unter der Nase. „Aber sie ist heute Abend einfach nicht sie selbst. Wirklich, das ist sie nicht. Wenn du sie kennen würdest, dann wüsstest du, dass sie immer ruhig und besonnen ist. Sie macht nie verrückte Dinge – niemals."

„Ich glaube dir." Wenn es verrückt ist, mit einem Fremden Sex zu haben, dann bestelle ich besser ein paar weiße Jacken, die mit den reizenden Schnallen am Rücken. „Ich werde dir helfen. Zuerst müssen wir herausfinden, wohin sie will."

„Ich weiß, wohin sie geht", antwortet sie schlicht. „Sie sagte, sie sei es leid, in ihren Gedanken zu versinken und dass sie ihre Sorgen wegtanzen würde."

„Tanzen?", wiederhole ich ein wenig skeptisch.

„Ja. Sie ist ins Tissu gegangen."

Nachdem ich Heather versichert habe, dass ich mich um

Miranda kümmern würde, rufe ich ihr ein Taxi und schicke sie los, bevor ich mich auf den Weg zu einem Club mache, der mir bekannt ist. Obwohl ich dort zugegebenermaßen seit langer Zeit nicht mehr gewesen bin. *Man findet mich mittlerweile eher an einem seriöseren Ort wie dem Whites als in solchen Clubs.*

Ich parke das Auto in der Nähe des Smithfield Markets, werfe meine Anzugjacke auf die Rückbank und rolle mir die Ärmel meines weißen Hemds hoch. Ich ignoriere die lange Schlange und schreite selbstsicher zum Eingang des Clubs. Der Schlüssel dazu, mit den meisten Dingen im Leben durchzukommen, ist Selbstsicherheit. Das ist jedenfalls meine Erfahrung. Ein Lächeln kann nicht schaden. Außerdem ist es von Vorteil, dass heute Abend eine Frau an der Tür steht.

Gott bewahre, sollte ich je dieses gute Aussehen verlieren.

Das letzte Mal, als ich hier war, gab es keine Sicherheitsschleuse im Stil eines Flughafens, aber ich nehme an, die Zeiten ändern sich. Als ich meinen Geldbeutel und mein Handy auf das kleine graue Tablett lege, das mir gereicht wird, scheint die Vibration der Musik die Wände und den Boden zum Zittern zu bringen, der Techno-Bass pulsiert durch meine Fußsohlen hindurch, als ich an der Türschwelle stehe.

Meine Güte, ich hatte vergessen, dass dieser Club riesig ist.

Es gibt was? Zwei, drei Stockwerke? Zwei für Live-Acts und eins, das Erdgeschoss, für den Haus- oder Gast-DJ. Das wird wie die Suche nach der Nadel in einem riesigen Heuhaufen hier.

Aber ich werde suchen.

Auf den ersten Blick sieht die Haupttanzfläche wie eine Darstellung von der *Göttlichen Komödie*, dämonische Körper winden sich und flehen um Erlösung, aber dann wechseln die Lichter von Rot zu Blau und der Anblick wirkt nicht mehr so sehr wie aus dem Alten Testament. *Manche Dinge ändern sich nicht*, entscheide ich. Körper von einer Wand zur anderen, die Böden kleben durch die überteuerten und verwässerten Drinks, die verschüttet wurden, die Hitze, das Pulsieren des Techno-Basses, Musik, die so laut ist, dass man kaum seine eigenen Gedanken hören, geschweige denn eine Unterhaltung führen kann. Dennoch ist die Atmosphäre elektrisch, eine Welle aus Endorphinen durchströmt den Club und hält den Rhythmus der Musik.

Und dann geschieht das Unmögliche. Durch die Dunkelheit und die Menge hindurch sehe ich sie, wie sie tanzt, als würde niemand zusehen, was lächerlich ist. Denn wie könnte man von ihr nicht fasziniert sein?

11

MIRANDA

Das war die richtige Entscheidung. Verrückt, ja, aber besser, als die Verrücktheit nicht herauszulassen. Besser, als die Verrücktheit zum Haus meiner Eltern zu bringen, wo sie auf noch mehr Verrücktheit treffen und wo ich einfach nur über meinen Mangel an Möglichkeiten und den verdammten Ring nachdenken würde. Ich hätte auf dem Weg hierher beinahe das Fenster des Taxis geöffnet und ihn so weit geworfen, wie mein Arm mir erlaubt hätte. Aber das tat ich nicht – ich konnte nicht. Ich kann mich nicht einmal besonders gut rächen.

Ich weiß, dass Heather sich möglicherweise Sorgen macht, aber ich konnte einfach nicht nach Hause. Ich konnte es einfach nicht tun. Also war ich aus dem Auto gesprungen, mit dem Versprechen an sie, dass ich auf mich aufpassen, dass ich nicht allein sein würde. Und das bin ich nicht. Ich bin hier in einem Club mit hunderten anderen Menschen. Und es ist nicht so, als wären sie alle Fremde. Ich kenne einige von ihnen. Okay, also vielleicht ist *kennen* etwas weit hergeholt, aber seit ich angekommen bin, haben mir mehrere bekannte

Leute im Vorbeigehen auf diese ‚*was geht?*'-Weise zugenickt.

Egal. Ich brauchte das. Es wird meiner Seele guttun.

Vor Cameron – ha, v. Ca. statt v. Chr. – hatte ich viele Nächte in diesem Club mit ihr, deren Name nicht genannt werden soll, verbracht. *Oder mit der, die ich mittlerweile nicht einmal mehr mit einer Kneifzange anfassen würde.* Wir tanzten und hatten Spaß, haben mit Jungs mit schmalen Hüften und schönem Haar geflirtet, haben sie manchmal sogar in dunklen Ecken geküsst, bevor wir in den frühen Morgenstunden nach Hause gegangen und nach nur wenigen Stunden Schlaf wieder aufgestanden sind, um uns für die Arbeit fertigzumachen. Gott, das waren die einfachen Zeiten. Als ich gutaussehenden, arroganten Kerle hinterhergelaufen bin, hielten meine Schwärmereien nie länger als ein paar Stunden an.

Und dann traf ich Cameron und alles veränderte sich.

Vielleicht hat sie ihn deshalb gevögelt. Ich frage mich, ob diese zweite Chance besser zu ihr passt.

Nein, tue ich nicht –

Scheiß auf sie und scheiß auf ihn!

Ich werde nicht darüber nachdenken, und ich leide *nicht* unter Herzschmerz. Ich bin nur enttäuscht von der Männer- und Frauenwelt. Gott, ich bin es so leid, mich so zu fühlen. Als wäre mein Leben ein außer Kontrolle geratener Bus, in dem ich ganz allein sitze.

Aber ich werde über nichts davon nachdenken. Ich bin hier, um zu tanzen.

Ich ziehe mir die Riemen meiner Tasche über den Kopf und schiebe das winzige Rechteck auf meine Hüfte, bevor ich die Flasche Wasser leere, die ich an der einzigen Bar ergattern konnte, an der die Tanzwütigen heute Abend in nur dreifacher Reihe anstanden. Ich lasse die leere Flasche auf einen Tisch fallen, während ich mich auf dem Weg zur Tanzfläche zwischen den Leuten hindurchschlängle. Ein kräftiger Bass pulsiert durch meine Fußsohlen und kriecht meinen Körper hinauf wie eine Rebe, eine Rebe, die sich eng um meine Haut zieht, während sie von mir verlangt, mich zu bewegen. Es ist so lange her, dass ich getanzt habe. Und ich meine nicht, in der Küche herumzuspringen, mit Trocken- oder Katzenfutter in der Hand und meinem pelzigen Publikum zu meinen Füßen. Ich meine nicht, mit dem Fuß zu wippen oder die Hüften mit der Musik im Radio zu bewegen, während ich auf der Arbeit warte, bis der Wasserkocher fertig ist. Ich meine Tanzen, richtiges Tanzen. Die Art, bei der man sich in der Musik verliert und auf nichts achtet als den unnachgiebigen Rhythmus.

Der Schritt auf die Tanzfläche ist, als tauchte ich in das warme Meer ein, wo mich die Strömung umfasst und davonträgt. Ich werde von der Menge verschlungen, davor beschützt, mich wie eine Närrin zu fühlen, dass ich allein tanze, denn wir sind alle zu einem gewissen Grad allein.

Allein mit dem Rhythmus.

Ungeachtet dessen, was die Wissenschaft sagt, hat Tanzen nicht immer eine sexuelle Komponente.

Außer wenn doch.

Außer wenn man an den Mann mit den pfauenblauen Augen denkt, sich erinnert, wie sehr man über den Tisch kriechen und ihn küssen wollte, wenn auch nur, um ihn zum Schweigen zu bringen, bevor er noch weitere Lügen erzählt.

Wenn man an den attraktiven Teufel denkt, dann ist er nicht weit? Unwahrscheinlich. So läuft mein Tag nicht. Mein Tag ist eher von der Sorte: Denk an den Teufel und dein Verstand wird dir einen Streich spielen, ihn am Rand der Tanzfläche heraufbeschwören, samt hoher Wangenknochen und spöttischem Blick.

Es ist lächerlich. Er ist nicht hier. Genauso wenig wie sein Doppelgänger. Das sind nur Stroboskoplichter und Wunschdenken. Er ist viel zu kultiviert, um an einem solchen Ort zu sein. Klebrige Böden und überteuerte, verwässerte Drinks, blinkende Lichter und House-Musik.

Und selbst wenn er es wäre, er hat deutlich gemacht, dass er mich für ein dummes, kleines Mädchen hält. Na ja, er kann mich mal.

Bitte.

Denn ich kann seinen Blick auf mir spüren, fast als handelte es sich dabei um etwas Körperliches.

Lächerlich. Ich merke, dass ich ein wenig lächle. So viel zum Thema Wunschdenken.

Aber dann passiert etwas beinahe Kosmisches. Nicht lachen, es ist wahr – die Menge aus Tänzern teilt sich plötzlich wie das Rote Meer. Aber es ist nicht Moses und er repräsentiert absolut nichts aus dem Alten Testament, obwohl ich, wenn mir die Möglichkeit geboten würde, für die Sünde der Abgötterei in die Hölle wandern würde.

Ich könnte ihn anbeten. Diesen Körper anbeten. Die. Ganze. Nacht.

Aber die Leute. Ich weiß, dass es lächerlich klingt, und es passiert nur eine Sekunde lang, aber dieser Bruchteil einer Sekunde ist genug, um zu realisieren, dass ich ihn *tatsächlich* anstarre.

Ich starre James an.

Und er starrt mich an.

Und zum zweiten Mal in dieser Nacht wird mein Herz leichter. Allerdings werde ich es dieses Mal als das sehen, was es ist.

Ein Geschenk.

Eine zweite Chance auf eine Wiederkunft. Oder ein Wiederkommen. Wenn ich es genau nehmen wollte, müsste die Punktekarte des heutigen Abends irgendwo beim sechsten *Kommen* beginnen.

Ohne Jacke und mit hochgekrempelten Hemdsärmeln sieht er zehnmal attraktiver aus als es einem Mann überhaupt erlaubt sein sollte. Und er ist der Freund des Ehemanns meiner Chefin? Oder sowas in der Art.

Ist das wichtig? Ich bin gerade nicht bei der Arbeit. Und ihm scheint es auch nicht wichtig zu sein. Er starrt mich mit derartigem Vorsatz an, mit einem Ausdruck voller dunkler Absichten. Ich würde diesen Blick überall erkennen, da er in meine Erinnerung eingebrannt ist, zusammen mit einer kleinen Tonspur, die ich immer und immer wieder abspiele.

Ein männliches Stöhnen.

Ein geflüstertes Zischen.

Ein gefährliches Kompliment, das mir mit rauer Stimme ins Ohr geflüstert wird.

Du fühlst dich an wie Samt, jeder Zentimeter von dir.

Und ich erinnere mich an jeden wunderbaren Zentimeter von ihm. Seine breite Brust, seine karamellfarbene Haut und das sandblonde Haar, das den Weg zwischen seine Beine weist. Wie seine Augen dunkel wurden, als sich seine Bauchmuskulatur bei meiner Berührung anspannte, wie er geschluckt hat, als ich ihn zum ersten Mal in die Hand nahm, und wie seine Haut dort geschmeckt hat.

Das ist nicht die Art von Club, die langsame Lieder zum Tanzen spielt, also bin ich überrascht, als etwas Sinnlicheres – etwas Dunkles und Verlockendes – durch die Lautsprecher ertönt. Ich lasse meine Hände über meine Hüften gleiten, während ich beginne, diese Nacht zu wiederholen, den Weg seiner Hände nachzuahmen, als ich mein Haar erreiche. Ich erinnere mich daran, wie er mich in der Küche festgehalten hatte, während er mich mit seinen nach Whisky schmeckenden Küssen verschlang.

Seine Küsse, seine Art.

Ich war einfach nur mit dabei.

Und ich habe jede einzelne Minute geliebt.

Unsere Blicke treffen sich erneut und in mir blüht die Erkenntnis auf, dass er mich beobachtet. Das sind keine willkürlichen Blicke über die Tanzfläche, und das ist keine weitere zufällige Begegnung. Er ist hier. Wegen mir. Sein Blick brennt dort, wo er mich berührt, zwingt meine Finger fast dazu, dem Pfad zu folgen. Meine Bewegungen verändern sich mit der Geschwindigkeit des Liedes, da ich plötzlich tanzen will. Nicht, um mich zu verlieren, sondern um für ihn zu tanzen. Ich will, dass er mich ansieht, wie er es in dieser Nacht getan, als er durch mich Freuden gefunden hat. Ich will sein Verlangen spüren und es in seinem Blick sehen, wie ich es in seiner Berührung gefühlt habe.

Ich will vor allen Dingen, dass er mich will.

Es ist die Art von Sehnsucht, die ich noch nie erlebt habe, die Art von Begierde, von der ich nur gelesen, die ich aber nie verstanden habe, während ich mir uns in dieser Nacht vorstelle. Das Zittern in seinem Arm, als er sich über mir abgestützt hat, das Blau seiner Augen, das durch die erweiterten Pupillen kaum zu sehen war, das Licht, das die Stoppeln auf seiner Wange golden färbte. Ich bin feucht, und zwar gewaltig, meine Brustwarzen sind hart und durch die Spitze meines BHs wund, während ich mich in der Musik und dem Stroboskoplicht verliere. Ich tanze nicht länger für mich oder um mich zu verlieren. Ich tanze für ihn, stelle mir vor, dass meine Hände seine sind, während ich mit ihnen über meinen Körper fahre und meine Hüften bewege. Mein Körper ist nicht länger dem Rhythmus ausgeliefert, er wird von *ihm* beherrscht.

Das Lied wechselt wieder. Ich merke es kaum, während ich durch die Menge hindurch auf ihn zugehe. Mein Puls scheint jedoch mit dem Rhythmus mitzuhalten und pocht erbarmungslos zwischen meinen Beinen.

Das Flackern der Stroboskoplichter lässt ihn beinahe dämonisch aussehen, als er seine Hand ausstreckt. Ich ergreife sie dennoch, woraufhin er mich wortlos an seine Brust zieht. Und dann küssen wir uns, unsere Körper aufeinander abgestimmt, meine Sanftheit als Kontrast zu seiner Härte. Küssend und küssend, und ich bin kein Fan von öffentlichen Li …

Nein, nicht das. Das ist keine Liebe. Das ist Sex ohne Berührung – Sex, ohne nackt zu sein. Seine Hand zieht meine an seine Brust, flach auf den festen Muskeln unter seinem Hemd. Seine freie Hand gleitet in meinen Nacken, er zieht mich näher an sich, berauscht mich mit dem Duft seines waldigen, würzigen Eau de Cologne. Und seine Küsse? Oh, seine Küsse …

Sie sind bestimmt und besitzergreifend, die Art Küsse, die sowohl die Gliedmaßen als auch den Bund der Unterwäsche schwach werden lassen. Genau die Art von Küssen, die er mir auch in dieser ersten Nacht geschenkt hat.

Diesmal allerdings um einiges intensiver.

Sehr viel intensiver.

Aber dann bin ich nicht länger in seinem Kuss verloren, als er seinen Mund zu meinem Ohr senkt und flüstert: „Komm mit mir nach Hause."

12

JAMES

ICH SPÜRE IHRE ZUSTIMMUNG MEHR, als dass ich sie höre, dieses eine Wort ist nur ein Flüstern süßen Atems auf meiner Wange. Ich nehme ihre Hand in meine und führe sie aus dem Wahnsinn, aus dem Lärm und der Hitze heraus, weg von dem vibrierenden Boden, der von verschütteten Drinks klebt. Dann sind wir draußen und einen Moment lang ist es ein wenig so, als wäre ich taub. Zumindest bis andere Geräusche auf mich einprasseln. Das leise Summen eines vorbeifahrenden Autos und der Hall eines in der Ferne gebrüllten Schimpfwortes. Missmutige Schreie einer Schar betrunkener Mädchen, denen der Zutritt verwehrt wurde.

„Hier entlang." Mirandas Hand liegt noch immer in meiner und sie folgt mir, als ich dorthin zurückgehe, wo ich das Auto habe stehen lassen. Ihre Absätze klacken auf dem Gehweg und mein Herz schlägt im Takt mit diesem Geräusch.

Ich drücke auf den Schlüssel, woraufhin die Rücklichter flüchtig die dunkle Straße erhellen.

„Ich sehe, du hast dir Batmans Auto geliehen", murmelt sie mit einem kleinen Lächeln.

„Er hat es mich für heute Nacht ausleihen lassen. Ich hoffe, es macht dir nichts aus, aber ich habe ihm versprochen, ihm im Gegenzug Fotos von deiner Unterwäsche zu schicken." Ihr Lächeln wird breiter, als ich nach der Tür greife, um sie für sie zu öffnen. „Er ist ein absoluter Perverser. Was denkst du, wofür die Maske ist?"

„Warte. Eine Minute." Sie atmet tief ein, den Blick auf ihren Handrücken gerichtet, der gegen meine Brust gedrückt ist. Ihre Wimpern bilden dunkle Halbmonde auf ihren Wangen. „Heather sagte, du seist vorhin mit Beckett gekommen."

„Ich war nicht wegen des Speed Datings dort."

„Hat sie dich geschickt?"

Ich nicke. „Sie war besorgt. Ich denke, sie nahm an, dass ich dein Benehmen weder Olivia noch Beckett gegenüber erwähnen würde."

„Und hatte sie recht?", fragt sie vorsichtig. Ihre Zähne beginnen, sich in ihrer Unterlippe zu vergraben, als würde sie versuchen, sich vom Sprechen abzuhalten.

„Hatte sie", erwidere ich sanft, während ich meinen Daumen nutze, um ihre Unterlippe zu befreien.

„Arme Heather." Ihre Antwort wird von einem erleichterten Seufzen begleitet.

„Sie ist eine gute Freundin."

„Sie ist mehr als eine Freundin. Sie ist Familie."

„Gute Freundschaften fühlen sich manchmal so an, oder nicht?"

„Nein, ich meine sie ist wirklich Familie. Sie ist meine Cousine."

„Es freut mich, dass du jemanden hast, der sich um dich kümmert. Aber du solltest wissen, dass ich dir nicht ihretwegen gefolgt bin.“ Ihr Blick ist voller Unsicherheit, bevor sie ihn abwendet. „Ich musste wissen, dass es dir gutgeht.“

„Bitte frag mich nicht, warum ich so drauf bin“, flüstert sie.

„Das ist deine Angelegenheit.“ Für den Moment, jedenfalls.

Sie ist eindeutig nicht länger betrunken, aber das ist nicht der Grund, aus dem ich ihr gefolgt bin. Ich bin nicht irgendein weißer Ritter auf einem schimmernden Streitross. Ich bin nur ein Mann, der an einem faszinierenden Mädchen interessiert ist.

„Woher kennst du Beckett?“ Ihr Tonfall ist bewusst flach, aber ich kann die Vorsicht dennoch hören.

„Wir sind seit Jahren befreundet. Wir haben uns auf der Universität kennengelernt. Warum fragst du?“

Ihr Gesichtsausdruck wird plötzlich hart, obwohl sie mich nicht ansieht. „Weil ich für seine Frau arbeite. Ich kann keine Komplikationen gebrauchen. Auch wenn ich gerade wie eine Versagerin aussehe, die psychisch zusammenbricht, bin ich in meinem Job verdammt gut und würde ihn gern behalten.“

„Miranda.“ Ich lege einen Finger unter ihr Kinn und zwinge sie dazu, mich anzusehen. „Wir alle haben schlechte Tage. Ich bin der letzte Mensch auf Erden, der dich verurteilen würde.“

„Du schienst vorhin definitiv über mich zu urteilen.“

„Ich glaube, du wirst feststellen, dass du selbst auch nicht gerade wundervolle Gesellschaft warst.“

„Verstanden.“ Ihr Blick löst sich für den Bruchteil einer Sekunde von meinem, ihre nächsten Worte sind fast schon eine Herausforderung. „Ich dachte, du hast dich so schrecklich verhalten, weil ich mit dir geschlafen habe. Ich meine, ich kenne dich nicht einmal.“

„Was für ein Arschloch wäre ich, dich für etwas zu kritisieren, das ich gerne wiederholen würde?“ Als sie ausatmet, füge ich hinzu: „Ich muss allerdings sagen, dass ich nicht so nett sein kann, wenn es um die Tatsache geht, dass du in einer Hundeklappe steckengeblieben bist.“

„Das hätte jedem passieren können“, behauptet sie, wobei sie Schwierigkeiten hat, ihr Lächeln zu unterdrücken.

„Ich bin froh, dass es dir passiert ist.“ Ich presse meine Lippen nur einen kurzen Moment auf ihre, ihre Hand auf meiner Brust gebietet mir Einhalt.

„Heute Nacht muss es eine einmalige Sache sein. Das ist etwas, das ich nicht wiederholen werde.“

„Wie beim letzten Mal?“ Ein Lächeln umspielt meine Lippen, aber sie erwidert es nicht. „Weißt du, an diesem Morgen bin ich nicht abgehauen und habe dich sitzenlassen. Ich wurde durch ein geschäftliches Telefonat abgelenkt.“ Ihr Gesichtsausdruck wandelt sich von vorsichtig zu unbeeindruckt. „Es ist wahr. Die lästigen Leute in Tokio scheinen ihre eigene Zeitrechnung zu haben. Die Welt schert sich nicht um die gute alte britische Normalzeit.“

„Also hast du telefoniert?“

„Es gibt keinen Grund, so zweifelnd zu klingen. Ich musste mich auch um einen älteren Verwandten kümmern. Ich musste ins Haus zurück, um sicherzugehen, dass es ihm gutging.“

„Glaubst du, ich bin bescheuert?“ Sie neigt den Kopf, eine Hand plötzlich in die Hüfte gestemmt. „Ich muss dumm aussehen, wenn du von mir erwartest, zu glauben –“

„Hier, lass es mich dir beweisen.“ Ich hole mein Handy aus meiner Tasche, entsperre den Bildschirm und zeige ihr dann die Fotografie, die ich einen Tag, bevor ich sie in der Hundeklappe erwischte, aufgenommen hatte. Darauf bin ich oberkörperfrei und sitze nur in Shorts im Garten im Gras. *Ich hatte trainiert. Ein wenig Yoga in der Sonne ist gut für die Seele.* Rufus sitzt zwischen meinen Beinen und ich habe einen Arm um ihn gelegt, vor uns hängt die *Times*, die so gefaltet ist, dass das Datum zu lesen ist. Es sollte ein witziges *Lebenszeichen* sein, das ich an meinen Vater geschickt habe, der sich darüber aufregte, sein geliebtes Haustier zurückzulassen. Oder vielleicht ein Abbild seines Mangels an Glauben in meine Fähigkeit, mich vernünftig um einen Hund zu kümmern.

Miranda nimmt mir das Handy aus der Hand und neigt es unter dem Licht der Straßenlaterne, um es besser sehen zu können. Jedenfalls nehme ich das an. „Wenn du das an eine ältere Tante schickst, dann bist du besser auf eine Tracht Prügel vorbereitet.“

„Ist das ein Versprechen?“

„Was?“ Sie sieht mir in die Augen.

„Versprichst du, dass du mir den Hintern versohlen wirst?“

„Du bist ein Albtraum“, gibt sie zurück, wobei sie mir das Handy entgegenstreckt. „Ich glaube nicht, dass du irgendjemand Älteres hattest, um den du dich kümmern musstest. Du lässt dir nur Ausreden dafür einfallen, dass du ein Arschloch warst.“

„Du siehst dir meinen älteren Verwandten gerade an. Er ist der Blondere von uns beiden; der Haarigere.“ Ich drehe das Handy kurz zu ihr, bevor ich es selbst betrachte. „Zugegeben, ich sehe auch so aus, als könnte ich eine Rasur vertragen. Aber Rufus kommt für mich einem

Bruder am nächsten, zumindest in den Augen meines Vaters. Allerdings bin ich mir sicher, dass er sein Liebling ist."

„Der Hund?"

„Du hast kein Monopol, wenn es um das Aufpassen auf Haustiere geht, weißt du." Ich ziehe eine Augenbraue hoch. „Was denkst du, für wen die Hundeklappe ist?"

Ob sie mir plötzlich glaubt, mich für lächerlich hält oder mich einfach nur zum Schweigen bringen will, plötzlich vergraben sich ihre Hände in meinem Hemd, während sie sich auf die Zehenspitzen stellt, um ihren Mund auf meinen zu pressen.

Wenn es darum geht, mich zum Schweigen zu bringen, ist es sehr effektiv. Um eine Festnahme aufgrund eines Sittlichkeitsvergehens zu vermeiden, eher weniger. Meine andere Hand findet ihre Hüfte, gleitet zu ihrem runden Hintern und zieht sie an meine schmerzende Erektion.

War das ihr Stöhnen oder meines?

„Ich will dich." Ihrs, das war definitiv ihr Flüstern, während sie ihre Hände um meinen Hals legt.

Meine Finger sind auf ihrem Hintern, fest und unerbittlich, drückend und knetend, während ich uns enger aneinander ziehe – unmöglich nah für zwei noch vollständig bekleidete Menschen – meine Hüften bewegen sich beinahe aus eigenem Willen. „Wenn du nicht aufhörst, dich an mir zu reiben, wirst du mich direkt hier am Auto bekommen." Als hätte ich soeben eine Einladung ausgesprochen, lässt sie ihre Hand zwischen uns wandern und legt sie flach auf meine geschwollene Erektion. „*Fuck*."

Meine Antwort ist mehr ein heiseres Keuchen als ein Wort, als ich meinen Mund von ihrem löse und meine

Stirn an ihren Hals lege. „Wir sollten nicht, nicht hier, aber ich will dich. Ich will dich so hart vögeln, dass sie deine Schreie noch im Club hören können. Dich so hart vögeln, dass du mich noch das ganze Wochenende über fühlen kannst."

„Meine Güte", schnurrt sie. „Was für ein schmutziges Mundwerk du hast."

„Bestens geeignet, um es dir oral zu besorgen. Ist das die Antwort, auf die du gewartet hast?" Trotz meiner besten Absichten scheine ich mich so positioniert zu haben, dass ich sie überwiegend vor fremden Blicken schütze, während meine Finger unter den Saum ihres Kleides gleiten.

„Oh." Ihr Ausatmen ist ein leises Seufzen, diese karamellbraunen Augen blinzeln matt, während ihre Finger den Reißverschluss meiner Hose erreichen.

„Hier?" Das Wort klingt rostig, als wäre meine Stimme lange Zeit unbenutzt gewesen. Während ich auf ihre Antwort warte, fahre ich mit dem Zeigefinger die Innenseite ihres Oberschenkels hinauf. Ich versuche, meine Bewegungen auf der richtigen Seite des R-Ratings für Jugendfreiheit zu belassen. *R für reiben, reiten und riesiges Finale.* Alles Dinge, nach denen ich mich sehen, als ihre Zunge ihre durch die Küsse geschwollenen Lippen befeuchtet und ihre Zähne darüberfahren, als würde sie immer noch über die Antwort auf meine Frage nachdenken.

Aber ich kann es mir nicht leisten zu warten, weshalb ich ihre Antwort mit einem Kuss unterbreche, denn diese könnte etwas in Gang setzen, das nicht zu unser beider Befriedigung führen würde. Der Vanquish hat keine Rückbank oder den entsprechenden Platz für die Pläne, die ich mit ihr habe. Nicht, dass das ihre Hand davon abhält, durch meinen offenen Reißverschluss zu gleiten.

„*Fuck.*“

Mein Körper beugt sich mit dem Fluch nach vorn, meine Stirn landet auf ihrer Schulter, während ich durch den Rausch hindurchatme. Das letzte Mal, als eine Frau meinen Schwanz im Freien berührt hat? Scheiße, ich kann mich kaum an meinen Namen erinnern, geschweige denn an diese Information.

„War *das* eine Einladung?“ Ihre Stimme ist dunkel und samtig, und als ich mich zurücklehne, entdeckte ich einen triumphierenden Ausdruck auf ihrem Gesicht. Aber ich antworte nicht. Ich kann nicht, denn sie hat ihre Hand auf meiner Erektion, ihr Daumen streicht über die Spitze. Die Stelle, die all meine Nervenenden für eine Zusammenkunft erwählt haben.

Lebwohl, Sprachkompetenz, hallo Kleid über deinem Kopf.

Unsere Münder verschmelzen ein weiteres Mal, und obwohl ich das anfahrende Auto nicht höre, verleitet mich ein lautes Brüllen der Ermutigung dazu, den Kopf zu heben. Ich lenke meine Hand auf ihrem Weg zu ihrer Unterwäsche ab, denn das ist die Art bescheuerten Publikums, das wir beide nicht brauchen.

„Es war keine Einladung.“ Ich räuspere mich und versuche, das Blut in meinem Schritt an andere Stelle umzuleiten, während ich meine Hand ihre Hüfte entlanggleiten lasse, scheinbar, um ihr Kleid glattzustreichen. In Wirklichkeit liegt es daran, dass ich meine Hände nicht bei mir behalten kann. „Es war ein Versprechen.“

Im Auto auf dem Weg nach Hause ist sie beinahe stumm,

was mich überrascht. Ich betrachte sie aus dem Augenwinkel heraus, wie die Straßenlaternen sie in ihr Licht tauchen, nur um es kurz darauf wieder zu stehlen. Es mag vielleicht spät sein, aber London ist niemals wirklich dunkel, niemals wirklich still. Wenn man angestrengt lauscht, sind irgendwo in der Ferne immer die Geräusche von Reifen auf der Straße oder das Heulen von Sirenen zu hören.

Aber Miranda sitzt stumm da. Kein Hinweis auf ihr vorheriges höhnisches und arrogantes Verhalten, von dem ich denke, dass es der Angst entspringt, verurteilt zu werden, ein Verhalten, das sie heute Nacht wie eine Abwehr getragen hat. Eine Abwehr, die ich mit Vergnügen Zentimeter für Zentimeter abbauen werde, bis sie roh und entblößt und so verzweifelt ist, dass sie mich nie wieder mit diesen Gedanken ansehen wird.

Auf der Rückseite meines Hauses öffnet sich langsam das Tor zur Garage, während wir in der Auffahrt warten.

„Ich dachte, du wohnst in St. John's Wood?"

„Nein, ich habe dir doch gesagt, ich habe auf ein Haustier aufgepasst."

„Sei nicht albern."

„Das ist das Haus meines Vaters. Das Haus meiner Kindheit."

Ich fahre hinein und schalte den Motor aus, aber sie ist aus dem Auto ausgestiegen, bevor ich überhaupt auf die andere Seite gelangen kann, um ihr die Tür zu öffnen.

„Netter Parkplatz." Sie drückt die Tür zu. Das ist eines der wenigen Häuser in der Gegend, das eine Garage hat. Ein denkmalgeschütztes Haus; es hat eine so schmale Grundfläche, dass der Platz recht begrenzt ist. Besonders, wenn man die Tatsache bedenkt, dass sich hier drin zwei Autos und ein Motorrad befinden. Von der Vorderansicht sieht es nach einem schmalen Reihenmittelhaus aus, aber für die Eingeweihten ist dies ein Ort, der gut und gerne den größten Anteil von dreißig Millionen Pfund gekostet hat. Belgravia ist zufällig eine recht exklusive Enklave Londons.

„Danke." Ich schließe meine Tür leise. „Ich bin mir sicher, dass du dich daran erinnerst, wie erfahren ich darin bin, große Dinge in enge Räume einzupassen."

„Oh mein Gott!", kichert sie. „Du bist so ..."

„Steif." Ich nehme ihre Hand in meine und presse sie auf meine Erektion, drücke mich dagegen. „Ich glaube, das ist das Wort, nach dem du suchst. Was wirst du dagegen unternehmen?" Ihr Ausdruck wird sanfter, ihre pinkfarbenen Lippen öffnen sich, als sie leise einatmet. „Du sollest mich nicht so ansehen", flüstere ich und bücke mich, um ihre Lippen mit meinen zu streifen. „Nach den Schwierigkeiten, die du mir heute Nacht gemacht hast, werde ich vielleicht etwas finden, um dir diesen hübschen Mund zu stopfen."

Als wäre es eine Antwort, spannen sich ihre Finger um mich herum an.

„Süße, wenn du wie ein ungezogenes Mädchen behandelt werden willst, dann mach nur weiter, denn du gibst mir allerhand Ideen. Schlimme, schmutzige Ideen, aber ich würde zumindest gern zuerst durch die Tür gehen."

Als würde das ihre Aufmerksamkeit wieder auf ihre Umgebung lenken, wird ihr Rücken kerzengerade und sie streicht sich mit dem Handrücken die Haare aus dem Gesicht.

„Geh voran, Macduff." Ich lache über ihre Anspielung auf Macbeth, und zu meiner absoluten Überraschung und Freude weicht sie nicht zurück, als ich nach ihrer Hand greife.

„Sollen wir anständig spielen?" Als ich die Tür schließe, wird das Licht schwächer. Irgendwo tiefer im Inneren des Hauses brennt am Ende des Flurs das Licht einer Lampe. Treppen auf der rechten Seite, Wohnräume vor uns, die Küche dahinter. Wohin zuerst? Ich nehme ihre Hand in meine und gehe den Flur entlang, tiefer in das Haus hinein und halte inne, um sie am Fuß der Treppe zu küssen.

„Anständig", wiederholt sie und tritt aus meinen Armen heraus. Sie lässt ihre Tasche auf den Konsolentisch fallen, bevor sie sich zu mir umdreht. Ihr Gesichtsausdruck ist schwer zu lesen. „Was sind meine Optionen?"

„Soll ich dir einen Drink anbieten?" Belustigt verschränke ich die Arme vor der Brust und lehne mich mit der Schulter an die Wand.

„Brauchen wir diese Art von Vorwand?", gibt sie zurück. „Denkst du nicht, ich hatte bereits genug?"

„Ich weiß, dass du stocknüchtern bist. Ich vögle keine betrunkenen Frauen."

„Also frage ich erneut." Sie tritt näher, ihr Kopf ist fast auf einer Höhe mit meinem Kinn. „Meine Optionen sind anständig oder ...?" Das ist verbales Vorspiel, das Stoßen und Parieren, aber es zieht sich ein überraschendes Thema hindurch. „Irgendetwas sagt mir, dass du dich das letzte Mal zurückgehalten hast."

„Wirklich?" Das Wort ist eine gedehnt ausgesprochene Drohung. „Soll ich dem entnehmen, dass meine Leistung mangelhaft war?"

„Nein." Sie lacht, sieht mich aber nicht an. Sie starrt vielmehr auf die Rückseite ihrer Hand, als sie diese auf meine Brust legt. „Du warst mehr als genug. Aber seither haben sich die Dinge verändert."

„Inwiefern?", flüstere ich, meine Lippen nur einen Hauch von ihren entfernt.

„Bitte mich nicht darum, es zu erklären." Sie schüttelt den Kopf wie ein Vollblutpferd, das eine lästige Fliege verscheucht. „Ich will mein Leben heute Nacht einfach nur vergessen. Ich will, dass du mich dazu bringst."

„Dich dazu bringen?" Ich ziehe die Augenbrauen zusammen, und als ich meine über der Brust verschränkten Arme anspanne, landet ihr Blick auf meinem Bizeps, gefolgt von ihren wandernden Fingerspitzen. „Ich denke, das musst du mir möglicherweise erklären." Es liegt mir fern, irgendjemandes sexuelle Vorlieben infrage zu stellen, aber diese Art von Fantasie ist eine, die zuvor besprochen werden muss und fester Grenzen bedarf.

„Sorg dafür, dass ich mich wie jemand anderes fühle. Jemand, dessen Leben sich nicht so anfühlt, als würde es an allen Enden auseinanderfallen." Ihre Augen füllen sich plötzlich mit Tränen, aber ich spüre, dass sie es mir nicht danken würde, wenn ich sie jetzt in die Arme nähme. Sie weiß nicht mehr weiter und braucht eine Ablenkung. Einen Weg, um zu vergessen, was auch immer gerade in ihrem Leben vor sich geht.

Und sie will, dass ich ihr das gebe.

Ich lasse meinen Blick auf eine Art über sie wandern, die ihr einen scharfen Atemzug entlockt. Zu wissen, dass ich eine solche Wirkung auf sie habe, ohne sie überhaupt zu berühren? Es ist eine berauschende Macht, eine, die zu ignorieren ich jeden Mann herausfordern würde.

„Zieh deine Unterwäsche aus."

„Was?"

„Du hast mich gehört. Zieh sie aus. Ich bringe dich nicht ins Bett, süßes Mädchen.“ Jedenfalls noch nicht.

Das letzte Mal war es ihr Rock. Diesmal werde ich um etwas mehr bitten. Sie etwas weiter treiben. Sie aus dem Gleichgewicht bringen. Ihre Hände gleiten unter den Saum ihres Kleides, ihre Daumen haken sich in den Gummibund, bevor sie das winzige Kleidungsstück nach unten zieht. Blassblaue Spitze, nicht mit Cartoon-Figuren dekorierte Baumwolle, fällt zu Boden, und während sie ihre Füße davon befreit, stützt sie sich mit einer Hand auf meinem Unterarm ab.

„Gib ihn mir.“ Sie bückt sich und hebt den Slip vom Boden auf, bevor sie ihn mir reicht. Der Funke der Erwartung ist offensichtlich, als sich unsere Finger berühren. „Weißt du, was ich mich frage? Ich frage mich, ob dein BH dazu passt. Und falls er das tut, dann überlege ich mir, wen du heute Nacht zu vögeln beabsichtigt hast.“

„Manchmal trägt eine Frau gern passende Unterwäsche“, erwidert sie hocherhobenen Hauptes.

„Also bist du heute Abend nicht mit der Absicht ausgegangen, jemanden zu vögeln?“

„Ich habe gearbeitet“, antwortet sie leise. „Außerdem ist Speed Dating nichts für mich.“

Ich lache schallend.

„Und man weiß ja nie, wann vielleicht ein Krankenwagen gerufen wird.“

„Oder wann man in einer Hundeklappe steckenbleibt?“ Ihr Lächeln erstarrt, ihre Augen werden dunkel, während ich die blaue Spitze um meine Finger winde, bevor ich den Stoff unter meine Nase hebe. „Du bist verdammt berauschend.“

Ich stecke ihre Unterwäsche in meine Tasche und ziehe Miranda an meine Brust. Der Tempowechsel überrascht sie, als ich sie gegen die Wand drücke und meine Lippen in einem langsamen, neckenden Kuss auf ihre treffen.

„Ist das in Ordnung?“, frage ich, als ich ihre Hände hebe, um auch diese gegen die Wand zu pressen. Sie nickt, ihr Atem stockt, während meine Finger unter den Saum gleiten und die Innenseite ihres Oberschenkels hinaufwandern. Ihre Anspannung löst sich in einem langen Seufzen, als sie auf ihren nackten Schritt treffen.

„Spreiz dich für mich, Miranda“, flüstere ich, sie immer noch neckend. Als sie ihre Beine breiter macht, lasse ich zwei Finger tief hineingleiten. *Sie ist so bereit für mich.* Sie zuckt aufgrund des plötzlichen Eindringens zusammen, ihr Blick ist verschleiert und dunkel. „Du bist so feucht für mich, Süße. Ich habe dich kaum berührt und du machst meine Finger so nass.“ Der Beweis liegt in meiner Berührung und den Geräusche, während ich meine Finger tiefer wandern lasse und mein Handgelenk drehe.

„Oh Gott“, wimmert sie, als ich auf dieses süße Bündel aus Nerven tief in ihrem Inneren treffe, während mein Daumen abwechselnd ihre Klitoris reibt. „Du solltest solche Dinge nicht sagen.“

„Warum, wenn ich doch weiß, dass es dir gefällt.“ Mein Tonfall ist ein wenig grausam. „Weißt du, wie du schmeckst?“ Sie windet sich an der Wand, als ich meine Finger herausnehme und einen feuchten Streifen auf ihren Lippen male. „Himmlisch“, flüstere ich und folge der Bewegung mit meinem Mund für einen Kuss. „Aber das wusstest du bereits, oder? Du kennst deinen eigenen Geschmack.“ Als Zugabe schiebe ich diese feuchten Finger zwischen ihre vollen Lippen. „Saug daran, Süße. Mach sie schön nass.“ Damit sie einen verlockend kühlen

Pfad hinterlassen, wenn ich sie wieder zwischen ihre Beine gleiten lasse. „Du bist so süß, so rosig und pink. Ich will jeden Zentimeter deines Körpers von Kopf bis Fuß ablecken.“ Zwischen meinen Versprechen streife ich ihre Lippen mit meinen. „Ich werde dich begierig in mir aufnehmen, jeden Tropfen von dir. Ein ganzes Meer von dir schlucken und immer noch mehr wollen.“

„Oh Gott, bitte.“

„Ich dachte, wir hätten diese Unterhaltung bereits geführt. Gott wird für deine Reise in den Himmel heute Nacht nicht verantwortlich sein.“

Dann küsse ich sie, meine Finger tief in ihr, meinen Daumen an ihre Klitoris gepresst. Es ist ein Kuss von solcher Hitze und Begierde, ein Kuss der Zungen und Zähne. Ein Kuss des Besitzes, der Intensität, während ihr Inneres flattert und sich um meine Finger herum anspannt. Aber wie ein Mistkerl lasse ich meine Finger zwischen ihren Beinen verschwinden, als ihr Orgasmus sich anschleicht.

„Das – das war gemein“, keucht sie. Ihre Augenbrauen sind zusammengezogen, ihre Hände befinden sich immer noch über ihrem Kopf.

„Aber am Ende wird es das wert sein.“ Meine Finger glänzen im Licht, als ich am versteckten Reißverschluss ihres Kleides ziehe. „Mein Gott, du bist wunderschön.“ Ich fühle ihr Lächeln mehr, als dass ich es sehe, während ich sie auf einen Mundwinkel küsse.

„Und du bist ein Charmeur“, flüstert sie, als ich meine Lippen auf die Stelle presse, an der ihr Hals auf ihre Schulter trifft. Ihr Atem stockt, als meine Zunge die elegante Wölbung berührt; ihr Ausatmen ist eine wunderschöne, taumelnde Bewegung.

„Ein Mann wird entweder ein Poet oder ein Idiot,

wenn er sich im Licht einer wunderschönen Frau sonnt." Ich gebe ihr keine Zeit zu antworten, da ich sie in meinen Armen drehe und ihr das Kleid über den Kopf ziehe. Es hat kaum Zeit, zu Boden zu fallen, bevor ich ihren BH öffne und feuchte, saugende Küsse ihren Rücken entlang platziere.

Und das Kratzen von Zähnen auf dem Weg zurück.

„Ich will, dass deine Schenkel um mich herum beben." Ich sauge ihr Ohrläppchen in meinen Mund und knabbere leicht daran, woraufhin sie zu zittern beginnt. „Ich will, dass du dich wieder an meinem Gesicht windest und deine Hände an meinem Haar ziehen, als wärst du dir nicht sicher, ob du mich näher bei dir haben oder wegstoßen willst. Erinnerst du dich?"

„Ja …" Ihre Antwort ist ein Lufthauch. „Ja, ich erinnere mich." Ich frage mich, ob sie sich so intensiv daran erinnert, wie ich es getan habe. Wie ich es tue.

„Ich will in dir sein, Liebling. Ich kann nicht länger warten."

Sie protestiert nicht, als ich sie nach vorne schiebe und ihre Handflächen mit einem lauten Geräusch auf der Oberfläche des Konsolentischs landen.

Und dann passiert es.

Blasse, blasse Haut.

Ihre Wölbungen und heiligen Täler.

Das Zittern in meiner Hand, als ich ihr Haar zusammennehme und ihren Kopf drehe, um sie zu küssen.

„James." Ihre Stimme ist heiser, ihr Mund eine Verlockung. „Bitte, bitte nimm mich einfach."

Ich hole meinen Geldbeutel aus meiner Gesäßtasche, werfe ihn auf das Walnussholz des Tisches und befreie mit einer Hand das Kondom darin. Ich bemerke, dass sie mir begeistert zusieht, weshalb ich ihr Kinn zwischen meine Finger nehme und ihr Gesicht zu mir drehe. Der kleine Kuss wird sofort wild – Zähne, Zunge und Leidenschaft – bevor ich mich löse und mich an meinem Gürtel zu schaffen mache.

Sie wimmert, presst ihre Lippen aufeinander, als wolle sie das Geräusch zwischen Verzweiflung und Verlangen unterdrücken, während ich nach dem Kondom greife und die Verpackung aufreiße. So aufreizend, wie sie ist, sieht sie mir mit gesenkten Wimpern zu, den Kopf über die Schulter gedreht, ihre dunklen Augen auf den Anblick meiner Erektion in meiner Hand geheftet.

Meine Bauchmuskulatur spannt sich vor rohem Verlangen an, als ich das Kondom überziehe und mich positioniere, wobei ich es mir jedoch anders überlege. Ich falle wie ein Verehrer auf die Knie und fahre mit meiner Zunge über ihren glänzenden Schritt, diese süße Verlockung, diese geschmeidige Schleife pinken Fleisches. Mit einem Schrei fällt Miranda auf ihre Unterarme und im Haus hallt plötzlich ihr verzweifeltes Wimmern nach.

Und mein Gott, wie sie schmeckt. Wie sie sich an mir reibt, der Klang meines Namens auf ihren Lippen. All das macht mich verrückt, meine Hände fest auf ihre blasse Haut gelegt, meine Zunge überzogen von ihrer Feuchtigkeit, ich kann weder genug kosten noch genug berühren – *genug spüren.* Der Knoten in meinem Bauch wird fester, ihrer bebt, als ich meine Hand ausgebreitet dorthin lege. Die Feuchtigkeit überzieht ihre Oberschenkel, während ich sie immer wieder lecke, dann beginnen sie zu zittern. Aber das reicht mir nicht, ich bin den Chemikalien, die durch meinen Blutkreislauf strömen, hilflos ausgeliefert.

„Komm nicht." Ich klinge, als wäre ich gerannt, meine Stimme ist heiser, als ich mir mit dem Handrücken über das Gesicht wische. „Noch nicht."

„Bitte." Ein geflüstertes Wort. Ein Flehen, als ich meine Hände um ihre Hüften lege und aufstehe. „Bitte, nicht schon wieder."

„Ich will dich sehen, wenn du kommst. Dich beobachten. Dreh dich um, Liebling."

Sie wimmert, als ich sie umdrehe und auf den Tisch setze. Eine kupferne Schüssel dreht sich und fällt klirrend auf den Parkettboden, was mir jedoch kaum auffällt, während sich weitere Teile zerstreuen, als ich meine Hand um ihre Schulter lege, um sie nach hinten zu drücken.

„Du warst so kurz davor." Meine Lippen wandern von ihrem Bauchnabel zu ihren Lippen, auf ihrem Weg hinauf würdigt meine Zunge ihre harten Brustwarzen. „Ich konnte es fühlen." Habe es möglicherweise genauso sehr begehrt wie sie.

„Du bist so grausam", wimmert sie. Der Widerspruch tanzt über ihr Gesicht.

„Und du bist so reizend, selbst wenn du schmollst."

„Das ist keine Antwort", flüstert sie. Ihr Schmollen ist ein wenig übertriebener, als sie sich in meine Berührung drückt.

„Denkst du, dass du bereit bist?"

„*Gott, ja.*" Ihre Antwort ist pure Sinnlichkeit.

„Du bist bereit, zu akzeptieren, dass du niemand anderes sein musst?" Ihr Körper erstarrt unter meinen Fingerspitzen, aber sie spricht nicht. „Denn eine Göttin gibt ihre Macht niemals auf. Sie weidet sich daran."

„Manchmal fühle ich mich nicht mächtig." Ihre Stimme ist kaum mehr als ein Flüstern, als sie ihren Kopf nach hinten neigt und ihren Blick von mir abwendet.

„Sieh mich an“, befehle ich, woraufhin sie genau das tut. „Sieh dir die Macht an, die du über mich hast.“ Meine Worte verstummen, als ich mit einer Hand über meine Bauchmuskeln fahre, wo meine Erektion geschwollen und stolz heraufragt. Bei diesem nicht allzu subtilen Hinweis spreizt sie die Beine. Wie ein Magnet gleitet mein Daumen dazwischen, hingezogen zu ihrer sanft gewölbten Klitoris. „Sag mir, was du willst, Miranda. Was du brauchst.“

„Oh Gott“, wimmert sie und wölbt ihren Rücken. „Ich brauche dich in mir.“

Wurden je schönere Worte gesprochen?

Sie seufzt leise, als ich, meine Erektion in der Hand, ihre Feuchtigkeit streife, ein leises Seufzen, das *meinem Grunzen begegnet, als sie meine Hand durch ihre ersetzt und die Folter fortführt.*

Aber wer ist der Folterknecht, und wer ist der Gefolterte?

Ich lasse meine Stirn auf ihre Schulter sinken, meine Worte sind kaum ein Lufthauch in ihrem Ohr.

„Also willst du mich umbringen. Ich verstehe, wie es ist.“

„Ich brauche das, James“, murmelt sie, wobei sie mit ihren Fingern über meine Spitze fährt. „Ich brauche dich in mir.“ Ihre Worte wirken wie pures Adrenalin in meinen Adern. Es ist noch kaum eine Spur ihres Make-ups geblieben, ihr Haar ist durch meine Finger zerzaust, und doch ist sie das schönste, vorzüglichste Durcheinander überhaupt. Real. Aufrichtig. Und ein Bild der Lüsternheit, als ich mich zwischen ihren Beinen vergrabe.

„Tu es, Miranda.“

Ich nehme ihre Hand und führe sie zum Ansatz meiner Erektion, bevor ich mit der Spitze über ihre feuchte Haut fahre. Mit meiner Hand über der ihren erschaudern wir beide, als sie mich langsam in sich hineinschiebt. Mit gesenkten Köpfen sehen wir beide zu, wie ich in sie eindringe, wie sie mich in sich aufnimmt, so glatt und ohne jeglichen Widerstand, während ich ihre Hüften umfasse und mich zwischen ihren Beinen vergrabe.

„Oh Gott“, wimmert sie, als ich mich herausziehe. Mit dem Stoß meiner Hüften umklammern ihre Hände meinen Bizeps, als wollte sie mich dort festhalten, sich an der Empfindung festhalten, so erfüllt zu sein.

Das ist so ... *meine Güte!* Meine Kiefermuskulatur spannt sich an, meine Bewegungen sind angespannt, als ihre Muskeln um mich herum beben. Der Klang ihres scharfen Keuchens, dieses atemlosen Stöhnens macht mich verrückt. Bringt mich dazu, mich an ihr zu reiben, sie zu vögeln. Sie hält ihr Gewicht auf ihren Händen, ihre Brüste sind eine zu große Verlockung. Meine Daumen streicheln über ihre harten Brustwarzen, bevor ich die runde Fülle in meine Hände nehme und umfasse, während meine Stöße kürzer und strafender werden.

„Ich kann dein Herz unter meiner Hand schlagen fühlen – wie es im Rhythmus mit deiner Vagina schlägt.“

Miranda wirft den Kopf zurück, als wäre die Empfindung zu viel, woraufhin ich mich vorbeuge und abwechselnd mit der Zungenspitze über beide Brustwarzen fahre. Dann schiebe ich meine Hände unter sie und hebe sie vom Tisch hoch, um sie näher an mich zu ziehen, wobei ihre Arme um meinen Hals legt.

Sofort dringe ich tiefer in sie ein.

„*Gott, ja. Ja!*“ Unsere Münder treffen sich während des Stoßes nach oben, der Kuss besteht aus stockendem Atem und suchenden Zungen.

„Du bist so eng“, flüstere ich, als ich mein Gesicht an

ihrem Hals vergrabe. „So wunderbar. Du fühlst dich so verdammt gut an."

„Gott. Oh Gott. Ich … ich …"

Mein Griff an ihrem Hintern wird fester und ich lecke an ihrem Hals, präge mir ihre Schreie ins Gedächtnis ein, als sie beginnt, sich an mir zu reiben. Ihre Bewegungen werden immer hektischer, während sie ihren Höhepunkt verfolgt. Plötzlich versteift sich ihr Körper in einer Welle der Lust, ihr Inneres melkt mich mit voller Kraft.

„Oh Liebling." Ich spanne meine Hände an, während ich beginne, mich zu verkrampfen und in sie zu stoßen, mich an ihr zu reiben, während sie völlig steif wird und sich in meinen Armen förmlich auflöst. Mein eigener Orgasmus baut sich auf, brennend heiß und intensiv. Wie ein verdammtes Lauffeuer, das durch meine Adern strömt und mir beinahe die Knie schwach werden lässt.

13

MIRANDA

Ich glaube, so muss es sich anfühlen, in Gottes Händen aufzuwachen.

Ich bin bereits vor ein paar Sekunden aufgewacht, habe es aber noch nicht gewagt, mich zu bewegen. Ich liege auf der Seite, meine in betender Haltung gefalteten Hände sind zwischen mir und dem Kissen, aber bereits nach diesen wenigen Sekunden stelle ich fest, dass dies das bequemste Bett ist, in dem ich je geschlafen habe. Nicht, dass ich viel geschlafen hätte. Vielleicht zwei oder drei Stunden, höchstens? Überwiegend gedöst, zwischen anderen Aktivitäten.

Seine Arme um mich herum, sein warmer Atem ein heiseres Flüstern im Dunkeln. Küsse am Hals und knabbernde Zähne, das wundervolle, quälende Kratzen seiner Stoppeln auf überempfindlicher Haut. Tasten und reiben und dieses schmerzlich schöne, männliche Stöhnen, als ich ihn in den Mund nahm. Meine Haare in seiner Faust und seine langen, trägen Küsse. Meine in die Matratze gepressten Hände, unsere miteinander verschränkten Finger. Die Bewegungen seines Körpers auf meinem. Die Empfindung, von ihm erfüllt zu sein.

Wie gesagt, andere Dinge.

Überwältigende Dinge.

Ich schlucke schwer. Der Titel *One-Night-Stand* könnte niemals abdecken, was eine Nacht mit ihm bedeutet. Die Erfahrung ist zu sinnlich, zu intim und einfach. Zu. Viel.

Und zu verlockend, als dass ich mit dem Gefühl verschwinden könnte, dass ich zufrieden wäre, ihn nie wiederzusehen.

Ich schiebe den Gedanken beiseite. Es war nur eine Nacht, zweimal. Eine Möglichkeit, meinem Wrack von Leben zu entfliehen. Zwei Nächte lang hat er mich alles vergessen, meine Probleme an der Tür ablegen lassen, aber ich weiß, dass all das auf mich warten und mich begrüßen wird, wenn ich wieder auf die Straße hinaustrete.

Gott, diese Matratze. Es ist wirklich so, als schliefe man auf einer Wolke.

Ich frage mich, ob sie viel Betrieb erfährt. Innerlich schelte ich mich für meine Albernheit, denn natürlich tut sie das.

Weißt du, wie du schmeckst?

Himmlisch.

Hör auf, hör einfach auf! Hör auf, zu denken, hör auf, dir Fragen zu stellen und hör auf, die letzte Nacht immer wieder in deinem Kopf abzuspielen, denn das ist kein One-Night-Stand-Verhalten. One-Night-Stands tun so etwas nicht.

Vermutlich.

Wie könnte jemand eine solche Nacht erleben und keinen Nachschlag wollen? Und noch einen? Deshalb müssen sie diesen Mist stilllegen und kein Interesse daran zeigen, was davor kam und was danach kommen wird.

Denn seine Talente und seine Ausdauer sind zu viel, um sie nur einer Frau zu widmen.

Denk auch nicht darüber nach. Das ist eine todsichere Methode, um eine Frau wahnsinnig zu machen.

Ich dachte immer, je älter ein Mann wird, desto schwieriger wird es nach dem ersten Mal, zu … na ja. Ich kann meiner Mutter für diese Geheiminformation danken, nicht, dass sie es mir genau gesagt hätte. Ich habe nur zufällig mit angehört, wie sie es vor ein paar Jahren bei einer Flasche Wein zu einer ihrer gackernden Freundinnen gesagt hat.

So etwas verbleibt im Kopf, ob es der Wahrheit entspricht oder nicht.

Ich habe keine ausreichend empirischen Belege. Und kein Interesse daran, eine größere Probe durchzuführen.

Ich ziehe langsam meine Hände unter mir heraus und drehe mit einem geflüsterten Gebet, dass er immer noch schlafen möge, den Kopf über die Schulter. Warum? Weil ich ihm kaum ins Gesicht sehen kann. Mein Verhalten in der vergangenen Nacht war … na ja, es sah mir gar nicht ähnlich. Und die Dinge, die wir im Flur und in seinem Bett getan haben, waren nicht das Verhalten einer Frau, die für gewöhnlich Batman-Unterwäsche trägt.

Da ich mit einem flüchtigen Blick nicht zufrieden bin, drehe ich mich vollständig, aber vorsichtig um, dazu entschlossen, ihn nicht zu wecken. Er liegt auf dem Bauch, die Hände unter das Kissen geschoben, und ich frage mich, ob es als unheimlich eingestuft würde, ihn so zu beobachten. Vermutlich. Aber die Gelegenheit dazu ist einfach zu gut, denn der Mann ist eine Augenweide. Er hat etwas Löwenartiges an sich. Seine Haut ist leicht golden, möglicherweise durch das Yoga an der frischen Luft, vielleicht war er aber auch vor kurzem in Urlaub. Ein Leben, in dem ich nichts verloren habe. Sein Haar ist wirr und zerzaust – wirklich, es sieht aus, wie das, was Heather als frisch gevögelt bezeichnen würde – und seine kantige Kieferpartie ist von wesentlich ausgeprägteren Stoppeln überzogen als vergangene Nacht.

Mein Gott, er ist atemberaubend.

Und atemberaubend unpassend. Jedenfalls, wenn ich darauf aus wäre, mich mit jemandem einzulassen, was ich nicht bin. Und er ebenfalls nicht, würde ich annehmen. Zumindest nicht mit mir.

Saug daran, Süße. Mach sie nass. Ich schüttle den Kopf, im Versuch, die Bilder loszuwerden, den Klang seiner Stimme.

Wir sind einfach auf so viele Arten zu verschieden, sage ich mir.

Allem voran sein Alter. Er ist alt, wenn auch nicht zu alt. Wie alt ist er überhaupt?

Zweitens unsere Herkunft. Ich wette, er ist einer dieser schicken Kerle, die nach Harrow oder Eton gegangen sind.

Drittens unsere Lebenssituation. Er ist offensichtlich unfassbar erfolgreich, oder wenigstens hat er einen sehr großzügigen Treuhandfonds, während ich mir an jedem beliebigen Tag der Woche nicht gerade sicher bin, wer ich bin oder wo ich hingehe.

Ich liebe meinen Job, aber ich bin mir nicht sicher, ob es das ist, was ich für immer tun will. Und wenn ich mich in den ruhigen Momenten, die eine Selbstwahrnehmung erlauben – zugegeben, diese sind in letzter Zeit rar gesät – ein klitzekleines bisschen neidisch fühle, wenn ich an Olivia denke. Sie ist nicht viel älter als ich, aber sie ist so gefasst. So ehrgeizig und fokussiert. So beständig in ihrem Leben.

Ich bin mir nicht einmal sicher, was James beruflich macht, falls er denn überhaupt einem Beruf nachgeht. Aber er scheint nicht der Typ zu sein, der das Leben mit dem Geld seiner Familie bestreitet. Ich weiß, dass er sagte, er sei in der Akquise, aber jetzt beginne ich mich zu fragen, was genau er akquiriert, wenn man das Haus bedenkt, in dem er lebt.

Menschen?

Waffen?

Drogen?

Wie sollte ich es je wissen oder herausfinden? Ich nehme an, dass ich es herausfinden werde, falls ich mich je in einem Container wiederfinden sollte. Obwohl ich, wie meine grauenvolle Großmutter mir als Kind immer gerne versicherte, schnellstens zurückgebracht werden würde, falls man mich je entführte.

Die miese alte Schachtel.

Während wir in der vergangenen Nacht durch London gefahren sind, erst durch Knightsbridge und dann Belgravia, habe ich verstanden, wie verschieden wir sind. Belgravia ist eine der teuersten Wohngegenden der Welt, glaube ich, und ist bereits seit langer Zeit der Sitz ausländischer Botschaften, der Ferienhäuser von milliardenschweren Scheichs, Oligarchen, Würdenträgern und nur einen Steinwurf von Sternerestaurants, dem Sloane Square, Harrods, Harvey Nichols und so weiter entfernt.

Hier zu wohnen bedeutet, dass James wohlhabend ist. Vermutlich wohlhabender, als ich begreifen kann. Und das gibt mir ein ... seltsames Gefühl. Es ist schwer zu erklären. Ich wurde mit Sicherheit nicht ausgenutzt und bin auch kein dummes Mädchen, das davon träumt, sich einen reichen Mann zu angeln. In beiden Nächten ging es um Erlösung – von der Art, mein Leben ein paar Stunden lang loszulassen, sowie auch von der anderen Sorte.

Aber trotzdem. Ich fühle mich irgendwie unwohl. Unausgeglichen.

Mit diesem letzten verwirrenden Gedanken gleite ich aus dem Bett, hebe meine Klamotten dort auf, wo sie in der vergangenen Nacht gelandet sind und schlüpfe in ein Badezimmer, das aussieht, als gehörte es in ein exklusives Hotel. Zeit, das zu tun, was mir möglich ist, um mich zu sammeln.

Ich betrachte kritisch mein Aussehen in dem Spiegel über einem der beiden mit Marmor überzogenen Waschtische, die sich über die Länge zweier gegenüberliegender Wände erstrecken. Ich berühre mit den Fingern die Rückseite meiner Schulter, von der ich mir sicher bin, mich beinahe davon überzeugen zu können, dass ich immer noch das wundervolle Kratzen seiner Zähne spüren kann.

Du bist berauschend.

Mit einem Lächeln frage ich mich, ob er das in diesem Moment auch denken würde.

Ich sehe weniger berauschend als berauscht aus; eher im Stil einer Person mit einem Liter Wodka in einer braunen Papiertüte und einen Einkaufswagen voller Schrott.

Mein Haar ist ein vollkommenes Desaster – es sieht aus, als hätte ich die Nacht damit verbracht, in einem Windkanal Sex zu haben – meine Augen sehen aus wie bei einem Panda, der einen draufgemacht hat und mein Hals ist immer noch rot von seinen Stoppeln.

Aber das meiste davon kann mit der richtigen Ausrüstung in Ordnung gebracht werden.

Ich wasche mir das Gesicht, tupfe es trocken, dann fällt mir auf, dass meine Handtasche unten sein muss, weshalb ich gerade kein Haargummi habe. Es sei denn ...

Mit einem plötzlichen Gefühl der Beklemmung und einem geflüsterten Gebet ‚*Bitte lass es nicht so sein*' öffne ich die Schubladen unter beiden Waschtischen. Obwohl ich eindeutig ein Haargummi gebrauchen könnte, um mir die Haare zusammenzubinden, will ich trotzdem keines neben einer *La Mer*-Feuchtigkeitscreme, einem *Chanel*-Lippenstift oder einer Schachtel Tampons finden. Denn dem nach zu urteilen, was ich in der letzten Nacht gesehen habe, sieht dieses Haus nicht gerade wie eine Junggesellenbude aus. Auf der anderen Seite kam es mir auch nicht wie ein Familienhaus vor. Es ist mehr wie das Set eines Shootings für ein luxuriöses Home-Magazin, ein Einblick in das Leben der Reichen und Schönen.

Aber in keiner der Schubladen befindet sich das, wonach ich suche; auf der einen Seite sind sie fast völlig leer, allerdings absolut sauber. Auf der anderen Seite ist eine Schublade mit weichen, weißen Handtüchern gefüllt, eine weitere enthält einen dieser hölzernen Boxen, die jeweils eine Flasche Aftershave enthält.

Er mag es eindeutig, gut zu riechen.

Also kein Haargummi, was für mich nicht nur in Ordnung geht, sondern auch eine große Erleichterung ist. Plötzlich erinnere ich mich an den Artikel in der Zeitung und die Frau, mit der er zusammen war und frage ich mich, ob ich je zu dem Mädchen zurückfinden werde, das ich war, bevor Cameron mich um mein Vertrauen betrogen hat. Und doch scheine ich mich nicht davon abhalten zu können, die Deckel von ein oder zwei der

Flaschen seines Eau de Cologne zu öffnen, um zu sehen, ob ich erraten kann, welches er am meisten trägt.

Dunkel und würzig, mit einem Hauch von Leder. Dieses hier. Das gefällt mir am besten.

Mit einem Seufzen schließe ich die Schublade und richte meine Aufmerksamkeit auf meine Klamotten, wobei ich feststelle, dass ich bis auf meinen Slip alles hier habe. Ich ziehe mich an, dann setze ich mich auf die luxuriöse Chaiselongue in der Mitte des Raumes. Eine moderne, eiförmige Badewanne befindet sich unter einem großen Fenster mit Milchglasscheibe, eine Dusche, die groß genug ist, um eine Party darin zu veranstalten, wurde in der Mitte des Zimmers errichtet, wie ein Glaskasten des Voyeurismus mit Rundumsicht.

Ich fühle mich ... na ja, ich fühle mich, als hätte ich die Nacht damit verbracht, mit einem Mann zu schlafen, der ordentlich etwas in der Hose hat. Und vermutlich rieche ich auch danach, aber ich werde nicht duschen, bis ich zu Hause bin. Wenn ich es schaffe, dann würde ich mich gerne hinausschleichen, ohne ihn zu wecken. Das ist der Weg eines Feiglings, sicher, aber irgendwie auch pervers reizvoll. Als würden wir dorthin zurückkehren, wie er mich verlassen hat. Egal, wie mildernd er die Umstände auch bezeichnen würde, allein aufzuwachen war keine angenehme Erfahrung. *Selbst ohne die zusätzliche Beleidung, mit einem Katzenhintern im Gesicht aufzuwachen.*

Ein klein bisschen Rache würde vielleicht ein wenig dazu beitragen, ihm zu helfen, meine Sicht der Dinge zu würdigen.

Ich versuche, meine Haare mit meinen Fingern durchzukämmen, dann gebe ich auf, bevor ich mir die Hälfte meines Haars herausreiße. Ich benutze sein Deo und seine Zahnpasta, jedoch nicht seine Zahnbürste, da mir das ein wenig zu intim vorkommt, was ziemlich lächerlich ist, wenn man all die anderen Dinge bedenkt, die ihm gehören und die ich letzte Nacht im Mund hatte.

Außerdem könnte das schicke elektrische Ding laut sein, deshalb bleibe ich lieber bei meinem Finger.

Ich bin zwei Schritte von der Tür entfernt, als mich eine plötzliche Empfindung überkommt, obwohl das Gefühl mehr wie eine Welle ist, die in meinem Bauch ihren Ursprung findet und sich in mir aufbaut, bevor sie mich vor der Toilette in die Knie zwingt.

Ich mag vielleicht wegen des Lärms der Zahnbürste besorgt gewesen sein, aber ich kann nichts gegen die Geräusche tun, die mir jetzt entweichen. *Kann sich irgendjemand leise übergeben?* Ich jedenfalls scheine das nicht ohne die Zugabe gemurmelter *Blarghs* und *Igitts* tun zu können, zusammen mit einer großzügigen Portion lauter, schluchzender Tränen.

Ich drücke mich taumelnd auf die Knie und wische mir mit dem Handrücken über den Mund. Ich werde *nie wieder* Prosecco trinken. Wie sagt man so schön? Bier auf Wein, das lass sein? Möglicherweise gilt das auch für Prosecco und Spirituosen.

„Meine Güte." Mein Spiegelbild lässt mir einen Schauder über den ganzen Körper gleiten, und zwar von der unangenehmen Art. Ich wasche mir die Hände, mache ein sauberes Handtuch nass und reibe mir über das Gesicht, wobei ich auch meine armen, roten Schweinsäuglein abtupfe. Mich interessiert nicht länger, ob ich Dornröschen geweckt habe, denn nur Blick auf mich würde genügen und er würde davonlaufen.

Als Nächstes lege ich mich mit seiner Zahnbürste ins Zeug. Ich putze so gründlich, dass ich vermutlich eine Schicht Zahnschmelz abtrage. Ich entledige mich des

Handtuchs im Wäschekorb und ziehe den Kopf von seiner Zahnbürste, den ich in den futuristisch aussehenden Mülleimer fallen lasse, woraufhin ich aufgrund des darin liegenden Latex' das Gesicht verziehe. Tatsächlich lässt es mich ein wenig würgen.

„Ich trinke nie wieder, basta", verspreche ich meinem Spiegelbild, während ich flach atme. Sobald ich mir sicher bin, dass ich mich nicht wieder erbrechen werde, kehre ich zur Tür zurück und spähe hinaus.

Nur ein Blick, um zu sehen, ob ich meine Flucht ungehindert durchziehen kann.

Er hat sich nicht bewegt. Gott sei Dank. Ich schleiche hinaus, schleiche durch das Zimmer und ziehe die Tür leise hinter mir zu.

Ich gehe an ein, zwei, drei Türen in dem schmalen Flur vorbei, bevor ich eine Treppe erreiche, die sowohl nach oben als auch nach unten führt. Ich entscheide mich natürlich für unten, obwohl ich sehr neugierig bin, den Rest des Hauses zu sehen. Aber nicht jetzt.

Vermutlich nie.

Meine nackten Füße treffen auf das warme Holz, meine Schuhe hängen an meinen Fingern. Ich muss meine Handtasche finden, damit ich einen Uber rufen kann, und Gott sei Dank kann die App die aktuelle Adresse feststellen, denn bis auf Belgravia habe ich absolut keine Ahnung, wo zur Hölle ich bin.

Ich folge der Treppe bis ganz nach unten, wo ich mich umsehe, unsicher darüber, ob ich am richtigen Ort bin. *Es fühlt sich nicht richtig oder auf irgendeine Weise bekannt an.* Ich befinde mich in einem kleinen Flur, es ist ein wenig dunkel und mehrere Türen führen in verschiedene Richtungen. Wir kamen durch eine Garage und ein paar Stufen hinauf, oder nicht? Vielleicht ist das der Keller, vermutlich der ursprüngliche Keller. Auf dem Weg hierher waren alle Häuser, an denen wir vorbeikamen, georgisch. Wahrscheinlich denkmalgeschützt. Eine dieser Türen führt möglicherweise zum Dienstboteneingang und einem Weg nach draußen, oder ich könnte eine Etage nach oben gehen und die Haustür finden. Da sich auch meine Handtasche dort oben befindet, ist das der Weg, den ich wähle. Aber die Türen sind so nah beieinander und James ist zwei Stockwerke über mir, also lasse ich mich von der Neugier überwältigen.

Ich ziehe an der Klinke der nächsten Tür, die einen Indoor-Pool von mindestens zwanzig Metern Länge oder sogar mehr offenbart. *Nicht das, was ich erwartet habe.* Am hinteren Ende befindet sich ein Spa mit Mosaik-Fliesen, eine Glaswand entlang einer Seite zeigt ein kleines Fitnessstudio dahinter.

Hmpf. Ich kenne keine Fitnessstudios. Und ich würde mich nicht über sie äußern, wenn ich es täte.

Die nächste Tür öffnet sich zur Garage; der Aston Martin Vanquish, ein kastig aussehender Jeep und ein Motorrad, um das ihn selbst Batman beneiden würde. Und was hinter Tür Nummer drei liegt, bringt mich zum Kreischen. Eigentlich bringt es uns beide zum Kreischen.

„Meine Güte, was für ein Schock." Die Frau vor mir lacht trällernd, eine Hand an ihrem Hals, als ihr ursprünglicher Ausdruck des Entsetzens nachlässt. „Ich dachte nicht, dass jemand zu Hause ist." Ich betrachte die Waitrose-Einkaufstüte zu ihren Füßen und die höher platzierte auf der Küchenanrichte, ihr leichtes Make-up und ihr kurzes, schlichtes blondes Haar. Sie sieht aus wie jemandes Mutter. Aber irgendwie nicht wie seine.

„Er schläft noch." Die Worte sind mir unangenehm, meine Stimme ist heiser, während die Augen der Frau diesmal vor Überraschung, nicht des Schocks wegen groß werden. Und sie bewirft mich nicht mit Beleidigungen oder Teilen aus ihren Einkaufstüten, obwohl ich das Gefühl habe, als könnte ich Hester Prynne in den Schatten stellen. Vielleicht würde ich ihr scharlachrotes A gegen einen Eimer roter Farbe austauschen.

„Mr. Harrison ist zu dieser Zeit normalerweise bereits bei der Arbeit." Sie lächelt vorsichtig und plötzlich ergeben die Dinge mehr Sinn. Sie arbeitet für ihn. Die Haushälterin, vielleicht? Oder nur die Frau, die Lebensmittel in seinen Kühlschrank zaubert. *Ich frage mich, ob er seinen eigenen Einkaufszettel schreibt?* Der Gedanke bringt mich zum Grinsen, denn ich kann es mir nicht vorstellen.

„Er schläft immer noch tief und fest." Ich zucke die Achseln, dann realisiere ich, was ich soeben gesagt habe. Meine Wangen werden flammend rot. *Ja, also im Grunde genommen habe ich ihn nackt oben zurückgelassen, wo er sich nach unserer wilden Nacht ausschläft.* Vielleicht habe ich es nicht ganz so formuliert, aber ich hätte es auch genauso gut tun können, so wie ich angezogen bin, die Schuhe in der Hand und sexgeil. Zumindest ist mein Kleid recht sittsam, selbst wenn der Rest von mir aussieht, als hätte ich irgendwo an einer Straßenecke abgehangen. „Entschuldigung, ich war auf der Suche nach der Haustür." *Um zu flüchten. Sie wissen schon, jetzt, wo ich seinen Geldbeutel gestohlen habe.* Sei still, dummes Hirn! „Ich muss mich verlaufen haben."

„Oh, das passiert schnell. Dieses Haus ist wie Kaninchenbau. Die Haustür ist im nächsten Stockwerk, Liebes. Lassen Sie mich Ihnen den Weg zeigen."

Für den Fall, dass du noch etwas stiehlst. Das fügt sie nicht hinzu, aber ich denke es dennoch.

„Wollen Sie, dass ich eine dieser Einkaufstaschen hochtrage?“ Es scheint das Mindeste zu sein, das ich tun kann, als sie sich danach bückt.

„Nein, ich nehme sie nur von meinem Fuß. Ich werde sie nachher mit dem Aufzug hochbringen.“ Denn warum sollte ein Haus mit Pool nicht auch einen Aufzug haben?

Während ich der Frau nach oben folge, weiß ich nicht, was ich von ihrem Schweigen halten soll, ausgenommen von der Tatsache, dass sie ausnahmslos höflich ist. Vielleicht ist es ein übliches Ereignis, fremde Frauen hier herumlaufen zu sehen? Oder vielleicht ist sie nur zu höflich, um Fragen zu stellen?

„Oh, die gehört mir“, sage ich und schnappe mir meine Tasche, die dort liegt, wo ich sie zurückgelassen habe. Glücklicherweise ist mein Slip nirgendwo zu sehen, denn *das* wäre mehr als peinlich. Ich würde ihn lieber verlieren als ihn an einem Kronleuchter, über einem Bilderrahmen oder seinem kunstvollen Schnickschnack zu entdecken. Und apropos kunstvoller Schnickschnack, der, der in der vergangenen Nacht im Zustand unserer Leidenschaft vom Tisch gefegt wurde, liegt immer noch auf dem Boden verstreut. Ich widerstehe dem Drang, mich zu entschuldigen, ihn aufzuheben, und steige stattdessen darüber hinweg.

„Haben Sie Ihren Transport arrangiert?“ Oh Junge. Sie ist gut darin, das offensichtliche Spiel zu ignorieren, während sie über die kupferne Schale hinwegsteigt. „Ich bin mir sicher, ich könnte das Auto rufen?“

Das Auto oder ein Auto?

„Danke. Das ist sehr nett von Ihnen“, höre ich mich mit völlig flacher Stimme antworten, „aber ich werde mir einfach ein Taxi rufen.“ Oder einen Uber, wenn mein Handy noch Akku hat. „Danke, dass Sie mir den Weg gezeigt haben“, füge ich hinzu, wobei ich an der Türklinke ziehe, die sich keinen Zentimeter bewegt.

„Hier, lassen Sie mich das machen.“ Ich trete zur Seite, als sie einen Code in etwas eingibt, das wie eine Tastatur ohne Tasten aussieht. „Diese hochtechnisierten Sicherheitssysteme machen manchmal mehr Schwierigkeiten, als sie es wert sind.“

„Nochmals danke.“ Mit einem angespannten Lächeln schlüpfe ich durch die Tür, bevor die Dame sie überhaupt vollständig geöffnet hat, dann jogge ich hastig die Treppe nach unten.

Dort angekommen biege ich links ab, nicht weil ich weiß, wo ich hingehe, sondern weil ich irgendwo hingehen muss. Mein hämmerndes Herz kehrt zu einem normaleren Rhythmus zurück, als ich an der Straßenecke stehenbleibe.

Ich ziehe meine Schultern zurück und betrachte meine Umgebung. Die Straße hinter mir würde perfekt in ein Drama aus der Regency-Zeit passen, die Art von Häuser, in die Mamas und Papas ihre Töchter im heiratsfähigen Alter für die Saison und ihre Einführung in den Heiratsmarkt schicken würden. Hoch, schmal und recht uniformiert, die Stuckfassaden haben etwas leicht Römisches an sich. Könnten sie sprechen, hätten sie zweifelsohne viel zu erzählen. Das Kommen und Gehen vieler, nicht nur meines.

Ich hole mein Handy aus meiner Tasche und schicke ein stummes Dankesgebet für die verbliebenen sechs Prozent Akkuladung in den Himmel, dann öffne ich die Uber-App. Ich gebe die Daten ein und bemerke, dass mein Auto ein roter Subaru mit einem Fahrer namens Javid ist, dann hebe ich den Kopf und lasse mir von der Morgensonne das Gesicht wärmen, während ich mich weigere, die wirbelnden, aufkeimenden Gedanken über die Dinge anzuerkennen, die mich zu diesem Moment geführt haben.

Der Ring. Meine Trunkenheit. Der erneute Sex mit einem ungeeigneten Mann.

All das kann bis zu einem anderen Tag warten, denn im Moment habe ich andere Dinge, mit denen ich mich befassen muss. Zum Beispiel, meinen Magen dazu zu zwingen, sich lange genug zu beruhigen, dass ich mich nicht in Javids schönem roten Auto übergebe.

14

HARRY

„ONKEL GRIFF, diese Frau hat richtig große Brüste."

Neben mir taucht Griffins Kopf hinter seiner Zeitung auf und folgt der Richtung des offen ausgestreckten Kinderfingers.

„Das solltest du nicht so laut sagen, Mo", tadelt Griffin leise. Das Kind runzelt die Stirn, seine Hand landet auf dem Tisch, während sein Onkel murmelt: „Auch, wenn du recht hast."

Es ist schwer zu glauben, dass ich vergangene Nacht mit einer davon in der Hand eingeschlafen bin – Brüste, keine kleinen Kinder – nur um allein aufzuwachen, wesentlich später als gewöhnlich, wobei die reizende Besitzerin der reizenden Brüste bereits gegangen war. Aber zumindest weiß ich, wo sie von Montag bis Freitag zu finden ist.

Anstatt ein paar Stunden ins Büro zu gehen, wie ich es normalerweise tun würde, war ich direkt zu unserem üblichen Samstags-Treff im Motcombs gegangen. Teil Bar, Teil französische Brasserie, und es hat einen Grund, dass ich es so gerne mag. Eigentlich hat es mehrere Gründe.

Das Essen ist anständig, das Servicepersonal ist hervorragend und es hat den zusätzlichen Vorteil, dass es selten von Touristen entdeckt wird.

Und wenn ich *unseren* üblichen Samstags-Treff sage, dann meine ich, dass Beckett und Griffin dort oft ebenfalls zur selben Zeit zu finden sind. Ich war heute allerdings überrascht, dass unsere Gruppe trotzdem aus drei Leuten bestand, obwohl Beckett nicht anwesend war. Außerdem ist normalerweise kein Kind anwesend. Es sei denn, man macht sich die Mühe, Griff als solches zu zählen.

„Mummy mag es nicht, wenn du mich Mo nennst", erwidert das Kind, dessen Locken sich in der hauchzarten Brise bewegen. *Vielleicht hätten wir uns hineinsetzen sollen.* Heute ist ein extrem heißer Tag; einer dieser trägen, trägen Sommertage, an dem jeder guter Stimmung ist und an dem ein Brunch im Lieblingsrestaurant zu Cocktails irgendwo auf einer Dachterrasse und nicht dazu führen sollte, irgendjemandes Nachwuchs zu beobachten. „Sie sagt, ich würde dimminiert werden, wenn du mich Mo nennst, und dass du mich mit meinem richtigen Namen ansprechen sollst."

„Diskriminiert", korrigiert Griff und streichelt mit einer Hand über den Kopf des Kindes. „Kann man aufgrund eines Namens diskriminiert werden?" Sein Blick landet auf mir, woraufhin ich die Achseln zucke.

„Das ist mehr dein Gebiet als meines. Obwohl ich annehme, dass die ganze Idee die Hochrechnung von Informationen ist, basierend auf Annahmen. Du hast ein bestimmtes Aussehen oder klingst komisch und wirst deshalb diskriminiert, oder?"

„Wer weiß", murmelt Griff und blickt erneut auf das Kind hinab, das seine Aufmerksamkeit nun glücklicherweise auf seinen Teller gerichtet hat. „Wie auch immer, Montague ist kein richtiger Name", fügt er hinzu. „Also bleibt es bei Mo. Jetzt iss deine Pommes wie ein guter Junge."

„Warum ist *er* so ein Brummbär?", fragt das Kind nach einem Moment. Sein Blick landet auf mir, was mich überrascht. Brummbär? Bin ich mürrisch? Könnte es daran liegen, dass ich mir vorstellen könnte, wie ich mit einem gewissen Jemand Cocktails trinke? Einem blonden Jemand. Einem kecken und faszinierenden Jemand.

Die dünnen Beine des Jungen schwingen unter dem Stuhl vor und zurück, wobei er mit der Spitze seines Schuhs hin und wieder auf das Tischbein trifft. Normalerweise bin ich nicht so reizbar, oder?

„Er ist ein Brummbär, weil die Stellen von Hatschi und Chef schon vergeben waren." Griff lächelt breit, amüsiert von seinem Witz.

„Ja, aber warum zieht er so ein wütendes Gesicht?", fragt er, wobei eine halb zerkaute Pommes aus seinem geöffneten Mund fällt und von dem gestärkten Leinen-Tischtuch abprallt, bevor sie auf dem Boden landet.

„Denkst du, er würde dieses Gesicht ziehen, wenn er eine andere Wahl hätte?"

„Hm?" Der Junge dreht den Kopf zur Seite, wie ein Terrier, der ein Klopfen an der Tür erwartet.

„Harrys Ausdruck ist mehr querulantisch als wütend", antwortet Griff, dessen Verzweiflung wächst. Der Mann liebt es, ein Publikum zu haben, aber es macht keinen Spaß, wenn besagtes Publikum den Humor nicht zu schätzen weiß. Der Mangel an Bewunderung ärgert ihn eindeutig.

„Nur meine Freunde nennen mich Harry", sage ich zu

dem Kind. „Ich bin mir nicht sicher, warum dein Onkel denkt, dass sich diese Gefälligkeit auf ihn erstreckt."

„Was bedeutet qu-querulantisch?"

„Es bedeutet, dass er aussieht wie ein Rentner mit Verstopfung."

„Ja, aber warum?"

„Einfach so. Weil er ein Mistkerl ist", antwortet Griff. Sein verzweifelter Tonfall verstärkt sich, als er die Arme vor der Brust verschränkt. „Und ich weiß, ich habe ein schlimmes Wort gesagt. Aber du wirst es deiner Mutter nicht erzählen, oder? Weil du mit den Jungs unterwegs bist."

„Es ist in Ordnung. Ich habe es schon mal gehört. Mummy benutzt es *ständig*, um dich zu beschreiben."

„Ich glaube, ich habe soeben entdeckt, warum ich reizbar bin. Es ist die Gesellschaft, mit der ich gerade verkehre."

Im Gegensatz zu der Gesellschaft, mit der ich erwartet hatte, heute Morgen aufzuwachen. Ich hatte Pläne für Miranda, und nicht alle davon hatten mit dem Schlafzimmer zu tun. Manche wären in der Dusche gewesen, manche nackt mit Frühstück im Bett. Aber überwiegend wäre es darum gegangen, zum Kern dessen vorzudringen, was in ihrem Leben vorgeht. Sie besser kennenzulernen.

„Hör mal, Rosa hat mich kalt erwischt. Die Nanny ist nicht erschienen und ich konnte nicht Nein sagen. Es soll nur für eine Stunde sein."

„Und inwiefern ist das mein Problem?"

„Du weißt, wie es heißt: Freunde in der Not gehen hundert auf ein Lot." Griffs Antwort wird von einem Grinsen begleitet, was so viel bedeutet wie – seine Schwester brauchte einen Babysitter und obwohl er die

Art Mensch ist, bei dem die meisten nicht einmal ihren Goldfisch lassen würden, hatte sie ihren lieben Jungen einfach so bei ihm abgegeben. Und weil er sich nicht allein um das Kind kümmern wollte, hatte er ihn zu Motcombs mitgebracht.

„Der Freund in der Not geht dir auf den Sack, trifft es wohl eher." Zum Teufel, man soll vor Kindern nicht fluchen, oder? Ich weiß, dass sein Onkel es getan hat, aber ich bin mir ziemlich sicher, dass es verpönt ist. Nicht, dass ich im Allgemeinen viel mit Kindern zu tun hätte.

„Monty, warum gehst du nicht und holst dir ein Eis?" Bevor du ein ganz neues Vokabular lernst und es dann nach Hause zu deiner Mummy trägst.

„Ich soll kein Geld von Fremden nehmen." Das Kind starrt den Zehn-Pfund-Schein an, den ich ihm entgegenstrecke und beäugt ihn begehrlich.

„Er ist kein Fremder", wirft Griff ein. „Er ist Onkel Harry. Er kennt deine Mutter. Tatsächlich kennt er deine Mutter sehr, *sehr* gut. Er hätte mühelos dein –"

„Genug." Ich verliere nicht oft die Beherrschung, aber wenn ich es tue, ist es häufig die Reaktion auf etwas, das Griff gesagt oder getan hat. In welchem Labor auch immer er kreiert wurde, dort wurde scheinbar vergessen, seinem Erbgut jegliches Taktgefühl hinzuzufügen. Normalerweise glättet die Einbeziehung von Beckett die Dinge zwischen uns. Die Tatsache, dass er sich heute nicht sehen lässt, ist in mehrerlei Hinsicht nervig, aber überwiegend, weil ich ihn ausfragen wollte. Aber es ist unausweichlich, nehme ich an. Wer würde mit anderen Männern Zeit verbringen wollen, wenn die Möglichkeit besteht, bei der Frau zu sein, die man liebt? Nackt? Voll bekleidet? Trotzdem, es ist verdammt schlechtes Timing. „Nimm das Geld", beharre ich. „Geh und kauf dir ein Eis."

„Kann ich auch eine Cola haben?“ Er kneift seine Augen zusammen, und das auf verblüffend ähnliche Weise wie seine Mutter Rosa. Er hat auch ihre dunklen Locken. Aber er hat nichts von mir, auch wenn ich seine Mutter im biblischen Sinne kenne. Eine Kenntnis, die ich mir vor vielen, vielen Jahren angeeignet hatte, wie ich eilig hinzufüge.

„Wenn es dir deine Mutter erlauben würde, sehe ich keinen Grund, der dagegenspräche.“

„Würde sie nicht“, sagt er, wobei er mir plötzlich den Schein aus der Hand nimmt. „Aber Onkel Griff tut es, und er hat das Sagen.“ Er läuft los.

„Das Sagen worüber?“, murmle ich vor mich hin, während mein Blick auf Griff landet. „Wenn du jemals wieder so etwas andeutest, bringe ich dich verdammt nochmal um.“ Um Himmels willen, nur durch seine Schwester haben Griff und ich uns vor über zehn Jahren kennengelernt.

„Beruhige dich. Als hättest du irgendwelche kleinen Bastarde herumlaufen.“

„Und *was* genau soll das heißen?“

„Eine elegante Stichelei ist eintausend Beleidigungen wert, mein Freund.“

„Oh, leck mich“, gebe ich gedehnt zurück, im Kontrast zu meiner ansteigenden Wut. „Diese Aussage hatte nichts Elegantes.“

„Du bist der kontrollierteste Mann, den ich kenne. Genau wie Beckett tust du nichts ohne heimliche Absicht. Eingefleischte Junggesellen, ihr beide. Jedenfalls bis er losgezogen ist und geheiratet hat.“

„Das im Gegensatz zu dir, dem Mann, der alles vögelt, das einen Puls hat?“

„Sie brauchen alle ein wenig Liebe“, erwidert er mit einem Grinsen. „Selbst die Hässlichen.“

„Irgendwo da draußen in der großen, weiten Welt ist ein Baum, der sehr hart daran arbeitet, den Sauerstoff zu ersetzen, den du verbrauchst. Wenn ich du wäre, würde ich ihn finden und mich entschuldigen.“

„Ich sage die Wahrheit.“

„Du redest einen Haufen Schwachsinn, aber lass uns nicht darüber diskutieren, was sich zwischen deinen Ohren befindet.“

„Knallhart“, sagt er mit einem Lachen. „Ich will nur sagen, dass das Kind nicht deines ist. Er hat einen Vater, einen nutzlosen, idiotischen Scheckbuchhippie, aber Mo ist sein Sohn. Er hat zugegeben, Rosa geschwängert zu haben, nachdem du ihr im Jahr zuvor das Herz gebrochen hattest. Und er hat sie geheiratet, auch wenn ich ihm vielleicht drohen musste, ihm die Beine zu brechen.“

„Reizend. Ich bin mir sicher, es kommt Rosa nie in den Sinn, sich zu wünschen, deine Mutter hätte dich geschluckt.“

„Du hast keine Geschwister, also versuch nicht, mich zu belehren, in Ordnung?“ Griff nimmt seinen Drink, sein Tonfall ist gekränkt.

„Ich dachte, Rosas Mann wäre in der Filmbranche?“ Ich hatte sie kurz nach ihrer Hochzeit in einer anderen Galerie getroffen. Ich bin mir sicher, dass sie gesagt hat, dass er das wäre. Sie ist eine solch starke Persönlichkeit, dass ich sie wirklich nicht mit jemandem sehen kann, der ziellos ist.

Griff prustet, bevor er einen großen Schluck Bier trinkt. „Er arbeitet nicht. Er ist nur ein überheblicher Wichser, der in regelmäßigen Abständen nach Ibiza und Marokko reist, um zu schreiben und sich selbst zu finden.

Er denkt, massenhaft Gras zu rauchen würde ihn erleuchten."

„So faszinierend all das auch ist, ich verstehe immer noch nicht, was wir hier tun." Ich richte mich auf meinem Stuhl auf und klappe die Manschetten meines Hemds zurück.

„Ist es nicht offensichtlich? Wir babysitten."

„Durch das Akzeptieren deiner Freundschaft habe ich einige seltsame Dinge getan. Wurde einigen seltsamen Dingen ausgesetzt –"

„Was? Nenne mir auch nur eine seltsame Sache, für die ich verantwortlich bin."

„Vor zwei Jahren hast du entschieden, es sei mein Geburtstag."

„Das ist eine nette Sache", protestiert er, wobei er sehr versucht, nicht zu lächeln. „Darüber kannst du dich nicht beschweren. Und jeder hat einmal im Jahr Geburtstag."

„Der Schlüssel ist das Wort ‚Tag'. Geburts*tag*, nicht ein ganzes Jahr." Egal wohin ich ging, überall wurde mir ein Ständchen dargebracht und Geburtstagwünsche wurden ausgesprochen. Mir wurde kostenloser Nachtisch gebracht – Shots auf Kosten des Hauses. Leute gratulierten mir überall, wo ich auftauchte.

„Komm schon, alle mögen kostenloses Zeug. Selbst ein reicher Mistkerl wie du."

„Ich weiß nicht, ob du es bemerkt hast, aber ich ziehe es vor, nicht angegafft zu werden."

„Dann solltest du nicht mit Frauen außerhalb deiner Liga ausgehen."

„Zum Beispiel?" *Er kennt Miranda?* Der Gedanke wird sofort von einem Krampf in meiner Magengegend begleitet. Wie gut kennt er sie, und werde ich dafür sorgen müssen, dass ihm die Beine gebrochen werden?

„Diese Giselle. Sie ist eine richtige Marke."

Scheiße, meine Erleichterung ist greifbar. „Giselle ist geschäftlich."

„Das ist die Art von Geschäft, die ich gern *bearbeiten* würde, wenn du weißt, was ich meine."

„Du hast mehr Chancen, Lord Oberrichter zu werden, als ein Date mit Giselle zu bekommen."

„Ich will kein Date mit ihr, Harry."

„Dann könntest du vielleicht deine Karte weitergeben, obwohl ich glaube, dass sie bereits eine gesetzliche Vertretung hat. Denn die Chancen, dass du ihr an die Wäsche darfst, sind nicht einmal einen Gedanken wert."

„Du bist ein verdammter Komiker."

„Seltsam, ich dachte, ich wäre gerade Tagesmutter. Weißt du, wenn jemand mir gegenüber angedeutet hätte, dass du für ein Kind verantwortlich wärst. Na ja. Ich hätte gesagt, dass irgendjemand sehr dumm sein muss."

„Rosa ist nicht dumm. Wenn sie das wäre, dann würde sie nicht Rote Beete-Kwass trinken, während sie mit duftenden Birken-, Eichen- und Eukalyptuszweigen geschlagen wird. Und ich sollte es wissen, denn ich habe ihr den Gutschein dafür zum Geburtstag geschenkt."

„Einen Gutschein für ein Haus des Schmerzes?" Ich klinge, als hätte *ich* Schmerzen. „Nur du würdest einem Familienmitglied eine Sitzung mit deiner Domina kaufen."

„Um Himmels willen, ich habe keine Domina. Ich bin zweimal hingegangen, das ist alles. Nur um zu sehen, was eigentlich so toll daran sein soll."

„Wie viel hat es dich gekostet, um herauszufinden, dass sie einen nicht ranlassen?" Ich würde versuchen, mein Lächeln zu mäßigen, aber wo bliebe da der Spaß?

„Mehr als mir lieb war", murmelt er. „Aber das

Argument, das ich vorbringen wollte, ist, dass Rosa nicht dumm ist. Sie ist für die volle Banja-Erfahrung in ein russisches Spa gegangen. Währenddessen passe ich auf Monty auf. Und wo wir von dem kleinen Scheißer sprechen …“ Griff dreht sich auf seinem Stuhl, auf der Suche nach dem Jungen. „Oh, verdammt. Wo ist er hin?“ Er steht auf und schwingt mit seinem Kopf von links nach rechts, aber bevor ich mich der Suche anschließen kann, lässt er sich mit einem schweren Seufzen wieder auf seinen Stuhl fallen. „Krise abgewendet. Er ist drin und spricht mit der Braut mit den großen Titten.“

„Benutzt du diese Sprache vor Gericht?“ Als Rechtsanwalt im Obergericht verbringt Griffin einen Teil seiner Zeit in den Royal Courts of Justice, wenn auch mehr Zeit im Staatsgericht, wo er Klienten mit wesentlich schlimmerem Vokabular als dem seinen verteidigt. Die verteidigt, die sich nicht selbst verteidigen können, wie er es nennt. Oder, wie ich es sehe, in einer weißen Perücke herumhüpfen.

Griff antwortet nicht, da Monty an seiner Seite erscheint. Er stellt seine verbotene Ware, bestehend aus Cola und Eiscreme, auf dem Tisch ab und legt seine Hände um das Ohr seines Onkels.

„Onkel Griff“, flüstert er mit gedämpfter Stimme. „Die Brüste dieser Frau sind sehr, *sehr* groß.“

„Das hast du ihr nicht gesagt, oder?“

„Nein.“ Sein Blick ist feierlich. „Und ich benutze eine sehr leise Stimme, um es zu sagen.“

„Guter Junge. Denn sie darf nicht hören, wie du das sagst.“

„Warum? Große Brüste sind nett.“

„Alle Brüste sind nett“, erwidert Griffin, bevor sein

Blick theatralisch erst nach links, dann nach rechts wandert. „Aber Frauen mit großen Brüsten sind Hexen."

Das Kind kneift argwöhnisch die Augen zusammen. „Wirklich, Onkel Griff?"

„Ja, und sie wird dich mit einem Zauber belegen, wenn sie dich das sagen hört."

„Nein. Nein, das kann sie nicht. So etwas wie Hexen gibt es nicht. Sie sind ein Fantasieprodukt, genau wie die Zahnfee."

„Der Weihnachtsmann ist real, oder nicht?"

„Na ja, ja", antwortet das Kind, obwohl ich ein *Aber* spüren kann. „Aber er hinterlässt Beweise dafür, dass er real ist. Wir bekommen Geschenke", fügt er hinzu, die Hände in der Luft, als hielte er den Beweis dort. „Also woher weißt *du*, dass sie eine Hexe ist?"

„Weil alle Frauen mit großen T – Brüsten magisch sind. Je größer die Brüste, desto mehr Magie haben sie, denn in den Brüsten speichern sie ihre Magie."

„Größere Brüste bedeuten mehr Magie?", wiederholt der kleine Junge.

„Genau."

„Aber was machen sie mit ihrer Magie?"

„Du meinst abgesehen davon, sie bei kleinen Jungs zu verwenden, die unhöfliche Dinge rufen?"

„Das wollte ich nicht", protestiert der Junge. „Ich will nicht in eine Kröte verwandelt werden."

„Nein, du würdest dich definitiv nicht gern in deinen Onkel verwandeln", murmle ich.

„Es ist nicht diese Art von Magie. Sie nutzen sie, um die Männer um sie herum in ihren Bann zu ziehen. Sie bringen sie dazu, ihnen Drinks zu kaufen, für ihre Theaterkarten zu bezahlen, die Spülmaschine einzuräumen und den Rasen zu mähen."

„Das klingt nicht lustig.“ Monty verzieht das Gesicht.

„Na ja, das kann es schon sein, aber das wirst du selbst herausfinden, wenn du älter wirst.“

„Ist Mummy eine Hexe?“

Griffin hält inne und scheint die Frage zu überdenken, bevor er antwortet.

„Sie ist eine andere Art von Hexe. Und eine, die Onkel Griff verschwinden lassen wird, wenn du ihr auch nur ein Wort von dieser Unterhaltung erzählst.“

Wir beenden unsere Mahlzeit und Griffin macht sich auf den Weg, um sein wertvolles Paket an die Nanny zu übergeben, die plötzlich verfügbar geworden ist, vermutlich nach einem langen Morgen und einem üppigen Frühstück, um sich von den Nachwirkungen einer betrunkenen Freitagnacht zu erholen. Ich hoffe, dass Miranda nicht unter Ähnlichem leidet, obwohl ich das nicht glaube. Die anderen Auswirkungen, unter denen sie möglicherweise leidet, sind für mich in Ordnung, solange sie ein gutes Licht auf unsere gemeinsame Zeit werfen. *Leichter Muskelkater. Die ein oder andere Bissspur.*

Gott weiß, dass auch meine Muskeln heute Morgen ein wenig empfindlich sind.

Da ich heute keine weiteren Pläne habe, mache ich einen langsamen Spaziergang zurück zur Galerie, um das Meiste aus dem Sonnenschein zu machen. Im Kalender befinden sich ein paar Termine, aber nichts, das meine Aufmerksamkeit rechtfertigt. Normalerweise kümmere ich mich nur um die größeren Kunden, während der Galerieleiter die kleineren Verkäufe abwickelt. Und die

Leute, die nicht wirklich wissen, was sie tun. *Ich kann keine Zauderer ertragen.*

Aber sobald ich in meinem Büro bin, greife ich nach dem Telefon.

„Harry." Nachdem es ein halbes Dutzendmal geklingelt hat, bellt Beckett förmlich durch die Leitung.

„Habe ich irgendetwas unterbrochen?" Normalerweise ist er wesentlich ausgeglichener.

„Nein. Nichts. Was willst du?"

„Du warst heute nicht beim Brunch."

„Wie scharfsinnig von dir, Harry."

„Ich habe eine Beschwerde, und du wirst sie dir anhören, weil du gerade noch einmal so davongekommen bist, mein Freund."

„Also hat Griffin seine Begleitung von letzter Nacht mitgebracht", antwortet er monoton.

„Nein." Ich lache unglücklich, als ich mich an dieses Ereignis erinnere. „Heute war nicht so schlimm wie das, zum Glück."

Keiner von uns musste auf den Tag zurückkommen, an dem Griff seinen One-Night-Stand zum Brunch mitgebracht hatte, da sie noch nicht fertig, aber hungrig gewesen waren. Die beiden hatten gegessen, als hätten sie wochenlang keine Mahlzeit zu sich genommen, dann waren sie gegangen, aber leider nicht, bevor sein *Date* den Grund dafür preisgegeben hatte.

Ich lasse mir nicht noch eine Runde Schwanz und Zunge entgehen. Der Junge hat wahnsinnige Fähigkeiten, Alter!

„Wusstest du, dass Rosa einen Drehbuchautor geheiratet hat?"

„Als ich ihn kannte, hat er Speed verkauft, wenn ich mich recht erinnere. Es hatte etwas damit zu tun, dass ihm der Zugang zu seinem Treuhandfonds verwehrt wurde. Aber jetzt ist er Vater und ein glücklich verheirateter Mann“, fügt er hinzu, wobei etwas Bitteres in seinen Worten lauert. Er kann die Ehe nicht jetzt schon satthaben, oder? Nein, natürlich nicht. Ich habe ihn noch nie so glücklich gesehen wie gestern Abend. Es war beinahe schon gruselig, wie viel er gelächelt hat.

„Also, wo warst du, wenn du nicht bei Olivia bist?“

„Ich bin gerade nicht in London.“

„Ein Liebeswochenende mit der lieben Frau?“, necke ich. Kann man es als solches bezeichnen, wenn man verheiratet ist? Das hoffe ich. „An einem schönen Ort?“

„Ich bin allein. Olivia hat mich nicht begleitet.“

„Oh.“ Na ja, er ist verdammt verschlossen. „Sie ist dich nicht bereits leid, oder?“

„Wenn sie vernünftig ist“, murmelt er finster, bevor die Bestie zurückkehrt. „Was willst du, Harry?“

„Weißt du, Griff hätte sein Vermögen darauf gesetzt, dass du nie heiratest.“ Und darauf, dass ich niemals etwas mit jemandem anfangen würde.

„Eine kleine Wette, also.“ Becketts Antwort könnte am besten als abfällig beschrieben werden.

„Er denkt, Olivia leidet unter dem Stockholm-Syndrom oder sowas. Dass du sie eines Nachts zum Abendessen eingeladen und anschließend in deiner Villa eingesperrt hast.“

„Das liegt daran, dass Griffin ein Trottel ist.“

„Und ich höre, dass ihre App sie zu einer sehr reichen Frau machen wird.“

„Ja“, erwidert er gedehnt. „Dein Punkt ist?“

„Warum hat sie dich geheiratet? Nach eigener Aussage bist du als Partner ein absoluter Mistkerl.“

„Ich weiß nicht, was du meinst.“ Beckett klingt plötzlich unbehaglich. Das ist mir bei ihm neu, und ich kenne ihn bereits mein halbes Leben lang. Es ist, als hätte ich einen Nerv getroffen.

„Was hast du angestellt?“, frage ich vorsichtig. Er antwortet nicht. „Diese stürmische Romanze ist keine Tarnung für irgendein Geschäft, oder?“ Ich höre, wie lächerlich die Vorstellung ist, als die Worte meinen Mund verlassen.

„Harry, du überraschst mich“, murmelt er kühl, wobei er wieder wesentlich mehr wie er selbst klingt. „Ich war mir nicht bewusst, dass du eine so schöpferische Vorstellungskraft hast.“

„Du kannst dir das Theater sparen. Ich weiß, wie sehr du die Senior-Partnerschaft bei JBW in die Finger bekommen willst.“ Beckett verdient ein Vermögen für die Wagniskapitalgesellschaft, aber sie sind abgeneigt, ihm die Mehrheitsbeteiligung zu verkaufen, trotz seines Erfolgs. Er scheint zu denken, dass sie aufgrund einer hässlichen Angewohnheit widerwillig sind, die er in seiner Jugend übernommen hat – ein Aufputschmittel, das bereits seit langer Zeit in der Finanzwelt akzeptabel ist. *Eine Angewohnheit, von der er bereits seit langer Zeit befreit ist.* Aber er würde keine Frau als Sicherungsgegenstand benutzen, oder? „Bitte sag mir, dass es hier keine heimliche Absicht gibt und du sie aus keinem anderen Grund als der Liebe geheiratet hast.“

„Olivia wusste, worauf sie sich einlässt, als sie mich geheiratet hat“, antwortet er erschöpft. „Wenn du mit dem Teufel ins Bett gehst, musst du damit rechnen, irgendwann in der Hölle aufzuwachen.“

„Du hast getrunken.“ Es ist kein Vorwurf, mehr eine Sorge. Nicht, dass er nicht trinkt, aber er trinkt nicht im Übermaß. Nicht mehr. „Was ist los?“

„Ich frage mich, ob du deine Talente der Erzählkunst

mit Montagues Vater vereinen solltest. Wer hätte gedacht, dass du einen so fantasiereichen Geist hegst?“ In seiner Stimme schimmert etwas Gefährliches, als er wieder er selbst wird. Ich bin mit meiner Befragung noch nicht fertig, werde es für den Moment aber dabei bewenden lassen. „Du bist heute aber sehr umständlich. Du hast nicht angerufen, um dich über meine Abwesenheit beim Brunch zu beschweren.“

Ich reibe mir mit den Fingern über die Stoppeln an meinem Kiefer. „Du hast recht.“ Beckett antwortet nicht, es sei denn, man zählt das lange Seufzen, das er in die Leitung atmet. „Also werde ich einfach mit der Sprache herausrücken. Da war ein Mädchen, das Olivia gestern Abend bei der Speed-Dating-Veranstaltung geholfen hat.“

„Ja?“

„Sie arbeitet für Olivia, richtig?“

„Ja.“ Dieselbe Antwort, diesmal in einem anderen Tonfall.

„Na ja, ich habe mich gefragt, ob du mir ein wenig von ihr erzählen würdest.“

„Erzählen?“ In diesem Wort liegt so viel Herablassung. „Was genau erzählen?“

„Wie alt ist sie?“ Fangen wir damit an.

„Nein“, antwortet er nachdrücklich. „Denk nicht einmal daran. Jung ist das eine, aber dann gibt es auch noch einfach völlig falsch.“ Ich muss ihn nicht sehen, um zu wissen, dass sein Kiefer angespannt ist, um den auf seiner Zungenspitze balancierenden Wortschwall zurückzuhalten.

„Da redet der Topf doch über den Deckel, findest du nicht?“ Er hat vor kurzem eine Frau geheiratet, die mehr als zehn Jahre jünger ist als er.

„Harry, das Mädchen hat gerade erst die Schule verlassen."

Das Herz rutscht mir in die Hose wie ein Stein. „Du verarschst mich doch."

„Sie ist kaum neunzehn. Wie wäre es, wenn *du* mir sagst, dass du mich verarschst. Ich meine, was zum Teufel, Harry? Sie ist ein wenig unkonventionell, was deinen allgemeinen Geschmack betrifft, aber bitte zögere nicht, mir zu sagen, dass ich das falsch verstehe."

„Meine Güte." Ich habe nichts weiter zu sagen. Nichts hinzuzufügen, aber viel zu bereuen, wie es scheint. Aber dann erinnere ich mich, dass da zwei Mädchen waren. „Nur um sicher zu sein, wir sprechen hier von Miranda?"

„Du sagest Mädchen. Miranda ist eine Frau, kein Mädchen."

Na ja, so viel zum Feminismus. Wer ist dieser Mann und was hat er mit Beckett gemacht?

„Okay, also Miranda. Sie ist älter, oder?"

„Ja", antwortet er schrecklich knapp und bündig.

„Wie viel älter als neunzehn."

„Das weiß ich weder, noch interessiert es mich."

„Ungefähr Olivias Alter, würdest du sagen?"

„Harry, um Himmels willen, halte dich an deinen üblichen Typ. Denk an die Konsequenzen."

„Die Konsequenzen, sich zu verlieben? Jetzt ist es ein wenig zu spät, um kalte Füße zu bekommen. Was *geht* zwischen dir und Olivia vor?"

„Nichts", presst er heraus. „Ich bin mit dieser Unterhaltung fertig. Aber lass mich dir sagen, dass ich weder wissen noch billigen will, was du zu tun vorhast."

„Danke, *Dad*. Gib mir einfach die Adresse des Büros, in dem Miranda arbeitet."

„Nein."

„Ich kann nachsehen. Ich habe nur aus Höflichkeit –"

„Dann sieh nach, denn ich werde dir in *keiner* Weise den Weg ebnen."

„Welche Laus ist dir denn seit letzter Nacht über die Leber gelaufen?"

„Ich meine es ernst, Harry. Miranda arbeitet für Olivia. Wenn du das Leben meiner Frau noch komplizierter machst, als es bereits ist, indem du deine Feder wahllos in die Tinte ihrer Firma eintauchst, *werde* ich dich verprügeln."

Ich erinnere mich nicht, dass Beckett mir jemals gedroht hat. Zunächst einmal sind wir Freunde, aber es ist auch nicht sein Stil. Er neigt mehr zu Handlungen als Drohungen und heißer Luft. Aber was mich an seiner Antwort mehr verwundert, ist der Unterton der Reue, den seine wütenden Worte offenbaren.

„Beckett, was auch immer du getan oder gesagt hast, geh nach Hause. Wirf ihr deinen arroganten, eigennützigen Arsch vor die Füße und entschuldige dich."

„Ich habe keine Ahnung, wovon du sprichst", antwortet er in seinem unausstehlichen Tonfall.

Aber das ist in Ordnung. Wenn er sich nicht den Stock aus seinem eigenen Rektum ziehen kann, dann werde ich es nicht für ihn übernehmen. Es ist nicht zwingend, dass ich ihn in diese Sache mit einbeziehe. Was sagt man über die vielen Wege nach Rom?

Oder in diesem Fall zu einer wunderschönen Frau.

15

MIRANDA

Am Montagmorgen gehe ich spät ins Büro, froh darüber, dass ich heute nicht früher hier sein musste. Ich hatte einen kleinen Zeitausgleich dafür, mir am Freitag den Hintern abgearbeitet zu haben, was auch gut ist, denn ich kam heute Morgen nicht aus dem Bett. Tatsächlich war ich das ganze Wochenende über krank.

Es hat in James' Badezimmer an diesem Morgen angefangen, und bisher gab es über das Wochenende kaum eine Unterbrechung. Ich war sogar so krank, dass meine Eltern vorübergehende Waffenruhe verkündet hatten. Oder vielleicht ist es nur schwierig, vernünftig zu streiten, wenn die eigene Tochter so laut würgt.

Ich leide nicht still, wenn es um Krankheiten geht.

Wie auch immer, ich dachte, ich würde an diesem Morgen nicht zur Arbeit gehen können, da ich mich erneut übergeben hatte. Aber seit ungefähr neun Uhr geht es mir ganz gut. Außerdem habe ich es geschafft, eine Tasse Tee und ein wenig Toast bei mir zu behalten. Auch wenn ich so schwach bin wie der Kümmerling eines

Wurfs neugeborener Katzenbabys, bin ich definitiv auf dem Weg der Besserung. Außerdem kann ich es mir nach meinem Verhalten am Freitagabend nicht erlauben, mich heute Morgen zu Hause zu verstecken.

Während der Fahrt denke ich über die Unterhaltung nach, die vermutlich auf mich wartet, und auch über die Rechtfertigungen meiner Handlungen. *Wem mache ich etwas vor? Es gibt keine Rechtfertigung dafür, während der Arbeit betrunken zu sein.* Aber vielleicht wird Olivia sich meine Erklärung anhören, und wenn ich ausreichend um Gnade winsle, darf ich meinen Job vielleicht behalten.

Am Freitag hatte ich so hart gearbeitet und war so aufgeregt gewesen. Der Höhepunkt meiner monatelangen Arbeit war endlich gekommen. Ich hatte um sieben Uhr morgens begonnen und bis zum Abend durchgearbeitet. Ich hatte mir nicht einmal ein paar Minuten für eine Mittagspause genommen und war nicht nach Hause gegangen, um mich umzuziehen, als Heather und Olivia das getan hatten. Ich hatte einfach zu viel zu tun, angetrieben durch eine nervöse, aufgeregte Energie. Die einzige Zeit, die ich mir für mich genommen hatte, waren wenige Minuten vor der Ankunft der Teilnehmer gewesen, um mein Kleid anzuziehen und mein Make-up aufzufrischen.

Aber als Ausrede ist das recht erbärmlich. Ich würde die Schuld für mein betrunkenes Verhalten liebend gern meinem Terminplan und einem leeren Magen zuschieben, aber das kann ich nicht. Im besten Falle stehe ich heute Morgen einer Art Disziplinarmaßnahme gegenüber.

Vielleicht? Ich weiß es nicht.

Zwischen meinen Wellen des Erbrechens am Samstag hatte ich versucht, Olivia anzurufen, um mich zu entschuldigen, aber sie musste ihr Handy wohl ausgeschaltet haben. Vielleicht sollte ich nicht überrascht sein, da sie frisch verheiratet war und all das, aber seit ich meine Arbeit bei E-Volve begonnen habe, war sie für arbeitsbezogene Gespräche beinahe rund um die Uhr erreichbar. Ich hatte auch Heather angerufen, um mich zu entschuldigen, die mich so sehr ausfragte, dass sie die Spanische Inquisition wie Anfänger hat aussehen lassen. Also erzählte ich ihr von meinem falschen Diamanten, passend zu Camerons Grad der Zuneigung. Was den Rest angeht, die offizielle Zeitachse der Ereignisse, jedenfalls soweit es Heather betrifft, sah es so aus:

1. Becketts Freund, ohne Namen, war aufgrund ihres panischen Flehens dem Taxi zum Club gefolgt.
2. Dort hatte er mich zur sehr nötigen Vernunft gebracht, mir ebenso nötiges Koffein eingeflößt, mithilfe von einem McDonalds-Drive-Through oder vielleicht irgendeinem anderen Fast-Food-Restaurant, dann hatte er mich nach Hause gebracht, wo er mich unbefleckt und zerknirscht an der Tür zurückließ.

Ich hatte das ganze Wochenende im Bett verbracht, um über den Entwicklungsverlauf meines Lebens nachzudenken und habe entschieden, dass ich wie eine der Enten bin, die ich manchmal sehe, wenn ich am örtlichen Park vorbeifahre. Ich gleite gelassen über das trübe Wasser, trotz des Sonnenscheins. Aber schaut man unter die Oberfläche, dann arbeiten meine kleinen Entenbeine unablässig, um mich über Wasser zu halten. Um mich weiter voranzutreiben. Um den Anschein der Kompetenz aufrechtzuerhalten.

Ich bin entschlossen, dass meine Existenz nicht noch

weiter den Bach heruntergehen wird. Ich habe entschieden, die Konsequenzen, einen wertlosen Ring zu besitzen, nicht von einem emotionalen, sondern von einem pragmatischen Standpunkt aus zu betrachten. Was bedeutet, dass ich irgendeinen anderen Weg finden muss, um etwas mehr Geld in die Finger zu bekommen, in meinem Bemühen, genug für eine Mietkaution anzusparen.

Kein Problem. Ich werde einfach meinen Schlaf opfern müssen oder so.

Der Vormittag ist warm und strahlend, als ich vom Parkplatz in das abgedunkelte Gebäude gehe, den klapprigen Aufzug meide, und stattdessen die Treppe nehme. Durch den Aufstieg ungewöhnlich erschöpft, halte ich kurz inne, als ich das Stockwerk erreiche, in dem E-Volve untergebracht ist. Dort gleitet ein Papierflugzeug aus der offenen Tür, um mich zu begrüßen. Ich folge dem Bogen seiner Flugbahn, bevor es an meinen Füßen landet, wobei der Klang von Heathers Stimme ihm folgt.

„Gott, Jorge, ich weiß es nicht." Ihrem Tonfall nach zu urteilen klingt es, als würde sie es weder wissen noch interessieren … worauf auch immer sie geantwortet hat.

Ich habe heute keine Lust auf ihre Diskussionen.

Ich bücke mich und hebe das aus einem DIN A4-Blatt gefaltete Flugzeug auf. In Heathers schiefer Handschrift steht das Wort *HILFE* auf einen Flügel geschrieben, auf dem anderen befindet sich ein Strichmännchen, dessen Zunge aus einem grimmig verzogenen Mund heraushängt, anstelle der Augen sind zwei Kreuze zu sehen. Ich nehme an, dass Heather einen langen Morgen hatte. Das, oder sie plant, Jorge zu ermorden.

Ein übles Gefühl der Sorge und Furcht durchströmt meinen Körper, als ich das Büro betrete. Diesmal ist es ein physischer Ausdruck einer emotionalen Sorge. Ich habe nicht mehr solche Angst gehabt, seit ich im Alter von fünfzehn den Schulbus betreten und dort das gemeinste Mädchen des Ortes habe sitzen sehen. Zufällig war sie auch dasselbe Mädchen, gegen das ich am Wochenende zuvor am Leicester Square gestänkert hatte. Rückblickend scheint der potenzielle Verlust des Jobs schlimmer zu sein als zwei Jahre der Folter.

Die goldenen Strahlen der Sonne tanzen fröhlich durch die schmutzigen Fenster hindurch, werfen Linien auf den Boden und bieten den Staubpartikeln eine Tanzfläche. Heather und Jorge sitzen an ihren Tischen auf entgegengesetzten Seiten des Raumes, wo sie beide an ihrem jeweiligen Laptop tippen.

„Aber du hast gesagt, du hättest es mir weitergeleitet", grummelt Jorge, der sich seine Brille von der Nase nimmt, bevor er diese wiederum fast an den Bildschirm presst.

„Ja, habe ich."

„Na ja, ich kann es nicht finden." Seine Antwort verrät seine kaum verborgene Verzweiflung und er schlägt seine Maus nicht auf den Tisch, legt sie aber recht energisch hin. „Das ist lächerlich." Er drückt sich von seinem Tisch ab und steht auf.

„Hast du wirklich *überall* nachgesehen?" Heathers Antwort ist sowas von unschuldig. Zu unschuldig. Irgendetwas liegt in der Luft ... oder ist an der Luft, als mein Blick auf seinen Schritt fällt, wo sein Reißverschluss recht unverhohlen geöffnet ist.

Kindisch, Heather. Sehr kindisch.

„Wo ist die Bosslady?", frage ich, als ich meine Tasche über die Rückenlehne meines Stuhls hänge, aber nicht, ohne vorher mein Handy herauszuholen.

„Sie ist noch nicht da", antwortet Heather, während

ich mein Laptop hochfahre und das Gefühl der Übelkeit mit schneller Geschwindigkeit verschwindet, nur um beinahe sofort wieder zurückzukehren, als Olivias Name auf meinem Handybildschirm aufleuchtet.

Scheiße.

„Hi Olivia." Meine Stimme ist so hoch, dass sie vermutlich Hunde herbeirufen könnte.

„Ich komme heute nicht." Sie stürzt sich sofort auf den Grund, ohne Begrüßung oder Frage. „Ich bin krank."

Drei Worte. Eine Rettungsleine. Mein Silberstreif zu ihrer großen, dunklen Wolke.

Abstrakt betrachte ich die Tatsache, dass wir beide krank sind, als besorgniserregenden Zufall. Was, wenn etwas an den Vorspeisen nicht in Ordnung war und noch mehr Leute krank sind? Das könnte E-Volve aus weniger guten Gründen in die Zeitung bringen. Ich entscheide mich dazu, nicht zu erwähnen, dass ich ebenfalls krank bin. Es ist nicht nötig, dass wir beide uns Sorgen machen.

„Oh, wie schrecklich. Es tut mir so leid, das zu hören. Kann ich irgendetwas tun?" Gott, ich klinge wie ein Kriecher. Ein Superkriecher. Aber ich würde den ganzen Weg bis nach Hampstead kriechen, wenn es bedeutete, dass ich meinen Job behalten durfte. Besonders nach dem Morgen, den ich hatte.

„Nein. Nichts. Ich gehe zurück ins Bett. Wenn es einen Notfall gibt –"

„Keine Sorge. Wir sind dran. Du kannst dich auf uns verlassen." Selbst in meiner superfalschen Fröhlichkeit fühlen sich die Worte hohl an. Ich wünschte, ich könnte den Freitag aus unser beider Erinnerung auslöschen. Na ja, Teile davon. Aber eine Sache ist sicher; wenn ich meinen Job behalten kann, dann werde ich sie nie wieder enttäuschen.

„Gut.“ Gott, sie klingt alles andere als *gut*. Aber ich weiß, wie sie sich fühlt.

„Bist du sicher, dass ich dir nichts bringen kann? Suppe aus der Bäckerei?“

Igitt. „Etwas, um deinen Magen zu beruhigen?“

„Nein. Ich werde einfach zurück ins Bett kriechen. Aber ruf an, wenn –“

„Werde ich. Gute Besserung, Bosslady. Entspann dich. Wir machen uns ran.“ Mit einem gemurmelten *Tschüss* ist das Telefonat beendet.

„Ranmachen?“, wiederholt Heather. „Ich dachte, das bedeutet etwas anderes.“

„Sie klingt fürchterlich“, murmle ich, lege mein Handy neben mein Laptop und entscheide, ihre lächerliche Bemerkung zu ignorieren. War sie überhaupt ernstgemeint? Aber ich meinte jedes Wort – Olivia kann sich auf mich verlassen. Ich werde die gewissenhafteste Angestellte sein, die es je gab.

„Hey“, schreit Heather fast, was Jorge an der Tür zur winzigen Büroküche innehalten lässt. Es ist elf Uhr. Zeit für das zweite Frühstück. Wobei, was Jorge angeht, ist es beinahe so, als wäre es jede Stunde elf Uhr. Wenn es irgendwelche Gerechtigkeit in dieser Welt gäbe, dann wäre er so dick wie ein Walross. Stattdessen fallen seine Skinny Jeans von seinem ebenso dünnen Hintern. „Wirst du uns nichts fragen?“ Sie deutet zwischen uns beiden mit einem Finger hin und her.

„Meinetwegen.“ Man würde denken, Jorge sei zu alt, um die Augen zu verdrehen. Nicht, dass er *alt* ist, aber dieses Level an Augenverdrehen ist normalerweise für Fünfzehnjährige reserviert. Jedenfalls dachte ich das. „Wollt ihr eine Tasse, Miranda und Heather?“, fragt er monoton.

Ich schüttle den Kopf und unterdrücke ein Schaudern.

„Nein, danke, Jorge." Mit einem breiten Lächeln fügt Heather hinzu: „Oh, übrigens, ich habe heute Morgen den letzten Teebeutel benutzt."

„Warum lässt du mich dann fragen?"

Heather zieht eine Schulter hoch. „Um dir den Gefallen zurückzuzahlen, als du dich geweigert hast, mir eine Schachtel Tampons aus dem Laden mitzubringen."

„Oh, nicht schon wieder der Blutige-Tampon-Skandal", murmelt er leise, in Bezug auf einen fortlaufenden Streit der beiden.

„Ich habe es dir gesagt", faucht sie, wobei sie ihren Stuhl so entschlossen zurückschiebt, dass er auf seinen Rollen nach hinten schießt und erst zum Stehen kommt, als er mit dem Fotokopierer kollidiert. „Sie sind nicht *vorher* blutig."

„Können wir bitte einen Gang zurückschalten", gehe ich dazwischen. „Und hinten im Schrank ist eine volle Schachtel. Tetley's Teebeutel, meine ich."

Jorges Gesicht nimmt die Farbe einer Roten Beete an, bevor er in die Küche eilt und die Situation *tout de suite* behebt, während Heather mir einen Blick zuwirft, der alles andere als beeindruckt ist, aber was soll's. Abgesehen davon, dass ich heute nicht den Nerv habe, ihr Gezänk zu ertragen, fällt es nicht unter die Aufgaben einer guten Angestellten, Heather dabei zu helfen, ihn zu ärgern.

„Und Heather?" Ich schließe meine Tischschublade auf und hole eine ungeöffnete Schachtel Tampons heraus. „Hier." Sie fängt sie und lässt sie auf ihren Tisch fallen, bevor sie ihren Stuhl zurückholt. „Lass uns das Tampon-Kriegsbeil begraben, ja?"

„Bis er etwas anderes tut, das mich nervt", murmelt sie. „Achtung." Ein Klumpen verschwommener Farbe fliegt durch die Luft und verwirrt mich, als die Schachtel Tampons auf dem Boden landet. „Es scheint, als würdest du die hier früher brauchen als ich", fügt sie bedeutungsvoll hinzu.

Ich hebe sie auf und öffne erneut die Schublade, was ich so ruckartig mache, dass ich mir fast den Fingernagel an dem Metallgriff abbreche. Wann habe ich die gekauft? Ich weiß, dass ich sie gekauft habe, kurz bevor meine Regel beginnen sollte. Ungefähr. Ich bin nicht eines dieser Mädchen, die alles auf den Tag genau terminieren. Bis vor kurzem habe ich die Pille genommen und alles wurde durch dieses kleine nummerierte Päckchen erledigt.

Hör auf.

Jetzt verhältst du dich lächerlich.

Was war das nochmal mit keine Entenbeinchen mehr?

Ich lasse mich auf meinen Stuhl fallen und drehe mein Handy um, wobei ich die Kalender-App öffne, da ich scheinbar nicht anders kann. Es ist nicht so, als hätte ich mir das Datum meiner letzten Regel notiert, aber ich habe mir andere Dinge notiert.

„Wo warst du dieses Wochenende?", fragte Heather.

„Ich habe Schiedsrichter zwischen den beiden Heimmannschaften gespielt", antworte ich ein wenig abgelenkt.

„Was?"

„Ich habe einen erweiterten Selbstmord verhindert. Mom und Dad", füge ich schnell hinzu, um es besser zu erklären.

„Wer hat wen umgebracht?"

„Es ist ziemlich ausgeglichen. Der Hass ist gleich stark."

„Du hättest anrufen sollen. Ich wäre vorbeigekommen. Mit ihrer Nichte als Publikum wären sie vielleicht nett gewesen."

Oh, jetzt erinnere ich mich. Ich habe Heather im vergangenen Monat einmal geholfen, auf ihre Geschwister aufzupassen, als meine Regel gekommen war. Wann war das?

„Heth, wann sind deine Eltern letzten Monat ins Kino gegangen?"

„Wovon sprichst du?"

„Als ich vorbeigekommen bin und wir Pizza bestellt haben."

„Das war vor zwei Monaten."

„Nein, war es nicht", gebe ich zurück.

„Es war im späten Juni. Sie haben sich irgendetwas über Vögel mit Alexander Skarsgård angesehen, weil meine Mutter in ihn verknallt ist."

Ich hole mein Handy heraus und google Skarsgård zusammen mit dem Wort *Vogel*, woraufhin Google den Titel des Films als *The Hummingbird Project – Operation Kolibri* ausspuckt. Als Nächstes sehe ich mir die Programmzeiten ihres örtlichen Kinos an, aber diese werden nicht rückblickend gezeigt.

„Dad sagte, er wäre sowieso schlecht gewesen. Wenn du willst, dass ich vorbeikomme, dann weißt du, dass ich das jederzeit tue, oder?"

„Ich würde dich nicht dieser angespannten Atmosphäre aussetzen wollen. Außerdem würde ich dich möglicherweise zwingen, bei mir einzuziehen, wenn deine Anwesenheit tatsächlich helfen würde. Ich bin zu dem Schluss gekommen, dass es ihnen egal ist, wer sie dabei sieht, wie sie sich kläglich benehmen, solange beide denken, sie würden gewinnen. Sie hatten am Samstag offenes Haus und haben sich sogar dabei in die Wolle gekriegt – vor der Immobilienmaklerin und dem ersten Paar, das gekommen war, um sich alles anzusehen." Und danach hatte ich mich aus dem Bett geschleppt, um im Garten zu sitzen.

„Irgendwelche Interessenten?"

Ich schüttle den Kopf. „Sie sind bei der ersten Gelegenheit wieder verschwunden, als stünde das Haus in Flammen." Ich kann es ihnen nicht verübeln. Ich wäre nicht dort, wenn ich einen anderen Zufluchtsort hätte.

Verdammt. Ich wünschte, ich hätte mehr auf die Daten geachtet. Mir ist ein wenig übel, aber das ist albern. Ich sehe Dinge, die gar nicht da sind – ich hatte in den letzten Monaten nur zweimal Sex, und einmal davon war vergangene Nacht.

Theoretisch hatte ich mehr als zweimal Sex.

Zwei Nächte voller Sex wäre genauer.

Zwei Nächte voller Sex, in denen ich mehr Sex mit James hatte als in den letzten drei Monaten meiner Beziehung mit Cameron. *Verdammt.*

Aber eine dieser Nächte war letzte Nacht. Und auch wenn James eine Bestie im Bett ist, hat er keine übermenschlichen Kräfte. Wenn man darüber nachdenkt, wäre das eine beschissene Superkraft.

Ist es ein Vogel?

Ist es ein Flugzeug?

Nein, es ist Schwängert-dich-sofort-Mann!

Die Schwangerschaft ist nicht weit …

Damit würde er eine echte Nische im Markt der Superhelden füllen.

Stichwort für einen weiteren Schauder, diesmal aus

Abscheu, während ich beginne, die Nachrichten auf meinem Handy durchzugehen. Nachrichten von Cameron, obwohl es davon, dank Heathers Vorschlag, seine Nummer zu blockieren, keine neuen gibt. Die alten habe ich noch nicht gelöscht. Man weiß nie, wann man sie möglicherweise als Beweise braucht, falls ich von einem mysteriösen Auto überfahren oder als vermisst gemeldet werde.

Ein Scherz.

Mehr oder weniger.

Aber ich scrolle zu dem Datum von Heathers „Ich habe den Ring in eine Tüte voller Kleidung für Oxfam"-Streich zurück. Und während ich realisiere, dass mir das in keiner Weise hilft, das Datum meiner letzten Regel festzustellen, habe ich mir soeben das Datum der Empfängnis geliefert.

Ach. Geh. Doch. Weg.

Ich glaube, ich habe diese paddelnden Entenbeinchen soeben geschluckt, da etwas gegen meine Brust zu hämmern beginnt.

„Weißt du, womit es dir nach einem beschissenen Wochenende besser ginge? Happy Hour?"

„Ich glaube, ich hatte am Freitag genug", antworte ich ohne nachzudenken oder aufzupassen, da mein Verstand immer noch mit anderen Dingen beschäftigt ist. Zum Beispiel mit meiner aktuellen und sehr stillen Panik.

„Ja, aber heute ist Montag. Die letzte Woche wurde bereits von der Schiefertafel gewischt."

Von der Schiefertafel gewischt, aber nicht aus meiner Erinnerung, übergeben an die Annalen meiner Geschichte. Oder so.

„Nein, ich meine, ich hatte genug für den Rest des Jahres."

„Ja, das sagst du so, aber hält man dir ein Glas Prosecco unter die Nase und –“

Heathers Worte verstummen sofort, als ich mir eine Hand über den Mund schlage und in die Richtung der Toilette losrenne.

16

MIRANDA

Ich werde nicht darüber nachdenken.

Es ist vermutlich nur Stress.

Stress durch die Scheidung, eine verspätete Reaktion auf die Trennung, die Erkenntnis über den Ring.

Zusammen mit einem Hauch Sommergrippe oder Lebensmittelvergiftung.

Alles sehr plausibel.

Dazu kommt, dass wir Kondome benutzt haben.

Und die Tatsache, dass ich nicht schwanger sein kann, da das Universum sicher erkennen muss, dass der Mist verteilt werden muss – und es an der Zeit ist, auf jemand anderem herumzuhacken.

Oh, ich bin so verdammt am Arsch.

Der Rest des Morgens verstreicht schrecklich langsam. Und auch wenn ich in die Drogerie laufen will, will ich gleichzeitig auch im Dunkeln bleiben. Selige Unwissenheit und all das. Außerdem habe ich Arbeit zu erledigen, was aktuell in gewisser Weise meinen Geist beschäftigt. Glücklicherweise ist Heather auch beschäftigt, indem sie unsere Sozialen Medien mit Fotos bestückt, die sie am Freitagabend gemacht hat. Alle scheinen Spaß zu haben, breit grinsende Mädchen stehen neben den Kerlen von *Lust Island*. Paare lächeln einander schüchtern über den Tisch hinweg an.

Die Feedback-Karten erzählen jedoch eine gänzlich andere Geschichte. Und es sind diese Informationen, die ich abzugleichen versuche.

Brent.

Arrogant ist der allgemeine Konsens unter den weiblichen Teilnehmern, mit ein oder zwei abweichenden Kommentaren.

Schöne Augen.

So heiß!

Den würde ich nicht von der Bettkante stoßen.

Aber *Überkompensiert einen stiftdünnen Schwanz* muss wohl mein Lieblingskommentar sein.

Alesha.

Sollte sich an Katzen halten.

Riecht nach Katzen.

Netter Mensch. Wäre gern mit ihr befreundet, um Katzentreffen auszumachen.

George.

Teufel nochmal, was für ein Zinken. Den hätte ich gern voller Tequila.

Netter Mann. Schade um sein Gesicht.

Ich würde auf seinem Gesicht sitzen. Ich werde das als Bezug auf seine große Nase auffassen, nicht als jemanden, der einen Erstickungs-Fetisch hat.

Zoya.

Sagte, sie sei pansexuell. Es gefiel ihr nicht, als ich sie fragte, ob das bedeutet, dass sie auf Peter Pan steht.

„Oh Mann. Ich bin fertig."

„So schlimm?", erwidert Heather und hebt den Kopf.

„Schlimmer. Ich bin mir nicht einmal sicher, wie ich einige dieser Antworten kategorisieren soll." Sie zu sortieren hat meine Übelkeit schlimmer werden lassen. Ich habe das Gefühl, als hätte ich Gummihandschuhe tragen sollen, um die Karten auch nur anzufassen. „Wir haben vielleicht ein paar Übereinstimmungen. Überwiegend für dieselben Leute."

„Welche waren es?"

„Na ja, viele der Kerle mochten Melody."

„Weil sie große Titten hat." Sie nickt klug. „Männer. So berechenbar."

Glücklicherweise ist Jorge in die Mittagspause gegangen, also sind keine Diskussionen über Geschlechter, Belästigung und Spießbürgertum zu schlichten.

„Und Prudence scheint auch einige Bewunderer gehabt zu haben."

„Welche war das?"

„Das fragst du mich? Ich kann mich kaum daran erinnern, dort gewesen zu sein. War sie klein?" Irgendetwas in der Richtung ist mir in Erinnerung geblieben.

„Oh, sie war die Schnecke mit der piepsigen Stimme. Ihr Name ist übrigens völlig unzutreffend."

„Schicke Worte, Heth."

„Ich habe volle Punktzahl in meinem Englischkurs", gibt sie unter Erwähnung ihrer neuesten Prüfungsergebnisse zurück, während sie sich auf ihre Fingernägel bläst, bevor sie so tut, als würde sie sie an ihrem T-Shirt polieren. „Und sie war sowas von *keine* Prudence."

„Ich wusste nicht, dass Namen heutzutage zu den Leuten passen müssen." Ich lache ein wenig und sortiere die Karten zu ordentlicheren Stapeln. „Ich denke, ich werde mir zum Mittagessen ein Sandwich aus der Bäckerei holen." Und damit meine ich einen Besuch in der Drogerie. Vielleicht. Oder vielleicht sollte ich warten, bis ich auf dem Nachhauseweg bin? So oder so, der Gedanke daran, meinen Tisch chaotisch zurückzulassen, löst in mir Angstzustände aus. Ein Ort für alles und alles an Ort und Stelle. Es sind die kleinen Dinge, die mich zufrieden machen. Und es sind aktuell nur die kleinen Dinge im Leben, über die ich Kontrolle habe.

Babys sind klein, flüstert mein Verstand.

Ignorieren!

„Ich will nur sagen, dass man keine Nonne namens Candi oder eine Sexarbeiterin namens Prudence finden sollte."

„Und sie ist eine Sexarbeiterin?"

„Nein, Lehrerin oder so. Nicht, dass es falsch wäre, Sexarbeiterin zu sein."

„Allerdings."

„Tatsächlich finde ich, dass diese Regierung ihre Pflicht diesen Frauen gegenüber vernachlässigt."

„Prudence?", sage ich, in der Hoffnung, sie von ihrer Seifenkiste zu schieben, bevor sie die Chance hat, sich dort oben über weitere Dinge auszulassen.

„Oh, richtig. Der Punkt ist, die Art, wie sie sich bei den Kerlen von *Lust Island* verhalten hat, war alles andere als prüde. Sie war diejenige, die diese ganze „Oh, ich habe kein Papier für dein Autogramm"-Sache angefangen hat, und bevor ich nach meinem Notizbuch greifen konnte, hatte sie bereits den Ausschnitt ihres Kleides heruntergezogen, förmlich bis zu ihrem Bauchnabel."

„Oh, sie hat das mit dem Unterschreiben auf den Titten angefangen?"

„Bei der Haut, die sie gezeigt hat, hätten sie auch auf ihrer V –"

„Okay, ich verstehe schon."

„Ich weiß, dass es der Bosslady um die ‚authentische Übereinstimmung' und nicht die ‚Bettgeschichte' geht", sagt sie, wobei sie mit den Fingern Anführungszeichen macht, „aber sowas kann man nicht kontrollieren. Ich wette, dass eine ganze Menge von ihnen am Samstagmorgen im Bett eines Fremden aufgewacht sind."

Ich sage nichts. Ich hoffe auch, dass ich nicht rot werde. Nicht, dass Heather es zu bemerken scheint.

„Ehrlich, wenn die Romantik nicht tot ist, dann finde ich, dass jemand ihre Anordnung zum Verzicht auf Wiederbelebung unterschreiben sollte."

„So zynisch."

„Ich bin Realistin. Ich will nicht sagen, dass ich nicht an die Liebe glaube. Ich glaube nur nicht, dass man sie erzwingen kann."

„Das Speed Dating sollte nur ein kleiner Spaß sein. Publicity für die Marke. Wir haben keine Herzen, Blumen und Erklärungen unsterblicher Hingabe erwartet."

„Ich persönlich habe ein wenig Anstand erwartet."

„Dem habe ich nichts hinzuzufügen." Denn Menschen, die in Glashäusern leben, sollten definitiv nicht mit Steinen werfen. Oder ohne Unterwäsche nach Hause gehen.

„Du kommst schon durch", antwortet sie mit einem freundlichen Blick.

„Ich hoffe, dass Olivia genauso denkt", murmle ich, wobei sich mein Magen erneut zusammenzieht. Jedes Mal, wenn ich an sie denke, durchfährt mich derselbe ungesunde Ruck – nicht im Sinne des Übergebens, sondern im Sinne der Sorge. Ein Teil von mir wünscht sich, sie würde zu Hause bleiben, bis wir beide diese ganze Sache vergessen haben, während der andere Teil von mir sofort nach Hampstead fahren will, nur um es hinter mich zu bringen.

„Wenn du es ihr erklärst, dann tut sie das vielleicht."

Ich schüttle den Kopf. Wo sollte ich anfangen? Selbst ohne die Sorge, die mich gerade plagt, gibt es so viel, das ich ihr nicht erzählt habe. Warum? Weil sie meine Chefin ist, nicht meine Freundin. Ich will nicht zugeben, was für eine Versagerin ich bin. Ich würde es vorziehen, ihren Respekt zu behalten, und ihn nicht gegen ihr Mitleid auszutauschen. Also nein. „Keine Ausreden. Ich werde das, was sie zu sagen hat, mit Fassung tragen. Mein Verhalten war nicht professionell. Das akzeptiere ich."

„Wenigstens hast du dich nicht verhalten wie eine läufige Hündin."

Das jedenfalls hat sie nicht gesehen. Später am Abend? Das war eine ganz andere Geschichte.

Waren das die Hormone? Hurenmone, wohl eher.

„Ich habe mir überlegt", Heathers Worte reißen mich aus meinem Selbstmitleid, „ich hole vielleicht eine Karte oder sowas für Harry."

„Wer ist Harry?"

„Becketts Freund. Der dafür gesorgt hat, dass du am Freitagabend nach Hause kamst? Sag mir nicht, dass du dich nicht an seinen Namen erinnerst", fügt sie verwirrt hinzu. „Nicht nach all der Mühe, die er sich gemacht hat."

„I-ich habe ihn nur einen Moment lang vergessen." Ich richte meine Aufmerksamkeit auf das Herunterfahren meines Laptops, um ihren Blick zu meiden. Hat er mir einen falschen Namen genannt? Es scheint lächerlich, aber trotzdem kann ich nicht anders, als mich zu fragen.

Und wenn er mir einen falschen Namen genannt hat, warum?

Es sei denn, diese *Akquisitionen* sind illegal.

Es ist vermutlich ein Spitzname.

Scheiß drauf. Welchen Unterschied macht das? Es ist nicht so, als bewegten wir uns in denselben Kreisen. Er könnte alles Mögliche genannt werden und es hätte keinen Einfluss auf mein Leben.

Es sei denn, er wird bald Vater.

„Ja, na ja, ich habe daran gedacht, ihm eine Karte zu besorgen, um mich bei ihm dafür zu bedanken, dass er sich um dich gekümmert hat. Vielleicht eine Flasche Wein? Ich dachte, die Flasche Wein könntest du vielleicht bezahlen. Du weißt schon, als *dein* Dankeschön."

„Ich glaube nicht, dass wir beide uns die Art Wein leisten könnten, den er zu trinken gewöhnt ist."

Außerdem habe ich meine Dankbarkeit für diese Nacht bereits auf andere Arten gezeigt.

Oh Gott, bitte! Ja! Ja!

„Es ist der Gedanke, der zählt", sagt sie mit gerümpfter Nase, während ich den Kopf einziehe, da es der Gedanke ist, der meine Wangen rot werden und mein Inneres unanständig pulsieren lässt. „Wie auch immer, woher solltest du wissen, was er trinkt?"

Einmal war es ein Single-Malt-Whisky, der auf seiner Zunge himmlisch geschmeckt hat.

„Hast du nicht das Auto gesehen, das er fährt?" Ich schließe meine Schreibtischschublade ab und ziehe den Schlüssel heraus. „Außerdem ist er ein Freund von Beckett. Wenn du mich fragst, dann sehen wir ihn vermutlich nie wieder."

Denn ich bin nicht schwanger und –

Mein Kopf schießt mein Klang eines tiefen Lachens nach oben.

„Hat dir niemand beigebracht, was passiert, wenn du den Namen des Teufels aussprichst?“

17

MIRANDA

WENN MAN VOM TEUFEL SPRICHT, *dann ist er nicht weit.*

„Hey Harry!“, zwitschert Heather, als wäre sein Erscheinen im Büro die natürlichste Sache der Welt – als würde er hier verdammt nochmal arbeiten!

James ... Harry ... *wer auch immer* er ist, er steht in meinem Büro, mit umwerfend blondem Haar und funkelnden, blauen Augen. Und dieser Anzug? Absolute Büro-Pornografie. Stahlgrauer, sommerlicher Stoff, der sich an seine starken Oberschenkel schmiegt. Ein blaues, am Hals geöffnetes Hemd, das den Glanz seiner Augen hervorstechen lässt.

Gott, ich wette, er wird irgendwann einmal wunderschöne Babys zeugen.

Natürlich nicht mit mir.

„Hallo Heather.“ Er sieht zweimal hin, was mich dazu veranlasst, die Lippen aufeinanderzupressen, um ein Lachen zu unterdrücken. Natürlich, das ist sein erster Blick auf *Bürokleidung-Heather*. Beim Abend des Speed Datings hatte sie sich sittsam gegeben, mit Ballerinas und einer gutaussehenden Kombination aus Shirt und Rock, aber an einem regulären Tag ist meine Cousine ein Fan von mit Graffiti besprühten Doc Martins und Leggins, kombiniert mit einer Reihe knallbunter Tutus. Sie holt vielleicht sogar das ein oder andere T-Shirt mit gewissen Statements darauf heraus. Heute Morgen ist es ein schwarzes Shirt mit Blumen und kursiver Schrift, die verkündet: *Grow a Pair*.

Erst auf den zweiten Blick erkennt man, dass die Blumen nicht in Vasen stecken, sondern mit Eierstöcken verwoben sind.

Wie auch immer, ich muss ihm lassen, wer auch immer er ist – Harry? James? – dass er die Manieren hat, seine Überraschung nicht offenkundig zu zeigen.

„Bist du hier, um Olivia zu sehen?", fragt Heather, ohne auf eine Antwort zu warten. „Sie ist heute nicht da. Sie ist krank."

„Das ist schade", antwortet er sanft. „Aber ich bin eigentlich hier, um Miranda zu sehen."

„Was?", frage ich scharf, während Heather quietscht: „Wirklich?"

„Ist das ein Problem?" Er bedient sich dieses ungezwungenen Tonfalls, während er die Hände aus den Taschen seiner Hose zieht und dabei fast auf den Fersen wippt.

Mistkerl. Er genießt das viel zu sehr. Welches Arschloch taucht schon am Arbeitsplatz eines Mädchens auf, wenn sie bereits angedeutet hat, dass es tabu ist? Dass *sie* tabu ist? Hat ihm die Tatsache, dass ich mich aus seinem Bett geschlichen habe, ohne ihm meine Telefonnummer zu hinterlassen, denn gar nichts bedeutet?

„Ich dachte, ich würde dich vielleicht zum Mittagessen entführen."

Ich schüttle bereits den Kopf, bevor er seinen Satz beendet hat, aber ich stelle fest, dass ich mir auf die Lippe beißen muss, um dem Drang zu widerstehen, *So wie du meine Unterwäsche entführt hast* zu antworten, da sie am nächsten Morgen nirgendwo zu sehen war.

„Tut mir leid. Ich kann nicht." Mit den Schlüsseln, die ich immer noch in der Hand habe, bücke ich mich und schließe erneut meine Schreibtischschublade auf. „Ich habe viel zu viel Arbeit zu erledigen. Du weißt schon, da Olivia krank ist." Meine Worte kommen hastig heraus und ich kann mich nicht dazu durchringen, ihn anzusehen, da das zu nichts Gutem führen kann. Denn ansehen führt zu berühren, und berühren führt zu allerhand anderen Dingen.

„Du hast eben gesagt, du würdest dir ein Sandwich holen gehen."

Nein, ich wollte einen Schwangerschaftstest holen – im direkten Bezug auf meine Beziehung mit diesem Mann!

Ich stelle fest, dass ich Heather ansehen kann, obwohl ich wünschte, ich hätte es nicht getan, denn ich kann die sich drehenden Rädchen in ihrem Kopf beinahe sehen, die Millionen Fragen, die dort aufkommen, Fragen, mit denen ich zu späterem Zeitpunkt bombardiert werde.

„Ja. Aber. Na ja. Das war vorher. Bevor mir aufgefallen ist, dass ich mein Mittagessen bereits mitgebracht habe."

„Du weißt, dass der zerdrückte Müsliriegel, den du letzte Woche ganz unten in deiner Tasche gefunden hast, nicht als Mittagessen gezählt werden kann." Ihr Gesichtsausdruck ist eine seltsame Mischung aus Betrachtung und Pervertiertheit. Wie geht nochmal das Sprichwort, jemandem einem Strick zu geben? Ich habe das Gefühl, dass sie mir genau das gibt. Einen Strick. Und ob ich dieses Büro mit ihm verlasse oder nicht, ich weiß, dass ich mich einem Gehänge gegenübersehe. Oh, um Himmels willen – einer Hängung, keinem Gehänge. Das war kein Freud'scher Versprecher in Bezug auf das, was er in der Hose hat.

„Ich wollte nur sichergehen, dass es dir nach Freitagabend gut geht." Sein Gesichtsausdruck wird härter, in seinem starken Kiefer spannt sich ein Muskel an.

„Miranda ist sehr gewissenhaft." Ihre Aufmerksamkeit richtet sich auf ihn. „Sie ist sozusagen die tragende Säule dieses Büros. Sie ist die Marketing-Managerin, weißt du." Warum verspürt sie das Bedürfnis, mich anzupreisen? Hmm. Ich nehme an, wegen der Art, wie ich mich am Freitagabend verhalten habe oder aufgrund dessen, dass er ein Freund von Beckett ist. Es sei denn, da steckt noch etwas dahinter. „Aber ich bin mir sicher, dass sie Zeit für einen Kaffee hat." Versucht sie, mich zu verkuppeln?

„Ich habe so viel zu tun." Irgendeine Art von Urdrang zum Selbstschutz lässt mich stehenbleiben, anstatt mich über die Lehne meines Stuhls zu beugen, während ich meine Maus bewege, in dem Versuch meinen Computer zum Leben zu erwecken. Als der Bildschirm vor mir nichts tut, bewege ich die Maus erneut, nur ein wenig energischer. Als Zugabe schlage ich damit auf die Seite des Tisches.

Verdammt. Ich habe meinen Computer bereits heruntergefahren.

Und dann erkenne ich, dass sie mich beide anstarren. „Ich bin sehr, sehr beschäftigt." Damit beschäftigt, durchzudrehen.

„Wie du es am Freitagabend warst?" Etwas in seinem

Verhalten bringt mich dazu, abrupt den Kopf zu heben. War das eine Drohung? „*Beschäftigt.*"

Mit den Fingern über der silberfarbenen Tastatur verarbeitet mein Verstand seine Formulierung. Das ist einer dieser Momente, in denen man sich *ziemlich sicher* ist, dass man das Gesagte falsch verstanden hat, aber nicht zu hundert Prozent. Aber wie er *beschäftigt* gesagt hat – dann fällt der Groschen. Wie ein Amboss.

„Ja, wir waren an diesem Abend *alle* sehr beschäftigt." Mein Blick landet auf Heather, die sich dessen, was soeben gesagt wurde, nicht bewusst zu sein scheint, denn es gibt beschäftigt und es gibt *beschäftigt*, aber das hat sie wohl nicht bemerkt. „Beschäftigt, beschäftigt, beschäftigt." Plötzlich fühle ich mich wie eine Darstellerin inmitten einer sehr britischen, theatralischen Posse.

Ich kann nicht glauben, dass er mitten am Tag in meinem Büro auftaucht und dort mit Euphemismen, gespickt mit einem Anflug von Erpressung um sich wirft. Ich muss diese Sache beenden und ihm erklären, warum Freitag nicht erneut geschehen kann, was aber nicht sehr gut funktioniert, wenn Heather mithört. Und ich habe keinerlei Absicht, es im Café zu tun. Wände haben Ohren. Für gewöhnlich die Ohren alter Damen mit einem Faible für Urteile und Klatsch, wie ich dort bereits feststellen konnte. Ich plane nicht, das Thema ihres Klatschs zu sein.

Mein Handy vibriert mit einer Nachricht und ich weiß, von wem sie ist, bevor ich überhaupt nach unten sehe.

Wir müssen darüber reden, NACHDEM der heiße Kerl dich zum Mittagessen ausgeführt hat.

Ich antworte mit dem Emoji, das aussieht, als würde ich ihr den Mittelfinger zeigen.

Bitte. Ich muss Salbei verbrennen, um die sexuelle Spannung in diesem Raum loszuwerden. Willst du, dass ich dich blamiere?

Noch mehr? schreibe ich zurück.

Cocktails heute Abend oder ich erzähle allen, dass du Opa geschnieft hast.

Heather, auch du? Habe ich irgendeine Notiz verpasst? Ist heute der Montag der Erpressungen?

„Letzte Chance", neckt er. Letzte Chance wofür? Ich bin mir nicht sicher, ob ich für das Risiko bereit bin, es herauszufinden.

„Ja, okay. Meinetwegen. Zwanzig Minuten können nicht schaden." Ich nehme die Büroschlüssel aus meiner Schublade und meine Handtasche von der Rückenlehne meines Stuhls, die ich mir ein wenig aggressiv über die Schulter ziehe. „Wird nicht lange dauern", murmle ich bedeutungsvoll, als ich an Heather vorbeigehe. Dann stolziere ich aus dem Büro.

Im Flur kommt mir plötzlich eine Idee, woraufhin ich zur Treppe gehe, die nach oben führt, anstatt zu der, mit der man nach unten kommt.

„Hier entlang", murmle ich und deute in die Richtung, als er hinter mir aus dem Büro tritt.

„Aus einem bestimmten Grund?", fragt er mit seiner lässigen Stimme.

„Ich will kein Publikum." Er lacht geheimnisvoll, verlockend.

„Davon träumst du wohl", sage ich über meine Schulter hinweg. „Und hör auf, meinen Hintern anzustarren."

„Ich liebe es sehr, dir beim Hinaufgehen der Treppe zuzusehen."

Seine Bemerkung ist eine seltsame Art der Bestätigung, und ich bin froh, dass er immer noch hinter mir ist, sodass er mein Lächeln nicht sehen kann.

Oben an der kurzen Treppe angekommen, schließe ich die Tür zu Olivias neuem Büro auf. Bis vor ein paar Wochen war ihr Tisch in dem offenen Büroraum ein Stockwerk tiefer untergebracht, aber seit ihrer Heirat mit Beckett hat sie allerhand Veränderungen vorgenommen. E-Volve hat neue Mitarbeiter und ein weiteres Büro im Stockwerk darüber bekommen, sie hat neue Vorgänge eingeführt, die App-Nutzung optimiert und sich ein privates Büro in einem neuen Stockwerk besorgt. Aber obwohl sie einen superreichen Mann geheiratet hat, ist sie immer noch dieselbe Olivia und ich bin mir beinahe sicher, dass es ihr nichts ausmachen wird, dass ich ihr Büro ein paar Minuten lang benutze.

Beinahe sicher.

Die Tür öffnet sich und ich gehe hinein, dann drehe ich mich zu ihm um, wobei ich die Arme verschränke. Die Wirkung wird ein wenig gemindert, als ich erkenne, dass er mir nicht zusieht, da er mir den Rücken halb zugewandt hat, während er die Tür hinter sich schließt. Aber dann dreht er sich um und lächelt so offen, dass ich ihm fast alles vergebe. Bis mir einfällt, dass ich das nicht kann.

Und dass ich mich nicht mit ihm einlassen kann.

„Ich dachte, dass ein wenig Privatsphäre vielleicht besser für uns wäre." Ich versuche es mit Unnahbarkeit, was er zu ignorieren scheint.

„Mir gefällt dein Gedankengang." Sein Blick wandert in sehr offensichtlicher und begeisterter Abschätzung über mich.

„Nein!" Meine Arme klatschen an meine Seiten, als

ich sie plötzlich verärgert fallen lasse. „Es tut mir leid, dich zu enttäuschen, aber entgegen dem, was du zu denken scheinst, bin ich dafür niemals gut, an keinem Ort."

„Wie ich mich erinnere, habe ich dich zum Mittagessen eingeladen. Zu keinem Zeitpunkt habe ich vorgeschlagen, dass du die Hauptspeise sein sollst."

„Gut, denn ich werde keinen Sex mit dir haben." Habe ich das ein wenig zu laut gesagt? Es sogar geschrien? Ich hoffe nicht. Das Büro ist ein altes, renoviertes Lagerhaus mit Backsteinwänden, Holzböden und höhlenartigen Decken – Geräusche hallen fürchterlich durch das ganze Gebäude. Um es anders zu sagen, wenn wir an einem ruhigen Tag im Büro Sex hätten, würde es Heather hören. Woher ich das weiß? Weil ich das Radio im Stockwerk darunter während Becketts Besuchen einschalten musste. „Weißt du was, James, Harry, oder wer auch immer du bist? Ich habe heute Nachmittag viel zu tun, also werden wir das schnell erledigen."

„Ich kann schnell sein."

„Da gibt es *nichts* zum Lachen." Zum Teufel. Wir sollten dieses Spielchen nicht spielen – und ich sollte diese ganze Sache nicht ermutigen. Vielleicht war es doch keine gute Idee, hierher raufzukommen.

„Es ist eine nützliche Fähigkeit", erwidert er. „Eine, die besonders wichtig ist für diese Momente, in denen die Zeit knapp ist. Wenn du sehr, sehr beschäftigt bist, würde ich nur ein paar Minuten brauchen, um dich zum Höhepunkt zu bringen."

„Als bräuchte ich diese Erklärung!", schreie ich beinahe. Er tritt von der Tür weg, woraufhin ich eine Hand hebe. „Und ... und unangebracht."

„Aber trotzdem eine nützliche Fähigkeit."

„Diese *Unterhaltung* ist unangebracht."

„Du hast sie angefangen, Miranda." Warum klingt es so, als würde er meinen Namen schnurren?

„Und jetzt beende ich sie. Das kann nicht nochmal passieren." Ich zeige zwischen uns hin und her, als wäre ich Teil einer Tribute-Vorstellung für Taylor Swift.

We are never, ever, ever having sex together.

"Und es ist übrigens James. Oder Harry. Was auch immer du vorziehst." Fantastisch, ignoriere mich ruhig, obwohl ich mir sicher bin, dass mein Gesichtsausdruck meine Verwirrung verraten muss, da er hinzufügt: „James Harrison, zu deinen unendlichen Diensten."

Oh. Na ja. Zumindest ergibt die ganze James/Harry Sache jetzt einen Sinn.

Nicht, dass sie irgendetwas verändert.

„Ich kann keinen Sex mit dir haben." Niemals, niemals, jemals.

„Wer hat irgendetwas von Sex gesagt?", fragt er mit ausdruckslosem Gesicht, obwohl seine Augen vor unverhohlener Belustigung funkeln.

„Du. Sexuelle Dienste – unendlich."

„Das klingt schmerzhaft. Aber ich bin bereit, es zu versuchen. So wie ich es schnell kann, kann ich es auch langsam, aber das weißt du ja bereits."

Er versucht absichtlich, mich zu reizen, und was viel schlimmer ist, es funktioniert. Und mir ist heiß – zu heiß. Meine Wangen brennen, und wenn ich auch gerne sagen würde, dass sie vor Empörung hitzig sind, wäre es doch eine Lüge. *Es ist mehr so, dass ich vor Verlangen nach ihm brenne.*

„Das ist egal." Ich ziehe am Saum meines Shirts, dann räuspere ich mich. „Wie gesagt, Freitag war ein Ausrutscher."

„Eine einmalige Sache?“ Er tritt einen Schritt näher, woraufhin ich einen zurückmache.

„Genau.“

„Eine zweimalige, einmalige Sache?“ Er macht einen weiteren Schritt und dann mache ich einen, fast, als würde er mich beim Tanzen führen.

„Glückwunsch, du kannst zählen.“

„Ja, und ich musste nicht einmal meine Finger benutzen. Aber das könnte ich, wenn du das willst“, neckt er. Ich glaube, ich könnte spontan in Flammen aufgehen, wenn er mir noch näherkommt. „Weißt du, was ich noch kann? Dein Getöse durchschauen. Du hast Angst.“ Meine Oberschenkel treffen auf die Kante von Olivias Tisch und ich erkenne, dass ich keine Fluchtmöglichkeit mehr habe.

„Angst vor dir?“ Ich ziele auf Spott ab, aber letztendlich klingt es wie eine bloße Frage. Habe ich Angst? Ja, vermutlich, vor allem vor meiner Reaktion auf ihn. Ich werde nicht sagen, dass er die Art Mann ist, in den ich mich verlieben könnte, denn er ist anders als jeder Mann, den ich je kannte. Er ist einfach zu anders. Zu gutaussehend. Zu reich. Und einfach im Allgemeinen zu viel.

„Du hast Angst davor, dir zu erlauben, mich zu mögen. Mich, nicht nur meinem Schwanz.“

Und ... ich habe eine Sache vergessen. Er ist viel zu aufgeblasen.

„Du bist unglaublich. Und du kannst dir dieses Grinsen aus dem Gesicht wischen, denn das war kein Kompliment.“

„So habe ich es auch nicht verstanden.“

„Zwei Minuten – zwei Minuten und ich gehe diese Treppe hinunter.“

„Komm schon, Miranda. Sei ein wenig nachsichtig mit

mir. Ich bin den ganzen Weg aus der Wildnis von Hoxton bis hierher gefahren und du willst nicht einmal mit mir zu Mittag essen."

„Ich will mich nicht einlassen."

„Auf ein Sandwich?"

„Und wenn ich auf der Suche nach einem Mann wäre", füge ich hinzu, wobei ich seine Lächerlichkeit ignoriere, „was ich nicht bin. Aber du und ich, wir sind einfach zu verschieden."

„Also willst du sagen, dass du nur mit Männern wie dir ausgehst? Umwerfend, lustig und mit fantastischem Unterwäsche-Geschmack, denn wenn das der Fall ist, dann bin ich verwirrt."

„Du bist wirklich lächerlich."

„Ich bin lächerlich an dir interessiert." Ich atme scharf ein, als sich seine Hände um meine Hüften legen und seine Daumen langsam über die sich dort befindlichen Knochen fahren. Ich versuche sehr, dem Drang zu widerstehen, an dem Tisch zusammenzusacken, der mich plötzlich als einziges aufrecht hält. Ich sage mir, dass es daran liegt, dass er so nah bei mir steht und ich sein Aftershave riechen kann – genau das, welches mir in seinem Badezimmer am besten gefallen hatte. Und weil seine Augen so blau und seine Worte so verdammt verlockend sind. Der Punkt ist, dass ich ihn will. Obwohl daraus nichts Gutes entstehen kann.

„Es tut mir leid." Ich schüttle den Kopf, meine Antwort ist abgehackt. „Ich bin. Ich bin einfach nicht daran interessiert, mich im Moment mit irgendjemandem einzulassen."

Er spricht nicht, in seinem Blick leuchtet jedoch eine gewisse Berechnung auf, bevor er sich sehr bewusst auf meine Brust richtet. Ich versuche, meine sich verhärtenden Brustwarzen zu ignorieren und konzentriere mich stattdessen darauf, wie seine Wimpern Schatten auf seine Wangen werfen. Als sich sein Blick flüchtig hebt, denke ich, *er wird mich küssen.*

Ein anderer Gedanke folgt dem ersten auf den Fersen. *Ich werde es zulassen.*

Aber stattdessen berührt er mit seinem Mund meine Ohrmuschel.

„Du bist die Meisterin widersprüchlicher Botschaften." Seine Stimme ist leise und heiser und quillt vor unausgesprochenen Dingen über. Als ich den Mund öffne, um zu antworten, es abzustreiten, ist ein leises Stöhnen das einzige Geräusch, das ich mache – eine Reaktion auf die Berührung seiner Fingerknöchel, die meine harte Brustwarze streifen.

„Ich mag dich, Miranda. Und du magst mich. Du musst mich reinlassen."

Er beginnt, sich zu lösen, mein eigener Körper folgt der Bewegung auf eine Art, die so natürlich erscheint wie die Gezeiten und der man genauso schwer widerstehen kann, als ich meine Brust fester in seine Hand drücke.

Ich bin mir nicht sicher, wer für die nächste Handlung verantwortlich ist – ob er nach mir greift oder ich nach ihm – aber ich weiß nur, dass sich unsere Münder treffen. Dieser Kuss ... ist irgendwie perfekt. Sanft und doch entschieden, während seine Lippen über meine gleiten. Er stöhnt sanft, als ich seine Zunge mit meiner streichle, die Vibration des Geräuschs durchströmt mich. Sie macht den Kuss von meiner Seite aus noch begieriger, härter, woraufhin ich mich an ihn presse, während unser Kuss sich verändert. Ein Kuss, bei dem es um die Herrschaft, um Besitz geht. Ein Kuss voller Verlangen und Hitze, in dem sich Zähne treffen und Zungen verwinden, sich unser gemeinsames Stöhnen in der Luft vermischt. Es sind wandernde Hände und gierige Finger. Es ist mein Hintern auf Olivias Tisch und mein Rock, der meine Beine hinaufgeschoben wird. Und es sind seine Finger, die an die Baumwolle meiner Unterwäsche drücken.

„James", flüstere ich und wölbe den Rücken.

„Gott, ich liebe es, wenn du meinen Namen sagst."

„Harry." Ich ziehe den Spitznamen in die Länge, und sein nächster Kuss ist ein auf meine Lippen gepresstes Lächeln.

„Für dich ist es James."

„Sind wir keine Freunde?" Bevor er antworten kann, ziehe ich an seiner Unterlippe und koste sie mit meiner Zunge.

„Ich glaube, darüber sind wir ein wenig hinaus."

Irgendetwas in meinem Verstand flüstert, was wir sein könnten, woraufhin sich mein Körper in seinen Händen versteift. Aber irgendwie scheint James die Veränderung zu erwarten, da er eine Hand unter mein Knie schiebt, um es an seine Hüfte zu ziehen. In Windeseile verschwinden seine Finger unter der Baumwolle, und zwei von ihnen gleiten tief in mich hinein. Es ist fast so, als würden mir ihre Bewegungen einen Schrei der Erleichterung entlocken, einen Schrei, der von seinem Kuss geschluckt wird. Und mit seinem Kuss ... es besteht kein Zweifel, wer die Führung hat, als sein Daumen meine Klitoris streichelt. Mein Körper reagiert, als wäre er von einer Peitsche getroffen werden, mein Rücken wölbt sich, während ich mich auf seine Finger drücke und sie tiefer gehen lasse.

„Du bist so sexy", flüstert seine tiefe Stimme. „Du weißt nicht, was du mit mir machst."

„Sag es mir." Meine Forderung ist heiser und seidig,

selbst in meinen eigenen Ohren. „Sag mir, wie sehr du mich willst."

„Genug, um heute Morgen an dich zu denken."

„Oh?"

„Die Erinnerung daran, wie du unter mir ausgebreitet bist, um mich zu schnell kommen zu lassen." Ich fühle sein Lächeln mehr, als dass ich es sehe, als er seine Lippen an meinen Hals presst. „Die Schweinerei, die ich auf meinem Bauch und meiner Hand verursacht habe."

Die von seinen Worten gemalten Bilder sorgen dafür, dass ich mich anspanne und den Rücken wölbe, während ich mich weiter auf seine Hand drücke. „Das ... das würde ich gern sehen." Ich schließe die Augen und stelle es mir vor, woraufhin bunte Bilder meinen Kopf füllen. Weiße Laken. Das goldene Haar auf seinem Handgelenk. Die violette Ader an seinem Unterarm, während er sich in die Hand nimmt.

„Würdest du?"

„Ja. Gott, ja."

„Du bist so schön, Liebling. Ich will dich ausziehen, spreizen und mir Zeit nehmen. Dich verrückt machen."

„Ja. Ja!" In mir krümmen sich seine Finger und streifen dieses Bündel aus Nerven, dass dafür sorgt, dass sich meine Zehen verkrampfen und mein Inneres pulsiert, mein Höhepunkt fast greifbar wird. Ein tiefes, genüssliches Summen ertönt aus den Tiefen seiner Brust, seine Augen betrachten begierig die Stelle zwischen meinen Beinen, während die lüsternen Geräusche unserer Verbindung den Raum zwischen uns erfüllen.

„Mir fällt kein schönerer Grund für die Existenz dieses Tages ein, als dich zu spüren, wie du um meine Finger herum kommst. Vielleicht kannst du genau daran denken, denn ich glaube, meine zwei Minuten sind vorbei." Seine Finger gleiten feucht zwischen meinen Beinen heraus. „Bis zum nächsten Mal, Miranda."

Ich kann kaum verarbeiten, was passiert ist, als seine Lippen meinen Mundwinkel streifen und er sich löst, gerade, als ich – kurz bevor ich –

Seine Finger glänzen durch meine Erregung, als er sie an seine Lippen drückt und seine andere Hand in die Innentasche seiner Jacke schiebt, um etwas herauszuholen, das wie eine Visitenkarte aussieht. Meine Finger entkrampfen sich automatisch, während er sie mir in die Hand drückt. Er schenkt mir die Art Lächeln, das mich sonst wahrscheinlich zur Gewalt treiben würde, als er den Knopf seiner Jacke schließt.

Aber die Gewalt bleibt unausgeführt, denn ich glaube nicht, dass ich meinen Beinen trauen kann, mich zu tragen, geschweige denn meine Arme zu einem Schlag koordinieren kann, und all das nur, weil ich meinen Blick nicht von der dicken Wölbung seiner Erregung losreißen kann, die sich gegen seine Hose drückt.

18

MIRANDA

ZUFÄLLIG
[ˈt͡suːfɛlɪç]

ADJEKTIV
Auf Zufall beruhend, unbeabsichtigt oder unerwartet.
Scheiße, ja.
SYNONYME
Absichtslos. *Äh, nicht.*
Aus Versehen. *Vielleicht sollte hier mein Foto verlinkt sein.*
Unbesonnen. *Was soll das überhaupt bedeuten?*
Selbsttätig. *Ich glaube, ich höre hier auf.*

Ich habe nie verstanden, warum manche Menschen darauf bestehen, ihr Handy mit auf die Toilette zu nehmen. Es schien mir immer so unhygienisch. Und so denke ich immer noch. Und doch sitze ich hier und sinne über die Definition von zufällig nach, während ich versuche, nicht zu hyperventilieren.

Nachdem – James? Harry? *James* – mich vorhin wie eine verkochte Nudel auf Olivias Tisch zurückgelassen hat, hatte ich verwirrt geblinzelt. *Meine zerknittere Kleidung, mein pochendes Inneres, der Ausdruck auf seinem Gesicht. Hmpf. Ich kann an nichts davon denken.* Aber direkt darauf folgte das erdrückende Gefühl der Verlegenheit, dicht gefolgt von Zorn. *Der Mistkerl – der absolut provokante, nervige Mistkerl!* Ich hatte vor Wut stumm gekocht, denn ich wollte nicht die Art von Geräuschen machen, die Heather in das Zimmer hätten stürmen lassen.

So sehr ich auch stampfend die Treppe hinuntergehen, schreien und ein paar Dinge treten, dann vielleicht eine Puppe von James Harrison hatte verbrennen wollen, konnte ich das nicht tun. Nicht mit Heather, der Inquisitorin im Büro unter mir, wo sie vermutlich vor Fragen bereits vibrierte. Also hatte ich das Einzige getan, was mir einfallen wollte, was darin bestand, die Treppe bis ganz hinunter in das Erdgeschoss zu schleichen und einen strammen Spaziergang zu machen, um all die wütende Energie loszuwerden.

Und es funktionierte. Bis zu einem gewissen Grad. Ich war lang und stampfend genug gelaufen, um zu erkennen, dass ich mir das selbst zuzuschreiben hatte. Wenn ich wirklich gewollt hätte, dass er mir fernbleibt, dann hätte ich das gesagt.

Und er hätte es getan, denn er ist ehrenhaft.

Auch wenn er sich seltsamerweise unehrenhaft verhält.

Wenn ich das, was ich gesagt hatte, wirklich so gemeint hätte, dann hätte ich nicht vor Verlangen gewimmert, während er meine Brust streichelte, und ich hätte mir mit Sicherheit keinen verbalen Schlagabtausch mit ihm geliefert, um die Hitze zwischen uns bis zum Brennpunkt aufzubauen. Er sagt, er sei an mir interessiert, nicht nur daran, mich zu vögeln. Dass er mich kennenlernen will – dass er will, dass ich ihn kennenlerne.

Aber wird er immer noch so empfinden, wenn ich ihm hiervon erzähle? frage ich mich, während ich auf dem geschlossenen Toilettendeckel sitze und den blauweißen Pinkelstab in der Hand halte. Ich habe mich sogar für die teure Marke entschieden, da ich dachte, ich müsste es nur einmal tun, um zu beweisen, dass ich verdorbene Appetithäppchen gegessen hatte und nicht schwanger geworden war. Nicht, dass ich die einzige Verantwortliche war. Tatsächlich gebe ich aktuell ihm die Schuld, denn ich habe diese Kondome nicht übergezogen.

Also, teuer Pinkelstab. Keine verwirrenden Linien für mich. Es scheint ziemlich endgültig zu sein, während ich nach unten starre und die auf dem kleinen Bildschirm abgebildete Anschuldigung lese.

Schwanger.

Denn nachdem James mich stampfend und wütend zurückgelassen hatte, war ich an der Drogerie vorbeigekommen und hatte entschieden, einen Schwangerschaftstest zu kaufen. Und jetzt wünsche ich, ich hätte mich stattdessen einfach für das verdammte Sandwich entschieden.

Kohlehydrate sind leicht zu verarbeiten.

Von jemandem schwanger zu sein, den man kaum kennt, ist nicht so einfach.

19

MIRANDA

„ICH KANN ES NICHT GLAUBEN. Harry ist der heiße Nachbarskerl?“ Heather hält inne, eine feine Teetasse auf halbem Weg zum Mund. „Jetzt, wo ich weiß, dass ich geil auf ihn war, fühle ich mich ein wenig eklig.“

„Was? Warum?“

Glücklicherweise war Jorge ebenfalls da gewesen, als ich zum Büro zurückgekehrt war. Krise abgewendet und Befragung bis zum Abend verschoben, als ich als Alternative für unsere Happy-Hour-Cocktails ein frühes Abendessen vorgeschlagen hatte. Auf mich, natürlich, in einer Kneipe mit Restaurant in der Nähe.

Das war keine Unterhaltung, die ich betäubt führen wollte. Heather, meine ich. Meine Tage des Trinkens könnten wohl für eine Weile vorbei sein. Eigentlich ist die Art, wie ich gerade für Alkohol aller Art empfinde, ähnlich dem, was die böse Hexe des Westens gefühlt haben muss, wenn sie diesen Eimer Wasser ansah.

Aber ich schweife ab, während wir unser Essen herunterspülen – Pastete und Kartoffelbrei für sie,

Hühnersuppe für mich – und das mit Getränken der sehr langweiligen Art.

„Warum? Ich weiß nicht. Vielleicht weil ich ihn kennengelernt habe? Es ist schwierig, jemanden zu objektivieren, der nett zu dir war. Außerdem ist er alt genug, um mein Vater zu sein."

„Ist er nicht", schnaube ich.

„Er *muss* auf die Vierzig zugehen."

„Denkst du?" Bestimmt ist er nicht so alt. Nicht, dass vierzig wirklich alt ist, aber es würde ihn alterstechnisch mehr in der Nähe meines Vaters verorten als in meiner eigenen.

„Na ja, Olivia sagte, Beckett sei achtunddreißig und dass er und Harry zusammen zur Schule gegangen sind oder sowas." In diesem Moment fällt mir ein, dass er gesagt hat, die beiden seien zusammen auf die Universität gegangen. Ich wusste, dass Harry älter war, genau wie bei Beckett; ich dachte nur nicht, dass die beiden so alt wären.

„Und das würde ihn doppelt so alt machen wie ich es bin", fährt Heather fort, die sich meiner altersfeindlichen Gewissensnot nicht bewusst ist. Sollte ich mich schlecht fühlen, mit einem Mann seines Alters geschlafen zu haben? Ich meine, es ist nicht so, als würde er durch Sex mit mir einen Herzinfarkt bekommen, nicht in dem körperlichen Zustand, in dem er sich befindet. Es ist viel wahrscheinlicher, dass *ich* einen Herzinfarkt bekomme. Ernsthaft, wen interessiert es, ob er vierzig ist. Fit mit vierzig. Fickbar mit vierzig! Der Mann gibt einfach sexuelle Anziehung in die Atmosphäre ab. Pheromone in die Ozonschicht. Er ist wie Katzenminze für mich. Wenn er in der Nähe ist, will ich ihn einfach riechen und mich an ihm reiben. Mit ihm herumrollen wie ein Hund im Park, wenn er eine besonders übelriechende Stelle findet.

Ich will ihn einfach irgendwie.

Aber nur, weil er älter ist, heißt das nicht, dass er bereit sein wird, Vater zu sein.

„Und doppelt so alt wie ich ist alt genug, um mein Vater zu sein.“

„Und wenn du dich in der Theorie ergehen willst, ist er alt genug, um mein Vater zu sein.

„Ja, und du schläfst mit ihm“, fügt sie sorglos hinzu.

„Gott.“ Ich lege meinen Kopf in die Hände, denn das ist die geringste meiner Sorgen.

„Nein, so habe ich es nicht gemeint. Ich meine nur, dass es total schäbig wäre, wenn *ich* mit ihm Sex hätte. Du bist älter, also wirkt es nicht so schlimm.“

Älter, ja, aber nicht sehr viel. Fast dreiundzwanzig zu seinem Ende Dreißig?

„Aber kannst du dir vorstellen, einen Vater zu haben, der aussieht wie er?“

„Du könntest nie Freundinnen einladen“, erwidere ich, stütze meinen Ellbogen auf dem Tisch ab und lege mein Kinn auf die Faust. „Besonders keine solchen Freundinnen, wie ich sie habe.“

„Schlampe“, murmelt Heather in Anspielung auf Tamara. Sie hebt ihre Teetasse zum Toast. „Mögen all ihre Juckreize Labia-Hummer sein.“

Während ich mein Glas hebe, murmle ich ein ungläubiges „Was?“

„Du weißt schon, Filzläuse. Es ist das Mindeste, was die Schlampe verdient. Und wenn du mich fragst, dann ist Harry die beste Rache überhaupt.“

„Ich bin mir nicht sicher, ob er von der Idee begeistert wäre, mein Rache-Fick zu sein.“

„Ha. Ich bin mir sicher, dass er das wäre. Sex ist Sex.“

Das stimmt nicht. Es gibt mehr Arten von Sex, als ich

ihr erklären möchte, und ich meine nicht im Sinne dessen, was wohin gehört. Ich spreche von wütendem Sex, als ein Kampf zwischen zwei Gewinnern ausgetragen. Dem langsamen und entspannten Sex, bei dem Berührungen zu Momenten und Momente zu überwältigenden Orgasmen werden. Es gibt Versöhnungssex, der den ursprünglichen Streit oft wert ist, und es gibt Morgensex, der köstlich genug ist, um einen vergessen zu lassen, dass man eigentlich auf dem Weg zur Arbeit sein sollte. Und dann gibt es zwanglosen Sex für eine Nacht. Die Art, die nichts bedeuten soll und sich doch nach dem besten Sex anfühlt, den man je hatte, alles in einem. Nur eben mit Hundert multipliziert.

Die Art von Sex, die das Potenzial hat, die eigene Welt zu verändern.

In vielerlei Hinsicht.

„Ich glaube, es wird ein wenig komplizierter sein als das." Ich blicke mit gerunzelter Stirn in meinen Milchkaffee.

„Du musst dich beinahe verschluckt haben, als er zum Speed Dating kam."

„Ich glaube, ich war an diesem Punkt bereits zu betrunken, um mich daran zu stören." Ich seufze und trinke einen Schluck meines kalt werdenden Kaffees, wobei ich die Erkenntnis beiseiteschiebe, dass ich letzte Woche trotz Schwangerschaft betrunken war.

Notiz an mich: Konsequenzen von Trunkenheit im frühen Stadium der Schwangerschaft nachschlagen.

Und, wo wir schon auf dieser faktensuchenden Mission sind, Koffein.

Und heimliche Zigaretten. Nicht dass ich in diesem Moment das Gefühl hätte, als würde ich diesem Laster je wieder nachgeben.

„Nicht mein bester Moment." Und eine weitere Sorge für den wachsenden Haufen. Der Haufen, der sich aktuell noch vor mir befindet, da ich glaube, dass ich immer noch zu fassungslos bin, um irgendetwas davon zu verarbeiten.

„Nein", stimmt sie zu, „aber ich verstehe, warum du es warst und warum du so reagiert hast." Wir sind wieder zurück beim Gleichnis des Arschlochs und des Rings. „Ich habe dir gesagt, er sei eine Schlange, oder nicht?"

„Ja, hast du." Was ich nicht hinzufüge, ist, dass sie das nachträglich gesagt hat. Nicht, dass es einen Unterschied gemacht hätte. Die Liebe ist blind, wie man so schön sagt. Meine Meinung wäre ja einfach, dass die Liebe nur richtig, richtig dumm ist. Anderenfalls macht sie die Leute zu völligen Idioten.

„Also bist du in Harrys Hundeklappe steckengeblieben", sagt sie mit einem Grinsen. „Klingt total nach einem Euphemismus."

„Ja, das weiß ich auch."

„Und dann hattet ihr Sex."

Ich beiße mir auf das Innere meiner Lippe und nickte. „Aber nicht, während ich in der Hundeklappe festgesteckt habe."

„Ich bin froh, dass du das für mich aufgeklärt hast", fügt sie prustend hinzu. „Aber warum wolltest du es mir nicht erzählen?"

Oh Gott. Das ist nicht einmal die eine Hälfte. Mein Bauch dreht sich vor Nervosität. Wenn ich doch nur an den Punkt gelangen könnte, an dem ich ihr den Rest erzähle.

„Weil ich Sex mit einem Fremden in einem fremden Haus hatte, und als ich am Morgen aufgewacht bin, war er nicht da. Nach dem Jahr, das ich hatte – Tamara, Cameron, der Ring und meine Eltern – wollte ich nicht noch weitere Trümmerhaufen zugeben."

Ich habe nur noch einen hinzuzufügen. Spuck es aus! Mach schon.

„Mir." Sie zieht das Geräusch über hundert Silben. „Nichts von diesem Zeug fällt auf dich zurück. Du hast niemanden betrogen. Du hast niemandem einen Traum verkauft und Scheiße geliefert. Und deine Eltern haben die Dinge selbst verbockt. Ihre Ehe spiegelt sich nicht in dir wider."

„Es klingt so einfach, wenn du es so sagst, aber es ist nicht einfach, oder? Denn dann war er plötzlich da. Und selbst wenn er nicht aus gutem Grund da war, hatte ich erneut Sex mit ihm. Und dann habe ich mich heute von ihm im Büro unserer Chefin fingern lassen!"

Also, ich habe vorhin vielleicht ein wenig unter verbalem Durchfall gelitten, während ich versucht habe, die Worte zu finden, um den Schlamassel zu erklären, in dem ich mich befinde. „Willst du das noch ein bisschen lauter sagen?" Sie versucht, nicht zu kichern und scheitert. „Da ist ein Kerl auf der anderen Seite der Bar, der es nicht richtig gehört hat."

„Mach du nur. Hab deinen Spaß auf meine Kosten." Es ist das Mindeste, was ich ihr erlauben kann, jetzt, wo ich sie zu meinem Beichtvater ernannt habe. Vergib mir, Heth, denn ich habe gesündigt. Sehr viel.

„Zumindest hat er diesmal nicht deinen Slip behalten."

„Nicht hilfreich."

„Es hätte schlimmer sein können. Es hätte auch der mit Batman sein können, den er behält."

„Argh!" Ich lasse den Kopf in meine Hände fallen und tauche erst wieder auf, als ich mir über das Gesicht gerieben habe. „Es ist nicht der Sex, oder das Büro oder irgendetwas in der Art."

„Was ist es dann?"

„Er ist älter", sage ich und beginne, die Punkte ein wenig manisch an meinen Fingern abzuzählen. „Er ist megareich, wir sind gesellschaftlich in verschiedenen Stratosphären, er ist der Kumpel des Ehemanns unserer Chefin, er kennt die Sex-Geräusche, die ich mache und er will hören, wie ich sie erneut mache, und ich bin verdammt nochmal schwanger."

„Kultiviert und reich. Ich sehe kein Problem", sagt sie, wobei sie erneut nach ihrer Tasse greift. Dann klirrt sie an der Untertasse, als sie sie wieder abstellt. Sehr eilig. In einem Zustand des Schocks. Obwohl ich mir nicht sicher sein kann, denn meine Augen scheinen zu schwitzen.

„Schwanger."

Meine Lippen schürzen sich gegen eine Sintflut großer, schwerer Tränen.

„Definitiv?"

„Dem Test nach zu urteilen, ja." Ich nicke energisch, die Worte sind feucht und sprudelnd. Gott, ich hasse es, den Tränen nachzugeben.

„Wann gemacht?"

„Heute Nachmittag auf der Mitarbeitertoilette."

„Und du hast den ganzen Nachmittag gearbeitet, mir dabei zugehört, wie ich über Facebook und Twitter und deren Algorithmen geschwafelt habe? Wie ich mich über Jorges Kleidergeschmack beschwert habe? Und du hast mich nicht *einmal* zur Seite genommen?"

„Es hat meinen Geist beschäftigt."

„Fuck", flüstert sie, woraufhin sie lange ausatmet. „Harry, richtig?" Ich nicke. „Weiß er es?"

Diesmal schüttle ich den Kopf. „Ich habe es nur dir gesagt. Ich dachte nur, ich würde dich zuerst deine Veggie-Würstchen verdauen lassen."

„Was wirst du tun? Weißt du das schon? Hast du darüber nachgedacht?"

Ich zucke die Achseln. Ich weiß, dass es keinen Sinn macht zu sagen, dass ich es behalten will. Ich bin zweiundzwanzig und bin bereits überbedient, was den Mist des Lebens angeht. Aber ja – ich kann mir nicht vorstellen, dass ich fähig sein könnte, etwas anderes zu tun. Ich verstehe mich als moderne Frau. Als Feministin. Ich bin für das Recht einer Frau, sich zu entscheiden. Mein Körper und meine Entscheidung. Eine Entscheidung, die weniger getroffen als instinktiv verstanden wurde, als sich die Worte im kleinen Fenster dieses Plastikdings formten.

SCHWANGER.

„Ich muss zuerst zum Arzt gehen, um es bestätigen zu lassen, glaube ich. Dann nehme ich an, muss ich mir richtig große Damen-Eier wachsen lassen, bevor ich es ihm sage."

„Ich bin für dich da", sagt sie, wobei sie nach meiner Hand greift. „Und ich werde an deiner Seite sein, was auch immer du brauchst. Aber ignoriere ihn nicht. Du weißt nicht, was es ihm vielleicht bedeutet. Euch beiden."

„Oder er sagt mir vielleicht, ich soll mich verziehen."

„Und dann würdest du es wissen. Du wärst nicht schlimmer dran, als du es jetzt bist, oder?"

„Nein, ich denke nicht."

„Es sei denn ..."

Es sei denn, ich behalte es nicht, meint sie.

„Heth", beginne ich, unsicher darüber, wie ich jetzt weitermachen soll. Bevor ich es überhaupt ausspreche, weiß ich, wie lächerlich es klingen wird. Ich bin noch keine dreiundzwanzig und komme finanziell kaum über die Runden. Meine Karriere steckt immer noch in den

Kinderschuhen, ich habe kein eigenes Zuhause, ich habe ein Auto, das bereits seit neun Monaten gewartet werden müsste und eine Kreditkarte, die beinahe erschöpft ist. Dem Ganzen ein Baby hinzuzufügen, ist nicht gerade sehr vernünftig. Und doch kann ich mir ehrlich gesagt nicht vorstellen, wie ich etwas anderes als genau das tue.

„Ich weiß." Ihre Hand auf meiner wird fester. „Du wirst es behalten." In ihren Worten liegt kein Urteil. „Dann musst du es ihm sagen."

„Was, wenn er mich hasst? Was, wenn er denkt, ich hätte es absichtlich getan?" Die Ängste, die ich den ganzen Nachmittag über heruntergeschluckt habe, treten an die Oberfläche und taumeln aus meinem Mund. „Was, wenn ich meinen Job verliere?"

„Was, wenn er realisiert, dass das genauso seine Verantwortung ist wie deine? Und du wirst deinen Job nicht verlieren, du Idiot. Du arbeitest für Olivia, nicht für ein Ungeheuer. Aber du musst es ihm sagen, und zwar schnell. Dann musst du dir seine Reaktion nicht ausmalen, weil du dabei sein wirst."

Sie hat recht. Ich muss nicht denken. Hoffen. Mich fragen. Mir Sorgen machen. Ich muss damit umgehen – mit der Realität umgehen; wie auch immer diese aussehen mag.

„Also, je früher du es ihm sagst, desto besser, richtig?"

„Richtig." Aber nicht jetzt. Nicht, bis ich mich selbst damit abgefunden habe. Was hoffentlich in der nicht allzu fernen Zukunft der Fall sein wird. Ich werde mir ein paar Monate geben. „Gott." Ich seufzte und lehne mich auf meinem Stuhl zurück. „Das ist wie mein annus horribilis."

Sie rümpft die Nase, als sie antwortet. „Igitt. Das klingt total wie ein Leiden am Hintern. Hey, wenn ihr es in den

Hintern gemacht hättet, wärst du vielleicht nicht schwanger."

„Sprich doch leiser. Das ist Latein. Und ich habe es von der Queen geliehen. Es bedeutet schreckliches Jahr."

„Trotzdem würde ich es nicht zu laut sagen, sonst denken die Leute vielleicht, du bist ansteckend."

Wir lächeln, vielleicht ein wenig traurig, und ich kann sehen, wie besorgt sie um mich ist. Also lehne ich mich über den Tisch und drücke ihre Wangen mit einer Hand zusammen.

„Ah, Heather-feather, wer hätte gedacht, dass Großwerden so kompliziert ist? Igitt!"

Als sie ihre Zunge herausstreckt und mir über die Hand leckt, lehne ich mich wieder zurück.

„Aber besser als die Alternative, oder?"

„Ja, ich weiß", sage ich mit einem Seufzen. „Klein werden klingt auch nicht nach einem guten Plan."

„Das habe ich nicht gemeint, und das weißt du."

„Ich weiß." Das Gegenteil des Großwerdens ist, nie die Gelegenheit dazu zu bekommen. Ein Alter zu haben, für immer erstarrt. Tod, nehme ich an.

Wie um alles in der Welt sind die Dinge nur so düster geworden?

„Was für ein Schlamassel." Ich lehne mich auf meinem Stuhl zurück und hebe die Hände, um meinen Pferdeschwanz zu richten. „Ist es zu viel verlangt, das Universum um ein wenig Hilfe zu bitten? Alles, was ich je wollte, war, jemanden zu finden, der nett und treu ist. Jemanden, der mich so sehr mag, dass er mich Pizza mit dem Belag bestellen lässt, der mir schmeckt. Jemanden, der mir eine Tasse Tee bringt, wenn ich erkältet bin, und eine Wärmflasche, wenn ich Krämpfe habe, aber trotzdem so scharf auf mich ist, dass er mich gelegentlich ans Bett fesselt und richtig rannimmt?“

„Du Perversling!“, ruft Heather zwischen ihrem Kichern.

Auch wenn es als Scherz gemeint war, als Moment, um die Wolke der Sorge von unserem kleinen Tisch zu verscheuchen, als Moment der Unbeschwertheit für die Ohren meiner Cousine, aus irgendeinem Grund bringt meine Aussage einen Mann Mitte Zwanzig dazu, im Vorbeigehen an unserem Tisch zu stolpern. Er richtet sich auf und blickt auf den Boden hinab, als suchte er nach der Ursache seines Stolperns. Dann schenkt er mir ein strahlendes Lächeln. Er ist süß, auf diese Stadtjungen-Art. Normalerweise wäre er mein Typ. Schicker Anzug, ein selbstgefälliges Grinsen und lässig genug, um einen von den meisten Dingen zu überzeugen.

Es ist nur ein Jammer, dass er ein paar Monate zu spät ist.

„Du hast Glück, Süße.“

„Und du bist am falschen Tisch“, erwidere ich verhalten, wobei ich kaum aufsehe.

„Also, hör mich an.“ Er zieht seine Hand aus der Hosentasche und macht damit eine beschwichtigende Geste, während die andere immer noch um sein Glas Bier gelegt ist.

„Du verschwendest deine Zeit.“ Mein Tonfall wechselt von höflich desinteressiert zu gelangweilt.

„Aber ich könnte die Antwort auf all deine Probleme sein.“

„Oder du könntest den Wink mit dem Zaunpfahl nicht verstehen“, murmelt Heather leise.

„Baby, stell dir nur vor, wenn wir Sex hätten –“

„Stell du es dir nur vor.“ Ich hebe den Kopf und

schenke ihm jetzt meine volle Aufmerksamkeit. Meine Erwiderung ist so kalt, dass ich überrascht bin, keine Eiszapfen entstehen zu sehen. „Denn mehr wird es nie werden." Ich wende mich wieder Heather zu.

„Ich habe Handschellen", singt er förmlich.

„Und ich habe einen Schwanz." Diesmal werfe ich ihm ein Lächeln zu, das nicht wirklich ein Lächeln ist. Es ist eine Demonstration von Zahnfleisch und Zähnen. „Und ich liege gern oben."

„Du bist ... du hast ..." Unsicher darüber, wie er fortfahren soll, trinkt der Stadtjunge einen Schluck seines Biers.

„Selbst Schnecken mit Schwanz brauchen Liebe", wirft Heather mit unbewegter Miene hinzu.

Glücklicherweise können wir ihn aufgrund des durch seinen Abgang aufgewirbelten Staubs kaum sehen, woraufhin wir beide in gackerndes Gelächter ausbrechen.

„Weißt du was?", beginnt Heather, sobald unsere Heiterkeit langsam abklingt. „Früher hättest du mit den Wimpern geklimpert. Er war genau dein Typ."

„Ha, als ob", antworte ich und fahre mir mit den Fingern unter den Augen entlang, um eventuell verwischten Eyeliner zu entfernen. „Na ja, vielleicht", füge ich nachdenklich hinzu. „Aber in meinem Leben ist bereits genug los."

„Ich glaube nicht, dass es das ist." Sie neigt den Kopf, als würde sie über ihre Wort nachdenken, oder vielleicht auch über mich. „Ich glaube, es liegt daran, dass sich dein Geschmack verändert hat."

„Vielleicht", räume ich ein.

„Ich glaube, du bist an einem neuen Typ interessiert. Tatsächlich an einem besonderen Modell."

„Ich weiß, worauf du anspielst", erwidere ich mit

einem sauren Lächeln, „und es hilft nicht." Denn er ist weit außerhalb meiner Liga, was Beziehungen betrifft.

„Du siehst die Dinge nur nicht als das, was sie wirklich sind. Dein Leben liegt nicht in Trümmern. Du stehst nur am Rande einer Veränderung. Menschen sind grundsätzlich gegen Veränderungen, weißt du."

„Na ja, dieser Mensch hier muss pinkeln. Willst du bald gehen oder noch eine Tasse Tee bestellen?"

„Hmm. Ich glaube noch eine Tasse für dich und einen richtigen Drink für mich, denn den habe ich mir verdient. Deine werde ich für die nächsten Monate auf Eis legen."

„Hmpf. So unfair."

„Ich lasse dich dran riechen, wenn du magst."

„Wundervoll", gebe ich todernst zurück. „Bestell mir in der Zwischenzeit einen grünen Tee."

Ich pinkle, und während ich mir die Hände wasche, denke ich über Heathers Worte nach. Ich muss mich zusammenreißen. Aufhören, mich an den Dingen aufzureiben, die passiert sind. Den Dingen, die ich nicht ändern kann. Eine Anpassung der Einstellung, so nennt sich das, glaube ich. Ich bleibe vor dem großen Spiegel stehen, bevor ich gehe und mache mir über meine Taille Gedanken, während ich mit den Händen über meine Hüften fahre. *Meine Einstellung ist nicht das Einzige, das sich verändern wird.* Ich weiß, dass es albern ist, aber als ich eine Hand auf meinen Bauch lege, empfinde ich ein seltsames Gefühl der Zufriedenheit. Eine Art von Wärme. Aber dann öffnet sich die Tür zur Toilette, Stimmen und Musik dringen herein und der Moment ist wieder vorbei, ersetzt durch die auf mich einströmenden Sorgen.

Es wird alles gut. Alles wird sich so ergeben, wie es sein soll. Hoffentlich.

Als ich an den Tisch zurückkehre, stehen Tassen und

eine Teekanne auf dem Tisch. Ich lächle, als ich mich hinsetze und erkenne, dass dies für die nächsten Monaten eine regelmäßige Sache sein könnte.

Bye-bye, Prosecco.

„Also“, fängt sie an, als ich es mir bequem mache.

„Hmm?“

„Ich habe mich nur gefragt, was du jetzt mit dem Ring anfangen wirst?“

Ich merke, wie ich die Stirn runzle. „Ich habe nicht wirklich darüber nachgedacht. Das ist jetzt irgendwie kein Thema mehr.“

„Ich glaube nicht, dass das stimmt. Du musst etwas episch Schreckliches damit machen.“

„Der Ring ist mir egal“, protestiere ich. „Vorher, als er etwas wert war, war ich hin- und hergerissen, entweder das Richtige zu tun oder das Richtige für mich zu tun.“

„Das verstehe ich. Typisch Miranda.“ Sie schüttelt den Kopf. „Nach allem, was er dir angetan hat – ernsthaft, ich hätte ihn in der Themse versenkt.“

„Ich weiß. Wir haben diese Unterhaltung bereits geführt.“ Viele, viele Male.

„Ja, aber wir haben nicht hierüber geredet. Also am Freitagabend hast du es herausgefunden und es hat dir den Wind aus den Segeln genommen.“

Ich lege meine Finger um die Tasse und atme lautstark aus.

„Ich bin mir nicht einmal sicher, ob es darum ging, was der Ring im finanziellen Sinne wert ist. Ich habe mich gefühlt, als hätte man mir in die Magengrube geschlagen. Wie gering hat er mich denn nur geschätzt?“

„Im Großen und Ganzen ist es unwichtig. Er ist so wertlos wie das Versprechen, das er dir zusammen mit

dem Ring gegeben hat. Nichts davon ist eine Kritik an dir."
Doch. Im Kern ist es das.

Nutzloser Mann. Bedeutungslose Versprechungen. Wertloser Ring.

„Und weiß du was noch? Deine Gefühle haben sich nicht verändert, weil es für dich nicht von Nutzen war. Deine Denkweise hat sich verändert, weil du es hinter dir lässt."

„Ich habe es bereits vor Monaten hinter mir gelassen, Heth."

„Nein, du saßt fest. Und jetzt wurdest du freigelassen. Und du ziehst zu größeren und besseren Dingen weiter."

„Ich liebe deinen Optimismus", erwidere ich wenig überzeugt.

„Ich meine es ernst. Bessere Dinge, von der Größe einer Coladose." Sie formt mit den Händen einen Kreis, als wolle sie die Größe andeuten.

„Ich habe mich gefragt, wie lange es dauern würde, bis wir auf ihn zurückkommen."

„Merk dir diesen Gedanken", sagt sie, woraufhin sie ihr Handy vom Tisch und ihre rucksackgroße Handtasche vom Boden nimmt. „Ich muss mal für kleine Mädchen."

„Du kannst mir dein Handy anvertrauen, weißt du."

„Ich brauche es vielleicht, um mich zu beschäftigen", antwortet sie und hält neben meinem Stuhl inne. „Ich weiß nicht, wie lange ich dort sein werde."

„Ich muss das nicht hören." Ich verziehe das Gesicht. „Wir sind nicht mehr acht, weißt du."

„Dann solltest du sorgfältig nachdenken, bevor du Fragen stellst", gibt sie zurück. „Denn die Antworten werden dir vielleicht nicht gefallen. Bis dann!"

Während sie beinahe durch den Pub hüpft, wende ich meine Aufmerksamkeit wieder meiner Tasse Tee zu und nutze die Gelegenheit, um durch meine sozialen Medien zu scrollen. Heather hält ihr Wort und nimmt sich ausreichend Zeit bei dem, was auch immer sie auf der Toilette treibt, weshalb ich zur E-Volve-App wechsle. Ich bezahle nicht für den Dienst, sondern bekomme ihn als Teil meines Pakets. In Wirklichkeit habe ich nichts getan, als sie mir anzusehen. Mein Profil ist schlicht und ich habe keinerlei Fotografien hinzugefügt.

Meine Tasse ist fast leer und ich denke darüber nach, einen Suchtrupp loszuschicken, als der Stuhl mir gegenüber über den Holzboden kratzt, während er unter dem Tisch herausgezogen wird.

„Du hast dir wirklich Zeit –"

Als ich den Blick hebe, verstummen meine Worte. Bereits zum zweiten Mal an diesem Tag raubt James Harrison mir den Atem.

20

JAMES

„DU HAST DIR WIRKLICH ZEIT ... heute Nachmittag wirklich nicht genug Zeit genommen?“

Ich widerstehe dem Drang, mich über den Tisch zu beugen und meinen Finger an ihr Kinn zu drücken, um diese Verlockung eines Mundes zu schließen, überwiegend weil jede Chance besteht, dass sie mich beißen könnte.

„Wo ist sie hin? Heather, meine ich?“ Mirandas Kopf dreht sich, während sie nach ihrer Cousine sucht, Armors unwahrscheinlicher Gesandter. Obwohl sie in einem Tutu entzückend und nicht wie ein übergroßes Kleinkind aussieht, bin ich mir sicher, dass sie nicht die Angestellte des Liebesgotts ist.

„Sei nicht wütend. Ich wurde eingeladen.“

„Von Heather?“

„Sie hat angerufen und gesagt, wir sollten reden. Also du und ich, nicht Heather und –“

„Oh Gott.“

Sie lässt den Kopf in ihre Hände fallen und murmelt etwas, das verdächtig nach *Es ist zu früh, um diese*

Unterhaltung zu führen klingt.

„Wenn es hilft, sie hat mir auch eine Nachricht mitgegeben. Sie sagte, und ich zitiere: ‚Früher ist immer besser, denn ansonsten schiebst du es bis zur letztmöglichen Minute hinaus' und ‚Wenn du bleibst und darüber sprichst, dann ist es das letzte Mal, dass ich dich mit Opa besteche'. Ein wenig abstrakt, aber sie hat mir versichert, du würdest wissen, was es bedeutet."

„Und sie hat dir welchen Eindruck vermittelt? Dass ich mit dir reden wollte?"

„Ich glaube, die Formulierung, derer sie sich bedient hat, war, dass du mit mir reden *musst*." Ich muss zugeben, dass ich fasziniert war. „Natürlich bin ich so schnell wie möglich gekommen, und ich wurde angewiesen, mit einem Taxi zu fahren."

„Aber wohin ist *sie* verschwunden?"

„Vermutlich nach Hause, in einem Taxi."

„Heather ist Studentin und das mittlere Kind einer großen Familie. Sie hat kein Geld, um es für Taxis zu vergeuden", antwortet sie abfällig. Ihr Gesicht verzieht sich, und wenn ich mich nicht irre, beißt sie sich auf das Innere ihrer Lippe.

„Ich habe dafür bezahlt. Das war ebenfalls Teil der Anweisungen." Ihr Ausdruck wird sofort sanfter, ihr Lachen wärmt meine Haut. Sie ist wirklich recht exquisit, ihre Augen sind im schwachen Licht beinahe braun, während ihr Haar glänzt wie Altgold. „Heather ist in das Taxi gestiegen, mit dem ich gekommen bin. Sie sagte, sie fühlt sich ein wenig wie James Bond."

„Hinterhältige Kuh", murmelt sie. „Vielleicht sollte sie etwas anderes als Soziale Medien studieren, wenn sie nächsten Monat an die Uni geht."

„Was zum Beispiel?"

„Management", sagt sie mit einem hämischen Lächeln.

„Also, hier wären wir." Die Tatsache, dass sie immer noch auf ihrem Stuhl sitzt, ist ermutigend. Es hätte auf so viele Arten laufen können, nachdem ich sie heute Nachmittag auf dem Tisch zurückgelassen habe. *Sie hätte vielleicht hinausstürmen oder in meinen Schoß klettern und ihre Hände um meine Kehle legen können.* Es war nicht mein bester Moment, aber ich musste ihr klarmachen, dass, während ihr Mund etwas behauptet, der Rest ihres Körpers völlig anderer Meinung zu sein scheint.

„Ich kann gehen, wenn du das vorziehst. Oder ich kann uns noch einen Drink holen und wir könnten reden."

„Das wäre …" Ich denke einen Moment lang, dass sie möglicherweise nett sagen wird. „Eine neuartige Erfahrung."

Es liegt mir auf der Zungenspitze, eine Bemerkung über Neuheiten und die einfallsreichen Erfahrungen zu machen, die sie und ich gemeinsame haben könnten, als mir irgendein sechster Sinn sagt, dass es in diesem Moment nicht angebracht wäre. Könnte ich für sie mehr sein als nur eine Neuheit? Es stimmt, dass wir einander nicht gut kennen, aber sie hat etwas an sich, das ich einfach nicht ignorieren kann. Es ist eine seltsame Art von Erfahrungen, an jemanden zu denken, Dinge für ihn zu empfinden, diese Gefühle aber nicht Worte fassen zu können. Ich habe das Gefühl, als würde ich umherstolpern, sie immer noch entdecken. Obwohl es lächerlich klingt. Ich stelle fest, dass ich es nicht anders beschreiben kann.

„Ich werde an die Bar gehen." Mit einem nachdenklichen Lächeln breite ich meine Handflächen auf dem Tisch aus, als ich aufstehe. „Kann ich erwarten, dass du immer noch hier sein wirst, wenn ich zurückkehre?"

Sie hat die Frechheit, den Kopf zurückzuwerfen und zu lachen. Ich glaube, das könnte Teil des Grundes sein, warum ich sie so sehr mag. Ihr Sinn für Humor ist beinahe schon pervers.

„Ich bin wieder damit an der Reihe, zu gehen, oder nicht?" Ihr Blick wird schmaler. „Ich denke, du wirst es darauf ankommen lassen müssen."

Und was sagt man dazu? Das würde ich liebend gern tun.

Zehn Minuten später haben wir beide unseren Whisky in der Hand, die Unterhaltung ist spärlich. Ich frage mich, ob mein gewählter Drink vielleicht ein Fehler war, denn bisher hat sie ihren nur an die Lippen gehoben, um daran zu riechen.

„Karten auf den Tisch." Ich klopfe mit meinen Fingerknöcheln auf das Holz. „Ich habe gemeint, was ich vorhin gesagt habe."

„Welchen Teil? Als du sagtest, du kannst ein wenig voreilig sein?"

„Ich glaube, ich habe schnell gesagt, wobei ich zugebe, dass mein Abgang ein wenig übereilt war. Bitte entschuldige." Sie öffnet den Mund, schließt ihn aber wieder. „Aber ich bezog mich darauf, dass ich sagte, dass ich dich mag."

„Du kennst mich nicht." Ihr Blick senkt sich auf die bernsteinfarbene Flüssigkeit in ihrem Glas. „Nicht wirklich."

„Vielleicht nicht, aber mir gefallen die Teile, die ich gesehen habe." Daraufhin hebt sie den Kopf, eine Augenbraue zu einem Fragezeichen geformt. „Nicht so", sage ich gedehnt und füge hinzu: „Obwohl es eine Erwähnung rechtfertigt, dass ich diese Teile von dir auch mag.“ Wenn du nur deine Schutzmauer herunterlassen würdest, bin ich mir sicher, dass wir wunderbar miteinander auskämen.

„Das habe ich vielleicht bemerkt“, murmelt sie. „Und im Interesse der Ehrlichkeit, ich schätze Teile von dir bereits länger, als du Teile von mir geschätzt hast.“

„Oh?“ Die Antwort hierauf sollte interessant sein. „Ich bin mir nicht sicher wie, es sei denn, du hast eine Kamera in meinem Schlafzimmer installiert.“

„Würde das einen interessanten Anblick bieten?“, fragt sie frech.

„Viel *Handarbeit*. Vielleicht der ein oder andere nackte Tanz.“

„Du tanzt gerne nackt – und gibst es zu?“

„Warum nicht? Du nicht?“

„Ich kann nicht sagen, dass ich es versucht habe.“

„Das werden wir beheben müssen. Aber wie war das noch mal mit deiner Wertschätzung?“

Ihr Fingernagel tippt nachdenklich auf ihre volle Unterlippe, was meine Aufmerksamkeit dorthin zieht. Vielleicht kenne ich sie nicht gut, aber ich kenne diese Lippen. Ich weiß, wie sie sich auf meinen eigenen anfühlen, und das ist an und für sich schon Wissen.

„Ich habe dir vielleicht dabei zugesehen, wie du im Garten Yoga gemacht hast, während ich auf die Katzen deiner Nachbarin aufgepasst habe.“ Selbst im dämmrigen Licht des Pubs kann ich sehen, dass sie rot wird. Noch etwas, das ich an ihr mag, obwohl ich das vielleicht nicht sollte. Aber ihre Röte hat etwas, das ich unwiderstehlich finde.

„Hast du etwas gesehen, das dir gefallen hat?“ Ich

frage mich, ob sie bemerkt, dass wir uns beide weiter nach vorne lehnen.

„Ich habe vielleicht ein paar Dinge genossen."

Ihr Tonfall ist ein wenig anzüglich, meine Augenbrauen schießen in Richtung meines Haaransatzes, während ich dem Drang widerstehe, ihr vorzuschlagen, dass ich ihr ein paar Tricks zeigen könnte. Die Eidechse kann zum Beispiel überwältigend sein. *Über*wältigend, wenn sie *unter* mir ist.

„Du weißt, dass du es nicht dabei belassen kannst, du musst es erklären." Sie schüttelt den Kopf und meidet jetzt meinen Blick. „Sei nicht schüchtern. Sei mutig. Sie gewagt und fordernd."

„Diese blauen Shorts." Ihre Worte kommen in einem Fluss heraus. „Du trägst kein T-Shirt und keine Unterwäsche, soweit ich das beurteilen kann."

Ich versuche sehr, nicht zu lachen und presse mein Lächeln in meine Hand.

„Nicht", protestiert sie halbherzig. „Sonst erzähle ich dir nichts mehr."

„Du meinst, es gibt noch mehr?" Ich reiße übertrieben die Augen auf. „Vielleicht gefallen dir mein Hemd oder meine Hose?"

„Die sind beide sehr nett, bedecken aber viel zu viel."

„Soll ich sie ausziehen?"

„Ha, lustig. Oh Gott. Das würdest du vermutlich tun, oder nicht? Setz dich!", protestiert sie, als ich meinen Stuhl zurückschiebe. „Bitte sag nicht, dass du Exhibitionist bist oder auf andere perverse Sachen stehst."

„Definiere pervers", necke ich sie. „Ich genieße es, nackt zu sein –"

„Das ist *keine* Überraschung."

„Wenn ich nur eine Ahnung gehabt hätte, dass ich beobachtet wurde“, füge ich hinzu. „Dann hätte ich dir eine Show geboten.“

„Die Show war gut, so wie sie war. Manchmal auf einem Bein. Oder mit deinem Hintern in der Luft. Aber wie eine weise Frau einmal gesagt hat, es war wesentlich einfacher, dich zu objektivieren, als ich deinen Namen noch nicht kannte.“

„Ich bin mir nicht sicher, wer diese weise Frau ist, aber du kannst gern nach Herzenslust objektivieren.“ Als wäre es eine Einladung, verschränke ich die Arme vor der Brust und lehne mich auf meinem Stuhl zurück. „Ich werde einfach nur hier sitzen und mich in der Bewunderung sonnen.“ Ich schließe die Augen und neige meinen Kopf zurück. „Wenn du bereit bist“, sage ich, wobei ich sie aus einem Auge ansehe.

Sie schüttelt geringschätzig den Kopf. „Du bist ein sehr seltsamer Mensch.“

„Aber einer, den du magst. Und einer, der dir jederzeit eine persönliche und hautnahe Yoga-Stunde geben würde.“

„Herabschauender Hund?“ Sie versucht, unbeeindruckt auszusehen, hat aber Schwierigkeiten damit.

„Wenn du möchtest, allerdings bin ich ein Liebhaber der Happy Baby Pose. Abgesehen davon, dass sie einen fantastischen Anblick bietet, ist sie gut zum Öffnen des Sakralchakras und –“

Sie rutscht zurück, als würde sie plötzlich von Fäden gezogen, wobei ihr ebenso schnell die Farbe aus dem Gesicht weicht.

„Was ist?“ Sie atmet lang und lautstark aus. „Es kann nicht so schlimm sein.“ Kann es das?

„Hast du eine Ahnung", murmelt sie, wobei sie den Blick abwendet. „Ich wünschte wirklich, Heather hätte dich nicht angerufen. Wenn sie es ein paar Tage auf sich hätte beruhen lassen, wäre das Timing besser gewesen. Ich wäre mir auf jeden Fall sicherer gewesen."

Timing? Tage? Ist sie krank? „Miranda, du fängst an, mir Sorgen zu machen. Was auch immer es ist, du kannst es einfach sagen. Erzähl es mir."

„Aber das ist es ja." Ihre Hände fliegen durch die Luft, bevor sie sich damit durch das Haar fährt und ihren zuvor glänzenden Pferdeschwanz löst. „Kann ich das? Wo sollte ich anfangen?"

„Am Anfang", antworte ich nachdrücklich. „Du hast dich bisher nie damit zurückgehalten, mir zu sagen, was du denkst."

„Du kennst mich wirklich nicht." Ihre Hände fallen in ihren Schoß, ihr Blick folgt ihnen. „Nicht mein wahres Ich. Du siehst nur die Teile, die du sehen willst. Die gefassten Teile. Die mutigen Teile."

Hält sie mich für so oberflächlich? Denkt sie, dass ich nicht weiß, dass wir mehr als die Summe unserer Teile sind? Sie ist mehr als ein Paar Brüste, rund und voll. Sie ist mehr als nur ein pfirsichrunder Po, in dem ich meine Zähne vergraben will. Es gibt so viel mehr an ihr, das ich nicht kenne.

„Ich denke gern, dass du mir genug gezeigt hast, um mehr kennenlernen zu wollen."

„Das werden wir sehen." Sie ist ein wenig zu reizend, um drohendes Unheil überzeugend herüberzubringen. „Am Anfang?" Ich nicke auf, wie ich hoffe, ermutigende Art, während ich nach meinem Glas frage, das leider leer ist. „Hier, du kannst genauso gut auch das hier trinken."

„Du willst ihn nicht?"

„Ich … entgifte." Sie schiebt den Drink über den Tisch, und bevor sie ihre Hand zurückziehen kann, bedecke ich sie mit meiner eigenen.

„Was auch immer es ist."

„Du hast wirklich keine Ahnung." Sie lacht ein wenig, aber es liegt kein Humor darin. „Aber zuerst eine Frage: du bist kein Krimineller, oder?"

„Wenn ich das wäre, würde ich es wohl kaum zugeben, oder?"

„Ich weiß nicht. Ich bewege mich nicht in diesen Kreisen."

„Bin ich nicht."

„Ich weiß nicht, was du tust", antwortet sie mit einem kleinen Achselzucken. „Und nur um dich zu warnen, wenn du sagst *dich vögeln*, dann trete ich dich unter dem Tisch."

„Wirst du whiskygetränkte Küsse flüstern, um mich anschließend wieder zu heilen?"

„Das wird ein wenig schwerer wieder in Ordnung zu bringen sein als ein abgeschürftes Knie, egal, in welchem Geschäft du bist. Immer angenommen, dass du arbeitest."

„Ich habe das Gefühl, dass wir diese Unterhaltung bereits geführt haben." Es ist eine recht direkte Befragung, und ich beginne, mich nach dem Grund zu fragen.

„Du sagtest, du seist in der Akquise."

„Das stimmt."

„Nachdem ich in deinem Haus war, muss ich mich fragen, was genau du akquirierst."

„Irgendwelche Vermutungen?", frage ich und verschränke die Arme auf dem Tisch, mehr fasziniert als argwöhnisch. Wenn eine Frau sich fragt, wie hoch das

Reinvermögen ist, dann ist sie dabei selten unverblümt. Aber ich glaube nicht, dass es das ist.

„Ich habe es auf Drogen oder illegale Waffen eingegrenzt."

Ah, das ergibt mehr Sinn. Weniger eigennützig und mehr selbstschützend.

„Kunst", antworte ich mit einem Lächeln. „Ich kaufe und verkaufe Kunst. Ich habe eine Galerie in Belgravia. Ich könnte sie dir irgendwann einmal zeigen."

„Klingt nach einem Trick, um mich dazu zu bringen, mir deine Briefmarkensammlung anzusehen."

„Ah, das ursprüngliche Netflix und chillen." Ich streiche mir in übertriebener Manier über das Kinn. „Ich denke, darüber sind wir ein wenig hinaus." Sie verschluckt sich beinahe an einem Kichern, bevor sie mit der Hand wedelt. „Ich bin nur ein Kenner der Kunst, aber mein Talent liegt darin, Geld damit zu verdienen. Ich habe keine nennenswerten Briefmarken. Aber ich würde dir mit Freuden ein paar andere Dinge zeigen."

„Dinge?" Dieses eine Wort enthält so viel Verlockung. Solche Ermutigung.

„Sag einfach Bescheid."

Sie seufzt leise, was den Moment im Grunde mit kaltem Wasser übergießt. Aber das ist in Ordnung. In meinem Geschäft bin ich daran gewöhnt, auf lange Sicht zu spielen. Es gibt sehr wenige schnelle Rückgaben.

„Ich habe gefragt, weil ich glaube, dass sich unsere Wege von Zeit zu Zeit kreuzen könnten. In der Zukunft, meine ich."

„Das höre ich gern." Auch wenn sie es ein wenig geheimnisvoll formuliert.

„Und wenn wir Zeit miteinander verbringen werden,

dann denke ich, dass wir einander besser kennenlernen sollten."

„Das würde mir gefallen."

„Obwohl ich mir sicher bin, dass du ziemlich schnell verschwinden wirst, sobald du alles gehört hast, was ich zu sagen habe."

„Ich bin aus härterem Holz geschnitzt."

„Bist du sicher, dass du es von Anfang an hören willst?"

Ich nehme das Glas Whisky und deute an, dass sie fortfahren soll.

Und das tut sie. Sie erzählt mir von ihrem Arschloch von Verlobten, ihrem wertlosen Verlobungsring, dem Zusammenleben ihrer Eltern und ihrer erbitterten Trennung, und den Gründen für ihren Job als Haustier-Sitter. Einen Moment lang ist es schwer zu glauben, dass sie all das für sich behalten hat. Aber auf der anderen Seite haben wir die Momente, die wir miteinander verbracht haben, nicht überwiegend bekleidet geteilt. Sie hätte mir ihre Lebensgeschichte erzählen können und ich hätte es vermutlich nicht gehört.

Männer, was? Was soll man tun? Wir haben nicht die kultivierteste Software.

„Wenn ich das so sagen darf, dein Ex klingt nach einem kolossalen Arschloch."

„Allerdings. Keine Widerworte meinerseits."

„Wenn dich jemand so abscheulich behandelt, so achtlos, dann ist das keine Liebe. Derjenige versucht nur, seine Bruchstücke mit deinen zu reparieren."

„Eine Weile lang hätte ich ihn gern mit seine Bruchstücken erstochen, aber ich bin darüber hinweg."

„Darüber oder über ihn?"

„Oh, ich bin bereits seit einer Weile über ihn hinweg.

Ich bin jetzt über die ganze Erfahrung hinweg und lasse sie hinter mir. Hauptsächlich, weil ich größere Probleme habe. Angelegenheiten? Dinge? Ehrlich? Ich weiß nicht, wie ich irgendetwas davon kategorisieren soll."

„Vielleicht könnte ich helfen?"

„Und damit kommen wir zum heiklen Teil", murmelt sie, wobei sie nach unten blickt und die Vorderseite ihres Kleides mit einer Hand glattstreicht. „Denn weißt du, James. Ich bin schwanger."

21

JAMES

ETWAS, das nur wenige über mich wissen, ist, dass ich als kleines Kind gestottert habe. Zuerst wurde es von den Ärzten als eine Sache der Entwicklung abgetan. Scheinbar ist das aufgrund dessen, wie schnell sich das Sprechen und die Sprache in diesen frühen Stadien entwickeln, recht häufig, vor allem bei Jungs. *Der männliche Teil der Spezies. Sind wir immer so schwer von Begriff?*

Aber das Problem ging über das Alter hinaus, in dem solche Dinge als normal empfunden werden, weshalb man sich, wie ich glaube, der Hilfe eines Logopäden bediente. Es stellte sich heraus, dass mein Stottern mit Angst zusammenhing, eventuell bei einem Kind, dem nicht gesagt wurde, dass seine Mutter Krebs hatte, das es aber aus irgendeinem Grund dennoch wusste. Als ich die Pubertät erreichte, hatte ich sowohl das Stottern als auch meine Mutter verloren.

„S-schwanger?"

Mein Blick fällt auf die zerkratzte Tischoberfläche, dann hebt er sich zu einer Decke, die ausgerechnet mit altmodischen Gartengeräten dekoriert ist. Ein Blick auf die Wände zeigt, dass sie mit demselben abstrakten Müll bedeckt sind, und ich bemerke, dass die Bar mit einer anständigen Auswahl an Gin gefüllt ist. Denn ich stelle fest, dass ich überall hinsehen kann, nur nicht in Mirandas Gesicht. Bis der unschlüssige Tonfall in ihrer Stimme meine Aufmerksamkeit wieder auf sie zieht.

„Hör mal, es tut mir leid, es dir hier so einfach zu sagen." Sie atmet lautstark aus, wodurch kleine Haarsträhnen um ihr Gesicht herum flattern. „Es wäre nicht meine erste Wahl als Treffpunkt gewesen – oder als Zeitpunkt. Und ich werde Heather umbringen." Sie ist aufgestanden und legt sich eine dünne Jacke über den Arm, bevor sie eine blaue Handtasche auf ihre Schulter zieht, da sie scheinbar von denselben Aufmerksamkeitsproblemen geplagt wird. „Und nur damit du es weißt, ich war noch nicht beim Arzt. Ich habe nur zu Hause einen Test gemacht."

Ich frage mich abstrakt, wie effektiv diese Tests sein können, während ich den Kloß körperlicher Panik zu schlucken versuche, der in meiner Kehle festsitzt. Diese Neuigkeiten verursachen einen Kurzschluss in meinem Kopf. Das ist ein Schock. Aber meine aktuelle Panik steht nicht im Bezug zu ihren Neuigkeiten, die möglicherweise eine Panik für einen anderen Zeitpunkt sind, sondern zu der Sache, vor der ich mich am meisten fürchte; der beinahe lähmenden Angst, nicht effizient kommunizieren zu können, während sich ein Wort in die Freiheit kämpft und in einem atemlosen Ausbruch auf die Luft trifft.

„Wann."

„Wann was?" Ihre Augenbrauen ziehen sich zusammen, während ich erneut schlucke, blind nach dem Glas greife und dessen Inhalt hinunterschütte. Das

Brennen des Whiskys scheint den Knoten der Anspannung dort zu lösen. *Gott sei Dank.*

„Wann hast du den Test gemacht?“

„Heute Nachmittag. Nachdem du gegangen bist.“ Es schwingt eine Herausforderung mit, aber kein Vorwurf. Vielleicht sollte ich mich an diesem Punkt entschuldigen, dass ich sie so auf dem Tisch ihrer Chefin zurückgelassen habe. Aber das tue ich nicht. Ich will nicht. Wie könnte ich einen Moment bereuen, der in seiner Ausführung so wunderschön war? In seinem Ergebnis? Es scheint sinnlos, den Sinn meiner Handlungen als eine Manipulation zu erklären, geboren aus meinem Verlangen, sie wiederzusehen. Was ich mir nicht hätte vorstellen können, ist, dass es so schnell oder unter solchen Umständen passiert war.

Also sind wir hier, wieder vereint.

Vielleicht befände ich mich nicht in dieser Zwickmühle, wenn ich mich nur an meine Finger gehalten hätte.

Ich verbanne den unerwünschten Gedanken.

Sie ist schwanger und ich werde Vater.

Oder bin ich zu vorschnell?

„Wie fühlst du dich?“ Ich bin mir bewusst, dass es nach einer idiotischen Erkundigung klingt, aber sie rührt daher, dass ich wirklich wissen will, wie es ihr geht. Wie ihre Pläne aussehen. Selbst wenn ich nicht weiß, wie meine eigene Reaktion aussieht oder worin meine eigenen Gedanken in diesem Moment bestehen.

„Taub. Verwirrt. Verängstigt.“ Ihre Fingerknöchel sind weiß, dort wo sie die Lehne des Stuhls umklammert, und sie atmet zittrig aus. „Aber vielleicht sollten wir diese Unterhaltung einfach verschieben, bis wir es mit Sicherheit wissen. Du weißt schon, bevor wir in Panik verfallen.“

„Ich bin nicht in Panik." Wie meine Antwort so cool, so gewöhnlich und so typisch für mich klingen kann, weiß ich nicht, wenn man bedenkt, dass die Umstände alles andere als gewöhnlich sind. Aber jetzt, wo ich meine Stimme unter Kontrolle habe, bin ich ruhig.

„Na ja, ich habe deine Karte, also werde ich dich anrufen. Es dich wissen lassen."

„Setz dich."

Obwohl offensichtlich wird, dass es seine Opfer fordert, ihr würdevolles Auftreten aufrechtzuerhalten, reckt sie das Kinn. „Ich bin mir nicht sicher, ob das einen Sinn hat."

„Wir haben Dinge zu besprechen. Abgesehen vom Test nehme ich an, dass du dir sicher bist, da du es mir sagst –" Während ich spreche, zieht eine Reihe von Emotionen durch ihr Gesicht und kulminiert in einer seltsamen Art der Entschlossenheit, als sie mich unterbricht.

„Ich bin mir bei nichts sicher, außer bei der Tatsache, dass ich seit Monaten mit niemandem außer dir Sex hatte. Wir haben gevögelt, und jetzt bin ich aufgeschmissen, könnte man sagen."

„Aber das würde ich nicht tun. Jedenfalls nicht in diesen Worten."

So viel zu verarbeiten, und dennoch weiß ich, dass ich sie beim Wort nehmen kann, während mein Blick ungebeten auf ihrer Taille landet, bevor er wieder hinauf zu ihrem Gesicht wandert. Ist das Angst? Sorge, die in ihren Augen aufblitzt?

„Na ja, lass mich wissen, welche Worte du verwenden würdest, wenn du kannst, denn ich muss jetzt gehen."

„Miranda, setz dich." Durch den Gifthauch meiner eigenen Verwirrung greife ich nach ihrer Hand. Wenn sie mir auch erlauben mag, sie zu halten, setzt sie sich nicht hin. „Wir sollten reden.“ Aber wie effektiv sind Schwangerschaftstests wirklich? Sind sie mehr oder weniger verlässlich als verdammte Kondome? Ich benutze seit zwanzig Jahren Gummis und hatte nie einen Defekt, war nie Teil des einen Prozents. Die Ein-Prozent-Gruppe, der mich anzuschließen ich mir nie vorgestellt habe. „Sprich mit mir, bitte.“

Daraufhin verändert sich ihr Gesicht und das Gewicht der Welt, *ihrer* Welt, bricht zusammen, wodurch ihre Schultern nach vorne sacken und sich ihr Ausdruck verzerrt.

„Es ist okay.“ Sofort bin ich aufgestanden, die Arme um sie gelegt, während sie leise an meiner Brust weint und ihr Körper von Schluchzen erschüttert wird. Ich beginne, mit der Hand ihren Rücken zu reiben, während der Barkeeper die Stirn in Falten legt, mir eine vorbeigehende Kellnerin einen vernichtenden Blick zuwirft und ich unter einem Moment der kognitiven Dissonanz leide. Die Frau, die ich gevögelt habe und die sich daraufhin in meine Träume geschlichen hat, ist schwanger. Und obwohl ich keinerlei Gedanken daran verschwendet habe, Vater zu werden, fühlt sich ihr Körper an meinem einfach nur natürlich an. Als sollte es so sein.

„Ich habe es nicht absichtlich getan“, sagt sie mit einem gedämpften Schluchzen.

„Natürlich hast du das nicht.“ Ich umfasse ihr Gesicht und ziehe es sanft von meiner Brust, um sie ansehen zu können. „War ich nicht für die Verhütung zuständig?“ Und ich bin immer so verdammt vorsichtig, aber das ist jetzt nur nebensächlich.

„Also hast du es mir in Wirklichkeit angetan“, beschwert sie sich, wobei sie mir halbherzig mit einer

Hand auf die Brust schlägt. „Ich werde Krampfadern bekommen, praktisch undicht und sehr, sehr fett werden, und das ist alles deine Schuld."

Keine Pläne für einen Schwangerschaftsabbruch, flüstert mein Verstand. Sollte diesem Gedanken nicht eine Welle der Panik folgen?

„Können wir nicht dem Schicksal die Schuld zuschieben?" Ich streiche ihr die feuchten Haarsträhnen aus dem Gesicht, bevor ich mit den Daumen ihre Tränen wegwische. „Oder den Kondomherstellern für ihre klägliche Effektivität von neunundneunzig Prozent?"

„Oder selbst dem Hersteller der Hundeklappe. Wir sollten eindeutig klagen."

„Ich kenne einen extrem zwielichtigen Rechtsanwalt. Ich würde dich fragen, ob ich ein Treffen vereinbaren soll, aber ich befürchte, dass er dich mir stehlen könnte."

Sie seht so verzweifelt und doch so reizend aus, als sie lacht. Und ich kann nicht anders. Ich will sie so sehr; ich senke meine Lippen zu ihren.

„Was tust du da?", flüstert sie. Ihre Schlaghand wird stärker, als sie sie an meine Brust drückt.

„Ich will dich küssen. Wäre das in Ordnung?"

„Das kommt darauf an." Ihre Augen werden ein klein wenig schmaler. „Versuchst du, mich zu trösten?"

„Ich glaube, ich will nur küssen, weil ich dich küssen will."

„Das ist besser." Ihr Lächeln ist immer noch ein wenig schief, aber ihre Hand bleibt.

Meine Lippen streifen ihre, bevor mir ihre Antwort bewusst wird.

„Besser?"

„Jedenfalls besser, als ich erwartet habe."

Jetzt bin ich an der Reihe, unsicher zu sein, während

ich merke, wie sich meine Augenbrauen zusammenziehen.

„Hast du eine so schlechte Meinung von mir?"

Diesmal ist es ein aufrichtiges Lächeln. „Ich habe erwartet, dass du sagen würdest, mich küssen zu wollen, um mir wieder an die Wäsche gehen zu können."

„Dann wird es dich überraschen zu hören, dass ich eigentlich an Poesie gedacht habe. Du glaubst mir nicht?" Ich streiche mit dem Daumen über ihre in Falten gelegte Stirn. „Es stimmt. Lippen, die nach Tränen schmecken, sind die besten zum Küssen", sage ich, wobei ich ein Gedicht von Dorothy Parker paraphrasiere. „Ich habe mich gefragt, ob das stimmt." Bevor sie etwas erwidern kann, füge ich hinzu: „Aber ich habe entschieden, dass es nicht wichtig ist, denn es gibt keinen Zeitpunkt, zu dem ich es nicht genießen würde, dich zu küssen."

Erst in diesem Moment wird ihre Hand schlaff, ihr Blick sanft, als ich meinen Mund in einer Liebkosung weiter zu ihrem senke.

„Immer noch in Ordnung?" Ihre dunkel gefärbten Wimpern flattern über ihren braunen Augen, welche die Farbe von Sirup haben, ihre Zunge kommt heraus, als wollte sie den Kuss kosten.

„Ich bin mir nicht sicher, was wir tun."

„Müssen wir sicher sein?"

„Wir haben vielleicht noch eine Person, die wir bedenken müssen ..."

Ich stehle ihre Worte mit einem weiteren Kuss, der sanft und verweilend ist. Ein Blitzableiter, um ihre Aufmerksamkeit oder ein Verlangen, verursacht durch diese Worte, abzulenken – dessen kann ich mir nicht sicher sein. Ich weiß nur, dass ich sie küssen will. Halten. Haben.

„Komm heute Nacht mit mir nach Hause." Ihre Augen ähneln nicht länger Sirup, sondern dunkle Melasse, als ich mich zurücklehne und ihre Lippen mit meinen streife.

„Ich bin mir nicht sicher, ob das eine gute Idee ist."

„Wir könnten über ... Dinge reden." Oder wir könnten vögeln.

„Aber sollten wir nicht warten, bis ich beim Arzt war? Ich meine, es könnte falsch positiv sein, oder wie auch immer man das nennt."

„Denkst du?" Ich beuge meine Knie, um auf einer Augenhöhe mit ihr zu sein. „Was sagt dein Bauchgefühl?"

„Im Sinne der Intuition einer Frau?" Sie zieht eine Augenbraue hoch. Ich richte mich zurückgewiesen auf. „Ich werde dir sagen, was ich fühle", sagt sie plötzlich. „Ich fühle mich schrecklich. Müde und weinerlich, und ich habe es anderen Dingen zugeschrieben. Aber Tatsache ist, dass ich seit Tagen scheinbar nichts anderes getan habe, als mich zu übergeben. Und das ist echt mies. Und ich habe irgendwie Angst." Sie schluckt schwer, ihr Blick gleitet zur Seite. „Ich weiß nicht, was ich tue, und ich bin es leid, so zu tun, als wäre alles in Ordnung."

„Komm mit mir nach Hause", wiederhole ich, wobei ich ihr eine Haarsträhne hinter das Ohr streiche. „Wir können reden." Wirklich reden. Nicht vögeln, wie es aussieht.

Sie nickt einmal und lehnt sich in meine Berührung, woraufhin sich in mir etwas zusammenzuziehen scheint.

„Ich werde mit dir nach Hause kommen, aber Sex ist vom Tisch."

„Obwohl er so gut war?" Ihre Augen werden schmal, ihre Hand zieht sich zurück. „Auf dem Tisch. Im Bett. Ah-ah", singe ich und halte ihre Hand fest, bevor sie erneut ausholen kann. Aber sie lächelt, genau wie ich. Und meine Güte, ich will sie erneut küssen. Sie zur Zustimmung küssen – sie küssen, bis sie an mir schmilzt und jede ihrer Sorgen vergisst.

Ich werde sie für sie aufbewahren, wenn sie mich ließe.

„Komm einfach mit mir nach Hause."

„*Einfach* mit dir nach Hause kommen?"

„Ja, einfach. Keinerlei Erwartungen. Keine Forderungen. Komm einfach, weil du es willst."

Und überrascht stelle ich fest, dass ich das auch so meine.

Ich bin mit dem Taxi hergekommen, und da Miranda ihr Auto hatte, fährt sie. Im Allgemeinen fahre ich gern. Ich lebe und arbeite in derselben Enklave von London, weshalb ich oft zu Fuß zur Arbeit gehe. Ich habe einen Fahrer für die Tage, an denen ich das nicht tue, wenn ich zum Flughafen oder an einen anderen, weiter entfernten Ort muss. Gefahren zu werden macht mir meine Zeit für die Arbeit frei – *Anrufe, E-Mails und so weiter.* Also ergreife ich normalerweise die Chance, zu fahren, wenn ich das kann. Ansonsten fahre ich Motorrad, was eine einfachere Möglichkeit ist, um London zu durchqueren, obwohl ich es vorziehe, längere Fahrten über Feldwege zu machen. Es ist im Grunde genommen ein Spielzeug für große Jungen. Also ist es eine neue Erfahrung, an diesem Abend von Miranda nach Hause gefahren zu werden. Sie fährt einen älteren Mini Cooper, was es nicht gerade zur komfortabelsten aller Erfahrungen macht, aber dennoch stelle ich fest, dass ich mich auf meinem Sitz umdrehe, da ich den

Blick nicht von dem Mädchen auf dem Fahrersitz abwenden kann.

Irgendetwas sagt mir, dass dies die perfekte Analogie für unsere Beziehung von jetzt an sein könnte.

„Ich wünschte, du würdest aufhören, mich anzustarren", murmelt sie.

„Weißt du, ich habe nie gemerkt, wie erotisch dieses kleine Stück blassen Handgelenks ist."

„Was?" Ihre Antwort bebt vor Lachen. „Mein Handgelenk?" Ihr Blick fällt verwirrt nach unten.

„Hm. Erotisch und elegant. Das habe ich gemerkt, als du den Blinker gesetzt hast."

„Ja." Ihr zusammengekniffener Blick wandert zu meinem, als wir an einer Ampel anhalten. „Denn das klang *so* unschuldig."

„Ein Aufblitzen des Handgelenks ist sehr unschuldig. Es könnte glatt eine Art viktorianische Erregung sein."

„Während ich ... meinen Blinker setze? Wirklich?"

Gott, das Lachen dieser Frau. Ich könnte es in eine Flasche abfüllen. Es trinken. Nicht, dass ich mir anmerken lasse, wie es auf mich wirkt.

„Aber Miranda", schnurre ich. „Ich bin schockiert, dass du dir so etwas vorstellen, geschweige denn erwähnen würdest."

„Ja, ich sehe, wie du wirklich schockiert deine Perlen umklammerst", gibt sie spöttisch zurück, als wir wieder weiterfahren.

„Ist das ein weiterer Euphemismus?" Ich will die Hand ausstrecken und sie berühren, mit den Fingern durch ihr Haar fahren oder meine Hand auf ihr Knie legen, aber obwohl sie verbal teilnimmt, sagt mir irgendetwas, dass sie meine Berührung nicht begrüßen würde. Es ist fast so, als würde ihr Körper vibrieren, angespannt wie ein

Bogen. „Denn das tue ich eindeutig nicht.“ Mein Blick wandert nach unten zu meinem Schritt. Aus dem Augenwinkel tut sie dasselbe. „Aber das kann ich tun, wenn es etwas ist, das du gern noch sehen würdest.“

Sie beißt sich auf die Lippe, um eine Antwort zu unterdrücken, aber ich glaube, dass wir uns beide an dieselbe Sache erinnern.

Ich habe an dich gedacht, als ich durch meine eigene Hand kam.

Mein Schwanz zuckt, und wenn ich mich nicht irre, verändert sich ihre Atmung, wird schneller. Aber der Moment verstreicht und schließlich ringt sie sich zu einer ausdruckslosen Antwort durch.

„Kein Kommentar. Und ich finde, wir sollten das Thema wechseln. Apropos Handgelenke, würdest du gern eine wissenswerte, australische Kleinigkeit hören?“

„Wenn wir nicht darüber sprechen können, was du mit mir tust oder was ich gern hätte, dass du es mit mir tust, absolut.“

„Ich bin froh, dass du meine Grenzen respektierst.“ Sie lacht leise.

„Für den Moment, jedenfalls.“

„Weiter geht's! Also, Handgelenke. Meine ältere Schwester lebt in Sydney, und sie hat mir gesagt, dass die Australier das Wort *wristy* für etwas sehr Besonderes verwenden. Ich wette, du kannst nicht erraten, was es ist.“

Ich wette, dass ich das kann. Tatsächlich weiß ich, dass ich es kann, nachdem ich nach der Universität einige Zeit in Australien verbracht habe. Es scheint, als wären die noblen Jungs bei den australischen Miezen sehr beliebt – oder Sheilas, je nach der Altersklasse, in die sie fallen. Man könnte sagen, dass ich sie beide erfahren habe. *Wristys und Altersklassen.*

„Ich bin mir nicht sicher, was das bedeuten kann“, antworte ich nachdenklich. „Hat es etwas mit Schmuck zu tun? Ein Armband, vielleicht?“

Ich würde sie gern schmücken, mit Strängen und Strängen aus Perlen, mit einer Stärke von Verlangen, wie ich es noch nie kannte. Es war qualvoll, sie an diesem Nachmittag auf dem Tisch ausgebreitet zurückzulassen, obwohl ich sie nur kosten wollte. Ich wollte mich in ihr vergraben. Hören, wie sie meinen Namen schreit. Aber seit ich von ihren Neuigkeiten – unseren Neuigkeiten – erfahren habe, ist das Verlangen, sie zu haben, beinahe überwältigend. Und doch sitze ich hier und spiele Spielchen.

„Nein. Rate nochmal.“

„Wie wäre es, wenn du es stattdessen demonstrierst.“

Mit einem scharfen Atemzug dreht sie den Kopf. „Du weißt es, oder nicht?“

„Wenn ich Ja sage, hättest du dann gern, dass ich mit einer Hand meine Perlen umklammere und es dir stattdessen mit der anderen zeige? Mir gefällt die Vorstellung eines Miranda-zentrischen Publikums.“

„Oh, du bist fürchterlich!“ Es klingt mehr wie ein Kompliment als eine Ermahnung, während der Klang ihres klingenden Lachens das Auto erfüllt.

„Hier links“, murmle ich, dann lächelt sie ein winziges Lächeln, als sie erneut den Blinker betätigt. „Wir sind fast zu Hause.“

Miranda parkt auf der Vorderseite des Hauses, sobald ich ihr versichert habe, dass ihr Auto kein Knöllchen auf dem Anwohnerparkplatz bekommen wird, und ich nehme ihre Hand, um sie die alten Steinstufen hinaufzuführen.

„Es ist ein wunderschönes Haus“, sagt sie, als ich die Tür weit öffne und ihr bedeute, zuerst hineinzugehen.

„Es ist einem Mausoleum ähnlich und viel zu groß für einen Mann allein.“ Ich rede schnell weiter, als ich meine eigenen Worte höre und sich eine winzige Idee in meinem Kopf einnistet. Eine Idee für einen anderen Zeitpunkt. „Aber ich habe es zu einer guten Zeit gekauft. Und es ist in der Nähe der Galerie.“

„Ah, ja.“ In der Eingangshalle fährt sie mit den Fingern über den Tisch, der inmitten des schwarz-weiß gefliesten Bodens steht, beinahe so, als würde sie sich erinnern. Gott weiß, dass ich kaum an dem Ding vorbeigehen kann, ohne steif zu werden. „Ich muss irgendwann kommen und mir deine Briefmarken ansehen.“ Sie sagt es so verhalten, mit solcher Inkonsequenz, und doch klingt es spöttisch, als sie ihre Tasche neben der Kupferschale abstellt und ihre Finger auch diese berühren.

„Die hier ist hübsch.“

„Nicht so hübsch wie du.“ Ich stehe hinter ihr, den Mund an ihren Hals gepresst, den sie neigt, um mir besseren Zugang zu verschaffen. „Miranda.“ Ihr Name ist ein geflüstertes Flehen, denn ich will ihre Hand nehmen und sie zu meinem Bett führen. Ich will ihre blassen, seidigen Oberschenkel weit spreizen und sie mit meiner Zunge quälen, nur um zu hören, wie sie wieder und wieder meinen Namen schreit.

Was hat es mit meinem Namen auf ihren Lippen auf sich, das in mir den Wunsch auslöst, meine Erektion dort zu balancieren? Balanciert auf ihrer vollen Unterlippe, ihre Augen weit aufgerissen, aber nicht gänzlich arglos.

„Gott, ich will dich“, murmle ich, als sie sich an mich drückt, ihr sanfter Körper nachgiebig an meinem harten.

Daraufhin dreht sie den Kopf und zeigt mir ihr Profil, wobei ihre vollen Lippen zu einem geheimnisvollen Lächeln verzogen sind. Eine Verlockung, die unmöglich ignoriert werden kann. Also tue ich es nicht und presse einen Kuss auf ihren Mundwinkel. „Sag mir, dass ich aufhören soll."

Ein leises Seufzen. Ein Flüstern der Verlockung. Meine Hand, die unbewusst auf ihren flachen Bauch gedrückt ist.

„Ich dachte, wir wären hergekommen, um uns zu unterhalten." Ihre Antwort ist ein leises Murmeln, aber nicht ganz unschuldig, und als ich sie in meinen Armen umdrehe, sind ihre Augen dunkel vor Begierde.

„Das können und werden wir. Aber im Moment habe ich wesentlich bessere Pläne für meinen Mund."

Du kennst sie nicht einmal, flüstert mein Verstand. *Es sind nur diese schwebenden Endorphine, die dich diese Dinge fühlen lassen.*

Miranda liegt nackt unter mir, ihr Haar auf dem Kissen ausgebreitet, ihre Augen dunkel und voller Vertrauen im dämmrigen Licht. Ihre Hände liegen mit den Handflächen nach oben auf dem Kissen über ihrem Kopf, der Puls in ihren Handgelenken flattert, während ich sie dort festhalte.

„Noch nicht, Liebling. Fall noch nicht." Meine Finger tanzen über eine harte Brustwarze, eine flüsternde Berührung, die von einem stotternden Seufzen beantwortet wird, während ich den Anblick ihrer mondbeschienen Schönheit in mir aufnehme.

„Aber ich bin so kurz davor", wimmert sie.

„Ich weiß." Trotz des Hauchs von Mitleid in meiner

Stimme ist dort kein wirkliches Mitgefühl, nicht, während sie auf Messers Schneide balanciert, auf der ich sie seit einer Weile halte.

Mit meiner Zunge. Mit meinen Fingern. Mit meinem Schwanz.

„Soll ich dich erneut küssen, während du meine Finger reitest?"

„Nicht necken", fleht sie und windet sich unter mir, als ich meine Hand zwischen ihre Beine wandern lasse.

Es hätte auf mehrere Arten laufen können, sobald wir ins Schlafzimmer gekommen waren, zwischen den Küssen und Berührungen, dem Ausziehen der Kleidung. Es hätte ein schnelles und heftiges Aufeinandertreffen sein können, bei dem wir es kaum zum Bett geschafft hätten. Oder ich hätte sie auf die Matratze legen und sie lieben können, aus Achtung vor ihren zarten Gefühlen und ihres Zustandes. Stattdessen hatte sich eine dritte Option präsentiert. Vielleicht die einzige Option. Die Option, die uns beide anzulocken scheint, während ihre Zunge hervorschnellt, um ihre trockenen Lippen zu befeuchten und mich in Versuchung führt, dem Pfad mit meiner eigenen Zunge zu folgen.

„Ich wusste nie", flüstert sie. Ihre Worte sind wie Samt, voller Mitschuld. „Ich wusste nie, dass es so sei kann."

Tatsache ist, dass Miranda, so viel Schneid sie auch hat, ein wenig unterwürfig ist. *Und was für eine wunderschöne Tatsache das ist.* Ich hatte eine erste Ahnung, als sie in dieser ersten Nacht auf der Küchenanrichte gesessen hatte, ihre Augen dunkel und weit aufgerissen, während ich Whisky auf ihr aufgeschürftes Knie gegossen hatte. Sie hatte es wie ein gutes Mädchen über sich ergehen lassen, und seither will ich sie.

„Spreiz deine Beine für mich, Liebling." Wie die

Seiten eines Buches, entblößt sie sich. „Du bist so schön. Du machst süchtig. So süß auf meiner Zunge." Ich bahne mir meinen Weg ihren Körper hinunter, lasse meine Zunge zwischen ihre Beine gleiten, während sich ihr Körper unter mir wölbt und ihr ein reizender, heiserer Schrei entweicht.

Das letzte Mal, als sie in meinen Armen lag, bat sie mich darum, sie vergessen zu lassen. Ihr das Gefühl zu geben, jemand anders zu sein. Heute Nacht werde ich keinerlei Zweifel daran lassen, wer sie ist. Wem sie gehört. Wem ihr Orgasmus gehört.

Sie ist Miranda.

Die baldige Mutter meines Kindes.

Und mein, in jedem Sinne, den sie mir erlauben wird.

„Atmen, Liebling." Einige geschickte Bewegungen und ich bin wieder über ihr. Ihre Handgelenke sind immer noch auf dem Kissen, eines über dem anderen, die Position unverändert. Die Erkenntnis ist wie ein Knoten der Lust in meinem Bauch, und als ich meine Finger um meine Erektion lege, verfolgen ihre Augen die Bewegung begierig. Ich lasse meine Faust über meine geschwollene Länge gleiten und bewege sie mit einer gut geübten Drehung über der Spitze.

„Ich will dich kosten." Ihr Flüstern ist tief und heiser, der Ruf einer Sirene, der nicht ignoriert werden kann. Sie bewegt sich zur selben Zeit wie ich, und ihr Körper erstarrt unter dem Gewicht meiner Hand. Sie versteht es sofort. Sie will kosten, und ich will geben.

Mit einer Hand auf der Wand hinter ihrem Kopf und der anderen am Ansatz meiner sehnsüchtigen Erektion, senke ich mich zu ihren Lippen. Als ihre Zunge herausschnellt, beugt sich mein Körper aufgrund der unerwarteten Berührung.

„Ich weiß nicht, ob das mutig oder töricht war." Meine Stimme klingt heiser, der Knoten des Verlangens in meinem Bauch wird größer, straff und angespannt.

„Mehr ein Mangel an Geduld", schnurrt sie, wobei diese verruchte Zunge ihre Unterlippe befeuchtet, woraufhin das Blut in meinen Adern zu summen beginnt.

Ich schiebe mich zwischen ihre Lippen, ihre Wimpern flattern, ihre Zunge liebkost mein Frenulum. Als ich mich zurückziehe, zittern meine Oberschenkel, während sie ihre Lippen zu einem saugenden Kuss an meiner Spitze formt. Ich stöhne einen langen Kraftausdruck, in ihrer Berührung gefangen, während ich tiefer in ihren Mund hineingleite.

Ihr Mund ist weit geöffnet und ihre Augen sind nicht unschuldig. Ich schiebe mich sanft über ihre Lippen, während sie mit ihrer Zunge über die Unterseite meiner Erektion fährt und mit diesen überwältigenden, saugenden Küssen an der Spitze weitermacht.

„Ich frage mich, ob ich bedeckt mit deiner Süße besser schmecken würde?" Jeder Zentimeter meiner Haut ist lebendig und brennt, als sie ihre Wangen einzieht. „Genau so, Liebling. Saug an mir." Und zwar fest.

Unfähig, zu widerstehen, beuge ich mich vor und fülle ihren glänzenden Schritt mit meinen Fingern. Immer und immer wieder foltern wir einander, bis Miranda nicht als Einzige kurz davor ist, nachzugeben. Ich löse mich mit flacher Atmung von ihr, während ich meine Hand wieder um meine Erektion lege, wobei ihr Speichel die Bewegung erleichtert.

„Du hast nicht geantwortet", sage ich und schließe meinen Mund bei der Vorstellung, ihr zu sagen, wie verdammt heiß es ist, meinen Mund auf ihr zu haben, direkt nachdem sie mich dort hatte.

„Hat dir nie jemand beigebracht, dass es unhöflich ist, mit vollem Mund zu sprechen?“

Mein dunkles Gelächter erfüllt den Raum, ihr Blick ist durch eine andere Art von Lust glasig geworden. Ich bemerke das Zucken ihrer Augenbrauen, als ich mich über sie lehne, um ein Kondom aus dem Nachttisch zu holen. Sie sieht zu, wie ich es mir überziehe, und ihr Blick folgt, als ich wieder meine Position zwischen ihren Beinen einnehme. Mit einer Art historischen und stummen Zustimmung dringe ich erneut in sie ein.

Absichtlich langsam.

Quälend langsam.

Ich stoße den Atem aus ihrem Körper, während sich dieser unter mir wölbt, auf der Suche nach der finalen Befreiung.

„Bitte – ich brauche. Ich brauche das. Ich brauche dich.“ Ihre Stimme erstirbt mit der letzten Silbe, als ihr Körper diese Welle reitet. Ich umfasse wieder ihre Handgelenke, um ihren rebellierenden Körper an beiden Enden festzuhalten.

„Ich weiß, dass du das tust.“ Sie denkt, dass sie es härter und schneller braucht, keine neckenden Berührungen und schrecklich langsamen Bewegungen, aber sie liegt falsch. Denn es gibt für alles und jeden seine Zeit, und meine Zeit ist jetzt.

„Ich fühle – ich brauche.“ Ich senke meinen Mund in einem langen, verweilenden Kuss auf ihren, während sich die Sehnsucht in meiner Brust mit ihren Worten ausbreitet. Ich werde die Nacht hinausziehen, bis sie das Atmen vergisst. Ich werde ihren Verstand von diesen chaotischen Gedanken befreien, von dem Missklang ihrer Ängste und Sorgen. Ich werde sie von den Gedanken erlösen, die sie nach unten ziehen. Ich weiß, dass ich helfen kann. Jetzt und in Zukunft. Ich werde ihre breite Schulter sein, an die sie sich lehnen kann. Die ihr in allen Formen Erleichterung beschafft.

„Lass mich, mein süßer Liebling." Lass mich dich zu diesem Punkt bringen, immer und immer wieder. „Lass mich dich auseinandernehmen, bis du nicht mehr weißt, wo du anfängst oder aufhörst. Atme einfach ..."

Sie atmend stotternd und in einem Stoß aus, als ich einen weiteren Zentimeter hineingleite, sich das Muskelgedächtnis um mich herum anspannt, als wollte es mich hereinziehen.

Ich knirsche mit den Zähnen, sie zu fühlen ist mein Verderben. Ich will ein Schiff aus ihren Knochen bauen, denn das fühlt sich beinahe biblisch an. Das fühlt sich an, als gehörte sie mir, als ich mich nach unten beuge und sie erneut küsse, unsere Brust aneinandergepresst, unsere Herzen im Einklang.

„Ich will dich ausziehen", stöhne ich und lasse ihre Handgelenke los, um mich mit einem Stoß meiner Hüften in ihr zu vergraben. „Ich will dir meinen Atem anstelle deines eigenen geben."

Ich will deinen Körper und dein Herz besitzen.

„Oh Gott, ja!" Ihre Hände legen sich um meinen Hals, ihre Fersen verschränken sich hinter meinen Oberschenkeln, aber nicht, bevor ich mich herausziehe und das Fehlen ihrer Hitze spüre, als ich die Latexbarriere von meiner Erektion nehme.

„Ich will fühlen, wie du nackt um mich herum pulsierst." Mein Herzschlag ist ohrenbetäubend, während ich auf ihre Reaktion warte, nicht auf eine Zurückweisung vorbereitet. Aber ihre Antwort hat nichts Unsicheres oder Unvollständiges an sich, als sie meinen Kopf für einen leidenschaftlichen Kuss nach unten zieht.

Es scheint, als wären wir beide vom Wahnsinn gefangen.

Von Wahnsinn und Liebe.

Ich habe nicht die geistige Kraft, über eine Antwort nachzudenken, nicht, als ihr Blick von meiner Erektion zu meinem Gesicht wandert.

„James." Ein Wort so voller Bedeutung, während ich ihr meine Wahrheit in dieser Form zeige. Unser gemeinsames Stöhnen trifft auf die Luft, als ich in sie hineingleite.

22

MIRANDA

„GUTEN MORGEN, Schlafmütze." Ich wache mit einer Hand auf der Wange und dem süßen Flüstern meines Namens auf, nicht mit dem Krach eines Streits aus dem Erdgeschoss oder einer feuchten Hundenase im Gesicht.

„Wie spät ist es?" Ich beginne, mithilfe meiner Ellbogen nach oben zu kriechen, aber als ein kalter Lufthauch auf meine Brustwarzen trifft, kommt alles zu mir zurück.

Die Dinge, die wir getan, aber nicht gesagt haben.

Die Möglichkeit zu reden, die zu Sex wurde.

Ich würde es der Vermeidung zuschieben, behaupten, dass das Vermeiden des „Gesprächs" gestern Abend daran lag, dass ich ein Feigling bin, aber das ist nicht wirklich der Fall. Ja, ich habe mich nach dem menschlichen Kontakt gesehnt, und das Gefühl seiner Arme um mich herum und seiner Brust unter meiner Wange war die Versicherung, die ich brauchte, aber darüber hinaus ging es vergangene Nacht um Anziehung. Um uns, nicht um unsere Situation. Bevor ich durch seine Haustür trat, wusste ich – bevor er mir einen seiner Kryptonit-Küsse an den Hals drückte – dass wir an diesem Abend Sex haben würden. Ich wusste nur nicht, welche Form dieser annehmen oder wie er mich ansehen würde. Wie er mich berühren oder wie ich mit einer finalen Art von Befreiung weinen würde.

„Hoppla." Im Dunkeln entdeckte Wonnen sind nicht immer leicht ins Licht zu zerren, entscheide ich, als ich am Laken ziehe, um meinen Anstand zu wahren. James lächelt mich von seiner Position am Rande seines wundervollen, wolkenähnlichen Bettes aus an. Ich glaube nicht, dass ich je so bequem geschlafen habe wie in seinem Bett. In *diesem* Bett, meine ich. Ich bin mir ziemlich sicher, dass es der physische Komfort seines Bettes ist, nicht seine Anwesenheit, der mich wie ein Stein schlafen lässt.

Ziemlich sicher.

Oder vielleicht bin ich vor Erschöpfung eingeschlafen. Oder aus Sauerstoffmangel. Wie kann es sein, dass ich beim Sex mit ihm das Atmen vergesse?

Ich spähe dorthin hinüber, wo original aussehende Fensterläden die Reihen hoher Fenster an der gegenüberliegenden Wand bedecken. Das hinterste ist ein wenig geöffnet, das warme Morgenlicht schleicht in das Zimmer wie ein Dieb. Der Raum ist groß und luftig, die Farbpalette in Weiß und Grau ist nicht nüchtern, sondern wirkt stattdessen beruhigend. Ein kunstvoller, originaler Kamin dominiert die Wand zu meiner Linken, die Wand zu meiner Rechten ist gefüllt mit weiß gerahmten Kohleskizzen, die bei genauerer Inspektion von erotischer Natur zu sein scheinen. Frauen, oder vielleicht eine Frau, in verschiedenen Positionen, mehr bildlich als wörtlich, die Gesichter undeutlich. Die Bilder haben nichts Anrüchiges an sich. Im Gegenteil, sie sind sehr schön.

Getünchter Holzboden, fühlbare Stoffe und ein silberfarbener, samtiger Teppich machen den Raum zu einem Ganzen, während eine blasse Couchgarnitur und ein großer Fernseher eine maskuliner aussehende Medienecke und einen luxuriösen begehbaren Kleiderschrank dahinter bilden.

„Meinetwegen musst du dich nicht bedecken." Sein Ausdruck beruhigt meine plötzliche Nervosität über seine Worte. Warme Blicke ohne jegliches Urteil. Über die Unterhaltung, die wir gemieden haben oder die Nacht des Sex, die wir stattdessen hatten.

Sei einfach du selbst, Mir. Es hat keinen Sinn, dich für jemand anderen oder sogar eine bessere Version deiner selbst auszugeben. Gott weiß, dass du das keine achtzehn Jahre lang aufrechterhalten kannst.

„Wie viel Uhr haben wir?" Ich schmatze mit den Lippen wie eine Großmutter, die ihr Gebiss noch nicht eingesetzt hat, während ich mich frage, ob ich für eine Weile vielleicht etwas *weniger* Miranda sein kann.

„Es ist kurz nach halb sechs."

„Argh, nur Gott und die Spatzen sind zu dieser Zeit wach." Ich reibe mir mit einem Finger unter den Augen und denke darüber nach, wie sehr ich heute Morgen nach *nuttigem Panda* aussehe. „Warum bist du so früh wach?"

„Ich bin ein immerwährender Frühaufsteher. Und ich habe heute Morgen einen Flug nach Berlin."

„*Oh, okay.*" Mein Herz rutscht mir wie ein schwerer Stein in die Hose, als die gestrigen Sorgen wieder zurückkommen. „Wirst du lange weg sein?" *Beruhige dich. Wenn er einen Flug nimmt, um dem hier aus dem Weg zu gehen, um mir aus dem Weg zu gehen, dann wäre das wohl eher nach Buenos Aires als nach Berlin.*

Vielleicht stehen meine Gedanken in meinem Gesicht

geschrieben, denn er fügt hinzu: „Ich habe ein paar Dinge umorganisiert und komme heute Nachmittag zurück. Und ich habe mich wegen des Arztes gefragt."

„Der Arzt", wiederhole ich ein wenig schwerer. „Bist du krank?"

„Ich meinte für dich. Bist du morgens immer so schwer von Begriff?"

„Vielleicht habe ich nicht genug Schlaf bekommen."

„Sollte ich mich entschuldigen?", schnurrt er beinahe. Ich schürze die Lippen, um ein albernes und aufkeimendes Lächeln zu unterdrücken, während ich den Kopf schüttle. „Gut, denn es tut mir überhaupt nicht leid. Noch mehr, ich glaube nicht, dass ich anders kann, wenn es um dich geht." Er beginnt, an den Brinkhaus-Laken zu ziehen, seine Finger schieben die Baumwolle ein winziges Stück meinen Körper hinunter. Und ich überrasche mich damit, dass ich es ihm erlaube. Meine Brustwarzen sind hart und sehnsüchtig, als der weiche Stoff meine Haut streift, dann spannen sich die Muskeln in meinem Bauch an, als er über meine Hüften gleitet.

„Du siehst aus wie ein Frieseke."

„Friese?" Ich kann nicht umhin, meine Oberschenkel zusammenzudrücken, während sein Blick wie eine körperliche Berührung meinen Körper hinunterwandert.

„Frieseke", korrigiert er, die Stimme eine Oktave tiefer. „Er war Künstler. Ein Amerikaner, der in Frankreich gemalt hat. Du siehst aus wie einer seiner Sommerakte, gesprenkelt mit Sonnenlicht."

Ich beobachte seine Finger, wie sie das Muster auf meinem Oberschenkel nachfahren, das von dem durch die Fensterläden strömenden Licht kreiert wird. In einem Moment des Wagemuts, der mir absolut fremd ist, lasse ich mein Knie zur Seite fallen, um mich ihm zu öffnen.

„Durch dich komme ich zu spät." Sein Blick wird beinahe lüstern, aber ich antworte nicht. Es sei denn, man zählt mein Seufzen als solches, als sein Daumen zwischen meine Beine gleitet. Ich bin fast schamlos in meiner Akzeptanz, mein Körper hebt sich, um ihn zu treffen, während er über meine Klitoris streicht.

Streicht. Streichelt.

Ich drehe meine Wange zum Kissen, jeder einzelne meiner Muskeln spannt sich an und bebt, als seine Finger beginnen, sich zwischen meinen Beinen zu bewegen. Aber es ist nicht genug, nicht so. Nicht nach der vergangenen Nacht, wenn das Potenzial dieses Morgens für einen Orgasmus irgendwie damit zusammenzuhängen scheint. Ich brauche Druck. Schnelle Berührungen und stoßende Fingerspitzen. Das Gewicht seines Körpers über meinem, nicht nur das Gewicht seines dunklen Blicks. Wie er mich beobachtet. Mich einschätzt.

„Sieh mich an." Seine Stimme ist fast ein Schnurren. Ich drehe mich um und blinzle ihn an. „Ich werde mich um dich kümmern, Miranda. Und du wirst es zulassen."

Ich nicke meine Zustimmung und spreize meine Beine, während ich mich in seine Hand drücke, genauso erregt durch die Litanei seines schmutzigen Flüsterns wie durch seine geschickten Finger. Er flüstert mir die besten Ermutigungen und obszönsten Dinge zu.

Wie schön ich bin.

Wie umwerfend ich aussehe, während ich seine Hand reite.

Wie glatt ich mich anfühle.

Wie er seine Finger sauberlecken wird.

Und sobald ich fertig bin – sobald mich mein glühend heißer Orgasmus durchströmt – tut er das.

„Der Arzt." Es mag Sekunden oder Stunden später sein, als seine Nachfrage mein Bewusstsein erreicht. Ich blinzle träge und frage mich, warum es nicht wieder dunkel ist. „Ich werde mit dir hingehen." *Ich werde mit dir hingehen.*

Ich werde mich um dich kümmern.

Aber in welchem Zusammenhang?

„Ich werde zuerst einen Termin machen müssen." Ich strecke mich auf dem Bett aus, meine Gliedmaßen sind in etwa so beherrschbar und nützlich wie Socken voller Wackelpudding. „Ich werde heute anrufen, aber vermutlich können sie mir erst nächste Woche einen Termin geben."

Die Praxis meines Arztes hat keine Rezeptionistin. Sie hat einen Drachen in einem Twinset und mit goldfarben umrandeter Brille, der Feuer in die Telefonleitung speit. Ein Smaug-ähnlicher Hüter des Tores, aber mit wesentlich hochnäsigerer Einstellung. Ich bin mir ziemlich sicher, dass sie Termine auf Basis dessen vergibt, wie sehr man während des Telefonats katzbuckelt, denn es erweckt kein Mitleid, krank, verstopft oder heiser zu klingen. Gott steh mir bei, sollte ich jemals wirklich krank werden.

Aber ich sage nichts davon, denn dafür wäre Denkleistung erforderlich. Und mein Gehirn rollt aktuell in meinem Schädel herum wie ein Haufen Murmeln.

„Ich habe einen Kontakt, von dem ich dachte, wir könnten ihn irgendwann diese Woche zur Bestätigung besuchen."

Das klingt alles sehr … suspekt. Ein Kontakt. Bestätigung. Ist das der Punkt, an dem ich in einen Container nach Gott weiß wohin gestopft werde? Plötzlich bin ich wesentlich wachsamer, während ich mir mit dem

Handrücken eine zerzauste Haarsträhne aus der Stirn schiebe. Ich atme ein und versuche, meine Stimme gleichmäßig zu halten.

„Welche Art von Kontakt?"

„Die Arzt-Art von Kontakt." Er runzelt die Stirn, während er hinzufügt: „Ein Entbindungsarzt. Jemand, den ich zufällig persönlich kenne." Diese Information beruhigt mich nicht. Überhaupt nicht. Warum sollte er einen Entbindungsarzt brauchen?"

„Ich glaube, ich werde bei meinem eigenen Arzt bleiben, danke." Möglicherweise muss ich gar nicht zu ihm. Vielleicht wir die Krankenschwester ausreichen?

„Miranda, du musst mich reinlassen. Ich will mich um dich kümmern." Dieses Echo seiner vorherigen Worte zerrt an meinem Bewusstsein, als die Worte mit anderer Absicht ausgesprochen wurden. „Auf jede Art, die du mir erlaubst." Seine Stimme scheint in ihrer sinnlichsten Einstellung zu sein, etwas, von dem ich entscheide, es zu ignorieren. „Ich will mit dir Teil hiervon sein, aber ich habe nicht den besten Terminplan, um bei Arztbesuchen und ähnlichem dabei zu sein." Müdigkeit überschattet sein Gesicht, bevor sie in Sekundenschnelle wieder verschwinden. „Aber was ich habe, ist die persönliche Nummer des Mannes, der die königlichen Babys in die Welt holt. Will Travers. *Lord* Travers", fügt er bedeutungsschwer hinzu. „Ich hätte nie gedacht, dass ich seine Dienste in Anspruch nehmen müsste, aber da siehst du mal. Ich werde dir seine Kontaktdaten geben, und wenn du dir immer noch unsicher bist, kannst du ihn googeln, bist du zufrieden bist. Und wenn er deine Erwartungen erfüllt, wird er uns um sechs Uhr an einem Abend diese Woche sehen."

Uns um sechs Uhr sehen? Er kommt mit? Schweig still, mein gieriges kleines Herz.

„Du hast ihn bereits kontaktiert?"

„Ich habe ihm letzte Nacht sehr spät eine Nachricht geschickt. Ich kann mir nur vorstellen, dass er gearbeitet hat, denn er hat geantwortet."

„Ich habe gehört, dass Babys ihren eigenen Terminplan haben", gebe ich ausdruckslos zurück.

„Ich nehme an, wir haben viel Zeit, um das herauszufinden. Aber was denkst du? Darüber, ihn zu treffen, meine ich?"

„Na ja, ja. Das klingt gut." Ich kann nachher ein wenig recherchieren, aber wenn er sich um die Royals kümmert, dann bin ich mir sicher, dass er fantastisch ist. „Ich bin mir sicher, eine royale Huha ist nicht anders als eine gewöhnliche."

„Eine royale was?"

„Weißt du, dass du diesem Wort eine zusätzliche Silbe hinzufügst? *W-has*." Ich versuche, seine Ausdrucksweise nachzuahmen und scheitere, während ich immer noch hoffe, dass ihn diese Lächerlichkeit von der anderen ablenken wird. *Huha?*

Wirklich?

„Ich bin mir sicher, dass deine Muschi alles andere als gewöhnlich ist."

Mein Gesicht verzieht sich, während ich die Nase rümpfe. „Ich glaube, ich ziehe Huha vor."

„Ich glaube, ich ziehe Pussy vor. Eigentlich ziehe ich deine Pussy vor."

Etwas Heißes und Schnelles blüht als sofortige Reaktion in mir auf. Seine derart präzise Art es zu artikulieren, verstärkt aus irgendeinem Grund die Wirkung. So ein schlimmes, schmutziges Wort in einem so arroganten Tonfall. Wenn ich einen Slip tragen würde, bin ich mir sicher, dass er von selbst abgefallen wäre.

„Böser Mann." Es klingt mehr wie eine Ermutigung als eine Ermahnung.

„Ich mag es aufgrund der Schockwirkung. Obwohl deine Rose mit jedem anderen Namen genauso süß schmecken würde."

Ich bin mir ziemlich sicher, dass sie im Moment alles andere als süß schmecken würde, aber ich widerstehe, es zu sagen. *Vernünftigerweise, wie ich fühle.*

„Süß und glatt." Er lehnt sich vor und presst recht plötzlich seinen Mund auf meinen, während ich genauso schnell meine Lippen nach innen ziehe.

„Mohgenahem", sage ich, ohne meinen Mund vollständig zu öffnen.

Seine glatte Wange, die über meine gleitet, bringt meine Oberschenkel dazu, sich beinahe unwillkürlich zusammenzupressen, da der Kontrast der Empfindungen zwischen dieser Sache und der letzten Nacht ein wenig überwältigend ist.

Das Kratzen seiner Stoppeln an meinen Brüsten und wie meine Klitoris bei der Berührung seines Kinns elektrisiert wurde.

Der Anblick von ihm an diesem Morgen, seine obszöne Zunge, die herausschnellt, um mich an seinen Fingerspitzen zu kosten.

Als er aufsteht, erkenne ich, dass er bereits geduscht hat, sauber und recht makellos wirkt, obwohl er nur halb bekleidet ist. *Ist halb bekleidet dasselbe wie halb unbekleidet?* Ich glaube nicht, dass ich je einen Mann getroffen habe, der sich in seiner eigenen Haut so wohlfühlt. Er dreht sich um und zieht ein Hemd von einem Kleiderbügel, der an der Türklinke hängt, während ich mir einen Moment nehme, um seinen Anblick zu würdigen. Es ist unfair, dass jemand so früh am Morgen so gut aussieht. Sein Haar ist immer noch ein wenig feucht und dunkel von der Dusche, sein Rücken ist breit und gebräunt und seine marineblaue Hose schmiegt sich an die festen Muskeln seiner köstlichen Kehrseite.

Meine Haut fühlt sich plötzlich an, als würde sie von einer Million Nadeln durchbohrt, meine Brustwarzen ziehen sich unter dem Laken zusammen. Ist es zu früh, um den Hormonen die Schuld zu geben? Warum sonst sollte ich unter seiner Berührung zu Wachs werden?

„Soll ich dich von der Arbeit abholen?" Sein Kopf hebt sich von seiner Aufgabe, die winzige Reihe von Hindernissen zwischen meinem Blick und seiner Haut zu schließen. Er schenkt mir ein verschmitztes Grinsen. „Vielleicht hätte ich dich früher wecken sollen."

„Was?" Ich schüttle meinen Kopf auf zwei Gründen. Zum einen, wenn man mich vor fünf Uhr dreißig weckt, ist es praktisch so, als würde man mich in der letzten Nacht wecken. Und zum anderen schüttle ich den Kopf, um die Idee loszuwerden, ihn zurück ins Bett zu ziehen. „Ich habe mein Auto, erinnerst du dich?" *Erinnerst du dich an schnellende Handgelenke und anderes schlechtes Verhalten?* „Und ich muss heute Abend auf einen Hund aufpassen."

„Du planst, das immer noch zu tun?" Sein Tonfall ist ein wenig beunruhigend, was vielleicht meine Antwort erklärt.

„Na ja, ja. Solange diese E-Mail, die ich gestern bekommen habe, nicht echt ist und ich nicht tatsächlich mit einem kongolesischen Prinzen verwandt bin, der den Löffel abgegeben und mir zehn Millionen hinterlassen hat. Sollte das nicht der Fall sein, werde ich in der vorhersehbaren Zukunft weiterhin auf Haustiere aufpassen."

James murmelt etwas vor sich hin, das ein wenig wie *unglaublich* klingt.

„Du musst dir jetzt keine Sorgen mehr um Geld machen."

„Ich wusste, dass wir gestern Abend dieses Gespräch hätten führen sollen", murmle ich, wobei ich das Bettlaken höher ziehe, bis es direkt unter meinem Kinn ist. „Dirty Talk ist nicht wirklich ein Gespräch, oder?", frage ich monoton. Okay, ich spotte.

„Sei nicht respektlos", antwortet er, obwohl er lächelt. „Ich dachte, ich wäre deutlich gewesen. Ich will mich um dich und unser –"

Ich hebe einen Finger. „Können wir zuerst zum Arzt gehen, bevor wir diese Unterhaltung führen?"

„Natürlich, aber ich dachte, du wärst dir sicher, schwanger zu sein?"

Zu neunundneunzig Prozent effektiv, antworte ich beinahe. Aber dann fällt mir ein, dass das dieselben Chancen sind, die wir auch mit den Kondomen hatten.

„In dieser Welt ist nichts sicher als –"

„Tod und Steuern", beendet er den Satz für mich, aber ich schlage bereits die Decke zurück und krieche aus dem Bett, fast, als wäre Mutter Natur darauf aus, sowohl meinen Worten als auch meinen Gedanken zu widersprechen.

„Entschuldige mich." War ich wirklich so höflich oder habe ich *Aus dem Weg, Schlampe* in einem Tonfall gebrüllt, den *Dwayne ‚The Rock' Johnson* wie ein Schulmädchen klingen lassen würde? Es ist schwer zu sagen, was aus meinem Mund kam, da etwas recht wörtlich aufbegehrt und darauf besteht, dass mein Inneres mein Äußeres werden muss, während ich mir eine Hand auf den Mund presse.

„Was ist? Miranda?"

Ich ziehe das Laken mit mir, als ich mein Rennen über den Boden zum Badezimmer beginne. Ein Rennen, das ich, wie ich glaube, gegen den Inhalt meines Magens führe. Ich habe keine Zeit, die Tür zu schließen oder das Laken vollständig um mich zu wickeln, bevor meine Knie auf den harten Fliesen landen und ich dem Fluch der Natur nachgebe.

„Oh Gott ... *bleurgh.*" Meine Güte! „*Bleurgh,* oh, du lieber Gott." *Verdammte Eva. Ein Apfel ist nicht einmal so interessant. Wäre es ein Donut oder ein Stück –* „*Neeeein!*"

Ich würde und jammere und würge noch ein wenig mehr, bis ich denke, dass ich es nicht mehr ertragen kann. Die Geräusche, die ich von mir gebe, sind gewaltig, mein Schluchzen ist flehend und erbärmlich. Und ich war schon immer eine Art Sauberkeitsfanatikerin. Ich war in der Schule immer das Kind, das jedes Mal vor dem Sandwich eine kleine Flasche Desinfektionsgel aus der Butterbrotdose holte. Und doch knie ich hier und umarme förmlich die Toilettenschüssel.

Wenigstens hat er eine Haushälterin.

Als mein weinerliches Würgen nur noch ein Hicksen ist, werde ich mir des Mannes bewusst, der mein Haar hält. Ja, er hält es in einer Hand, während er zärtliche, beruhigende Kreise auf meinem Rücken reibt.

„Ich bin mir nicht sicher, ob wir einen Arzt brauchen, Süße. Jedenfalls nicht zur Bestätigung." Ein nasser Waschlappen wird auf meine klebrige Stirn gedrückt. „Denkst du, du kannst aufstehen?" Ich nicke und beginne, mich hochzudrücken, wobei ich den gelben Schleim wegspülen will, als er eine Hand unter meinen Arm schiebt. „Lass mich dir helfen."

Ich erhasche einen Blick auf mein Spiegelbild, als er sich bückt, um das Laken aufzuheben, das um meine Zehen herum liegt. Ich sehe wie etwas aus einem Horrorfilm aus; zerzaustes Haar, rote Augen und meine Haut hat die Farbe von Spachtelmasse. Würde ich mir die Haare schwarz färben, könnte ich dem Mädchen aus *The Ring* die Rolle stehlen.

Ich schlurfe stumm in die Richtung, die mir gewiesen wird, welche zufällig zur Dusche führt, aber bevor ich hineingehe, lehnt James sich vor, um das heiße Wasser anzustellen. Die Manschette seines Hemdes wird sofort nass, als er das Wasser testet. Er kommt wieder heraus und schüttelt die Hand, wobei kleine Tropfen über seine Fingerspitzen laufen. Die Bewegung ist so faszinierend wie der magische Trick eines Zauberers.

„Das Wasser sollte jetzt angenehm sein." Er beginnt, sein Hemd aufzuknöpfen; drei Knöpfe offen, dann zieht er es sich über den Kopf. Er greift nach seinem Gürtel, als er zu realisieren scheint, dass ich mich nicht gerührt habe, dass ich auf der falschen Seite des Glases stehe. „Spring rein", befiehlt er, während er sich als Nächstes mit seiner Gürtelschnalle beschäftigt.

Ich will ihm sagen, dass ich allein duschen kann. Dass ich klarkomme. Dass ich seine Hilfe nicht brauche, aber in Wirklichkeit fühle ich mich so schwach wie ein neugeborenes Fohlen. Ein neugeborenes Fohlen, das ein wenig wimmert, als mich starke Arme in ihren Schutz ziehen und sich anspannen, als hätte er keinerlei Absicht, mich je wieder loszulassen.

„Ich dachte, du hättest ein Flugzeug zu erwischen." Meine Worte sind sanft, und ich bin mir nicht zu hundert

Prozent sicher, ob er mich über das Rauschen des Wassers hören kann, während ich meinen Rücken an seine Brust presse.

„Es wird später noch einen anderen Flug geben", antwortet er so zärtlich, wie seine Hände meinen Körper einseifen. Er knetet die Anspannung aus meinen Schultern und streicht langsam meine Arme hinunter. „Ich hätte nie gedacht, dass ich das über die Arbeit und das Verdienen von Geld sagen würde, aber manche Dinge sind einfach wichtiger." Seine Worte sind so leise, dass ich mir nicht sicher bin, ob sie für meine Ohren bestimmt waren, aber als seine Hand flach auf meinem Bauch landet, breitet sich dennoch ein warmes Gefühl in mir aus.

23

JAMES

„WILL, wie geht es dir?"

„Harry, schön, dich zu sehen. Und herzlichen Glückwunsch."

Wills Griff ist genauso hart, wie er es vor ein paar Jahren auf meiner Schulter während einer Schlägerei auf dem Rugby-Feld war. Wir kennen einander bereits seit vielen Jahren, lange bevor sein Vater starb und er der nächste Lord Travers seiner Linie wurde. Ich nehme an, er würde diesen Zeitraum als seine Hurenjahre bezeichnen. Nicht, dass er eine Hure war, obwohl ich mir sicher bin, dass es viele Frauen gab, die bereit gewesen wären, zu bezahlen. *Ich vermute, dass es diese noch immer gibt.*

Als er seine Aufmerksamkeit Miranda zuwendet, die plötzlich stumm an meiner Seite steht, erinnere ich mich an eine Geschichte, die mir einst jemand darüber erzählte, wie er seine Frau kennengelernt hat. Irgendetwas mit einer Fehlkommunikation und Will, der so tat, als sei er ein männlicher Escort? Nachdem ich Sadie selbst kennengelernt habe, kann ich sie mir nicht als den Typ vorstellen, der einen Fremden für ein Date bezahlen wollte oder müsste. *Oder für mehr.*

Und wenn wir schon dabei sind, jemanden dafür zu bezahlen, Zeit mit einem zu verbringen: Ich denke darüber nach, mir einen Hund anzuschaffen. Wenn das nötig ist, um Miranda für eine Unterhaltung festzunageln, dann würde ich das tun. Ich habe es am Dienstag nicht nach Berlin geschafft, was nicht sehr überraschend ist. Ich konnte sie nicht zurücklassen, ohne sicherzugehen, dass es ihr gut ging. Es ist drei Tage her, seit ich sie gesehen habe, aber sie sagt mir, dass sie noch immer fest im Leben steht, mit der Ausnahme von zwanzig Minuten jeden Morgen, während derer sie, wie sie es formuliert, zu den Porzellangöttern betet.

Drei Tage und zu viele Stunden, und das Verlangen, sie in meine Arme zu schließen, ist groß.

Wie ist es möglich, dass sich mein Leben vor nur wenigen Wochen in so bekannten Rhythmen bewegt hat, ich aber, seit ich sie in Rufus' Hundeklappe gefunden habe, scheinbar an nichts anderes mehr denken kann?

Ich kann mich kaum konzentrieren. Und es hilft nicht, dass sie mich gemieden hat. Sie sagt, dass sie mit der Arbeit beschäftigt und zu müde war, um irgendetwas anderes zu tun, aber diese Gründe allein würden sie nicht davon abhalten, mich in diesem Moment anzusehen.

Vielleicht ändert sie ihre Meinung – ihre Meinung darüber, ein Leben lang an mich gebunden zu sein.

„Und du musst Miranda sein." Wills Stimme reißt mich aus meinen mürrischen Gedanken.

„Wow. Ich meine, ja. Miranda." Wenn Will Mirandas Begrüßung als etwas seltsam empfindet, dann ist er professionell genug, es nicht zu zeigen. Der Mistkerl hat immer noch nicht nachgelassen, wie ich sehe.

Er hat den Spitznamen *Dr. Pussy* nicht ohne Grund bekommen. Ich nehme an, mittlerweile sollte es *Lord Pussy* heißen.

Es ist lächerlich, aber ich merke, wie ich nach ihrer Hand greife, als wir uns hinsetzen. Im Gegensetz zu jedem anderen Arzt, den ich kenne, platziert er seinen pietätlosen Hintern auf unserer Seite des Tisches, während er einen Finger in den Kragen seines Hemds schiebt, um seine Krawatte zu lockern.

„Danke, dass du dir die Zeit genommen hast, uns so spät noch zu empfangen."

„Kein Problem. Es ist das Mindeste, was ich tun konnte. Außerdem schulde ich dir etwas. Sadie liebt das Bild von Alyssa Monkton."

Vor ein paar Monaten hat Will mich in die Galerie gerufen, um zu fragen, ob ich ihm dabei helfen könnte, etwas für den Geburtstag seiner Frau zu finden. Letzten Endes entschied er sich für eine Kohlezeichnung, etwas Sinnliches, beinahe schon Erotisches. Ich bin zufrieden, dass sie es zu schätzen weiß, denn ich hätte es beinahe für mich behalten.

„Das ist gut zu hören. Also." Ich räuspere mich. Wie verkündet man taktvoll, dass man dafür verantwortlich ist, jemanden geschwängert zu haben?

„Miranda, wie fühlst du dich, Liebes?" Als er sich ihr zuwendet, ist sein durchdringender Blick aufmerksam. Vielleicht ist sein Abgleiten in den schottischen Dialekt Teil seines Umgangs mit Patienten?

„Ehrlich? Und ich weiß, dass man nicht mithilfe von Dr. Google eine Selbstdiagnose durchführen soll, aber ich bin mir ziemlich sicher, dass ich mich schwanger fühle."

Sein tiefes Gelächter erfüllt den Raum. „Also Symptome?" Er legt einen Arm über seine Brust, die Faust unter dem Kinn geballt, wie eine fleischliche Inkarnation von Rodins *Der Denker*.

„Erbrechen. Sehr viel Erbrechen."

„Morgens?"

„Überwiegend." Sie zieht eine Schulter hoch. „Manchmal länger."

„Das ist normal und legt sich für gewöhnlich im zweiten Trimester."

„Können Sie mich bis dahin lahmlegen?"

„Was? Und dich den ganzen Spaß verpassen lassen?"

„Da spricht ein Mann, der noch nie schwanger war."

„Allerdings. Wir haben all den Spaß und keine der Unannehmlichkeiten, wie meine Frau sagt."

„Haben Sie Kinder?", fragt sie, wobei sie den Kopf zur Seite neigt.

„Ich habe eine Tochter und ein weiteres Kind ist unterwegs."

„Ich glaube nicht, dass ich mehr als eines bekommen werde."

„Zumindest nicht gleichzeitig, hoffe ich." Mein Versuch, mich der Unterhaltung anzuschließen, bringt mir einen finsteren Blick von beiden Seiten ein.

„Mach nicht einmal Witze darüber", sagt sie, bevor sie ihre Aufmerksamkeit beinahe sofort wieder von mir abwendet. „Und danach lasse ich mich glaube ich zunähen, denn ich will mich nie wieder so fühlen."

„Ich kann dir etwas verschreiben, falls es zu viel wird. Aber eins nach dem anderen; sehen wir uns die Sache mal an."

Ich bin erleichtert, als er hinter sich greift, um Mirandas Akte zu holen, denn eine Sekunde lang dachte ich, diese Aussage würde bedeuten, dass *wir* uns etwas ansehen, das *ihn* überhaupt nichts angeht. Nur dass es ihn doch etwas angeht, oder nicht? Ich nehme an, man kann kein Kind in die Welt holen, ohne am funktionalen Ende der Sache zu sein.

„Also, du wirst an deinem nächsten Geburtstag dreiundzwanzig." Will blickt nicht von der Akte auf, aber ich fühle seinen Tadel dennoch.

„Das ist richtig." Wenn ich mich nicht irre, reckt sie ihr Kinn ein wenig.

„Und das Datum deiner letzten Regelblutung?" Er balanciert die Akte auf seinem gebeugten Knie und greift nach etwas, das wie ein altmodischer Winkelmesser aussieht, mit dreihundertsechzig Grad.

„Es war ... na ja, ich weiß es nicht wirklich. Ich kann Ihnen eine grobe Schätzung geben. Oder ich kann Ihnen das Datum der Empfängnis nennen."

Wills Blick wandert zwischen uns hin und her, währen der ihre Aussage verdaut.

„Aye, das funktioniert", sagt er mit einem lockeren Grinsen, wobei er sich am Hinterkopf kratzt.

„Es war der erste Juli."

„Fühl dich nicht allzu geschmeichelt", murmelt Will, während er einen Vermerk in der Akte macht. „Ich bin mir sicher, dass Miranda an diesem Tag andere Dinge in ihrem Terminkalender stehen hatte."

„Ich bin mir nicht ganz sicher, ob das professionell war", antworte ich kühl. „Jedenfalls nicht für den Stundenlohn, den du berechnest."

„Ich kann dich immer an einen anderen verweisen", sagt er mit einem hinterhältigen Grinsen, denn der Mistkerl weiß, dass er der Beste ist und sagen kann, was er will. Das Privileg von Reichtum und Bestform, nehme ich an.

„Gut, also nehme ich den fünften April nächstes Jahr als deinen Entbindungstermin."

„Nein, das kann nicht stimmen", werfe ich ein.

„Oh?", gibt Will zurück. „Klär uns doch auf, wie die Wissenschaft und der begehrteste Entbindungsarzt Englands so falsch liegen können."

„Nein, nicht wirklich falsch. Es ist nur, dass ich in dieser Woche die *Art Cologne* in Köln habe."

„Ist das dein Ernst?" Miranda dreht sich auf ihrem Stuhl zu mir um, ihr Gesichtsausdruck ist beinahe schon feindselig.

„Das habe ich nicht gemeint", erwidere ich, wobei ich geistig meine Aussage neuberechne. Es gibt gewisse Veranstaltungen im Laufe des Jahres, denen ich zum Wohle meines Geschäfts beiwohnen muss. Das ist eine davon. Sie ist sehr wichtig. Auf der anderen Seite ist das aber auch –

„Es wird passieren, ob du da bist oder nicht, Kumpel. Es sei denn, Miranda entscheidet, dass sie einen Wunschkaiserschnitt vorziehen würde. Du weißt schon, in Anbetracht deines Terminkalenders."

Mein Blick folgt der Bewegung, als sie ein Bein über das andere kreuzt und sich recht elegant wieder fasst, dem jedoch ein scharfes Ausatmen widerspricht. *Pfft!*

„Willst du dabei sein?"

„Bei der Geburt meines ersten Kindes? Was für eine Frage ist das?"

„Eine ehrliche. Ich glaube, wenn ich es durch einen Stellvertreter machen lassen könnte, würde ich es tun."

„Na ja, *ich* will dabei sein."

„Na ja, *ich* nehme an, dass ich einfach die Beine überkreuzen und warten kann, bis du zurückkommst, wenn ich Wehen bekomme."

„Ich werde da sein“, presse ich genervt heraus. *Ist das unser erstes Familiendrama? Von einem Paar, das kaum eine Familie ist?* Ich könnte Theo, den Ausstellungsleiter, schicken, nehme ich an. Wenn es sein muss. Natürlich werde ich das tun müssen. „Ich habe einfach gesprochen, ohne vorher nachzudenken.“

„Geht auch nicht, wenn man kein Gehirn hat“, murmelt sie leise.

„Entschuldigung.“ Erneut. „Ich würde es um nichts auf der Welt verpassen wollen.“ Denn je mehr ich darüber nachdenke, desto mehr sehe ich die Wahrheit darin. Es ist außerdem die Wahrheit, dass ich mich ein wenig daran gewöhnen muss – an all das. Bisher habe ich mein Leben für mich selbst gelebt, jetzt muss ich auch an andere denken.

„Das wird viel lustiger als eine Kunstausstellung, Kumpel. Viel Farbe und Sound. Du wirst es nicht verpassen wollen.“

„Und das werde ich auch nicht“, antworte ich, wobei ich nach ihrer Hand greife.

„Gut, in Ordnung“, beginnt Will, der glücklicherweise weitermacht. „Wenn du in das nächste Zimmer gehen möchtest, Miranda, wird Jenny dich wiegen, und dann glaube ich, werden wir einen kleinen Scan mit dir machen.“

„Einen Ultraschall?“, fragt sie, überrascht und vielleicht ein wenig verängstigt. Sofort kommt mir der Gedanke, dass ich darüber hinaus, wie es begonnen hat und wie es enden wird, absolut nichts über diesen Vorgang weiß. Ich habe kein Verständnis darüber, warum ihre Augenbrauen plötzlich zusammengezogen sein sollten oder warum sie sich auf die Lippe beißt. Literatur. Ich muss irgendwelche Bücher über Schwangerschaft für

Dummköpfe in die Finger bekommen. „Ich dachte, die würden nur so früh angeboten, wenn Grund zur Sorge besteht? Wir haben noch nicht bestätigt, dass ich schwanger bin."

„Hast du einen Test aus der Drogerie gekauft?" Wills Tonfall ist unbekümmert.

„Ja."

„Und hat er angezeigt, dass du schwanger bist?"

„Ja. Dort stand schwanger. Es war keiner mit den Linien oder so."

„Dann herzlichen Glückwunsch. Tests für zu Hause sind heutzutage so genau, dass es wenig Sinn macht, ihn zu wiederholen. Was den Scan angeht, wenn du dich für eine privatärztliche Versorgung entscheidest, kannst du praktisch alles bekommen, was du willst. Besonders, wenn er bezahlt." Will nickt in meine Richtung.

„Oh. Na ja, okay." Miranda steht auf, als sich die Krankenschwester – vermutlich Jenny – im Raum bemerkbar macht.

Da Will weiterhin auf seinem Tisch sitzenbleibt und mich mit seinem Blick durchbohrt, fühle ich mich dazu genötigt, etwas zu sagen.

„Hast du das Gefühl, etwas sagen zu müssen?"

„Nicht eine verdammte Sache."

„Bist du dir ganz sicher?"

„Sie scheint ein nettes Mädchen zu sein."

„Frau." Sie ist kein Mädchen, und ich bin kein Perverser. „Und ja, sie ist sehr reizend", antworte ich, wobei ich herunterspiele, was ich wirklich über sie denke, was ziemlich viel ist. Sie ist einzigartig. Mutig und kompetent, trotz dem, was ihr gegeben wurde.

„Sehr reizend und sehr jung."

„Dein Punkt?"

„Du wirst Vater." Ich neige den Kopf. Meine kühle Reaktion steht jedoch im Widerspruch zu dem Knoten in meinem Bauch. „Infolge eines One-Night-Stands. Im Überschwang des Augenblicks oder ein Versagen des Kondoms?"

„Wie seltsam. Ich dachte, du seist ein Entbindungsarzt, kein Vernehmungsbeamter."

„Ich habe den besten Job überhaupt", sagt er nach einer Pause. „Ich darf Leben in die Welt bringen. Und dann übergebe ich diese kleinen Schätze." Er hält seine Hände auf eine Art, die in mir keinen Zweifel lässt, dass er das, was er sagt, auch so meint. „Ich übergebe sie an Eltern, die neun lange Monate auf diesen Tag gewartet haben. Aber das ist nur der Anfang. Elternschaft ist der einzige Job, den du behältst, bis du in dein Grab steigst."

„Ich glaube, du musst eine sehr schlechte Meinung von mir haben, Will."

„Ich mache es mir zur Aufgabe, niemals eine Meinung über meine Patienten zu haben."

„Gut", presse ich heraus, da ich mittlerweile genervt bin. Er weiß nichts hiervon. Nichts darüber, wie ich für Miranda oder unser Kind empfinde, selbst wenn diese Gefühle erst jetzt allmählich zu Gedanken werden, die ich messen kann. Habe ich nicht meinen Flug nach Berlin verpasst, weil ich es nicht ertragen konnte, sie zu krank zu sehen?

„Aber du bist nicht mein Patient. Und ich kenne dich."

„Du magst vielleicht denken, dass du das tust. Meine Güte, Will, so wie du mich ansiehst, würde jeder denken, dass ich sie mit ein paar Cent und einer Flasche Gin in eine Hinterhof-Klinik gebracht habe. Aber das habe ich nicht. Ich habe sie zur besten Privatklinik im verdammten England gebracht."

„Der besten in Europa“, korrigiert er. „Tatsächlich kommen Frauen aus der ganzen Welt zur Behandlung zu mir.“

„Und nimmst du all die Männer, die diese Frauen begleiten, ins Kreuzverhör?“

„Miranda ist die Erste, die ihren One-Night-Stand mitbringt.“

„Das bezweifle ich irgendwie. Und wenn du dich erinnerst, ich habe sie gebracht. Und sie ist mehr als nur irgendein Mädchen, das ich gevögelt habe.“

„Also werdet ihr dieses Kind gemeinsam großziehen?“

„Wir haben die Details noch nicht geklärt.“ Ich setze mich auf meinem Stuhl aufrechter hin und ziehe an den Manschetten meines Hemds. „Aber ich werde in jeder Weise für sie da sein, die sie mir erlaubt. Ich beabsichtige, am Leben meines Kindes teilzuhaben. Und auch an ihrem, wenn ich das kann.“

„Interessant“, erwidert er.

„Ich bin froh, dass du so denkst.“ Obwohl mein Tonfall das Gegenteil andeutet, denn ich habe keine Lust, seinen aktuellen Gesichtsausdruck oder das zu untersuchen, was er aus meinen Worten interpretiert zu haben scheint. „Ich werde deine Gesellschaft ertragen, weil du der Beste bist.“

„Und weil du ein kleiner Wichtigtuer bist.“

„Fick dich, Will“, knurre ich, verzweifelt bemüht, meine Fassung und meine Lautstärke auf einem Level zu bewahren, das nicht bis ins nächste Zimmer zu hören ist. „Ich werde deine geschmacklosen Andeutungen nur aus einem Grund hinnehmen, und der besteht darin, dass ich das Beste für Miranda und unser Kind will. Ja, sie ist eindeutig jünger, aber ich bin kein alter, verdammter Lustmolch. Ich übernehme die volle Verantwortung für diese Situation, und ich werde tun, was auch immer nötig ist, damit es ihr und unserem Kind gut geht."

„Bist du sicher?" Seine Antwort klingt gleichgültig, sein Verhalten ist locker.

„Natürlich bin ich mir sicher. Wer hat dich überhaupt zu meinem Beichtvater ernannt?"

„Vielleicht sahst du einfach so aus, als bräuchtest du jemanden zum Reden."

„Scher dich doch zum Teufel", gebe ich zurück.

Er löst seine große Gestalt vom Tisch und sagt mit einem breiten Lächeln: „Aye, aber lass uns erst einen kurzen Blick auf dein Kind werfen." Warum habe ich das Gefühl, als hätte ich gerade einen verdammten Test hinter mich gebracht?

Bevor ich antworten kann, steckt die Schwester ihren Kopf in das Zimmer.

„Wir sind jetzt bereit für Sie, Dr. T."

T für Trottel, entscheide ich, als ich aufstehe und ihm in den anderen Raum folge.

Ich nehme meine Position auf der linken Seite der gepolsterten Bank ein, auf der Miranda liegt, deren Bewegungen das Seidenpapier unter ihr rascheln lassen.

„Zieh dein Shirt noch ein wenig hoch. Aye, genau so." Will schiebt noch mehr des Papiers in den Bund ihres Rocks, der aktuell gefährlich weit nach unten gezogen ist, bevor er etwas auf ihre Haut drückt, das wie eine Industrieflasche Gleitmittel aussieht.

Die Lichter im Raum werden ausgeschaltet, bevor Will beginnt, sie mit einem Stab zu piksen. Und wie in einem Fernsehfilm erfüllt sich der Raum mit einem rauschenden Geräusch, das selbst ich als den Herzschlag unseres Kindes erkenne.

In meiner Kehle bildet sich ein Kloß und ich fühle,

wie mich plötzlich ein seltsames Gefühl der Verantwortung überkommt. Es ist keine unwillkommene Empfindung. Es ist, als wäre mir das Gewicht der Welt auf die Schultern gelegt worden, aber auf die bestmögliche Art und Weise. Die Art, die mich von innen heraus erwärmt. Es gibt mir das Gefühl, als würde ich etwas ausstrahlen, das ich nicht bestimmen kann.

Mein Kind. Sie trägt mein Kind in sich.

Das ist der erste von tausend Momenten, und ich kann sehen, wie sich die Welt vor mir öffnet. Erste Schritte und erste Worte. Tanzunterricht und ein Schul-Theater. Stolz. Das ist es. Die Art von Stolz, die in mir den Drang auslöst, zu sagen: „Hörst du dieses Geräusch? Das ist der Herzschlag meines Babys. Ist das nicht verdammt fantastisch?"

„Ein Herzschlag, wie ihr mit Sicherheit gerne hört."

Meine Güte, darüber hatte ich überhaupt nicht nachgedacht, dennoch scheinen meine Schultern vor Erleichterung zusammenzusacken.

„Er sieht aus wie ein Gummibär, den man in einer Packung Haribo findet." Mirandas Stimme ist so zärtlich, und als sie ihren Blick zu mir hebt, ist dieser sanft und voller Tränen. Ich ergreife ihre Hand, die sie drückt, dann betrachte ich mit zusammengekniffenen Augen den Bildschirm.

„Brauchst du eine Brille?", fragt sie. Ihre Worte sind eine plätschernde Mischung aus Tränen und Belustigung.

„Nein, ich suche nach klaren Gesichtszügen." Ich stelle fest, dass ich, um antworten zu können, den Kloß aus Emotionen in meinem Hals herunterschlucken muss.

„Ja, sicher." Ihre Antwort gluckert mit der Art Lachen, von dem ich wünschte, ich könnte es in eine Flasche abfüllen, um es mir immer und immer wieder anzuhören.

„So früh ist noch nicht viel zu sehen", sagt Will, der weiter mit seinem wenig interessanten Vibrator herumhantiert. „Die nächsten Scans werden mehr zeigen. Ihr könnt Videos haben, wenn ihr wollt. Scans in 3D, 4D und mehr. Aber heute ist es nur ein grundlegender, kurzer Blick. Machen wir einige Messungen. Das Herz ist in Ordnung; einhundertsiebzig Schläge pro Minute. Und es sieht aus, als verstündest du dein Handwerk, Miranda. Das Datum ist ungefähr richtig, womit du in der achten Woche wärst."

„Was ist mit Sex?", frage ich.

„Danke, Kumpel, aber du bist nicht wirklich mein Typ."

„Meine Güte. Ist es das, was wir für deinen Stundensatz bekommen?"

„Ich bin ein Schnäppchen. Erfahrung, ein Adelstitel und ein wenig Humor gibt's gratis dazu. Keine Sorge", sagt er, wobei er das Papier von Mirandas Rock zieht, um ihr damit den Bauch abzuwischen. „Du musst dich nur während der nächsten Monate mit mir herumschlagen." Und dann zwinkert er.

24

MIRANDA

„Mein Gott. Das war fantastisch!“ Draußen ist der Sommerabend kühler geworden und die Sonne geht hinter Wolken unter, die wie dunkle Tintenflecke an einem pfirsichfarbenen Himmel aussehen. „War das nicht die fantastischste Erfahrung überhaupt? Es zu wissen, ist eine Sache, aber den Beweis zu erleben? Also das ist überwältigend!“

James Reaktion als überschwänglich zu bezeichnen, wäre eine Untertreibung, während er beinahe wie betäubt das Bild meines Ultraschalls in seiner Hand anstarrt.

„Ja. War es. Und auch ein wenig surreal.“ Ich will meine Antwort sofort zurücknehmen. Sie herunterschlucken. Verstecken. Sie zu etwas mehr als dieser machen.

Es ist nicht so, dass ich unglücklich bin. Vor dem Termin hatte ich gewusst, dass ich schwanger bin, und nicht nur wegen der Morgenübelkeit. Ich wusste es einfach. Und es war etwas, mit dem ich mich langsam abgefunden habe, über das ich, wenn ich das so sagen darf, sogar etwas wie leise Freude empfand? Wenn ich meine Freude auch nicht gerade von den Dächern der Stadt gesungen habe, so hatte ich mich doch recht beschützend gegenüber meines unbestätigten Zustandes gefühlt, mich im Vorbeigehen an Teenagern auf der Straße zur Seite gedreht und meinen Sicherheitsgurt über meinem nicht existierenden Babybauch korrigiert, zusammen mit anderen kleinen, lächerlichen Dingen. Ja, also ich bin nicht *unglücklich*. Obwohl ich feststelle, dass ich gleichzeitig auch ein wenig traurig sein kann. Und das hat alles mit dem Ding zu tun, das er in der Hand hält.

Wenn wir ein Paar wären, ein richtiges Paar, würden wir dann jetzt nicht gemeinsam das Bild betrachten? Meine Kopie wäre nicht in meiner Handtasche und er würde seine nicht zum Schutz in die Innentasche seines Jacketts schieben. Es fühlt sich einfach an wie ein Vorbote für die Zukunft; ich werde eine Wochentag-Mutter sein und er ein Wochenend-Vater. Zusammen, aber getrennt. Überhaupt nicht zusammen.

„Komm her." Sofort werde ich an James' breite Brust gezogen, während ich eine Lunge voll seines berauschenden Eau de Cologne einatme. „Du bist nicht allein." Meine Kehle schnürt sich zu, als ich gegen die Tränen ankämpfe. Aber ich bin allein, oder nicht? Selbst wenn er jetzt gerade hier bei mir ist, wird der Hauptanteil dieser Erfahrung auf mich abfallen. „Dieses Baby wird das bestversorgteste in ganz London sein", flüstert er innig in mein Haar. „Nie hätte ich gedacht, dass dieser Termin eine so tiefgreifende Wirkung auf mich haben würde. Jetzt fühlt sich alles so real an." Mit seinen Händen auf meinen Armen drückt er mich von sich weg, um mein Gesicht besser sehen zu können, als er fragt: „Wie fühlst *du* dich? Jetzt, wo alles bestätigt ist?"

„Schwanger, nehme ich an. Immer noch."

Seine Lippen verziehen sich zum Anflug eines Lächelns. „Du freust dich nicht?"

„Doch." Ich bin mir nicht sicher, ob ich versuche, ihn oder mich selbst zu überzeugen. „Wirklich, das tue ich. Ich glaube, ich bin nur ein wenig überfordert."

„Das brauchst du nicht. Du wirst die beste Mutter überhaupt sein." Er senkt den Kopf, um auf einer Augenhöhe mit mir zu sein, während ich meine Lippen zu einer Linie zusammenpresse. Denn wie kann er das wissen? Ich könnte genauso gut auch eine schreckliche Mutter werden – die Art, die das Kind tatsächlich mit dem Bade ausschüttet. „Wir machen das zusammen, weißt du."

Ich schlucke einen besonders großen und stacheligen Kloß aus Emotionen herunter und nicke, als er mich erneut in seine Arme zieht. Gott, er ist so gut in diesen Dingen – das zu sagen, was ich hören muss, mir körperlich das zu geben, was ich brauche. *Seine starken Arme um mich herum. Die Ablenkung seines Körpers.*

Aber vielleicht ist das falsch. Vielleicht muss ich einen würdevollen Abstand wahren, denn ich muss daran denken, dass wir kein Paar sind – dass wir niemals dazu bestimmt sind. Ich kann mich bei gewissen Dingen auf ihn verlassen, die mit dem Kind zu tun haben, aber dort hört unsere Partnerschaft auch schon auf.

Mit einem bekräftigenden Atemzug löse ich mich aus der Geborgenheit seiner Brust.

„Es geht mir gut." Sage ich das für ihn oder mich? Mein Magen ist verknotet und meine Stimme scheint immer noch in meiner Kehle festzustecken, als ich zurücktrete. „Ich nehme an, es ist am besten, wenn ich mich jetzt verziehe."

„Verziehst du dich an einen bestimmten Ort?", fragt er mit der Art Folgewidrigkeit, von der ich mittlerweile weiß, dass sie etwas völlig anderes bedeutet. Normalerweise, dass er Pläne hat.

„Ich habe einen aufgeblähten Pudel in Paddington, der vermutlich auf sein Abendessen wartet."

Das ist nicht die Wahrheit. Ich war bereits im Haus, um meine Sachen abzuliefern und den kleinen Prinzen zu füttern, mit Wasser zu versorgen und auszuführen. Aber das muss James nicht wissen. Er sollte das nicht wissen müssen.

„Isst du erst mit mir zu Abend?"

Ich schüttle den Kopf. „Ich glaube nicht, dass das eine gute Idee ist." Denn wir sind nicht zusammen, und alles andere verkompliziert die Dinge nur.

„Nicht?" Innerlich schelte ich mich dafür, auf meiner Lippe herumzukauen, als er hinzufügt: „Aus einem bestimmten Grund?" Ich bin kurz davor, all die verwirrten Details und Ängste aus mir herauszulassen, als sich die automatischen Türen hinter uns mit einem Zischen öffnen und ein weiteres Paar hinaus in die Abendluft tritt. Ich trete zu einer Seite, bevor ich über den Haufen gerannt werde, denn die beiden sind so mit dem kleinen Schwarz-Weiß-Bild beschäftigt, von dem sie jeweils eine Ecke festhalten, dass sie nichts um sich herum wahrnehmen.

So sollte dieser Moment aussehen, schreit mein Verstand. *Keine spontanen Einladungen zum Abendessen, bevor wir für zwanglosen Sex im Bett landen.*

„Ich halte es einfach für keine gute Idee." Die Aussage ist wie ein Hagel kleiner Kugeln, die meinen Mund verlassen. So sehr, dass ich überrascht bin, dass er nicht den Kopf einzieht.

Seine Hände legen sich um meine Ellbogen, während er mich zur Seite des Gebäudes führt, weg von der Tür und weiteren Störungen. „Geht es um das Kondom?“

Etwas tief in mir zieht sich bei der Erinnerung zusammen, eine aufblühende Explosion der Empfindungen, die im Widerspruch zu meiner Haltung steht. *Sex mit ihm ist alles andere als zwanglos.* Und wäre ich nach dieser Nacht nicht bereits schwanger gewesen, wäre ich es dann jetzt?

„Warum?“ Letzteres ist kein Gedanke, sondern ein tatsächliches Wort, frei in der Luft und einer Antwort bedürfend. Aber von wem?

„Warum frage ich?“ Er hält inne und ich verziehe das Gesicht. „Warum habe ich …?“

„Warum hast du es ausgezogen?“ Meine Äußerung ist mehr Fehde- statt Samthandschuh, den ich ihm zu Füßen werfe. Warum hast du es ausgezogen und bist mit einem solchen Ausdruck des Eigentumsrechts in mich eingedrungen?

„Warum hast du zugestimmt?“ Seine Antwort ist so unbeschwert, dass ich die Arme vor der Brust verschränke, als wollte ich mich schützen. Die einfache Antwort wäre, dass es unmöglich ist, vernünftige Entscheidungen zu treffen, wenn man so erregt ist. Vielleicht liege ich falsch, aber der Moment hat sich bedeutender angefühlt als das. Größer. Maßgeblicher.

Oder vielleicht war es nur die Evolutionsbiologie, die uns beide kontrollierte. Der Drang der Natur, der uns zur Fortpflanzung trieb.

„Ich –“ Ich halte inne, da ich nicht weitermachen kann, ohne mich selbst zu belasten, denn ich sage, dass diese Sache zwischen uns nicht passieren kann, dass ein zwangloses Abendessen oder zwangloser Sex nicht in meine Plänen passen, obwohl ich in diesem Moment von ihm verschlungen werden wollte. Ich habe mich an seiner Berührung und seiner Macht über mich geweidet. Ich wollte ihn in mir, wild und ohne Einschränkungen.

Natürlich kann ich nichts davon als Erklärung mit ihm teilen.

„Ich nehme an, es war eine Sache im Überschwang des Augenblicks.“ Ich zucke die Achseln, eine Art hilflose Bewegung. „Und eine *Ich bin bereits schwanger*-Sache. Und eine *Was macht es schon*-Sache.“ Oder eine *Ich lüge nach Strich und Faden*-Sache.

„Also hat es dir nichts bedeutet.“ Seine Stimme ist monoton, sein Blick scharf. „Warum würde es dich dann davon abhalten, mit mir zu Abend zu essen?“

„Ich mache mir Sorgen darüber, die Grenzen zu verwischen.“ Meine Grenzen zu verwischen. Jemand muss *meine* Erwartungen verwalten, denn ich mag ihn mehr, als ich es sollte.

„Miranda, das wird eines von vielen Abendessen sein, von denen ich hoffe, dass wir sie gemeinsam zu uns nehmen. Du und ich und das.“ Ich zucke zusammen, als seine Handfläche meinen Bauch streift. „Ich verspreche dir, dass ich absolut anständig sein werde.“

Wäre das ein erstes Mal? James hat eine perfekte Fassade des Anstands, aber ich weiß, was unter diesen makellosen Anzügen vor sich geht. Aber letzten Endes kommt mir der Gedanke, dass ich ein Essen mit ihm als Konfrontationstherapie betrachten könnte. Je mehr Zeit wir miteinander verbringen, desto einfacher wird es werden, in seiner Nähe zu sein. Oder in anderen Worten, desto weniger werde ich ihn bespringen wollen.

Vielleicht? Hoffentlich?

Und vielleicht ist Konfrontationstherapie genau der Grund, aus dem ich ihm erlaube, meine Hand zu nehmen, als wir unsere Autos auf dem Parkplatz zurücklassen und zu einem italienischen Restaurant in der Nähe gehen. Die Art von Etablissement mit rotkarierten Tischdecken und Kerzen, die in alten, mit Wachs verklebten Chianti-Flaschen stecken. Wir folgen dem Kellner, der sich zwischen den Tischen hindurchschlängelt, bis wir zu einem Tisch für zwei neben einem Fenster geführt werden, das zur Hälfte von Scheibengardinen aus vergilbender Spitze bedeckt ist. Ich entscheide, dass es genau der Ort ist, an dem ich mich zu Hause fühle, mit seinen Zwei-für-einen-Dienstagen, Besonderheiten für frühe Gäste und Karaffen billigen, roten Hausweins. *Und vermutlich auch der Grund, warum es hier so voll ist.* Währenddessen passt James hier genauso herein wie ein Schal von Hermès in die Tasche eines dreckigen Blaumanns. Nicht, dass man es anhand seines Verhaltens erkennen würde. Er grinst wie das sprichwörtliche Honigkuchenpferd, während er mit dem älter aussehenden Kellner kämpft, um zu sehen, wer mir den Stuhl herausziehen wird. *Hölzerner Bistro-Stil, natürlich passend zu dem alternden Dekor.*

James öffnet den einzelnen Knopf an seinem Jackett, bevor er sich mir gegenübersetzt, dann zündet der Kellner die Kerze an, die in der klischeehaft mit Stroh überzogenen Flasche auf dem Tisch zwischen uns steckt. Mit einer ausladenden Geste holt er zwei laminierte Speisekarten mit Fotos darauf heraus. Schon klar, für die, die sich nicht sicher sind, wie ein Teller Spaghetti Carbonara aussieht. Während James die Speisekarte studiert, bewahre ich mir meinen Blick für ihn. Er sieht aus wie der Inbegriff weltgewandter Leichtigkeit und höchsten Selbstvertrauens. Er trägt einen stahlgrauen, dreiteiligen Anzug und sieht absolut köstlich aus, während das Kerzenlicht die Stoppeln auf seiner Wange vergoldet. Mein Instinkt besteht in einem Seufzen – *ach, ich*, wie Juliet auf ihrem verdammten Balkon, die auf ihren Romeo herabblickt – weshalb ich mich stattdessen räuspere.

Ich kann eindeutig einen gutaussehenden Vater für mein Kind aussuchen. Es ist nur eine Schande, dass ich nicht in der Position bin, das auszusprechen.

„Was denkst du, was gut aussieht? Abgesehen von dir, meine ich?"

„Kohlehydrate. Diese Orte sind immer gut für Kohlehydrate."

Und als wollte er meine Aussage bekräftigen, erscheint derselbe Kellner mit einem Korb Brot und einem kleinen Schälchen mit Öl und Balsamico. Er stellt beides zwischen uns auf den Tisch, bevor er die langen Strähnen seines über die Glatze gekämmten Haars richtet.

„Ich nehm-a die Getränkebestellung auf", verkündet er im womöglich schlechtesten italienischen Akzent, den ich je gehört habe.

„Ein Peroni, bitte", antwortet James gelassen. „Miranda?"

„Nur ein Mineralwasser." Meine Antwort ist nicht so ruhig, nicht, als ich meine Lippen nach innen ziehe, um ein Kichern zurückzuhalten, das auf eine Flucht erpicht ist.

„Toskana via Putney, was denkst du?" Mein Kichern dringt an die Freiheit, als sich der Kellner zurückzieht und verstummt erst, als James seine Hand über meine legt. „So ist es besser. Ich hasse es, dich traurig zu sehen, besonders dann, wenn ich der Grund dafür bin."

„Du machst mich nicht traurig." Meine Antwort kommt sofort, denn es ist die Wahrheit. Er macht mich nicht traurig, die Situation ist der Grund dafür. James war nichts als annehmend, ehrenhaft sogar, sobald er über den anfänglichen Schock hinweg war. Ich stelle fest, dass es gänzlich anders hätte laufen können.

Ich: Ich bin schwanger.

Der James, den ich in meinem Kopf sah: Also, für wann ist der Schwangerschaftsabbruch geplant?

„Ich will nicht, dass es zwischen uns kompliziert wird, aber ich mag dich, Miranda. Ich mag dich schrecklich gern."

Anstelle einer Antwort seufzte ich diesmal richtig. Ich fühle die leichte Berührung seiner Hand, als er sie zurückzieht. „Ich mag dich auch. Aber hier geht es nicht mehr um uns."

Und hier liegt die Crux dieser Sache. Der Drehpunkt meines Dilemmas, wenn man so will.

„Nicht? So wie ich es sehe, sind wir es nicht nur uns schuldig, zu sehen, was hieraus entstehen kann."

Aber bevor er seinen Satz überhaupt beendet hat, schüttle ich bereits den Kopf.

„Es steht zu viel auf dem Spiel. Du magst mich und ich mag dich, und ich glaube, das ist vermutlich die zweitbeste Basis, auf der Menschen ein Kind in die Welt bringen können." Selbst wenn es nur ein erbärmlicher Ersatz für die Liebe ist. „Wenn wir das Risiko eingehen, *zu sehen, wo das hier hinführt*", wiederhole ich, wobei ich diese nervigen Anführungszeichen in der Luft mache, „besteht jede Chance, dass es auch anders laufen könnte. Wir werden dieses Kind beide so sehr lieben – das weiß ich jetzt schon – also lass uns nicht das Risiko eingehen, unsere Zuneigung in Hass zu verwandeln."

„Du hast einen sehr fatalistischen Standpunkt."

„Findest du? Wirklich?", reize ich ihn. „Ich finde, es ist irgendwie pragmatisch." Beschützend sogar.

„Als Nächstes wirst du mir sagen, dass du nicht an die Liebe glaubst."

„Ich glaube – ich glaube an die Liebe." Plötzlich bin ich der feige Löwe der Liebe. *Ich glaube an die Liebe. Ich glaube an die Liebe. Ich glaube, ich glaube, ich glaube an die Liebe.* Irgendwie. „Ich liebe meine Eltern, und sie lieben mich, obwohl sie einander hassen. Und ich liebe Heather und meine Cousins, und all das."

„Du weißt, dass es nicht das ist, was ich meine." Er lächelt recht nachsichtig, was mich einfach nur wütend macht, aber plötzlich erscheint der Kellner, um unsere Getränke auf dem Tisch abzustellen.

„Bereit, um a die-a Bestellung aufzugeben?", fragt er, wobei er einen Block aus der Tasche seiner jagdgrünen Schürze herausholt.

Als hätte ich die Speisekarte kaum beachtet, bestelle ich Lasagne, das Grundnahrungsmittel eines italienischen Restaurants – die Qualität einer Lasagne kann das Schicksal eines Restaurants entscheiden, soweit ich das sehe. James schließt sich mir mit den Kohlehydraten an und bestellt Spaghetti alle vongole.

„Wo waren wir?" Venusmuscheln. Igitt. Ich versuche, mein Schaudern der Abscheu zu unterdrücken. „Geht es dir gut da drüben?"

„Ja." Ich schlucke bei dem Gedanken an das Essen von Weichtieren fast krampfhaft gegen den Aufstand meines Magens, schaffe es aber, nicht die Flucht zu ergreifen. Oder auf die Toilette zu rennen. „Wir haben darüber gesprochen, dass wir nicht zusammenpassen."

„Nein, ich glaube, du wirst feststellen, dass du versucht hast, mich zu überzeugen."

„Hör mal, du magst mich und ich mag dich, aber du und ich? Wir sind grundsätzlich verschieden. Es würde niemals funktionieren."

„Verschieden?", wiederholt er. Seine Augen sind zusammengekniffen und zeigen dennoch Belustigung. „Du meinst natürlich, was die Generationen angeht."

„Du bist wohl kaum alt", murmle ich.

„Das klingt wie etwas, was du sagen würdest, um eine ältere Tante zu beschwichtigen."

„Du meinst die eine, die nie geheiratet, aber ein bewegtes Leben geführt hat?"

„Ich hoffe, du ziehst keine Vergleiche. Ich bin kein alterndes Filmsternchen."

„Noch nicht."

„Ruf eine Portechaise", sagt er gedehnt, wobei er nach seinem Bier greift. „Dieser alte Mann muss nach Hause."

„Wie alt bist du überhaupt?" Es ist nur Neugier, das ist alles. Ich stelle es mir nicht auf einer Heiratsurkunde oder ähnlichem vor.

Er trinkt einen Schluck und hält inne, bevor er antwortet, wobei die Flasche zwischen seinen langen Fingern hängt. „Ich werde das mit dem Spruch einleiten, dass das Alter nur eine Zahl ist. Aber ich bin achtunddreißig. Und du bist fast dreiundzwanzig. Neunzehnter November, glaube ich. Und keine dieser Zahlen bedeutet mir irgendetwas."

„Woher weißt du, wann ich Geburtstag habe?"

„Ich habe vielleicht in deine Akte gespäht, als niemand hingesehen hat. In Wills Büro."

„Du hättest einfach fragen können."

„Wo bliebe da der Spaß? Also bin ich alt, aber nicht zu alt. Ich verstehe nicht, wie das zu grundlegenden Unterschieden führt."

„Wir sind in unserem Leben an unterschiedlichen Orten. Ich habe gerade eine Trennung hinter mir, und du sprichst von einer Beziehung, oder nicht?“ Klang das flehend? Hoffnungsvoll? Ich hoffe, dass es nach nichts von alldem klang.

„Ich verstehe nicht, warum wir es nicht versuchen können. Abgesehen von der Tatsache, dass ich zu ... was bin? Alt? Zu nobel? Zu weit außerhalb des von Miranda vorgeschriebenen Menschenschlags, um ernsthaft in Erwägung gezogen zu werden?“ Er lehnt sich vor, den Ellbogen auf der Tischplatte und das Kinn auf der Faust abgestützt. Und diese strahlend blauen Augen funkeln vor Lachen. „Übrigens, was ist eigentlich der von Miranda vorgeschriebene Menschenschlag?“

„Ich bin nicht nach Jungen verrückt“, protestiere ich.

„Gut, denn es ist lange her, seit ich etwas anderes als ein Mann war.“

„Wir sind einfach nicht füreinander geeignet“, füge ich mit brennenden Wangen hinzu, da meine Antwort ein wenig nervös klingt. „Warum können wir es nicht einfach dabei belassen? Weißt du“, sage ich, als mein Verstand plötzlich an etwas Anspruchsvollerem und Ernsterem hängenbleibt. „Vor kurzem habe ich etwas gelesen, das mir im Gedächtnis geblieben ist. Es hieß, dass die größte Tragödie im Leben nicht ist, dass wir sterben, sondern dass wir aufhören, zu lieben. Wie traurig ist das? Meine Eltern haben fast dreißig Jahre zusammengelebt, und ich bin mir sicher, dass sie ihre Beziehung mit nichts als Gedanken er Liebe und Hoffnung begonnen haben. Jetzt ist das Einzige, das sie lieben werden, der Gedanke an die Erde, die letztendlich den anderen bedecken wird. Wie kann die Liebe zu so etwas werden?“

„Vertrautheit ist die Wurzel engster Liebe und intensivsten Hasses."

„Also willst du sagen, dass Liebe und Hass zwei Seiten derselben Münze sind?" Ich schüttle den Kopf. „Das kaufe ich dir nicht ab – das ist ein riesiger Widerspruch."

„Deine Liebe für deinen Ex ist durch seinen Betrug nicht zu Hass geworden?"

„Sie ist zu Gleichgültigkeit geworden. Ich bin mir nicht sicher, ob es so etwas wie die Liebe gibt. Diese Art von Liebe, meine ich. Es ist vermutlich nur Chemie. Und manchmal laufen Chemie-Experimente schief. Was ist mit dir?", frage ich wie ein Masochist, der an einer verkrusteten Wunde kratzt. „Glaubst du an die Liebe?" Was ich wirklich fragen will, ist, ob er je verliebt war, aber ich bin mir nicht sicher, ob ich ein so großer Masochist bin.

„Tue ich. Ich habe es bei meinen Eltern gesehen."

„Oh. Nett. Wie lang waren sie verheiratet?"

„Na ja, meine Mutter ist gestorben, als ich kaum ein Teenager war."

„Es tut mir so leid, das zu hören." Solch abgedroschene Worte, aber es ist schwierig, sie nicht auch zu meinen. Die eigene Mutter zu verlieren, wenn man so jung ist, muss schrecklich sein. Das einzige meiner Familienmitglieder, das bisher verstorben ist, war meine Großmutter. Und sie war nicht gerade nett, also kann ich den Verlust nicht wirklich vergleichen.

„Würde es dich überraschen zu hören, dass noch fünfundzwanzig Jahre später die Liebe meines Vaters für sie anhält? Und nicht im Sinne einer traurigen, rührseligen Liebe. Er hat sie so umfassend geliebt, genug für mehrere Leben, wie ich ihn habe sagen hören. Und er hält sich für gesegnet, die Zeit mit ihr gehabt zu haben, die er hatte. Und gesegnet *nicht* auf diese fürchterliche Instagram- und Millennial-Art."

„Ich wusste, was du meintest", gebe ich ausdruckslos zurück.

„Mein Vater war früher beim Militär. Er ist achtzig Jahre alt, ein großartiger Vater, ein guter Mensch und extrem pragmatisch." Den letzten Punkt nennt er mit besonderer Betonung.

„Nicht alle Erfahrungen sind dieselben."

„Deine Eltern, nehme ich an."

Ich nicke und lehne mich auf meinem Stuhl zurück. „Lass mich dir von meinen Eltern erzählen." Ich atme tief ein, als wäre die knoblauchlastige Luft im Restaurant in irgendeiner Form bestärkend. „Letzte Woche bin ich durch das Weinen meiner Mutter aufgewacht. Unser Hund war verschwunden. Smudge ist eigentlich der Hund meiner Schwester, aber sie ist nach der Uni nach Sydney gezogen, also ist er mehr oder weniger der Hund meiner Mutter, aber trotzdem ein Familienhaustier. Er ist zwölf, bellt und beißt nicht, macht kein Theater und ist noch nie zuvor verschwunden. Tatsächlich habe ich ihn einmal aus Versehen aus dem Garten ausgesperrt, weil ich nicht bemerkt hatte, dass er auf der anderen Seite des Tores war. Und er ist nicht weggelaufen. Er ist einfach zur Vorderseite des Hauses getrottet und hat durch das Fenster gestarrt, bis ihn einer von uns bemerkt hat."

„Es tut mir leid zu hören, dass er vermisst wird", erwidert James, als ich einen Schluck Wasser trinke.

„Oh, er wurde nicht vermisst. Glücklicherweise ist er zu Hause, wo er vermutlich friedlich in einem seiner vielen Körbchen schläft. Aber an diesem Tag war sie aufgewühlt. Sie hat die Tierschutzvereinigung angerufen, die örtlichen Tierkliniken, die nicht ganz so örtlichen, die

Notdienste und das örtliche Tierheim. Tatsächlich hätte es mich nicht überrascht, wenn sie jede Tierrettungsstation in London angerufen hätte. Währenddessen bekommt sie einen Anruf von Battersea Dogs Home. Sie haben Smudge in ihrer Abteilung in Windsor. Er wurde dort von jemandem abgegeben, dessen Beschreibung sich verdächtig nach meinem Vater angehört hatte."

„Sie sind getrennt?"

Ich verziehe das Gesicht. „Leider nicht im räumlichen Sinne."

„Ich bin mir nicht sicher, ob ich das verstehe."

„Ich auch nicht, ehrlich gesagt." Ich stelle mein Glas ab und betrachte die Karos auf der Tischdecke, die Tür, die zur Küche führt und den Abendhimmel durch das Fenster hindurch. Tatsächlich sehe ich überall hin, nur nicht auf ihn. Warum? Weil ich feststelle, dass ich sehr bemüht bin, nicht zu weinen.

„Es tut mir leid, dass du das durchmachen musst."

„Wir leben in Wimbledon", füge ich hinzu. „Und er ist bis nach Windsor gefahren, um den Hund abzugeben. Und warum? Nur um ihr wehzutun. Das sind meine Eltern. Sie waren einmal so verliebt." Während meine Gefühle von Herzeleid zu Gleichgültigkeit wechseln merke ich, wie meine Schultern zusammensacken. „Gott, ich muss weg von dort."

„Aus dem Haus, meinst du?" Ich nicke. „Ich muss zugeben, ich hatte meine Bedenken darüber, wie du lebst."

„Es ist nicht nötig, dass du dir Sorgen machst", antworte ich scharf. „Ich werde nicht viel länger zu Hause wohnen. Und dasselbe gilt für den Tiersitter-Job. Noch ein paar Aufträge und ich denke darüber nach, meine Kündigung einzureichen."

„Das ist erleichternd zu hören. Zwei Jobs in deinem Zustand wären anstrengend."

„Haustier-Sitting ist nicht wirklich ein Job." Es ist gut, dass Heather nicht in Hörweite ist, nachdem ich ihr gegenüber das genaue Gegenteil behauptet habe – mehrfach.

„Ich wollte vorschlagen, dir dabei zu helfen, etwas Passendes zu finden."

„Definiere helfen."

„Ich habe Immobilien und –"

„*Neeeein*. Nein, danke." Soweit wird es sicherlich nicht kommen.

„Das *ist* zur Hälfte auch mein Kind, das du in dir trägst."

„Glaub mir, das weiß ich. Ich erinnere mich an die Empfängnis." Oh, s ... Scheibenkleister. Kann ich mein Schwangerschaftshirn jetzt nicht nur für gedankliche Aussetzer, sondern auch noch für unfreiwillige Ausbrüche verantwortlich machen? Aber ich lebe nicht in einem Haus, das James gehört. Die Stadt der verschwommenen Grenzen! Nein. Ich muss einen Teil hiervon allein machen. Ich bin nicht töricht genug, zu denken, dass ich keine Hilfe brauchen werde, und ich weiß, dass James in jeder Form da sein wird, die ihm möglich ist, aber diese Wohnarrangements klingen für mich ein wenig zu sehr nach Geliebter. Zumindest im Moment.

„Ich will diese Verantwortung teilen."

„Ich weiß. Und das wirst du, aber ich schaffe das. Harrys aktuelle Unterkunft ist in Ordnung." Ich füge ein Tätscheln meines Bauches hinzu, als wollte ich meinen

Punkt unterstreichen, dann realisiere ich, wie ich unser Kind soeben genannt habe.

„Harry Harrison? Das klingt interessant."

„Hör auf, zu lachen", protestiere ich, obwohl ich mich ihm anschließe, dankbar für die Möglichkeit, das Thema meiner Eltern und meiner fragwürdigen Fähigkeiten als Erwachsene hinter uns zu lassen. „Ich nehme an, wir werden einfach einen Doppelnamen nehmen müssen."

„Harry Henry-Harrison", spricht er es mit seinem scharfen Akzent aus. „Es war in der Akte", fügt er hinzu, als ich den Mund öffne, um ihn zu fragen, woher er meinen Nachnamen kennt. „Wir sollten dafür erschossen werden, unser Kind irgendetwas in dieser Art zu nennen, besonders, da Harry die Kurzform von Henry ist. Henry Henry-Harrison."

„Wie soll das eine Abkürzung sein? Beide Namen haben die gleiche Anzahl an Buchstaben."

„Ich lege die Regeln nicht fest."

„Wie auch immer. Harry ist die Kurzform von Haribo", sage ich, wobei ich nach meinem Glas greife und zusehe, wie Verwirrung in seinem Gesicht aufflackert.

„So sah er oder sie auf dem Ultraschallbild aus."

„Gefällt mir." Ich atme leise aus, als er mir ein kleines, verschwörerisches Lächeln schenkt. „Also, Unterkunft", sagt er, womit er die Unterhaltung wieder übernimmt.

„Erledigt. Oder das wird sie bald sein. Tatsächlich", füge ich mit einem kleinen Aufflammen von Aufregung in meinen Adern hinzu, „werde ich mir am Samstag eine Wohnung ansehen." Wie eine richtige Erwachsene, die gerade genug Geld gespart hat, um die erste Monatsrente und eine weitere als Kaution zu bezahlen. Obwohl ich annehme, dass richtige Erwachsene sich normalerweise nicht selbst dafür gratulieren, sich wie ein Erwachsener zu fühlen.

Meine Güte, dieses Kind und ich werden zusammen erwachsen werden.

„Soll ich mitkommen? Zur Besichtigung, meine ich. Ich weiß ein oder zwei Dinge über den Londoner Immobilienmarkt."

„Ich miete, es ist kein Auf. Aber wenn du mitkommen willst, dann wäre das nett." Und es würde mich davor bewahren, Heather bestechen zu müssen, um Samstagmorgens aufzustehen, wo sie doch normalerweise erst weit über den Mittag hinaus das Tageslicht sieht. Ich habe darüber nachgedacht, ihr anzubieten, sie als Dankeschön, dass sie mitkommt, zum Frühstück einzuladen, da mir der Gedanke, allein durch leere Gebäude zu laufen, nicht besonders gefiel – da bittet man doch förmlich darum, in den Keller gesperrt und in die Sklaverei verkauft zu werden – aber angesichts meiner aktuellen Neigung dazu, Essen mit hoher Geschwindigkeit wieder auszuwerfen, war das vielleicht nicht gerade die beste Idee.

„Fantastisch. Ich werde dich abholen."

„Es ist nicht nötig, dass du dir diese Mühe machst. Ich kann mich dort mit dir treffen. Ich schicke dir die Adresse."

„Lass mich dich abholen", beharrt er. „Ich liebe gefangenes Publikum." Und erotisches Aufblitzen von Handgelenken, wie ich mich erinnere.

Das Abendessen wird kurz darauf serviert und die Unterhaltung läuft entspannt weiter, obwohl wir beide darauf achten, die schwierigeren Themen zu meiden, als ich einen Witz über Dr. Travers und darüber mache, wie falsch es wirken wird, jemand so Attraktives zwischen meinen gespreizten Beinen zu haben, was uns zu lockerem Geplänkel und vorgetäuschten verletzten Gefühlen führt. James bestellt ein weiteres Bier und dann Dessert, und als es kommt, besteht er darauf, dass ich die Hälfte seiner männlichen Portion Tiramisu esse. *Wenn man in einer nachgemachten römischen Cantina ist, darf es nichts weniger als Tiramisu sein.*

Meine Mutter würde unsere entschieden niveaulose Wahl der Speisen verabscheuen, aber mir gefällt die Tatsache, dass James sich hier wohlzufühlen scheint. Für jemanden, der so wohlhaben ist, ist er sehr pflegeleicht.

Wir verweilen beim Kaffee und ich bin beeindruckter, als ich es sein sollte, als ich realisiere, dass er aus irgendeinem Grund weiß, dass ich einen Milchkaffee vorziehe. Er bestellt, wie ich mir merke, einen Macchiato, der in einer Espressotasse serviert wird, anders als das Starbucks-Angebot unter demselben Namen.

Als klar wird, dass wir es beide hinauszögern, wird um die Rechnung gebeten und wir fahren damit fort, darüber zu streiten. Ich weiß, dass es lächerlich ist, aber nur, weil er wohlhabender ist als ich, bedeutet das nicht, dass er bezahlen sollte. Besonders, wenn ich mir dieser lästigen verschwommenen Grenzen so bewusst bin. Aber dann sagt James etwas Süßes darüber, für meinen verstärkten Appetit verantwortlich zu sein, woraufhin ich mein rotes Gesicht hinter meiner Serviette verstecke. Als ich wiederauftauche, hat er bereits seine Kreditkarte weitergegeben.

„Danke für das Abendessen. Ich bin wirklich froh, dass ich gekommen bin.“ In den Tiefen seines Blicks flackert etwas auf, aber ich sehe darüber hinweg, bevor ich versucht bin, es zu untersuchen.

Wem mache ich hier etwas vor? Der Mann ist die personifizierte Versuchung. Er ist praktisch meine Katzenminze.

„Ich wünsche dir viel fröhliches Kommen", murmelt er, als wir beide Aufstehen. Seine Antwort ist so glatt wie Seide.

„Und ... das habe ich nicht gehört."

Mein Blick fällt auf seine Hände, als er den Knopf seines Jacketts schließt, wie der Gentleman, der er ist. Eine Bewegung führt in meinem Gehirn zu einer weiteren, die Gedanken sind miteinander verbunden wie Anhänger an einer Kette. Ich sitze auf der Bettkante und James steht vor mir, ragt beinahe über mir auf. Seine Finger arbeiten daran, die Schnalle seines Gürtels zu öffnen, meine eigenen Hände bedecken seine, als wollten sie den Prozess beschleunigen.

„Natürlich nicht. Berühren ist meine Aufgabe."

Meine Finger, die hektisch seine stolze Länge über dem Stoff seiner Hose nachfahren.

„Hör auf." Ich klinge wie ein Roboter, da meine Gedanken in den Erinnerungen nachhinken. „Ich gehe jetzt."

„Und ich weiß nicht, ob du es weißt", schnurrt James, als er hinter mir erscheint, mit seinem Mund beinahe an meinem Ohr, „wir gehen in dieselbe Richtung. Es gibt keine Fluchtmöglichkeit."

„Das klingt nach einer Drohung." Oder einem Versprechen. Ich drehe mich zur Hälfte um, und meine Stimme ist seidig durch die Ermahnung, während ein Schauder des Hochgefühls meine Haut liebkost. *Es liegt nur daran, wie nah er ist, und an seiner Neckerei. Es muss nichts bedeuten.* „Wir gehen nur bis zu den Autos, dann trennen sich unsere Wege."

„Ich bin mir sicher, dass mir die Etikette vorschreibt, dich bis zu deiner Tür zu bringen."

„Ich gehe nicht nach Hause, erinnerst du dich? Ich muss mich um einen aufgeblähten Pudel kümmern. Oh, Entschuldigung!" Wir erreichen die Tür des Restaurants und James steht noch immer hinter mir, als sie geöffnet wird. Warum ich mich entschuldige, obwohl die Schuld nicht bei mir liegt, weiß ich nicht. Aber bald weiß ich, weshalb mir mein Herz plötzlich in die Hose rutscht. „Cameron."

25

JAMES

MEINE HÄNDE LEGEN sich sofort auf ihre Schultern, ihr Körper dreht sich, als die Tür sie beinahe streift. Schutz – das Vermeiden von Verletzungen – ist mein sofortiger Instinkt, mein zweiter besteht darin, sicherzugehen, dass es ihr gut geht. Mein dritter ist der überwältigende Drang, dem Wichser den Kopf abzureißen, der ihr die Tür fast ins Gesicht geschlagen hätte. Aber angeborenes Verhalten passt sich an gewisse Reize an. Wie der Körper der Frau unter den eigenen Händen, der plötzlich steif wie eine Leiche wird. Den Bruchteil einer Sekunde später starre ich über ihren Kopf hinweg auf ein Gesicht, das mir sofort missfällt. Sie muss seinen Namen nicht einmal nennen, damit ich weiß, wer dieser Mistkerl ist, aber sie spricht ihn trotzdem aus, während Wellen der Feindseligkeit von ihm abstrahlen.

„Cameron."

In diesem Wort liegt keinerlei Zärtlichkeit. Kein Schmerz, kein Hass und kein Zorn. Keine Wärme oder Freude. Sie gibt nicht einmal ein Fünkchen des Schocks preis. Tatsächlich ist in ihrer Stimme recht wenig zu erkennen. Vielleicht hat sie recht. Vielleicht ist das Gegenteil von Liebe tatsächlich Gleichgültigkeit. *Zumindest für sie.*

Er spricht nicht, verarbeitet die Situation jedoch, genauso wie ich. Wie zwei Hunde, die einander umkreisen und abschätzen, bevor einer von ihnen zum Biss ansetzt. Metaphorisch gesprochen. Ich beiße nur die Menschen, die ich mag.

Der Mann ist ungefähr in Mirandas Alter, vielleicht ein wenig älter, recht groß und breit, wobei korpulent vielleicht eine angemessenere Beschreibung wäre. Die Art von dick, bei der die Tendenz besteht, im Alter fett zu werden. Er ist blond, und sieht nicht schlecht aus, verhältnismäßig gesehen, aber seine Gesichtsfarbe ist für jemanden, der so jung ist, ein wenig rötlich. Tatsächlich hat er die Art Färbung, die man bei einem Rentner mit Gichtarthritis erwarten würde. Auf den zweiten Blick könnte es daran liegen, dass er verlegen ist, während sein Blick von Mirandas Gesicht zu meinem gleitet und sein Ausdruck sich verändert.

Genau, du Arschloch. Sieh mich genau an. Merke dir dieses Gesicht, denn das ist das Gesicht, das der Frau nahekommt, die du weggeworfen hast. Diese Hände berühren sie überall. Dieser Mund kostet und verschlingt. Dieses Herz hält sie, egal wie sehr sie versucht, sich gegen das Unausweichliche zu wehren.

In einem unbewussten Moment spannt sich meine Hand auf ihrer Schulter an, woraufhin ihr Körper meinem mit der Art Synchronität näherkommt, die von Vertrautheit zeugt. Von Intimität. Er übersieht die Verständigung zwischen uns nicht; das ist ein Mann, dem der Strom ihrer Bewegungen bekannt ist. Die Wege ihres Körpers.

Die Erkenntnis tut weh, oder nicht? Das Gras auf der anderen Seite ist immer grüner. Die Frau ist immer enger und die Blowjobs sind immer *mehr*. Bis du erkennst, was du verloren hast. Und das ist etwas, das er bereits erkannt hat. *Buuu-verdammtnochmal-huuu.*

Die Jugend ist an die Jungen verschwendet. Und an die Dummen.

„Wir sollten gehen", murmle ich heiser, wobei ich ihren Kiefer mit meinen Lippen streife, befriedigt durch die dutzenden kleinen Arten, wie sie auf mich reagiert. Das leichte Stocken in ihrem Atem, ihr Körper, der sich unbewusst mit meinem bewegt. Wie sie sich in meine Berührung lehnt, als hätte sie bereits vergessen, dass er vor ihr steht. Ich bin mir bewusst, dass ich mich wie ein Hahn verhalte. Ich beschütze nur meine Schar. Putze mich heraus. Schwelle stolz die Brust. Beschütze. „Bist du bereit?"

„Ja." Eine Bestätigung begleitet von einem sehnsüchtigen Seufzen. Mein Kopf dreht sich zu ihm, die Bewegung ist wie Zücken einer Waffe in einem alten Cowboy-Film.

„Du bist im Weg." Körperlich, nicht länger im bildlichen Sinne. Dessen bin ich mir sicher.

Sein Blick schießt zwischen uns hin und her. Er weiß, dass wir nicht vorbeikönnen, sofern er sich nicht rührt. Ich habe keinerlei Absicht, mich Schulter an Schulter an ihm vorbei zu drängen. Was wir hier haben, ist ein Patt. Einen Ego-Streit. Vielleicht würde ich meinen Schwanz herausholen, wenn ich zwanzig Jahre jünger wäre.

„Entschuldige." Mein Tonfall ist arktisch, meine Haltung deutlich.

Mirandas Augen zeigen den Bruchteil einer Sekunde

lang Panik. Denn das ist die Zeit, die ich brauche, um erneut meine Lippen auf ihre Wange zu pressen.

„Du stehst im Weg." Beim zweiten Mal bin ich weniger höflich. Außerdem bin ich mir der Stille bewusst, die sich über die Tische hinter uns gelegt hat, genau wie der Veränderung seines Gesichtsausdrucks, während sein Blick hart wird.

„Du hast meinen Ring."

„Und du hast meine beste Freundin", gibt Miranda sofort zurück. „Und weißt du was? Sie sind beide verdammt nochmal wertlos. Dachtest du, das würde ich nicht herausfinden?"

„Ich weiß nicht, wovon du sprichst."

„Nein? Ich wette, deine Mutter auch nicht. Es war der Ring ihrer Mutter", sagt sie fast als Nebenbemerkung in meine Richtung. „Ich bin mir ziemlich sicher, dass sie nicht weiß, dass du den Diamanten genommen hast."

„*Du* weißt nicht, wovon zur Hölle du sprichst", faucht er. „Aber für mich klingt es so, als hättest du einen Diamanten, der zwanzigtausend Pfund wert ist, gegen etwas Wertloses ausgetauscht. Ich bin mir sicher, die Polizei würde liebend gern davon hören."

Miranda atmet scharf ein. Und das ist mein Stichwort.

„Raus." Ihn mit den Händen auf seinen Schultern durch die Tür zu schieben wäre nicht meine erste Wahl. Das kommt für mich dem Schulhof ein wenig zu nahe, aber was soll's, ich brauche den Platz.

„Nimm deine verdammten Hände von mir", brüllt er, als er in das Abendlicht hinausstolpert. „Oder du wirst dich auch im Knast wiederfinden."

„Mach keine leeren Drohungen. Geh mir einfach aus dem Weg, verdammt, und wenn wir diese Unterhaltung schon führen", sage ich, wobei ich mich direkt vor ihn stelle, „sprich niemals wieder in diesem Tonfall mit ihr."

Das kleine Arschloch ignoriert mich und ruft Miranda über meine Schulter hinweg zu: „Also damit hast du mich ersetzt?"

„Das nennt sich Upgrade", knurre ich in sein Gesicht.

„Ich wusste nie, dass du Vaterkomplexe hast, Babe."

Mein Lachen ist mehr ein Bellen. Das Beißen bewahre ich mir für Miranda.

„Die einzigen Probleme, die sie hat, bestehen darin, dafür zu sorgen, dass sie genug von mir bekommt."

„Du bist nur der Kerl, der meine alte Fotze vögelt." Seine Brust ist aufgebläht und seine Worte tragen sich über die Straße. „Wie fühlt sich das an, zu wissen, dass ich das zuerst gevögelt habe?"

„Es ist lustig, dass du fragst." Meine Antwort ist monoton, als ich mich zu ihm beuge, um ihm ins Ohr zu knurren: „Nach den ersten fünf Zentimetern? Da fühlt sie sich brandneu an."

An diesem Punkt in meinem Leben und in Bezug auf diese Frau sollte ich mich nicht so kindisch verhalten. Nicht so vulgär. Ich sollte mich nicht wie ein Macho benehmen. Denn das ist eine Frau, die Besseres als uns beide verdient. Aber Hitzköpfe und knapp gezügeltes Temperament führen zu solchem Verhalten.

Ich sollte mich nicht so benehmen, aber ich kann mich nicht der Tatsache entziehen, dass ich es tue – ich bin ein Sklave meiner Gefühle. Und im Moment habe ich das Gefühl, ich sollte ihm in die Magengrube schlagen. Also tue ich genau das, schnell und hart.

Das Arschloch macht ein Geräusch wie ein Dudelsack, über den man hinwegtrampelt, während er stolpert. Aber er fällt nicht. *Schade.*

„Sieh sie nicht an." Als ich nach vorne trete, torkelt er zurück, da ihm der Wind aus den Segeln und seinen Eingeweiden genommen wurde. „Sprich nicht mit ihr." Ich lege meine Hand um sein Hemd und spanne sie an. „Wenn du sie auf der Straße siehst, wechselst du zur anderen Seite. Verstanden?" Das Getöse verschwindet aus seiner Haltung, stattdessen liegt echte Angst in seinen Augen, als ich meine geballte Faust hebe. Ich hasse Raufbolde.

„James, lass ihn. Er ist es nicht wert."

„Hörst du das?" Ich komme ihm noch näher. „Sie hält dich für nutzlos. Ich neige dazu, ihr zuzustimmen." Und damit stoße ich ihn weg. Mit fünf langen Schritten ist sie in meinen Armen, dann machen wir uns auf den Weg.

„Also hast du ihm den Ring nicht zurückgegeben?"

Sie seufzt und ich blicke über das dunkle Innere des Autos, um zuzusehen, wie sie eine Schulter hochzieht, bevor sie ihre Unterlippe zwischen die Zähne zieht.

„Dieser Ausdruck? Der sagt, dass du darüber nachgedacht hattest."

Der Rausch des Adrenalins von vorhin ist bereits aus meinem Körper verschwunden. Ich bin wieder entspannt, wenn nicht sogar ein wenig kalkuliert. Lustig, wie sie ohne ein Wort des Protestes eingestiegen war, als ich die Tür auf der Beifahrerseite *meines* Autos geöffnet hatte.

„Du wirst mich nur für einen Psycho halten, wenn ich es dir sage", murmelt sie und dreht den Kopf zum Beifahrerfenster. Das Licht einer Straßenlaterne fängt das Schimmern ihres Haars ein und unterstreicht ihr Lächeln, das sie vor mir zu verbergen versucht.

„Komm schon. Du kannst es mir sagen."

„Was hat es mit Autos in der Nacht auf sich, dass sie sich wie ein Beichtstuhl anfühlen?"

„Ist das so? Ich kann nicht sagen, dass mir das je aufgefallen wäre."

„Oder vielleicht liegt es nur daran, dass ich mich dir anvertrauen will. Vergib mir, Vater, denn ich habe gesündigt." Verdammt, ihre Worte sind ein Laster und keine Tugend.

„Wo sind die dunklen Feldwege, wenn man einen braucht?", murmle ich und drehe mich auf meinem Sitz, in der Absicht, dem plötzlichen Anschwellen meines Schwanzes Abhilfe zu schaffen. Mirandas Augen sehen alles, wissen alles, während ihre Zunge unbewusst über ihre Unterlippe fährt.

„Erzähl mir vom Ring." Lenke mich von einer Anklage wegen unsittlicher Entblößung ab.

„Ich hatte den Juwelier, zu dem ich ihn gebracht habe, gefragt, ob er den Stein aus der Fassung nehmen könnte."

„Und?"

„Das kann er. Und ich werde beides per Kurier zu ihm zurückschicken."

„Das scheint mir eine sehr dürftige Art der Rache zu sein. Ein Diamant plus eine Fassung macht immer noch einen Ring, glaube ich." Und möglicherweise ein weiteres Mädchen, das zu späterem Zeitpunkt hinters Licht geführt werden kann.

„Ah, und da liegst du falsch", sagt sie, wobei sie sich vom Fenster abwendet. „Na ja, nicht völlig. Ich habe dir gesagt, dass der Juwelier bestätigt hat, dass der Moissanit, der falsche Stein, vor kurzem in die Fassung gesetzt wurde. Vermutlich enthielt sie ursprünglich einen Diamanten. Einen recht großen. Ich dachte, dass er ihn herausgenommen haben muss, da er nicht wollte, dass ich ihn habe. Dass ich es ihm vielleicht nicht wert war."

„Was für ein verdammtes Arschloch." Mein Blut beginnt erneut zu kochen. Wie kann jemand einem anderen seine Liebe gestehen und demjenigen dann nicht die Welt schenken wollen?

„Wurde dir jemals gesagt, dass du sehr sexy klingst, wenn du fluchst?" Als ich sie wieder ansehe, erkenne ich die Ehrlichkeit in ihren Worten. „Bei mir funktioniert es", stößt sie schnell hervor, als wolle sie die Worte verzweifelt aussprechen. „Fluchen, meine ich."

„Du willst, dass ich mehr fluche?"

„Nein. Mir gefällt, dass du es im Allgemeinen nicht tust. Dass du es der Wirkung wegen nutzt."

„Welche Wirkung?"

„Du weißt schon, welche", murmelt sie, wobei sich ihr Blick von meinem löst, bevor sie ihn wieder hebt, diesmal mutiger. „Im Schlafzimmer. Wenn du herrisch bist."

Und da haben wir es. Die Bestätigung, dass sie ein wenig unterwürfig ist. Jedenfalls im Schlafzimmer. „Interessant."

„Weißt du, was noch interessant ist?" Ihre Frage wird von einem herausfordernden Neigen ihres Kopfes und einem Funkeln in ihren Augen begleitet. „Fluchen soll angeblich ein Anzeichen für einen Mangel an Vorstellungskraft sein. Aber in deinem Fall bedeutet es das genaue Gegenteil."

„Du hast keine Ahnung", murmle ich und bremse aufgrund der roten Ampel vor uns. *Rot für Gefahr. Ein rotes Tuch, mit dem man vor einem Bullen wedelt.* „Aber ich könnte es dir zeigen. Wann immer du willst."

Sie schüttelt ein wenig abfällig den Kopf. *Aber sie hat angefangen.*

„Also, der Ring." Der Ring ist mir scheißegal. Es sei denn, wir sprechen von – ich unterbreche den Gedanken, bevor die in meinem Kopf rotierenden Gedanken dafür sorgen, dass ich mein Auto um den nächsten Laternenmast wickle. „Ich dachte, er würde ihn vielleicht für Tamara zurückhaben wollen."

„Deine ehemalige Freundin? Sie scheinen sich sehr ähnlich zu sein und verdienen einander eindeutig."

„Allerdings. Und sie kann den Ring haben, wenn es das ist, was er damit tut. Aber ich hoffe, dass er Klebstoff und viel Geduld hat, denn der Moissanit wird in eine Million Teile gebrochen sein, wenn ich ihn an ihn zurückschicke." Ihr Ausdruck ist eine seltsame Mischung aus bösartig und schüchtern, und als die Ampel umschaltet, ist Anstrengung nötig, um meinen Blick von ihr abzuwenden. „Findest du, das ist zu schrecklich?"

„Nein, es gefällt mir. Ich finde, es klingt nach einem ziemlich vorzüglichen Plan." Nur von der Idee übertroffen, ihn dazu zu zwingen, die scharfen Einzelteile zu essen.

„Das fand ich auch", fügt sie glücklich hinzu. „Ich habe mich mit dem Gedanken, ihn für mich zu behalten, nie zu hundert Prozent wohlgefühlt, da er seiner Großmutter gehört hat. Heather sagte, ich hätte ihn an ihn zurückverkaufen sollen, als wir dachten, er wäre etwas wert." Sie zuckt leicht die Achseln. „Weißt du, wenn er einen tatsächlichen sentimentalen Wert für ihn hätte. Aber deshalb will er ihn nicht zurück. Ich glaube, er hat den Stein verkauft, und jetzt hat er schreckliche Angst, dass seine Familie es herausfinden wird. Also werde ich ihn mit einem Schraubstock zerstören oder so; ich bin mir über die Details noch nicht einig. Dann werde ich ihn an ihn zurückschicken und nie wieder an ihn denken."

„Was die Rache betrifft, gefällt es mir. Dein Gewissen wird nicht unter negativen Auswirkungen leiden; er bekommt das, was vom Ring seiner Großmutter übriggeblieben ist, und du kannst es hinter dir lassen.“

„Genau. Nur dass ich es bereits hinter mir gelassen habe. Bist du sicher, dass es nicht zu verrückt klingt?“

„Es ist das genaue Gegenteil von psychotisch. Und eigentlich ein wenig kalkulierend. Ich bin beeindruckt. Und ich kann helfen.“

„Wirklich?“ Ihr Lächeln wird breiter, freier. „Wie?“

„Ich werde ihn liebend gern mithilfe eines Gabelstaplers zerstören.“ Ich bin mir sicher, dass wir einen davon im Lagerhaus haben. Wenn nicht, ich bin ein einfallsreicher Mann. „Ich werde ihn auch mit Freuden abliefern. So kann ich dir seine Reaktion beschreiben.“

Der Klang ihres Gelächters erfüllt das Auto.

„Da wären wir.“

Das Auto kommt vor einem Haus zum Stehen, zu dem wir vom Navigationsgerät geführt wurden. Ich schalte den Motor ab, nehme meine Hände aber nicht vom Lenkrad. Trotz ihres Protests weiß ich, wo es hingeht. Wo ich hingehe.

Ins Haus. In sie.

Ich bin mir ziemlich sicher, dass sie sich dessen ebenfalls bewusst ist. Aber es würde nicht reichen, es offensichtlich zu machen, nicht, weil ihre Natur trotzig ist. Eher, da sie durch die Richtung der Dinge schnell verängstigt wird. Es ist, als würde die Angst sie zu einem Punkt treiben, an dem sie ihren eigenen Instinkten nicht vertrauen kann.

Ich frage mich, ob sie das weiß.

„Ich würde dich auf einen Kaffee einladen, aber ich glaube, diese Kinder in dem Park, an dem wir eben vorbeigefahren sind, würden dir vermutlich die Reifen vom Auto abmontieren, bevor der Wasserkocher überhaupt fertig ist."

„Ich habe gehört, komm auf einen Kaffee rein. Bleib über Nacht, denn ich kann nicht nach Hause kommen."

„Du hast einen Fahrer." Ihre Erwiderung ist neckend, nicht scharf. „Und eine dieser schicken schwarzen Kreditkarten, das habe ich im Restaurant gesehen. Ich nehme an, dass Taxifahrer die akzeptieren."

„Na ja, es klingt, als käme ich auf einen Kaffee mit hinein." Mit dieser Erklärung lege ich die Hand auf den Türgriff.

„Aber nur ein Kaffee."

„Was passiert, wenn ich Tee will?" Ich drehe mich mit einem verschmitzten Grinsen zu ihr um.

„Ich bin kurz davor, meine Einladung zurückzunehmen", murmelt sie, als sie sich der Beifahrertür zuwendet.

Das Metalltor quietscht, als ich es aufstoße und Miranda über den zugewachsenen Gartenweg folge. Es ist nicht gerade St. Johns Wood oder Notting Hill, aber es ist wohl kaum eine dystopische Enklave Londons. Selbst wenn das ganze Haus laut ihrer Aussage nach nassem Hund riecht. *Vermutlich eher eine List.*

Ich genieße die Bewegungen ihrer Kehrseite, als sie die Steinstufen erklimmt, und ich verberge nicht, dass ich es getan habe, als sie sich zu mir umdreht. Unsere Köpfe sind praktisch auf derselben Höhe. Und obwohl die Nächte kälter werden, während der Herbst immer näher rückt, bin ich mir nicht sicher, ob die Luft für ihr Zittern verantwortlich ist.

„Komme ich wegen eines Kaffees oder hast du es dir anders überlegt?“ Erneut.

Klang das, als würde ich zu sehr drängen? Als würde ich mein Glück herausfordern? Hoffentlich nicht.

„Ich sollte niemanden ranlassen. Ich meine hereinlassen“, korrigiert sie schnell.

„Du bist eine so gewissenhafte Angestellte.“ Sie lehnt sich in meine Berührung, als ich ihr eine Haarsträhne aus dem Gesicht streiche. „Aber du könntest eine Rebellin sein. Deine Regeln brechen. Nur für mich.“

„Ich bin normalerweise keine Regelbrecherin.“

„Ja, du bist so ein gutes Mädchen.“

Im Schatten der Veranda, die wenig mehr als ein Überstand ist, lehne ich mich vor. Ihre Augen sind im Licht der Straßenlaternen wie ein Tropfen schwarzer Tinte in einem Glas Whisky. Ich fahre mit den Fingerspitzen über ihren Kiefer, bevor ich ihr Kinn umfasse und einen flüchtigen Kuss auf ihre verlockenden Lippen presse. Ich ziehe mich ein wenig zurück, bevor ich meinen Kopf erneut senke. Diese leichten Küsse sind nur ein Aufwärmen vor der Hauptveranstaltung. Leicht und sanft wird zu tief und hart, und als ich sie etwas inniger küsse, stöhnt sie so süß und ihre Finger umklammern meine Aufschläge, während wir herumknutschen wie von der Lust benebelte Teenager.

„Also ist Küssen vor der Tür erlaubt.“ Sind es meine Küsse oder mein sinnlicher Spott, der sie zittern lässt?

„Ich bin mir nicht sicher“, erwidert sie heiser und neigt den Kopf, während meine Lippen über ihren Hals wandern. In einer plötzlichen Bewegung zieht sie mich an sich, möglicherweise in der Hoffnung, dass uns die

Dunkelheit der Veranda vor fremden Blicken schützen wird. Die Häuser in dieser Straße sind spießiger als in der Stadt. Die Art von Ort mit neugierigen Nachbarn und Kindern, die an Straßenecken herumhängen. „Aber du bist nicht gerade drin." Daraufhin lehne ich mich zurück, mein intensiver Blick trifft auf ihren.

„Zieh ein oder zwei Schichten zur Seite und ich könnte es sein."

So, wie sie mich ansieht, wirkt es, als wäre ich ein heimliches Vergnügen. Wie das köstlichste Stück Schokolade, bei dem sie nur auf den richtigen Moment wartet, um es sich auf der Zunge zergehen zu lassen.

Man kann nur hoffen, dass das der Fall ist.

„Ich habe mich noch nicht für vorhin bedankt. Dass du dich für mich eingesetzt hast."

„Nichts zu danken. Hauptsächlich, weil er es nicht wert ist. Ich weiß, was du mit dem Ring tun willst, aber die Wahrheit ist, so abgedroschen sie auch klingt, dass die beste Rache darin besteht, glücklich zu sein. Die Liebe, die man einem anderen gegeben hat, zu nehmen und für sich zu behalten. Sich selbst zu lieben. Dann, eines Tages, wenn du bereit bist und es am wenigsten erwartest, wirst du jemanden finden, dem du deine Liebe anvertraust. Und er wird dich auf Arten lieben, die du dir gar nicht vorstellen kannst."

Ihre Hände heben sich zwischen uns, alabastern im Mondlicht. „Du hast die Seele eines Poeten", flüstert sie, wobei sie meine Wangen umfasst.

„Ich weiß. Leider will er sie zurückhaben."

„Und du hast eine Stimme, mit der du Hörbücher lesen solltest", fügt sie hinzu, meine Albernheit ignorierend.

„Richtig anzügliche. Voller *fucks*." Ihre Augen werden

aufgrund des plötzlichen Wechsels groß, während mein Schwanz zuckt. „Aber nur für dich."

Als Antwort steckt sie ihre Hand in ihrer Tasche, aus der sie einen Schlüssel hervorholt, bevor sie sich mit dem Schloss beschäftigt. *Ist sie nervös?* Das frage ich mich, als zum zweiten Mal Metall über Metall gleitet. Vielleicht kann ich helfen, ihre Hand mit meiner bedecken. Oder vielleicht sollte ich meine Lippen von ihrem Hals nehmen, oder meine Hände von ihren Hüften, oder meinen Schwanz aus der Wölbung ihres reizenden Hinterns.

Einen Moment später verbindet sich das Metall und der Mechanismus klickt.

Sie betritt den dunklen Flur und ich folge ihr. *Ich würde ihr vermutlich überall hin folgen.* Von dort aus übernimmt der Schwung des Moments, schiebt uns durch die Tür und ein paar Stufen hinauf.

„Hund?", murmle ich an ihren durch den Kuss geschwollenen Lippen. Es ist nicht so, dass es mich besonders interessiert, aber ich will mein Bein nicht in seinem Maul wiederfinden.

„In seiner Box. Bereits gefüttert."

„Du hast mich angelogen", knurre ich spielerisch. „Vielleicht sollte ich dich bestrafen."

„Mach, was du willst." Ihr Lächeln wird an meine Lippen gepresst, während wir uns küssen und über einen kurzen Absatz gehen. Meine Schultern prallen an den anderen Schlafzimmertüren ab, als Miranda mich dagegen drückt, darum kämpfend, mich von meinem Jackett zu befreien. An der nächsten Tür wechseln wir die Positionen und unsere Kleidung fliegt umher wie Teile, die von einer Wäscheleine geweht werden. Sobald wir in dem ihr zugewiesenen Raum sind, öffnen meine Hände ihren BH. Die Silhouette ihrer Brüste, vom Mondlicht beschienen, ist nicht von dieser Welt. Ich greife nach dem Lichtschalter, da ich sie plötzlich in ihrer Vollkommenheit sehen muss. Ihre Schönheit genießen und jedes Seufzen für die Nachwelt aufnehmen muss, um es immer und immer wieder abspielen zu können. Bevor Licht den Raum durchflutet, landet ihre Hand auf meiner.

„Lass es aus", flüstert sie, aber ich drehe sie sofort, meine Hand um ihr Handgelenk wie eine Fessel.

„Die Freiheit der Dunkelheit im Austausch gegen Gefangenschaft?" Es ist keine Frage, auf die ich eine Antwort will, während ich meinen Mund auf ihren und meine Finger auf den Lichtschalter drücke. „Ich will dich heute Nacht im Licht lieben."

Der Rest unserer Kleidung fällt und wir stolpern zum Bett, wobei ich mich in letzter Minute drehe, um ihren Fall aufzufangen. Über mir sind ihre Finger heiße Kontaktstellen, die die Brust meiner Haut verbrennen. Ihr Blick ist dunkel und mit für das Brennen in meinem Herzen verantwortlich, als sie ihren Namen darauf verewigt.

Wir drehen uns und sie ist unter mir, meine Zunge fährt über die Unterseite ihrer Brust, ihr Herz ist eine wilde Kreatur unter ihren Rippen und meinen Händen. Ich wandere ihren Körper hinab, eine Berührung, ein Lecken, meine Lippen über unserem Kind, die enge Spirale unserer Lust, die unsere Haut beinahe zum Platzen bringt.

„Ich kann es nicht erwarten, dich mit ihm rund zu sehen." Ihr Atem trifft in einem heiseren Lachen auf die Luft. „Klingt das falsch? Denn das ist die Wahrheit dessen, was ich fühle."

„Barfuß in der Küche."

„Nein, nackt und auf deinen Knien."

Und sie ist wie Magie, ihre schlanken Finger um das Kopfende geklammert, ihre Erwartung ein Schauder, der über ihren Rücken tanzt. Ich lege ihr Haar auf eine Seite, ihr Körper wölbt sich, als meine Erektion sie begierig anstößt.

„Du trägst nichts, beschienen vom Licht. Rate mal, was ich trage?" Ich spanne meine Faust in diesen sinnlichen Locken an, was es ihr schwermacht, sich zu drehen.

„Deine Socken?"

„Nur ein Lächeln, mein Liebling."

Liebe. Sie verdreht dir den Kopf, denke ich, als ich in sie eindringe. Und doch, als sich meine Hand um ihre Hüfte legt und sie mir entgegenkommt, um meinen Körper in ihren aufzunehmen ... die Verwirrung, ihre und meine, unser Timing, das Baby, unsere unterschiedlichen Leben. All das verblasst, denn sie uns ich ergeben perfekten, chaotischen Sinn.

26

JAMES

Das Haus von Mirandas Eltern ist aus der Mitte des zwanzigsten Jahrhunderts, abseits der Somerset Road im belaubten, vorstädtischen Wimbledon. Ich bin kaum in die Auffahrt gefahren, als sie in einem Paar hautenger Jeans und einem weißen, an der Taille geknotetem Shirt herauskommt. Sie reißt die Beifahrertür auf und wirft sich beinahe auf den Sitz.

„Fahr!", befiehlt sie mit gerötetem Gesicht und breitem Grinsen.

„Verfolgt dich jemand?" Ich lege meine Hand auf die Rückseite ihres Sitzes, während ich den Aston Martin Vanquish rückwärts setze.

„Nicht mich, dich. Ich habe meiner Mutter eben gesagt, dass ich schwanger bin."

„Besitzt dein Vater eine Schrotflinte?", frage ich verhalten und lenke das Auto auf die ruhige Straße.

„Nein, aber meine Mutter hat mit einem großen Pinsel herumgefuchtelt. Wie auch immer, es wäre mehr nötig als eine Schrotflinte, um mich zur Ehe zu überreden."

Das ist eine Sache, die keiner Klärung bedarf. Es kann

nicht leicht sein, in einem Haus zu leben, in dem die Hauptbewohner in einem boshaften Hin und Her zu existieren scheinen und nur ihre Zeit absitzen, bis sie getrennter Wege gehen können.

„Ich wäre mit dir gekommen, weißt du."

„Wohin?"

„Um es deinen Eltern zu sagen."

„Nie im Leben – ausgeschlossen. Meine Mutter würde dich bei lebendigem Leibe fressen. Tatsächlich habe ich sie ihrer Tirade über die Nutzlosigkeit der Männer überlassen, als du angefahren bist."

„Zweifelsohne von der Tatsache bestärkt, dass du es ihr allein gesagt hast."

„James, ich bin ein großes Mädchen. Ich bin nicht deine Verantwortung."

Ich spanne meinen Kiefer an, um die Antwort zu unterdrücken, die ich gerne geben würde. Ob es ihr gefällt oder nicht, sie steht ganz oben auf meiner Liste der Verantwortungen und Prioritäten. Es ist nur eine Frage der Zeit, bevor ich ihr meine Art des Denkens verständlich mache. Sie und ich? Wir sind gar nicht so verschieden. Kleine Schritte. Und wie mein Vater belehren würde: *Inmitten des Chaos gibt es auch Gelegenheit.* Wenn ich mir auch sicher bin, dass er diese Worte gern für sich selbst beanspruchen würde, sind sie in Wirklichkeit die Worte von Sun-Tzu.

„Außerdem, ein Blick auf sie und du hättest die Flucht ergriffen. Du weißt, was man über Frauen sagt, die wie die eigene Mutter werden." Trotz ihres schnippischen Tonfalls stelle ich fest, dass Hoffnung in ihren Worten liegt. Die Erwähnung einer Zukunft, die beinahe die Einbeziehung einer Schwiegermutter beinhaltet hätte. *Beinahe.*

Bin ich ein solcher Einfaltspinsel geworden, dass es mir einen Kick gibt, etwas mit solcher Folgewidrigkeit zu hören? Und falls ja, schert es mich einen Dreck?

„Ich bin mir sicher, dass es ein Schock für sie war."

„Ich glaube, es war ein Schock für uns alle", murmelt sie leise. „Scheinbar werfe ich mein Leben weg."

Ich drehe mich zu ihr um, und zum ersten Mal bemerke ich die Anspannung um ihre Augen herum.

„Sie wird noch einlenken", sage ich, wobei ich ihre Hand in meine nehme. Ich glaube nicht, dass ich mir den feuchten Schimmer in ihren Augen nur einbilde, als ich mit den Fingern über ihre Knöchel streichle. „Es ist nur eine Frage der Zeit." Ich halte mich davon ab, eine Bemerkung über Frauen und Babys zu machen, besonders angesichts meiner eigenen Begeisterung über den Gedanken, mein eigenes Kind zu halten.

„Ja." Das Wort wird von einem Seufzen begleitet. „Das sage ich mir auch. Wie auch immer, ich stelle mir vor, dass sie es Dad sagen wird, und wer weiß, vielleicht wird es sie ein wenig zusammenbringen."

„Der Gedanke daran, Großeltern zu werden, meinst du?"

„Nein. Sie in ihrer Enttäuschung vereinen. Vorübergehend."

„Oh, Liebling."

„Ehrlich, es geht mir gut. Und es wird mir noch bessergehen, wenn ich ausziehe. Es kommt langsam zu einem Punkt, an dem ich die Atmosphäre nicht mehr ertragen kann. Wie geht dieses Sprichwort? Etwas darüber, dass die Ehe die fortgeschrittenste Form der Kriegsführung ist?"

„Bestimmt sind nicht alle Ehen schlecht."

Sie zuckt steif die Achseln. „Ich kann nur die um mich

herum beurteilen. Und meine Eltern haben die Kunst der Kriegsführung perfektioniert."

„Du musst mehr Paare als deine Eltern kennen?"

„Ich habe keine Freunde im heiratsfähigen Alter, falls du das meinst. Bis auf ein Mädchen in meinem Uni-Kurs, mit der ich selbst auf Facebook kaum noch befreundet bin."

Währenddessen navigieren meine Altersgenossen zum zweiten oder dritten Mal das raue Wasser der Elternschaft, der zweiten Hypothek, der Scheidung und der heraufziehenden Midlife-Crisis. Bis auf die Ausnahme meiner zwei engsten Freunde, Beckett und Griffin, obwohl ersterer vor kurzem unter die Verheirateten gegangen ist.

Das Bauen eines eigenen Nests hat einen gewissen Reiz, und ich habe große Hoffnungen darin, die Verbindung zwischen uns zu festigen. Inmitten des Chaos liegt eindeutig eine Gelegenheit.

„Du musst mehr Paare kennen. Familien und so weiter."

„Na ja, die Eltern meines Vaters schienen zu leben, um einander auf die Nerven zu gehen, bis meine Großmutter starb, und der Vater meiner Mutter ist gestorben, als ich jung war, also erinnere ich mich nicht wirklich daran, was für eine Ehe sie hatten. Heathers Eltern scheinen miteinander auszukommen, aber auf der anderen Seite haben sie sieben Kinder, von denen vier immer noch zu Hause wohnen. Ich stelle mir vor, dass keiner von ihnen das Sorgerecht haben wollen würde, falls sie sich trennen. Kannst du dir das vorstellen?", fügt sie hinzu, wobei sie geistesabwesend über dem Bund ihrer Jeans mit der Hand reibt.

„Du willst sagen, dass sie zusammenblieben, weil niemand das Sorgerecht haben wollen würde?"

„Nicht wirklich. Heathers Eltern sind total verrückt, aber es bestehen keinerlei Zweifel, dass sie ineinander vernarrt sind. Tatsächlich beschwert Heather sich darüber, dass es dafür zu viele Beweise gibt, wenn du weißt, was ich meine."

„Sieben Kinder. Sie müssen was Besonderes sein." Ich werde es mit den Andeutungen über ihr Sexleben an diesem Punkt belassen. Aber bei dieser Quote müssen sie rammeln wie die Kaninchen.

„Was ist mit Olivia und Beckett?" Aus dem Augenwinkel sehe ich zu, wie ihr Ausdruck nachdenklich wird. „Sie mögen einander jedenfalls genug, um zweimal zu heiraten."

„Oh, du weißt von ihrer Party?"

„Beckett hat es vielleicht erwähnt." Das ist ungefähr so überschwänglich, wie der Mann wird. „Ich erwarte meine Einladung jeden Tag."

„Ich werde sie vielleicht sogar persönlich abliefern."

„Ich schätze einen persönlichen Service."

„Nur du kannst das sexuell klingen lassen."

„Was soll ich sagen? Es ist eine Gabe, mit der ich ausgestattet wurde."

„Du kannst einfach nicht anders, oder?"

„In deiner Anwesenheit? Wo wäre der Anreiz?"

„Ich wette, dass Beckett Olivia nicht so reizt."

„Keine Provokation wird mich dazu bringen, über das nachzudenken, was Beckett in der Privatsphäre seines eigenen Zuhauses tut oder lässt." Manche Dinge bleiben am besten im Dunkeln, besonders, wenn es um diesen Mann und seine Machenschaften geht.

„Es ist ziemlich romantisch, oder nicht? Dass sie

heimlich heiraten und dann so glücklich sind, dass sie einen Tag nur für ihre Freunde und Familie wollen."

„Ja, es ist recht romantisch." Und sehr ungewöhnlich für Beckett. „Erscheinen sie dir als sehr verliebt ineinander?" Ich dachte nie, dass er für etwas anderes als Geld Liebe empfinden könnte, obwohl ich mich mit Vergnügen eines Besseren belehren lassen würde.

Sollte ich mich schlecht dafür fühlen, neugierig zu sein? Nein, entscheide ich. Ich achte nur auf meinen Freund.

„Na ja, sie streiten sich oft, aber es scheint nie ernst zu sein. Tatsächlich scheint Ols eine perverse Freude darin zu finden. Und ehrlich gesagt glaube ich, dass sie nur so viel streiten, weil sie sich gern wieder versöhnen. Tatsächlich versöhnen sie sich *sehr viel*." Letzteres fügt sie mit besonderer Betonung hinzu.

Aber es ist etwas, für das ich ebenfalls einstehen könnte. Auf das ich mich legen könnte. Das sie auf mir reiten könnte. Ich bin so von Sex besessen, was Miranda betrifft. Ich könnte dem Duft ihres blumigen Parfüms auf so engem Raum heute Morgen die Schuld geben, oder der Art, wie die Sonne ihr Haar wie einen blonden Regenbogen schimmern lässt. Oder der blassen Unterseite ihrer Handgelenke, wo ich verzweifelt meine Daumen platzieren möchte.

„Das ist etwas, das ich nicht wirklich hören muss."

„Ich auch nicht, glaub mir. Aber die Geräusche aus ihrem Büro schallen einfach, und man kann nicht jedes Mal in die Bäckerei flüchten."

„Oh Gott", murmle ich, als ich an einer Ecke bremse.

Das Auto ist erfüllt von ihrem Lachen.

„Ein wenig heuchlerisch?" Ich drehe mich zu ihrem breiten Lächeln, ihren zusammengekniffenen Augen um, während sie sich mir ebenfalls zuwendet. Ihr Shirt ist am Hals offen, unterhalb des Stoffes hängt ein winziger Goldanhänger an einer Kette. *Ich will mit der Zunge darüberfahren.* „Sie sind nicht die Einzigen, die es auf diesem Tisch getrieben haben. Weißt du eigentlich, wo du hinfährst?"

„Nach Crouch End? Du kannst mir ruhig etwas zutrauen."

„Ich habe zwei Wohnungen zu besichtigen, aber sie liegen nah beieinander. Bist du sicher, dass es dir nichts ausmacht, mit mir zu kommen?"

„Ich würde es um nichts auf der Welt verpassen wollen." Und einfach so sprechen wir nicht mehr über Beziehungen, sondern über die Sachlichkeit von Wohnungen. Und ich habe einige Gedanken darüber, obwohl ich aktuell nicht bereit bin, sie zu teilen.

Der Samstagmorgen-Verkehr ist nicht allzu schlimm, sofern man weiß, wohin man will, und es dauert nicht lang, bis wir in eine nette, vorörtliche Straße in Crouch End biegen. *Das ist etwas, von dem ich nicht dachte, dass ich es jemals sagen würde.* Schmale Reihenhäuser aus roten Ziegeln stehen wie anständige Wachposten auf beiden Seiten der Straße, die mit der Art von Autos gefüllt ist, die andeuten würde, dass es eine Straße voller Familien ist. *Minivans, Limousinen, das ein oder andere Auto mit Anfängerschild.* „Wimbledon nach Hoxton muss eine schreckliche Pendelstrecke sein", murmle ich, als ich auf einen freien Parkplatz fahre.

„Es macht keinen Spaß. Aber als ich den Job angenommen habe, habe ich nicht zu Hause gewohnt."

„Ha." Ich glaube, diese Aussage werde ich auf sich beruhen lassen. Sie muss mit ihrem Ex zusammengewohnt haben.

„Und es ist nicht so, als würde ich jeden Tag von dort aus hinkommen, nicht, während ich auf Haustiere aufpasse."

„Aber damit hörst du bald auf." Das stelle ich nicht als Frage.

Bestimmt wird sie das.

„Ja. Das ist der Plan."

„Weißt du, Miranda, ich will helfen –"

„Nummer siebenunddreißig." Sie neigt den Kopf und späht unter den Blättern eines Baumes hindurch, auf der Suche nach dem Haus, eine Ablenkung.

Ich richte mich nach ihr. „Die Parkmöglichkeiten sind nicht optimal."

Miranda gibt zur Antwort ein Geräusch von sich.

Die Häuser haben keine nennenswerten Gärten, obwohl jedes einen schmiedeeisernen Zaun und ein Gartentor hat, um ein kleines Stück Grün zu schützen. Keine Gärten und kein Ort, an dem ein Kind spielen kann. Nicht, dass es wichtig wäre, denn das ist nur eine vorübergehende Maßnahme, auch wenn sie sich dessen nicht bewusst ist.

Während ich den Zahlen auf der ungeraden Seite der Straße und den bunten Türen folge, entdecke ich die Nummer, nach der sie sucht. Ich sollte glücklich sein, aber das bin ich nicht. Sie wird so enttäuscht sein, dass wir gekommen sind, um uns ein Dreckloch anzusehen.

„Na ja, ich glaube, wir können annehmen, dass Nummer siebenunddreißig das rothaarige Stiefkind der Straße ist." Ich zeige auf das Haus mit abblätternder Farbe und einem Haufen Müll, dort wo die Häuser recht uns links Topfpflanzen oder einen Steingarten haben.

Ich spüre, wie Miranda neben mir in sich zusammenfällt.

„Komm schon. Innen ist es vielleicht besser."

Aber das ist es nicht. Wenn überhaupt ist es noch schlimmer. Zehnmal schlimmer. Erst einmal liegt die Wohnung, wegen derer sie gekommen ist, im Keller. Sie ist dunkel, schäbig und riecht nach Bleiche.

„Denkst du, er versucht, etwas zu verbergen?", fragt sie, wobei sie sich fester an mich drückt. Der Vermieter lauert irgendwo in einem Zimmer, und ich glaube nicht, dass ich mir seine Enttäuschung eingebildet habe, als er feststellen musste, dass Miranda einen „Freund" zur Besichtigung mitgebracht hat.

Er sieht aus wie ein Perverser. Irgendetwas an ihm stimmt einfach nicht. Etwas, das ich zuerst nicht genau bestimmen konnte. Jetzt bin ich darauf gekommen, auch wenn ich mir nicht sicher bin, wie ich die Nachricht überbringen soll.

„Eindeutig."

„Eine zerteilte Leiche?", flüstert sie, aber es ist schwer zu sagen, ob sie entsetzt oder aufgeregt ist.

„Schimmel, wohl eher."

„Ich weiß, dass es ein wenig düster aussieht, aber mit etwas Farbe und netten Möbeln von Ikea glaube ich, dass es in Ordnung wäre."

Ein widersprüchlicher Satz, wie ich ihn noch nie gehört habe.

„Versuchst du, mich oder dich selbst zu überzeugen?" Es ist ein wenig Anstrengung nötig, aber ich schaffe es, meine Stimme gleichmäßig und meinen Gesichtsausdruck ruhig zu halten. Aber wirklich? Komm schon, verdammt nochmal. Ich werde dieses Haus kaufen und niederreißen, bevor ich ihr erlaube, einzuziehen.

„Es ist nicht so schlimm."

„Das ist keine Antwort." Ich kratze mich hinter meinem Ohr und deute auf den Vermieter hinter mir. „Sieht er für dich nach der Art Mann aus, von dem du willst, dass er einen Schlüssel zu deinen Privaträumen hat?"

„Hör mal, es ist nicht so, als hätte ich die Option, ins Princes Gate zu ziehen, oder?"

„Sieh dir die Markierungen an der Wand an. Hier stand Wasser. Und achte auf das Fenster." Ich zeige auf den großen Erker. „Die ganze Wohnung hat drei Fenster, von denen zwei vergittert sind, und dieses dort bietet einen direkten Blick in deinen möglichen Wohnraum. Du würdest ständig die Jalousien geschlossen halten müssen, damit keine Fußgänger hereinsehen können – Betrunkene, die aus dem Pub kommen, an dem wir am Ende der Straße vorbeigefahren sind."

„Das hat nichts mit dir zu tun", antwortet sie störrisch. „Achte auf dein Privileg als reicher Mann", murmelt sie als Nächstes, wie ich glaube. Aber trotz all ihres Eigensinns weiß sie wie ich, dass das nicht die richtige Wohnung für sie ist.

Man entschuldige mich für einen Moment, während ich das Schicksal besiegle.

„Und das." Ich zeige auf die Decke, ohne selbst den Blick zu heben.

Ihre Stirn legt sich in Falten und sie kneift konzentriert die Augen zusammen. „Was ist das?" Ihr Blick landet auf mir. „Ist das Schimmel?"

„Ich bin kein Experte, aber ich würde sagen, das ist ein Loch aus dem Stockwerk darüber. Da ist ein weiteres im Schlafzimmer an derselben Stelle." Ein schlüsselgroßes Loch neben der Hängeleuchte. „Und ein weiteres im Badezimmer, dort aber in der Ecke."

„Was …?“ Ich sehe zu, wie eine Reihe von Emotionen in ihrem Gesicht aufflackert und verblasst. Verwirrung. Ungläubigkeit. Und schließlich Entsetzen. „In all den Zimmern?“, zischt sie, wobei ihr Blick zur Tür schießt, wo ihr potenzieller Vermieter verschwunden ist, zusammen mit seinem Potenzial, ihr Vermieter zu werden.

„Ich habe keines in der Küche gesehen. Ich nehme an, es ist nicht Teil seiner voyeuristischen Vorliebe, dir beim Aufsetzen von Teewasser zuzusehen.“

Ich versuche, nicht allzu breit zu lächeln, als wir gehen. Und dasselbe erneut, als wir uns nicht einmal die Mühe machen, am zweiten Ort über einem Massagesalon aus dem Auto auszusteigen, obwohl ich keinerlei Freude an ihrer Niedergeschlagenheit habe, als wir wegfahren.

„Lass mich dich in Kontakt mit einem Makler bringen. Du kannst dir ein paar Immobilien ansehen, vielleicht auch eine bessere Vorstellung davon bekommen, was eine halbwegs anständige Wohnung kosten wird.“

„Ich habe fast schon Angst davor“, murmelt sie, während sie aus dem Beifahrerfenster starrt.

„Das klingt gar nicht nach dir. Die Miranda, die ich kenne, stellt sich Problemen direkt.“

„Manchmal frage ich, für wen du mich hältst“, sagt sie, wobei sie sich wieder mir zuwendet. „Ich bin nichts Besonderes. Ich wurstle nur vor mich hin, wie alle anderen auch, wobei ich vermutlich ein verdammtes Chaos veranstalte.“

„Du verkaufst dich unter Wert. Sieh dir an, was du getan hast, um dich über Wasser zu halten. Du hast zwei Jobs und planst, in dein eigenes Zuhause zu ziehen. Du bist kurz davor, ohne Angst ein Kind auf die Welt zu bringen.“

„Ich würde es nicht genauso sagen. Ich habe Angst – sogar sehr viel davon. Ich behalte sie nur für mich."

Eine Schwachstelle, selbst preisgegeben, ein winziges Bisschen ihres Innenlebens freigelegt.

Das bezeichne ich als Gewinn, trotz der Umstände.

„Angst ist eine sehr menschliche Reaktion", sage ich sanft. „Aber die Kehrseite ist Mut. Und *davon* hast du sehr viel. Aber das bedeutet nicht, dass du alles allein machen musst. Das ist kein Mut, sondern nur reine Sturheit."

„Oh James", erwidert sie, wobei sie mir den Anflug eines Lächelns schenkt. „Und du hast dich mit der Schmeichelei so gut geschlagen."

„Habe ich ins falsche Horn geblasen?"

„Ich weiß nicht, hast du das? Ich glaube nicht, dass in diesem Auto genug Platz ist, um es überhaupt zu versuchen."

„Sehr lustig. Aber wenn du schon vom Blasen sprichst, solltest du vielleicht selbst auch ein wenig Haut zeigen."

„Ich glaube, du wirst feststellen, dass die Haut hier hineingeht." Das Luder schmollt und presst einen Fingernagel auf ihre Unterlippe. „Was denkst du, warum die Haut eines Penis so seidig ist?"

Ich stöhne, als würde ich gefoltert, denn irgendwie werde ich das auch.

„Wenn wir diese Unterhaltung führen, sehe ich mich dazu gezwungen, dich mit nach Hause zu nehmen."

„Dann mach", sagt sie, beinahe resigniert. *Bis auf das schelmische Funkeln in ihren Augen.* „Bring mich in dein Versteck, G.O. Habe ich dir gesagt, dass diese attraktive CEO-Sache bei mir echt funktioniert?"

Es ist nicht nötig, um eine Erklärung zu bitten, da sie

mit den Fingerspitzen über den Ärmel meines Hemdes gleitet.

„Du siehst in einem Anzug so heiß aus, und ich weiß nicht, ob du es bereits weißt, aber du hast einen Hintern, der einfach für Jeans gemacht ist."

„Versuchst du, mich in Verlegenheit zu bringen? Und damit meine ich hauptsächlich steif?"

Ich würde gerne denken, dass ihre zunehmende Offenheit ein Ergebnis dessen ist, dass sie sich in meiner Anwesenheit wohler fühlt. Aber es könnten scheinbar auch die Schwangerschaftshormone sein. Was auch immer es ist, ich liebe die Ergebnisse.

„G.O.?", wiederhole ich. „Würdest du mir diese Anspielung freundlicherweise erklären?"

„Es könnte für *großartige Optik* oder vielleicht *Gott* stehen."

„Da fehlt aber etwas."

„Keine Sorge. Ich weiß, dass du mir nachher einiges geben wirst." Darauf gibt es wirklich nur eine Antwort. „Zu dir oder zu mir?"

27

MIRANDA

Oh, wow.

Guten Morgen, meine Schöne.

Ich starre das Handy in meiner Hand an, lese meine frühmorgendliche Nachricht und versuche, mein Lächeln zurückzuhalten. Ich kann Heather nicht ständig anlügen und ein lustiges Meme als den Grund für mein Lächeln nennen. *Lächeln. Seufzen. Kichern.* Der Samstag war lustig. Na ja, abgesehen von der Entdeckung der Art Unterkunft, für die mein Einkommen ausreicht. Aber seither bin ich zur regelmäßigen Empfängerin dutzender täglicher Nachrichten geworden. Manche süß, manche sexy, manche nur eine Nachfrage oder ein kurzes Wort.

Es sind nur Nachrichten, erinnere ich mich stumm. *Interpretiere nicht zu viel hinein.*

Denn es wäre Wahnsinn, mich in ihn zu verlieben.

Reiner, unverfälschter Wahnsinn.

Aber spaßig. Und Spaß wäre möglicherweise völlig in Ordnung, wenn ich nur an mich zu denken hätte.

Aber das habe ich nicht.

Wenigstens erkenne ich jetzt, dass Cameron mir nicht

das Herz gebrochen hat. Es hat definitiv einige Schläge eingesteckt, aber ihn letzte Woche zu sehen, hat meine Erkenntnis bestärkt. Ich empfinde nicht länger etwas für ihn. Keine Liebe, kein Hass, keine Angst, keine Scham. Sicher, ich habe große Reden geschwungen, aber als er mir in der Tür des Restaurants gegenüberstand, wurde einfach alles klar. Aber meine Güte, habe ich den Ausdruck in *seinem* Gesicht genossen, nachdem James mit ihm fertig war. Ich kann mich nicht an das letzte Mal erinnern, als sich jemand für mich eingesetzt hat. Für gewöhnlich muss ich meine Schlachten selbst austragen, also hat es sich gut angefühlt, ihm diese zu überlassen.

Ich bezweifle, dass ich noch weitere E-Mails bekommen werde. Aber James‘ Nachrichten? Die sind mehr als willkommen.

Ah, James. Er ist einmalig. Ein Gentleman in der Öffentlichkeit, das absolute Gegenteil im Bett hinter verschlossenen Türen.

„Worüber lächelst du, Miss Lady?“

Mit einem Ruck blicke ich auf in Olivias hübsches Gesicht. In letzter Zeit sieht sie besser aus. Gesünder. Unter welchem Virus auch immer sie gelitten hat, sie hat sich definitiv vollständig erholt. Ich frage mich, ob sie irgendein Vitamin oder Ergänzungsmittel nimmt, denn sie sieht wirklich verdammt gut aus. *Vielleicht sollte ich sie nach der Marke fragen.* Außerdem macht sie wieder ihren eigenen Kaffee und ich habe nicht länger das Gefühl, als müsste ich sie mit Schokoladenkeksen füttern, um sie am Leben zu erhalten. Es war eine Weile lang stressig. Und ein wenig, als würde man sich um ein menschliches Tamagotchi kümmern.

„Ich habe nicht gelächelt. Ich ... habe Blähungen.“ *Wirklich? Das ist alles, was dir einfällt, Gehirn?*

„Ich bin mir ziemlicher sicher, dass das nur bei Babys funktioniert“, antwortet sie mit einem Grinsen. Einem Grinsen, dem ich eine Grimasse entgegensetze.

Notiz an mich: Babys, Lächeln und Blähungen googeln. Oder vielleicht eines dieser Babybücher ausleihen, von denen James gesagt hat, dass er sie auf Amazon bestellt hätte. Er hat wirklich Gefallen an dem Gedanken gefunden, Vater zu werden. Aber Blähungen und Lächeln? Das war eine Begegnung mit der Vergangenheit, und das Erste, was mir in den Kopf kam – etwas, das meine Großmutter immer angemerkt hat, wenn ich jemals in ihrer Anwesenheit lächelte. *Also, anstatt zu weinen.* Es ist wirklich kein Wunder, dass ich in der Nähe der alten Kuh immer geheult habe. Sie war einfach so unangenehm.

Aber Babys. Überall, wo ich hinsehe, Babys! Magazine. Fernsehwerbungen. Die Bücher auf James‘ Kaffeetisch. Da lag sogar eines auf seinem Nachttisch, über das ich ihn gnadenlos aufgezogen habe, während wir uns auszogen. *Manchmal gehen wir nur ins Bett, um zu schlafen. Es ist nicht immer überwältigende Leidenschaft und zerrissene Kleidung.*

Obwohl es überwiegend doch so ist.

Sexuelle Vorliebe? hatte ich ihn gereizt, obwohl ich insgeheim begeistert gewesen war. Es ist nur ein weiteres Zeichen für seine Hingabe unserem Baby gegenüber. Nicht, dass ich das zu diesem Zeitpunkt gesagt hätte, stattdessen: *Ist das ein neuer Fetisch oder etwas, das du eine Weile lang unter Verschluss gehalten hast?*

Mein Interesse liegt in einer bestimmten schwangeren Frau, nicht in schwangeren Frauen. Ich hatte die Andeutung überflogen und mir gesagt, dass es gut sei, dass er an meinem Wohlbefinden interessiert ist.

Schwangerschafts-Pornos gibt es tatsächlich, weißt du, hatte ich weitergeplappert. *Ich kann dir ein paar gute Seiten nennen.*

Ich will gar nicht wissen, wo du so etwas findest. Er hatte das Hemd von seinen Schultern gezogen und in die Richtung des Wäschekorbs geworfen, bevor er sich dem Badezimmer zuwandte, ohne überhaupt nachzusehen, ob das Kleidungsstück es geschafft hatte.

Das hatte es nicht.

Von der anderen Seite des Bettes hatte ich versucht, dem Drang zu widerstehen.

Ich hasse Chaos.

Aber ich konnte es nicht lassen. Also war ich in meiner Unterwäsche auf Zehenspitzen über den Schlafzimmerboden geschlichen, widerwillig, James zu zeigen, wie durchgeknallt ich war. Bin. Außerdem, wer will die Frau sein, die hinter einem Mann aufräumt?

Er hat Reinigungskräfte und eine Haushälterin, du Verrückte, hatte ich mir gesagt, während ich das marineblaue Hemd von Tom Ford in den Wäschekorb stopfte. *Du hingegen hast einfach nur Probleme.*

Miranda. Beim Klang meines Namens war ich erstarrt. *Kannst du einen Moment hereinkommen?*

Was ist? hatte ich beim Erreichen der Badezimmertür gefragt. Er bedeutete mir, näherzukommen, und ich konnte sehen, dass er etwas auf dem Herzen hatte. Er hatte mich vor sich vor den Spiegel des Waschtisches gezogen. Sein Körper war warm hinter meinem und roch nach Zahnpasta und dem leicht verweilenden Duft seines Eau de Cologne. Seine Hände legten sich auf die Wölbung, die vor nur ein paar Tagen angenehm in meinen Jeans versteckt gewesen zu sein schien.

Neun Wochen, hatte er gemurmelt. *Fast zehn. Noch ein*

paar mehr und wir werden unsere Neuigkeit der Welt präsentieren.

Ich hatte genickt. Das ist der Zeitplan, auf den wir uns geeinigt hatten. Zwölf Wochen scheint die Zeit zu sein, die für die offizielle Verkündung am besten geeignet ist. So nah und doch so weit entfernt. Ich bleibe nicht gern bei der Tatsache hängen, dass wir noch nicht dort sind oder was passieren würde, *wenn*.

Nein. Das mache ich nicht. Dieses Baby wird bereits so sehr geliebt, selbst wenn alles andere in der Luft hängt, das steht einfach fest.

Aber die zwölf Wochen fallen in die Woche der Hochzeit, also werden wir bis Woche dreizehn warten, um es offiziell zu machen. Ich werde es ihr vermutlich am Montag nach der großen Feier erzählen, besonders, da sie in der Woche davor in die Flitterwochen gehen. Sie haben alles andere auf ihre eigene Art getan, also warum sollten sie mit den Flitterwochen bis nach der Hochzeit warten?

Ich werde es diese Woche meinem Vater sagen. Seine Augen waren im Spiegel so blau und ich hatte mich gefragt, ob unser Baby seine oder meine Augenfarbe erben würde. Ein kleines Mädchen wie ich oder ein kleiner Junge wie er?

Willst du, dass ich mit dir komme, um die Neuigkeit zu verkünden?

Er hatte leise gelacht und mir die Haare aus dem Gesicht gestrichen, um einen Kuss auf meine Wange zu pressen. *Ich glaube, das schaffe ich. Obwohl ich will, dass du ihn kennenlernst. Wenn du bereit bist. Er wird dich lieben.*

Ich hatte genickt und Freudentränen über seine Worte zurückgehalten.

Das würde mir gefallen. Ich habe einfach noch so viel zu

klären, bevor ich zu einer dieser schwangeren Frauen werde, die auf einer Wolke glückseliger Freude umherschweben.

Wir haben Zeit. Manchmal denke ich, dass er eine Engelsgeduld hat. Aber auf der anderen Seite habe ich gehört, wie er am Telefon mit seinen Angestellten spricht. Er ist sehr anspruchsvoll und nicht gerade das, was ich als Zen bezeichnen würde. Tyrannisch, vielleicht?

Noch drei Wochen und die Bücher sagen, dass du einen eindeutigen Babybauch haben wirst. Seine Arme wurden fester.

Du meinst, dass ich dann fett werde.

Das werde ich nicht mit einer Antwort würdigen. Aber. Er hielt inne. *Diese Schwangerschafts-Pornos, von denen du gesprochen hast?* Etwas in mir drehte sich ein wenig, als seine Hand von meinem Bauch und unter den Bund meines Slips glitt. *Wie wäre es, wenn wir uns ein wenig davon in meinem Flachbild-Spiegel ansehen?*

Ich lächelte. Und ich lächle immer noch.

„Ich nehme an, du willst nicht erzählen, was dir an diesem schönen Sommermorgen in London ein Lächeln ins Gesicht zaubert."

Oh, Scheibenkleister. Diese gedankliche Abwesenheit wird wirklich zu einem Berufsrisiko.

Aber ich will es eindeutig nicht erzählen. Und ich bin mir ziemlich sicher, dass sie, als die Frau von James' bestem Freund, auch nicht hören will, wie mir vor ein paar Tagen ein Lächeln ins Gesicht gezaubert wurde, über den Waschtisch gebeugt, und wie sich mein Lächeln und der Rest meines Körpers seither darauf konzentrieren, sich wieder zu erholen. Sagen wir einfach, dass die Vorbereitung für eine Nacht mit James mehr beinhalten sollte als das Waschen meiner Haare und das Rasieren aller angemessenen Stellen. Sie sollte auch Dehnübungen enthalten. Viele Dehnübungen.

Ich sollte lernen, mich zu lockern, bevor wir Limbo tanzen, falls damit klar wird, was ich meine.

Ich bin mir nicht ganz sicher, ob ich meinem Schwangerschaftsgehirn die Schuld dafür geben kann, dass meine Gedanken ständig zu ihm zu wandern scheinen, während Bilder von ihm in einer Endlosschleife durch meinen Kopf geistern. Diese Augen, dieses strahlende Blau, das von so vielen unanständigen Dingen spricht; Lachfalten, die von einem Erfahrungsschatz deuten. Es ist faszinierend, wie sein Blick im Bruchteil einer Sekunde von Gelächter zu glimmender Andeutung wechseln kann, und wie ein Blick von ihm eine Million winziger Feuer unter meiner Haut entfachen kann. Manchmal, wenn er mich ansieht, fühle ich mich wirklich so, als wäre ich an Ort und Stelle fixiert.

Gott, wer hätte gedacht, dass Sex die Gedanken so derartig übernehmen kann? Ich denke ständig darüber nach, über ihn. Und wenn ich mit ihm zusammen bin, bin ich wortwörtlich Wachs in seinen Händen, weich und biegsam, passe mich an die Berührung seiner langfingrigen Hände an, schmelze unter dem Klang seiner in mein Ohr gehauchten Lust.

„Miranda, geht es dir nicht gut?“ Mein Rücken wird kerzengerade, als ich erkenne, dass ich wieder geistig abwesend war, vermutlich inmitten einer Unterhaltung mit Olivia, die mich mit geneigtem Kopf anstarrt, als wäre sie ein rothaariger Terrier.

„Es geht mir gut!“ Warum klinge ich so, als würde ich mich für eine Rolle in *Glee* bewerben? „Einfach spitze!“

Oder ich verliere einfach nur den Verstand. Eines davon, jedenfalls.

„Bist du sicher? Du warst gerade so abwesend. Und du bist ein wenig blass. Und ich dachte, ich hätte heute Morgen gehört, wie sich jemand auf der Toilette übergibt." Sie blickt über ihre Schulter zu Heather, die an ihrem Tisch sitzt und klugerweise vollständig auf ihr Laptop konzentriert ist.

„Übergeben?" Schuldig im Sinne der Anklage. „Ich war es nicht." Und auf der Toilette? Schön wär's.

Ich hatte es heute Morgen kaum die Treppe hinaufgeschafft, bevor ich mich so sehr übergeben musste, dass ich die Plastiktüte herausgeholt hatte, die ich mittlerweile in meiner Handtasche mit mir herumtrage – natürlich nicht dieselbe – denn es ist fast so, als würde etwas, oder jemand – wobei ich keine Namen nenne, denn so weit sind wir noch lange nicht –, zu beliebigen Tageszeiten an meinen Eingeweiden ziehen, woraufhin ich mich beinahe sofort übergeben muss.

Wie auch immer, ich dachte, ich wäre allein im Büro, als mich der Drang zum Gang traf.

Wie zum Teufel soll ich das während der nächsten Monate verbergen?

Ich realisiere, dass Olivia mich immer noch anstarrt. Und dass ich erneut geistig abgedriftet bin.

„Es geht mir gut", wiederhole ich, wobei ich ein Lächeln aufsetze und auf diese *Du bist verrückt*-Weise abwinke.

„Wenn du Urlaub brauchst –"

„Hast du eben gesagt, es sei ein schöner Sommermorgen?" Ich atme erleichtert aus, als Heather sich einmischt. „Ols, da draußen schüttet es wie aus Eimern."

Olivias Blick wandert zu Heather, dann zu den schmutzigen Fenstern. Draußen hat er Himmel ein dunkles Grau angenommen und Wassertropfen schlagen an die Scheiben, als wären sie beleidigt, auf dieser Seite zu sein.

„Oh, allerdings. Das habe ich wohl nicht bemerkt." Mit demselben geheimnisvollen Lächeln, das sie bereits die ganze Woche trägt, dreht sie sich um und nimmt ihre dampfende Tasse mit in die Richtung, aus der sie gekommen ist.

„Ist sie eben über den Boden geschwebt?" Heather klingt beinahe beunruhigt, als Olivia die Treppe hinaufgeht.

„Sie scheint glücklich zu sein", antworte ich mit einem Achselzucken. „Glücklich funktioniert für mich."

„Sie wirkt seltsam, das passt wohl eher", sagt sie, wobei sie sich neben meinen Tisch stellt. „Was denkst du, wie lange die Flitterwochenphase anhält?"

„Sehe ich aus, als wüsste ich die Antwort darauf? Aber ich hätte gern, dass sie bis nach der Hochzeit hält, die ich plane." Nicht meine Hochzeit. *Ihre.*

Ich berichte mit Vergnügen, dass es zwei Entwicklungen in Bezug auf den Zweitjob gegeben hat. Zuerst bekam ich einen Anruf von der Agentur, um mir zu sagen, dass es einen Zustrom von Buchungen in ihrem Terminkalender gab. Außerdem scheinen zwei ihrer begehrtesten Haustier-Sitter im Süden Frankreichs in den Ruhestand zu gehen. Ich habe keine Ahnung, wie sich Haustier-Sitter so etwas leisten können, selbst mit gemeinsamem Einkommen, aber ich nehme an, dass sie soweit ich weiß genauso gut auch in einem Wohnwagen wohnen könnten.

Außerdem stehen bald die Herbstferien an und die Leute scheinen für den Winter bereits zu buchen. Es wäre nett, auch dem Regen und Schnee ein paar Tage zu entfliehen, aber was soll's. Ich werde einfach mit ihren Haustieren zu Hause bleiben.

Ich weiß, dass ich James gesagt habe, dass ich den Job nicht mehr viel länger machen würde, aber gestern hatte ich ebenfalls einen Anruf von James' Immobilienmakler bekommen und wäre bei den von ihn genannten Preisen beinahe in Ohnmacht gefallen.

Aber ich werde mich nicht beirren lassen, was meine dritte Einkommensquelle ins Spiel bringt.

Olivia und Beckett haben nicht nur entschieden, dass sie eine Hochzeit für ihre Familie und Freunde im nächsten Monat abhalten werden, sondern sie haben mich darum gebeten, es zu arrangieren.

Na ja, gebeten ist vielleicht ein wenig übertrieben. Möglicherweise habe ich Olivia angefleht, und Beckett scheint recht glücklich damit zu sein, dem zuzustimmen, was Olivia will.

Ist die Frau glücklich, ist es auch das Leben, richtig?

Da sie sich zu Beginn des Jahres für eine heimliche Zeremonie nach New York geschlichen haben, wobei sie angeblich ihre kranke Großmutter besucht hat, die Schwindlerin, wollen sie es jetzt erneut tun. Oder sowas in der Art.

Und aufgrund meines Erfolgs mit dem Speed Dating, abzüglich meiner betrunkenen Eskapaden, hat Ols mir sehr großzügig erlaubt, die Veranstaltung für sie zu planen. *Ich musste nicht einmal viel darum betteln.* Und noch besser, ich werde bezahlt! Und ich bin mehr als begeistert. Ich habe das Planen von Veranstaltungen schon immer genossen. Es ist als Marketing-Managerin nicht unbedingt Teil meines Jobs, aber da ich seit der Universität immer für kleinere Firmen gearbeitet habe, überwiegend Start-ups, hat sich mein Job oft auf solche

Dinge wie die Vorbereitung von Fachmessen und Abendessen, Meet-and-Greet-Veranstaltungen, Speed Dating und jetzt Hochzeitszeremonien erstreckt! Na ja, Hochzeitsfeiern. Ich glaube, Olivia hat für die eigentliche Sache mit den Gelübden einen Zelebranten im Sinn. Tatsächlich bin ich mir nicht gänzlich sicher, welche Gelübde sie ablegen werden, angesichts der Tatsache, dass sie bereits verheiratet sind.

Manche würden sagen, es sei ein wenig verfrüht, dass sie ihre Hingabe zueinander bereits erneuern. Aber ich? Ich sage *ka-ching!*

„Na ja, sie ist nicht die Einzige, die lächelt, als bräuchte sie eine Auszeit in der Klapsmühle. Hey! Hörst du überhaupt zu?“

„Ich habe nur nachgedacht“, murmle ich, wobei ich mit der Hand wedle, als würde es das in irgendeinem Sinne beweisen. „Über die Hochzeit.“

„Und das?“ Ihr Blick fällt auf meinen Tisch, während sie bedeutungsvoll mein Handy anstarrt.

Oh, die Nachricht.

Guten Morgen, meine Schöne.

Ich muss daran denken, zu antworten.

„Ich weiß nicht, wovon du sprichst.“ Meine forsche Antwort lässt keinen Unsinn zu, obwohl mein Kopf voll davon ist.

„Oh, ich glaube, das tust du. Wie oft hat dir *Lover Boy* heute Morgen geschrieben?“, schnurrt sie scherzhaft.

„Und wenn schon, er schreibt mir. Große Sache. Er sorgt sich nur.“

„Diese Antwort war keine Zahl. Jedenfalls nicht, als ich das letzte Mal in einem Klassenzimmer war.“

„Heth, verzieh dich und kümmere dich um deine eigenen Angelegenheiten.“

„Wenn ich mich um meine eigenen Angelegenheiten kümmern würde, würdest du nicht dein Handy anlächeln, weil er dich nicht anrufen würde, weil du ihm zweifelsohne die kalte Schulter gezeigt hättest, als du das letzten Mal –"

„Wer braucht E-Volve?", sage ich über sie hinweg, da ich das Ende dieses Satzes nicht hören muss. „Wer braucht Dating-Apps, wenn du Kupplerin bist, hm?"

„Ich kann nichts dafür, dass ich gut bin."

„Du kannst auch nichts dafür, dass du ein wenig verrückt bist." Nach vorne gelehnt tippe ich mit dem Zeigefinger zwischen ihre Augenbrauen. „Vielleicht hat dich Tante Polly auf den Kopf fallen lassen, als du ein Baby warst."

„Dieser Logik nach hat deine Mutter dich vielleicht auf das Gesicht fallen lassen."

„Brutal, Heather. Brutal."

„Sagt das Mädchen, das mich soeben dumm genannt hat."

„Du bist nicht dumm. Das weiß ich, weil deine Mutter dich hat testen lassen." Ihre Augen werden schmaler, aber sie weiß, dass ich nur Witze mache, auch wenn sie als Kind wegen aller möglichen Dinge getestet wurde. Aber vielleicht merkt sie nicht, dass es nur ein Scherz ist, da sie einen Schmollmund zieht.

„Ich habe ADHS. Ich bin nicht dumm."

„Heth, natürlich bist du nicht dumm! Wenn es dich irgendwie tröstet, *ich* bin es im Moment auf jeden Fall. Und ich scheine mir den Teil mit dem *Aufmerksamkeitsdefizit* von dir geborgt zu haben. Ich kann mich kaum konzentrieren."

„Nein, eigentlich hilft es nicht." Ihre Antwort scheint der Anfang eines Wutanfalls zu sein.

„Oh, komm schon. Bitte sei nicht mürrisch. Du weißt, dass du eine anständige Klugscheißerin bist, also muss ich es dir nicht sagen. Aber klug oder nicht, du liegst falsch mit dem ... mit dem, worüber du sprichst. Zwischen ihm und mir herrscht keine Romantik. Außerdem, bezeichne ihn nie wieder als meinen *Lover*. Das ist kein Softporno."

Er ist nicht mein Lover, auch wenn der Sex großartig ist. Zwischen uns gibt es keine Liebe, auch wenn er immer wieder sagt, dass er sich um mich kümmern will. *Denn er ist ein guter Mensch, der das Beste für sein Kind will.* Aber zurück zu meiner ursprünglichen Vermutung, ich wäre wahnsinnig – ich wäre die Dumme, die Verrückte – zu viel darin hineinzuinterpretieren.

Denn wir sind auf so viele Arten füreinander ungeeignet.

„Ist er jetzt Voldemort? Er, dessen Name nicht genannt werden darf?", spricht sie mit tiefer Stimme. Als ich den Mund öffne, um zu antworten, redet sie einfach über mich hinweg. „Also, du behauptest, dass er dir täglich mehrere Schwanzbilder und keine kitschigen Liebesbekundungen schickt?"

„Was?" Mein Blick schießt zur Küche, wo Jorge sich vermutlich den Mund mit Schokoladenkeksen vollstopft. *Es ist noch nicht einmal elf Uhr, und das ist bereits sein dritter Gang dorthin.* „Sei nicht albern. Und sei leise."

„Warum? Noch ein paar Monate und die Leute werden wissen, dass dir ein gewisser Jemand nicht nur Schwanz-Schnappschüsse geschickt, sondern dir auch Schüsse aus seinem Schwanz gegeben hat." Sie nutzt die Chance eines leeren Büros, um eine unangenehme Explosion der Leistengegend pantomimisch darzustellen.

„Hör einfach auf." Der flehende Unterton in meiner Stimme bringt mir ein Stirnrunzeln ein. „Ich ... ich will einfach nicht, dass die Leute über mich urteilen, in Ordnung?“

„Das klingt verdächtig danach, als würdest du nicht planen, es jemandem zu erzählen, was lächerlich ist, da du bald schwanger aussehen wirst, aufgrund der Tatsache, dass du schwanger *bist*. Und dann, ein paar Monate später, wirst du ein Baby bekommen. Und *da* wirst du dich nicht herausreden können. Babys sind kein cooles Accessoire, das du dir bei einem Ausverkauf schnappst.“

„Denkst du, das weiß ich nicht?“, zische ich. „Ich bin diejenige, deren Inneres aufgrund des parasitischen kleinen Dings zweimal pro Tag zu ihrem Äußeren wird.“

Heathers Gesicht fällt und ich fühle mich sofort schuldig – wegen ihr und des bonbongroßen Babys in mir. Ich widerstehe dem Drang, meinen flachen Bauch mit meiner Hand zu bedecken, als wollte ich meine harten Worte abmildern.

„Entschuldige.“ Ich bin mir nicht sicher, ob meine Entschuldigung für Heather oder Baby Haribo bestimmt ist. Nicht, dass es wichtig wäre, da es keiner der beiden würdigt. „Hör auf, mich so anzusehen. Es ist nicht so, als könnte es uns hören.“

„Woher weißt du das?“

„Weil es zu früh ist. Es hat noch keine Gliedmaßen, geschweige denn Ohren.“ Es ist eine Weile her, seit ich im Biologie-Unterricht gesessen habe, aber ich scheine mich daran zu erinnern, dass dies vermutlich der Fall ist. *Vermutlich. Ich muss mir wirklich diese Bücher ausleihen.* „Ich weiß, dass ich vermutlich wie eine Zicke klinge, aber das ist nicht meine Absicht. Aber im Moment fühle ich mich einfach wie ein verdammter Wirt. Ich übergebe mich auf Abruf, bei den willkürlichsten Gerüchen wird mir übel und heute Morgen, als ich aufgewacht bin, habe ich mich verzweifelt danach gesehnt, Baked Beans zum Frühstück zu essen."

„Aber du hasst Baked Beans."

„Ich weiß!", jammere ich, wobei ich die Hände in die Luft werfe. „Sie haben eine strahlend orangene Farbe und sind widerlich, und doch habe ich sie kalt gegessen. Aus einer Dose. Mit einem Stück Weißbrot, bestrichen mit Butter. Und ich habe jeden Mundvoll gehasst, den ich gekaut habe, und doch schien jeder Mundvoll etwas in mir zu beruhigen."

„Kann ich deinen Rock von Michael Kors haben?"

„Was?"

„Er wird eindeutig aus der Mode sein, bis du wieder hineinpasst. Butter, Weißbrot, Schwangerschaft."

„Wenn du versuchst, mich zum Weinen zu bringen, dann bist du zu spät. Das habe ich bereits getan, als ich einen Putzlumpen daraus gemacht habe, nachdem er am Scharnier einer Hundeklappe hängengeblieben ist."

„Die Nacht der Empfängnis." Sie wackelt wie ein Cartoon-Bösewicht mit den Augenbrauen. „Du wirst das Kind zu Ehren des Rockes Michael oder Michaela nennen müssen."

„Darüber reden wir nicht. Und ich werde es den Leuten sagen." Ich strecke die Hand aus und beginne, die Stifte und Kugelschreiber in meiner *For Fox Sake*-Tasse zu richten. „Ich habe es bereits meiner Mutter gesagt."

„Was?"

„Ich nahm an, das wüsstest du bereits." Ich dachte, Tante Lou wäre die erste Person, die sie angerufen hatte.

„Also weiß ich es jetzt offiziell, oder? Wenn meine Mutter mich heute irgendwann in die Ecke drängt, oder wann auch immer, muss ich mich nicht auf Unwissenheit berufen."

„Meinetwegen. Aber nur ein Mindestmaß an Details. Ich habe meiner Mutter nicht gesagt, dass James stinkreich ist." Oder älter. Oder dass ich angestrengt versuche, mich nicht in ihn zu verlieben.

„Hast du ihr gesagt, dass er zum Sterben schön ist?"

„Nein."

„Einen Schwanz wie ein Hengst hat?"

„Igitt. Welcher Mensch bespricht solche Dinge mit seiner Mutter?"

„Ich – allerdings nicht freiwillig."

„Arme Heth. Aber es könnte schlimmer sein. Anstatt freier Liebe könnten deine Eltern auch freien Hass praktizieren. Wie meine."

„Wann wirst du es Olivia sagen?"

„In der zwölften Woche. Dann werde ich es allen sagen, die es wissen müssen. Zwölf Wochen scheinen der ideale Zeitpunkt für solche Dinge zu sein. Und bitte erwähne es ihr gegenüber vorher nicht." Ich hole einen Bleistift mit dem Logo von E-Volve darauf heraus und zeige damit in ihre Richtung.

„Meine Güte, okay. Du weißt, dass ich das nicht tun werde. Aber du musst zugeben, dass es gut war, dass ich es ihm gesagt habe." Sie tippt auf die Rückseite meines Handys. „Denn wenn er dir schickt ... was auch immer er dir schickt", als Antwort auf das Verdrehen meiner Augen wird ihre Stimme ein wenig nachdrücklicher, „lächelst du tatsächlich."

„Ich lächle auch sonst", gebe ich mit einem aufgesetzten Lächeln zurück. „Ich glaube, ich würde es vorziehen, wenn du Blähungen hättest."

28

JAMES

„NOCH EIN DRINK?"

Wir sind wieder im Mortcombs, aber diesmal im Inneren. Es ist heute zu kalt und nass, um draußen zu sitzen.

„Sicher." Ich sehe kaum zu Griffin auf, mein Blick fällt wieder auf mein Handy, da ich soeben nachgefragt habe, worin Mirandas Pläne für den heutigen Abend bestehen. Seit der Ultraschalluntersuchung bin ich glücklich, dass ich sie an den meisten Tagen sehe, wenn es auch mehr nachts als tagsüber ist, nicht, dass ich mich beschwere. Aber ich habe meine Beschwerden in Bezug auf ihren Job als Haustier-Sitterin ausgesprochen.

„Versuchst du, sie per Fernhypnose zu zwingen, dir zu antworten?" Ich ignoriere Becketts Tonfall. Wir haben nicht mehr über Miranda gesprochen, seit ich ihn angerufen und nach ihr gefragt habe.

„Wer?" Griff ist wie ein Hai im Wasser, der Blut wittert. „Wen vögelst du? Ist es dieses Model?"

„Ist es nicht immer ein Model?", wirft Beckett auf diese nervige, schleppende Sprechweise ein. Obwohl ich ihm zubilligen muss, dass er Griff nicht mit weiterer Munition versorgt. Genau wie er Olivia von unserer kleinen Gruppe ferngehalten hat, werde ich es auch mit Miranda tun.

Vielleicht sind wir einfach nur gierig und behalten sie für uns selbst. „Wie war nochmal ihr Name?"

„Ich weiß nicht, wovon du sprichst", antworte ich monoton.

„Doch, das tust du. Du warst im Gesellschaftsteil eines lokalen Revolverblatts – einer der Zeitungen."

„Meine Güte, Griffin. Ich habe dich nie für einen Anhänger des Gesellschaftsteils gehalten. Wie *goldig*."

„Fick dich doch", gibt er zurück, wobei er Beckett ein höhnisches Grinsen schenkt. Denn aus irgendeinem Grund klang goldig mehr wie erbärmlich. „Ich bin nicht darauf aus, Verbindungen zu anderen als den Schönen und fast Geschiedenen aufzubauen."

„Zweifelsohne ein Dienst an der Öffentlichkeit. Du bist wie die menschliche Version einer dieser Wale mit breitem Maul, der den Ballast und das Treibgut der Welt aufsaugt."

„Danke, Beckett. Aber ich *sauge* keine Klienten. Nicht oft", fügt er mit diesem Grinsen hinzu. „Aber komm schon." Er richtet seine Aufmerksamkeit wieder auf mich. „Wie war nochmal ihr Name? Ich will sagen, dass es ein Name war, der wie ein Tier klang."

„Dann sollte sie genau das Richtige für dich sein." Keiner von uns schenkt Becketts gemurmelten Worten Beachtung, als dieser seine großformatige Zeitung nimmt und mit einer genervten Geste öffnet. *Oder vielleicht mit einer nervigen Geste.*

„Du bist das einzige Tier, das ich kenne." Mein Handy vibriert aufgrund einer Nachricht. Er meint natürlich

Giselle. Ich frage mich, ob sie immer noch in Erwartung ihres Scheidungs-Vergleichs einen Schaufensterbummel macht? Ich sollte sie anrufen. Sie wäre vielleicht an einer frühzeitigen Besichtigung der kenianischen Fotorealismus-Ausstellung interessiert, die ansteht. Oder vielleicht werde ich sie überhaupt nicht anrufen. Das letzte Mal, als ich versucht habe, ihr etwas zu verkaufen, hat sie mich für den Besuch einer Veranstaltung den langweiligsten Abend eingespannt, den ich je hatte.

Ich gehe für eine Stunde aus dem Büro. Der gleiche Ort wie gestern Abend. Ich rufe dich bald an x

Miranda. Sie ist so grazil wie eine Gazelle und hat denselben attraktiven, rehäugigen Blick, aber ihr Temperament kommt eher dem eines Esels nahe. Die Frau ist so umwerfend, wie sie auch aufreizend unabhängig und störrisch entschlossen ist, weiterhin meine Hilfe abzulehnen. Aber ich bleibe auf meinem Kurs und baue weiterhin langsam ihre Schutzmauern ab. Es ist kaum überraschend, dass sie diese so hoch gebaut hat, wenn man ihre Erfahrungen und Vorbilder bedenkt. Aber ich halte durch, normalerweise recht fröhlich, obwohl es ermüdend ist, nie wirklich zu wissen, ob ich in meinem eigenen Bett oder dem eines Fremden schlafen werde.

Es ist ein wenig so, als würde ich wieder eine Rucksackreise machen.

Aber ich habe einen Plan. Es ist kein sehr netter, aber manchmal schmeckt gute Medizin bitter. Und für gewöhnlich folgt etwas Netteres, um den schlechten Geschmack zu verscheuchen. Das beabsichtige ich eindeutig. Aber sie kann nicht so weitermachen – sie muss Wurzeln schlagen. Laut der Ansammlung aus

Büchern, die ich angehäuft habe, wird sie in den letzten Wochen ihrer Schwangerschaft dem biologischen Drang nachgeben, sich in Vorbereitung auf die Ankunft des Babys einzunisten. Ich weiß, dass sie nicht begeistert davon ist, über ihre Schwangerschaft zu lesen, da sie die Bücher als Horrorgeschichten bezeichnet, aber vielleicht sollte sie das. Denn dann würde sie möglicherweise erkennen, dass sie kein verdammtes Nest hat, in dem sie nisten kann!

Wenn ich eine Show über mein Leben betiteln müsste, wäre aktuell *Sex in den Vororten* am passendsten. Wir haben in einem Cottage in Camden gevögelt, in einer Villa in Maida Vale und auf einem Sofa in South Kensington. Wir hatten Sex, während uns ein Pudel angestarrt, ein Bichon gebellt hat und in einer Wolke des Ekels verschwunden ist, und ich habe sogar einen Labrador abgewehrt, als dieser versucht hat, mich zu rammeln, während ich die reizende Miranda gerammelt habe. Und ehrlich gesagt habe ich die Schnauze voll. Nur dass es so aussieht, als würde ich mich heute Abend wieder in einer winzigen Wohnung in Marylebone wiederfinden, zusammen mit zwei Kaninchen von der Größe mutierter Corgis.

Vielleicht habe ich Becketts aufgrund seiner eigenen Machenschaften zu scharf verurteilt, obwohl ich doch selbst das gleiche mache.

Der Kellner erscheint, Drinks werden bestellt und wir wenden uns alle eine Weile lang unseren eigenen Gedanken zu.

„‘Für jeden‘“, beginnt Griffin mit seiner besten Rednerstimme, „‘gibt es einen Satz, der die Macht hat, ihn zu zerstören.‘“

„Wartest du auf eine Runde Applaus?“, frage ich.

„Oder vielleicht das Schlagen eines Hammers und jemanden, der *Ruuhee* brüllt?" Es klang wie eine Behauptung, die ein Rechtsanwalt aufstellen würde, obwohl ich ihn, wenn ich ihn nicht selbst in seiner Perücke und seinem Gewand gesehen hätte, vermutlich eher für einen Kriminellen als einen Strafverteidiger halten würde.

„Nein. Ich habe es nur in diesem Artikel gelesen", antwortet er gelassen, wobei er auf den Kunstteil tippt, den er scheinbar aus Becketts Zeitung gestohlen hat. „Denkst du, das ist wahr?"

„Wer hat das gesagt?"

„Ich", gibt Griffin idiotisch zurück.

„Philip K. Dick, glaube ich." Becketts Antwort ertönt hinter seiner Zeitung.

„Welcher Satz wäre das für dich?"

„Ich weiß nicht. Talisker ist pleitegegangen?"

„Nicht schlecht. Genau wie ‚Die Guinness-Fabrik ist niedergebrannt'."

„Ich trinke kein Guinness, also wäre das kein Problem. Was ist mit dir?", richte ich die Frage an ihn.

„Dein Bruder war besser im Bett."

„Das zerstört nicht die Seele. Es mag vielleicht wahr sein –"

„Fick dich!"

„Oder auch nicht nett, aber es ist wohl kaum die Sache, die dich dazu bringen würde, dich hinzulegen und nie wieder aufstehen zu wollen."

„Du weißt nicht, wie sehr ich ihn hasse. Aber das würde nie passieren, denn seiner wäre *Ist er schon drin?* Den hat er vermutlich schon oft gehört."

„Es ist nicht die Größe des Bootes, sondern die Bewegung des –"

„Ja, okay, Dreibein."

Was soll ich sagen? Rugby-Spiele und Gemeinschaftsumkleiden eignen sich nicht für Geheimnisse.

„Aber ernsthaft, meiner wäre etwas wie *Der Angeklagte wird hiermit zu einer Höchststrafe von …*" Er erschaudert sichtlich.

„Düstere Orte, die Gefängnisse. Da wäre mir Hängen lieber."

„Dass du hängst oder etwas hängen hast?" Ich weiß, was als Nächstes kommt, bevor es das überhaupt tut.

„Ich weiß, was ich gemeint habe. Und wenn ich ins Gefängnis gehe, will ich der große Kerl sein, der oben liegt."

„Das Gefängnis soll kein Ferienlager sein", gibt Beckett zurück, der den Rest ignoriert. Die Zeitung senkt sich wie eine Flagge. Dann faltet er sie in einer scharfen und knappen Bewegung. „Ich habe dich nie geliebt."

„Wow. Jetzt ist es aber düster geworden." Griff legt unbehaglich die Stirn in Falten, aber Becketts Ausdruck rührt sich nicht.

„Der Mädchenname meiner Mutter war Dark. Oder vielleicht hätte er das sein sollen. Wie auch immer, sie ist unter der Erde, und ich bin darauf."

Ich habe Becketts Eltern nie kennengelernt, aber ich weiß, dass er nicht die beste Kindheit hatte. Es scheint, als hätte ich unterschätzt, wie schrecklich sie wirklich war.

„Na ja, wenn wir hier unsere Seele offenlegen", – kippt einen Mund voll Bier nach hinten – „dann wäre *Das Baby ist deins* ganz oben mit dabei." Er zittert, ob es vorgetäuscht oder real ist, kann ich nicht sagen. „Also abgesehen von der pleitegehenden Whisky-Firma, was ist mit dir?"

Du bist nicht der Richtige.

Aber das werde ich auch nicht aussprechen, denn es ist nicht sehr sachlich. Die Wahrheit liegt nicht darin, was Miranda sagt, sondern darin, was sie nicht sagt. Es liegt in ihrem Verhalten. Die Art, wie sie sich von mir abschirmt, und wie sie denkt, sie müsse sich und unser Kind davor beschützen, dass ihr das Herz gebrochen wird. Es ist in der Art, wie sie auf meine Berührung reagiert, in ihrem sanften Lächeln im Sonnenschein und ihren geflüsterten Geständnissen in der Dunkelheit. Sie mag es vielleicht noch nicht wissen, aber sie liebt mich. Ich sehe es. Ich fühle es. Ich weiß es. Und ich werde darauf warten, bis ihr diese Wahrheit klar wird.

Währenddessen offenbare ich diesen Arschlöchern aber nicht meine Seele. Doch ich werde meine Neuigkeit mitteilen, gewissermaßen anonym. Ich könnte argumentieren, dass das Mitteilen *unserer* Neuigkeit Miranda in den Fokus bringen würde. *Meine* Neuigkeit mitzuteilen beschützt sie in gewissem Maße.

Ich greife in meine Gesäßtasche und hole meinen Geldbeutel heraus, während die beiden zusehen.

„Er wird es für uns demonstrieren." Griffs Hand tippt in schneller Folge auf den Tisch, eindeutig entzückt von seiner eigenen Heiterkeit. „Der Satz, der ihm am meisten Angst macht? *Es ist deine Runde.*"

Ich hole das Ultraschallbild vorsichtig aus meinem Geldbeutel und glätte den Knick zwischen meinen Fingern. Griffs Gelächter verstummt sofort, als wäre ein Fernsehprogramm mitten im Satz ausgeschaltet worden. Ich lege das glänzende Stück Papier auf den Tisch und fahre mit den Fingern über die Kanten, wobei ich darauf achte, es nicht noch verhärmter aussehen zu lassen, als es das bereits tut. Beide Männer lehnen sich auf ihren

Stühlen vor und starren das Ding an, scheinbar stumm vor Schrecken. Oder vielleicht vernünftig genug, um ihre Meinung für sich zu behalten. Ich beobachte ihre Reaktionen, anstatt es mir erneut anzusehen, da ich mit dem bekannt bin, was ich sehen werde. Einen schwarzen Hintergrund. Den grauen, geisterhaften Bogen. Der winzige Fleck in Form eines Geleebonbons, der mein Kind ist.

„Die große Stirn liegt übrigens nicht in der Familie. Er entwickelt nur ein großes Gehirn.“ Laut all der Schwangerschaftsbücher, die ich gekauft habe, arbeitet er in diesem Bild gerade daran, allerhand Körperteile zu definieren. Ohren, Lippen, Nase, Arme und Beine. Knochen und Herzklappen.

Ein Herz, obwohl meines ihm bereits gehört.

„Fick mich doch.“ Griff beugt sich weiter vor, als könnte er seinen Augen nicht glauben.

„Nein, danke. Meine Schwimmer sind scheinbar potent. Und immun gegen Latex. Ich würde dich ungern auch schwängern.“

„Ich würde dich um den Kindesunterhalt bescheißen“, murmelt Griff. Ich mache Anstalten, das Bild zu bewegen, es wieder zu verstecken, als sich mein Herz zusammenzieht.

Scheiße. Wie habe ich den dort gedruckten Text vergessen können?

Anmerkungen. Abmessungen. Außerdem drei relevante Details, die ich nicht hatte teilen wollen.

Miranda Henry.

29. August

8w3t

Wenn Griff es bemerkt, dann sagt er nichts, nicht, dass ihm ihr Name irgendetwas bedeuten würde. Beckett hingehen sieht verdammt nochmal alles. Glücklicherweise sagt auch er nichts dazu. Jedenfalls im Moment nicht.

„Du zahlst die nächste Runde.“ Griff reibt sich fröhlich die Hände, wobei seine Schultern fast auf Höhe seiner Ohren sind.

„Und das hast du entschieden, weil…?“

„Um auf die riesige Stirn des Babys zu trinken.“

Ich werde mich nicht wiederholen. Es hätte keinen Sinn.

„Versuch, nicht so lächerlich zu sein“, wirft Beckett ein, der zum ersten Mal seit meiner großen Enthüllung spricht. „Die Tradition bezieht sich auf die Geburt des Kindes, nicht die Empfängnis.“

„Ich weiß nicht. Harry hier sieht ziemlich glücklich aus. Ich finde, wir sollten wenigstens darauf trinken.“

Und da der Kellner genau in diesem Moment vorbeigeht, bestellt Griff eine Flasche Jahrgangschampagner. Natürlich auf meine Rechnung.

29

MIRANDA

„Hey, du hast vorhin den heißen Kurier verpasst."

Olivias neckender Tonfall begrüßt mich, während ich in der Tür stehe und meinen nassen Mantel ausschüttle. Ich war heute Morgen beim Floristen, nachdem dieser angerufen und berichtet hatte, dass er Schwierigkeiten hätte, den Farbton der Provence-Rosen zu finden, die ich für Olivias Strauß bestellt hatte. Ich zittere ein wenig, denn es ist beinahe so, als wäre der Herbst über Nacht gekommen, zusammen mit Regengüssen, während sich meine Gedanken um Alternativpläne im Schlechtwetterfall drehen. Wer war bitte der Ansicht, dass es eine gute Idee sei, in der letzten Septemberwoche in England im Freien zu heiraten? Der September kann eindeutig sehr schön sein, mit Sonnenschein und goldenen Blättern, aber er kann auch genauso scheußlich sein; nass, grau und wolkig. Es ist gut, dass sie in ihrem eigenen Garten heiraten, denn wenn es für das Zelt, das ich bestellt habe, zu windig ist, können sie wenigstens in ihre Villa gehen.

Ich werde einen neuen Wintermantel brauchen. Etwas

Geräumiges mit Platz zum Wachsen, denke ich, als ich meinen aktuellen Mantel aufhänge.

„Hast du mich nicht gehört? Der heiße Kurier hat nach dir gefragt – der mit den Tattoos."

„Das ist nett." Ich streiche mir die nassen Haarsträhnen aus dem Gesicht und schenke ihr ein desinteressiertes Lächeln, während ich zu meinem Tisch gehe.

„Nett? Der Mann ist heiß! Und er ist heißt auf *dich*."

„Eh." Ich verziehe das Gesicht, als ich mich auf meinen Stuhl setze. „Ich bin nicht interessiert."

„Hilf mir hier, Heather. Er stellt jedes Mal Fragen über Mir, wenn er vorbeikommt, oder nicht?" Unser beider Blicke gleiten zu Heather – Olivias auf der Suche nach einer Verbündeten, meiner gespickt mit einer Warnung.

„Manche von uns sind zu beschäftigt und klug, um sich mit jemandem einzulassen", murmelt sie, bevor sie den Blick hebt. „Obwohl er zum richtigen Ort gekommen ist, wenn er auf der Suche nach einer Romanze ist." Mein Bauch zieht sich zusammen und entspannt sich wieder, als sie hinzufügt: „Wir sollten ihm ein Abonnement verkaufen."

Olivia lächelt, als wäre das die beste Idee überhaupt. „Ja, vielleicht stellt er sich als Match zu dir heraus."

Oder sie bringt einen der Computercracks aus dem Stockwerk über uns dazu, es im Back-End zu erzwingen. Das ist übrigens nicht so versaut, wie es klingt. Trotzdem muss ich dem Ganzen ein Ende setzen. Ich weiß, dass wir im Geschäft der Romantik sind, aber Kuppelei im Büro geht einen Schritt zu weit.

„Ich treffe mich irgendwie mit jemandem", murmle ich beiläufig, während ich meine Computermaus bewege, woraufhin der Bildschirm zum Leben erwacht.

„Du *bist* ein stilles Wasser, Miss Lady. Warum hast du nicht früher etwas gesagt?“

Ich zucke die Achseln. „Es ist frisch.“

Olivia nickt, als würde sie verstehen, was ich sage, auch wenn das, was ich soeben angedeutet habe, nicht der Wahrheit entspricht. Sind James und ich frisch? Ja und nein. Zehn Wochen, und es werden immer mehr, laut meines Schwangerschafts-Trackers. Aber man könnte sagen, dass unsere Beziehung in gewisser Weise auf der Beschleunigungsspur fährt. Oder man könnte sagen, dass wir in gar keiner Beziehung sind.

Eine sexuelle Beziehung, ja.

Eine Beziehung voller Respekt und Vertrauen.

Aber eine romantische Beziehung? Nein.

Ich mag James. Ich mag ihn wesentlich mehr, als ich es sollte. Ich würde ihn vielleicht sogar lieben, wenn ich es mir erlauben könnte. Wenn man das Geldproblem und den Altersunterschied herausnimmt, könnte man fast glauben, wir wären wie füreinander gemacht. Wir kommen gut miteinander aus. Sehr gut. Wir mögen beide klassische britische Filme, wobei meine Vorliebe bei schwarzen Komödien wie *Ladykillers* liegt, während sein Geschmack mehr zu Thrillern wie *Die 39 Stufen* neigt. Wir glauben beide an die stärkenden Eigenschaften eines Speck-Sandwiches mit Heinz-Ketchup als perfektes Mittel gegen einen Kater, nicht, dass ich unter so etwas in nächster Zeit leiden würde, und wir stimmen beide überein, dass Hunde den Katzen als Haustiere eindeutig überlegen sind.

Er ist umwerfend, hat einen einwandfreien Kleidungsstil, und das, was in der Hose hat, ist recht groß. Dazu noch seine magische Zunge und die Tatsache, dass er auch eine köstliche Erinnerung daran war, wie

Menschen einander behandeln sollten, und er ist fast perfekt. Ich könnte weitermachen, denn er ist clever und charmant, nett und lustig, und wenn ich besorgt bin, sagt er mir, dass ich fantastisch bin und die attraktivste Mutter überhaupt sein werde. Er liebt seinen Vater, Eiscreme und den Gedanken, selbst Vater zu werden – aber trotz all dieser Dinge kann sich mein Herz einfach nicht dazu durchringen, diesen letzten Sprung zu wagen.

Selbst, wenn ich es will.

Entschuldige, Haribo. Aber ich tue das für uns beide.

„Das ist ein sehr nachdenklicher Ausdruck. Was denkst du?"

„Wie bitte?" Als ich mich aus meinen wirren Gedanken löse, erwidere ich Olivias Blick mit einem strahlenden und vermutlich ausdruckslosen Lächeln.

„Ich fragte, was du denkst. Wie heißt es so schön? Ein Penny für deine Gedanken."

Ich denke darüber nach, wie strahlend Olivia in ihrem marineblauen Wollkleid aussieht. Ihr Haar ist glatt und ihre kniehohen, braunen Lederstiefel glänzen. Ich glaube, die Mode ist das, was wir am Herbst am besten gefällt. Oder vielleicht das Knirschen der Blätter unter meinen Füßen. Eigentlich glaube ich, dass ich diese frischen Morgenstunden am liebsten mag. Genau wie einen neuen Mantel werde ich auch neue Kleidung brauchen. Große Pullover. Warme Leggins.

Vielleicht ein Paar klobige Stiefel.

Schwangerschaft bedeutet nicht, dass ich mütterlich sein muss.

„Und schon wieder ist sie weg." Ich drehe mich gerade rechtzeitig um, um Olivias verzweifelte Reaktion zu sehen.

„Meine Gedanken sind wesentlich mehr wert als

einen Penny, besonders, wenn ich an deine Hochzeit denke. Es ist nicht einfach, weißt du", füge ich mit leicht gekränkter Stimme hinzu. „Die meisten Leute brauchen Jahre, um eine Hochzeit zu planen."

„Warum habe ich das Gefühl, als würde ich manipuliert? Davon bekomme ich zu Hause bereits genug, weißt du."

„Ha. Als könnte dich irgendjemand manipulieren."

„Es hält Beckett nicht davon ab, es zu versuchen, das kann ich dir sagen."

„Irgendetwas sagt mir, dass ihr es genießt, einander zu erregen. Warte, so habe ich es nicht gemeint."

„Oh nein, ich verstehe schon", stimmt sie zu. „Ich verstehe ebenfalls, dass du versuchst, mich von deinen Neuigkeiten abzulenken. Willst du, dass ich grabe? Nicht nötig. Du weißt, dass Heather kein Geheimnis für sich behalten kann."

Unser beider Aufmerksamkeit richtet sich wieder auf Heather, die uns scheinbar nicht gehört hat. Oder vielleicht wirkt sie nur auf Olivia so, denn obwohl sie über ihr Laptop gebeugt ist, meine ich dennoch ein Zucken zu erkennen.

Aber nein. Sie würde nichts verraten. Das Mädchen gleicht einem Tresor.

„Du glaubst mir nicht? Heather ist letzte Woche herausgerutscht, dass du einen Liebhaber hast."

„Ich wusste nicht, dass wir in der Zeit zurückgegangen sind. Ich habe also einen Liebhaber, Heth?"

Aber Liebhaber klingt wesentlich besser als Vater meines Kindes oder Schwangerschafts-Fickkumpel, wirft mein Verstand ein. Ich schiebe den Gedanken beiseite, als ich wieder den Kopf drehe, diesmal wie der Drehturm auf einem Panzer. Ich glaube, mein Lächeln ist möglicherweise genauso beängstigend.

„*Neeeein.*" Heather zieht ihre Antwort über ein Dutzend Silben. „Habe ich nicht. Aber guter Versuch, Ols." Sie zwinkert ihr zu. „Ich weiß es besser, als mich in diese Diskussion einzumischen." Sie setzt sich aufrechter hin und fügt hinzu: „Seht mich einfach als die Verkörperung der drei Affen. Ich sehe, höre und sage nichts." Gut.

„Wenn du wissen musst, woran ich gedacht habe", sage ich an Olivia gerichtet. „Ich habe darüber nachgedacht, dass wir dem Petrol noch ein paar metallische Akzente hinzufügen könnten. Ein wenig Kupfer und Gold, nichts mit Zinn."

Diesmal verändert sich Olivias Gesichtsausdruck und überzieht sich mit dem, was ich als *Das Hochzeits-Wow* bezeichne. Ich habe sie noch nie so glücklich gesehen, wie sie es in letzter Zeit ist. Es ist, als hätte sie plötzlich vollständig akzeptiert, dass sie verheiratet ist. Und während sie glücklich, oder wohl eher verzückt, darüber ist, meine Pläne für den großen Tag zu hören – die Farben, das Catering, die Ausweichpläne für eine herbstliche Hochzeit im guten alten regnerischen England – ist sie auch glücklich darüber, das Planen mir zu überlassen. Was ich liebe. Und ich liebe es, dafür bezahlt zu werden.

Vielleicht werde ich bald eine Wohnung haben.

„Kupfer wäre perfekt mit Petrol", stimmt Heather zu, die Olivia gern dabei hilft, das Thema meines Liebeslebens hinter sich zu lassen. „Du kannst den Tischen ein paar subtile Akzente verleihen, vielleicht goldene Schuhe, falls du sie noch nicht gekauft hast." Die beiden beginnen, über Schuhe zu reden, während mein Handy mit einer Nachricht vibriert.

Ich glaube, ich habe gestern Abend etwas in deinem Haus vergessen.

Meinem Haus? Meine Daumen fliegen über den Bildschirm meines Handys, während sich ein warmes Glühen in meiner Brust breitmacht. Du meinst Muffy und Buffy, die Hauskaninchen?

Kaninchen? Ich dachte, das wären seltsam aussehende, flauschige Hunde.

Nein, riesige Angora-Kaninchen.

Von der Größe kleiner Hunde, aber trotzdem.

Das würde einiges erklären. Wie auch immer, zurück zu der Sache, die ich dort vergessen habe.

Ich hoffe, du hast dort gar nichts vergessen, tippe ich zurück. Meine Woche ist zu Ende. Die Besitzer sind heute Abend zurück; die Kaninchen-Dienste sind nicht länger erforderlich.

Da ich keine Gäste über Nacht haben sollte, hatte ich, bevor wir gegangen waren, die Kaninchen gefüttert und in ihren Raum gesperrt, die Laken des Gästebetts in die Waschmaschine geworfen, den Pizzakarton und die Weinflasche der letzten Nacht dem Müll zugeführt und einen letzten Blick durch das Haus geworfen, um eventuelle Beweise zu entdecken – ich meine, um eventuelle Habseligkeiten meinerseits zu finden. Dann hatte James meinen kleinen Koffer in den Kofferraum meines Autos geworfen, gerade als sein Fahrer erschienen war, dazu bereit, ihn überall hinzubringen.

Und das war es. Die Schlüssel wanderten durch den Briefschlitz, auf dass ich nie wieder zurückkehren würde.

Es sei denn, das Pärchen fährt erneut in den Urlaub. Wie kann er sich nicht daran erinnern?

Spiel mit, meine Schöne.

Ich versuche und, mein Lächeln zurückzuhalten und scheitere kläglich, während ich meine Antwort tippe. Oh je. Was hast du vergessen, oh du Schöner?

Ich scheine einen Blowjob auf deinem Sofa vergessen zu haben. Ich habe mich gefragt, ob es in Ordnung wäre, heute Abend vorbeizukommen, um ihn zu holen?

Du lässt wirklich keine Möglichkeit aus, antworte ich, wobei ich mir auf die Lippe beiße, um nicht offen zu lächeln.

Das ist mein zweiter Vorname.

Wirklich? Meinst du Chance? Es scheint mir unwahrscheinlich.

Nah dran. Es ist Charles. Wegen dieses Blowjobs …

Ha! Was das angeht. Es mangelt mir an einem Sofa, auf dem du deinen Blowjob bekommen könntest.

Es entsteht eine Pause, in der ich einfach weiß, dass er darüber nachdenkt, mich zu sich einzuladen. Dann erscheinen die kleinen blauen Punkte.

Wie wäre es, wenn ich einen Goldfisch kaufe und dich dafür bezahle, vorbeizukommen und dich um ihn zu kümmern?

Mich dafür bezahlen, um mich um ihn zu kümmern? Oder um dich zu kümmern? tippe ich und frage mich, ob er wirklich nur Witze macht. Oder einfach nur begriffsstutzig ist, wenn es um diese Sache geht.

Du kümmerst dich um den Fisch. Ich werde mich um dich kümmern.

Das klingt für meinen Geschmack immer noch ein wenig zu serviceorientiert.

Wirklich? Wo du doch diejenige bist, die einen Service bekommt? Und mit Service meine ich, dass du gevögelt wirst. Und das sehr gut.

Und du wirst mich für meine Unannehmlichkeiten BEZAHLEN?

Ah. Ich verstehe. Würdest du es kostenlos machen? Wir könnten Goldfischeltern sein.

Ich ziehe nicht bei dir ein. Ich werde allerdings später vorbeikommen und dir dabei helfen, nach deinem Blowjob zu suchen. Zuerst muss ich noch ins Büro der Haustiersitter-Agentur.

„Petrol ist auch eine schöne Schmuckfarbe", höre ich Olivia sagen. „Und es passt zu den meisten Hauttönen."

„Hmm." Heathers Antwort ist alles andere als enthusiastisch, da die Unterhaltung ihre *kritische Masse der Hochzeitsinformationen* erreicht.

Irgendeine Ahnung warum?

Nein. Ich habe nur eine Nachricht bekommen. GTG, antworte ich. Soll ich auf dem Weg was zum Abendessen holen?

Nicht nötig. Sandy hat gekocht. Pasta mit Hühnchen, irgendetwas in der Art. Ist das für dich in Ordnung?

Perfekt. Perfekt seltsam, dass ihm die Frau, die sich um sein Haus kümmert, Abendessen gemacht hat.

Fast als hätte er geplant, mich zu sich zu locken. Wir sehen uns gegen sieben.

Ich kann es nicht erwarten, dich in die Finger zu bekommen, obwohl ich keine Ahnung habe, was GTO bedeutet. Go to Glasgow? Ist das dasselbe wie get tae fuck? Das ist schottisch für geht und mehret euch.

Ich kann dir nicht antworten, tippe ich. Ich bin bereits unterwegs.

Ich beende die Unterhaltung beinahe mit *Ich liebe dich*, aber das wäre absurd.

„Und uns wollte sie weismachen, dass sie keinen Freund hat."

Ich sperre den Bildschirm meines Handys und lege es hin, wobei ich mir einen Moment nehme, um meinen Gesichtsausdruck zu richten.

„Das war meine Mutter."

„Ha. Du bist eine so schlechte Lügnerin", antwortet Olivia, die sich mit ihrem Handy an den Oberschenkel tippt. „Die schlechteste Lügnerin überhaupt. Weißt du, was ich denke? Du solltest ihn zur Hochzeit mitbringen."

„Was?" Verhext. Heather und ich sagen dasselbe zur selben Zeit. Aber während meine Antwort tief und irgendwie männlich klingt – und laut – gurgelt Heathers vor Lachen.

„Okay …" Olivia zieht das Wort über mehrere Silben. „Das war seltsam."

„Ha!" Ich huste und klopfe mir mit einer Hand auf die Brust. „Ich habe einen Frosch im Hals."

„Frosch? Es klingt, als hättest du einen Mann geschluckt."

„Das hat sie vermutlich", murmelt Heather leise,

woraufhin ich ihr einen harten Blick zuwerfe. Ein Blick, der so viel heißt wie: *Ich werde dich umbringen, wenn du auch nur noch ein Wort sagst.* Und dennoch hat sie noch ein Wort zu sagen. „Und ich würde sagen vor kurzem."

„Oh, ein mysteriöser Mann. Sag, dass du ihn zur Hochzeit mitbringen wirst."

„Wir werden sehen." Er wird dort sein. Ich werde dort sein. Aber wir werden nicht zusammen dort sein. „Oh, bevor ich es vergesse", füge ich hinzu und unterbreche ihre nächste Nachfrage, „habe ich dir die metallischen Ergänzungen am Moodboard gezeigt?"

Olivia ist wie eine Elster, wenn es um glänzende Hochzeitsdinge geht. Ich wollte Heather eigentlich vor weiteren Gesprächen über die Hochzeit verschonen, aber jetzt glaube ich, dass ich sie leiden lasse.

Denn Rache, meine liebe Cousine, ist süß.

30

JAMES

„Ich wurde gefeuert." Miranda lässt sich schwer auf das Sofa von Gio Ponti fallen und legt ihre Handtasche auf den Boden.

„Du wurdest was?"

„Gefeuert. Rausgeschmissen. Abserviert. Entlassen!"

„Weshalb?" Ich würde nie einen Oscar gewinnen, aber ich bin mir sicher, dass meine Reaktion für mein aktuelles Publikum überzeugend genug ist. Besonders, da sie mich nicht ansieht.

„Die Wohnung mit den Kaninchen? Sie hatten eine Überwachungskamera." Mit den Ellbogen auf den Knien lässt sie ihren Kopf in die Hände sinken. „Wer zur Hölle benutzt eine Überwachungskamera, um den Haustier-Sitter auszuspionieren?", weint sie, wobei sie den Kopf wieder hebt. „Wer?"

„Übervorsichtige Menschen?", schlage ich leise vor.

„Oder verdammte Idioten", gibt sie zurück.

„Oder Leute, die gern ihren Haustieren beim Spielen zusehen, während sie im Urlaub sind?" Zumindest ist es das, was sie mir sagten, als ich gestern in ihrer Wohnung anrief.

„Setz dich nicht für sie ein. Ihretwegen bin ich entlassen worden!"

„Es tut mir leid. Das ist eindeutig meine Schuld, da ich dort war." Auch wenn es auf ihr Bitten hin war. Ihr Bitten und mein Vergnügen. Aber das ist hier nicht das Problem.

„Du bist nicht diejenige, die einen ‚rechtlich bindenden Vertrag unterschrieben hat', um zu versprechen, dass sie ‚keine Freunde' dorthin mitbringt, ‚wo zu wohnen sie bezahlt wurde'." Wer hätte gedacht, dass Anführungszeichen mit den Fingern so brutal sein können? „Und die Agentur ‚tut mir einen Gefallen', indem sie mich für diesen Monat bezahlt, da ich den ‚heiligen Vertrag' gebrochen habe."

Natürlich bezahlen sie sie, wenn man die Mühe bedenkt, die ich mir gemacht habe und die Summe, die *ich* bezahlt habe, damit das hier geschieht – damit die Kaninchenbesitzer eine Beschwerde einreichen. Ich wäre direkt zur Agentur gegangen, wenn ich gedacht hätte, dass es helfen würde. Aber zwei Lehrer waren einfacher als eine Firma, egal wie klein. Einfacher zu manipulieren, könnte man sagen.

„Sie waren so herablassend, James. Und das von einem Paar, das aus der eigenen Garage heraus arbeitet. Ich meine, ihr Büro ist in ihrer Garage! Argh!"

„Jetzt ist es vorbei." Glücklicherweise, für uns beide.

„Weißt du, sie sagte, ich würde nur deshalb für den Monat bezahlt, da die Besitzer der Kaninchen sagten, sie konnten sehen, dass ich sehr nett zu ihren Tieren war und offensichtlich eine Tierliebhaberin sei."

„Hmm." Das hat nichts mit der Tatsache zu tun, dass ich

ihnen Geld angeboten habe, das zu sagen – denn es ist die Wahrheit – während sie ihre Beschwerde eingereicht haben. Natürlich habe ich auch meine missliche Lage erklärt. Irgendwie. Ich hatte gesagt, dass meine Freundin schwanger sei und ich befürchte, dass sie sich mit zwei Jobs überfordert. Dass ich sie nicht dazu bringen konnte, auf die Stimme der Vernunft zu hören, da sie die Agentur als deren erfahrenste Haustier-Sitterin nicht im Stich lassen wollte … immer denkt sie zuerst an andere, mein reizendes Mädchen.

Also vielleicht habe ich etwas dick aufgetragen. Aber ich konnte ihnen wohl kaum sagen, dass Miranda nicht wirklich meine Freundin war, sondern die Frau, die mein Kind in sich trägt und bei der ich versucht habe, sie auf die ein oder andere Art an mich zu binden. Wie auch immer, ich habe den Eindruck, dass die beiden ihr für die ihnen angebotene Summe Geld auch ein Alibi für einen Mord geliefert hätten.

Also, weiter zu Phase zwei meines nicht wirklich teuflischen Plans.

„Es tut mir so leid", sage ich und setze mich neben sie auf das hochlehnige Sofa, das mehr als Investition als des Komforts wegen gekauft wurde. Ich nehme ihre Hände in meine und reibe mit den Daumen über ihre Fingerknöchel. „Deine Hände sind so kalt."

Sie schnieft, als wollte sie mich an die Temperatur draußen erinnern. Sie … *weint* doch nicht, oder? Ich ziehe den Kopf ein. Ihre Wimpern sind sittsam gesenkt. Und feucht.

„Oh, Miranda." Ihr Name blutet beinahe aus meiner Brust, als sich ein unbekannter Knoten in meinem Bauch zusammenzieht. Ich hätte nicht einen Moment lang gedacht, dass sie so aufgelöst sein würde – enttäuscht und niedergeschlagen. Ich hatte erwartet, dass sie aufgebracht, rasend wütend wäre!

„Es tut mir so leid."

„Das hast du schon mehrfach gesagt." Ihre Worte klingen schwach, als ich sie an meine Brust ziehe und meine Lippen auf ihren Kopf presse. „Aber es ist nicht deine Schuld."

Nur dass es eben doch so ist. Aber das kann ich nicht sagen. Ich muss diesen reumütigen Erguss stoppen. Man könnte denken, dass ich auf irgendeiner Webseite einen Haufen Entschuldigungen im Sonderangebot bestellt hatte. Entschuldigungen! Entschuldigungen für verdammt nochmal alle!

Nur dass es mir überhaupt nicht leidtut. Nicht wirklich. Das war eine Intervention!

Vielleicht kann ich es irgendwann glauben, wenn ich mir das weiterhin einrede.

Scheiße, es fühlt sich an, als würden ihre stoischen Tränen irgendetwas in mir zerreißen.

„Ich bin mir sicher, dass sich etwas anderes ergeben wird", murmle ich sanft, wobei ich ebenso sanfte Kreise auf ihrem Rücken reibe.

„Glaubst du? Ich wurde noch nie zuvor entlassen. Sie werden mir keine Empfehlung schreiben, und es ist nicht so, als könnte ich in einem Pub oder Restaurant arbeiten, da ich in ein paar Monaten so dick wie ein Wal sein werde." Verdammt richtig, sie wird nicht in einer Bar arbeiten oder irgendwo in einem Bistro Teller mit Ceviche servieren. Ob dick oder nicht, tut dabei nichts zur Sache. „Das Aufpassen auf Haustiere war einfach", fügt sie mit einem Schniefen hinzu. „Umständlich, ja." *Dem stimme ich zu. Verdammt umständlich.* „Aber relativ stressfrei. Wo sonst werde ich dafür bezahlt werden, mit dir auf dem Sofa zu kuscheln?“

„Ich kann mir jederzeit diesen Goldfisch anschaffen.“

Sie lächelt traurig und ich muss mich daran erinnern, dass ich das für uns beide tue – für uns drei. Was im Schlafzimmer angefangen hat, oder wohl eher in der Hundeklappe, ist durch unser beider Mauern hindurchgegangen. Aber ihre Mauern waren schon immer ein wenig höher als meine, ein wenig schwerer zu durchbrechen.

Meine Handlungen sind insofern mein Äquivalent eines Abbruchtrupps.

Ihr Gesicht ist kalt. Aufgrund der kalten Abendluft, aber ihre Lippen sind warm, als ich meinen Mund auf ihren presse.

„Es wird alles gut werden“, verspreche ich.

Sie lehnt sich zurück und wischt sich mit dem Handrücken unter der Nase. „Wie soll ich es mir jetzt jemals leisten, auszuziehen?“ Zur rechten Zeit wird sich alles offenbaren. „Ernsthaft, ich dachte, ich würde hyperventilieren, als der Immobilienmakler angerufen und die Preise der Wohnungen genannt hat, die er zur Verfügung hat. Olivia hat mir bereits die Hälfte des Lohns gegeben, auf den wir uns geeinigt haben. Den Rest werde ich erst nach der nächsten Woche bekommen.“

„Ah, der große Tag steht an.“ Vielleicht wird sie mir erlauben, sie als mein Date mitzubringen. Oder vielleicht wird zuvor das Päckchen Speck im Kühlschrank Flügel bekommen und wegfliegen. „Lass uns etwas essen. Mit vollem Bauch wirst du dich besser fühlen. Schlechte Wortwahl?“

„Das könnte man so sagen. Wie auch immer“, fügt sie abweisend hinzu. „Ich kann jetzt nicht ans Essen denken.“

Mit einem Stöhnen fällt sie nach vorn und legt erneut ihren Kopf an meine Brust. „Lass mich dich nicht vom Abendessen abhalten."

„Ich esse nicht allein. Aber ich habe vielleicht genau das Richtige, um dich aufzumuntern."

Sie lehnt sich zurück und nimmt mein Gesicht in ihre Hände. Das Weiß ihrer Augen ist ein wenig rot, die Haut darunter sieht beinahe schon verletzt aus. Aber wenigstens lächelt sie, auch wenn es ein kleines, gequält aussehendes Lächeln ist. „Es tut mir leid zu sagen, dass ich nicht in der Stimmung für Penis bin."

„Es war einen Versuch wert." Ihre Schultern beben in einem beinahe stummen Lachen. „Und auch wenn Penis immer gut für das Aufhellen der Stimmung ist, hatte ich eigentlich eine andere Idee."

Bevor sie die Chance hat, zu fragen, bin ich vom Sofa aufgestanden, um die Broschüre vom Kaminsims zu holen, die ich heute Nachmittag von der Webseite des Immobilienmaklers ausgedruckt habe. Außerdem nehme ich eine kleine, frühe Skulptur von Sarah Lucas von einem Beistelltisch, als ich zurückgehe, um mich wieder neben sie zu setzen. Mirandas Blick ist skeptisch, als ich die Broschüre für den Moment außerhalb ihrer Sichtweite auf das Kissen neben mir schiebe.

„Ich war mir nie sicher, ob es das ist, wofür ich es halte." Sie fährt mit einem Finger über die bronzefarbene Länge der Skulptur.

„Wofür hältst du es?"

„Na ja, es sieht aus wie ein Penis, aber es scheint Brüste zu haben."

„Es ist ein recht androgynes Stück", stimme ich zu, während ich das Objekt zwischen uns hochhebe, als würde ich es selbst begutachten. „Ich dachte immer, die Komposition hat etwas von Matisse an sich."

„Keine Ahnung."

„Musst du auch nicht. Die meisten Leute sind nur daran interessiert, was es wert ist." Die Kunst der Kunst ist tot? Das würde ich nicht sagen, aber die meisten Käufer sind nur aus Anlagegründen an Kunst interessiert. „Aber zum Zweck dieser Übung ist es nur ein Sprechteil, oder Sprechstab, wenn dir das lieber ist."

„Okay." Ihre Antwort ist ein wenig skeptisch. „Ich bin froh, dass es nicht reden kann. Ich hätte Angst davor, was es sagen könnte."

„Ich bin mir sicher, dass, was auch immer es sagen würde, es nicht so schlimm sein könnte wie das, was die Überwachungskamera wiedergegeben hat, besonders, wenn sie mich wiedergegeben hat." Eine Welle der Belustigung rollt über ihr Gesicht.

„Glücklicherweise war nur im Kaninchenzimmer eine Kamera, sonst nirgends." Ja, die Kaninchen hatten ihr eigenes Zimmer. „Aber ich muss zugeben, das war meine erste Sorge. Ich würde nur ungern denken, dass ein unbeabsichtigtes Sexvideo von uns im Internet umherschwirrt."

„Ja, so etwas ist wesentlich gefährlicher als Pornos in einem Flachbildspiegel." Bei dieser Erwähnung lässt sie den Kopf sinken, wodurch ihre Haare ihr Gesicht wie ein Vorhang verbergen.

„Ich kann nicht glauben, dass du das zu einem solchen Zeitpunkt ansprichst", murmelt sie.

„Anspreche? Es ist praktisch das Erste, woran ich denke, wenn ich morgens die Augen öffne. Und lass mich dir sagen, es spricht mich *sehr* an."

„Oh, die Anspielung“, protestiert sie mit roten Wangen, als sie den Kopf wieder hebt und mir einen bohrenden Blick zukommen lässt. „Versaut und verlogen; ich weiß genau, dass du morgens keine Ermunterung brauchst.“

„Wenn du bei mir bist, nicht.“

Diese Unterhaltung verläuft auf unsere übliche Art. Geplänkel und Albernheit, die schließlich ins Schlafzimmer führen, und normalerweise ist mir das recht. Aber im Moment müssen wir diese Unterhaltung führen. Ich habe die Basis geschaffen. Jetzt ist es an der Zeit, das Dynamit zu bringen. Ich habe mir keine Zeit genommen, um mit Fremden zu sprechen, nur damit dieser Moment jetzt verblasst.

„Das Sprechteil“, wiederhole ich mit etwas direkterer Stimme, als ich die Skulptur in der Mitte ihrer schwülstigen Länge umfasse. „Wer auch immer es hält –“

„Wird flachgelegt? Gibt, anstatt zu nehmen?“

„Wer auch immer es hält, *spricht*. Die andere Person ist still. Verstanden?“

„Oh, du bist *so* herrisch.“

„Hör auf, so zu tun, als würdest du mich dafür nicht lieben.“ Ihr Mund öffnet sich mit einem scharfen Einatmen, bevor sie ihn wieder zuschnappen lässt. Während ihre Worte unausgesprochen bleiben. Ich höre sie dennoch.

Ich liebe es.

Ich liebe dich.

Ich liebe deinen Penis.

Jeder dieser Sätze wäre ein Schritt in die richtige Richtung.

„Ich habe es.“ Ich schwinge das Teil in ihre Richtung. „Also spreche ich. Bereit?“ Sie nickt. „Diese Woche habe ich etwas für das Baby gekauft. *Ah-ah*, du hältst den

Sprechstab nicht, also darfst du nicht antworten." Aber du kannst mich mit diesem kleinen Ansteigen der Freude ansehen, besonders da ich spüre, dass es nicht sehr lange anhalten wird. „Ich habe das hier gekauft." Ich greife hinter mich, hole die ausgedruckte Broschüre hervor und lege sie ihr in die Hände.

„Was –"

„Ich bin immer noch an der Reihe. Vielleicht hätte ich mich für ein Forfeit entscheiden sollen", murmle ich, als ihr Blick auf das Papier fällt und sie zu lesen beginnt.

Belgrave Mews, London SW1

Ein geschmackvoll renoviertes, dreistöckiges, umgebautes Hinterhaus in einer Kopfsteinpflasterstraße mit außergewöhnlich großen Empfangsräumen und großem Hauptschlafzimmer.

Ein ungewöhnlich helles Haus mit drei Schlafzimmern mit eigenem Bad, komplett mit ...

„Es gibt eine Bücherecke", verkünde ich, da ich nicht anders kann. „Und originale Holzvertäfelung. Und einen funktionierenden Kamin. Hochwertige Einrichtung; Geräte von Miele, Marmor und maßgeschnittene Möbel. Und es ist zu Fuß von meinem Haus aus zu erreichen. Und es ist pink. Sieh es dir nur an – es ist zuckersüß." Nur sieht sie es sich nicht an. Sie sieht mich an. Oder vielleicht wäre sie funkelt mich an eine bessere Beschreibung. „Und eine Terrasse", füge ich hinzu, immer noch die Kopie der Anzeige rezitierend. „Und es liegt in einer sehr hübschen Kopfsteinpflasterstraße ..."

Plötzlich streckt Miranda die Hand aus und entreißt mir die Skulptur.

„Du hast dieses Haus bereits gekauft?" Ich nicke. „Ohne vorher mit mir darüber zu reden?"

So sehr ich mich auch bemühe, ich kann das

Hochziehen meiner Augenbrauen und das Zucken meiner Mundwinkel nicht unterdrücken. Die wütende Miranda ist so verdammt hübsch. Und verdammt süß. Und ich verstehe jetzt vollständig, was sie über Beckett und Olivia und die Vorzüge einer Versöhnung nach einem Streit gesagt hat. Man kann hoffen.

„Also?"

Ich zucke die Achseln. Dann nicke ich, denn es scheint, als wäre mein *Was soll's?*-Achselzucken keine klare Aussage gewesen.

„Ich kann nicht glauben, dass du das tun würdest", murmelt sie mit gefährlich leiser Stimme. „Ich habe bereits *Nein* gesagt."

Also *dieser* Satz war deutlich lauter. Ich hoffe, dass sie mir verzeiht, als ich ihr den Penis aus der Hand nehme.

„Hey!"

„Ich bin dran. Du sagtest, ich kann dir kein Haus kaufen. Du sagtest auch, ich könnte dir nicht dabei helfen, eine Unterkunft zu finden, in keiner Weise. Du wolltest meinen Beitrag nicht und du wolltest nicht zustimmen, in einer *meiner* Immobilien zu wohnen, und du warst absolut aufmüpfig, als ich empfohlen habe, dass du mit meinem Immobilienmakler sprichst. Du willst dir von mir finanziell nicht helfen lassen. Tatsächlich wette ich, dass du dir von mir nicht einmal dabei helfen lassen würdest, ein verdammtes Zelt aufzubauen!"

„Aber –"

„Ah! Kein Schwanz, kein Reden. Ich habe dir kein Haus gekauft. Ich habe Harry dem Haribo eines gekauft. Und wenn er geboren wird –"

„Oder sie."

„Sei still, Weib! Wenn unser Kind geboren wird, werde ich die Urkunde auf seinen *oder* ihren Namen überschreiben. Und *du* wirst dafür verantwortlich sein, die Anlage für ihn zu verwalten. Oder sie. Was du damit anfängst, liegt an dir. Du kannst mit Harry darin wohnen oder du kannst es vermieten und das Einkommen nutzen, um deine eigene Miete zu bezahlen. Oder eine Hypothek. Was auch immer. Obwohl das ehrlich gesagt ein wenig lächerlich erscheint, wenn dieses Haus doch perfekt ist. Es gibt Parks und ausgezeichnete Schulen in der Nähe, und es ist pink, um Himmels willen!"

„Ich kann das nicht annehmen." Ihr Gesichtsausdruck wird hart, als sie sich vorbeugt und eine Hand auf die Penisspitze legt. Die *Spitze, nicht meine Spitze.* „Ich kann nicht, James."

„Ich gebe es dir nicht. Ich vertraue es dir nur für unser Kind an. Hör auf, so verdammt starrköpfig zu sein. Du brauchst einen Ort zum Leben. Irgendeine Art von Beständigkeit. Irgendwo, wo du nisten kannst."

„Ich bin kein Vogel."

Diesmal macht sie sich nicht einmal die Mühe, meinen Schwanz zu berühren. *Den* Schwanz, meine ich. Ich stelle ihn auf den Kaffeetisch, dann lehne ich mich mit einem Seufzen zurück.

„Wir können nicht so weitermachen. Und ich bin es ein wenig leid, wie dein persönliches Reise-Sexspielzeug behandelt zu werden." Also das ist ein Satz, den zu sagen ich nie gedacht hätte. Sind Reisespielzeuge von der üblichen Größe oder gibt es sie nur im Kleinformat, frage ich mich? Nicht, dass es wichtig wäre. *Habe Penis, werde für diese Frau reisen*, trotz meines aktuell sehr gekränkten Tonfalls.

„Ich behandle dich nicht wie ... wie ... schlecht."

„Wie einen Vibrator? Vielleicht nicht absichtlich, aber wenn ich dich sehen will, bin ich im Haus, in dem du gerade arbeitest, und dir gefällt es nicht, mich hier in *meinem* Zuhause zu besuchen. Wir gehen kaum gemeinsam aus, ob als Paar oder nicht, da du besorgt bist, wir könnten gesehen werden. Ich fange an, mich wie dein schmutziges kleines Geheimnis zu fühlen."

Das sind unsere bisher uneingestandenen Wahrheiten. Vielleicht nicht einmal uns selbst bekannt, bis zu dem Moment, in dem mir die Worte über die Lippen kommen.

„Ich ... ich weiß." Ihre Schultern sacken zusammen, als sie lautstark ausatmet. Und das war nicht die Antwort, die ich erwartet habe. Was könnte das Problem sein? „Du und ich, wir –"

„Wenn das Ende dieses Satzes *sind nicht füreinander geeignet* ist, werde ich dir den Schwanz verweigern. Auf unbestimmte Zeit. Und ich meine nicht den auf dem Tisch."

„Ich wollte sagen, dass wir gut miteinander auskommen. Dass wir diese starke gegenseitige *Zuneigung* füreinander empfinden." *Zuneigung. Damit kann ich arbeiten. Es ist vielversprechen.* „Und ich verbringe gern Zeit mit dir. Du bist klug und charmant und bringst mich zum Lachen. Du lässt mich allerhand Dinge fühlen, und viele dieser Dinge, die ich fühle, sind brandneu." *Mehr als vielversprechend. Jetzt fühle ich mich zuversichtlich. Gut.* „Aber ob du mir zustimmst oder nicht, wir *sind* verschieden. Und das ist umso offensichtlicher, wenn ich dieses Haus betrete."

Uuuund wieder nicht so gut. „Ich bin mir nicht sicher, ob ich dir folgen kann." Es ist nur ein Haus. Steine und Mörtel und Geld. Eine Investition. Ich verbringe hier nicht einmal genügend Zeit, um es ein Zuhause zu nennen. Es ist ein Statussymbol-Bau – ein Betonschwanz!

„Du lebst in einem Haus mit zwei Küchen, James. Du hast vier oder fünf Stockwerke? Ich bin mir nicht einmal sicher. Es gibt unzählige Zimmer, ein Fitnessstudio und einen unterirdischen Pool. Da hängt Kunst an den Wänden und es gibt schicke Möbel“, sagt sie, wobei sie einen Arm ausstreckt. „Und du schnaubst höhnisch bei der Erwähnung von Ikea. Du hast Putzkräfte und Gärtner und selbst jemanden, der wöchentlich kommt, um sich um deine Zimmerpflanzen zu kümmern. Und deine Haushälterin ist besser gekleidet als ich!“

„Das stimmt nicht“, antworte ich und fahre mit der Hand über ihr Knie, wo der Saum ihres Rockes liegt. „Ich bin mir sicher, dass Sandy nichts so Schönes wie das hier hat. Tatsächlich hat niemand ein Kleidungsstück, unter das zu kommen ich Interesse hätte. Niemand außer dir.“

Und es sind nicht nur deine Klamotten, unter die ich möchte. Ich möchte dir unter die Haut gehen. Ich möchte unter deine Rippen kriechen und mich um dein Herz legen. Kann eine Berührung das vermitteln? Ein Blick. Vielleicht nicht.

„Es fühlt sich an, als wäre dieses Haus ein großer Zaun oder eine Mauer; eine Grenzlinie zwischen deiner und meiner Welt. Und wenn du mich zum Abendessen einlädst, gehst du nicht wegen Steaks oder einer Pizza zu Sainsbury‘s, du lässt etwas von Sandy kochen. Und sie füllt den Kühlschrank mit lauter Frühstücksdingen, was mir einfach ein seltsames Gefühl gibt.“

„Das Frühstück ist die wichtigste Mahlzeit des Tages, Miranda. Und dich hat die Übelkeit in letzter Zeit so mitgenommen, dass ich dir den besten Start in den Tag ermöglichen wollte.“ Diese Unterhaltung ist idiotisch. Kann sie nicht hören, was ich sage?

„Dann hab stattdessen Brot im Schrank! Du brauchst

keinen Joghurt aus Milch von Ziegen, die am Fuße des Himalayas leben und mit Basilikum und Grünkohl gefüttert werden. Und selbstgemachtes Müsli? Komm schon, James, ich bin mir sicher, dass Sandy wesentlich bessere Dinge mit ihrer Zeit anstellen kann, als doofe Haferflocken und Nüsse zu backen."

„In Ordnung. Also keine doofen Nüsse."

„Sagst du das so, weil du mich für eine hältst?"

Kein Kommentar. „Eigentlich bin ich noch nicht fertig."

„Oh Gott. Was noch?"

„Miranda, ich will, dass du bei mir einziehst."

31

MIRANDA

„Du bist witzig." Und entweder auch sehr dumm oder sehr clever. Aktuell bin ich mir nicht sicher.

„Wenn du mit witzig ernst meinst, dann ja, es ist ernst gemeint."

„Kauf mir kein Haus. Du kaufst mir ein Haus –"

„Es ist nicht für dich."

„Ich sage, dass wir nicht zueinander passen. Du bittest mich darum, bei dir einzuziehen!"

„Du hörst mir eindeutig nicht zu."

„Oh, das tue ich. Mein Problem ist, dass ich nicht verstehe." Ich fahre mir mit den Händen durch die Haare, bevor ich sie in meinen Schoß fallen lasse. „Warum solltest du mir ein Haus kaufen und mich dann darum bitten, in dieses hier einzuziehen?"

„Lass uns das einen Moment lang genau betrachten. Du musst aus dem Haus deiner Eltern ausziehen, korrekt?"

„Ja", antworte ich vorsichtig. Dieselbe Art von Vorsicht, wenn man während des Laufens feststellt, dass man gleich in eine Regenpfütze tritt. Man kann nichts anderes tun als weiterzugehen und hineinzutreten, aber man hofft, dass man nicht bis zum Schienbein nass wird.

„Und du hast nicht länger den Job als Haustier-Sitterin, was sowohl weniger Einkommen als auch mehr Zeit zu Hause bedeutet."

„Danke, dass du mich daran erinnerst. Das *ist* eine tolle Unterhaltung."

„Sie ist nötig, denn selbst du musst zugeben, dass es schädlich für deine Gesundheit ist, in dem Haus deiner Kindheit zu wohnen." Er hat recht, das weiß ich. Ich kann spüren, wie mein Blutdruck in der Sekunde ansteigt, in der ich durch die Tür gehe. Das kann für unseren kleinen Haribo nicht gut sein.

„Aber du hast auch die Gelegenheit, in ein wunderschönes, einer Postkarte würdiges Haus einzuziehen."

„Argh. Nicht das schon wieder."

„Aber dieser charmante Wohnsitz wird erst in mindestens sechs Wochen den Besitzer wechseln. Möglicherweise werden es sogar acht."

„Und?"

„Und bis dahin kannst du nicht einziehen?"

„Wer sagt, dass ich dort überhaupt einziehe?"

„Das wirst du. Du bist letzten Endes eine kluge Frau."

„Hältst du mich für klug oder verzweifelt?"

„Du willst das, was das Beste für unser Baby ist", sagt er, mein Verhalten ignorierend, „und im Moment bedeutet das, das zu tun, was für dich das Beste ist."

Meine Antwort ist ein unzufriedenes Geräusch, das von Marge Simpson stammen könnte.

„Und hier bin ich, in diesem schönen, großen Haus. Ganz allein. Mit so vielen leeren Zimmern. Und einem Bett, das förmlich nach dir schreit."

„Du scheinst bisher ganz gut allein klargekommen zu sein.“ Ich lehne mich zurück, den Rücken jetzt an die Armlehne des Sofas gedrückt.

„Woher weißt du, was passiert ist, bevor du, na ja, passiert bist?“

„Ich nehme an, du wirst mir sagen, dass du dich jede Nacht allein in den Schlaf geweint hast?“

„Nein. Wie du habe ich eine Vergangenheit. Eine Vergangenheit, die kaum zählt. Eine Vergangenheit, die nicht wichtig ist.“

„Hast du mich gerade nicht sagen hören, dass ich nicht gern in deinem Haus bin? Dass ich mich darin wie Cinderella fühle oder wie das Zimmermädchen, das der Herr und Gebieter geschwängert hat?“

„Ich werde das nicht einmal mit einer Antwort würdigen.“ Ich bin nicht überrascht. Ich fühle mich selbst nicht sehr würdevoll. „Aber, wenn du einziehst, hier wohnst, wird es leichter werden. Sieh es als Konfrontationstherapie.“

Mehr Zeit mit ihm zu verbringen, um ihn nicht zu wollen?

Ja, denn das hat bereits so gut funktioniert. Ich bin praktisch von ihm angewidert. Aber wenigstens habe ich noch weitere achtzehn Jahre, um es hinzubekommen.

„Hinter meinem Vorschlag liegt noch ein weiterer guter Grund.“

„Ich habe fast schon Angst, zu fragen.“

„Dich hier zu haben, würde, na ja, helfen.“

Ich schüttle den Kopf, als wollte ich Fliegen von meinem stagnierenden Gehirn vertreiben.

„Ich bin mir nicht sicher, was du mit *helfen* meinst.“

„Ich suche nach niemanden, der mich in meinem

Rollstuhl herumschiebt, wenn du dir darum Sorgen machst."

„Ha, nein. Ich bin mir sicher, dass jemand in deinem fortgeschrittenen Alter eine Frau wollen würde, die in diesen Sachen mehr Erfahrung hat. Du weißt schon, jemanden, der wenigstens weiß, was im Falle eines Schlaganfalles zu tun ist."

„Du weißt in anderen *Dingen*, was zu tun ist."

„Und deshalb ziehe ich nicht bei dir ein", singe ich zur Antwort.

„Natürlich", fügt James schnell hinzu. „Ich bitte dich nicht darum, hier einzuziehen, da ich von dir erwarte, ständig Sex mit mir zu haben."

„Oh Gott. Das habe ich nicht gemeint – ich habe nur betonen wollen, dass deine Witze schrecklich sind."

„Das ist eine Erleichterung." Sein durchtriebenes Grinsen kehrt schnell zurück. „Denn warum sollten wir nicht bei jeder Gelegenheit Sex haben? Das haben wir bisher getan, oder?"

„Ja. Und nein", füge ich schnell hinzu. „Ja, wir hatten bei jeder Gelegenheit Sex. Aber nein, ich ziehe nicht bei dir ein. Immer noch nicht."

„Miranda." Er zieht meinen Namen über mehrere hundert Silben.

„Du hörst mir nicht zu."

„Das tue ich. Ganz ehrlich, das tue ich wirklich."

„Gib mir einen guten Grund, warum du es nicht tun willst. Nur einen."

„Weil aufgeschürfte Knie einfacher zu heilen sind als ein gebrochenes Herz."

Als Antwort zieht er seine Augenbrauen zusammen, und einen Moment lang denke ich, dass er es endlich erkennt. Dass er es versteht. Er sackt ein wenig vor mir zusammen, sein Kopf sinkt zwischen seine Schultern, die verschränkten Hände fallen zwischen seine gespreizten Knie.

„Kannst du eine Minute lang an mich denken?“

„Was?“

„Versuche, nicht an dich zu denken. Nur für diesen einen Moment. Vielleicht biete ich dir hier nicht die Märchenprinz-Erfahrung an, für die du mich zu halten scheinst. Vielleicht denke ich an mich.“ Sein Kopf hebt sich, sein Blick fixiert mich beinahe – drückt mich an die Armlehne des Sofas – wie ein Schmetterling unter einer Glasplatte. „Du bekommst *unser* Kind, Miranda, aber ich stehe so außerhalb der Erfahrung. Unser Kind. Ein Kind, das möglicherweise niemals ganz mit mir zusammenleben wird. Ich will Teil dieses Prozesses sein. Ich will ihn wachsen sehen. Ich will sehen, wie du mit ihm dicker wirst. Und ich will, dass er mich kennt, bevor er seinen ersten großen Auftritt in dieser Welt hat. Ich will mit ihm reden, vielleicht sogar ein wenig singen. Musik spielen, lesen. Fühlen, wie er sich in dir bewegt, während wir im Bett liegen und fernsehen. Was auch immer du von mir denkst, was auch immer du dir für dich vorstellen kannst oder auch nicht, bitte schließe mich nicht aus dieser Erfahrung aus. Ich bitte um acht Wochen. Zumindest für den Anfang. Länger, wenn alles gut läuft, vielleicht sogar bis zu seiner Geburt. Du sprichst von verschwommenen Grenzen, aber wenn du mir diese Zeit gibst, werde ich tun, was auch immer nötig ist. Wenn du nicht mit mir schlafen willst, dann behalte ich meine Hände bei mir. Es wird rein platonisch bleiben. Ich will Teil deines Lebens sein, Miranda. Aber wenn du dir das nicht vorstellen kannst, dann gib mir wenigstens das.“

„Geht es dir gut?“

„Hmm?“ Ich wende mich vom Fenster ab, durch das ich die verschwommenen Gebäude Londons betrachtet habe. Nicht, dass wir sehr schnell wären. Tatsächlich ist es das genaue Gegenteil. Vielleicht hat die Verschwommenheit mehr mit meinen müden Augen zu tun.“

„Wie bitte? Was hast du mich gefragt?“

„Ich habe gefragt, ob es dir gut geht.“ Seine Hand bedeckt meine, die zwischen uns auf den Sitz gedrückt ist, sein Daumen streichelt über meine Knöchel.

„Ja, es geht mir gut“, antworte ich mit einem kleinen Lächeln. Ich glaube, kleine Lächeln liegen mittlerweile an der Tagesordnung, da ich keine Energie für irgendetwas anderes habe. Ehrlich gesagt bin ich *erschöpft*. Es war eine große Erleichterung, festzustellen, dass ich verschlafen hatte und James darauf bestand, mich von seinem Fahrer zur Arbeit bringen zu lassen. Was ich nicht erwartete, war, dass er ebenfalls mitkommen würde.

„Du siehst müde aus.“

Ich schenke ihm ein weiteres kleines Lächeln. „Ich sehe immer mies aus, wenn ich geweint habe.“ Außerdem habe ich nach der letzten Nacht kaum geschlafen. Und als er sagte, dass die Dinge zwischen uns rein platonisch sein konnten, hatte er keine Witze gemacht. Letzte Nacht hatte ich in seinen Armen gelegen, in seinem Bett, und die einzigen Berührungen, die zwischen uns ausgetauscht wurden, waren komplett unschuldig. Oberhalb der T-Shirts, die Arme ineinander verwunden. Ehrlich gesagt ist es kein Wunder, dass ich schrecklich aussehe, denn sobald sein leises Schnarchen zu hören war, weinte und weinte ich nur noch.

Ich bin ein fürchterlicher Mensch.

Eine selbstsüchtige Ziege.

Wie konnte ich nicht sehen, dass er mehr als Sex wollte?

Bitte schließe mich nicht aus der Erfahrung aus.

Wie habe ich dieses Alter erreicht, ohne zu erkennen, dass ich ein grauenvoller Mensch bin? Ich versuche, ein Seufzen zu unterdrücken. Ich freue mich heute Morgen nicht einmal darauf, zur Arbeit zu gehen, und ich habe die Arbeit bisher immer als einen Zufluchtsort gesehen. Es ist der winzige Teil meiner Welt, die ich kontrollieren kann, und das beruhigt mich. Wenn ich ein süßes Kleid oder ein nettes Shirt und eine gut geschnittene Hose anziehe, bereit für das Büro, dann bin ich im Arbeitsmodus. Ich verhalte mich geschäftlich und bin stolz auf meinen Job, meine Arbeit – ich bin ein Profi.

Dort bin ich nicht das Mädchen, das auf Haustiere aufpasst oder die einzige Form der Kommunikation zwischen ihren Eltern ist. *Das ihre Auseinandersetzungen unterschätzt.* Ich bin nicht die Zweiundzwanzigjährige, die schwanger geworden ist, weil sie mit dem falschen Mann geschlafen hat.

Aber heute werde ich bei der Arbeit keines von all diesen Dingen sein. Ich werde nur das Mädchen sein, das den sehr anständigen und sehr reizenden Mann neben sich sehr, sehr traurig gemacht hat.

Diesmal kann ich mein Seufzen nicht unterdrücken.

„Das klang sehr nachdenklich."

„Nicht wirklich. Warum warst du heute Morgen so früh wach?", frage ich, wobei ich mich ihm zuwende. Es ist immer eine Freude, in James' Bett zu schlafen – es ist, als schliefe man auf einer Wolke – aber in der vergangenen Nacht hatte ich keinen Frieden darin gefunden und war in die Laken eingewickelt aufgewacht. Panik und Desorientierung folgte schnell die Erkenntnis, dass James nicht neben mir im Bett lag. Er sagt, er hätte einen leichten Schlaf, dass er keinen Weckers bräuchte, um aufzuwachen, da er von seinem eigenen, körpereigenen Wecker geweckt würde. Aber ich habe festgestellt, dass dies selten der Fall ist. Normalerweise bin ich diejenige, die zuerst aufwacht, oft mit seiner Hand auf meiner Brust oder zwischen meine Beine geschoben.

Aber nicht heute Morgen.

Das Bett war leer, sein Kissen kalt. Aber dann war er in der Tür des Badezimmers erschienen, die von seinen breiten Schultern fast vollständig ausgefüllt wurde. Er hatte die Hand gehoben, um sich an der Wange zu kratzen, sein Bizeps gebräunt und angespannt, und ich hatte einem langen Rinnsal aus Wasser zugesehen, wie es sich vom Schlüsselbein aus seinen Weg seinen Körper hinunter gebahnt hatte und verschwand, als es von dem weichen, tief um seine Hüften gewickelten Handtuch absorbiert wurde.

Der Moment schien die Distanz zwischen uns zu überbrücken, während ich ihm zusah, wie er mich ansah. Und für den Bruchteil einer Sekunde hatte ich gedacht, dass er zum Bett kommen und wir das wiedereinrenken würden, was zwischen uns zerbrochen war. Nicht gebrochen, aber vielleicht angeknackst.

Aber der Moment fand sein Ende, als er zum Kleiderschrank ging.

„Ich habe nicht sehr gut geschlafen." Er zieht die Augenbrauen zusammen und ich sehe die Wahrheit seiner Worte in den dunklen Ringen unter seinen gesenkten Wimpern. „Ich habe einen Anruf aus den Staaten bekommen, für den es erforderlich war, aus dem Bett zu steigen. Danach habe ich mich nur noch hin und her gewälzt.“

„Oh, ja. Ich erinnere mich daran, wie du aufgestanden bist.“ An diesem Punkt war ich nicht einmal mehr in der Lage, den Kopf zu heben. „Ist alles in Ordnung?“

„Ja. Nur ein weiterer Tag im Leben eines geschätzten Künstlers. Jemand, den ich repräsentiere, neu im Umgang mit dem Druck der Kunstwelt und leidend unter einer Vertrauenskrise. Das passiert gelegentlich. Ich wünschte nur, sie würden lernen, ihre Zusammenbrüche für die britische Zeit zu planen.“

„Teils Geschäftsmann, teils Berater?“

„Und vollkommen müde. So sehr, dass ich die entsetzlichste Fantasie hatte, während ich mir sein Geschwafel angehört habe. Er hing von der Kante eines hohen Gebäudes –“

„Und du hast versucht, ihn zu beruhigen.“

„Das sollte ich eigentlich, aber stattdessen habe ich meinen Schuh der Größe vierundvierzig auf seine Finger gedrückt.“

„Das ist ein wenig hart.“

„Es ist gar nicht so schlimm. Sein Tod würde nur helfen, den Wert seiner Stücke in die Höhe zu treiben. Ich jedenfalls wäre reicher.“

„Aber unfähig, es auszugeben, da du zu einer fünfzehnjährigen Haftstrafe verurteilt wurdest.“

„Ich bin mir sicher, dass jeder Geschworene meinen Standpunkt erkennen würde, sobald mein Anwalt damit fertig wäre, seine Persönlichkeit zu beschreiben und dass es das vierte Mal war, dass er meinen Schlaf unterbrochen hat.“

Ich lache leise, als sein Handy zu klingeln beginnt.

„Es wird einer dieser Tage werden."

James holt das Handy aus der Innentasche seines Jacketts, blickt auf den Bildschirm und dann zu mir. „Da muss ich rangehen", sagt er mit einem entschuldigenden Unterton.

Ich hebe die Hand – es ist alles in Ordnung – und wende mich wieder meinem Fenster zu. Die Leute scheinen zu Fuß schneller zu sein als das Auto, das die Straße entlangkriecht. Aber ich bin nicht überrascht, als James sich in etwas stürzt, das wie perfektes Französisch klingt. Seine Stimme ist leise und der Hagel aus Worten klingt für ein geschäftliches Gespräch sehr sexuell. Aber das ist einfach die Natur der Sprache, oder nicht? *En Français* klingt eben alles erotisch.

Es klingt fast so, als schnurrte er, verdammt, denn zusammen mit Küssen am Hals sind Fremdsprachen meine Schwäche, die einen Funken tief in meinem Bauch entfachen und meine Haut kribbeln lassen. Ich sage „Fremdsprachen", meine aber in Wirklichkeit Französisch, und das kann ich bis zum Alter von fünfzehn zurückverfolgen, als ich für einen französischen Jungen schwärmte, den ich auf der Schul-Skifreizeit kennengelernt hatte. Es war egal, dass er ein Gesicht wie eine gekochte Kartoffel hatte; er sprach Französisch. Und ich liebte ihn und seinen Akzent ganze zwei Wochen lang.

„J'imagine que je te reparle bientôt. Oui, d'accord."

Er legt auf, und selbst ich mit begrenztem Schulfranzösisch weiß, dass er das Telefonat nicht mit einem ‚Auf Wiederhören' beendet hat.

„Noch mehr Schwierigkeiten?"

„Das könnte man sagen." Er sieht einen Moment lang nachdenklich aus, aber sein Gesichtsausdruck entspannt sich genauso schnell wieder. „Wegen letzter Nacht“, beginnt er, aber ich unterbreche ihn, denn das ist mein Stichwort.

„Es tut mir leid. Alles. Ich weiß, dass ich nicht der einfachste Mensch bin, und es scheint, als hätte die Schwangerschaft eine kolossale Ziege aus mir gemacht.“

„Das würde ich so nicht sagen.“

„Ich schon, denn du hast recht, ich habe nicht an dich, deine Gedanken und deine Ängste gedacht. Deine Sorgen und Bedenken. Ich habe nur an mich gedacht. Darüber, wie ich mich fühle.“

„Hast du darüber nachgedacht, wie du für mich fühlst?“, fragt er vorsichtig.

„Du weißt, dass ich dich mag, und du weißt, dass ich Angst habe. Aber ich werde bei dir einziehen.“

Sein Ausdruck wird leichter, einhundert Mal leichter, aber als er nach mir greift, hebe ich die Hände. Ich wehre ihn nicht unbedingt ab. Aber ich mäßige seine Reaktion.

„Ich mache keine Versprechungen. Ich weiß nicht, wie es aussehen könnte oder was passieren wird, oder ob es überhaupt funktionieren wird, aber ich bin bereit, es zu versuchen. Für dich. Und für unser Baby.“

„Und für dich?“

„Na ja, zum Teil das auch.“ Ich blicke auf meine Hände hinab, unsicher darüber, was ich sonst noch sagen soll. „Danke. Du bist nicht mein schmutziges Geheimnis. Und du sollst wissen, dass ich dich für etwas ziemlich Besonderes halte. Aber ich sehe meinen Eltern dabei zu, wie sie sich gegenseitig verletzen, und ich denke daran, was Cameron mir angetan hat, und ich sehe nicht, wie es so etwas wie die Liebe geben kann, denn selbst wenn sie stirbt, muss doch bestimmt eine Art Restenergie bleiben.“

„Ich-ich weiß nicht, was ich sagen soll.“

„Du kannst mir versprechen, dass du versuchen wirst, mir nie wehzutun."

„Miranda –"

„Das ist ein großer Schritt für mich, und ich bin mir nicht einmal sicher, was auf der anderen Seite wartet."

„Ich werde da sein. Ich werde deine andere Seite sein."

„Ich muss es dich sagen hören. Sag, dass du versuchen wirst, mir nicht wehzutun – du musst es mir versprechen, James. Als die Mutter deines Kindes, als die Frau, die du in deinem Bett haben willst. Denn glaub mir, wenn ich sage, dass du auch unserem Kind wehtust, wenn du mir wehtust."

„Ich würde nie etwas tun, um einem von euch zu schaden."

Diesmal halte ich ihn nicht auf, als er nach mir greift.

32

JAMES

„JAMES!" Draußen im Garten richtet Dad sich auf, auch wenn ich bemerke, dass er mittlerweile etwas weniger aufrecht ist, da seine Soldatenhaltung dem hohen Alter weicht. „Du hast nicht gesagt, dass du heute vorbeikommen würdest, oder?" Seine Worte kreieren kleine, weiße Nebelwolken in der frischen Morgenluft, und obwohl er ein wenig verwirrt aussieht, weiß ich, dass es keinen Grund zur Sorge gibt. Der Mann ist immer noch blitzgescheit.

„Brauche ich mittlerweile einen Termin, um mich mit meinem alten Herrn zu unterhalten?"

„Ich hätte noch in meinem Schlafanzug stecken und die Morgennachrichten ansehen können." Er hat recht. Es ist ein wenig früh, um unangekündigte Privatbesuche zu tätigen, aber nachdem ich Mira in ihrem Büro abgesetzt hatte, stellte ich fest, dass ich auf meinen eigenen Arbeitstag noch nicht vorbereitet war.

„Aber du trägst eindeutig keinen Schlafanzug."

Seine alte, braune Weste passt zu einer ausgebeulten Cord-Gartenhose und einem Paar Gummischuhen derselben Farbpalette an seinen Füßen. Noch ein paar Wochen und er würde sein Ensemble als herbstlichen Tarnanzug tragen können.

„Lass mich nur die Rosen deiner Mutter fertig zurückschneiden und dann werden wir Tee trinken."

Die Rosen meiner Mutter. Sie durchziehen bereits den ganzen Garten, wild und den ganzen Sommer über bunt, aber ich erinnere mich an eine Zeit, als sie nur eine Reihe ordentlicher kleiner Büsche waren, gepflegt von schlanken Händen.

„Ich gehe rein und setze den Teekessel auf."

Rufus' Schwanz klopft auf den Boden, als ich hineingehe, aber er verlässt sein Körbchen nicht. Heutzutage scheint man mindestens den Kühlschrank öffnen zu müssen, um ihn auf die Füße zu bringen. Nach einer kurzen Streicheleinheit klopfe ich Klumpen seines goldfarbenen Fells vom Ärmel meines Jacketts und mache mich auf den Weg in die Küche.

Der Raum wurde ein wenig umgestaltet, aber der Rest des Hauses ist seit dem Tod meiner Mutter überwiegend unberührt geblieben. Ich bin mir sicher, dass sie von Dads Fähigkeiten bezüglich der Haushaltsführung nicht sehr beeindruckt wäre, überlege ich, als ich einen Stapel alter Zeitungen aus dem Spülbecken hole und die Vorbereitung des gestrigen Abendessens – Gemüseschalen – von dem Papier auf den braunen Fliesenboden fällt.

So viel Braun an diesem Ort.

Ich mache die Unordnung sauber, dann fülle ich den Teekessel und stelle ihn auf den Herd, bevor ich ein paar Tassen heraushole. Dad erscheint an der Hintertür.

„Tee oder Kaffee?", rufe ich über meine Schulter.

„Tee. Kaffee am Nachmittag. Immer Tee vor dem

Mittagessen." Er geht zum Spülbecken und wäscht sich die Hände, die er sich an einem Stück Küchentuch abtrocknet, bevor er sich zu mir umdreht.

„Was hast du auf dem Herzen, Sohn?"

„Ist das so offensichtlich?"

„Du hast bessere Dinge zu tun, als vor neun Uhr morgens mit deinem alten Herrn Tee zu trinken. Du musst eine Ewigkeit im Auto gesessen haben, um hierherzukommen."

„Es war nicht so schlimm", lüge ich, lehne mich an die Küchenanrichte und verschränke die Arme. „Ich schätze, ich bin gekommen, weil ich einen Rat brauchen könnte."

„Oh." Eine Welle der Freude scheint die Falten in seinem Gesicht abzuschwächen. Bin ich so schlecht darin, um Hilfe zu bitten? „Na ja, wie du weißt, habe ich keinen wirklichen Geschäftsgeist, aber ich kann aus einem Mann einen Soldaten machen." Dad, der seine Gummistiefel gegen ein Paar abgewetzte Hausschuhe eingetauscht hat, schlurft zur Frühstückstecke und zieht einen Barhocker heraus.

„Ich glaube, dafür ist es bei mir ein wenig zu spät."

„So ist es. Manche Männer sind dazu geboren, Befehle zu empfangen. Manche sind dazu bestimmt, sie zu erteilen."

„Was ist mit mir? Wozu wurde ich geboren?"

„Deiner Mutter nach zu urteilen, um ihr einen Schopf grauer Haare zu bescheren." Er lacht und blickt auf die Knöpfe seiner Weste hinab, die schief geknöpft sind. „Dämliche alte Finger." Sein Kopf senkt sich, als er sich darauf konzentriert, die Situation zu berichtigen. „Du, mein Junge, bist einmalig. Nach dir sind sie neue Wege gegangen."

„Das war vermutlich eine gute Sache." Besonders

angesichts meines Verhaltens während der letzten vierundzwanzig Stunden. Scheiße, sie sah so verzweifelt aus, als sie aus dem Auto gestiegen ist, natürliche mehrere Straßen vom Büro entfernt. *Manche Dinge ändern sich nicht.* Obwohl sie mir versprochen hat, dass sich all das nach der Hochzeit an diesem Wochenende verändern würde.

Ich hatte gehofft, dass sie als mein Date zu dieser Hochzeit gehen würde, aber das ist scheinbar zu viel verlangt. Becketts und Olivias Tag darf nicht verdorben werden, egal, was ich davon halte, dass sie allein hingeht. Egal, was ich davon halte, dass sie den verdammten Laden schmeißt.

„Würde es dich überraschen, festzustellen, dass ich wegen eines Ratschlags zum Leben gekommen bin?"

„Sprich weiter."

„Weißt du, es ist immer schwer zu sagen, was du denkst."

„Ich?" Sein Körper fährt vor Überraschung zusammen. „Was denkst du, wo du das herhast?"

„Dad, ich trage mein Herz auf der Zunge. Ich bin wie Mum."

„Ha! Das hättest du wohl gern. Die stillen Wasser in dir gehen tief. Du vermittelst Leuten gern den Eindruck, dass du ein offenes Buch bist, aber was hier drin vor sich geht", er tippt sich auf die Schläfe, „und hier", und dann auf seine Brust, oberhalb des Herzens, „kommt selten zur Sprache."

„Na ja, heute schon."

„Dann raus damit."

„Ich werde Vater."

„Ich nehme an, es ist angemessen, dir zu gratulieren?", fragt er vorsichtig.

„Ja. Ich freue mich darüber. Ich glaube, das tun wir beide.“

„Warum blickst du dann so finster drein, hmm? Ich nehme an, ihr beide seid nicht zusammen.“

„Nein.“

„Ich verstehe euch junge Leute nicht. Zu meiner Zeit hat man denjenigen gefunden, der einen glücklich macht und dann alles verdammt Mögliche getan, um dafür zu sorgen, dass derjenige niemals jemand anderen wollte.“

„Das ist es ja. Ich will sie. Ich glaube, ich liebe sie, Dad.“

„Ah. Eine furchtbare Sache, die Liebe. Nicht wahr?“ Und doch lächelt er, und ich stelle fest, dass ich es erwidere. Es fühlt sich seltsam an.

„Ich hatte definitiv schönere Zeiten.“ Schönere Zeiten mit Miranda, als er es hören wollen würde, das steht fest. Aber die Zeit letzte Nacht war die, die man eher auf einem Zahnarztstuhl erlebt. Genau wie heute Morgen im Auto.

„Liebe.“ Er grummelt und schnaubt gleichzeitig. „Es ist, als würdest du dir freiwillig die Brust mit einem rostigen Löffel aufschneiden lassen, sodass derjenige ein wenig darin herumwühlen kann, um zu sehen, ob er etwas findet, das ihm gefällt. Was ist denn mit diesem Mädchen? Hat sie irgendetwas gefunden, das sie an dir mag?“

So viele Möglichkeiten, um diese Frage zu beantworten. Aber ich werde es einfach und jugendfrei halten.

„Sie hat Angst.“

„Vor dir?“ Er klingt beleidigt.

„Sie ist jünger, aber natürlich nicht zu jung“, beeile ich mich zu versichern. „Vielleicht sollte es nicht funktionieren, nicht in der Theorie, aber das tut es. Wenn ich sie nur davon überzeugen könnte, es zu wagen."

„Na ja, du bist nicht ohne. Aber Kinder brauchen Väter, also machst du weiter."

„Das versuche ich. Und es bringt nicht das Beste in mir zum Vorschein. Ich habe sie dazu manipuliert, bei mir einzuziehen."

„Hmpf."

„Das ist alles? Das ist alles, was du zu sagen hast?"

„Habe ich dir je gesagt, dass deine Mutter vor mir mit einem anderen Mann verlobt war?" Ich halte mich gerade noch davon ab, zu fluchen, denn verdammt nochmal, das hat er nicht getan. „Hmm. Sie hätte im darauffolgenden Monat heiraten sollen, aber das konnte ich nicht zulassen."

„Was hast du getan?"

„Na ja, sie hat mir gesagt, sie würde diesen anderen Burschen lieben. Was konnte ich also tun?"

„Bitte sag mir nicht, dass du sie irgendwo in einem Keller eingesperrt hast."

„Ha! Als hätte ich sie dazu bringen können, etwas zu tun, das sie nicht tun wollte. Sie war so stur wie der Tag lang ist. Das Aussehen eines Vollbluts und die Sturheit eines Maultiers."

„Das klingt nach jemandem, den ich kenne", murmle ich mit dem Gedanken, dass ich Miranda in ähnlicher Weise beschrieben hatte.

„Ich denke, dass du darin deine eigene Beschreibung erkennen solltest."

Er ist geistig verwirrt! Ich bin nicht stur. Warum zur Hölle bitte ich einen Achtzigjährigen um Rat zu modernen Beziehungsproblemen? Das wäre zu seiner Zeit nicht passiert. Man hat sie geschwängert und durfte sie behalten, ungeachtet, ob man sich zum Paar eignete oder nicht. Na ja, vielleicht nicht vor vierzig, aber möglicherweise vor sechzig Jahren.

„Wie auch immer, ich habe ihr gesagt, dass ich nicht bezweifle, dass sie verliebt sei. Wir alle verlieben uns irgendwann. Aber nicht jede Liebe ist gleich. Manchmal ist die Liebe ist eine Kurzgeschichte, dann wieder ist sie von der Länge eines Romans. Manchmal sind es nur winzige Zeilen in unserem Leben. Ich habe deiner Mutter versprochen, dass meine Liebe sie in eine unglaubliche Geschichte verzaubern würde, eine, die Ozeane und Kontinente überspannt."

„Also hat sie ihn verlassen." Na ja, offensichtlich.

„Nein, sie hat ihn geheiratet", antwortet er mit einem Grinsen. „Es hat eine Woche gehalten."

„Warum weiß ich nichts davon?"

„Weil es nichts mit unserem Leben zu tun hatte. Aber ich werde dir etwas sagen. Ich lag mit Liebe und Distanz falsch, denn meine Liebe für deine Mutter spannt sich zwischen Himmel und Erde."

„Dad." Er schnieft und holt ein weißes Taschentuch heraus, um sich die Nase zu putzen, während der Teekessel zu pfeifen beginnt. Ich wende mich ab, unsicher, was ich sagen soll, und gieße heißes Wasser über die Teebeutel in den Tassen.

„Also, was wirst du unternehmen?"

„Was auch immer ich kann", erwidere ich, ohne mich umzudrehen. „Sie denkt, wie wären nicht richtig füreinander, aber sie liegt falsch. Ich habe einfach das Gefühl, als hätte ich in der Angelegenheit nichts zu sagen. Als wäre ich in diesen seidigen Strängen verfangen, und alles, was ich will, ist, dass sie sie fester zuzieht."

„Nicht richtig füreinander, und doch ist sie immer noch da."

„Ich habe es ihr schwergemacht, etwas anderes zu tun", gebe ich zu.

„Du hast ihr die Illusion einer Wahl gegeben? Ich bin mir sicher, dass es nicht so schlimm ist."

„Das würdest du nicht sagen, wenn du wüsstest, was ich getan habe." Lügen und Manipulation.

„Solange du sie nicht im Keller eingesperrt hast, bin ich mir sicher, dass was auch immer du getan hast, gerechtfertigt ist." Da spricht ein Vater. Es ist schwer, ihn zu kritisieren, wenn ich weiß, dass ich genauso sein werde. Vermutlich noch schlimmer. „Sun Tzu würde sagen –"

„Ich weiß; in der Liebe und im Krieg ist alles erlaubt."

„Das ist nicht, was ich sagen wollte, auch wenn es der Wahrheit entspricht. Juliet wäre mit jemand anders verheiratet geblieben, wenn ich nicht um sie gekämpft hätte", sagt er leise. Ich erstarre, der Teelöffel in meiner Hand hängt in der Luft. Er nennt selten ihren Namen, fast als würde es ihn zu viel kosten. „Also, der Ratschlag, den ich dir gebe, ist, mach weiter. *Lass deine Pläne so dunkel und undurchschaubar sein wie die Nacht, und wenn du dich bewegst, stürze herab wie ein Blitzschlag.* Mach sie zu deiner Frau. Wie ist eigentlich ihr Name?"

„Miranda." Ich bringe seinen Tee herüber und stelle ihn vor ihm ab, den Henkel der Tasse zu ihm gedreht.

„Willkommen in der Familie, Miranda", sagt er mit erhobener Tasse, als wäre die Schlacht bereits gewonnen.

33

MIRANDA

ZWEI TAGE, nachdem James Harry dem Haribo und mir ein Haus gekauft hat, ziehe ich in seines ein.

Am Tag danach finde ich heraus, dass er über sechs Millionen Pfund für das Anwesen bezahlt hat, das er als *süß wie ein Postkartenmotiv* bezeichnet.

Das sind schrecklich viele Postkarten.

Etwas anderes, das mir schwer auf der Seele lastet, ist die Tatsache, dass wir seit des Kaninchen-Skandals keinen Sex mehr hatten. Ich bin nicht sexverrückt, zumindest noch nicht. Okay, vielleicht nur ein kleines bisschen. Und ich fühle mich zu unwohl, um ein so heikles Thema anzusprechen.

Wenn er mich wollte, würde er es dann nicht sagen? Bisher waren unsere Bewegungen so natürlich wie die Gezeiten. Aber ich habe versucht, diese Sorgen mehr und mehr aus meinem Kopf zu verbannen. Und diese Woche war ich zu müde, um dieses Haus als Symbol unserer Unterschiede zu sehen, da ich die ganze Woche damit verbracht habe, in Vorbereitung auf morgen sprichwörtliche Hochzeitsfeuer zu löschen.

Morgen ist der große Tag; Beckett und Olivia heiraten.

Erneut.

Und ich werde nicht länger die *Hochzeits-Bitch* sein.

„Du hast diese Woche wirklich zu hart gearbeitet“, sagt James, der mich an der Tür begrüßt.

„Ich werde dafür bezahlt, einen Job zu erledigen, und ich möchte ihn gut machen. Außerdem ist die Angelegenheit so gut wie über den Tisch.“

„Du hast zu viel getan. Du siehst erschöpft aus.“

„Na ja, das liegt daran, dass ich schwanger bin.“

„Nein, das liegt daran, dass du durch ein Lagerhaus gelatscht bist, auf der Suche nach Bonbonnieren in der richtigen Farbe, was auch immer das ist.“ Er nimmt meinen Mantel an den Schultern und hilft mir heraus.

„Heather hat mich verpfiffen.“ Ich versuche, nicht die Augen zu verdrehen. Ehrlich, mit den beiden ist es, als würde man von höflichen Schlägern gemobbt. „Und es waren Verpackungen, nach denen ich gesucht habe, für, *für* die Bonbonniere. Ich hatte maßgefertigte bestellt, aber der Lieferant hat heute Nachmittag angerufen, um zu sagen, dass sie es nicht rechtzeitig schaffen würden. Es hat irgendetwas mit ihrem Vorrat an Glitzer zu tun. Ich habe zweihundert handgemachte Kekse in Form von X und O, sowie einige kleine in Form von E und V, für E-Volve, aber nirgendwo, wo ich sie hintun kann. Ich musste etwas finden.“

„Ich hätte einen Ort vorschlagen können“, sagt er, wobei er meinen Mantel auf den Tisch fallen lässt. „Ich hätte sie Beckett in den Hals geschoben. Denn weißt du, wo die beiden den ganzen Tag über waren? In einem Spa.“ Seine Hände sind in die Hüften gestemmt und seine Worte werden von einem sehr wütenden Gesichtsausdruck begleitet.

„Das klingt reizend", sage ich fröhlich, obwohl ich eine Woche im Bett vorziehen würde. *Mit James.* Ich nehme meinen Mantel vom Tisch und öffne den Wandschrank, um ihn darin aufzuhängen.

„Es klingt, als hätten sie all ihren Mist auf dir abgeladen."

„Das ist nicht wahr. Es geht einfach nur einiges schief."

Am Mittwoch gab es ein Problem mit den für die Hochzeit gemieteten Industriegeneratoren, gestern waren es die mobilen Damentoiletten. Die Schönen und Reichen benutzen keine gewöhnlichen, alten Dixi-Toiletten. *Gott bewahre, sollten sie sich Gummiböden und billigen Papiertaschentüchern gegenübersehen. Ihre Hintern würden vermutlich einen Aufstand inszenieren.* Aber das Problem zu lösen, mehr zu beschaffen, all das fiel auf mich. Und ja, der Job war umfassender, als ich es erwartet habe, aber ich würde es um nichts auf der Welt ändern. Es war wie eine Feuertaufe, und das nächste Mal wird es nicht einmal halb so schlimm sein. Denn ja, ich will es wieder tun. Selbst wenn es bedeutet, Lieferanten anzuflehen, mobile Toiletten zu liefern, die aussehen, als gehörten sie in Hotels, zu Preisen, die einem die Tränen in die Augen treiben.

Das nächste Mal werde ich für so etwas eine Provision verlangen.

„Wie auch immer, ich habe es geschafft, glitzernde Verpackungen und reizendes, dazu passendes Schleifenband zu finden."

„Scheiß auf Glitzer." James' abrupte Ausdrucksweise zieht etwas tief und sehr angenehm in meinem Bauch zusammen. Nicht, dass er es erkennen würde. „Und ja, ich habe Heather angerufen, als du nicht zum Abendessen gekommen bist."

„Ich habe mir bei Tesco ein Sandwich geholt."

„Das ist wohl kaum ein Abendessen", sagt er, nimmt meine Hand und führt mich die Treppe hinauf. „Und du hättest vielleicht auf meine Nachrichten antworten können."

„Und das hätte ich getan, aber mein Akku war leer. Wo gehen wir überhaupt hin?" Mit ein wenig Glück klingt mein Tonfall weniger hoffnungsvoll und verzweifelt und mehr verwirrt. Aber auf der anderen Seite, wenn wir ins Schlafzimmer gehen, um unser Sexleben wiederaufzunehmen, überhole ich ihn vielleicht noch. Und wahrscheinlich würde ich mich mit derselben Geschwindigkeit ausziehen wie Jim Carrey in dieser Szene aus *Bruce Allmächtig.*

„Ich werde dir ein heißes Bad einlassen. Und wenn du ein braves Mädchen bist, seife ich dir den Rücken ein."

„Oh." Na ja, ich nehme an, das ist ein angenehmer Ersatz.

JAMES

Es ist kaum so, als würde sie hier wohnen. Nicht im Moment. Ich warte nur auf das Wochenende, an dem sich alles verändern wird.

Nach der Hochzeit.

Nachdem sie Olivia gesagt hat, dass sie schwanger ist.

Nachdem alles offiziell ist.

Und sie wieder mein wird.

Hoffentlich.

Ich hasse es, ihre Zeit zu teilen, und ich bin ... missgünstig geworden. Missgünstig angesichts der Tatsache, dass Beckett und Olivia nach Mustique abgezogen sind, während sie die Hochzeitsplanung einer Frau überlassen, die erst in dieser Woche aufgehört hat, die Toilette zu umarmen. Nicht, dass sie das bereits wüssten. Oder zumindest Olivia sollte es nicht wissen. Beckett hingehen würde ich gern die Meinung geigen. Ich würde ihn gern in verdammte Stücke reißen. Meinen Frust an ihm auslassen, denn es ist nicht so, als könnte ich das Telefon in die Hand nehmen und ihn wegen dieser Sache anbrüllen. Nicht, ohne zu riskieren, Miranda zu sagen, dass er es weiß. Er wird es Olivia nicht gesagt haben. Die Facetten der Persönlichkeit dieses Mannes sind zahlreich und vielseitig. Und ehrlich gesagt ein wenig beschissen.

Währenddessen fühle ich mich beinahe schon impotent. Wenn auch nicht *diese* Art von impotent, was durch die Rakete zwischen meinen Beinen, die sich jede Nacht nach Hitze sehnt, bewiesen wird. Es ist fast eine Folter, neben ihr zu schlafen, meine Hände und meine Rakete bei mir zu behalten. Aber sie ist am Zug und ich warte nur auf sie. Darauf, dass sie ausgebreitet auf dem Bett liegt.

Lass deine Pläne so dunkel und undurchschaubar sein wie die Nacht.

Ich verweigere ihr den Sex nicht absichtlich. Ich warte nur darauf, dass sie den ersten Zug macht.

Und wenn du dich bewegst, stürze herab wie ein Blitzschlag.

Und ich *werde* mich wie ein Blitzschlag auf sie stürze. Und ich erwarte, dass es auch genauso schnell wie das Aufleuchten eines Blitzes vorbei sein wird.

Währenddessen, während ich zum siebzigsten Mal in dieser Nacht auf mein Kissen einschlage, sehe ich sie an, wie sie tief und fest schläft, bevor ich mich umdrehe und versuche, selbst ein wenig Schlaf zu finden.

Später, wesentlich später, wache ich auf, da Miranda sich in meinem Bett windet.

Windet. Wimmert. Ihre Hüften schießen nach oben.

Meine Reaktion ist ursprünglich, selbst während sich mein Gehirn noch in der Aufholjagd befindet und der Schlaf an ihm zerrt. Ich berühre ihre Hand, zuerst nur ein Schatten. Aber als sich meine Augen anpassen, erkenne ich ihre Handfläche, die nach oben gerichtet auf meinem Kissen liegt. *Eine Einladung, die ich annehmen werde.*

„Geht es dir gut?" Diese schlanken Finger spannen sich an und wir halten uns an den Händen, während meine Augen sich an die Dunkelheit gewöhnen.

„Ja. Ich habe geträumt."

„Ich hoffe, es war ein guter Traum." Meine Aussage ist ein heiseres Flüstern in der Dunkelheit, während ich instinktiv näher rücke und zu spät erkenne, dass sie vermutlich die Härte meiner Erektion an ihrem Oberschenkel fühlen kann. „Es klang, als wäre er gut." Die Worte aus meinem Mund sind gedankenlos. „Willst du mir davon erzählen?"

„Nein." Ich höre das Lächeln in ihren Worten, sehe das Strahlen ihrer Zähne, die Hitze ihres Körpers, die mich zu sich ruft. „Es tut mir leid, dass ich dich geweckt habe."

„Mir nicht."

„Dann mir auch nicht.“ Diesmal liegt eine Ermutigung in ihrem Tonfall.

„Ich hoffe, du hast von mir geträumt, aber du kannst gern lügen.“

Jeder einzelne meiner Muskeln spannt sich an, mein Schwanz sehnt sich förmlich nach ihrer Berührung.

Einem Flüstern. Einem Kuss. Einem Zeichen, dass sie mich braucht.

„Ich habe dich vermisst.“ Als sie sich zu mir umdreht, weht der Duft ihrer Seife oder ihres Shampoos mit, oder welche Alchemie auch immer dieser Zaubertrank ist. „Ich wusste nur nicht, wie ich es sagen soll.“

„Ich bin froh, dass du es getan hast.“ Ich hebe meinen Kopf gerade genug, um meinen Mund auf ihren zu pressen, wodurch der Rest meiner Worte unausgesprochen bleibt. *Ich habe dich auch vermisst.*

Ihre Lippen öffnen sich, ihre Zunge ist warm und weich, ihr Knie hakt sich über meinem Oberschenkel ein, ihre Haut ist alabasterfarben im Licht des Mondes.

„Oh, James.“ Sie zu berühren ist eine Erleichterung, feucht an meinen Fingern, wie sie sich an meine Hand drückt.

„Du bist gekommen. In deinem Traum.“ Die Erkenntnis bringt eine Erregung in meinen Körper, als der Beweis dafür meine Fingerspitzen überzieht und es um sie herum weiterhin zitternd pulsiert. „Sag es mir. Sag mir, wie du feucht geworden bist.“

„Du warst es. Allein du.“

Wenn ihr Orgasmus vorbei ist, dann schimmert meiner auf der Oberfläche. Meine Hoden sind eng zusammengezogen, als sie zwischen uns greift und ihre Handfläche elektrische Reibung auf der Spitze ausbrechen lässt. Ich knirsche mit den Zähnen, aber es hält mich nicht davon ab, in ihre Hand zu stoßen.

„Sag mir, was ich getan habe."

„Was du immer tust." Ihre Worte sind mehr ein Seufzen als alles andere, als sie meinen Schwanz zwischen ihre Beine bringt und meine Handfläche streift. „Du hast mich gereizt."

„So?" Meine Finger sind nass, als ich meine Hand über ihre presse und mit der dicken Spitze durch ihre Feuchtigkeit streiche. Jeder Tropfen Blut in meinem Körper rauscht dorthin, um Teil dieser Verbindung zu sein.

„Ja. Oh, ja." Ein atemloses Seufzen. „Und nein." Ein launisches Schmollen. „Du wolltest es mir nicht geben. Du sagtest, ich müsse es selbst machen."

Die Bilder, *verdammt*, die Bilder schießen durch meinen Kopf, als ihre Hand über meine gleitet, während sie sich selbst berührt.

„Oh, Liebling."

„Ich habe das getan, während du über mir standest und zugesehen hast." Ich sauge den Atem ein und verliere beinahe den Verstand, als diese gewölbte Hand zu zwei langsam hineingleitenden Fingern wird, langsamen Fingern, die sie seufzen lassen. „Das fühlt sich so gut an ..." Als sie sich wölbt, umfasse ich ihren Hintern und ziehe sie auf meine Erektion. Es ist nicht genug und es ist alles. Stöße und flüchtige Berührungen. Seufzer im Dunkeln, die sich eng um mein Herz legen.

Mein Atem stockt – ich könnte tot sein – als sie sich plötzlich erhebt, ihr Knie über meinen Oberschenkel schiebt und ihren Körper über meinem balanciert.

„Mmm." Auf den Knien lässt sie ihre Hand zwischen ihre Beine gleiten und führt meine Folter fort.

Ich glaube, mein Kopf könnte explodieren, vielleicht auch meine Hoden, als ihre Hand sich langsam mit jedem Zentimeter, den sie sich sinken lässt, zurückzieht. Ihre feuchten Finger wandern über meine Brust, und bevor ich es infrage stellen kann, hebe ich sie an meinen Mund.

„Ich bin süchtig nach dir. Danach, die du schmeckst."

„Ich habe dein lüsternes Flüstern vermisst." Sie stöhnt, spreizt ihre Oberschenkel weiter und zieht mich tiefer hinein. Mein eigenes Stöhnen ist ein verzweifeltes, heiseres Geräusch zwischen uns. Ich versuche angestrengt, mich zurückzuhalten, nicht in sie zu stoßen, als sie sich vorbeugt und ihr lustvolles Flüstern an meinen Mund presst.

Die Muskeln in meinem Bauch spannen sich an, als ihre Brustwarzen meine Brust streifen und ihr Haar wie ein Schleier zwischen uns fällt, während sie ihre Hände in meinen anspannt.

„Verdammt, ich liebe dich." Ich weiß, dass ich es nicht sagen sollte – ich weiß, dass sie es nicht hören will – aber ich kann es nicht mehr für mich behalten. Ich stehe praktisch kurz vor der Explosion. Davor, meine Liebe überallhin bluten zu lassen.

„Sag es mir morgen früh." Mit den Händen auf meinen Schultern drückt sie sich hoch und bebt über mir. Reitet mich, benutzt mich, gräbt ihre Fingernägel in meine Haut.

„Härter", flehe ich, denn ich werde es nicht lange aushalten. Sie muss mich fühlen. Sie spannt sich um mich herum an, ihre Fingernägel vergraben sich noch tiefer in meiner Haut, als sich mein Körper beugt und ich beginne, sie auf die einzige Art zu vögeln, die mir möglich ist.

„Komm. Bitte. Komm. Gib es mir. Ich will es *fühlen*."

„*Oh Gott.*" Meine Bauchmuskeln zucken und meine

Oberschenkel schmerzen, als mich etwas brennend Heißes durchströmt. Ich sehe, wie Sterne entstehen – Universen – direkt hier in diesem Zimmer, und als ich wieder auf die Erde zurückkehre, schreit sie ihre eigene Liebe in die Dunkelheit hinaus.

34

MIRANDA

„Ich hasse es, dass du heute nicht an meiner Seite sein wirst." Ich schließe einen Ohrring, als James mit nachdenklichem Gesichtsausdruck hinter mir erscheint.

„Du bist zu hübsch, um Armschmuck zu brauchen. Außer vielleicht um die Horden alleinstehender Frauen abzuhalten." Hmm. Das ist ein Blickwinkel, den ich nicht erwartet hatte. Es ist eine allgemein anerkannte Tatsache, dass ein alleinstehender Mann auf einer Hochzeit im Besitz eines reitbaren Schwanzes sein muss. Einige der Anblicke, die ich bei Hochzeiten hatte, würden eine Orgie in den Schatten stellen. Na ja, nicht mit mir, Bitches. Ich werde sie wenn nötig mit einem Champagnertablett vertreiben.

„Die Horden haben nichts, das mich interessiert."

„Gut."

„Das ist der letzte Tag, an dem wir alles geheim halten." Obwohl er es als Aussage formuliert, höre ich immer noch den Anflug der Unsicherheit.

„Definitiv. Ich werde es Olivia gleich am Montag

erzählen. Und vergiss nicht, dass wir am Ende der Woche einen Termin bei Dr. Travers haben."

Wie erwartet erhellt sich seine Miene sofort und er spannt seine Arme an, wobei er die Knie beugt, um sein Kinn auf meiner Schulter abzulegen.

„Meine Güte, du bist wunderschön." Seine Hände liegen auf der sanften Wölbung meines Bauches und ich lasse meine auf seinen ruhen.

„Es ist nur ein altes Kleid." Vor ein paar Sekunden hatte ich angesichts meines Spiegelbilds selbst entschieden, dass ich nicht allzu schlecht aussah. Ich hatte dieses Kleid auf einer Seite gekauft, die Designerware aus der vergangenen Saison verkauft. Das ist ein Osman-Kleid und ich habe es für die Hälfte des Normalpreises bekommen. Der halbe Preis, der mich immer noch die Hälfte meines Wochengehalts gekostet hatte. Tiefe Taille und leichte Puffärmel, der Stoff ist ausreichend drapiert, um meinen kleinen Babybauch zu verbergen. „Es hat fast die Farbe deiner Augen." Fast, aber nicht ganz. Nichts kann dieselbe Leuchtkraft imitieren, bis auf einen richtigen Pfau.

„Dann werden wir zusammenpassen, denn ich werde diese Krawatte tragen." Aus seiner Tasche holt er einen Streifen blauer Seide heraus. „Wir werden zusammenpassen, aber niemand wird es bemerken."

„Das bedeutet nicht, dass wir zusammen sein können."

„Oh, du wirst mir auf keinen Fall die kalte Schulter zeigen und mit all den anderen Männern tanzen."

„Irgendetwas sagt mir, dass ich kaum Möglichkeit haben werde, mit irgendjemandem zu tanzen, aber ich werde mit dir tanzen. Und wir werden sie zusehen und spekulieren lassen." Ich drehe mich zu ihm um und stelle mich auf die Zehenspitzen, um meine Arme um seinen Hals zu legen. „Und dann, wenn ich nächste Woche zur Arbeit gehe und Olivia sage, wer mich geschwängert hat, wird sie erstaunt sein, wie schnell das bei dir geht."

„Ah, Schmeichelei. Du weißt genau, wie du an mich herankommst. Und diese Magie kannst du gern jederzeit bei mir anwenden." Ich presse meine Lippen aufeinander, um nicht zu kichern, als er seine Augen lächerlich weit aufreißt. „Jetzt dreh dich um und mach die Augen zu. Ich habe eine Überraschung für dich."

„Das klingt verdächtig nach einer Runde ‚Einen wegstecken'", sage ich und drehe mich um, als ich meinem Lächeln freien Lauf lasse. Ich bin so glücklich, dass wir wieder in dieser lächerlich albernen und flirtenden Phase angekommen sind.

Trotz meiner vorherigen Worte klebt das Kleid an meinem Bauch, als ich mich umdrehe. Vermutlich statisch. Aber ich kann der statischen Elektrizität nicht die Schuld für meine nächsten Handlungen geben, als ich ausatme und meinen Bauch auf übertriebene Weise herausdrücke. Ich sehe aus, als hätte ich den *ganzen* Kuchen gegessen und das *ganze* Bier getrunken. Eigentlich sehe ich aus wie Homer Simpson, nur weniger gelb. Und mit Brüsten. „So werde ich in ein paar Monaten aussehen. Denkst du, dass du mich dann immer noch lieben wirst?"

Ich richte mich beinahe sofort auf, als ich realisiere, was ich gesagt habe. Ich könnte mich treten. Wir haben nicht über die letzte Nacht gesprochen. Über die Dinge, die im Affekt gesagt wurden. Ist unser Leben nicht bereits kompliziert genug, ohne dass wir unsere seltsame Beziehung unter dem Mikroskop betrachten?

Mein Herz beginnt zu hämmern, scheint unbeholfen

gegen meine Rippen zu schlagen, aber bevor ich zurückrudern, irgendeinen dummen Kommentar machen, und es mit einem Lachen abtun oder zurücknehmen kann, landen seine Hände auf meinen Schultern, was mich aus irgendeinem Grund beruhigt.

„Ja." Seine Antwort wird von einem Lächeln begleitet, das ich noch nie in seinem Gesicht gesehen habe. Ein Lächeln, das alles andere als behaglich aussieht. „Und es tut mir leid, wenn du nicht bereit bist, das zu hören, aber Tatsache ist, dass das Leben wie ein Porzellanladen und die Liebe der Elefant ist, der hindurchstürmt." Er räuspert sich, dann küsst er meine Wange. „Aber ich habe dir etwas zu geben. Was?" Er lehnt sich mit vorgetäuschter Überraschung ein wenig zurück. „Du wirst nicht beißen?" Aber die Andeutung geht einfach an mir vorbei.

Er liebt mich.

Und ich bin vor kurzem bei ihm eingezogen.

Und wie empfinde ich für ihn?

Du weißt, was du fühlst, flüstert mein Verstand. Also lege ich diesen Mist still. Sofort.

Etwas Kaltes fällt auf meine Brust und landet im V meines Ausschnitts. Meine Finger heben sich, um es zu berühren, während meine Augen dasselbe im Spiegel tun.

„Es stört dich nicht, oder? Ich habe dich nie wirklich Schmuck tragen sehen."

Winzige Ohrstecker. Meinen (ehemaligen) Verlobungsring. Eine Armbanduhr, bevor die Batterie leer geworden ist. Ich bin nicht gerade das, was man als schick bezeichnen würde.

„Sie ist wunderschön." Ich schlucke schwer und blinzle die plötzlichen und sehr unangenehmen Tränen zurück, während der Stein funkelt, als er das Licht einfängt. „Ich weiß nicht, was ich sagen soll."

„Du musst gar nichts sagen. Nur vielleicht, dass du an mich denken wirst, wenn du sie trägst."

„Natürlich werde ich das, Dummerchen." Etwas Kaltes schimmert als Reaktion auf seine Formulierung auf meiner Haut. Ich drehe mich wieder um, presse mich an ihn und absorbiere seine Hitze, das massive Gefühl seines Körpers.

„Komm schon." Eine schnelle Umarmung und er löst sich. „Beckett und Olivia bekommen dich nur heute. Danach gehörst du allein mir. Aber es ist fast acht Uhr. Du sagtest, du wolltest früher los."

„Ja, ich nehme an, das wäre besser." Ich streiche das Kleid auf meiner Hüfte glatt und frage mich, ob Sandy, die Haushälterin, Trocknertücher gegen das Anhaften des Stoffes hat. Eine letzte Drehung im Spiegel und das Licht fängt sich im Anhänger, der an meine Brust gepresst ist. Er ist so reizend und eine solche Überraschung. Und eine Sache ist sicher; das ist kein Moissanit.

Ich gehe das Risiko ein und nehme an, dass Olivia und Beckett zu beschäftigt sind, um zu bemerken, dass ich in James' Auto komme, überwiegend da ich ein wenig spät bin, aber auch, weil ich nicht laufen will.

Ich habe mein iPad, das moderne Klemmbrett mit der hochwichtigen Liste, sortiert nach Priorität, und obwohl ich für Zeremonie und Party dasselbe Kleid anhabe, trage ich für den Moment Laufschuhe an den Füßen.

Ich folge dem ameisenähnlichen Pfad aus Personal zur Rückseite des Hauses und beginne, meine Aufgaben abzuhaken.

„Bist du die Hochzeits-Koordinatorin?" Ich inspiziere die Tische im Zelt, als ich mich zu einer Stimme umdrehe, die einem Mädchen in weißer Bluse und schwarzer Schürze gehört, deren blaues Haar zu einem hohen Pferdeschwanz gebunden ist.

Teil des Bedienpersonals, von den Caterern mitgebracht, würde ich vermuten.

„Ja, das bin ich." Irgendwie.

„Oh, gut." Sie lächelt und ihre Schultern sacken vor Erleichterung sichtlich zusammen. „Mein Boss hat mir gesagt, dass ich die verantwortliche Person finden soll, aber ich konnte nur diesen großen Kerl im Anzug finden, der mich angeschnauzt hat, als ich fragte, ob er mir helfen könne."

„Scharfe Kieferpartie? Stilvoller Anzug? Ein kleines bisschen arrogant?"

„Gutaussehend und irgendwie angsteinflößend." Sie nickt.

„Ah, das wäre wohl der Bräutigam."

„Ah. Scheiße. Ich meine Scheibenkleister. Wie auch immer." Sie schiebt die Hände in die Gesäßtaschen ihrer schwarzen Hose und wippt von den Fersen auf die Zehen. „Ist es möglich, dass du mitkommen und dich mit ihm unterhalten könntest? Meinem Boss, meine ich. Er glaubt, dass die Kabel an der Arbeitsstation nicht nach Vorschrift sind."

„Natürlich. Kein Problem. Geh voran, Macduff!" Das ist mein Ding – bring mich zu deiner Krise und lass sie mich in Ordnung bringen.

„Oh, nein. Ich bin nicht Macduff. Mein Name ist Naomi. Meine Freunde nennen mich Nomes, du weißt schon, wie Gnomes. Wegen der Gnome. Ironischerweise. Da ich fast einen Meter achtzig groß bin."

Nomes plappert den ganzen Weg bis zum Catering-Manager, der, sobald er beruhigt wurde, mit seiner Arbeit fortfährt. Ich richte den Saum meines Kleides, drücke mir das iPad an die Brust und kehre mit einem Grinsen zur letzten Aufgabe meiner Liste zurück, aber bevor ich zum Zelt zurückkehren kann, werde ich von der Floristin abgefangen.

„Hier bist du?“ Diesmal findet Heather mich. Ich frische mein Make-up auf und gebe gerne zu, dass ich absolut erledigt bin.

„Sag es nicht; eine Gruppe von Äffchen ist erschienen und erwartet, die Queen zu unterhalten?“

Ihr Mund zuckt auf einer Seite. „Ich würde fragen, ob du LSD genommen hast, wenn da nicht die Situation mit dem Braten wäre.“

„Braten?“ Als ich verstehe, wovon sie spricht, lasse ich meine Puderdose zuschnappen. „Leise! Du weißt schon, wo wir sind, oder?“

„Entspann dich. Es sind alle draußen. Na ja, alle, die nicht arbeiten.“ Ihr Blick fällt auf meine Schuhe. „Es ist eine mutige Wahl, Designerkleid und Adidas, aber es gefällt mir.“

„Ich habe irgendwo Schuhe. Ich wollte nur keine wunden Füße bekommen.“

„Oder Knöchel wie ein Elefant.“

„Wovon sprichst du?“

„Als Mum mit dem Letzten der Brut schwanger war, hatte sie weniger Knöchel als klobige Fesseln. Sie hat sogar Laufschuhe mit Klettverschlüssen getragen.“ Sie erschaudert übertrieben.

„Erinnere mich daran, mich bezüglich aufmunternder Worte nicht an dich zu wenden. Wie auch immer, ist irgendetwas nicht in Ordnung?“ Meine Checkliste ist vollständig abgehakt und ich hoffe, dass ich so gut wie fertig bin.

„Nein, aber die Zeremonie fängt bald an. Ich dachte, wir könnten uns hinten zwei Plätze schnappen. Dann kommen wir als Erste zum Champagner am Empfang."

„Hast du etwas vergessen?", frage ich, als sie ihren Arm bei mir einhakt und wir beginnen, das gewaltige Innere des Hauses zu durchschreiten.

„Nein, deshalb nehme ich dich mit. Um mein leeres Glas gegen dein volles auszutauschen."

„Du siehst übrigens hübsch aus." Heathers Haar fällt in sanften Wellen und sie trägt ein schönes Skater-Kleid mit Blumenmuster, zusammen mit ihren Ballerinas.

„Ich sehe ganz gut aus, oder nicht? Du siehst auch umwerfend aus, Cousinchen. Wo ist Mr. H?"

„James meinst du?" Ich kann nicht umhin, einen verstohlenen Blick über meine Schulter zu werfen. „Wir sind heute nicht zusammen hier. Hast du ihn nicht gesehen?"

„Nein. Aber ich habe das glückliche Paar auch noch nicht gesehen."

„Sie sind vermutlich irgendwo und gehen sich auf die Nerven, damit sie sich wieder vertragen können."

„Die Liebe ist seltsam." Darauf gehe ich nicht ein.

Wir erreichen die Tür, die hinaus zum großen Garten führt, der mit einem Meer aus herbstlichen Farben verziert ist. Scharlachrot und Blutrot, Violett und Gold. Es ist, als hätte Mutter Natur den perfekten Tag für unsere Bosslady gewählt.

„Mit dem Wetter haben sie Glück", sagt Heather, als wir hinunter zum plätschernden Bach gehen, der aussieht, als wäre er nur für heute hierher verfrachtet worden. Dezent gebräunte Stühle behangen mit Schleifen bilden die Reihen für die Gäste, eine mit Efeu und blassen Provence-Rosen bewachsene Gartenlaube fungiert als Altar.

„Babe, du solltest das beruflich machen."

„Ich bin ganz gut darin, glaube ich. Klingt das eingebildet?"

„Nein. Es klingt nach guter Werbung. Apropos." Sie zieht am Saum meines Kleides, das meine Oberschenkel hinaufgerutscht ist. „Es heißt, es zahlt sich aus, zu werben, aber ich glaube, dein Mr. H ist bereits von dir begeistert."

„Hör auf." Nein, nicht. Wirklich, mach weiter.

Die Stühle beginnen sich zu füllen, die Gäste laufen umher, wählen ihre Seite und kämpfen um die besten Plätze, während Heth und ich uns hinten niederlassen. Das Paar hat sich für eine nicht konfessionsgebundene Zeremonie entschieden, die von einer Frau vollzogen wird.

Als ein Streichquartett zu spielen beginnt, blicke ich hinab und erkenne, dass ich immer noch meine Laufschuhe trage. Und in einer weiteren episch schlechten Entscheidung habe ich mein Handy an einer Steckdose in der Küche zurückgelassen. *Ich hoffe, dass es niemand klaut.*

Ich wende mich dem Gang zu und sehe die Leute auf der anderen Seite an, kann James aber nirgendwo entdecken. Er sagte, er würde bei Griff sitzen – Beckett hatte sich dazu entschieden, auf eine große Menge Angehöriger zu verzichten – was vermutlich auch gut so ist, da James ihm gegenüber ein wenig eingeschnappt zu sein scheint. Wie auch immer, da ich nicht weiß, wer Griff ist, hilft das kaum. Ich bin mir sicher, dass wir uns nach der Zeremonie sehen werden. Vielleicht zum Tanzen oder für ein paar Küsse zwischen den Bäumen.

Ich beginne mich zu fragen, ob ich an der Seite stehen und dafür sorgen sollte, dass die Gäste aufstehen, als es bereits passiert, kurz bevor die Braut erscheint. Sie wird von ihrer Großmutter begleitet, und sie sehen so herzallerliebst zusammen aus, während sie glückliche, wenn auch irgendwie verschwörerische Blicke miteinander austauschen. Als sie an unserer Reihe vorbeigehen, höre ich, wie die alte Dame ihrer Enkelin zuflüstert: „Oh, sieh ihn dir an, Libby. Er ist eine richtige Augenweide."

Und dann sehen wir nur noch ihre Hinterköpfe; ein kleiner, pinker Hut und ein langer, elfenbeinfarbener Schleier.

Die symbolische Übergabe der Braut folgt, bevor die Zelebrantin zu sprechen beginnt.

„Bitte setzen Sie sich. Ich würde gerne damit beginnen, alle willkommen zu heißen und Ihnen allen dafür zu danken, dass Sie an diesem freudigsten aller Tage anwesend sind."

Ich bin gerade ziemlich freudig.

Die Zufriedenheit eines Jobs, der nach bestem Können erledigt wurde.

„Ich kann mir keinen besseren Ort als Becketts und Olivias wunderschönes Zuhause für einen solchen Anlass vorstellen, ein Zuhause, das mit Liebe erfüllt ist. Und wir sind gesegnet, heute hier zu sein, um an der Feier ihrer Liebe teilzuhaben."

Ein Zuhause, das mit Liebe erfüllt ist.

Sie sind ein seltsames Paar, aber die Art, wie sie ihn ansieht? Es ist, als hätte er den Mond an den Himmel gehängt. Oder sowas.

„Es ist der außergewöhnlichste Moment im Leben, wenn man die Person trifft, die einem das Gefühl gibt, sich vollständig zu fühlen. Die Person, die für einen selbst die Welt zu einem besseren Ort macht. Zu einem wunderschönen Ort. Die Person, mit der man eine so besondere Verbindung teilt, dass man niemand anderen an ihrer Stelle sehen kann …“

Ihre Worte treffen etwas tief in mir.

Könnte es sein, dass James meine Person ist? Ich lege die Hände auf meinen Bauch, als mir plötzlich Tränen in die Augen steigen und ich mich an ein Kaleidoskop winziger Momente erinnere. Wenn er mich zum Lachen bringt. Die Gefälligkeiten, die er mir erwiesen hat. Wie er mich dazu bringt, mich meinen Ängsten zu stellen, ohne dass ich es wirklich merke.

James ist meine Person. Das ist er! Etwas in mir zerbricht, etwas so kühl und süß wie eine Wassermelone, aber die Empfindung verbittert ungefähr genauso schnell.

Bin ich seine Person? Löse ich dieselben Gefühle in ihm aus? Oder halte ich ihn auf Abstand, da ich mir selbst nicht traue? Wartet er darauf, dass ich ihn beanspruche?

Ich bin nicht pragmatisch. Ich bin ein Feigling. James verdient Besseres, und das werde ich liefern.

Schwüre werden gelesen, Gelübde werden abgelegt und Küsse erlaubt, bevor ein Aufschrei der Glückwünsche ausbricht und den ersten Moment des Rests ihres Lebens ankündigt. Oder hat das bereits in New York begonnen?

Ich sehe James nicht beim Empfang und er ist auch nicht im Zelt. Er ist ebenfalls nicht im Haus, soweit ich das sagen kann. Im Zelt wird Heather und mir Champagner serviert und wir schlängeln uns durch die glücklichen Gäste, immer noch auf der Suche nach ihm.

„Ich kann ihn nirgends sehen.“ Ich stelle mich auf die Zehenspitzen, obwohl ich weiß, dass er größer ist als die meisten Leute hier.

„Vielleicht wurde er zur Arbeit gerufen“, schlägt Heather mit gleichmäßiger Stimme vor.

„Er hätte geschrieben. Und er geht nicht an sein Handy.“

„Keine Sorge. Und gib mir deinen Champagner.“ Als wir unsere Gläser tauschen, erscheint das glückliche Paar. Ich sehe davon ab, zu bemerken, dass sich Olivias Schleier löst und das Becketts Hemdzipfel heraushängen. Ich ziehe auch an Heathers Hand, um sicherzugehen, dass sie nicht auf das Offensichtliche hinweist.

„Ihr habt James nicht gesehen, oder?“

„James?“ Olivia blickt zu Beckett, dessen Gesichtsausdruck nichts verrät.

„Sie meint Harry“, sagt Heth.

Stichwort für allerhand Ausdrücke in unseren Gesichtern, was einer Schmierenkomödie nahekommt.

Meiner: Demütigung. Unbehaglichkeit. Mein Blick gleitet zur Seite.

Olivia: Überraschung. Zusammengekniffene Augen. Argwohn, gerichtet auf ihren Ehemann.

Heather: Aua. Schmerzhaft. Wo ist dieser Kellner, wenn man ein frisches Glas braucht?

Beckett: Ich weigere mich, da hineingezogen zu werden.

„Er sollte hier sein. Ich habe ihn in der letzten Minute angerufen und darum gebeten, als Trauzeuge mit mir dort zu stehen.“

„Am Tag der Hochzeit?“, beschwert Olivia sich. „Bist du high?“ Zwischen den beiden gehen Blicke hin und her; ein Zusammenzucken ihrerseits und ein herrischer Blick von ihm.

„Wir waren beide sehr beschäftigt.“ Stichwort für einen weiteren unbeholfenen Blick. Diesmal von mir, während ich die Wolken begutachte. „Der Mann ist wie ein Bruder für mich. Wenn ich ihn anrufe und ihm fünf Minuten gebe, weiß ich, dass ich mich darauf verlassen kann, dass er dort sein wird. Wenn es die Nähe erlaubt.“

„Aber er ist nicht hier“, bemerkt Heather wenig hilfreich, bevor sie den Rest ihres Glases leert. Meines Glases?

Mein Handy klingelt und James‘ Name leuchtet auf dem Bildschirm auf. Na ja, seine Initialen. Wir haben diese Sache zwischen uns geheim gehalten, also beinhaltete das auch, dafür zu sorgen, dass es niemand mit einem Blick auf mein Handy erraten konnte. Aber nach heute werde ich ein Foto machen, damit ich jedes Mal sein Gesicht sehen kann, wenn er anruft.

Zumindest wollte ich das.

„Wo bist du?“ Ich warte nicht auf eine Begrüßung, da mein Herz zu hämmern beginnt. Es ist dieser sechste Sinn, bei dem man einfach weiß, dass etwas nicht in Ordnung ist. Die Geräusche im Hintergrund. Was ist das? Ein Tunnel oder ein Flughafen?

Als die Person am anderen Ende der Leitung zu sprechen beginnt, neigt sich meine Welt auf ihrer Achse.

35

MIRANDA

Es fühlt sich an, als wäre ich unter Wasser. Die Geräusche sind gedämpft und undeutlich, genau wie die Farben. Und ich werde nach unten gezogen. Immer tiefer. Meine Gliedmaßen sind schwer, mein Herz zieht sich eng zusammen.

„Mir."

Bei meinem Namen stürzen die Geräusche wieder auf mich ein. Warme Hände umfassen meine Wangen, Heathers besorgtes Gesicht erscheint in meinem Blickfeld.

„Ich werde nicht zusammenbrechen." Ich bin mir nicht sicher, ob der Raum mir zustimmt, die blassen Wände hinter dem Kopf meiner Cousine beginnen zu verschwimmen. „Ich muss stark bleiben." Mit aufgerissenen Augen neige ich mein Kinn und starre an die Decke, um die Empfindungen abzuwehren, die immer noch an mir reißen.

„Natürlich nicht", stimmt sie leise zu. „Das bist nicht du."

„In Ordnung, ich bin hier." Olivia springt die letzten

Stufen hinunter. Jeans, Pullover und Stiefel. Ihr Hochzeits-Make-up gibt ihr die Ausstrahlung einer angemalten Puppe.

„Du kannst doch nicht deine eigene Hochzeit verlassen. Die Gäste.“ Ich wedle halbherzig in Richtung des Gartens, mit derselben Hand, die an meine Stirn gedrückt ist, während ich zu verarbeiten versuche, was der Anrufer gesagt hat.

Miranda, mein Name ist Thomas Harrison. Ich bin James‘ Vater. Ich bin im Krankenhaus. Ich befürchte, es hat einen Unfall gegeben.

„Sei nicht albern. Natürlich kann ich das. Wir sind bereits verheiratet, das war nur eine Ausrede für eine Party. Heather, würdest du meine Großmutter suchen? Sag ihr, was passiert ist. Dann sag Griff, dass er uns ins St. George's folgen soll. Wir werden mit Mir vorfahren. Ist das in Ordnung?“

Ich antworte nicht, nicht, als Beckett erscheint, der schnell und beinahe lautlos dieselbe Treppe herunterkommt. Er trägt immer noch seinen Hochzeitsanzug, die Autoschlüssel in der Hand.

„Welcher ist Griff?“ Heather klingt so jung und ihre Augen sind so groß wie Untertassen.

„Gran wird ihn dir zeigen. Erinnere sie daran, dass er der Freche ist. Sag ihr, dass sie die Verantwortung hat. Sie wird sie vermutlich betrunken machen und zum Karaoke animieren, bevor wir überhaupt aus der Auffahrt gefahren sind.“

„Bereit?“ Becketts Stimme ist rein geschäftlich, aber meine Knie sind weich. Ich umklammere die Tischkante, obwohl ich nicke. Wie kann man sich auf so etwas vorbereiten?

Ich glaube, ich muss mich übergeben.

„Hat er gesagt, was passiert ist?“

„Ein –“ Ich huste und kämpfe die ansteigende Galle zurück. „Nur, dass er einen Autounfall hatte und im St. George's Krankenhaus ist.“

Wann ist es passiert? Was habe ich getan, während er in einem Krankenwagen weggefahren wurde? Wie konnte ich es nicht wissen?

„Das ist der beste Ort, an den sie ihn bringen konnten. Die Traumaabteilung ist erstklassig. Komm schon.“ Ohne zu warten schreitet er zur Tür.

Heth presst ihre Lippen auf meine Wange. „Ich werde bald da sein. Tritt ihm für mich in den Hintern, dass er uns allen Angst gemacht hat.“ Ich nicke und frage mich, warum die Leute so alberne Dinge sagen. Zum Trost natürlich. Um alles andere abzuwehren. Ihre Augen glänzen, als sie in Richtung der Party losrennt und sich mit der Hand über das Gesicht wischt.

Olivia nimmt meinen Arm und wir gehen in die entgegengesetzte Richtung, während Beckett beginnt, dem ungefähr zwanzigjährigen Mitarbeiter des Parkdienstes zuzubrüllen, dass er Autos bewegen soll. Ich habe die Parkdienst-Firma aufgetan. Ich habe zwei Mitarbeiter bestellt, einer zum Parken der Autos und einer zum Verwalten der Schlüssel. Aber das hier hätte ich nicht erwarten können. Dieses Chaos, während Autos in Gartenbeete gesetzt werden, um uns gerade genug Platz zum Wegfahren zu machen.

Becketts Auto riecht nach Leder und diesem Duft eines neuen Autos. Der Gurt umhüllt mich, hält mich im Moment fest.

Hat er seinen Gurt getragen? Eine Montage aus Momenten schwebt durch meinen Kopf, während ich versuche, mir darüber klarzuwerden. Ich weiß, dass es ein alberner Gedanke ist – wer tut das heutzutage nicht? – aber es hält mich nicht davon ab, es dennoch zu tun.

„Dann triffst du dich bereits seit einer Weile mit Harry?“ Auf dem Beifahrersitz dreht Olivia sich zu mir um.

„Drei Monate.“ Die Worte verlassen meinen Mund, bevor ich sie aufhalten kann. Das ist offensichtlich nicht wahr, es sei denn, *zusammen* bedeutet *schwanger.*

„Oh.“ Ein Oh, das *Warum hast du es nicht gesagt?* bedeutet.

„Es war nur eine Affäre. Ich wusste nicht einmal, dass James und Beckett Freunde waren.“ Ich kann hören, wie meine Stimme immer höher wird, und es fühlt sich an, als würde eine Faust mein Herz zerquetschen. „Erst später. Und da –“

„Miranda.“ Beckett fängt meinen Blick im Rückspiegel ein. „Atmen.“ Als ich seine Anweisung höre, nehme ich einen tiefen Atemzug. „Du musst versuchen, dich zu beruhigen. Das ist für euch beide nicht gut.“

Er hat recht. Natürlich hat er recht. *Reiß dich zusammen. Dieses Baby bekommt deine Emotionen mit.* Aber ich weiß nicht einmal, ob das stimmt. Ich hätte diese verdammten Babybücher lesen sollen. Während mein Herz weiter gegen den Druck einer imaginären Faust ankämpft, nehme ich einen weiteren tiefen Atemzug.

Auf entfernte Art werde ich mir des Blickes bewusst, den die beiden austauschen. Und dann realisiere ich es.

„Er hat es dir gesagt.“

„Ich nehme an, das hätte er nicht tun sollen“, antwortet Beckett.

„Nicht vor Montag.“

„Wird mir jemand sagen, was vor sich geht?“, fragt Olivia, deren Blick zwischen uns wechselt.

Ich liebe ihn und wir bekommen ein Baby.

„Du bist der schlechteste Fahrer überhaupt", faucht Olivia. „Selbst ich hätte dir sagen können, dass du die letzte Abzweigung ignorieren sollst."

„Das ist ein hunderttausend Pfund teures Auto, Olivia. Wer hätte gedacht, dass das Navigationssystem durch deinen Beitrag der Richtungsweisung verbessert werden kann?"

„Das Navigationssystem sieht sich offensichtlich nicht die Nachrichten an, sonst wüsste es, dass die Straßen in dieser Gegend aufgrund der Brexit-Demonstrationen in der Stadt voller sind."

„Das hättest du vielleicht vor unserer Abfahrt sagen können."

„Mum, Dad, um Himmels willen. Ihr macht den Kindern Angst." Nach meinem unbeschwerten Einschreiten murmelt Olivia eine Entschuldigung, aber es gibt keine Nettigkeiten für ihren Mann.

„Du solltest wirklich rund um die Uhr einen Fahrer haben, für den Fall, dass so etwas noch einmal passiert."

„Gott bewahre", flüstere ich, woraufhin es im Auto wieder still wird.

„Was ich nicht verstehen kann, ist, wenn er auf dem Weg zur Hochzeit war, warum wurde er dann nicht in ein Krankenhaus in der Nähe gebracht? St. George's ist meilenweit entfernt. Es gibt näherliegende –"

Beckett legt eine Hand über die seiner Frau und sein Blick ist einen Moment lang eindringlich auf seine Frau gerichtet.

„Warum?", frage ich. Wenn Olivia nicht fragen darf, dann soll er es mir sagen.

Beckett seufzt schwer, setzt den Blinker und beginnt, das Auto zu wenden.

„Weil St. George's das führende Traumazentrum in London für Gehirnverletzungen ist."

„Es ist vermutlich nur eine Vorsichtsmaßnahme." Trotz ihrer Worte ist Olivias Ausdruck düster. Aber ich habe nicht die Kapazität, um irgendetwas davon zu verarbeiten, während ich meine Hände auf meinem Bauch anspanne und zu beten beginne.

Beckett übernimmt im Krankenhaus die Führung und treibt Olivia und mich, als wären wir Hühner. Einen Flur entlang, in dem der Geruch von Desinfektionsmittel widerlich süß in der Luft hängt, während mir in dem Gedränge kleine Dinge bewusstwerden.

Automatische Türen öffnen sich mit einem Summen.

Industriegroße Spender für Handreiniger mit Anleitung zur richtigen Verwendung.

Das Quietschen von Gummi auf dem glänzenden Boden.

Das Rascheln von Uniformen und OP-Kleidung.

Dann werden wir in einen Raum gebracht, wo uns mehrere Gesichter begrüßen, aber nicht das, das zu sehen wir hier sind.

„Wie bist du so schnell hierhergekommen?", frage ich, als Heather, deren Haar völlig zerzaust ist, aufsteht.

„Griffin, er hat sein Motorrad."

„Deine Mutter wird dich umbringen, wenn sie es herausfindet."

Olivia begrüßt einen Mann mit dunklem Haar und drückt einen Kuss auf seine Wange, aber es ist Beckett, dem ich zusehen, als er sich neben den Mann setzt, der James in ungefähr vierzig Jahren sein könnte. Der Mann,

Thomas, hält den Kopf in den Händen, und dann beginne ich mich verspätet zu fragen, warum wir nicht um ein Krankenhausbett herum stehen, denn das ist kein Krankenhauszimmer. Das ist ein Raum, in den Familien gebracht werden, wenn es schlechte Neuigkeiten zu verkünden gibt.

Ich blinzle schnell, obwohl ich den Blick nicht von den beiden Männern auf den Stühlen abwenden kann. Sein Vater hebt den Kopf, sein Blick ist rot und wässrig. Ich fühle, wie sich Heathers Arm auf meiner Schulter anspannt und sie versucht, mich vorwärts zu schieben, aber ich bin zu sehr mit dem Versuch beschäftigt, das zu verarbeiten, was am anderen Ende des Raumes gesagt wird.

Er ist tot. James ist an der Unfallstelle gestorben.

Wie ein Richterhammer oder die Sense von Gevatter Tod reißt mir die Endgültigkeit dessen die Beine unter mir weg.

36

MIRANDA

„*Es geht alles vorüber*. Das klingt wie etwas, das man zu einem Nierenstein sagen würde.“

Ich klappe das Magazin zu, das ich nicht wirklich gelesen habe und lege es auf das Bett. Meine Bemerkung bleibt unbeantwortet. *Aber eines Tages wird er antworten, das weiß ich.*

Der Verkehr zieht am Fenster vorbei, das Summen der Geschäftigkeit im Krankenhaus ist durch die andere Seite der Tür zu hören. Diese Geräusche sind mir mittlerweile so bekannt wie mein eigenes Seufzen.

„Komm schon. Normalerweise magst du meine Witze.“

Es kommt keine Antwort, nur das gleichmäßige Keuchen seines Atems, während ich die Hand ausstrecke und über die blonden Haare auf seinem Handgelenk streiche.

James ist am letzten Samstag im September gestorben, am bisher schönsten Tag dieses Herbstes. Sein Tod war flüchtig und sein Schutzengel an diesem Tag trug eine Uniform. Sie war da, um ihn zu retten, als er

Kammerflimmern bekam. Er wurde zweimal geschockt, bevor er das Krankenhaus erreichte. Er ist gestorben, und sie haben ihn zurück ins Leben geholt. Es gibt keine Worte, die ausreichen würden, um meine Dankbarkeit dafür auszudrücken.

Der Mann, den ich liebe, wurde auf dem Weg zur Hochzeit seines besten Freundes von einem betrunkenen Autofahrer in einem Seitenaufprall an der B-Säule getroffen. In anderen Worten, James' Auto wurde seitlich gerammt. Das Auto war ein Totalschaden, und es wurde nicht besser, als die Feuerwehr kam, um ihn herauszuschneiden.

Er hat drei gebrochene Rippen und einen offenen Schienbeinbruch mit Komplikationen aufgrund des Blutverlusts erlitten. Aber die größere Sorge war eine Subarachnoidalblutung, die daraus resultierte, dass sein Gehirn beim Aufprall an das Innere seines Schädels geschlagen wurde.

Es ist beinahe unmöglich, die Euphorie zu beschreiben, die ich empfand, als ich entdeckte, dass ich die Situation in diesem ausdruckslosen Familienraum auf der Seite der Notaufnahme falsch interpretiert hatte. Euphorie, die in Verzweiflung umschlug, als Thomas und mir endlich erlaubt wurde, ihn zu sehen. Zuerst glaubte ich nicht, dass es James sein konnte – dass es sich irgendwie um einen Fehler handelte. Er sah kaum menschlich aus, geschweige denn wie er selbst.

Wie konnte ihm jemand das antun?

Geschwollen, verletzt und angeschlagen, ich wollte ihn halten, trösten, aber ich konnte ihn durch das Netz aus Schläuchen, Kabeln, Monitoren, Infusionen und anderen Dingen, die ich nicht einmal benennen konnte, kaum erreichen.

Ich stand sprachlos da, während mir stumm die Tränen über das Gesicht liefen. Und dann realisierte ich, dass ich nicht die Einzige war, die weinte. Thomas stand neben mir. Die Trauer stand ihm so sehr ins Gesicht geschrieben, dass ich nur zusehen konnte.

Kein Vater sollte sein Kind leiden sehen müssen.

Der Gedanke war der Anstoß, den ich brauchte. Ich würde nicht zulassen, dass unser Kind unter meiner Sorge litt. Und ich würde seine tragen – Thomas'. Ich nahm die Hand dieses Fremden in meine und gemeinsam gingen wir auf das Bett zu, warteten darauf, dass jemand kam und uns sagte, was wir zu erwarten hatten.

Damals wusste ich es nicht, aber er war in ein künstliches Koma versetzt worden, um die Druck-Dynamik seines Gehirns zu schützen und zu kontrollieren. Wer hätte gedacht, dass der Schlaf wirklich heilende Kräfte hat? Oder vielleicht ist das nur eine zu vereinfachte Sichtweise, besonders da er immer noch schläft. Aber was weiß ich schon? Ich bin nur eine Marketing-Managerin, die Ehrfurcht vor den Leuten hat, die ihr Leben der Rettung vom Leben anderer widmen.

„Klopf-klopf." Ein blonder Kopf erscheint in der halb offenen Tür, ein Heiligenschein aus sanften Locken umrahmt ihr strahlendes Lächeln. Lisa war die erste von vielen Personen, die seit dem achtundzwanzigsten September daran beteiligt waren, James' Leben zu retten. Als Rettungssanitäterin war sie als Erste an der Unfallstelle. Sein Schutzengel. Die Frau, die ihn zurückgeholt hat.

„Ich dachte, ich würde mal vorbeischauen, wie es meinem Lieblingspatienten geht." Das ist nicht das erste Mal, dass sie vorbeigekommen ist, um uns zu sehen, wobei sie jedes Mal ihre ganz eigene Art sarkastischen Humors mitbringt.

„Dein Liebling, was?“

„Na ja, seit ungefähr halb drei.“ Sie dreht ihr Handgelenk und betrachtet ihre Armbanduhr. „Als mein ursprünglicher Liebling das Gebäude verlassen hat.“

Habe ich sarkastischer Humor gesagt? Vielleicht habe ich eher Galgenhumor gemeint.

„Es tut mir leid, das zu hören.“ Und ich bin ein wenig entsetzt, aber das Dasein als Mediziner muss einen auf diejenigen, die nicht in diesem Geschäft tätig sind, irgendwann ein wenig makaber wirken lassen. Ich kann niemals böse auf sie sein, nicht nach alldem, was sie getan hat, selbst wenn ich den plötzlichen Drang verspüre, seine Ohren gegen weitere Dinge zuzuhalten. „Es muss schrecklich sein, einen Patienten zu verlieren.“

„Oh, ich habe ihn nicht verloren, Liebes. Er ist nur mit seiner Mutter nach Hause gegangen.“

Sie tritt weiter in den Raum hinein und tut das, was alle zu tun scheinen, wenn sie hereinkommen. Sie nimmt das am Fußende seines Krankenhausbettes hängende Klemmbrett und prüft es. Das gilt sowohl für Fachleute als auch Besucher; alle scheinen sich dort hingezogen zu fühlen. Obwohl es die Krankenschwestern in medizinischer Absicht tun, um Zahlen aufzuschreiben, nachdem sie Medikamente verabreicht, die Vitalwerte kontrolliert und die Urinausgabe gemessen haben. Aber das arme Mädchen, das seinen Katheter als letztes kontrolliert hat, hat tatsächlich das Gesicht verzogen, bevor sie mir ein angestrengtes Lächeln zuwarf.

Ich habe keine Ahnung, was das sollte.

„Ja, ich habe geholfen, meinen Lieblingspatienten

neben einem MacDonalds-Drive-Through zur Welt zu bringen. Ein Frühchen."

„Oh!" Und puh. „Wie schön."

„Ja, er ist ein süßes kleines Ding." Sie hängt das Klemmbrett wieder hin. „Also, wie geht es ihm? Siehst du irgendwelche Veränderungen?"

„Na ja, deine Konversationsfähigkeit ist beschissen, es tut mir leid, dir das zu sagen." Ich reibe seinen Unterarm, um ihn in das Gespräch mit einzubeziehen.

Vielleicht habe ich nicht viele der von James bestellten Babybücher in die Hand genommen, aber ich habe praktisch tonnenweise Literatur über traumatische Gehirnverletzungen gelesen. Es scheint, als hätten viele Komapatienten berichtet, dass sie die um sie herum geschehenden Dinge hören konnten, obwohl sie bewusstlos und unfähig waren, sich zu artikulieren. Also achten Thomas und ich darauf, ihn in unsere oft einseitigen Unterhaltungen miteinzubeziehen. Selbst wenn wir in seinem Zimmer fernsehen, in den meisten Fällen eine Spielshow, treten wir gegeneinander an und rechnen unsere Punktzahlen zusammen, was bedeutet, dass James immer verliert.

Ich hoffe weiter, dass er eines Tages vor Ärger aufwacht, sei es nur um sich zu beschweren.

Bitte.

„Aber du wirst auch hübscher anzusehen, immerhin etwas." Ich versuche, meinem Tonfall ein wenig Unbeschwertheit beizugeben, wie ich es bei allen versuche. Aber es ist wahr, dass die Schwellung etwas zurückgegangen ist und er wieder menschlicher aussieht.

„Er hat jedenfalls viel Farbe."

Sie hat recht, aber sie äußert sich nicht zu seiner Haut

wie man es tun würde, wenn ein Freund im Urlaub war, sondern zu der beträchtlichen Farbpalette der Prellungen.

„Aber ansonsten nichts. Aber wir haben viel Zeit. Oder nicht?"

Letzteres ertönt als winzige Frage, eine Frage, die bereits mehrfach von den Ärzten beantwortet wurde. James befindet sich nicht länger in einem künstlichen Koma. Das hat nur ein paar Tage gehalten, genug, um den medizinischen Mitarbeitern Zeit zu geben, seine Verletzungen einzuschätzen und die Schwellung und Entzündung seines Gehirns zu reduzieren.

Und hier sind wir nun also. Er atmet allein und wir warten nur darauf, dass er aufwacht. Drei Tage in einem erzwungenen Koma und jetzt vier weitere in seinem eigenen.

Laut der Neurospezialisten kann James sich erholen, wieder aufmerksamer werden, ansonsten wird sich das Koma entwickeln, was wesentlich weniger positiver klingt, als es ist. Ein entwickeltes Koma ist auch als vegetativer Zustand bekannt. Das ist ein Ausgang, den anzuerkennen ich mich weigere.

Lisa bleibt noch eine Weile bei uns, bevor sie nach einer zermürbenden Zwölfstundenschicht nach Hause fährt. Bevor sie geht, zieht sie mich in die Art von Umarmung, die einen nur stärken kann. Manche Menschen sind einfach gut, und Lisa fällt eindeutig in diese Kategorie.

Bitte, wenn du zuhörst, lass ihn aufwachen.

Ein weiterer Tag, ein weiterer Abend.

Ich lege meinen Kopf auf die Matratze, während ich

ein Gebet an einen Gott schicke, den ich jetzt erst kennenlerne. Die letzten Tage waren ein Wirbelwind des Wissensaufbaus, durch medizinische Texte und das Internet, sowie die Art von Wissenssuche, die das Streben nach göttlichem Eingreifen beinhaltet. Und in den ruhigen Stunden ist es schwer, nicht in mich zu horchen, um meine eigene Scham zu fühlen. Ich weiß, dass ich nicht für den aktuellen Zustand seines Körpers verantwortlich bin, aber ich frage mich, ob es einen Unterschied gemacht hätte, wenn ich das Wissen meiner Liebe mit ihm geteilt hätte.

Ich habe Wochen damit verbracht, meinen Gefühlen aus dem Weg zu gehen, und in dieser Vermeidung habe ich auch meine Liebe vor ihm zurückgehalten. Ich kann nicht umhin, zu denken, dass er vielleicht gar nicht in diesem Auto gesessen hätte, wenn ich es nicht abgestritten hätte. Er wäre früher mit mir losgefahren und wir hätten auf der Rückbank Händchen gehalten, während sein Fahrer so getan hätte, als würde er nicht hinsehen. James wäre ein einem Stück und sein Vanquish stünde in seiner Garage, anstatt auf dem Schrottplatz.

„Wir hatten nicht genügend Zeit", flüstere ich, die Finger an meinen Diamantanhänger gepresst. Meine Worte sind durch die Tränen, die zurückzuhalten mir schwerfällt, angespannt, als sich eine Hand auf meine Schulter legt.

„Ein ganzes Leben ist nicht lang genug für die Liebe."

„Thomas, ich dachte, du wärst für heute fertig." Wie ich verbringt Thomas den Großteil seines Tages in diesem Zimmer, plaudert mit mir, schwelgt einseitig mit seinem Sohn in Erinnerungen. Vorhin hatten wir gemeinsame die Spieleshow *The Chase* angesehen und ein Abendessen bestehend aus Sandwiches aus der Cafeteria gegessen, bevor er nach Hause gegangen war.

„Marjory, meine Nachbarin, ist mit einem Auflauf vorbeigekommen. Ich dachte, na ja, ich dachte, ich würde dir etwas davon vorbeibringen. Für ein Mädchen in deinem Zustand isst du nicht genug."

„Ich esse genug." Ich reibe meinen leicht gerundeten Bauch, obwohl ich in Wirklichkeit keinen wirklichen Appetit habe.

„Na ja, hier ist er jedenfalls." Er reicht mir eine Thermoskanne und setzt sich auf den anderen Stuhl neben dem Bett.

„Wie geht es Pawdry Hepburn und David Meowie?"

„Wem?" Seine dicken, grauen Augenbrauen senken sich und er beugt sich weiter vor, als wäre er besorgt, mich falsch verstanden zu haben.

„Die Katzen von nebenan?" Oder vielleicht waren es gar nicht Marjories? Zu viele Häuser kamen seither nach.

„Ah. Diese hässlichen, hühnerähnlichen Dinger. Na ja, das ergibt jetzt Sinn."

„Tut es das?", frage ich. Meine Stimme zittert immer noch ein wenig.

„Da muss er Gefallen an dir gefunden haben, denn er hat mich angerufen, weißt du, um nach dem Namen der Agentur zu fragen, die Marjorie benutzt hat. Er hat offensichtlich versucht, dich aufzuspüren."

„Du hast gesagt, du würdest einen Goldfisch kaufen, erinnerst du dich?"

Keine Antwort.

„Mein Junge! Bitte sag mir, dass er nicht so auf dich zugegangen ist."

„Nein." Ich lächle. „Ich arbeite für Becketts Frau. Das ist mein Hauptjob, und eines Abends sind wir einfach irgendwie aufeinandergetroffen, nicht wahr?“ *Du bist wohl eher betrunken auf mich gestoßen*, kann ich ihn fast sagen hören.

„Er liebt dich, weißt du.“ Ich nicke. Schlucke. Beuge mich vor und streife mit meinen Lippen ein Stück von James‘ Haut. „Hat er es dir gesagt?“

„Ja. An diesem Morgen. Und ich habe es nicht erwidert.“ Ich breche in lautes, schmerzvolles Schluchzen aus.

„Ruhig.“ Thomas zieht seinen Stuhl neben meinen und legt einen Arm um meine Schultern, um mir eine sehr anständige Umarmung zu geben.

„Hier, putz dir die Nase, Liebes.“

Ich trockne mir die Augen und putze meine Nase, wie es mir befohlen wurde. Es ist schwer, das nicht zu tun. Thomas hat eine angeborene Autorität, die ich auch in seinem Sohn gesehen habe. Allerdings schlägt Thomas eine onkelhafte Richtung ein, während James mehr der Typ *Zieh all deine Klamotten aus* ist.

„Gott, ich vermisse ihn.“

„Ich auch. Aber wir bleiben zuversichtlich“, flüstert er leise. „Genau wie er es tun würde. Genau wie er es mit dir getan hat, weißt du.“

„Wie kannst du das sagen? Wie konnte er es wissen, wenn ich es ihm nicht gesagt habe?“

„Ganz einfach. Siehst du die Kette, die du trägst? Sie hat seiner Mutter gehört. Als sie die Diagnose Krebs bekam, stellte sie fest, dass es sich auf ihre Hände auswirkte. Es hatte mit den Nerven zu tun, der Krebs hat Taubheit ausgelöst. Sie sind auch schrecklich angeschwollen. Und sie hat aufgehört, ihren Ehering zu tragen. Also, diese Kette“, fügt er hinzu, wobei er auf den auf meiner Brust liegenden Brillant zeigt, „das war ihr

Verlobungsring, und zum Muttertag hat James mit seinem eigenen Geld dafür bezahlt, dass der Stein vom Ring in eine Fassung gesetzt wird. Wir wussten, dass sie starb." Sein Blick senkt sich für einen Moment, da seine Erinnerung in diese schreckliche Zeit zurückgleitet. „Wir waren auf die eine Sache vorbereitet, auf die man sich nicht vorbereiten kann, und mein Junge wollte ein wenig Freude in ihr Leben bringen. Sie war überglücklich, den Ring tragen zu können. Und sie sagte ihm, dass er die Kette für seine Frau behalten soll, wenn sie stirbt. Seine Frau, Miranda. Er weißt, dass du ihn liebst. Du trägst den Beweis dessen um deinen Hals. Der Liebe ist, wenn ich das so sagen darf, das Alter, die Stellung oder das Geschlecht egal. Sie ist völlig willkürlich. Und lass mich dir sagen, bei jeder Chance, sie zu erfahren, musst du sie mit beiden Händen ergreifen. Dich daran weiden." Er nimmt meine Hand, der Griff seiner Finger ist beinahe schon strafend. „Denn du weißt nie, wie lange du sie behalten darfst. Und wie lang auch immer sie hält, du wirst feststellen, dass es niemals lang genug ist. Aber genug davon. Iss ein wenig Auflauf. Ich habe dir auch etwas zum Lesen mitgebracht, während du hier bist."

„Danke." Ich schlucke krampfhaft, meine Stimme ist heiser. „Aber Heather hat mir ein paar Magazine gebracht."

„Ja, ich weiß. Ich habe vorhin gehört, wie du einen Artikel über Wintermode gelesen hast." Ich lese laut. Damit James es hören kann. „Und ich muss sagen, du hast solchen Unsinn gelesen, dass ich auch nicht aufwachen wollen würde!"

37

MIRANDA

„DEINE MUTTER WOLLTE HEUTE MORGEN mit mir vorbeikommen." Heather legt ihre Füße auf das untere Ende des Bettes und verschränkt die Hände hinter dem Kopf.

„Meine Güte. Ein Sonntagmorgenbesuch wäre gerade nicht das gewesen, was ich brauche. Der Sonntag soll doch ein Tag der Ruhe sein. Des Friedens, nicht, um die Köpfe anderer Leute zu küssen." Ich hake meine Hand unter ihren Knöcheln ein und lasse ihre Füße wieder auf den Boden fallen. „Wurdest du in einer Scheune großgezogen? Hat dir niemand beigebracht, dass man seine schmutzigen Schuhe nicht auf Möbeln ablegt?"

„Harry beschwert sich nicht. Du?"

Ich öffne *meinen* Mund, um mich zu beschweren, dann erkenne ich, dass ich allem widersprechen würde, was ich darüber gesagt habe, nicht über ihn hinweg zu entscheiden. Ich war heute Morgen ein wenig böse geworden, als Griff und Beckett erschienen und genau das taten, als sie die gestrigen Fußballergebnisse besprachen.

Ich glaube, vielleicht fällt mir die Decke auf den Kopf.

„Also kommt sie nicht?“

„Nein, meine Mutter hat sie dazu überredet, zu Hause zu bleiben. Scheinbar wird sie morgen eine Quiche und einen Apfelkuchen backen und zu Harrys Haus bringen, da sie besorgt ist, dass du nur von Krankenhausessen lebst. Und alle wissen, dass einen dieses Zeug krankmacht.“

„Es geht mir gut. Aber es ist nett, dass sie an mich denkt.“

„Sie ist deine Mutter, Mir, natürlich denkt sie an dich. Zugegeben, das hat sie in letzter Zeit vielleicht nicht wirklich getan. Aber es sieht aus, als würde sich das ändern. Vielleicht ist es der Gedanke daran, Großmutter zu werden. Wie auch immer, sie will helfen.“

Also werde ich es zulassen. Es hat keinen Sinn zu sagen, dass Sandy, James‘ Haushälterin, aus denselben Gründen kocht. *Nicht aus den großmütterlichen Gründen.* Wie auch immer, ich bin selten dort, um es zu essen.

„Sie ist meine Mutter und ich liebe sie. Und wenn sie entschieden hat, sich wieder wie meine Mutter zu verhalten, dann denke ich, dass das großartig wäre.“

„Olivia sagte, du wärst heute Morgen ein wenig böse mit ihr gewesen.“ Da sprich einer von einem Themenwechsel, obwohl ich davon absehe, zu fragen, warum meine Chefin und meine Cousine über mich gesprochen haben. *Hauptsächlich da ich mir nicht sicher bin, ob ich es hören will.*

„Sie hat gefragt, ob ich möchte, dass sie mit mir zu meiner nächsten Schwangerschaftsuntersuchung kommt.“

„Das ist nett von ihr. Du weißt, dass ich es tun würde. Deine Mutter hat es ebenfalls erwähnt.“

„Dann hat sie gefragt, ob ich einen Geburtsplan hätte

und wer mit mir im Kreissaal sein würde.“ Während ich spreche, kann ich spüren, wie all die Reaktionen des Morgens wie Lava an die Oberfläche steigen. Ärger, Wut, Schmerz, wirbelnd und rot. „Und ich habe ihr gesagt, dass James dabei sein wird.“

Ich sagte es, als wäre es eines der Zehn Gebote – eine unbestreitbare Wahrheit.

Denn ... denn ich kann nichts anderes in Erwägung ziehen.

„Okay.“

„Nein, nicht okay. Sie sagte, ich sollte einen Notfallplan haben.“

„Oh, Babe.“

„Also habe ich ihr gesagt, sie könne sich verziehen.“

„Sie versucht nur zu helfen, Mir.“ Heathers Blick ist so sanft wie ihre Antwort. Und obwohl ich weiß, dass sie alle ihr Bestes versuchen, kann ich dennoch fühlen, wie mein Auge zuckt.

„Ich nehme an, du denkst, ich sollte nett sein, da sie gesagt hat, ich müsste eine Weile nicht zur Arbeit gehen.“ Oh, das klang überhaupt nicht nett.

„Warum machen du und ich nicht einen netten Spaziergang auf dem Krankenhausgelände, hm?“ Manche würden es als Spaziergang bezeichnen. Andere als Intervention. „Und wenn wir an der Psychiatrie vorbeikommen, können wir vielleicht mal vorbeischauen?“

Ein weiterer Abend, diesmal habe ich einen der Stühle an der Seite des Bettes festgeklemmt und liege halb auf, halb neben der Matratze, den Fuß auf den Stuhl gedrückt, um sicherzugehen, dass ich nicht von der Kante rolle.

„Rutsch rüber.“ Keine Antwort. „Nein? Gut. Beanspruche das Bett ganz für dich allein. Mach es mir schwer. Willst du diese Gutenachtgeschichte hören oder nicht?“ *Keine Antwort.*

Eines Tages.

Mit ein wenig Mühe öffne ich das Buch und balanciere es in meiner offenen Hand.

„Woche dreizehn. *Was ist los, Baby?* Das ist aus dem Buch, nicht von mir“, beginne ich. „Es liegt alles in der Betonung. Also pass auf. *Also, das Baby ist jetzt so groß wie eine Zitrone*, was ziemlich subjektiv ist, findest du nicht? Manche Zitronen sind riesig, andere sind nicht größer als eine Mandarine. Seltsam“, murmle ich. „*Wie auch immer; der Kopf des Babys ist jetzt ungefähr halb so groß wie seine Scheitel-Steiß-Länge, also sieht es immer noch ein wenig außerirdisch aus.* Was für eine schreckliche Ausdrucksweise. Unser Baby sieht nicht aus wie ET! Harry Haribo ist wunderschön, oder nicht? *Nach dreizehn Wochen beginnt Ihr Baby, Knochen in den Armen und Beinen auszubilden. Ist das nicht cool?* Oh, hör dir den nächsten Teil an, James; *da er jetzt mehr Bewegung hat, könnte er es schaffen, sich den Daumen in den Mund zu stecken.* Wie süß ist das? *Das Baby entwickelt ebenfalls Stimmbänder,* der erste Schritt dazu, dass Harry sich beschwert. *Aber da Geräusche nicht durch den Uterus dringen können, werden Sie noch keine Geräusche oder Schreie hören können.* Noch nicht? Ich wusste nicht, dass es das gibt. Kannst du dir das vorstellen? Hey, Mum, iss mehr von diesen Keksen. Ich würde ausflippen! *Ihr Schwangerschaftskörper in der dreizehnten Woche. Sie sind nur eine Woche vom zweiten Trimester entfernt und sollten sich ziemlich gut fühlen.* Die

Person, die das geschrieben hat, war offensichtlich nie schwanger. *Die meisten frühen Schwangerschaftssymptome werden bald hinter Ihnen liegen, aber manche Mütter leiden bis zum vierten und fünften Monat unter Übelkeit und Erschöpfung.* Das ist nicht sehr beruhigend. *Außerdem könnten sie unter folgenden Symptomen leiden: Blähungen, Verstopfung, Kopfschmerzen, empfindliche Brüste und vaginaler Ausfluss.* Gott, James, es tut mir so leid. Das ist keine sehr gute Gutenachtgeschichte, oder?“

Ich schließe das Buch und lasse es auf den Stuhl hinter mir fallen, während ich mein Ohr auf seine Brust presse. Dann liege ich einfach stumm da, lausche einer Weile seiner Atmung und flehe ihn an, die Augen zu öffnen. „James. Du musst aufwachen. Ich schaffe das nicht allein.“ *Keine Antwort.*

Ich habe ihn geliebt. So gut gehalten, wie ich konnte. Die Haut gestreichelt, die für mich erreichbar ist. Worte der Liebe in sein Ohr geflüstert, und andere Dinge ...

Ich habe ständig mit ihm geredet, so viel, dass ich manchmal am Ende des Tages heiser war. Ich habe dämliche Witze erzählt, ihn gereizt, ihm die Cosmo vorgelesen und auf Vorschlag seines Vaters hin sogar *Ilias*. Ich habe gesunden, ich hasse Singen. Habe mein Parfüm im Raum versprüht.

Ich habe gefleht und gebettelt. Ich habe versprochen und geweint.

Und immer noch keine Antwort.

38

JAMES

Es ist die seltsamste aller Empfindungen. Ich bin hier und bin es doch nicht.

Die Zeit ist bedeutungslos, die Tage sind unbezeichnet. Und ich schwebe einfach in der Luft. Zuerst habe ich die Empfindung der Tatsache zugeschrieben, dass ich tot bin. Da war nichts über ein Bewusstsein hinaus, dass da Gedanken in meinem Kopf waren. Ich war angenehm betäubt, nehme ich an.

Aber dann hörte ich ihre Stimme. Und ich erkannte, dass ich nirgendwo hingegangen war.

Ich war nicht hier. Und ich war nicht dort. Ich war an einem Ort dazwischen.

Aber ich schwebe immer noch. Schwebe in der Luft.

Sie beruhigt mich. Ihre Stimme. Ihre Anwesenheit. Ihre Liebe.

Aber da fehlt etwas.

Und ich kann es nicht benennen. Wirklich nicht. Ich glaube, ich würde weinen, wenn ich es könnte.

„Ich werde nur deinen Blutdruck messen, Herzchen."

Eine freundliche Stimme. Und bekannt. Eine meiner liebsten, wenn sie nicht im Zimmer ist.

Der Druck an meinem Arm nimmt zu. Das Piepsen einer Maschine.

Aber ich schwebe immer noch.

Und warte auf sie.

Und vermisse etwas, das ich nicht beziffern kann.

„Morgen, schöner Mann."

Die Berührung ihrer Lippen auf meiner Wange, ein geflüstertes *Ich liebe dich.* Aber das wusste ich bereits.

Das mechanische Säuseln der sich öffnenden Jalousien.

Licht, mein Kopf ist erfüllt von Weiß.

Ich erinnere mich an die Sehnsucht nach ihr und daran, wie sie sich unter mir anfühlt.

Aber jetzt ist es anders. Ich bin mir nur nicht sicher, wie.

Ich erinnere mich nicht an viele andere Dinge. Aber ich fühle das Jetzt. Wenn niemand sonst da ist, spüre ich ihre Tränen auf meiner Haut. Ihr leises Seufzen hallt in mir wider. Kummer. So viel Kummer. Und ich kann nicht einmal die Arme um sie legen, um sie zu trösten.

„Dein Vater kommt bald. Er bringt ein neues Buch. Ich weiß nicht, wie ihr vornehmen Jungs die Schule mit all diesem langweiligen griechischen Zeug überstanden habt."

Sie beginnt zu summen. Sie hat mir einmal vorgeworfen, ich könne keine Melodie halten. Ich frage mich, ob sie sich in letzter Zeit gehört hat?

Nägel auf einer Tafel.

Aber ich liebe sie.

Obwohl sie pupst, wenn sie denkt, dass niemand sie hören kann.

Ich kann es, seltsamerweise.

Aber das ist auch so ziemlich alles, was ich tun kann.

Schwebend. Immer noch schwebend.

Ich vermisse immer noch etwas. Aber was?

Die Tür öffnet sich. Gedämpfte Stimmen.

Ein Schniefen. Ein Wimmern. Ein Duft, den ich nicht definieren kann.

Ist er süß? Moschusartig? Warum erinnert er mich an Sonnenschein und Unschuld?

Ein Protest. Ein stockender Atem. Ein weiter. Ein weiter. Und dann ein Schreien.

„*Wa-wa-waaa!*“

Wie eine Welle bricht sich die Erkenntnis über mir.

Die Sache, die ich vermisse.

„*Wa-wa-waaa! Wa-wa-waaa!*”

“Wach auf, James. Öffne die Augen für unser Kind.“

Vielleicht war das eine Welle. Denn ich kann nicht atmen. Ich glaube, ich ertrinke.

Das kleine Bündel wird weggenommen. Eine Reihe von Stimmen. Das Quietschen von Gummisohlen, mir wird das Haar aus dem Gesicht gestrichen.

„Wag es nicht – wag es nicht, das zurückzunehmen! Ich habe deine Lider flattern sehen. Öffne die Augen, gottverdammt!“ Und da ist sie.

„Habe –“ Ich huste, mein Kopf steht kurz vor der

Explosion. Und verdammt, meine Rippen fühlen sich an, als würden sie mich zerquetschen.

Gesichter. Stimmen. Nichts davon gehört zu ihr. Sie verschwimmen immer wieder. Piksen, Stupsen, Fragen und Licht. „Miranda. Wo ist unser Baby?“

EPILOG

JAMES

„Ist das ein Feuerwehrauto?“

Meine Worte sind schwer und unklar, als ich versuche, den Kopf vom Kissen zu heben und dabei feststelle, dass ich es nicht kann. Es ist, als hätte es jemand mit Sand gefüllt und dann an meinen Kopf geklebt. Und an das Kopfteil genagelt.

„Das“, murmelt Miranda irgendwo auf der anderen Seite des Bettes, „ist dein Sohn.“

Ich stöhne, als hätte ich Schmerzen, denn die habe ich. Vielleicht quält mich auch nur das Lungenvolumen unseres Kindes. Er wurde fünf Tage nach seinem Entbindungstermin geboren, und ich bin mir sicher, dass das der Grund für seine Lautstärke ist. Babys sollten doch sicher nicht so laut sein.

Ich versuche mich auf die Ellbogen zu stützen und bin erfolgreich, während ich mir den Schlaf aus den Augen reibe. „Wie oft warst du letzte Nacht mit ihm wach?“

„Öfter als du. Und das letzte Mal war erst vor zwanzig Minuten.“ Ich sehe, wo das hinführt, als sie sich das

Kissen über den Kopf zieht und sich unter dem Bettzeug einkuschelt.

„Liebling, ich weiß nicht, ob du dich erinnerst, aber ich hatte vor kurzem eine traumatische Gehirnverletzung."

Aufgrund des Berges aus Decken bin ich mir nicht ganz sicher, was sie sagt, aber ich weiß, dass es nicht freundlich war.

„Aua, mein Kopf."

Ich erkenne meinen Fehler eine Sekunde zu spät, als sie das Kissen wegzerrt und mich anfunkelt. Sie sieht aus wie Medusas verrücktere, aber heißere Cousine, und die Ähnlichkeit endet bei ihrem Haar, denn der Rest von ihr ist umwerfend schön. Als sie einen tiefen Atemzug nimmt, vielleicht als Vorbereitung, um sich dem Weinen unseres Sohnes anzuschließen, kann ich nicht umhin, meine Augen auf den Träger ihres winzigen Nachthemdes zu richten, wie er von ihrer glatten Schulter rutscht. Der Stoff klebt an der Wölbung ihrer Brüste, während eine Brustwarze herausblitzt, wie ein Welpe, der auf eine Flucht aus ist.

Und dann erinnere ich mich daran, dass sie mich anfunkelt, als würde sie mir liebend gern eine weitere Hirnblutung bescheren.

„Du hattest einen Autounfall? Na ja, ich habe letzten Monat einen Menschen aus meiner Vagina gepresst. *Das* hat wohl kaum Spaß gemacht."

„Ich weiß. Ich war dabei. Du hast mir beinahe die Hand gebrochen." Für ein Mädchen hat sie einen außergewöhnlich starken Griff. „Und ich fand, es war eine besonders nette Geste, als du brüllend deine Entscheidung kundgetan hast, niemals Fisting auszuprobieren."

„Es. Waren. Die. *Medikamente!*“

„Die, die sie mir nicht geben wollten, meinst du wohl.“ Während ich murmle, schiebe ich meine Beine aus dem Bett und mache mich auf den Weg ins Kinderzimmer.

„Ich frage mich, ob wir Lisa dazu bringen können, unseren Sohn gegen den süßen kleinen William auszutauschen.“

„Das habe ich gehört“, grummelt sie, als ich in das angrenzende Zimmer gehe. „Und falls du dich erinnerst“, ruft sie lauter, „er hat auch in deinen Armen geweint.“

Aber dieser Tag ist eine unklare Erinnerung für mich, obwohl ich mich immer noch genau an das Gewicht des Kindes erinnere, das in meiner Armbeuge lag. Ein Plan, ausgeheckt von meiner wunderschönen Miranda, mit der Hilfe der Rettungssanitäterin, die mich auf der Straße gerettet hat, bevor sie später am selben Tag William auf die Welt holte.

Einfach erstaunlich.

Was meine Genesung angeht, bin ich einer der Glücklichen. Ich habe keinerlei Erinnerung an den Unfall selbst, was sicherlich ein Segen ist, und die Nachwirkungen waren gering. Ich werde etwas schneller müde, und wenn ich müde bin, stelle ich fest, dass mein Stottern zurückkehrt. *Was angeblich hinreißend ist.* Ich leide hin und wieder unter Kopfschmerzen und manchmal tut mein Bein weh. Aber der Aspekt der ganzen Sache, der mein Leben am meisten verändert hat, ist, dass ich manchmal von etwas Fremdartigen überkommen, von Gefühlen überwältigt werde, was daher rührt, zutiefst geliebt zu werden.

„Komm her, du.“ Ich beuge mich über das Kinderbett und drücke meinen Sohn an meine Brust, wo er beinahe sofort verstummt. „Du weißt, dass ich es nicht ernst gemeint habe." Ich presse meine Lippen auf seinen blonden, flaumigen Kopf. „Ich würde meinen Thomas nicht gegen einhundert Babys oder mehr eintauschen." Er ist nach meinem Vater benannt, und das auf Mirandas Beharren hin. Die beiden haben einander ungewöhnlich gern. Ich kann nicht dasselbe von mir und meinem Schwiegervater behaupten, aber Mirandas Mutter ist eine entzückende Frau. Und die Art von Großmutter, die für eine Kuscheleinheit mit ihrem Enkel alles stehen und liegen lässt.

„Liegt es daran, dass du neunundneunzig Mal öfter aus dem Bett aufstehen müssest?"

Beim Klang ihrer leisen Stimme drehe ich mich um. Schlafmangel ist jetzt für uns beide an der Tagesordnung. Obwohl wir Schwierigkeiten haben, aus dem Bett zu kommen, und trotz der Versprechungen, die wir ständig machen, das frühmorgendliche Ritual zu ändern, hat es einfach nicht so funktioniert. Wenn er wach ist, sind wir es auch. Wir sind beide so verliebt in unser kleines Bündel der Schreie. Und das ist zu unserem liebsten Teil des Tages geworden.

Unsere Morgenliebe.

Als sie zu uns kommt, wobei sie unbewusst mit den Hüften schwingt, legt sie ihr wild zerzaustes Haar auf eine Seite.

„Morgen, reizendes Baby." Auf den Zehenspitzen küsst sie seinen Kopf und atmet tief seinen süßen, moschusartigen Duft ein. „Mummy liebt dich." Dann bin ich an der Reihe, als sie ihr Kinn neigt und mir ihre Lippen anbietet. „Morgen, reizender Batman." Als ich meinen Kopf auf ihren senke, trifft ihre Hand mit einem Schlag auf meinen Hintern. „Ich liebe dich. Und so sehr ich es auch liebe, dich in deinen lustigen Boxershorts zu sehen, kann ich es nicht erwarten, bis du wieder nackt schlafen kannst."

„Ich kann nackt schlafen", protestiert sie. „Ich kann nur nicht nackt mit dir schlafen."

„Du schläfst auch besser mit niemand anderem nackt", schnurrt sie, wobei sie den Gummibund meiner Boxershorts von meiner Taille wegzieht.

„Was *tust* du?"

„Ich gehe nur sicher, dass unter der Motorhaube alles in Ordnung ist. In der Bathöhle. Du weißt schon, für nächsten Monat", fügt sie bedeutungsvoll hinzu.

„Du weißt, dass es funktioniert. Gestern hast du –"

„Ah-ah, nicht vor dem Kind!", singt sie. „Meine Mutter kommt nachher vorbei. Vielleicht können wir uns für ein wenig nachmittägliche Freuden davonschleichen."

„Will hat uns noch kein grünes Licht gegeben", erinnere ich sie.

Vier Wochen insgesamt. Jetzt nur noch zwei.

Nicht, dass ich zähle, oder so. Nicht, dass ich es in den Kalender meines Handys eingetragen habe. Oder Mirandas Mutter darum gebeten habe, an diesem Nachmittag den Babysitter zu spielen. Und ich habe definitiv keine Suite im Dorchester gebucht, um den Tag zu feiern.

Oder habe ich das ...

Ich werde es nie verraten.

„Denkst du, dass er Freude daran hat?" Ich lache über ihren nachdenklichen Gesichtsausdruck.

„Ich würde nicht fragen wollen. Er würde mir dreihundert Pfund berechnen, nur um die Unterhaltung zu führen."

„Willst du ein wenig die Regeln brechen?", schnurrt sie. „Ich bin dabei, wenn du es bist."

„Du bist eine Verführerin.“ Ich senke den Kopf, als wollte ich sie küssen und ändere in der letzten Sekunde den Kurs, um meine Lippen an ihren Hals zu pressen. „Und eine Rebellin.“

„Wozu sind die Regeln da, wenn nicht dazu, sie zu brechen.“ Ich bewege das Baby zwischen uns und mache für sie Platz unter meinem anderen Arm. „Frag einfach das junge Mädchen, das sich einen umwerfenden älteren Mann mit der Art von Fähigkeiten im Schlafzimmer erbeutet hat, dass –“

Thomas schnieft, dann macht er dieses Geräusch, das fast wie eine Explosion klingt.

Miranda zieht sich würgend zurück. „Nein. Nein. Damit werde ich heute Morgen nicht fertig. Oh!“ Sie hebt die Hände, als würde das den Gestank abwehren. „Es sickert schon aus den Beinen seines Stramplers heraus.“

„Ich habe ihn das letzte Mal gewickelt“, gebe ich zurück und halte ihn auf Armeslänge von mir, obwohl das nicht gegen den widerlichen Gestank hilft, sondern stattdessen noch einen weiteren Sinn angreift, als sich ein gelber Fleck auf den Beinen seines winzigen blauen Schlafanzuges ausbreitet.

„Nein, hast du nicht. Ich warf fünfmal mit ihm wach – da habe ich ihn gewickelt!“

„Aber da kann er nie eine solche Sauerei veranstaltet haben, denn ich musste ihn um zwei Uhr morgens förmlich baden. Nein, diese Runde geht eindeutig an dich.“

„Bitte, James, ich kann nicht. Ich muss mich übergeben. Nein. Ich werde alles tun.“

„Alles?“

„*Fast* alles“, gibt sie zurück.

„Na ja“, sage ich und nehme ihre Hand, während ich

Thomas auf den Wickeltisch lege. „Es gibt nur eine Sache, die mich dazu überreden wird, den Hintern dieses Kindes abzuwischen, und zwar, wenn du zustimmst, meine Frau zu werden." Ich habe bereits den Ring ausgesucht. Ein Solitär, passend zu ihrem Anhänger.

Sie bricht in Gelächter aus. Sie lacht, als hätte ich soeben den lustigsten Witz des Jahrhunderts erzählt.

„Das hilft meinem Selbstvertrauen überhaupt nicht", grummle ich, während ich anfange, die Druckknöpfe seines Schlafanzuges zu lösen, bevor ich es mir anders überlege. Ich hole die Feuchttücher aus dem Regal und öffne den Deckel, als ihr Gelächter verstummt. Denn dort, auf den Feuchttüchern, die angeblich gut für empfindliche Popos sind, liegt eine Nachricht in Mirandas Handschrift. Und sie lautet:

Rosen sind rot,
Veilchen sind blau,
ich wäre unglaublich gern deine Frau.
Was sagst du?

Was sage ich? Was sonst außer …

„Ja."

BÜCHER VON DONNA ALAM

Deutsche

LONDON LIEBHABER

Bis dass der Hass uns scheidet

(Nicht) Der Richtige

#3 KOMMT BALD

PHILLIPS BRÜDER

In Like Flynn

Englisch

Liar Liar

LOVE IN LONDON

To Have and Hate

(Not) The One

The Stand Out

PHILLIPS BROTHERS

In Like Flynn

Down Under

Rafferty's Rules

GREAT SCOTS

Easy

Hard

Hardly Easy Boxed Set

HOT SCOTS

One Hot Scot

One Wicked Scot

One Dirty Scot

Single Daddy Scot

Hot Scots Box Set

Surprise Package

AND MORE

Solider Boy

Playing His Games

Gentleman Player

DANKSAGUNGEN

Ich habe keine Worte, um Lisa Staples (und ihrer Kollegin Lorna) ausreichend für ihr medizinisches Fachwissen zu danken. Danke, dass ich ihn für eine Minute umbringen durfte. Ich habe dir gesagt, dass es das wert wäre! Die Rettungssanitäterin Lisa in diesem Buch ist nur ein blasses Abbild der realen Frau. Danke für deine allgemeine Großartigkeit. Du bist ein fantastischer Mensch!

An Michelle Barber. Du bist die absolut Beste. Vielen Dank für deine Bereitschaft und deine netten Worte. Du bringst mich immer zum Lächeln. Manchmal werden sogar meine Augen feucht. Psst. Es ist ein Geheimnis. Und danke für deine Bereitschaft als Schäferin und dass du auf die Lämmer aufgepasst hast.

Viel Liebe auch für Natasha. Lass uns das deiner Mutter widmen x. Und mein Dank geht an Elizabeth. Mal wieder spät, was? Ich bin so kaputt. Entschuldige! Gleichwohl bin ich unendlich dankbar für deine Hilfe bei dieser finalen Prüfung (daher der Spitzname, Hüterin des Hinterteils), und das so kurzfristig. Du bist auch die Beste.

Tatsächlich stelle ich fest, dass ich meinen Dank an die reizende Gruppe von Damen nicht angemessen ausdrücken kann, die im Hintergrund hilft. Die mich hochhält. Die mich beruhigt. Die mir gelegentlich, und das mit solcher Liebe, sagt, dass ich den Arsch hochkriegen soll.

Danke an die Lämmer, dass ihr mich toleriert.

Danke an meine Familie, dass ihr mich wegen meines ‚Geht weg'-Gesichts und meiner Beschwerden über knisternde Chipstüten nicht rausgeworfen habt.

Mein Dank an Mr. Sweep, dass du mir in den frühen Morgenstunden Gesellschaft geleistet hast. Aber komm schon, wenigstens kannst du den ganzen Tag schlafen.

ÜBER DIE AUTORIN

Laut ihrer Familie schreibt Donna schmutzige Geschichten. Sie hofft, dass Du sie auch lustig findest. Wenn sie nicht auf ihrer Tastatur tippt, versteckt sie sich gewöhnlich vor ihrer Familie und ihren Verpflichtungen, mit einem guten Buch in der Hand und einem Hund zu Füßen, der aussieht wie ein Wischmopp. Sie mag ihren Humor und ihren Wein trocken, ihre Mojitos süß und ihre Sprache beißend.

Du kannst Dich allen Dingen, die mit Donna zu tun haben, anschließen, indem Du Dich für ihren Newsletter einträgst oder Teil von Donnas Lämmern wirst, ihrer Lesergruppe auf Facebook, fantastisch gemacht durch ihre Mitglieder, die die beste Gruppe von Liebesromanlesern im ganzen Internet sind. Vielleicht ist sie ein wenig voreingenommen.

In Kontakt bleiben

Donnas Lämmer
Donnas VIP-Newsletter
mail@donnaalam.com
www.DonnaAlam.com

Printed in Poland
by Amazon Fulfillment
Poland Sp. z o.o., Wrocław

36215971R00283